靰鞡草

WuLaCao

古筝 著

新世界出版社

图书在版编目（CIP）数据

靰鞡草 / 古筝著 . -- 北京 : 新世界出版社，2018.12（2019.7 重印）
ISBN 978-7-5104-6607-6

Ⅰ . ①靰… Ⅱ . ①古… Ⅲ . ①长篇小说－中国－当代 Ⅳ . ① I247.5

中国版本图书馆 CIP 数据核字 (2018) 第 221339 号

靰鞡草

作　　者：古　筝
责任编辑：张杰楠
责任校对：宣　慧
责任印制：王宝根　苏爱玲
出版发行：新世界出版社
社　址：北京西城区百万庄大街 24 号 (100037)
发行部：(010)6899 5968　(010)6899 8705（传真）
总编室：(010)6899 5424　(010)6832 6679（传真）
http://www.nwp.cn
http://www.nwp.com.cn
版权部：+8610 6899 6306
版权部电子信箱：nwpcd@sina.com
印　刷：天津中印联印务有限公司
经　销：新华书店
开　本：710mm×1000mm 1/16
字　数：500 千字　印张：31.25
版　次：2018 年 12 月第 1 版 2019 年 7 月第 2 次印刷
书　号：ISBN 978-7-5104-6607-6
定　价：58.00 元

杨四姐站在北京站的广场上，已经消灭了四根烟。就在她不依不饶地点燃第五根烟的时候，心想，可真不错，社里计调把“苦饼团”“咸饼团”接二连三、牵五挂四地往米虎身上摊派。看来，在旅游圈里混，傍个车队队长当靠山，自己不吃亏。杨四姐眨巴眨巴眼睛，心又想，如果木草不来，自己就会带一个广东团，那绝对是“甜饼团”，购物最容易“冒大泡”。撞上运气好，团里遇到个把华侨或港台同胞，赚千儿八百小费就跟玩儿似的。可惜，这么个肥差，却让木草给搅和黄了。杨四姐噘起血红的嘴唇，连续喷射了六个烟圈。

果不其然，米虎又打电话过来，向杨四姐讨教。米虎带团太嫩，不懂的地方太多，就连“扎店”去哪家景泰蓝都拿不准。其实，杨四姐心里明镜似的，米虎带的“苦饼团”扎哪个店都没戏。弄不好不挣钱，还会顶着被投诉的风险。要不是米虎的傻实诚让杨四姐动了恻隐之心，她绝不会把带团秘籍透漏半点儿给他。

杨四姐单刀直入地说，米虎，去永定门那个景泰蓝工厂会好一点。嘿，你干脆就把他们卖到“老乡店”，准能挣上一笔。米虎结结巴巴地说，我？我，我可不敢去“老乡店”，还是算了吧。杨四姐说，不进“老乡店”，你能赚到“两本”吗？米虎说，我的妈呀，赚“两本”？只要不把自己赔进去，就是老天爷有眼。四姐，接到木草没？接到代我问好。我赶紧挂了哈，那帮游客从回音壁出来了，等我带他们去祈年殿呢。

火车站前人流拥堵，手机信号也不是很好。杨四姐换了一个地方，再一次用手机给木草打电话，依旧被告知不在服务区。杨四姐把烟屁股摔在地上，使劲踱了一脚。问她好？问个屁！每当说起自己的这个外甥女木草——生下来就长着红头发根儿的怪物时，杨四姐往往自己先激动，激动得牙根儿生疼。这种疼，从她十五岁一直伴着她到现在的三十五岁，从未治愈过，也无医无药能治得了。真的，这么说吧，都找不到确切的语言表达杨四姐本人的感受。

这个外甥女，以林黛玉比其短命、才华？不合适；以唐僧比其信念、执着？不一样。杨四姐回忆起童年看到井里的癞蛤蟆。癞蛤蟆一次次爬，一次次掉下去时，给她留下了难以磨灭的印象。对！这个比喻恰当。外甥女木草，她无论怎么费劲爬，也是个井底之蛙，来北京也纯属癞蛤蟆想吃天鹅肉呢。不知天高地厚的玩意！纯是个小要命鬼儿！杨四姐肚里有气，一边骂，一边攥拳头。

杨四姐歼灭了最后一根烟，从东北发往北京的列车才到站。正愁木草的手机号联系不上，多年不见，也不知这怪物长成啥样子时，嘿，冷眼一看，把鼓一肚子气的杨四姐给逗乐了。

只见一个身穿白色麻纱长裙，领子袖儿系得严严实实，像古希腊的一个女子活生生闯入杨四姐的视野。要命的是，她还梳着农村人特有的一条又黑又土的大辫子，七松八懈地耷拉在胸前，更不用想披上浮华外衣的架势。就这样一个长得很有考古价值的人儿，举着一张白纸，上面写着：木草。

奇怪？一眨眼的工夫，白衣影儿拎个布袋子，撒开两条长腿跑起来啦，偏离了杨四姐的方向，嘴里喊着，你给我站住，给我站住！她向出站口东边追一个跑得比兔子还快的男人。她后面有个抱着两三岁孩子的少妇，先是惊慌失措，然后也跟着跑。

杨四姐还没反应过来，眼见木草追上那个男人，吃力地拽住人家的后衣襟，却被那个男人甩在地上。木草接着抱住那个人的一条腿，死活不撒手。气急败坏的男人亮出一把水果刀，木草还在大叫，抓小偷……

不知从哪儿冒出的便衣警察制服了那个小偷。小偷被带走，木草和抱孩子的少妇被带进了车站警务室。

接受调查处理完毕，木草的白裙子上沾满了污渍，她还背个布袋子，布袋子里鼓鼓囊囊也不知装的是啥。木草把头发重新绑了一下，然后揉了揉被小偷弄疼的大腿。杨四姐没好气地瞪着外甥女，然后站在门外打了一个手势，命令她赶紧滚过来。木草有一种难言的情绪，叫了一声，四姨！眼泪就吧嗒吧嗒地往下掉了。

木草想，现实是多么残酷啊，师范毕业的自己现在真成了一个无业游民。木草在杨四姐接过她包儿的瞬间，擦完了眼泪，看清了眼前的杨四姐。杨四姐被盛夏似火的骄阳晒得像只乌鸡一样黑。她身体丰满得前凸后翘，招来路过的几个半大老头子们不安分的眼神。她漂染成酒红色的头发高高地扎起来，指甲尖尖，分别染成赤橙黄绿青蓝紫黑白，厚厚的大嘴唇子涂抹得像个血口子。整个人妖妖道道的，这么说吧，绝对是农村小孩看一眼会吓哭的主儿。再仔细看，木草看到四姨的眼睛里全是浑浊不清的念头和欲望。

杨四姐劈头盖脸地问，你电话咋回事？打好几次不在服务区，上哪嘎达服务去了？木草说，我把好手机留给姥姥了，怕她联系不上我，所以把旧手机带来了，不承想充不进电，可能尾插坏了，一点电也没有了。杨四姐嚷嚷说，你给你姥姥多好的手机也白瞎，她会发信息能上网咋地？你咋不考虑后果呢？真是个傻货！木草不承认也不反驳。

杨四姐往上提了提包带儿，敲打两下，随口问，你这里装的是啥？死沉死沉的。木草看四姨问立马兴奋了，笑着高声说，除了我的东西还有给你拿的呢。杨四姐说，给我拿啥？酸菜粉条子蘑菇小鸡儿木耳超市都有。木草说，北京没有的才给你拿。杨四姐说，你个山炮，北京啥都有，缺你拿呀。木草说，就是没有嘛，我给你拿的是鞋垫和鞋。鞋垫是我亲手编的，用咱家甸子上的靰鞡草编的，鞋也是用它做的，北京不可能买到。北京冬天没火炕，怕你脚凉，穿上暖和，夏天垫上这个鞋垫干爽，你不是有脚气吗？垫上保准好。杨四姐一怒，骂道，谁有脚气呀？跟别人乱说我抽你，有你这样满大街叫喊说我有脚气的吗？木草一缩脖，还有一些没说完的话，也就没必要说了，也不敢说了。

杨四姐继续带路前行。

走了一会儿，杨四姐回头问了一句，火车上吃了几个盒饭啊？木草怯怯地说，还没吃，等我想买盒饭的时候，到我那儿就卖没了。活该！没吃饭还跑得那么快呀？！你说你！杨四姐站住了又吼道，一个外地来的小姑娘家家的，管那么多闲事儿干啥！咋地？还想来北京当警察啊？那小偷一刀扎死你咋整？我告诉你，要不是你姥姥又哭又嚎的，我才不会管你呢。木草起先不吭声，见杨四姐停住脚怒视她，就嘟囔说，小偷就在我身边下手的，那大姐和我坐一趟火车，还是同座，她包儿被抢，我能不管吗，她还抱个那么小的孩子。啥？北京缺你不行是吧？北京烂事多了，你管得过来吗？就算小偷把钱偷走，别人的钱，碍你什么事儿？抓小偷有人管你饭吃啊？警察是给你办个北京户口啊，还是谁能给你买个房子啊？你也不看看你是谁。你瞅瞅你那熊样吧！杨四姐像小野兽一样，蛮横地骂着木草。

杨四姐又瞪了外甥女一眼，往前走。木草闭上嘴不说话了，她看四姨为了接她，已经是又热又急，顺脸淌汗。木草没有母亲，便心疼起四姨来。

杨四姐领着木草倒了三趟车，东拐西拐，绕进一个不带电梯的小区，是六楼的两居室。木草看了一下房间，很通透，就是乱，像鸡窝。

杨四姐把钥匙放在桌子上，脱鞋，说，我好几天不在家，也没买菜，给你煮点方便面吃得了。不是，你咋说来就来呢？去年旅游团少你不来，今年正忙着挣钱，你来凑热闹。告诉你啊，我说不定哪会儿还得上团，你就先歇两天，然后滚回东北。你姥姥打电话还说，让我劝劝你，赶快回去，安心地当你的老师。我不回去！木草把包儿放在地上，语气坚定地说道。

昨天半夜三点上的火车，这会儿，木草才觉得腿脚酸软。木草蹲在地上，把包里的东西往外掏。先把姥姥晒的干豆角拿出来，再把鞋垫和鞋放在杨四姐面前。杨四姐说，拿干豆角就行了，谁叫你拿这个？！我能穿它？啥年代了，让我过山顶洞人的日子啊？你脑袋让精神病菌侵入了吧？木草说，四姨，鞋垫大了，幸好我还带了一些靰鞡草，可以重新给你编个合脚的鞋垫。对，我还给你做了个工艺品呢。做了三天才好。你看，用靰鞡草编的小鸟窝，里边还有用靰鞡草叶儿、根子做的一只小鸟和用纸做的鸟蛋。这都是我的创意。活生生一幅农家小院的景象呢。

杨四姐不说话，瞪眼干看着木草，都看燃了，瞬间蹿火，骂道，滚，我要这？就一只鸟？一个蛋？你这是让我孤独终老，鸡飞蛋打咋地？木草摇摇头，说，四姨，我不是那个意思，是让你想家的时候看看，心里会暖和。好，那我以后再做一只鸟补上，行不？杨四姐又骂，暖和个屁，你净整这没用的东西。告诉你啊，统统拿一边去！我不要，你别说了，再说，我都扔楼下去！

木草看杨四姐这态度，心里有点酸，双手只好小心地把掏出来的东西又收回去。

杨四姐叉腰看着木草，紧接着把舌头伸向历史，开始翻腾起那些陈芝麻烂谷子。哼，不怪人家说，八旗子弟没出息。我问你，你爸把祖传的那块玉如意，是给你大姑了，对吧？那可是你们家祖传的宝贝，应该是你的！你妈活着的时候，就在她柜子里锁着。谁不知道你爸当年就是用它骗我姐跟他好的，骗到手就不稀罕了！你这个傻货，你心里要是有我，就该把那块玉如意给我背来，谁叫你背这些没用的玩意来？！木草抬头小声问，四姨，那块玉如意，到底是真的假的呀？杨四姐说，那还能假？你傻呀？那可是你太爷的太爷给皇家看牧场，是孝庄皇太后赏赐的。你这个熊玩意，咋不知道跟他们要回来？你……

木草闷头坐在那儿，不出声了，像个被世界放逐的人，疲惫、孤独、迷茫、恍惚。她愁苦地望着杨四姐，对于四姨的一通狂轰滥炸似的质问，木草不知道怎么应对。她已经半年没见着爸爸人影了。至于那块玉如意，她也只是上中学的时候见过，后来不知去向。

杨四姐又瞪了木草一眼，使劲放着厨房里的水……

就在杨四姐把两捆干豆角放在橱柜里的一瞬间，她发现，她心底的那根弦儿，突然动了一下。一时间，杨四姐想自己守寡且空巢多年的母亲了。站在厨房，一切都不请自来：母亲枯干的身影，东北沉寂的小镇，不堪再想的往事……

杨四姐只有一个亲姐，有两个排行老二老三的叔伯哥哥，尽管远了一层，还是按着家规，按年龄排序老四，取名杨四姐。姐姐当年嫁给了木建国，一想起木建国来，杨四姐就生气，她啪的一下把洗菜盆摔得大声响。

哼！建个屁，见鬼去吧！杨四姐暗骂。杨四姐觉得骂他打他都算便宜他了。木建国喝大酒，耍小钱，姐姐快临产了都不在家，去和别人鬼混。姐姐生木草难产死后，在这个世界上，除了母亲，杨四姐再无亲人。杨四姐认为，造成这种悲哀的罪魁祸首就是木建国。

锅里的水哗哗开，杨四姐咬牙切齿地往锅里打鸡蛋，下方便面，随后，杨四姐将几棵油麦菜撕吧撕吧就扔锅里了。

杨四姐调小了火苗，看着锅，她想起和姐姐一个锅里抢肉吃，她总是能抢到最瘦的那一块。出事那天，上初中的她正在写作业。姐姐一下子就没了，她不知道怎么样能让姐姐活过来。从小，姐姐带她玩儿，教她写字儿，有好吃的总留给她。姐姐出嫁那天，抱着她哭，哭了好久才被婆家人接上车。出嫁两年就死了？死了？想到娶走姐姐的姐夫，她就恨。恨姐夫，她就讨厌那个小要命鬼儿。

那会儿，看到母亲抱着吱哇乱叫的木草，杨四姐就烦。想想这个头发根儿发红、发梢发黑的家伙，换了姐姐一条命的“怪物”，她恨不得扑上去，像捏死臭虫一样，当场捏死木草。只因被母亲发现及时，她才“犯罪未遂”。她不想回家，尤其在姐姐死后，见母亲心思全不在她身上，格外心疼起小要命鬼儿来。母亲还给小要命鬼儿取了乳名，说是为了好养活。因为那个乳名土得掉渣，遭到所有人反对，后来没叫响。在没人的时候，她亲耳听见母亲叫小要命鬼儿几声乳名，叫的时候还眼泪吧嗒的。她越来越叛逆，撕书本还逃课，经常把男生揍哭。高中没念完，就和一个家庭条件比自己好的叫刘号的男生恋爱、同居了。学校只好把她开除。好景不长，刘号家人知道真相便强烈干涉，逼他俩断绝关系。他俩起誓发愿，海枯石烂不变心，生生世世在一起。至今，让她都想不明白的是，刘号突然失联了。一气之下，她登上火车，来到北京，她要彻底忘掉刘号。母亲因她的出走大病一场。之后，木草被镇上的姑姑领养。

初到北京，杨四姐心情刚有好转，就又差点精神崩溃。没几天，杨四姐身上的全部家当，被前门附近黑旅店老板扣得毛干爪净。杨四姐饿着肚子在街上瞎转悠，迷迷瞪瞪走到天安门广场，饿得实在受不了，杨四姐就跟一个小摊贩要面包吃。小摊儿贩见杨四姐模样不错，就帮她介绍了份工作。杨四姐先是在天安门附近卖旅游纪念品，之后拉拢外地游客参加黑一日游，接着又干了两年黑导游。这期间，杨四姐认识了开旅游车的司机刘万军，俩人好上了。

锅里的方便面快被杨四姐煮成“方便泥”了，她才关掉火。提起刘万军，杨四姐心里还是堵得慌。这小子两天没给她打电话了，也不知道死哪去了。刘万军的家在北京昌平，非但有老婆，还有两个女儿。他俩好到第三年年底，刘万军承包了一个车队，当上旅游车队队长，手下管着十几辆车。刘万军托关系，找人帮她弄了一个导游证。随后，刘万军租了房子，俩人鸟悄儿地住在一起……

杨四姐煮好卧俩鸡蛋的方便面，端上来。木草心里一热，几乎脱口喊出一声娘，但随即却又硬生生地止住了自己：杨四姐把脸一仰，眼睛一眯，转身，走了。杨四姐径直走进洗澡间。木草拿起筷子，看看碗里，挑了几下，啥也没挑上来，她放下筷子，低着头，像喝面糊一样吃起来。

表面上看，杨四姐与木草缓和了，可她心里对木草就是亲不起来。刚刚，端碗进来的瞬间，杨四姐发现木草长得像木建国，尤其是鼻子，越看越像。这使杨四姐心里立马生了几分怨气。

等杨四姐湿漉漉地从洗澡间走出来，木草已经把碗筷洗干净，还把乱糟糟的房间收拾利索。杨四姐一边擦着头发一边训斥，你虎咋地？小学老师也算铁饭碗啊，多稳定，你咋说不干就不干了！你痛快回家教你的学生去。木草说，我真的不回去了，我宁愿流浪，谁的青春不流浪呢？四姨，你可不知道中心校的校长有多坏。他好恶心，都传他很好色，他还……唉……木草省略了后面的话。

杨四姐问，咋的？校长也干这个了？！我说嘛，都是早晚的事，没一个省油的灯。木草说，四姨，所以我投奔你来了。反正我不能在学校干了。我喜欢文学，这回，我决定当作家。杨四姐没听清楚，问，啥？当啥？木草说，当作家呀。告诉你吧四姨，我在学校的时候，除了教课，还负责管理学校的电脑。那时候，我就在文学网站写东西，大佳网上面有我作品，还有人评论我写得好呢，点赞的可多了。那个大佳网就在我们北京，所以我才来的。杨四姐吃惊地张大嘴，说，啥？啥啥？当作家？大佳网？狗屁作品！我们北京？！呸！啥是我们的？你做梦呢吧？点赞？有什么用？就像一群耗子到头来都得喂猫！

木草含着一条柔软的舌头，黯然失语。

刘万军的电话终于来了。杨四姐去大卧室接听，顺手关上门。

杨四姐说，你躲我呀？前晚上、昨晚上你都不接我电话。刘万军说，宝贝儿，半夜十一点，不方便接。杨四姐说，你现在给我打电话，我还不方便接呢。刘万军说，别斗气了，宝贝儿，我这就过去。我让司机替我去北戴河了，现在就过来陪你睡一夜。前段时间，我二女儿高考把我折腾得筋疲力尽，刚缓过来。杨四姐说，缓过来也没用，我外甥女来了。刘万军说，四姐，这几天正是咱俩的好时候，你这儿怎么闯出个外甥女来？来得太突然了吧？她来了，怎么办？杨四姐回敬道，你啥意思？她已经来了，我还能怎么办？刘万军说，那，那她什么时候走啊？我去多不方便。你说，这点儿赶的。杨四姐急眼了，放什么屁啊！你为了你那个口口声声说不要的家，有半个月不理我了吧？什么东西！你回昌平我打电话你都不接，你那玩意憋两天就忍不住了？装什么犊子！

刘万军呵呵笑，说，你看你，张嘴儿就骂，真是改造不了的东北大傻娘们。我什么那玩意忍不住啊？我孩子不是高考吗？这不，忙完就想过来嘛。我发誓，就想和你在一起。杨四姐咬牙切齿，滚一边去！还发誓？发誓等于放屁。你不是说，让我等你孩子高考结束，就和她离婚吗？我看你离不离，玩我好几年了，玩够了想甩，门儿都没有！

杨四姐骂刘万军那是小菜一碟。常常是骂得刘万军体无完肤，好像这样美容养颜似的，能排毒治病，因此杨四姐不用保健品，也很少吃药打针，也许，靠的就是这个。

刘万军笑了，没脾气，他心里想，女人就是病人。刘万军说，行了行了，我会给你一个结果，等孩子高考完，我们的事我会处理。哎，你外甥女来了，你和她提我没有啊？我请她吃顿饭吧，也给你长长脸，晚上大排档一起喝点儿。杨四姐说，喝个尿！房钱该交了，别总是我向你要。刘万军说，我记着呢，四姐，明儿个不带团吧？该歇歇就歇歇啊。宝贝啊，我心疼着呢。

情人刘万军犯错后，几句连哄带发誓的情话，总会让杨四姐的心阵前倒戈。

杨四姐说，我哪有工夫介绍你啊，那个要命鬼儿，我后天就给她打发走。小要命鬼儿！气死我了，书算是白念了。留着她也会给我没事找事，指不定麻烦就来了。刘万军忙问，怎么啦？杨四姐喘着粗气说，你说就她那样的，还要英雄主义呢！从火车站出来不赶紧找我，跑着抓小偷，差点没让人给一刀捅死。这纯是一个虎犊子！说那个话就是新新人类的话，我现在都一肚子气。哎，你出点血，算对我这段的安慰，我明儿个给她买一套新衣服打发回去，省得我妈那儿说不过去。穿得那个土气，就别提了，半点儿眼光都赶不上我。我跟她有血缘关系，她却没有像我和我姐的地方，随她那个王八犊子爹。刘万军说，成，顺便我把房租钱给你，我早准备好了。四姐，打发她走就得了，好不好？你也别生气，大热的天儿，再气出个好歹来，没必要。晚上请你们在小区门口那家馆子吃饭。

刘万军努力圈拢着他的情人杨四姐。

晚上七点半，杨四姐走进小卧室叫醒木草，因为刘万军已经到楼下大排档等了。木草正在做梦，梦见自己的学生掉河里了，她正急得浑身是汗时，被四姨惊醒。杨四姐说，晚上到外面吃饭，是我的一个朋友，手下有一个旅游车队。你不要穿你那破衣裳，我有一条宝石蓝连衣裙，我胖了，现在穿小，你一会儿穿。等你回去之前我给你在北京买套好的。杨四姐说着，就去拿那条连衣裙。

木草幸福的眼泪快要掉下来了，这么多年，没穿过四姨一双袜子呢。过年过节，姥姥给她钱都是背着四姨。

木草说，不用花钱了。四姨，你也不容易。那个朋友是男的女的？是我未来的四姨夫？木草心想，四姨这么大了，要是在老家说不定孩子都上小学了，可她还是单身呢。杨四姐说，废话，找女的，我有毛病啊？别瞎问，有你吃有你喝就行，谁知道以后的事儿。

木草把裙子套在身上，照了照镜子。杨四姐在背后看，她觉得这丫头真瘦，名字没白取，像根草木一样顺溜。木草说，好看是好看，裙子再长一点就好了。杨四姐说，你懂个啥……

路边大排档烟雾缭绕，烤肉烤鱼烤菜一应俱全。耳边传来烤箱上食物的嗞嗞响声，伙计们的吆喝声，还有酒瓶子的叮当声。杨四姐和木草穿过大排档，向饭馆走去。

看见刘万军，杨四姐给他们介绍了一下，让木草叫他刘叔。刘万军一打眼，就看出杨四姐的误判。这丫头年龄不大，绝对是蔫有准的主儿，那表情不会像是住两天就能被杨四姐打发走的。这个木草骨子里有种劲儿，但刘万军文化不高，说不出来，只是感觉。

穿着一套黄色睡衣的杨四姐，在灯光的映照下，显得明艳异常，她那神态，就像杨贵妃一样。刘万军百看不厌，害得他恨不能现在就把事儿办了。刘万军有自己的小算盘，一个女儿工作，一个女儿也高考完毕，他该专心要个儿子了，当然是要这个杨贵妃一样的女人给他生。计生委罚点钱没问题，关键是上户口怎么说呢，他压根不想和老婆离婚，他可不想把动静弄大，别看他多次在杨四姐面前起誓发愿。

杨四姐眼睛盯着菜单，坐在那儿招呼服务员点菜。

木草端庄地坐在那儿，有时偷眼看看四姨的这个朋友，有时礼貌地给他倒水。

木草越来越觉得这个世界太奇妙，四姨长得大大咧咧，又肥又壮，而面前这男人就像干炸鱼一样，个子也就到四姨肩膀那儿，一双小眼睛叽里咕噜乱转，四姨的眼睛里能装下他的四对眼珠子，但这个人的心眼儿好像不一般，四姨的八个也不顶他一个。不过他的做派要比东北人讲究文明些，还有一点的优越感带出来的架子。说话声韵很好听，一口的北京腔，当然，木草还没有能力听出他特有的昌平北京话来。

过了一会儿，刘万军接了一个电话，是女儿打来的，问他回不回家。杨四姐很不高兴，故意浪费，又点了三个硬菜。

木草看出杨四姐和刘万军隐秘的眉来眼去，再把偷听的几句话放在心里一琢磨，料到他们关系不正常。木草断定，完了，这个和四姨眉来眼去的男人有家室。这男人的孩子都参加工作了，这北京人长得咋这么年轻呢，一点也看不出快五十岁了。

杨四姐要了麻辣小龙虾、田螺、酱鸭脖、烤鸡翅、酱鸡爪、烤鲟鱼、烤羊排、煮花生、拌腐竹木耳、油焖大虾。服务员打开了四瓶啤酒。杨四姐和刘万军吃得很香，残骨头空壳子满桌子都是。杨四姐酒量比刘万军大两倍还得多。

木草有些眼生，做不到他们那样又啃又抓的。杨四姐嚼着小龙虾说，傻狍子，吃啊，这么多都是你刘叔请你呢，啃这爪子。杨四姐递过来。木草没接，推着说，谢谢刘叔，四姨，我不爱吃这个，你吃你吃。气得杨四姐塞自己嘴里，叫服务员给木草上米饭。木草闷头吃米饭，偶尔夹几筷子青菜。

杨四姐喝了一口酒，打了一个嗝，对刘万军说，这钱不好挣了，客人都猴精，买东西的越来越少。旅行社的那得海和吴瑕更是猴精猴精的，我看透了，这对狗男女还想要好马，又要马不吃草，炖个鸡汤，恨不得要那只鸡在汤里下个蛋出来。唉，要挣钱难喽，不行还得想老办法。刘万军说，什么老办法？你说的是过去黑一日游的老办法啊？杨四姐说，是啊，就别让旅行社知道，你和你车队的司机说好啊，别说漏了，和客人说，水关长城就是八达岭长城。外地来的人蒙灯，长城都是一堵墙，谁也不懂。当然不是团团这样把八达岭换成水关，每张门票差价很大。刘万军喝了一口啤酒，说，就你胆子大，搂着点儿啊，旅行社滕曼和那得海这两口子也不是吃素的，计调吴瑕特鸡贼，你得有一拨儿自己的导游，这样稳妥一些。

正说着，那得海来电话了。说云南那边和旅行社签了大批合同，让刘万军保证大巴车的数量，如果不够，还请刘万军帮忙，联系几个好的车队一起干。

刘万军心里高兴，但嘴上还说，那总啊，现在团太多，好几家旅行社老板都被我得罪了，现在就给你小世界旅行社一家拉活，少挣了不少钱呀。手下兄弟说，有的社车费比你给得高。他们还劝我呢，我说，那不行啊，答应那哥就得兑现。不过，你也为我们考虑考虑。

那总说，老弟放心，等忙过旺季，我好好请你喝一顿，有些话，咱哥俩见面说。对了，杨四姐和你说过没？我们社里可很重用她啊。她确实带团有两下子。购物店的老板和我说了，我们社的杨四姐一带团去，他们的营业额就噌噌地往上涨。论业绩，我们社的米虎、胡连成他们累死也赶不上啊！刘万军阴阳怪气地说，那好啊，以后办个学习班，好好让你们社导游跟我家四姐学学。那总说，没错，米虎他们还真得跟四姐好好学带团技巧。当然，那总说这话是一箭双雕。他知道杨四姐的来历，他也知道刘万军的实力。

杨四姐对着啤酒瓶吹，还不够，又要了瓶二锅头喝起来。杨四姐那张脸毫不变色，不过，眼睛有点直。杨四姐喝了一大口白酒，敲了一下桌子，吓了木草一跳。杨四姐说，咋样？我杨四姐也有今天，我一跺脚让北京城旅游界乱颤！胡连成、冷雪君、吴瑕、那得海、滕曼都算个屁呀！米虎离了我行吗？哼，谁不服？啊？她站起来要去厕所。

木草赶紧起身把杨四姐扶到厕所门口，小声说，四姨，胡连成是谁？米虎又是谁？杨四姐说，社里俩男导游。别看他叫米虎，带团跟绵羊一样。杨四姐说着，要呕吐的样子。木草说，四姨，别喝了，你看你喝多了，也不怕刘叔笑话你，那么多北京人看着你。杨四姐一瞪眼珠子，啥？笑话我？我还看不起他们北京人呢！木草心里想，看不上还这样子呢，这要看上了还会啥样呢。等杨四姐出来，木草又扶她回到座位上。

杨四姐的舌头又伸向了现实——钱，冲着给她倒水的木草说，小要命鬼儿，你是刚从校园爬出来，还不懂得钱的厉害啊，没钱，你四姨在北京能活吗？那年我差点要饭，要不是那个面包，我得饿死。要是当年有钱，你妈，我姐能不住好医院，能难产死吗？要是有钱，你刘万军敢这样欺负我，能说话不算数吗？反正我就一颗心，你们看着伤吧！

杨四姐喝多了，对着和她坐得最近的两个人，数落数落就哭起来，一把鼻涕一把泪的，旁若无人的样。

刘万军看杨四姐当着她外甥女的面埋怨自己，不免有些尴尬，忙把纸巾递到杨四姐面前，说，好了，好了。一喝就多，一喝就犯病，外甥女在这呢，有话回去说。是我不好，宝贝，别哭了。杨四姐用胳膊肘打刘万军，骂一句，滚犊子吧！杨四姐每听到这个油嘴滑舌的一忽悠，就越发撒娇。

木草给刘万军续茶水，看他和四姨那样，就不好意思。过了一会儿，木草就和杨四姐要钥匙。她站起来，说，刘叔，谢谢请我们吃饭。您照顾我四姨吧，我已经吃饱了，坐火车也累了，我先回去休息。

木草走了。

木草上六楼进屋儿已是一身汗，她只好洗澡。洗完澡，她擦拭着身上的水珠，然后把电风扇打开到中挡。她还是感觉不到凉爽。北京太热，似乎热得很含蓄，让人不知所措，不像东北，热得坦率，一热就知道咋办能凉快。

木草穿个小吊带裙坐在椅子上梳理头发。她照了照镜子，梳几下头发，不知咋的，家那边的事儿就被理出来了。想想倒也有几分伤感。成长的点滴之事，尤其那些无法跟外人说出口的部分，也只能她自己尝试着，由大化小，由小化了。可终究有些事，无论如何也消除不干净，赖在她的心底，形成了一道道阴影。

木草并不清楚，被姑姑从姥姥身边接走时，她到底几岁。姑家有个小她四岁的弟弟，姑姑前两个孩子比她大，可惜都夭折了，害得姑姑差点哭瞎眼睛。在两个家生活，却那么不同。跟姥姥在一起随她肆意任性，在姑姑家就得乖巧听话，尤其在姑父面前，她更是处处小心。但小心也不顶用。有件事儿，姑姑一直不知道，她也不敢说。在她十四岁那年，姑父掀她的被子，吓得她大气不敢喘，怕姑姑知道，只能拿枕边的手电筒打他。

木草停止了梳头的动作，可是，对另一件事的回忆，又在进行。

师范毕业后，木草想，她终于能挣钱养活自己了，可走向社会才知道，那只是她的一厢情愿。谁知，进学校工作也不容易。父亲除了喝酒，吹牛，显摆他家族的光荣历史外，没什么本事，还是姑姑求爷爷告奶奶地把她送进镇上的中心小学。校长答应让她先实习三个月。木草相信她的春天到了，豪情万丈地奔赴她的岗位。

一个周末的午后，校长找她谈话。木草正在电脑室上网，写学校一个会议通知，顺便把新写的散文发布到文学网站。木草恭敬地站起来和校长打招呼。校长看四下没人，故意把手放在木草肩膀上，按在上面说，你坐你坐，等你写完把它打印二十份送到我办公室去。木草满口答应，说，好的，校长您稍等，我马上弄好。

校长接过木草弄好的会议通知，老到地看看，然后走近木草，说，这个字不清楚啊。木草过来看，问他，校长，哪个字不清楚，给我看看。校长贴着她的耳朵，说，就是你身上的字不清楚，嘿嘿，我想看看摸摸，不拒绝我吧？木草吓得往外跑，校长没截住她。木草边跑边想，校长怎么这副德行？伸手就摸人，也不知咋当上的领导。

又过了一个半月。木草刚给孩子们上完课，校长传话，说，下班后要木草去办公室，找她有事儿。木草怯生生地推门进来。哪知校长竟借实习后能否留校的事提出非分之想。木草自然不同意，也就意味着她这份工作干不下去了。

天哪，从小就立志成为一名人类灵魂工程师的愿望，倒成了一个师范毕业生的奢望！终于，在一个快天亮的早晨，她为自己做出抉择——投奔四姨。

而今，她已抵达北京，来到四姨的住处。她看看墙上的钟，快十一点了，又看看窗外，还不见四姨回来。她不知道自己的抉择对不对，更不知道那个刘叔和四姨的关系将如何发展。

北京的白天和所有大都市的白天是一样的，因为所有人都在急赤白脸地挣命。但到了晚上，无论城市，还是人，都放松下来，非常本色。这种本色很迷离、私密，让人心里很容易蔓延出白天感知不到的一种情绪。北京城里，已近午夜。这个时候，京城的夜晚黑得最有情趣。

桌前，只剩下了两个人。刘万军麻溜地贴到杨四姐身边。杨四姐不瞅刘万军，喝了一口酒。趁着夜色，刘万军狠狠地摸了杨四姐一把。紧接着，他又搂住杨四姐的头，轻咬杨四姐的耳朵，那样子像个发情的小干巴驴子。杨四姐踹了他一脚，说，你再说话不算话，你就下地狱蹲牢房！刘万军说，别介，嗨，有一个地方更适合我去。你猜哪儿？哈哈，是你的被窝儿。杨四姐骂，滚犊子吧！刘万军说，四姐，这回，说正经的，我真想好了。听我的没错，咱们一步一步来，我们赶紧要个儿子。杨四姐说，为了你，我都做掉一个孩子了，感情你有闺女了，我还啥也没有呢。打今儿起，不管你种的是啥，我都会生出来，不会上你的当。刘万军挤咕着小眼睛嘿嘿笑。

刚缓和一下，刘万军的手机提示他有三条短消息。他不看就知道是老婆发的，他没回复。又喝一杯啤酒的工夫，大女儿又发来短信。刘万军心里清楚，老婆这个人没主意。

其实，说刘万军老婆没主意就错了，老婆有老婆的主意，要老公干吗，不就是拿主意吗？老公不就是远走高飞的风筝吗？老公就是想找随时找得到的主儿。因此，只要刘万军不搭理，一有风吹草动，他老婆就会嘱咐女儿们给父亲发短信，速归，或者速回话。

这招儿弄得刘万军苦不堪言，尤其和杨四姐在一起的时候。无奈，刘万军给老婆回了电话。他老婆问，三姐家孩子结婚出多少份子钱？人家等你陪酒呢。刘万军没好气地说，我这儿正开车呢，这么大点的屁事还跟我说什么！你爱花多少花多少，你看着办吧。说完把电话挂了。他以为那样大声地呵斥老婆，会让杨四姐心里舒服些，会让她感觉到他是爱杨四姐的，同时，证明一下，这段时间没来找她，也并不是把爱给了老婆。不承想，杨四姐爆发了新一轮的进攻。厉声说，刘万军，我算看透了，你就防我有能耐，拿我一个人当贼是吧？你挣的钱你老婆自己做主，随便花，可劲造。我花钱自己挣，挣不来就拉倒，是吧？杨四姐对着刘万军半撒娇半撒野。刘万军忙说，哎呀，宝贝，小点声成吧？别这样。

刘万军看着杨四姐，感觉面前的她像沉浸在情感里的恐怖分子一样。

杨四姐停了一会，又瞪眼说，你自己说，除了交房租你说你给过我几个钱啊？我连防晒霜都没有，你是怎么关心我的？你究竟关心我哪儿？你良心让狗吃了？刘万军习惯了杨四姐的发病期，所以只笑不狡辩。他擦了一下手，把钱包拿出来，点过八千块钱。杨四姐说，你们北京人真抠，去了三个月房租还剩什么，够干啥的？刘万军听杨四姐这么一说，又拿出四千，杨四姐装进口袋。

刘万军的电话不断，杨四姐以为还是他老婆打来的，擅自做主就给他摁掉了。刘万军看了一下说，哎呀，这回不是她，是客房部经理，我哥们小李子打来的，我问问他有什么事。

小李子是一个宾馆客房部经理。私下里，他还干一些别的“小生意”。等刘万军打完电话，杨四姐问，他找你啥事儿？刘万军说，有一个南方老板，要找一个情人，要求素质高的，清纯无比的，介绍人有好处。杨四姐低着头啃鸭脖子上的肉，突然她停了一下，说，有好处我就给他找一个。

刘万军再次回拨小李子的电话，告诉他可以介绍。

米虎这货像个无头苍蝇，一个人在外面乱闯。米虎怕孤独，越怕越焦虑，他的焦虑逐渐变成了绝症。送南方来的旅游团上了火车后，累得要命的米虎回来睡了一觉，才算是暂时逃脱了绝症的折磨。

夜色遮住了米虎那副穷酸样，而夜色里美人还是美人。米虎正在一个神秘的晚上约会吴瑕，就是小世界旅行社计调。他偏说吴瑕长得像八三版《射雕英雄传》里的蓉儿。

米虎直勾勾地盯着近在咫尺的吴瑕，恨不能盯出一窟窿。吴瑕那清清爽爽的披肩发仿佛刚刚熨烫过一样垂直，忽闪着含情脉脉的眼睛朝他仰视，她穿着轻如蝉翼、薄似烟雾的吊带纱裙，很是招惹人想入非非。

对，软弱永远也进入不了爱情的王国，米虎又一次警告自己。想到这儿，米虎一把将吴瑕的手抓住，就势把她拽到自己怀里。顿时，米虎觉得胸膛前软软囊囊的。米虎使出吃奶的劲儿，抱紧再抱紧一些……

忽地，米虎感觉奇痒无比，顿时醒了，他看见一只灰黑色大蚊子撅着个性感的屁股在欺负他。米虎愤怒地拍死了这只叮在他大腿根上的、干扰了他做春梦还不知犯了死罪的蚊子。顿时，一包血染红了米虎右掌心。米虎擦擦手心，褪下短裤甩在地上，去冲洗一下自己。

洗毕，一种沮丧再次袭来。米虎不禁又琢磨：自己是不是太那个了？不争气的那里总是困扰他。米虎真想把自己的那根花花肠子给剁了，这也许是他无限困苦的根源。一时，他很恼怒。

二十三岁的米虎是南方人，却长着北方人的高个子，头发自来卷，密密的，像一团盛开的黑色菊花一样。米虎长得很帅，只是性格有些内向，中《射雕英雄传》的毒太深，他喜欢黄蓉，所以一般女孩入不了他的视线，当然，没人爱上他这个三无的北漂却是千真万确。

米虎第一个梦想是像哥哥一样上大学，在大学谈一场梁祝似的恋爱，可惜，他的这个梦想被现实打败。米虎还梦想过当演员。两年前，他来北京刚下火车，就狂躁不堪地跑向北京电影学院，他想实现自己的明星梦。不幸，他在北京电影学院门口饿了三天，也没遇到半个导演。为了活着，米虎发过卖房广告，当过搬家公司的搬运工，最后熬到今天，也算是进入了介于白领和蓝领之间的一个特殊阶层，他成了一名北京导游。

米虎在旅游圈摸爬滚打了半年有余，也算是入了旅游界的道儿，进了旅游门儿，他期待真正登堂入室。

电风扇吱吱嘎嘎地转着，米虎躺在那儿瞎琢磨，他越来越觉得自己进入的旅游界和演艺界出奇地相似。

这算不算老天在变相地帮他实现演员梦？难道自己已经步入演艺生涯？不是吗？旅行社组织的旅游就像上演一台大戏，有制片人、编剧，有导演、演员、剧务。哦，谁是制片人呢？对，组团旅行社就是制片人，客源、资金、后期宣传都是他们完成。何谓组团旅行社？说白了就是游客交钱的那家旅行社。地接社就是编剧，各种路线、各种玩法都由他们编划，景区、旅游车、饭店、宾馆、导游都是他们编排。

导演有多个，比如旅行社经理、计调都算是。领队也可视为导演，他是旅游团里的带头人，他控制着整个旅游团队。

导游就是演员，演好了，演砸了，那都是本事问题。司机相当于小剧务，干不干活，怎么干，那是至关重要的。导游这个演员演得再好，如果司机这个剧务没有尽职尽责，比如天热不开空调，想听音乐，车上音响设备坏了，为了省钱不走高速公路。这样，导游本已经和游客搞好的关系，瞬间就会让这个剧务给毁了。

景点就是这场戏的布景，好的布景会让整场戏锦上添花，不管是长城、故宫、颐和园、天坛……哪一个都是响当当的。

那道具在哪儿？导游和司机身上带的那些饰品物件就是道具。导游杨四姐手上的“蛇纹玉镯子”，导游冷雪君脖子上的“十三陵水库产的珍珠项链”，车队队长刘万军屁股底下的“玉石垫子”，导游胡连成腰里挂着的“翡翠貔貅”，北京所有旅游司机车上挂着的“景泰蓝平安符”……不怕游客们看不见他们身上的道具，过几天，不用问，司机开车，导游带路，准能千方百计带客人买去。

在这场大戏中，游客究竟算什么呢？导演是组团旅行社经理呢，还是地接旅行社经理？究竟是谁导演了这场戏？

米虎正纠结在戏里戏外呢，手机这时响了。是小世界旅行社的滕曼经理打过来的。

米虎腾地一下子坐起来，一边接听电话，一边找另一条干净的短裤往上套。电话那端传来滕经理的声音，小虎啊，怎么这么久才接电话？还没睡醒？天呐，都十点多了。

小虎？这样的称呼，像断了线的风筝，忽忽悠悠地飞远又飞了回来，这让米虎突然间涌出来一种离家很近的亲切感。自从到外地闯荡，第一次有人这样对自己和风细雨，还散发着母性的温柔。米虎听到滕经理亲自打电话，还这么称呼自己小名，心里暗暗琢磨，要是有一天，吴瑕也这样对自己说话就好了。

想碎脑瓜骨，米虎也不会猜透这位八面威风，且已四十五岁的滕经理为啥这么客气。

米虎说，滕经理！真不好意思，我刚……刚……刚刚醒。哎呀，我居然睡得这么死，都快十一点啦。米虎有点紧张，说话磕巴起来。他提了一下短裤往外看了看，米虎没有看见什么，因为自己租住在半地下室里。

滕经理提高了嗓门说，就说去年吧，赶上汶川地震又是金融危机，差点没关门，今年倒好，旅游团一窝蜂似的都来了，旅行社快招架不住，简直忙冒烟了，快，赶紧的，临时决定你还得接个南京团。等会啊！让吴瑕和你详细说，我还要接那总电话，稍等。滕经理放下一部电话又小跑着去接另一部电话。

米虎把手机紧紧贴在耳朵上，他听见旅行社里传出各种腔调的对话声。过了一会儿，飘来计调吴瑕例行公事，却是那么震荡他魂灵的腔调。喂，我是计调吴瑕，这个团是北京南站接，时间是今天下午一点五十，人数是二十八加一。啊？什么？哦，哦。米虎只顾听声儿，完全记不住争分夺秒的吴瑕嘴里像发射火箭一样快速的一字一句。吴瑕问，怎么不说话？你住得远？这个团只能你去接。米虎赶紧说，我接，接，不远不远，我去接。米虎嘴上说不远，可心里常常为住处和接站地的距离而发愁。

自从离开南方老家，米虎曾经换了几个居住地，最后才在北京郊区租了个半地下室。每次去各个车站接团，就像西天取经一样，恍如隔着十万八千里。米虎住在东北六环，本想着这里离机场近一些，方便接送游客，他却万万没料到，旅行社对于他这样的导游，基本是不给分派“飞机团”，最多是把河南、济南、南京，或者把西北干旱地区的游客“赐予”他。最近连续带团，但不挣钱。米虎有点恼火。

吴瑕补充说，本来呢，你昨天刚下团，想让你休息一天，可是导游调动不开，新增加的团多，杨四姐又临时请假，说老家有外甥女来。她是社里老人儿，那经理都让她三分。在新导游里，数你带团进步快，所以我愿意派你继续带团。吴瑕的几句本算普通的话语，竟然立刻让米虎听出了另一种含义。

米虎送走上个团，就要向计调讨个说法，可一接到吴瑕的电话，一想到这个北京妞，这个旅游管理专业毕业的美女，米虎立即改变了初衷。米虎立马又由硬汉变成了软蛋，心里念叨的全是爱。

吴瑕又说，就这么定了，你准备准备。吴瑕没有工夫听他这个快变态成女人的男导游闲扯，她还要抓紧谈团、定团。米虎这才缓过神来，知道电话要撂了。米虎哎哎哎地叫了几声，示意自己有话。吴瑕说，还有不明白的吗？米虎说，对，那个，听你说话嗓子有点哑，热伤风还没好？上次的菊花和胖大海还有吧？等我下了这个团，再给你带点过去。吴瑕说，不用，真的，不用麻烦你。昨天，那经理给我买了，买了好些呢。米虎还想说些什么，无奈，手机发出嘟嘟音。

米虎放下手机，极不情愿地想到第一天来小世界旅行社时，面试他的这家旅行社的老总——姓那的经理。

米虎出门去接团。从家门口到车站是一条脏乱差的街道，米虎常常走在这条道上沉思，思考生存，思考欲望，思考爱情，思考乱七八糟的细节，他经常陷入带团和带团以外各个细节的泥沼中不能自拔。

孤独的米虎在光天化日之下不好意思想美女，于是，他尽量让自己想他的老乡——屈原，哦，“长太息以掩涕兮，哀民生之多艰”。

米虎继续往公交车站走。路两旁尽是商铺，小老板和小伙计们各个笑面土匪似的拉拢顾客，大热天的抻着个脖子吆喝，南腔北调传到耳朵里煮成一锅粥。固定摊位上的老板们在忙着接过钞票左看右看，辨别真伪。流窜的三轮车上卖水果的小贩们，各个让秤杆子撅得上天，让买主看不清他的秤杆子是否平衡，然后就装进薄薄的塑料袋子里，收完钱慌里慌张地说，多合适啊，快买啊，一会城管一来，便宜就没了。固定商铺里的小老板喊，城管来了，城管来了。也不知道是真来了还是假来了，反正，三轮们都落荒而逃，水果咕噜滚满地。

看到滚落的水果，米虎口里有点渴，肚子也咕咕叫了几声。他走进商铺买了两瓶矿泉水、一块面包，外加三根火腿肠、一个茶叶蛋。米虎准备先糊弄糊弄自己的胃。米虎挤上公交车，赶巧有个下车的，他捞着一座位，米虎坐在座椅上，手里的茶叶蛋皮剥完刚咬两口，他突然想起来，对呀，司机什么时候到南站？车牌号是多少？害怕的情况出现了，这个万师傅电话打不通。米虎重拨了七八遍，万师傅才接听。

当然，这是行业形成的规矩，导游必须先打电话给司机。为什么？米虎想，一定是因为司机带着雄厚的资产，开着多轮房子，硬件强大。而导游呢，只有两条不值钱到处跑的如麻杆子一样的细腿支撑着一条三寸快烂了的舌头。

直到那边电话接通，米虎十分客气地说，万师傅您好，我是上团导游米虎，请您多关照。游客是下午一点五十到南站，我正坐车往那儿赶呢，您车号是多少？万师傅用沙哑的、优雅的北京腔说，知道了，我往那儿赶呢。怎么着，不是那个老导游杨四姐吗？计调和我说上团的不是你啊，你新导游吧？真是的！什么计调！送的前一个团，派给我的就是个生瓜蛋子，什么社啊！一点谱没有。

万师傅的话让米虎立刻有些慌，他有种不祥预兆。

米虎强装镇定，说，师傅，是这样的，杨四姐有事，社里派我带团，我有一年带团经验，您放心，还没有游客投诉过我，我会努力和您合作的。终于，米虎也会编造了，尽管他刚进这个旅游圈子半年。

司机说道，嗨，甭和我提这个嗨，零投诉管蛋用？得出货，得打出流水单子来，冷雪君还有胡连成这两个导游加点最擅长，对，你们小世界旅行社里杨四姐最有本事，听说有的团能收入上万。司机都愿意跟她上团，你不认识杨四姐他们啊？司机显然在套问米虎的老底。米虎忙答道，认识认识，您说得对，要打好流水。

司机说完车牌号，终止了通话。米虎总算侍奉走了这位司机大爷，他擦了几把滋滋往出冒的汗。

米虎换了四次公交车，才来到南站。盛夏的太阳又毒又热，还不肯善罢甘休地睁着眼监视着大地。米虎抬头，往上看了看，低下头来时，他暗暗埋怨日头爷。米虎攥着那瓶带冰的矿泉水，一会贴在脸上，一会贴在脖子上，试图给自己降降居高不下的体温。他已经喝光一瓶了，这瓶是给即将到来的河南团全陪留的。第一印象相当重要，米虎想尽己所能地把好印象留给全陪，米虎在这点上不迷糊。

因临时接团，米虎也没顾得上问问这个团的情况，团友都什么成分他还不得而知。米虎习惯性地默默心念：阿弥陀佛。他祈祷千万别接到教师团。同时，米虎希望这次全陪是个女的，他感觉自己有女人缘。这点，他要感谢父母，这仿佛是他们最大的功劳。

在新扩建好的南站出口，旅客一拨一拨走出来，人群里掺杂着举着五光十色导游旗的导游们，聚在一起扎堆儿，有说有笑。其中三个人聊得最欢。

一个男导游说，有的人就是从小缺钙，长大缺爱，遇到这种游客，导游没辙。

一个女导游说，挣钱的团好好带，遇到不挣钱的赶紧走完行程就让他们滚蛋，别耽误下个团，也不用跟他们傻呵呵地吵来吵去。

另一个大一点的女导游对他们说，沉住气，导游要忍耐，不生气也不用骂，他们还配合你赶紧走行程呢，导游脾气不好拉脸又骂的，他们倒不配合了，甚至游客一会拿个破行程看，哪还没走呢，哪个景点玩的时间不够，就知道监督你，那样麻烦就多了呀。

男导游说，什么啊，他们可不是省油灯，上一个团，我讲解自费，他们说，都去，嘿，等收钱的时候，这帮大爷们，说哪也不去，就按行程走。我一生气，领他们逛了三条街，遛死他们。女导游笑得眼角出了褶子。男导游接着又说，我急了就挤对他们说，你们有没有诚信，在家也是这样啊？都把你们当人看，怎么都说话出尔反尔呢？嘿，人家说了，在我们那里杀个人很正常。铁公鸡都能掉点铁锈呢，这真是遇见不锈钢的铁公鸡了啊，我竟然碰上土匪出身的游客了。

另一女导游说，要我接到这样的团就跟社里说，换导游，还带什么？就是不讲理的主，有本事在北京动手试试？杀死几个贪官污吏算他有种！

男导游说，多大能耐啊，吹牛呢，就会跟导游抖机灵。

米虎刚听完这几个人的对话，接着听另一拨导游抱怨说，没法活了，有的社一个人头费高达五百元。你们说人头费这么高，导游吃什么？

另一个导游说，吃客人啊。我最近不看导游书，专门学习“厚黑学”，呵呵。啥意思啊？有个年龄小的问。那人答，就是厚脸黑心。

又有人说，哎，你们听说没，大会要研究旅游法呢，健全一下也好，希望有导游政策。

一个年长的男导游说，公平地讲，旅游法压根儿也没让社里管导游要人头费，我们不也交了吗？这叫啥呢，叫上有政策，下有对策，如果什么都可以按照法律去实行，那就真的礼运大同了，和谐社会早就实现了。

又一个说，这年头，管好自己就行了，去年天灾人祸的没挣到钱，今年趁旺季好好搂点钱才是硬道理，别听别人胡说。

导游们的团队还没来，接着，导游们又炫耀起最近的战果，有的传授经验，有的痛骂游客，有的赞美游客，有的痛骂司机，有的狠批旅行社经理以及计调的克扣。一条条舌头在北京南站这里尖叫着。

旅游团抵达南站了，米虎赶紧迎上去。一个女导游一手提着包，一手举着黄色旗子，身后跟着拎包、拖箱、领着孩子的一队人。米虎热情打招呼，和那个南京导游核实情况。

米虎看了看这帮人，心想，够乱的。敢情大人二十八个，另外七个孩子的一切现付，按实际发生收费。米虎不用问，就从团里人互相谈话称呼中确认，这是个标准的教师团。老天，敢情一个团的教师！可真应了那句话，越怕啥越来啥。不幸永远也不会轻易放过自己！唉，看来，又是一个坑人团。如果说接这种教师团是坑我，那么，团里携带着几个从业于工商、税务的家属那简直就是坑死我。米虎抹了一把汗，对着自己那颗漂泊、孤独的心说。

米虎在前边带路，他们共同走在暴土扬尘中，寻找着停车场的旅游大巴车。米虎怀着一份忠诚和不安分，沿着河沟儿转了两圈儿，也不见万师傅的车影，米虎赶紧拨打电话。师傅说，还要等一刻钟才能到，原因是路上堵车。米虎知道，这是司机和导游们对内对外常常挂在嘴边的解释理由。其实，万师傅接站前又去挣了两百块的一个小活儿，把另一拨游客从刘家窑附近的一家酒店送到天坛公园。

南京王导有二十一二岁的样子，矮个儿，皮肤略黑，小牙齿倒挺白。停车场站了几分钟，团里的领队就说道，哎，我说王导，你们社里怎么安排的？北京的车子咋还没到啊？我们可是坐大巴倒腾到南京，一夜都没休息好，卧铺票没有，让我们坐动车来，和你们社里承诺的根本不一样啊。火车火车没安排好，大巴车大巴车没影子，这叫我们怎么开开心心旅游？另几个游客也埋怨道，是啊，我们带着孩子好不容易来一趟北京，大热天的，孩子中暑了怎么办？就是，就是。有的人应和着。几个妈妈给孩子擦着身上的汗。有的男人拿着报纸或扇子给孩子或给自己扇着风，一半以上的游客拉着脸子不看米虎。

王导噘着嘴走到刚挂断电话的米虎身边责怪道，米导，你看，我们客人不高兴了，司机怎么没有提前来等我们啊？旅游应该车等人，不是人等车啊，这个团我们经理交代了，是很重要的，你要做好心理准备。喂，刚才电话里司机怎么说？还有多久能到？哎呀，你赶快安抚一下大家情绪吧。王导把任务交给米虎，她喝了一口出站时米虎递给她的那瓶矿泉水，转身去给团里一个普通话说得很好的教师代表赔笑脸。

米虎走近跟大家解释说，对不起，车子马上就来了，几分钟，请大家稍等，请稍等。现在是旅游最旺季节，北京堵车太厉害，还请大家多谅解，放心吧，我们今天下午就天坛一个景点，那里离这儿很近。米虎边说边作揖样儿。或许他的态度诚恳，也可能是他的一番话多少使这些人情绪好转。米虎趁热打铁，和客人们拉近关系，像个女人一样，挨个赞美团里的孩子，问长问短，夸大其词地宣扬着北京烤鸭有多么好吃，慈禧和皇帝们当年都吃什么点心，以此来分散大家对车的注意力。小孩们支棱着耳朵听米虎讲好吃的，笑了，活活泼泼，气氛渐渐热烈。

米虎正白话呢，万师傅摁着喇叭示意米虎。车，总算来了，人们纷纷从热腾腾的停车场逃入凉丝丝的旅游车里。米虎略微松了一小口气。

万师傅接完了一个联系拉活的电话，看了米虎一眼说，堵车了，没办法。含不含中餐？先去哪儿？这是你们社里捎给你的行程单。米虎接过看了看说，今天不含中餐，那就去天坛吧。师傅开动了车子。

米虎刚打开话筒，还没等他致欢迎词，团里的领队说，我们一夜没休息好，今天先回宾馆吧，大家洗洗澡，明天再走行程。大家说好不好啦？领队自作主张地问。游客不谋而合一起叫喊，好的呀，好的呀，我们就去宾馆。米虎一见这架势，赶紧回应道，大家静一静，请听我说，我们要按行程走，明天还有明天的路线，大家知道吗，你们这次旅游是经济团，也就是说，时间紧、景点多，明天我们要看升旗、参观天安门广场，去故宫，还要游览北海公园，自费去品茶看戏呢。所以，明天没时间安排天坛，后天还要去长城。听导游这么一说，游客也就没话了。

米虎开始了一段背好的开场白。刚讲完北京概况，说交通方面压力很大，说人们上班很累，北京夜生活不是很丰富。米虎讲这句话，万师傅真想抽他一个大嘴巴，末了，万师傅强压着火，喘着粗气说，嗨，嗨，你跑题了，知不知道？谁说夜生活不丰富啊？杂技、夜景，你怎么不给大家讲？能讲不能讲？不能讲下去！像女人似的，净磨叽一些没用的话！

幸好万师傅声音不大，只有坐前几排的孩子们听到，但是，米虎的脸上还是滚烫起来。这时候了，米虎还在琢磨呢，导游是演员？我呸，狗屁不如，啥角色呀，充其量是个上传下达的角色。米虎想罢，顺着师傅的提醒去扣题了（即宣传加点挣钱）。

一会儿工夫，天坛南门到了。师傅停在了远远的路边，趁着客人们拿东西下车，万师傅把米虎叫到一边，摇晃着秃瓢脑袋又训斥他一顿。你不会讲，怎么跟你上团？让我喝西北风啊？你不会讲要问问人家杨四姐。米虎说，好，好。这个“剧务”此时当起了导演。米虎点头接受师傅的提醒，师傅苦口婆心地教诲他，时时刻刻要“扣题”。米虎像演员听导演说戏一样，洗耳恭听。

米虎走在前面要先去买票。团里除了四个学生需要半票外，其他三个小孩也超过一米二，按规定也要买半票，可有一个家长非要混进去，说出大天来，就是不拿买票钱，准备抱着孩子进去。米虎回头耐心解释，又重复一遍说，检票口查得严，免得麻烦，还是买票吧。

那个家长立刻不高兴了，嚷嚷道，你刚才还说，遇见好的导游是一种幸福，好导游就该为游客着想，我们孩子可以不买票的呀，前几天去杭州，那里的导游就给我们免票的。米虎心想，杭州西湖根本不要门票，买什么买。那老师又说，刚才等那么久的车，我孩子差点中暑，我还没跟你算账呢。说着瞪起了眼睛。

米虎一看，好家伙，这位女老师惹不起，他赶紧和王导一起赔笑道，老师您消消火，我先不买票您试试，如果能进去更好，进不去，您自己去买票好不好？那个老师小声嘀咕着，防火防盗防导游。米虎听习惯了，假装听不见，奔向售票窗口。

米虎少买了一张孩子票，结果，天坛景区的女检票员站在门口，像一对石狮子一样威武，当即呵斥米虎，怎么着啊？这么大孩子，家长抱身上就不买票了？多新鲜啊。哎？你导游不知道哇？就这样还当导游啊？补票去！嘁。其他人往里进，导游查人数，看好你的人，进错人我可不负责！那个家长看罢检票员的严于职守，才臊眉耷眼地去自己补票。

米虎早就看透了，北京人，尤其是门口的检票员，他们动辄呵斥外地游人，也讨厌导游，简直不把别人当成消费者，而是当作给康熙、乾隆进贡的外省臣民。看透了，想归想，米虎还是不敢怒，也不敢言。

等待验明身份、核实人数这一顿折腾过后，一团人由米虎前面带队，进入天坛。

早晨一起来，木草就收拾打扫房间。她想做饭，可推门进去又出来了，她不会弄，木草只好给四姨和自己洗衣裳。木草洗衣裳的动静太大，把杨四姐吵醒了。

杨四姐穿着一件薄薄的、飘逸的白纱料的睡衣，那睡衣里裹着她肉乎乎的身体，看起来活像只扑棱蛾子似的，站在洗衣间门口。杨四姐骂木草说，小要命鬼也不知道累，才睡几个小时，你就还阳了。木草看看杨四姐抿嘴笑，杨四姐舀了半碗米去熬粥，昨天喝的酒让她的胃有点难受。

过了一会儿，杨四姐的电话叫起来，先是米虎打来问她果脯购物店去哪一家好，怎么讲合适。刚教完米虎，计调吴瑕又追问她哪天能上团，社里缺女导游。杨四姐说，再等两天，我外甥女刚来，等我把她送走再带团，你先派冷雪君上团吧。吴瑕也只好去安排刚送团还没喘口气的冷雪君上了。

杨四姐把米放到锅里，然后站在洗手间的门框边，看着洗衣服的木草。木草说，四姨，你上班去吧，我过几天找份工作，你别想着让我回去。杨四姐说，真不打算回去啊？不回去，也行。关键是你得长心，知不知道？来北京就得装着俩字：挣钱。你不能像你死爹似的不知道攒钱过日子，北京挣钱机会多，人是靠机遇的。哎，你可别再做梦当什么作家，有啥用？木草说，四姨，你不能拿有用和没用来衡量价值。杨四姐说，这是狗屁话，我可告诉你，当作家的都没好下场，不是变成穷鬼，就是脆弱得变神经了。木草低头不语了，把四姨的衣服洗好后，继续洗自己的衣服。杨四姐又往细了掰扯道，别的不说，就说有个叫海子的，年纪轻轻的，不好好挣钱，整天写诗歌，最后神经了，卧轨，现在早就变鬼了。木草奇怪的样儿，说，四姨真行，你还知道海子？杨四姐说，好赖我也读了两年半高中，咋就不能知道他，别打岔。对，还有那个曹雪芹，最后连口稀粥都喝不起，他写那书好不好？对自己有啥用呢？还不是让后人白捡便宜白看啊。木草被四姨的话弄得哭笑不得，她抿嘴拧着衣服上的水。

杨四姐又问，木草，那个校长对你到底动手没有？他是不是已经……？啊？你和四姨说实话，咱告他去。木草甩了一下拧皱了的白裙子说，哎呀，四姨，别再提那个混蛋。我和你说了，没有，没有，告他什么呀？你昨天晚上都问我，问我有一百遍了。杨四姐又问，那你搞过对象没？比如同学啥的。木草被问笑了，说道，啥也没有，要有就不出来了，没和男生交往过，高中的时候就暗恋过一个老师。姑姑供我上学不容易，所以一直专心学习，没想恋爱，真的。木草眼睛里泛着坦诚，杨四姐看罢听罢放心了。

两个人吃完中午饭，坐地铁来到西单商场。逛了两圈，杨四姐给木草买了一条茶绿色连衣裙，一双高跟黑皮鞋。木草从换衣间走出来，店员一脸惊讶，这套衣服穿在这个姑娘身上太漂亮了。木草看鞋跟有点高，走路会累，不同意花三百多块买一双鞋。裙子好看是好看，打完折还三百多块呢，太贵。木草感觉裙子穿在身上有点紧绷，好像胸前的扣子都要挤破了。

木草说，这？不行不行，太瘦，不适合我。杨四姐说，你知道个啥呀！你当是穿睡衣啊？以前你的身子老缩在衣裳里，往死了捂着盖着，喊，都白长了。店员小姑娘背过脸，偷笑，笑得咳了一声。木草又照了照自己，她也觉得自己变了个人似的，看来，人靠衣服马靠鞍呢。木草准备进试衣间脱掉。杨四姐说，脱啥？多好看啊，穿着！服务员，开票！把标签剪掉，我们穿着走。服务员说，好的好的，姐姐，你穿着吧，真好看，大街上回头率不知有多高呢。服务员低头开票，木草推了推四姨，小声说，咋整啊，这脖子底下露得太多，我都不好意思了。杨四姐说，你纯是个山炮，啥也不懂，你皮肤白，露得越多越好看，知道不？再说，北京夏天多热，这颜色看着就凉快，纱料的。杨四姐说完，转身去付款。

站在镜子前，木草摸了摸裙袖，双手提起柔软的裙摆，看镜子里的自己，绿得像片茶叶。再往脖子下面看看，木草不好意思起来。

杨四姐把木草领到一家四星酒店里，木草满眼的新鲜感。杨四姐先领木草去洗手间洗手，顺便整理一下妆容。

杨四姐看一眼身子左边镜子里的木草，咂了一下嘴说，你呀，就是个大傻子。唉，别看傻，命却好，你瞅瞅，老天爷给了你这么多金银财宝，可你就知道把着，守着，不会用，不懂开发，真是白瞎。我要有你一半资源，那早就发了。傻犊子，你这回就把宝贝交给我，我帮你管理，叫你有享受不完的荣华富贵。

木草不明白，上上下下在自己身上找，问道，四姨，你说啥？我的金银财宝在哪呢？杨四姐忍不住笑，找啥找？你全身都是宝，傻货。杨四姐把木草给说乐了。木草跟在杨四姐身后走着，不停地东张西望酒店里的环境，觉得四姨真的了不起，这地方也能进，更没想到四姨对自己这么舍得花钱。

酒店的一个房间早就预备好了一桌酒宴。杨四姐说，今个儿有一个南方朋友过来，你刘叔朋友，是有身份的人。他怕你眼生，就安排咱俩单独吃，他和一帮朋友在隔壁喝酒，一会儿过来。木草高兴地说，真的啊？我的个天，这么多好吃的，我都可以吃？四姨啊，你可真有本事，认识这么好的朋友。木草昨晚都没吃饱，转悠小一天了，坐下来兴奋不已。

杨四姐不停地往木草碗里夹菜，一边夹一边说，吃吧，好好吃一顿，没听服务员刚才介绍吗，这是意大利肉卷，这是德式咸猪手、瑞士牛排、红酒烩牛舌 、日式生鱼片……不吃白不吃。

木草说，四姨啊，敢情都是外国名菜啊？你甭说吃了，我听也没听说过呀。木草鼻子一酸，吃哭了。杨四姐说，你这完蛋玩意，哭啥？以后让你天天吃这个。杨四姐心里得意，知道这是木草感恩，这个要命鬼过意不去呢。这个小犊子比她爸那个老犊子强多了，知道她杨四姐在施舍她。

俩人最后吃了几口水果，杨四姐给隔壁的刘万军打电话。刘万军推门进来，赶紧示意杨四姐出来说话。

刘万军说，杨四姐，你找的人呢？人家正要人呢，你是不是骗人吃喝？刘万军把杨四姐推在墙角质问。杨四姐说，我怎么骗人吃喝了？有病吧你？还找啥人？我外甥女条件不够吗？刘万军说，什么？！你没开玩笑吧？你？什么人啊？杨四姐，我彻底晕菜。杨四姐凿了他肚子一下说，刘万军，你叫喊什么？我帮你，也在帮她。怎么好心当驴肝肺了咋地？喊，一会儿你把那男的介绍过来就行了。刘万军指着杨四姐的鼻子说，那好，好，你自己外甥女自己决定，到时候可别说我没拦着你，我刘万军绝不出面。

刘万军掉头把一个男人叫出来，自己找借口离开了宾馆。

江河是个优越感极强的人。当然，他似乎也有这方面的资本。他是一个大型贸易公司的老板。

杨四姐不知实情只看表面，她眼中的这个江河儒雅周正，说话慢条斯理，自然地流露出领导范儿。他好像海归，也就四十的样儿，但人显年轻，看着就像三十多一点的模样。杨四姐见到江河之后，感觉一块石头落了地。杨四姐心说，哎呀妈呀，钓上了这么大的一条鱼。

江河很有礼数，和杨四姐握了一下手，自我介绍说，我叫江河，小李和我介绍了，你是北京城旅游界杨四姐，谢谢你帮忙。杨四姐望望门，看木草还在那儿吃樱桃，就说，找到她是你走运，她可有贵族血统。实话告诉你，这女孩是我外甥女——木草，才二十一岁，连初恋都没有过。

江河愣了一下，注视杨四姐那双深井似的眼睛。

杨四姐眉头一皱计上心来，她直言不讳地说，我希望你慢慢和她接触一下，让她对你有好感。要按过去，她应该是格格的身份，她祖上可是受到孝庄皇太后赏赐的牧民首领。这样吧，宾馆旁边有卖手机的，你先给她买一个，女孩都会喜欢。江河往门里盯了一眼，看见木草。他心里扑通一下，哎呀，像株仙草一样。

江河不禁喜出望外地说，没问题，一会儿，一块儿去吧，我给四姐也买一个。杨四姐说，那，这整的，多不好意思啊。江河忙回答道，小意思。其实，我希望你外甥女以后就和我一个人好下去，刚才仅仅看一眼，不怕笑话，我已经放不下了。以后啊，我不会亏待她，也不会亏待你，放心。

杨四姐心里欢喜，忙探听道，你在哪发财啊？江河没说实话，打马虎眼，那什么，我一直想投资旅游公司呢，今后啊，我们会经常打交道，我以后也称你四姨才对。两个人你一言我一语的交代完毕，江河和杨四姐进来了。

木草一看，来了个陌生人，忙站起来，她猜到是刘叔的朋友，怯生生地向江河点点头。江河很熟练地与木草交流。江河说，饭菜吃着可口吗？我经常来这家酒店，这里有我包房，如果喜欢，以后欢迎你随时来，就和自己家一样。嗯，嗯。木草点头致谢。木草递给江河鲜红水灵的樱桃，江河接过去吃了，夸樱桃好甜。实际上，江河心里夸的不是樱桃。

坐了有一刻钟，江河扫了一眼木草裙子下露出来的美腿说，走，我们一起到街上走走，刚吃完饭要运动，生命在于运动啊。杨四姐说，是，对，今晚上，我们不回家，一会你刘叔也来这儿，江老板已经把房间安排好了。木草觉得处处是意料之外的好事，她想，只要有四姨在，就听四姨的。

进了手机店里，江河问木草，喜欢哪一款手机？木草说，没用过，不知道，随便看看吧，我有手机，我不买。杨四姐上来说，你那个破手机充不进电了，不买新的用啥，人家有这份心意，江河又不是外人，人家不差钱。杨四姐偷偷给木草使眼色。江河说，没事，木草，你喜欢哪一款？我给你买好了，交个朋友，再说，这都是日常要用的，没几个钱。说真的，万一我和你刘叔跟四姨联系不上，至少还能联系上你，以后有什么事情，我也好帮助你呀。木草说，谢谢，你可真是实诚人。你是我刘叔的朋友，那我就叫你江河叔吧。江河笑了，很温婉。接着说，不要吧，我有那么老吗？我可比你刘叔小好多哦，叫我江哥就行。木草点头说，好，那就叫你江哥。

江河手插在衣兜里说，北京这儿，我有生意关系，一年至少在这儿住半年。如果你在北京有困难，只管找我，什么政界、经济界、娱乐界、文学艺术界，我都门儿清。木草正被他神侃得晕头转向时，一听到，“文学艺术”这几个字，立马像打了兴奋剂似的说，真的？江大哥，那你知道大佳网这个文学网站归谁管不？你认识专业作家吗？中国作协大门在哪里？我最喜欢史铁生，你知道他住哪儿？在哪个单位？我最想去老舍的故居看看。江河说，这个，我打听一下就会知道，小事儿。北京好多名胜古迹、名人故居，以后带你转转。江河看着无可挑剔的木草，有种抑制不住的冲动。

木草只顾她的文学艺术，杨四姐看木草也没有买手机的意思，就做主挑选了两部进口手机，一个白色，一个红色，还为另一部选好了手机号码。

杨四姐走过来说，看你俩，聊什么这么高兴？你们瞅瞅，选好了，这红的我要，木草喜欢白的。江河赶紧去刷卡交钱。

木草拽住杨四姐说，四姨，我不要人家买，等我有钱自己买。杨四姐说，傻货！

说你是傻狍子，你还不承认。痛快拿着，他只是先垫钱，你刘叔会把钱给他，是你刘叔让他给我们买的，不要白不要！

木草定睛看着杨四姐，她发觉四姨眼睛里全是浑浊不清的念头和欲望。木草心想，四姨和刘叔会怎么样呢，四姨好像很认钱，处处想花刘万军的钱，她很厉害，很能干，真不知道，这是福还是祸。

江河交完了钱，满脸堆笑地问，木草，喜欢不？不喜欢也没关系，以后有好的再换。木草谢过之后仍然不好意思，看了看江河的脚，当场从包里把鞋垫掏出来。木草说，江河大哥，这个不值什么钱，本来给四姨带的，她不要，而且她脚小，我看适合你的脚，这是我亲手编制的。江河奇怪地问，这？这是什么做的？木草说，我家乡的草，冬天保暖夏天能排汗。江河说，是吗？这么神奇？好，好，等回酒店再给我，现在，你先装起来。江河趁机触摸了木草光滑的手腕。木草脸红地退怯着。

杨四姐一看外甥女那副人家不收，她会歉疚要死的样儿，心里说，这不是掏心掏肝的傻狍子是啥？给人家破草鞋垫子，唉，真不知道说她啥好！一生气，杨四姐想到了她的出气筒——刘万军。对，告诉他，今晚可以放心住一起，小李子把宾馆房都留好了，两间。杨四姐急等着尽己所能地创造机会，给刘万军加大力度，催他赶紧离婚。杨四姐想到这儿，放慢了脚步，她怕木草听见他们打电话的内容。

杨四姐低声说，嗨，安排好了，哈哈，好处就快到手了。是，俩人在前边并肩走，木草和江河聊得欢着呢。刚才，木草还要把自己做的鞋垫给人家，给我我没要，你猜啥做的，是破草编的。哎呀妈呀，你说，她脑袋是不是缺根弦儿？刘万军说，真的吗？哎哟喂，我的大爷啊，有这么好的事儿啊？这么说，只要木草愿意，好处肯定没问题。那咱俩回家吧，宝贝儿，我太想你了。杨四姐说，不行，你来宾馆吧，我怕不把握。刘万军忙解释说，这有什么不把握的？宾馆有我哥们小李子呢，没事。杨四姐强调说，不行不行，我得盯着点。刘万军说，成吧，我马上过去，嗨，你把你那指甲剪剪，别再刮着我的肉。呸！刮你肉，我还喝你血呢！杨四姐跺了一下脚，咧着嘴骂了一句。

走回大酒店，木草和杨四姐被安排进了2807房间。江河说，2807隔壁对面2882也是咱们的房，一会儿刘哥要来可以住那儿。江河瞟了一眼木草的背影，进了2807的隔壁2809。杨四姐领着木草，嘴里哼着小曲儿，把门关上了。

江河站在洗浴间里，听着哗哗的流水声，不免浑身的血液也快速流淌起来。

擦拭完水珠，江河点燃一支烟，坐在沙发靠椅上。他无意间看到靠椅对面挂着一幅名家的画儿，画的是乡村田园。江河叼着烟站起来，活动了几下腰身，往酒店远方看。

立在那儿，江河感到了一种沉重。城市不比乡村，在乡村就像墙上的那幅画儿，到了春天万物萌发，到处是一派新奇，令他产生一种新生的喜悦。而城市里没有太大的区别，即使盛夏，房子还是房子，依然长不出别的玩意来。街道还是街道，依然嘈杂。天天见到的还是那些人，天天处理的还是那些事。日子也就一天天在山珍海味中度过了。

这会儿，让江河想起了一次他和大学几个同学喝酒。大家谈到，什么样的人生，才是最能体现自我价值的人生？江河说，对于他，有两段最有价值，一个是学生时代，一个是刚创业的那几年。那时，无论如何做了自己愿意做的事，说了些自己想说的话。江河那时的人生充实而富有成就。其余的时光，特别是这些年，虽说也做了很多事，说了许多话，可是真正有意义的并不多。商场上的事和话，如果采用挤压的方式过滤，认真严肃地过一过，可能剩下的就只有十分之一了。水分太多，杂质太多，这样的人生，怎么会有强烈的成就意识呢？江河的成就意识常常逼着他困惑。有时候，江河感觉自己是“三无”人员，就是无奈、无成就感、无聊。不过，这“三无”好像都由不得自己。一段时间里，江河都怀疑自己有了抑郁症，他要给自己制止这种病的蔓延。

杨四姐进门就甩掉鞋子，躺在雪白的床上，尽情放松，享受天上掉下来的一次奢华。木草第一次住进这么豪华的酒店，瞅瞅这儿，看看那儿，把所有灯都开了一遍，又把宾馆册子统统看一番。那上面的图画，那上面的简介，都是充满诗情画意的，木草对文字有种特殊的亲密不舍的情感。

杨四姐抢过去说，别看这没用的东西！一会儿你刘叔来，我们要说点事儿，如果我不在，你需要喝水或者要啥东西，不懂，你就给服务员打电话。木草说，服务员都会管吗？这住一晚要多少钱啊，有人这么伺候？对了，四姨，那个刘叔有家有孩子？你快点和他一刀两断，免得以后出大乱子，你们俩在一起不合适。

杨四姐说，他有孩子，是儿子吗？行了，你懂个啥！用不着你来管我。你个小要命鬼，这手机多好，啊？没有我，这辈子你能用上这么好的手机，还管我呢，嘁！这有说明书，你学得快，看看怎么用。木草摆弄着手机又说，四姨，在北京拨打看病的，抓小偷的，失火啥的，用手机直拨就行？杨四姐说，你还想管北京所有闲事儿咋地？你只管把我的号码存起来，你自己记住你自己的手机号就够了，长点心吧，别整天琢磨没用的事儿。杨四姐鼓捣着手机，等待刘万军。

这时，房间电话响了，杨四姐接听。江河问，准备好了没，木草过来还是……杨四姐说，你过来吧，现在。放下电话，杨四姐沉默了一会说，木草，你刘叔来了，我出去，就在2882，江河说过会儿来找你聊天，我看你们说得来，没事，都是朋友，有四姨呢。木草说，行，四姨啊，赶紧和刘叔说一刀两断的事儿吧，说完你就快点回来。杨四姐说，行了，少废话！我告诉你，你可不是小孩啦，你真的要为自己以后想想，面对现实。木草说，知道，我知道为自己着想，我可不是小孩儿。

杨四姐进入另一个房间。酒店搞活动，正好送给杨四姐一次玫瑰浴。服务员早把一次性奢侈品给她预备好，洁净的大浴缸里漂浮着杨四姐的身体，她的脚趾甲在水中像玫瑰花瓣儿一样鲜亮。整个浴室就她一个人，里面雾气蒙蒙的，弄得跟王母娘娘的蟠桃会似的。沐浴完之后，服务员笑脸恭送着杨四姐，她有种成仙的醉意。

杨四姐躺在房间的大床上也就一刻钟，她等来了刘万军。刘万军瞪着饿死鬼一样的眼睛，搂着杨四姐，两个人躺在洁白的床单上。杨四姐的舌头又缩不回去了，她说出的话让刘万军产生反感。刘万军有点不想听，再听下去，什么新鲜劲都没有了。杨四姐叨叨咕咕，外甥女值了，找个有钱人就不愁生计了，自己奔波这些年也不如她呢……

刘万军攥着杨四姐像小山头似的双乳说，四姐，你能说点别的不？我憋了多久了，就为了要你，你看你现在也不亲亲我。杨四姐扒拉开他的手说，过了今天不行咋地？你瞅你那孙子样！你说我现在哪有心思整那事儿？唉，那个江河看上去人还行。

刘万军翻身把屁股冲着杨四姐，他已经让杨四姐给折腾得无欲无求。

江河来了。木草放下手机，请他坐在椅子上。

木草把鞋垫拿出来说，现在给你吧。江河大哥，你知道吗？靰鞡草是足里春秋呢。草，一般被视为卑微之物，常与民并称，远离庙堂贵胄的视线，偏安广袤深山或荒野田头，小心躲避着尘嚣，寂寥度日，不与万类争高下。江河看木草的神态点点头，竟想不到面前的姑娘能说出这番话。木草很自然地脱掉江河的鞋，说，江大哥，来，我给你垫上。哇，正合适，真没想到，你个子高脚却不大。江河问，这是你亲手做的？这草是你家乡的？木草点头，说，嗯，这草春绿秋黄，一沾水就有很浓的香味，平时常撣点水，会满屋生香。江河问，真有这么神奇？木草说，是啊，它的幽香是浸泡在血脉里的。你不信？还有啊，冬天最能暖脚。江河把鞋垫拿起来闻了闻说，我还是放屋里熏香吧，放鞋里太浪费。木草说，没事，我还可以做给你。江河拍了一下木草的后背，暗暗摸摸木草独有的发辫，然后偷偷闻闻木草的头发，突然笑着问，怎么，你的头发根都是红的呀？木草不好意思地说，嗯，生来就这样，长长了就变黑了。呵呵，我四姨总骂我是怪物、小要命鬼儿。江河笑了，说，你可真质朴。木草说，给我买这么贵的手机，我都不知道怎么报答你好了。对，把这个也给你，我编制的工艺品——《温暖田园》。本来送四姨的，她不稀罕，在北京我谁都不认识，还是送你吧。你看好不好看？木草递给江河。江河惊讶，太精致了！你的手真巧！让一根草有了灵性和生命，有了诗情画意啊！木草摇摇头，一笑。

江河越看越喜欢，再也不想这样说下去，木草能跟他说上三天三夜。其实，他不需要说，目前需要做。江河就把木草送的都放在了皮包里，然后转身，面对木草走近了一些，说，我是个爽快人，我真心喜欢你，和我做男女朋友好不好？木草不知所措了，问，你？你没有女朋友？没结婚？江河说，我只想和你做男女朋友，别的你现在无需了解，也没必要问。你看，我们也聊了那么多，已经不是陌生人了，今晚……

话音还没落，江河便伸开手抱起木草把她摁在床上。木草一点防备都没有，她被突发的事件吓着了，啊的一声尖叫。木草到现在才看出来，江河那样真诚，那样出手大方，原来是想和自己……！木草挣扎着说，你别这样大哥，看你是好好的人，咋变得这么快，你放开！我们只做朋友。江河不说话，直往木草胸上摸。木草气喘吁吁叫喊道，我告诉你，今天你要是敢动我，我就告你强迫我，我四姨在隔壁呢，就用你买的手机打110，我帮警察抓过小偷，警察也会帮我的！木草睁着惊恐、清澈的眼，散发着无限的善良之光，瞪着江河。木草见推不开江河，就使劲扳着他的头，不让他得逞。

江河说，你四姨同意，我不会亏待你的。木草的目光直刺进江河的眼睛，她的眼睛会说话。木草说，四姨不是我，我看你也不像流氓，我不恨你，你放开我吧！行吗？我没有父爱没有母爱，没人保护我，从小男人都想欺负我，糊涂的四姨也这样对我。说着，木草眼里淌出凉凉的泪珠儿。

江河的手不再用力地按她。木草静静地像小羊羔一样看着江河，嘴角颤抖着，眼泪唰唰地流。江河放了手，因为他最初也只是打算找个情人，他不想强迫，否则会影响他的前程。江河坐起来，从皮包里拿出几捆百元现金，对木草说，看看，是现金，你四姨早就同意了，如果你愿意，就给你，不愿意，我就离开，知道吗？我不干违法的事儿。说真的，挺喜欢你，别人没这么对待过呢，我打算长时间和你好，你愿意吗？你好好想想再回答我。

木草心里刀扎一样疼，而后又被绞了一般痛。说出大天来，木草也不信四姨会这么干，可她不信不行，江河就站在那儿，红口白牙告诉她的。木草抽噎着说，你还算有人性，感谢你告诉我真相。木草抬起头来又说，你想错了，根本不可能。我不卖自己，我是我自己的，我将来会有我爱的人，把一切都给他，我也希望你对得起你爱人。江河说，可是，我的心告诉我，现在我觉得我爱的是你。真的，你太美好了，我想得到你。木草说，还有比得到我更美好的东西。

还有比得到她更美好的东西？江河看着眼前的女孩，揣摩着这句话。他突然觉得这个世界之外还有一个世界。

木草见江河恢复了儒雅，还流露出一种复杂的情绪来，她一本正经地说，人和动物是有区别的，我上学的时候，书上写得明明白白。我想做个有区别的人，江大哥，我求你，你也做个有区别的人吧，好不？你忘了吗？木草忘记了自己是谁，自己是干什么的。房间里充斥着神话般既凝重又轻松的空气。木草给江河上起课来。

江河有些不自在，刚被洗完脑的症状。他对木草说，我不知道你不同意，请原谅。如果你还想把鞋垫和《温暖田园》送我，那我决定收下。手机送给你了，我记下了你的号码，最好别换号。我希望我能联系到你。

江河扭头就走。

杨四姐一听是木草的动静，噌的一下子跳下床，披个浴巾冲了出来。刘万军裹着个毛巾被，也不敢露头，躲在门后。

杨四姐问，人呢？你说话呀！杨四姐过来拉木草。木草用胳膊甩开杨四姐，在那儿干哭。

杨四姐也问不出到底怎么了，生气地给中间人小李子打电话。杨四姐抢先说，小李子，你介绍的那是什么老板啊？害得人家姑娘哭呢！你让我怎么面对这事儿？小李子说，四姐啊，我还想说你呢，你办的叫什么事儿啊？拿你外甥女充数，没商量好就乱介绍。不过，那位老板交代了，不计较今天这事儿，怎么，你倒责问我？岂有此理！小李子挂了电话。

木草还在那儿哭。好些人被吵醒，服务员都让房客找来了，一时，弄得鸡犬不宁。杨四姐一看这情景，带着木草匆忙回家……

客厅里。木草坐在沙发上，嗓子都哭哑了。杨四姐右手夹着半根烟，左手拿起自家桌上的二锅头酒往嘴里倒，喝得红头涨脸。杨四姐走三步，喝一口酒，走两步，冒一口烟。看木草没完没了，就说，别叫了！你给死人招魂儿呢？木草把手从脸上放下来，哽咽着说，从小你就嫌弃我，我来给你添累赘了，你讨厌我可以把我撵走哇，你这不是在祸害我吗？你是四狼还是四娘？木草浑身颤抖不止。杨四姐气蒙了，一拳捶在了木草的肩膀上，她的拳头很重，打得木草哇哇又乱叫。她们扰得对门忍无可忍，半夜来敲门，警告杨四姐再扰民就打110。杨四姐这才消停下来。

杨四姐强行把木草拎到小卧室的床上，哄她说，小祖宗，我服你了，别哭了行不？是我操错了心，烂了肺，这事儿怪我没和你商量，可我不是怕你不同意吗！我合计了，你不吃亏，这不都是为你好嘛，那钱，我一分也没想侵吞，我要不是这么想的，就让车给撞残废，撞死我！杨四姐的嗓门又高起来。

木草听了杨四姐的毒誓，心猛地一疼。妈死了，四姨可不能再死，想起这，木草站起来紧紧抱住这个和母亲一奶同胞的女人，委屈地趴在杨四姐那对鼓鼓的乳房前，嘤嘤地又哭起来。杨四姐叹了一口气说，谁叫咱生在穷人家，投错胎呢，要不还用我扯这个吗？木草说，都过去吧，不说了四姨，我不会告诉别人这件事儿，我也不怪你。杨四姐说，一个女人在外面闯，在社会上混，不脱几层皮就混不出个人样来。木草说，四姨，我不混社会，我当正经八百的作家，我用不着去脱皮。

杨四姐不说话，真想抬手抽木草一巴掌，又一想今天的事儿，杨四姐举起的手又落了下来。

米虎把南京教师团送走了。他大约算了一下，能挣六百块钱，米虎还多给了小全陪一百块，确切地说剩了五百块。只因为人家积极配合在北京这段的工作？只因为那难缠的南京团最后在小全陪的鼓动下，给米虎意见单上全填满意？也很难说米虎有病。不管这几天怎么受游客的气，反正，米虎揣着这份凭证，就可以放心去社里报账。

客人这边没大事儿，司机万师傅不干了，万师傅挠了挠溜光铮亮的脑瓜瓢，骂米虎带团真叫一个臭，又是一个死团，分的钱不够换一个车零件，表示再也不希望和他上团。弄得米虎一点颜面都没有，老老实实地挨骂。米虎这个南京团带的，简直是王八进灶坑——憋气又窝火。

米虎回到住处，一头栽倒在床上。熬吧，什么时候成为司机说的像杨四姐和胡连成那样的大腕儿，就不会处处受气了，也许，时间是最好的老师，但遗憾的是——最后他会把所有的学生都给弄死了。米虎躺在那儿瞎琢磨，也和自己怄气。他拿过计算器算了算，每个月带团挣的钱扣除房租，再扣掉水费、电费、伙食费、手机费，基本属于月光族。一时间，米虎对人世的好感以及对生活的幸福感，也就一点一点随之扣除掉了。

第二天早上方便的时候，米虎随手翻了翻导游资格考试时的教材，本来想着总结一些方法技巧，查找一下自己的不足，可是看到了导游业务和导游法规的相关内容的时候，突然，米虎有了一种大便干燥的悲哀。

当时为了考试，米虎并没有深究书中的内容，可是真的尝试了做导游的滋味之后，回过头看，真不是那么回事。以人（游客）为本？我们导游呢？唉！尽信书不如无书。米虎忍不住骂，不知道骂谁。米虎把书翻到第五十四页，上面写着，做导游有四项权利、九项义务。单从数字上，米虎就看出来自己在社会中的地位啦，米虎叹了一口气。书上每一句话都有一个中心思想——为人民（游客）服务，还有一句话没写出来，但是在字里行间可以看得出来，那就是无条件的。书上将导游定位在了一个团队的管家，说得不好听一点，几乎是个服务员。米虎继续翻书。

米虎翻看到导游的四项权利：人格尊严不受侵犯权。米虎自言自语道，我晕！这还用写在导游法规里吗？我无论干什么职业都应该拥有这项权利啊，可游客说骂我就骂我，我还不能还嘴。书上又写着，导游人员在旅游活动中享有调整或变更接待计划权。乍一看，这个权力是实实在在的，不过加上了4个限制条件，必须是危及安全而且要征得多数旅游者的同意——换句话说，如果你带着几个不知死活的家伙，然后恰好又碰上了海啸，如果他们非坚持到海边看看风景的话你就要陪着送死？剩下的申请行政复议权和诉讼权，都是每个公民都拥有的权利，真无语，按照书上的讲法，导游最多算是人格尊严不受侵犯的奴才！教材上把导游定位在服务员、讲解员的位置上。编委啊，你们编书的是才高八斗、学富五车的才子佳人，佩服！米虎拉不出屎来，憋得他叫骂着。

书后面还有一段话，把米虎看蒙了：你甘心把自己定格在一个旅游管家的水平上吗？不！我们应该有自己的理想和定位。未来的导游应该是学者、演员、民间艺术家、演说家、旅游活动的导演者、讲解表演艺术家、主持人、老师。我晕！还让我活不？书上也承认了导游就是演员，可怎么还要求成表演艺术家啊，忒难了吧！米虎指着书上的话，一边读，一边哇哇叫。

米虎一叫喊一使劲，肠肚轻松了些，他又问自己，总是想消极的事，还想不想做体面的人？想往上爬不？想在北京买房买车不？想娶本地媳妇不？米虎自己回答，哼！不想就不能算是好导游！别人把我们当奴才，我们自己不能把自己当奴才啊，那怎么办？米虎像演员一样，自己在那儿有问有答。

有句话从米虎的脑袋里冒出来。做导游要玩点邪的！这是米虎在停车场听一个老导游讲的。老导游所说的玩邪的，不是坑害游客，只不过告诉自己，不要书上怎么说就怎么做，也不要完全听旅游局、旅行社的。因为他们不是导游，他们只会站在自己利益的角度去考虑问题。米虎琢磨了一下，感觉老导游说的比书上写的好。

米虎继续思考。那邪的怎么玩？根据那个老导游讲的，带了半年团的米虎深层次地琢磨来琢磨去，重新给自己总结了：第一步就是重讲解，要让别人看得起你，首先自己要有真本事。导游的看家本领是什么？讲解。米虎很清楚。如果现在还在背书本上的那些导游词，而且不打算继续深造的话，那只配当个旅游管家，管不好当场挨骂，只配给客人端茶倒水赔赔笑脸，倒完了还会遭白眼儿。导游要把客人讲服，让他们老老实实坐那儿听着。把客人治老实的首先一招，无非是给他们上课，那课你要讲出这种感觉来，要有渊博的知识，让客人佩服乃至于崇拜，要有绘声绘色的语言和高超的技巧，牵着游客的鼻子走。

米虎突然记住了爹教训他的这句话：要想人前显贵，必定背后遭罪。米虎啊米虎，你凭什么摆脱穷酸样？你凭什么受游客和司机尊敬，让经理赏识，让姑娘爱？你凭什么得到社会的认同？你凭什么要全世界无产阶级男导游男人起来？对的！凭你必须比别人强！必须有真本事！不能那样活了，太对了，玩邪的，就得这么干。米虎越想越来劲，他激动起来。

玩邪的第二步是轻服务。服务与讲解并重，讲解本身就是一种服务……谁要是这么认为，那谁就是被书本毒害得太甚了！自己以前怎么就没开窍呢？米虎拍着脑袋埋怨自己太笨。

米虎找不到一个和自己对话的人，就对着书上的字用指头戳着问，老师给学生上课能算是服务吗？演员给观众表演能算是服务吗？演说家给听众演讲，主持人主持节目，这些能算是服务吗？什么端茶倒水帮人拿行李的事，我以后少干！别看书上怎么说，实际情况根本不是那样，帮年老、年幼的客人拿拿行李是好事，那是尊老爱幼。不过如果客人年轻力壮的，你屁颠屁颠地跑过去帮忙，外人怎么看？这也有点拍马屁的意思，一副奴才相就已经有点轮廓了。不，我决不能再这么蛮干。米虎擦了擦屁股站起来。

米虎洗了洗手，照照镜子，看看里面的自己，回想着上个团发生的那些事儿，越来越觉得不是滋味。南京那个团，米虎亲身经历。自己主动帮助一个老师拿行李，很重的那种。又一个客人跟上来了说，你这只手还空着呢，帮我拿一下吧。米虎当时就想踹他两脚。真想让他们记住，别不拿导游当盘菜！米虎擦完手，理了理菊花头，告诫自己说，要让这帮人尊重，首先要自己尊重自己，不能什么都由着他们。决不再游客喜欢什么，自己就做什么。游客要是喜欢听黄色笑话呢？游客如果喜欢性骚扰你呢？你也乖乖就范？不，我要当高级的、牛气的导游，我以后也要来点邪的！从此，游客的包，自己拿！端茶倒水，找服务员去！我是导游，什么意思？旅游过程中的领导！

一泡屎的工夫，米虎觉悟了。

往往职场失意，就会巴望着情场得意。米虎此时此刻更是这样想。吃完午饭，他从行李箱里翻出压箱底的一条米色筒裤，套上一件微红的短袖T恤衫。米虎在拳头大点的屋子里演练着，主要“节目”是，对吴瑕的爱，如何说出口。一切就绪，他去了旅行社。

小世界旅行社就是一个字，“忙”。不是一般的忙，是那种昏天黑地、屁滚尿流的忙。外联们使着浑身解数往社里拉团，计调们变着法地安排最便宜的食宿，导游们比着水单业绩。旅行社墙上的那个横幅，无时无刻不在提醒，进了这个门的人：争上游，争第一，再铸辉煌。社里的生意好得如日中天，通俗一点说，那也叫一个字，“火”。传真机嗞嗞地叫，电话嘀嘀地响。计调部经理吴瑕，又在那儿跟导游斤斤计较与钱有关的事儿。

老导游胡连成把上团单塞进包里，叼着烟，斜着猴子眼和计调叶文聊扯。胡连成是北京人，没有北京人不敢说的话，一点儿也没错。这是他的亮点。可胡连成吸鼻子的习惯，却成了他的“暗点”。几秒钟一吸鼻子，吭吭的声音，让叶文感觉不舒服。叶文找借口不理他了。

冷雪君和另一个米虎不认识的兼职导游坐一边。她们嘀咕诸如赚了多少钱、怎么整治难缠的男客人、如何哄骗游客、怎样进老乡店，等等。说着说着，笑个没完，笑的时候，两个老大不小的女人连嘴都不知道捂一下。米虎坐在离她们远一点的凳子上，再不想看这俩女人。

胡连成走过来，用异样的腔调说，米虎，你的头发是烫的吧？穿这么鲜亮，弄得这么妩媚，跟个娘们样啦，怎么报个账跟约会似的呀？胡连成动手来摸米虎的菊花头。米虎躲了一下，不言语。冷雪君和胡连成这些人，根本就是看不起刚来旅行社不久的米虎。同时，米虎见到这些赚钱高手有些眼晕，主要是相比之下，自己更是马尾巴穿豆腐——提不起来。

三十岁了也嫁不出去的叶文，走来跟米虎核账。然后，叶文把核好的账单交到吴瑕手里签字。最近，吴瑕升到副经理了。这也是大伙儿意料之中的。

米虎最后到财务室裘鱼那里，把前几个团的团款给结了。裘鱼说，米虎啊，你有七个团没结账，但三个团的款，先不给结。这是社里那总交代的。不光你一个导游，社里老导游冷雪君、杨四姐、胡连成他们都这样。米虎说，没事，裘姐，就先结这几个吧。米虎很老实，在旅行社，他从不惹是生非，更没难为过谁。裘鱼把钱点给米虎。米虎揣好钱，整了整头发，长出了一口气，那口气把额前的几根卷发吹得一飘一动的。

米虎又从财务室走向吴瑕的办公室。他在外间站着，像个热锅上的蚂蚁。进吴瑕办公室，又别别扭扭的，显得贫气，不进吧，又心里痒痒。米虎就在外间过道徘徊。偶尔，他透过玻璃幕墙张望。米虎看着了吴瑕，心怦怦跳；看不着吴瑕，心更怦怦跳。

挨到下班时间，经理好像都提前离开了，米虎还在那儿等吴瑕。今天发了钱，他想请请吴瑕。米虎来前，还买了一把玫瑰花。他害怕社里人看见，自己难为情，放在一楼保安那里。办公室里的人一个个走出门，吴瑕也开始收拾东西，她冲着米虎说，你还不走啊？账没结吗？你找裘姐。

米虎见办公室就吴瑕一个人时，再也无法抑制心中的激情。他站起来，挪过去，说，吴瑕，我想告诉你，嗯，就是你蛮好的，你像蓉儿一样可爱呢。你给我带来了动力，我本想以后再说。可我，还是想今天告诉你，今天正好我过生日。吴瑕连一声祝福的话也没说，问道，米虎，你到底想告诉我什么？米虎吭哧瘪肚地说，嗯……嗯……就是那什么，我又挣了四千多块钱了，我从现在起，自己要攒些钱，你……你。米虎比带团还紧张，支支吾吾，像个笨傻子。

吴瑕笑了，说，你攒钱，跟我说干吗？你就告诉我这个？吴瑕收拾东西要走，明显不爱听。米虎哎哎哎地喊住她，被逼出下面一段话：吴瑕，我想告诉你，谁都看出来了，我爱你！嫁给我吧！真的，相信我一定能在北京买房子，我们一定会幸福，我爱你，爱北京，爱……米虎鼓足勇气，一口气背完台词，然后，如释重负地看着吴瑕。

吴瑕提了提眼角，嘴角隐隐翘了翘，板着小脸子说，我心里有人了。别再说梦话，让社里人听见不好。米虎怔怔地看着吴瑕，他又一次恢复了勇气说，你心里怎么会有人呢？你知道吗，这世上我最爱你。你心里有的人会真爱你？我会做到买房子写你名！能让你相信我一辈子，有安全感，我是勇敢的人，不像他们看到的那样，像娘们似的。真的。米虎突然想证明自己的阳刚之气，伸出手去抓吴瑕的手，像抓只小鸡仔一样抓着吴瑕的小嫩手，再也不愿松开。吴瑕生气地抽出手，警告说，你别胡来啊，我心里有人了！

至此，米虎根本听不进去，居然把吴瑕紧紧抱在怀里。米虎火热的嘴唇，终于落在了吴瑕红嘟嘟的小嘴儿上，像电视里一样迅猛地伸出舌头，他的个子正好帮了他。在米虎心中蓄积了许久的爱，终于汹涌地喷薄而出，带着不可抵挡的力量。

米虎说，跟我好吧！吴瑕，我想你，想得太久了！可痛苦呢，做了那么多回……梦啊……

吴瑕不想听这些如同强奸她的话。吴瑕拼命地扭头挣扎，说，流氓，神经病吧？我怎么可能跟你！你拿什么在北京买房子？拿什么给我安全感？就用四千块钱吗？！哼，放开！不放开我就喊人啦，来人呐！来人呐……

那总不知怎么出现了，大声吼叫道，干什么？放开！太不像话了！米虎，你给我放开！你还想不想上班？想让我报警啊？吴瑕像只受惊的小鸟一样，飞快地依在那总身边。吴瑕的身体差点被米虎抱瘪，衣服也被米虎抱得错位，那得海给她整好，摩挲她的头，以示呵护、压惊。

米虎的心，刹那间碎裂。他追求吴瑕的努力完全失败了，巨大的激情转眼间变成沉重的失望。一时，米虎受了极大的挫败，一脸的痛苦表情。

米虎不知道自己是怎样仓皇逃离现场的。他在大街上把那束玫瑰花送给了一个低头扫大街的环卫女工。女工吓了一跳，还没明白怎么回事，米虎转身过了红绿灯。

米虎心中羞愧，恼怒。转来转去走进了小酒馆，喝了不少酒。

这会儿，他正躺在那张单人床上反思。自己差在哪儿呢？虽然吴瑕结束了他的爱情行为，但是对米虎来说，他结束不了啊！米虎伸着跟玫瑰花一样火红的舌头，嗷嗷叫了两声，像只野狼一样。

狗屁爱情！米虎躺着骂了一句。米虎一直一厢情愿地认为，只有自己的爱才是真诚热情的，只有自己才最爱吴瑕，他和吴瑕拥抱亲吻才十分合理，他那得海凭什么？自己这种纯真热烈所达到的程度，谁人可比……

说什么米虎也不肯放弃自己对吴瑕的感情。米虎给吴瑕发了一条短信：我爱你！你好好考虑一下，我不着急，你不必立刻回答我。等了好一阵，吴瑕那边还没动静，米虎干脆给吴瑕直接打手机。

“白骨精”的姑娘哪有省油灯？米虎打了三个电话，吴瑕根本不接，最后，发来一条短信：去死吧！

米虎用手按了按裤裆那里，他有种愤怒和难耐。米虎处于真切感情和男性欲望的疯癫状态之下，这时候，如果有人想让米虎放弃自己的感情和欲望，阻止他爱吴瑕，就和让这个人杀死他没什么区别。

米虎很愤怒！他立即恨起那得海来。

杨四姐家里的空调不制冷，刘万军拉团去了天台山，要三天以后回来。杨四姐就给米虎打电话求助。

米虎坐了两个多小时的车，才赶到杨四姐的住处。米虎帮忙弄好后，杨四姐做了几个菜，留米虎一起吃饭。有了以前发生的事儿，木草格外小心，对外面的男人远远地躲着。木草刚学会用新式炊具做饭，不停地在厨房忙活。杨四姐喊木草，把冰镇好的啤酒拿上来一起吃饭。杨四姐说，木草，这是导游米虎，我们是很好的同事。木草不知道说什么是恰当的，只能一次次点头致意。杨四姐说，我外甥女没你大，刚来北京的，也没见过世面，原来是乡村女教师，哄小孩玩的。米虎说，是吗？教师好，教人知识。

米虎心里全是吴瑕，顾不得多看木草，只是低头吃饭。米虎是导游行列中帅气的小伙，这是社里公认的，但此时的他全然没了光彩。杨四姐看见米虎的眼睛深陷进去，仿佛是挤在砖墙缝隙中的两颗葡萄，有些水分缺失的葡萄。杨四姐问，米虎，你怎么了？那个南京团没挣钱，上火了吧？米虎摇摇头说，不是，没挣钱也不着急，就是社里有人让我心里蛮堵，没想到她拒绝我。米虎灌了自己半瓶啤酒。

杨四姐吃了一口菜，说，谁啊？我知道了！是吴瑕吧？在办公室看人家眼神都不对。哎哟我的妈呀，你可真敢想，那得海早就看上她了，哪有你的份儿？米虎仰脖又喝啤酒。

木草一听，心里算踏实了一下。她想，只有这样为爱受伤，还在想着对方的男人，才不会生出是非来，至少现在安全。想到这儿，木草把啤酒又拿给四姨和米虎。木草眼神中闪烁着善良之光。米虎仔细看了看木草，心中有一种温暖划过，他很感谢那束独到的光芒。

米虎看木草的那一眼，被杨四姐发现了。杨四姐怕米虎看上木草，起“歹心”，更怕木草被米虎白捡了去。杨四姐说，木草啊，你去再炒一盘花生米。米虎说，这菜够吃，四姐，别麻烦了。杨四姐说，木草，去啊，炒花生米去，多放点白糖，够吃也得去炒。杨四姐态度坚定，木草进了厨房。

杨四姐对米虎又撇嘴说，看你没出息的样，吴瑕哪里好哇？没三块豆腐高，看那嘴唇子大得像城门口，厚得赶上八达岭城墙了。米虎说，我就喜欢她的样儿，像《射雕英雄传》里的蓉儿似的，可我比郭靖还穷，穷得只剩下思想了。杨四姐听完，嘴里的菜笑喷出来。杨四姐笑够了，说，算了吧米虎，是你的她跑不了，不是你的追也没用，不信命也得信。

杨四姐又变了一个腔调，问，你真看到那总搂抱吴瑕啦？嘿，其实好多人都看到过，就滕姐一个人蒙在鼓里。喊，那得海暂时不敢开除你，激怒了怕你向滕曼告他的状。米虎，你怕什么？你哥不是在你们家乡当上公务员了吗？慢慢你会借光的，大不了回老家发展。米虎说，我哥真比我强，大学毕业，又找到了好工作。我哥同学有好几个在北京，说我有什么事儿可以找他同学。

杨四姐睁大眼睛说，是吗？那你帮个忙呗，木草想找份工作，你看能进哪个学校？教幼儿园也行。米虎说，我哥说他同学都是金融方面的，再说我一次也没联系过他们，我不好意思求人。木草把炒完的花生米端上来，说，没事的，不能强人所难，我慢慢找，明天再出去看看。

杨四姐一看盘子里的花生米，就生气了，说道，你看，你能干啥？把花生米炒过火了，你不会开小火吗？你看看，花生米被你炒煳了，个个跟蟑螂似的，又黑又亮！这咋吃？你一天到晚都寻思啥呢？米虎忙说，没事，这一样好吃。杨四姐说，这傻瓜啥也不会，北京什么工作能给你留着？我都替你愁，你呀，赶紧回东北去吧。

米虎突然说，还找什么工作，木草当过老师，不缺讲解这一块，干脆当导游算了。有导游证就一点好处，进景区不用买门票。木草立起耳朵听，觉得到处看美景，还不用买票，这的确是好事儿。米虎夹一粒花生米放嘴里，嚼了嚼，放下筷子，说，四姐，你可以带她，车队还有刘哥，说不定木草比我们干得好。

杨四姐说，嗯，这倒也行，那回头我让刘万军找旅游局的人给办个证。木草说，四姨，找人就能办证？就能当导游？杨四姐白了她一眼说，什么呀，那要考试的，特别难考，我是考不过，所以托关系弄的证。米虎说，可能报名结束后，还有半年就考试。米虎看了木草一眼说。

木草急了说，四姨，我自己考，不正当途经弄到证是犯法的，我一个念书的人，不能那样，那不和弄假学历一样吗？木草一百个不乐意的样子。

杨四姐说，假学历咋了？行，天底下就你有种！你有种，行了吧？你就自己考吧，我只让刘万军找人帮你把名报上。你看着，考不上我整死你！啥也不会，哪个单位会要你？！杨四姐很生气。

木草被四姨骂习惯了，低头抿嘴笑，说，考不上，我就去巴黎圣母院敲钟去。杨四姐说，屁！就你这熊样，还想出国咋地？米虎看看杨四姐，看看木草，摇头，笑了，说，敲钟人要最丑的，起码面试你就通不过，你的条件显然不够。

杨四姐听不懂他俩说啥，就岔开话题，问米虎，哪能买到考试书？都考什么？米虎说，考政策法规、全国导游基础、导游实务、汉语言、口试北京各个景点。崇文门旅游书店有教材，对了，我考试的书还有呢，拿过来给木草看吧，当年报班，培训老师给画的重点都在，还有我记的笔记。不过，木草最好报一个班儿，交两千多块钱，学着省劲一些。

杨四姐心想，米虎的书可以用，但绝对不能让米虎进一步接触木草，那样会有危险。他俩好像有种默契，比如，他俩说起巴黎圣母院，说得那么自然……

木草知道自己的处境，赶忙说，四姨，我不用花钱去学习，我自学。你是个纯犟驴！大傻狍子！杨四姐刚骂木草两句，就接到旅行社吴瑕打来的电话，要杨四姐傍晚去接一个重要旅游团，是从广西来的。

导游杨四姐就像武林高手一样，拿着“刀”上团了。杨四姐带团购物或者加点时，向来把游客当牲畜一样去“砍”，让他们血流满地而后快，但宰客的“刀”上却没有留下血迹，没有游客投诉记录。杨四姐的讲解与众不同。旅行社说，优秀导游就应该是这样，这样的导游，旅行社才喜欢，司机们更喜欢。

杨四姐又开始了她的那一套。各位尊敬的游客朋友们（停顿）——吃了吗？

啊？没吃啊，没吃就让杨导我带您吃去吧！我就知道各位好朋友刚下火车，一路上，下了汽车上火车的奔波劳碌，肯定没吃，其实早给您安排好了。我们马上去俺们北京最有名的特色餐馆——老北京菜馆，让您先从味觉上感受一下俺们北京这嘎达的热情！底下有人耳语，这个导游不是北京本地口音。杨四姐接着道，光顾着说吃了，还没自我介绍一下呢，我呢，叫杨四姐，北京小世界旅行社的导游，正宗的东北人，不是纯爷们儿（亮相，逗大伙乐），也许有的人觉得我们东北女人比较粗犷，不太适合做导游这种细致的工作，其实不然。通过联合国教科文组织38名专家组经过168天的科学论证，得出结论——俺们东北那嘎达出导游！杨四姐在前面拿着麦克胡诌八扯。

掌声响起，杨四姐又说，您看您别着急鼓掌啊，您得让我给您说出个一二三来不是吗？为什么说我们东北女人最适合当导游呢？原因如下：一、我们东北人实在，热情，没有坏心眼，这个是全国公认的。所以说，我们东北导游的服务肯定是一流的，因为我们热心肠啊！东北人都是活雷锋啊！二、导游是个重体力劳动活。起早贪黑不说，每天这东跑西颠的，没个好身体可不行。不说别的，游客光玩还累呢，何况是我们导游啊，我们东北人体格好，所以说这就是我们东北人适合做导游的第二个原因，我们牙好，嘿，胃口就好，身体倍儿棒，吃嘛嘛香，您瞅准喽——东北杨贵妃型——漂亮的北京导游！众人哄笑。

杨四姐在前边自问自答，您可能会说了，小杨你这说得都对，你们东北的北京导游是有这些优点，不过别的地方的导游就不热情了吗？他们身体也不错啊。而且南方的一些漂亮的导游妹子，不用说话就光看着，白白细细的，就让人那么舒服，你行吗？要说这个，我还真不行，我长得黑。不过我还有她们比不了的一点好处呢！啥呢？我体格壮，是兼职保镖！您看您又不信了，哦，说我是个女的，还当保镖呐？这您就有所不知了！有句话叫，人不可貌相，海水不可瓢量！不瞒您说，我还真是个练家子！杨四姐打了一套拳脚。

大家笑，司机也被她搞笑了。

杨四姐越讲越来劲，比比画画，说道，这外练筋骨皮，内练一口气，您就没发现，我这印堂放光，双目如电！真不是和各位吹，什么刀枪剑戟、斧钺钩叉、鞭锏锤抓、镋棍槊棒、拐子流星，带钩儿的、带尖儿的、带刃儿的、带刺儿的、带峨眉针儿的、带锁链儿的，十八般兵刃，我是样样——不通！

大伙被逗得哈哈笑。

游客有的说，杨导真是多才多艺啊！讲评书的料儿！杨导是老导游啊！杨四姐骄傲地答道，那是，把式把式，全凭架势！没有架势，不算把式！光说不练，那叫假把式；光练不说，那叫傻把式！连说带练，才叫真把式！连盒带药，连工带料，你吃了我的大力丸，甭管你是让刀砍着、斧剁着、车轧着、马趟着、牛顶着、狗咬着、鹰抓着、鸭子踢着……行了，您也甭吃大力丸了，饭店到了，您跟我下车去吃饭吧。

杨四姐一阵忽悠，后面的话，游客琢磨琢磨才知道，她借机宣传中药呢。

吃完晚餐，回酒店的路上。杨四姐又开讲，当然，她基本上不讲历史文化知识。她讲道，同志们呐！为了你的安全，告诉你们有关社会治安的故事，什么杀人啊，抢劫啊，诈骗啊，北京都出现过，从古至今呐。杨四姐反正净挑那吓人的说，无论那些故事是真是假，也无论那是否会影响到首都的声誉、影响到国家的形象，总之，杨四姐就是希望这一车人不要出去，否则生命财产安全是得不到保障的。游客真的以为她是在关心游客。

杨四姐担心出事是不假，不过最重要的，是游客出去逛街的时候，会了解到北京特产及市场上的行情，那她怎么推销比市面上贵得多的果脯、烤鸭、御膳点心呢?怎么推荐自费项目啊？杨四姐有自己的小算盘。

杨四姐忽悠得口干舌燥，一气急，心里就想，旅游业真是太奇怪的玩意儿，前怕狼后怕虎的，三百六十行，好像只有这一行最难整。

第二天，参观北海公园，旅行社只包大门票。杨四姐一手举票，一手拿着喇叭。游客集合在一起，听她先介绍了北海概况。紧接着，杨四姐就说，记住，从南门进，北门出，抓紧时间啊，北海真的没啥好看的，一个半小时以后门口集合就行了。

杨四姐在前边走，她回头低声又补充说，景区里那些卖东西的都是骗人，而且服务态度很不好，东西死贵死贵的，您最好别看，也别碰。谁要是进去问了价，又不买的话，说不定还被人打呢！各位别着急，到时候我会带您去旅游局定点的购物店买东西，那里面可都是货真价实，绝对文明经商。

游客们将信将疑，探头探脑往里走。

游览完北海公园，杨四姐把人带到了一家药店。这是一家以推广中医药来盈利的购物商店。

在旅游业中，导游是靠购物安身立命的，购物店也希望游客多买些东西，好赚取更大利润。杨四姐当然也不例外，她也是遵照旅行社的计划单子走。

下车前，杨四姐笑眯眯地在车上讲道，亲爱的朋友们，为了让您花钱花得放心，我们来到了“首都 ×× 堂”一个分店。那什么，有人写过一首诗，咋说了，我还有点忘了，对，这样写的：都门药铺属 ××，丸散人人道逼真，纵有岐黄啥滋味（纵有岐黄难别味），笑他赛过活仙神（笑他若个述通神）。杨四姐磕磕巴巴，还背错了后两句。

有的游客问，杨导，这里真能买到正宗牛黄清心丸、再造丸、安宫牛黄丸？

杨四姐信誓旦旦地向游客们保证说，没错啊，现在都是法制社会，坑人的事，那是法律不允许的。当然，我们国家法制还不是很健全，难免会有坏人钻法律空子，之所以让您到旅游局定点购物商店，就是要保证您的合法权益，怕您在外面上当受骗啊！您自己看看，店门口这么大一块牌子，“北京旅游局定点购物单位”，怎么会不是真的呢，绝不会骗人。

大家听杨四姐这么一说，就下了车，好奇地往里走。杨四姐看游客一个不少地往里走，心里这个舒坦，不禁点支烟，迅速抽了几口。

这团游客贪图便宜是一方面，许多人没有思想也是真的。但这就可以成为游客们必须被杨四姐“宰”的理由。

购物店里果真有一块牌匾，一个“白衣天使”把游客们引进了一间单独的诊室里，一位位慈眉善目、鹤发童颜的老中医端坐其中。游客们一看他们就知道个个都是高手。

杨四姐撅着屁股，从门缝看了一眼，暗笑着，走开了，继续抽烟。果然不出所料，一个个老中医的手，就这么往游客脉上一搭，眼睛，就那么往脸上一扫，马上指出，有的人肝有问题，有的人肺有问题，有的心有问题，有的腿脚有问题，有的头部有问题。这么说吧，反正基本上，来的游客都有病。

最后，衣着打扮像护士一样的女孩子们，把各种药品端来。人们都知道中医中药是中国的国粹，这样一来，这个团大部分游客对老中医们佩服得是五体投地，对他们的话更是深信不疑。

没多久，捷报频传，五千、一万……杨四姐一边跟店里的二老板聊天，一边喜上眉梢。最终这个团买了四万两千块钱的药，真药假药全包括了。

游客们以为，自己的健康从此得到了保证，拎着大包小包药品，高高兴兴地往旅游车那儿走。

杨四姐口袋里装上了四千两百块的回扣。虽然说回扣要交给小世界旅行社一部分，还要给司机一部分，但杨四姐还是觉得大赚。这会儿，她站在人群中还渲染着说呢，大家一定要相信我，这里是天子脚下呀，这儿卖假货，要是让相关部门知道了，那还了得！这些是杨四姐和买药的游客说得最多的一句话。

杨四姐拿着钱，满足地一笑，心里却骂，这团游客也是一群傻犊子！讲解员说啥是啥。也是的，俗话说得好，一分价钱一分货，出不同的价钱，必然是享受不同的接待标准。活该！谁叫这群游客抱着一种奇怪心理，报名的时候，只选价钱便宜的团参加旅游，却用最高的标准来要求导游服务，提出合同约定之外的一些要求。这帮家伙没少折腾我。该！买假药也别怨我，应该怪自己，哼，这群游客和旅行社一样不诚信，呸！他们的行为也不怎么高尚！

杨四姐把烟头弹在地上，使劲踬了一脚，然后扭着肥臀，心安理得地扛着导游旗上了车。

谁都看得出来，胡连成不待见杨四姐，也好挤对诸如米虎之流的新导游。他是社里面典型"笑里藏刀"的导游之一，更是黑各地全陪的高手。胡连成是北京土著，二十七八岁，长得显老，纯属家族遗传。他还有一个典型毛病——吸鼻子，不管里面有没有鼻涕，总是吭吭地吸，2～5秒吸一次，然后喉咙一动，好像就下咽了似的。

两年前，胡连成来到小世界旅行社带团；三年前，就已经和在中关村销售电脑的女友同居在一起。可是，胡连成就愿意跟漂亮一点的年轻女导游玩暧昧，有事没事爱聊扯女孩子。耍嘴皮子是胡连成的强项，这么说吧，只要一上团，他那条舌头就闲不住。胡连成有一套自己的带团风格，单凭他的京腔京韵，就足够吸引外地游客。这也是他看不起外地导游的一个资本。

这次来了个济南自驾车团。社里其他导游带车净走冤枉路，为此，山东司机没少向小世界旅行社反映。走冤枉路，这是外地司机最怕的事情之一，也是新导游普遍存在的问题。当然，胡连成带自驾车，绝不会走错路，除非他故意为之。

小世界旅行社导游们总结出，全国“三南”的人最难带：河南、济南、南京。计调们也心知肚明。开始，胡连成接到通知就找借口推托，死活不带这个济南团，吴瑕软硬兼施，愣是把这个破差事交给了这个京游（油）子。

胡连成被吴瑕逼迫无奈，等在路边接车。远远就能看见他举个导游旗，穿着件宽大的橘黄色短袖破布衫子，七分牛仔裤的左右两个膝盖很扎眼，从远处看，像贴了两块狗皮膏药，近看，像让狗追撵，被撕扯掉两块布似的。

一般接济南自驾车团，北京导游都在分钟寺桥的加油站接头。胡连成等的那辆鲁A车终于来了。司机打开车门，胡连成第一眼看见的是年轻小导游，像个实习大学生，不涂一点粉底的脸还没晒黑，一看就知道带团不多。小导游一头顺畅的披肩发，瞅着清汤寡水的。胡连成往人家胸脯子上扫视一下，啥也没扫着，就和人家握手。胡连成和小全陪、司机习惯性地打招呼，骗得游客还以为他们是老相识久别重逢呢。

胡连成向全车人做简单的致辞后，为了拉近距离、调节气氛，调动大家的旅游积极性，一向活跃的他攥着话筒，不管人们听没听得清他唱什么歌词，摇头晃脑唱起昨晚新学的歌《北京土著》：

切一片西瓜四五两

真正的薄皮脆沙瓤

当四合院的茶房飘着茉莉花儿香

夏天的炎热全部被遗忘掉

酌一杯佳酿漂远方

胡同里酒香醉人肠

当老城角的夕阳回荡拨浪鼓儿响……

一车人，中老年还没适应这种流行腔调，小孩子们倒是被煽唬得又拍巴掌，又晃脑袋的，坐在那儿，屁股像被针扎似的不老实。车里人还没等胡连成讲完北京简介和行程安排，几个活跃兴奋第一次来北京的“革命”爷爷奶奶们，就憋不住了，要拉呱拉呱。有人说道，你们北京人算占大便宜，住皇帝住的风水宝地呢！小伙子啊，干导游一年不少挣吧？ 10万块还是20万块？咦，连吃带拿又赚，多肥的工作啊！

胡连成被他们赤裸裸地一问，鼻子都气歪了。心里暗说，他们什么都没买呢，刚来就觉得我赚他们票子！带这个团非但一分导服费没有，还要每人上交10块钱人头费。也就是说，旅行社已经把这些人卖给自己，不管能不能从他们身上榨出油来，除了扎店签单子外，还要无条件地每人上交10块人头费。44人就是440大块啊！不行，必须给他们洗洗脑，换换药，我得和他们聊聊，否则，这个团没法带啦。

想到这儿，胡连成吭吭吸了一下鼻子，然后拍了几下巴掌说，亲爱的爷爷奶奶叔叔大爷姐姐哥哥小朋友们呐，我们这个职业赚的都是辛苦钱，没听说吗？我们导游操的是卖白粉儿的心，挣的是卖白菜的钱。起得比鸡早，干得比驴多，吃得比猪差，晒得比乌鸡黑，住得比鼠窝差，睡得比猫头鹰晚。胡连成的一番话引起车上一阵哄笑。

胡连成接着说，我们命苦啊，家常便饭一样，被媒体骂得猪狗不如，被旅行社宰得比羊羔还惨，被客人投诉得比绵羊还乖，被旅游局罚得比蚂蚁还多。工资基本不用，为啥？没有。老婆基本不动，为啥？没空。再听听你们游客怎么骂我们的，什么素质低、服务差、急功近利，黑、贪、狠，就知道骗人。还有的骂导游太差劲，景点介绍得一塌糊涂，进了商店却精神百倍，拼命鼓动你买东西，不好好讲解和服务，只顾带客人进店赚钱，黑心！亲爱的游客啊，形势比较严峻啊，据我所知，现在全国已经掀起了高潮，并提出了一个口号，大家知道是什么吗？那就是——防火防盗防导游！

下面的人张着不同形状的嘴，露出白的、黄的、黑的，掉了的，还没长齐的牙齿笑，有人笑得哈喇子都流到嘴角了。

车上，胡连成和游客距离拉近了，只因他的嘴皮子。一个中年男人问，北京旅游局不管你们吗？他们可是你们的靠山啊。胡连成说道，大哥，您问我们管理部门啊？管理部门怎么看？嘿，一提这个，今儿，我跟您说吧，我们导游眼泪哗哗的，真的。旅游投诉中，对导游的投诉占到了30%，人家管理部门说了，对导游不客气，对那些问题十分严重和恶劣的导游，绝不手软，要狠抓、狠管。而我们旅行社呢？此树是我栽，此路是我开，要打此路过，留下买路财。

那个男人又问，我就不明白，你们留下什么买路财？胡连成说，导游想带团就得交钱，交人头费，交管理费。旅行社的意思都一样，你赚不到钱，我不管，我赚不到钱，你就得滚蛋。

又有一个女游客说，你们离开旅行社，不是有导游服务中心吗？胡连成说，大姐，你是我亲大姐，你知道导游服务中心啊？他们更毒的，管理费要交、出团费要交、培训费要交，其他与他们无关。我们北京导游被戏称为三无人员：无基本工资、无三险福利、无最低保障。大家伙都知道，在全国到处都呼唤劳动者权益要求得到保障的今天，连农民工都被重视了，而我们导游的存在，似乎被忽略啦。亲人们呐，我们四下望望，两眼一抹黑啊，导游都一副后娘养的样！爹不疼，娘离开，走到哪里没人爱。胡连成假扮成哭腔，和车上人一通儿诉苦。

这车游客此时处于什么心理，胡连成不得而知，他只知道每次讲这些，游人们都会报以热烈的掌声。在接团讲解铺垫这一事情上，胡连成总是做得一丝不苟。小全陪听完，眼泪都快掉下来了。随后的几天，小全陪由称呼他胡导，改口为胡哥。胡连成带团没少向游客发那些不该发的不满和牢骚。这倘若让旅行社那得海或者吴瑕知道，非把他的抵押金扣个片甲不留。

还没吃中午饭，为了赶时间扎店，胡连成带游人先走了一个寺庙。他讲解说，这是当年慈禧老佛爷坐船去颐和园时祭拜的地方，也是一处皇家行宫。实质上，这里是个连抽签算命带卖貔貅的玉器店。

不错，里面一整套天衣无缝的商场战术，弄得游客头晕脑涨，没少买货。胡连成揣着又一次鼓起来的钱包，还和小全陪说，妹儿，你们济南来的人不爱消费，而且，咱们来晚了，店里提成就给一半，白忙活了一场。小全陪还有些自责，抱怨带了这些不肯消费的济南人，心里只盼着胡连成别黑她和司机太多。

胡连成就近把这团人带进一家餐厅。餐厅就餐的团队如蚂蚁一般，出出进进。向来，对胡连成够意思的旅游团，胡连成也对他们负责。胡连成和饭店的领班很熟，餐厅里条件好一些的包间给他留着，桌上早就摆好了饭菜，用以善待这群刚购完物的人们。

以打仗一样的速度吃完饭，游客就排队自费乘坐游船前往颐和园。从店里拿出三千多块钱的回扣，让胡连成感到有些意外。这可是导游们不爱带的济南团啊，想不到自己还真走运！胡连成骄傲地站立在开往颐和园的船头，等着靠岸。

入园后，胡连成很卖力气地讲解颐和园的历史沿革，介绍各个美轮美奂的建筑，以及遗留下来的文物。讲解中，一个小孩替他拿着导游旗，爱不释手地晃动着玩。胡连成讲得很起劲，时常穿插着传说中的野史，例如慈禧的风流韵事，李莲英的身世之谜，宫里宫外那些错综复杂的关系。他迎合着一团人的心理需求。

在长廊的留佳亭，有幅《桃花源记》彩画，胡连成刚给大家介绍完，就被北京旅游执法大队的给截住了。旅游局的人正在整治北京的，尤其是最猖狂的颐和园里的黑导、野导。恰好，正看见胡连成手里没打导游旗。这家伙摇头晃脑地给四十多人讲解，脖子上还不挂导游证。

的确，胡连成这次撞枪口上了。执法大队的大队长亲自上阵，率领手下是毫不讲情面。

其中一个胖子对胡连成说，知不知道，旅游局执法大队主要依法维护首都旅游市场良好秩序！你作为导游，不会不清楚，我们是查处本市旅游违法案件，监督检查旅游服务质量，负责组织旅游市场综合治理的吧？胡连成战战兢兢地说，知道，知道。

又一个执法人员说，不像话，看看你，旗子不拿，导游证不戴，还有旅游从业人的样子吗？据相关规定，导游人员从事导游活动，未佩戴导游证的、不举导游旗的，处500元以下的罚款。

狠狠教训一顿后，执法人员还不接受胡连成的任何解释，并且撕下了200元钱罚单。胡连成只好交钱，心里七个不服八个不忿，继续带团游览。

被处罚后，胡连成再也没了讲解的兴致，气呼呼地往前走。排云殿那里也不介绍，大家只好拍照，听旁边的导游讲解。胡连成恨不得赶紧回宾馆，游客们看在眼里，开始对胡连成产生反感。

走到石舫，扛着旗子垂头丧气的胡连成来精神了。他看见冷雪君正撅着腚给一对夫妻拍照呢。无处发泄不满的胡连成给一团人留了自由活动时间，悄悄走到冷雪君背后，啪的一声拍了一下冷雪君的屁股。

立刻，胡连成招来冷雪君的一脚踹和一声骂。讨厌！见过色鬼，没见过你这么样的色鬼，找死啊！胡连成也不示弱，哎哟喂，那么想我死？我还没和你睡过呢，我可不想早死，那多遗憾呢。比冷雪君大两岁的胡连成大言不惭。

冷雪君心想，看来，男人无论大小，都不值得嫁。冷雪君用导游旗杆子捅了一下胡连成，说，完了完了，这旅游界算把你毁了。你刚来小世界旅行社那会儿，说话都不敢看我，现在的你和以前比，已经面目全非了。你不是和你女朋友同居了吗？怎么还治不过来你的邪劲？

胡连成说，唉，刚才一受刺激，邪劲就上来了。冷雪君问，什么刺激？最近社里也没来新导游啊？怎么，你的小全陪招惹你了？冷雪君看了一眼躲在树底下的山东小全陪，努努嘴。胡连成说，看，前面平得跟飞机场似的小姑娘，我哪有那兴趣？就喜欢像你这样的，长着两个大柚子似的前胸。嘻嘻……说真的，面对这个旅行社里最美艳的女导游，胡连成哈喇子可没少滴答。

冷雪君说，好啊，拿钱来！信不信，今晚就把你给办喽！胡连成说，哎，今晚办不了，执法大队的刚把我办完。快让我变太监李莲英了，刚罚我200块大洋，弄得我一点男人锐气都没了，现喝鹿血也办不成。胡连成逗得冷雪君肚子都笑疼了。

抽出一根烟，胡连成递给冷雪君，自己也点着火，吸了一口。紧接着，又重复他习惯性的吸鼻子动作。冷雪君呵斥说，你改改你的臭毛病行不？有鼻涕擤擤，干吗咽下去，多恶心啊！你女朋友可真伟大，能忍受你这个毛病。胡连成说，嘿，我女朋友赶都赶不走，稀罕我还来不及呢。哎，我说雪君妹妹啊，看在我对你朝思暮想的分上，你就别训斥我了，成不？真是一点阶级感情都没有。冷雪君瞅他一眼，笑得有点抽。

胡连成吧嗒了几口烟，吐着烟雾说，今儿个算我倒霉，那帮人就知道罚钱，只许他们好吃好喝，我们这帮人，一年一年为了繁荣旅游业，无冬历夏，风吹日晒，却连工资和三险五险都没有。无耻！没底线！胡连成龇着七长八不短的牙，逮谁骂谁。发泄完，胡连成觉得自己鼻子有点酸，又吸了一下鼻子。

冷雪君说，你的鼻子别老吭吭的，成吧？板着点，我心脏都受不了了。唉，你呀，捡便宜还骂人，真要是给你一点工资，拴着你，不让你这么大把地挣钱，你干吗？唉，你也就靠你这张嘴活着。还别说，你这张嘴可真巧，就能编排人。

胡连成说，那是，爷就指着这个吃饭呢。

冷雪君耐心地分析说，你动脑子想想，有什么奇怪的？难道你还希望他们挑灯夜战也来背我们的导游词？背政策法规？怕什么，羊毛出在羊身上，驴毛就出在驴身上。罚你的钱，你有本事从他们身上榨出来啊。冷雪君把下巴转向游客，暗指驴（旅）是游客。胡连成哼哼几声。

看胡连成垂头丧气样，冷雪君紧接着又说，对了，颐和园附近又开了一家老乡店，天坛附近有分店，我给你电话号码，你送站那天去试试，管你冒泡。胡连成输着号码说，亲爱的，还是你好。冷雪君看全陪在一边和游客聊天，她和胡连成使个眼色，说，不过，前期工作做好，要把全陪说通了，别让旅行社知道。胡连成骂道，旅行社最操蛋！噢，组团社和地接社，可以拿着行程单进店？管理部门睁一只眼，闭一只眼，敢情他们合伙把钱挣了，挣不到的，用导游交人头费填大坑，我们导游拼死拼活地干，还要挨罚。冷雪君说，谁让你是倒霉孩子呢，像你这样的，挣那么多，罚点儿就罚点儿，想开是天堂。胡连成使劲甩了一下导游旗，恶狠狠地骂一句北京土话。

集合时间要到了，冷雪君掐灭了烟头，两个同等级别的导游切磋暂告一段落。冷雪君说，瞧你那副霜打茄子样儿，行了行了，发昏当不了死不是？想办法多挣钱才是真的。旅行社这帮人利用我们，我们也利用他们给提供的机会，接下来，就看你自己的小刀磨得快不快了。咱们都得向杨四姐看齐。呵呵，你看吧，今年的奖金，杨四姐还得拿大头儿。

胡连成把烟屁股摔进垃圾桶，叫喊道，凭什么？！就凭她那个东北大娘们？冷雪君说，什么啊，她还没结婚生孩子，叫人家娘们不公平，她那只东北虎听见会咬死你。胡连成又说，嘁，谁不知道，经理偏心杨四姐，计调把好团都排给她。冷雪君说，那有什么办法，谁让人傍尖是车队队长呢，有本事你也找个靠山。胡连成瞄了一眼冷雪君的前胸，又犯贱地说，不，我就靠你的那俩山头。

游客都走过来了，冷雪君又白了他一眼说，美得你！臭不要脸，滚一边去。滚，有多远给我滚多远。冷雪君心还在想，这个铁公鸡，一根毛都拔不下来，谁招他谁脑袋让驴给踢了。嘁，我缺心眼啊我？

胡连成显摆说，米虎长得好看？像娘们，你看我，多有阳刚气啊。你就不动心？冷雪君白了他一眼，说，还阳刚呢，做了导游的男人，慢慢都变：一会变抠，二会吹，三会变娘娘腔，四会发牢骚。唉，也是呀，单一活法也怪可怕的。地球上这么多的人，一种活法连上帝都会胆战心惊。变吧，变吧，你们男导游变得越另类，才越符合时尚潮流呢。

胡连成趁机又拍了一下冷雪君的屁股，胡咧咧一句他自己以为最刺激的话。

冷雪君带着游客一边往北宫门走，一边寻思，晚上自己要把领队或者那个出手大方的、像个爷们样的男游客搞定一个。不搞白不搞，反正，一不做二不休。

三年前，小世界旅行社就已经由原来一个地接部，发展成地接部和组团部了。地接部，主要是那得海和计调经理吴瑕负责。组团部，由滕曼和滕飞负责。吴瑕是那得海不公开的情人。滕飞是滕曼的弟弟，负责组团部的管理。

今年生意出奇地好，这与滕曼和那得海的精明能干有关，更与他们去年冬季到各地公关分不开。当然，俩人路子广，关系多，这一点是旅游界公认的。

滕曼已经四十六岁，但她风韵犹存，像她这种经商的女人，对一些大中型企事业单位里，五十多岁的小老头子们，最有杀伤力。有这么一位穆桂英一般的夫人挂帅，用她冲锋陷阵，那得海没少得到实惠。这女人最爱唱卡拉OK，尤其是唱阿庆嫂，和她合唱过的人无法计算。滕曼不简单，见人说人话，见鬼说鬼话，擅用她的那张会说会笑的樱桃小嘴俘虏人。但是，最终，当年被她俘虏的那得海还是“造反”另立山头了。为了还在读初中的儿子，滕曼也就闭一眼，睁一眼，一忍再忍。渐渐地，滕曼也“揭竿起义”了。在外人眼里，这两口子是一家人，实质上，他们早就分床，各自做各自的春花秋月大梦了。

滕曼在这个旺季做了一单大生意，都下来能净赚10多万块。陆陆续续要分八批，近20天住在怀柔区的一处高级度假村。这个豪华会议系列是北京某一重要机关的会议团，地点是怀柔。除了安排游览有小西湖之称的雁栖湖、京北第一漂的龙潭涧和4A级景点红螺寺、九谷口自然风景区之外，车、食、宿等一切，都由滕曼策划安排。

找不到合适的导游，滕曼想到了米虎。她早看透了，这是个有些自卑，却给她印象非常好的男孩。滕曼自己开车，派遣米虎乘坐社里承包的大巴车，悉心照顾车上的人。就这样，米虎和滕经理来到了怀柔。这是米虎第一次接豪华会议团，而且作为陪同，和自己的经理一起来这种地方。

北京怀柔是个著名的风景区，要山有山，要水得水。米虎一直做地接导游，住的都是边边角角，有时候同其他六七个司机和导游群居在一起，酷暑难耐还没洗澡间。更可怕的是，一到旺季，导游在宾馆根本没住的地方，想住也行，导游自己掏钱付房费，米虎常常舍不得自己的几个辛苦钱，没少遭罪。眼下，米虎望着面前这一栋栋高楼，他想，来这里带团不知道有没有自己的陪同房？这儿的房间旅行社要拿，恐怕至少也得五六百元一间，还得是普通标间，能让自己住这里？米虎拿不准。

来之前，滕经理就告诉他说，这个系列团好带，都是有素质的高管，不像外地团，那么没见过世面，还多事。这个单位的一、二把手都是她的好朋友。经理只需米虎协助安排用餐、住房、景区事宜，总之吃好喝好，做好会议的细节服务工作和安全保障就好了。

米虎协助这个团用完晚餐，他的心踏实了。因为他拿到了度假村一个房间的钥匙。

这座度假村幕后老板实力很强，所以完全是按照五星级酒店标准装修设计的。米虎是个贱胚子，他冷不防住在这么豪华的房间里，倒觉得有些不适应。洗完澡，米虎躺在那儿休息，可一闲下来，他满脑子装的还是吴瑕那俏模样，依旧不死心地想着他的那个说“神经病吧？我怎么可能跟你”的吴瑕，想着威胁他要报警的那得海。想得脑袋有点乱，且隐隐乱得生疼。此时，米虎宁愿自己是条鱼，七秒一过，就什么都忘记了，曾经的人，曾经的事，都可以烟消云散。可他不是鱼，无法忘记自己最钟情、最珍爱的吴瑕，尽管惨遭拒绝，还看见那两个人的亲昵样。一时半会儿，米虎无法忘记：单相思的痛，空牵挂的苦。

憋得难受，为了逃脱难言之隐的折磨，米虎关好门，下了电梯，到后面类似一个小公园的地方。米虎攒了一口气，吹了吹石凳，就坐在石桌旁。借着灯光，他掐死了几只从草丛里爬上小腿肚子的蚂蚁。刚掐死完蚂蚁，有一只大蚊子，又把他脑门子叮出了一个小枣儿那么大的包。米虎挠了两下子。他想起那次春梦，那只蚊子在那个节骨眼儿咬他。

米虎看着黑乎乎的草丛，他最怕有蛇出没，越想越害怕，便逃窜回房间里。

米虎用热水敷了一下被蚊虫叮咬过的地方，从洗手间出来，顺手打开电视，上面播放广告。米虎一看这段广告就来气。什么玩意，这广告居然每天都在侮辱人们的智商，简直是人类发展史上的奇葩事件，侮辱老百姓的智商也得有个限度吧？如此恬不知耻地重复好几年了。这广告还在做，还在宣传送礼就送脑 ××。看来，很多人脑袋都有病，需要补，补就需要别人送上门来啊？缺爱情能补吧？管送不？

受到吴瑕的刺激，米虎近来好像喜欢骂人。他怀疑自己是和那帮老导游学坏了，是不知不觉学坏的。一赌气，米虎又换了一个频道，不料，这个频道在演一个女人因为乳房不够大，就在电视上泪流满面地说，老公不要她了，自己用了 ×× 产品以后，增大了，老公又回来了。瞪大眼珠子的米虎痛骂，真狭隘，不够大，就抛弃老婆？是男人吗？

突然，米虎看得有点热血上涌。其实，整整23年了，米虎除了未断奶的时候吃过母亲那里，他至今还没有碰过别的女人那里。那次，好不容易抱上吴瑕，却只顾着学电影里纯洁爱情中亲嘴那一项，结果，弄了个竹篮子打水。

再看下去，米虎就浑身不自在。哇！推销的产品是“戴戴就大”。戴了真的就大？米虎眼睛都直了。米虎吧唧吧唧嘴，心里复杂地活跃起来。

快半夜时，房间电话响了。这一响，让米虎一激灵。谁呢？客人们住这么好的房间还不满意？不会啊。从床头移开身子，拿起电话，米虎就听出来是谁了。

米虎坐起来定定神，说，滕经理，您还没休息啊？我做得不好，您就批评，我第一次带这样的团。米虎以为滕曼要挑自己毛病，部署任务呢。滕曼晚上陪团里领导喝了白酒，刚吐完。她问，小虎，房间有吃的吗？米虎看了一眼电视旁边的桌子，忙说，有，有吃的。我给您拿过去？滕曼说，好，我住1212房间。米虎把来时旅行社发给客人剩下的荔枝，客人送给他的那瓶酸奶，还有饼干、玉米肠等，装在塑料袋里，拎着走向1212房间。

门敞着，滕曼披散着烫成大波浪的齐肩发，穿一件连衫带裤的睡衣，从洗手间出来招呼米虎坐。平时，滕经理的头发总是盘起来的，今晚却披散着，好像变了一个人。米虎很拘谨，站也不是，坐也不是，他赶忙把带来的食物递给滕曼。皮肤姣好的滕经理嘟着如樱桃一样红的小嘴，吸着酸奶。当滕曼用纤细柔软的左手摁了一下米虎，让他坐一会儿时，米虎有种说不出来的紧张。

帅气青春，眼神又充满忧郁的米虎，深深吸引着这个中年女人。这时，滕曼的手机响了，是和她晚上喝酒的大领导打来的。大领导询问滕曼醒酒没有，显然很关心的样儿。滕曼捂住电话一端，小声对米虎说，明晚给你调另一间房，你现在回去早点休息吧。米虎站起身礼貌告别。

第二天，第一批人开完会，就安心参观景区。米虎看到滕经理和领导们一起走景点，跑前跑后和他们笑脸相迎。这一刻，米虎领悟了，原来经理也不是谁都能当的。在这些人面前，滕曼也变成了比他好不了多少的全陪导游。

工作结束已经很晚，米虎打开房门的一瞬间，倍感意外。他被安排在一个总统套房里。怎么待遇这么高？这恐怕是他今生最难忘的最高待遇。此时此刻，米虎才懂了，为什么大家都不要命似的争当有钱有权的人。米虎累了一天，很想洗澡解乏。

米虎穿好短裤从浴室走出来，头发上还不停滴答水珠。不料，滕曼这时候用钥匙打开门进来，吓得米虎一哆嗦。他想，一定是客房部弄错了房间，把滕经理的房卡给了自己，怪不得房间这么豪华，就说嘛，自己不可能被安排住这么好的地方。

米虎说，滕经理，对不起，房间弄错了，我走错了，这是您的房间，我不知道，服务员搞错了，我这就……米虎脸色骤变，更加紧张地收拾自己的东西。

滕曼捂着肚子，看这个傻小子的样儿，咯咯笑，她上气不接下气地说，小虎，你没走错，今晚房间紧张，我只定了总统套间，我里边你外边。

啊？！米虎听完胆子都快吓破了。这怎么可能？她是自己的领导，他一个蚂蚁一样的人，怎么敢住这儿？这不就是犯上吗？

滕曼放下手包，说，怎么，不愿意啊？我还配不上你？滕姐愿意，就喜欢你……滕曼说着，像只老虎一样主动攻击。

滕曼因受新奇刺激生就的欲火腾腾地燃烧、蔓延。米虎像个跳兔，里外间地跑，被水泡湿的一次性拖鞋都跑掉了。米虎躲闪着说，不，您是经理，有家庭，我还没有爱情呢，我，我不想犯错，不能犯错误。米虎使劲挡着快被滕曼伸进来的手，他想说服这只让他意想不到的母老虎。滕曼什么也听不进去，米虎的害羞愈加坚定了她的信念和执着。任米虎怎么说着、跑着，滕曼还是凭经验把他围追堵截在大床上。

米虎被这突如其来的场景弄蒙了，他的身体渐渐膨胀。

在多年的商场情场之中，滕曼学会了：这里受伤，那里抓药。滕曼更熟练了独立完成做爱的各种程序，她在和人循环反复的公关中，养成了在前奏时都不需要任何人的协作。今晚的滕曼，面对一个比自己小这么多的年轻身体，更是眉飞色舞。滕曼把美体内衣撇在沙发上，把乳罩往后一抛，甩在落地灯上了；褪下黑色丝袜，慌忙乱扔。滕曼的动作娴熟、热烈，她的表情让整个度假村、整个世界都在颤抖。

米虎的心在哆嗦。米虎闭着眼睛不敢睁开，随着上半身失守，下半身的欲望之火也就熊熊燃烧了。米虎躺在下面，忽忽悠悠的一瞬间，就被强迫着进入了一个女人的身体，第一次，那么虚无，如此缥缈。滕曼兴奋地死死抱着他，咬他，滕曼彻底解冻了米虎感官性欲。很快，米虎就感觉到一股无法控制的激流，伴随着滕曼的癫狂，汹涌而来。米虎周身抽搐，大腿不住地乱抖，心紧缩，米虎感觉到他的下面在滕曼的身体里剧烈地抖动，那一瞬间，米虎像被雷电击中一样，身体僵挺，脑海一片空白。

米虎变化了，变成了另一个叫米虎的人。滕曼给不知所措的米虎清理完后，满足地转身冲澡去了。米虎整理好衣冠，感觉自己是禽兽。完了，再也没有一点点向他心中的女神吴瑕求爱的资本了。原本觉得自己很值钱，这回，可真穷得一干二净。米虎摸了摸自己那里，感觉到彻底丢了自己的那包儿精髓。

滕曼刚转身进洗手间，米虎就哭了。他找不出哭的真正原因。

被度假村的泉水冲刷得一尘不染，滕曼惬意地涂抹护脸霜。她把头发随意地挽了一个髻儿，插了一根琥珀簪子，从洗浴间走出来。米虎的眼圈很红，看来坐在那儿已经抹了不少眼泪。滕曼上前把她的乳房贴在米虎的脸上，来来回回地蹭了几下。弄得米虎一点主张也没有了，有，也没用了。

看着米虎幼稚忧伤的眼睛，滕曼终于先开了口，说道，你真棒。我今天是最舒服、最对得起自己的一次。米虎听着这肉麻的话，不想抬头。他一言不发。滕曼捧着米虎的脸，拍了拍说，干吗啊小虎？大家都成人了嘛，知道你是第一次，但你也没吃亏吧，我可不是廉价的。这你应该知道。米虎看了看滕曼那半瘪且耷拉着的乳房，如两个布袋子似的，他这才意识到这是个“老女人”，像老妖怪一样的老女人。滕曼看他木木地坐着，说道，还愣着呢？叫姐呀，我已经不再是你的经理，我给你快乐，你该高兴才对。快点儿，米虎啊，躺着，来，我们说说心里话。滕曼把米虎拉进被窝搂起来。

滕曼把手臂绕在米虎身上，然后问道，你是不是觉得我老，比你大那么多？我是坏女人吗？米虎不知道怎么回答这原本简单现在却变复杂了的问题。滕曼把一只手枕在脑后，说，你不说我也知道，你肯定说我是坏女人，你求爱的吴瑕是好女人，对吧？傻瓜，知道不？世上很难用好坏评判一个人，只不过所站的立场不同而已。米虎这才看了躺在他身边的滕曼一眼，说，你知道了？吴瑕？滕曼说，我不仅知道吴瑕，还知道她和我老公的事。我还知道杨四姐的事。就你个小天真，我是旅行社法人，什么事都不知道，那我还经什么商？当什么经理啊？计调、导游的花花肠子，哪根我不清楚？只不过，我滕曼不计较而已，我是做大事的人，包容。米虎这才领悟自己是多么的蠢。

米虎打个哈欠的工夫，滕曼突然哭起来，吓了米虎一大跳。米虎最怕眼泪这东西，他想不到滕曼还有眼泪。米虎把手撤回来，用纸巾给滕曼擦眼睛和脸，米虎一心软，就滕姐滕姐地叫起来。滕曼说，我自己都不知道，我忙成这样挣钱干吗，给谁挣呢。也许这样，只是成了习惯而已。整天被人灌醉和人交易，就是一台机器。我活得太孤寂，没人在乎我的感受，包括那种事情，我的青春马上要没了，没了！米虎不懂滕曼的变化无常就是更年期闹的。

米虎静静听着，不知道开口说什么，憋了老半天，问一句，那你爱那经理吗？滕曼回答道，我们这个年龄，还有爱情吗？我都不知道爱情是什么滋味了。米虎问，那你怎么不离婚？

滕曼拍了一下米虎的脸，抓了一下他的菊花头，说，喂，米虎，你的性格有缺陷，以后可得改，真的，你记住了，人永远不可能完美，婚姻也是，不要对别人要求过高，也不要过高地要求自己，否则，两败俱伤。还有一句话送给你，对某些人，永远不要为我所有，要为我所用。懂吗？活着，要放得开一些，否则，你会痛不欲生。信我的没错，我是过来人。

米虎正琢磨自己是不是也成了过来人呢，滕曼又趴过来捕获米虎，包括嘴、鼻尖、耳朵……

人有时就是这样脆弱，像鱼一样，只要一点儿鱼饵，就能被人钩起来。经过滕曼的开导，米虎似乎开了几个窍，他的身体背叛了他的思想。米虎有了初生牛犊的劲儿，兴奋时，他还发自心底地对滕曼说，你蛮好的，女人蛮好的。

滕曼又一次眉飞色舞起来。她尽情享有米虎，慰劳自己。这次，她不用再像和那些老头子们在一起时一样瞻前顾后的。滕曼像老妖怪变小妖怪一样，令米虎浑身乱颤，逼他终于发出野狼一样的嚎叫。

一切都结束了。米虎躺在那儿，突然间，他心头冒出一种由侵略引起，而由报复收场的快感。此刻，米虎先前被吴瑕和那得海踩落在地上的那份尊严，经过滕曼的手，徐徐栖回他生命的高枝儿。

像思想家一样勤于思考的米虎，自从在怀柔和滕曼打破上下级关系后，肉体和心灵终被连根拔起，徒留永远的漂泊。这促使米虎要寻找实实在在的东西了，他的身体每天逼着他，他像中了毒一样，有了对滕曼的某种依赖。

孔子说得一点儿不错，食色性也，人之大欲。米虎想滕曼那个老女人，他不愿意接受滕曼从怀柔回来后对他的搁置。米虎要女人，不管是不是吴瑕，这是从那天就产生了的他自己扛不过去的头号难题。

米虎认为，他还活着呢，而爱情没了，再没有性，如果生活中没有这些无限深刻、无比真实的东西，那他对自己的生活，还有什么可眷恋的呢？生命和爱情都会在无奈中逝去，而这其中有着不可思议的诱惑力，这使得米虎对性的需求越发的迫切，生成了他更多的悲悯，使他开始不知不觉对旅游团里的女人们充满幻想。

米虎需要女人，旅行社需要导游。整个旅行社到了闹荒的地步。导游中的佼佼者杨四姐、胡连成、冷雪君、米虎等几个人连着带团，累得快吐血了。社里一看招架不住，立马撒网找导游。

办公室里，计调经理吴瑕在一拨一拨地面试新导游。吴瑕心里清楚，旅游专业的毕业生们也很无奈，工作关系没保障，没任何福利，压力巨大，收入不高，游客刁难时有发生。这些，都是导致被招来的旅游人才经常流失的主要原因。人才流失率高是旅游行业面临的困境之一，吴瑕也毫无办法。旅行社追求短期效益，只用有经验的从业人员，不愿意花时间和代价培养新员工。可眼下，吴瑕和那经理商量过，在这个旺季，社里实在缺人，他们想到了让老导游来传、帮、带一批新导游，以解燃眉之急。

不久，小世界旅行社四处散发招聘启事，要招聘一拨旅游院校的毕业生。

大多数人就喜欢媒体报道，一个传一个，把旅游这个行业吹上天。因此，太多的人围拢过来向往：大好河山看着，钱票一沓一沓地数着。一宣传引导，年轻人就更喜欢从事旅游业了。公办的、民办的旅游管理专科学校学生，就是最好的后续梯队。他们渴望去体验青春和无知，并在容易被教唆的地方历练、成长、成功或失败，而且是自愿的。

二十岁的董晓冉、二十一岁的华蕾和二十一岁半的向小强就是受了社会影响，三年前报考了北京一所旅游管理学院，今年刚刚考下导游证，关系放在了导游服务中心。董晓冉是河北承德人，华蕾是陕西榆林人，向小强是内蒙古通辽人。在学校，他们是优秀生，三年读书生活加深了三个人的友谊，他们自比桃园结义的刘、关、张。他们怀揣着旅游梦，克服家庭的各种阻力，一起留下来北漂，一心一意投入旅游大军。

他们相信老师的话，旅游业是未来的阳光产业，北京是阳光产业最辉煌的地带。当然，善良的旅游界老师没有申明，理想与现实弄不好就是两码事。稚嫩的他们还不确定，理想和现实是一对往死了互掐的情敌。

小世界旅行社已经是董晓冉、华蕾、向小强面试的第16家旅行社了。他们几个也尝试找过无数工作，可找到的大公司、大旅行社已经人满为患。没有背景，学校牌子又不够硬，他们只好往中小旅行社里进。三个人不知道这个有名的小世界旅行社会怎样？会不会被录用？工作会不会受排挤？一个月能挣多少钱？在他们的心里，一切还都是个未知数。

一想到这些严峻现实，董晓冉有点灰心。华蕾走在最后面，廉价的鞋子让她感觉右脚极不舒服。向小强心里琢磨事儿，没注意，差点被马路牙子绊了一个跟头。

向小强不平地说，这一家家旅行社可咋想的呢，都嫌弃我们是新毕业的，没经验，不要钱都不让我们进去工作，那诸葛亮出山之前也没带过兵啊？他的一句话把两个女生逗乐了。

华蕾说，现实怎么和我们学习了解的不一样呢，对我们旅游专业学生来说，入行门槛倒是不高，但那些面试的旅行社也太过分了吧，当导游带团还要预交团费，并且给旅行社押款，这对咱们来说，在一分钱没挣的情况下，必须先拿出几千块交旅行社，有道理吗？算了，我不当导游，我看看他们招不招计调。

向小强说，但愿这家社少收一点押金，我还是当导游，希望快一点挣钱。

董晓冉说，先试试再说吧。

三个人议论着，出了电梯，总算找到了位于走廊尽头的小世界旅行社。

办公室里工作气氛十分浓烈，一个个不是接电话，就是报价、发传真、报团、派车、排导游、定宾馆。叶文首先接待了他们。三个人填了一张表，又把各种证件的复印件交了。向小强和董晓冉应聘导游，华蕾还是在任职一栏填上了计调两个字。

由于实在缺导游，面临着以后的团没人接的危险，吴瑕最后考核完毕，就决定给董晓冉和向小强派团。好说歹说，旅行社收了董晓冉和向小强800元风险抵押金，然后告诉他俩等派团通知。向小强心里想，谢天谢地吧，尽管交了不该交的钱，可总算花钱买了个实习的地方，如今这年头干什么都得交学费。

最后，吴瑕用眼打量了一下华蕾，并看表格上写着应聘的是计调，她判断这个女孩不但外貌长得出众，太危险，并且看起来心更危险。吴瑕没有录取华蕾。

天无绝人之路，一周以后，华蕾也如愿以偿被一家白鹭旅行社录用为计调，只是工资少，1000元加提成。

这天一早八点，董晓冉有了意外惊喜。小世界旅行社地接部打给她电话，派她上团。原本这个团是排给胡连成的河北自驾车团，可是胡连成带的四川那边的组团社连三并四地发团，并且指定必须胡连成带。没办法，吴瑕怀着不安的心情赶鸭子上架，派董晓冉上。向小强被组团部的计调滕飞派到承德出全陪。

带团，带团，我要努力赚钱，董晓冉看完行程单自言自语。她甩甩头上的马尾，试图甩掉心里的紧张。董晓冉用在学校里培训过主持与朗诵的专业水准表演给自己看：我就像八九点钟的太阳，美好的一天开始啦！就这样，一个还没有真正弄懂书本上“领队”“全陪”“地陪”工作区别和利害关系的大学应届毕业生，就懵懵懂懂地当起了导游，带了她导游生涯中的第一个旅游团。

河北游客还是好带的，没有给新导游董晓冉制造出麻烦来。董晓冉也下了功夫，对于导游词她早已背得滚瓜烂熟。可令她想不到的事儿还是接茬来了。

这个团游客最后一餐，吃的是相当的凑合，董晓冉还不知道，旅游的最后一顿餐大都这样简单、匆忙，当然是计调安排的。旅行社早已摸透了游客的心理，马上要回家了，各个心上长草似的，谁还在意餐标是否缩水？为了赚取更多利润，往往最后一顿餐里是有猫腻的。看着游客桌上那清汤寡水的菜，董晓冉心里有些过意不去，但她又没办法，最终，她不得不像其他导游一样，悄悄离开游客的视线。

董晓冉把游客放到餐厅，走到没有开灯的雅间里。那双瞪得像灯泡一样的眼睛正看着她。这个人三天以来一直阴魂不散地跟着董晓冉，盯着、防着、监督着。他是河北团的全陪导游。此人长得又黑又瘦，不知道带了多少旅游团了，竟然糟蹋成这个样子。也就四十一二岁，可看起来却像六十岁的老头似的。笨鸟先飞的董晓冉头天夜里就整理好了结算单，把计调吴瑕交代给她的对方旅行社余款单递给全陪，说，张导，先把余款结了吧。张导说，你先把我的账结了。董晓冉把明细单递过去，张导立刻翻了脸，美女，你忽悠我呢吧？我都快有你爹岁数大了，怎么？以为我第一次来北京不知道哇？谁告诉你的按五五分呐？重算！董晓冉的额头冒出一片虚汗。董晓冉心想，关于分成问题，计调也没详细说啊，只是嘱咐自己把游客带好，这可怎么办？董晓冉比在讲解开场白的时候紧张了。张导审视了一下董晓冉不屑地笑笑，说道，你一上车，我就知道你是新手，全国都这规矩：自带车四六分，你四我六。如果不是自带车，你们北京是四四二分，听清楚了？怎么，北京导游还要我外地全陪教啊？董晓冉想起来了，前天跟了冷雪君一天团，好像她就是按五五分的。董晓冉有点没底气，问道，那你根据什么说四六分？我知道我们社里的一个导游就是五五分的。张导见董晓冉这么啰唆，鼻孔发出哼的一声，这都弄不明白，还敢出来在旅游界混？！懒得理你这个白痴导游。张导摸出烟来点燃，抽两口，不耐烦地说，赶紧啊，给你们社计调打电话，给经理打也行，让他们告诉你怎么办。

旅行社计调哪个愿意接导游这种电话，更没工夫和新导游讲这些。他们的宗旨是，把旅游团客人哄高兴了，社里该挣的钱都挣齐了，至于导游之间的分赃问题，只要别弄出大乱子影响对方组团社继续发团就成。全陪难缠你就多给点，全陪好说话你就少给点。用他们的话说，这是你们导游自己家的事儿，社里管不了。但是，如果哪个地陪惹恼了全陪，让人家抓住把柄，那就不客气，扣钱，从押金里面扣。

董晓冉战战兢兢，耳边响起临上团时吴瑕就说过的话，要独立完成工作，导游不要随便打电话给社里，占电话线会影响社里工作效率和业绩。

董晓冉看着眼前这个斤斤计较的中年男导游，第一次带团的她还是拨通了吴瑕的电话。吴瑕接到这种电话不发火那就怪了，那端果然传来一顿狠批：你四六不懂啊？我要你导游就是讲解吗？一点能力都没有，什么大学生啊？全陪你摆不平？你们自己分，社里不管。听清楚喽，处理不好就不给你派团了。啪的一声，电话给挂了。

董晓冉也啪的一声拍了一下脑门，这可咋整，自从毕了业，脑袋怎么就不好使了呢！为什么不打电话问问那天跟团的前辈冷雪君呢？董晓冉刚按下俩数字键，转了转眼珠子，又中止了自己的行动。算了，问也不一定告诉，老导游更懒得理你新导游。那天董晓冉就感觉到了冷雪君对她的冷。教会徒弟饿死师父，没上过学的人都知道。

游客们等着返回河北呢，对得起良心，就按四六吧。董晓冉想到这儿，做了决定说，张导，就按你说的，把司机叫来，他的份儿也给他。张导说，司机的我给他就行了，我们是一起的。

董晓冉重新列了表出来给张导看。张导瞪着灯泡似的眼说，怎么购物才三百多块？我看他们大包小包的，没少买啊，怎么可能就提了这么点儿钱？不可能，不可能。董晓冉说，哎呀，你这人怎么不相信人呢？他们就买两只烤鸭，一包一包的全是不值钱的糖葫芦、芝麻糕，果脯也是挑最便宜的买，玉器店的购物成绩还是零蛋。就这些，你看，这是购物单。董晓冉不知道北京规矩是不准全陪看单子，那是商业秘密。张导提醒说，那王爷府的轴呢？字画，康熙御笔“福”也能提钱啊。董晓冉一愣，因为她不知道字画与她有什么关系，是别的导游带着游客走的。张导说，我就不跟你计较啦，算了，就一个轴，不过你以后要知道那是有提成的，也许北京规矩这钱不分给全陪，但是你自己要领啊。这番话让董晓冉心头刚一热，就听张导又说，这么好的团叫你给带瞎了，换成老导游，那北京烤鸭得买二十多只，你看你就卖出两只，好意思吗？烤鸭你讲得一点也不好，什么啊讲的，买回家去怎么吃你都没给他们讲，所以客人没兴趣买，这么大一车人，就出了这点货。另外，你饭店饭店找不着路，八达岭长城有几个停车场你不清楚，颐和园新建宫门找不到，哎呀，碰上你这新导游可真叫倒霉。张导说着把分得的四百五十块钱揣了起来，向餐厅外面的停车场走去。董晓冉赶忙跑着去给餐厅签单。

董晓冉心里想，我的个妈呀，什么样的女人能给他当老婆啊，比奶奶还能磨叽，比爷爷还能训斥人，莫非他像女人那样也更年期？他再不走自己非被他折磨疯了不可。唉，自己也真够笨的，怎么背书滚瓜烂熟一到实践就蒙灯了呢。

游客已经在车上集合。董晓冉刚迈上一只脚，一直支持自己工作的司机用不满的眼神瞪着她，用浓重的河北口音做贼似的小声道，你说你这个新手带我跑了多少冤枉路？董导啊，怪不得你嘴角上有个黑痦子，你小小年纪可真够黑的，天天开车跟你瞎跑费油，怎么就给我五十块钱啊？董晓冉被说得一头雾水，怎么是五十块？四百五十块他们两个人分，那不是二百二十五块吗？到司机手上怎么变五十块了？董晓冉无辜地看看张导，她刚想实话实说，张导打马虎眼说，算了师傅，小屁孩不跟她计较，开车走吧，都不容易，都不容易。董导，该你致欢送词了！快点吧。

董晓冉接过话筒，好半天才把情绪调整过来。董晓冉虽说是新手，但毕竟是属于学院派的导游，她的讲解条理清晰，感情也充沛，获得了全车人的喜欢。尤其是车上的几个小朋友被她三天以来一直左手牵右手领着，哭哭啼啼不舍得离开北京，不舍得离开这个嘴角长个黑痦子的大姐姐。游客们强烈要求董晓冉唱首歌。她用流行的一曲《月亮之上》赢得了游客们一浪高过一浪的掌声，使这次旅游掀起了最后一个快乐高潮。

说着笑着唱着，一激动，董晓冉就忘了在六里桥下车。等她往窗外一看，妈呀，司机把车开上京石高速公路啦。师傅！快停住！我要下去！张导和司机捡了大便宜一般哈哈对笑。司机嬉皮笑脸地说，游客都喜欢你，小孩也留你，我和张导也看上你啦，这么水灵，干脆和我们走吧，嫁到我们那儿怎么样？董晓冉站在车门说，师傅饶了我吧，不是我的错啊，我怕你了还不成吗？你就行行好，求求你给我开门。董晓冉眼泪汇集在眼底了。司机这才放下她，一踩油门走了。不知道底细的游客笑脸隔着车窗依依不舍地摆手。董晓冉努力向上咧着嘴却哭了。几天以来的委屈再也拦截不住，随着泪水奔流。

站在车来车往的高速路上，望着大大小小的车辆，董晓冉不知道该怎么走。

杨四姐换上了妖婆子一样鲜艳的盛装。她的心情不错。这段时间，刘万军几乎不回昌平，他修理她，她收拾他。每当他俩在另一个卧室里噼里啪啦时，木草早已在西单图书大厦看书了。木草一直自学导游证的考试科目，还去麦当劳打了几天小时工，杨四姐怕她考不过，就把她骂了回来。

今天，木草看杨四姐要出门，放下手里的《导游业务》走过来问，四姨，你带团穿高跟鞋去啊？杨四姐说，啥都掺和，我去旅行社。杨四姐的东北口音一直改不过来，木草教她说，四姨，“啥 shá 不念 sá，旅行社 shè 不念旅行 sè。

杨四姐骂道，臭丫头，白供你吃供你喝，你还挑我毛病，你在老家当老师没当够，跑这来给我当老师过瘾是咋地？我就是东北人，非说外地话干哈呀！你哪儿人啊？别给我装犊子，你怎么这么稀罕咬文嚼字？能嚼出钱来咋地吧？

木草说，四姨，书上说导游一定要讲普通话，因为全国各地的人都来北京旅游，又不是只有东北人来，你还是信我话，就改改你的口音吧，真的，四姨。

杨四姐照着镜子反击道，不是，你个小傻狍子咋就不服我呢？跟你说多少回了，别当书呆子，记不住啊？那书上写的多了，写书的人都未必做得到，唉，也就你这样的蠢货去信，去听。告诉过你了，信他们的，裤子都穿不上，盒饭都吃不起。你忘了曹雪芹连口粥都混不上？我叫你背这几本书，就只为应付那帮考官。告诉你，当导游才叫一门学问呢，这学问能换钱花，知道不？你即使应付过考官，只能拿到证儿，离带团还有十万八千里呢，少在这儿跟我嘚瑟。

杨四姐说着拎起包。木草把杨四姐的水杯装满水拧紧盖子递给她。杨四姐又说，算啦，说多了你也记不住，我走了，今天下午四点旅行社要开会。顺便我也把钱结了，到手更踏实。

木草说，四姨，我也想跟你去旅行社见识见识，对我学习也有促进，求求你，好四姨，让我跟你去吧！我不多说话，在你身后跟着。木草已经穿好了鞋。

杨四姐一想，也好，天天圈着她，就更傻了。她自己在家看完书又不知道钻在那里瞎写啥呢，得看住她。杨四姐说，好，看在你一直给我做饭、洗衣服的分上，就答应你，也让你看看你四姨在旅行社的地位，喊，别看我不是经理。杨四姐一脸得意，抻了抻被她那鼓鼓的前胸压扭曲的乳罩带儿。

杨四姐不再像原来那样排斥木草了，但有时候看木草长得像她爸木建国，竟然一点姐姐的影子也没有，杨四姐就不待见这个外甥女，总叫她小犊子。

临出门，木草想说，四姨，这件红色上衣太瘦了，可又怕招来四姨骂，木草也只好闭紧嘴，下了楼梯。

小世界旅行社的会议室里烟雾缭绕。大伙嘻嘻哈哈，七嘴八舌吵成了一锅粥。冷雪君、胡连成和米虎，还有一些导游各找各的知音和闺密，挤坐在沙发上。

杨四姐穿着红色的衣服，像顶红轿子一样忽忽悠悠地进来。

冷雪君“呦”了一声说，看看人家杨四姐，啧啧，可真有本事嘿，绝对的重量级人物。哎，哎，刘队长让你给压的开不了车了吧？！嘻嘻嘻嘻……

杨四姐说，滚犊子吧，我还不知道你？你就嘴上亲热，背地里没少说我坏话。

咋地，我人善良，就压一个人，不像你，一个也不落！你老实交代，诈游客多少钱啦？

杨四姐笑着凿了冷雪君一拳头。

冷雪君说，好疼啊，祖宗，真狠，怪不得嫁不出去！你说的话也真叫难听，什么叫诈？旅游局允许的，给我机会挣钱，我干吗不挣啊，导游证可是我自己考的，旅游局发的。

冷雪君故意揭杨四姐托关系弄到导游证的短。

胡连成很讨厌杨四姐这个东北山里的“柴火妞”样儿，瞅杨四姐还嘚嘚个没完，他假装看一本旅游宣传册，一边翻，一边吭吭地吸鼻子。冷雪君示意杨四姐坐在她和胡连成那边。杨四姐说，我才不呢，离你这种不正经远点，我得挨着大帅哥米虎。杨四姐说完，一屁股压在沙发上。

米虎蔫不唧儿地坐着想自己的事。

杨四姐见木草还在门口傻站着，就说，来，这都是我哥们姐们，以后慢慢认识，米虎去过咱家，你咋还忘了？连招呼也不打？木草被说得很尴尬，这才和周边的人打招呼。杨四姐接着说，过来，你也找地方坐，现在给大家介绍一下啊，我外甥女——木草，我们市里当老师的。

冷雪君撇嘴，胡连成看了木草四五眼。木草脸红心跳，因为四姨偏把乡镇说成市里。杨四姐拉了拉往上缩的上衣说，这不是我在北京嘛，趁年轻，我外甥女想给自己一个更大的发展空间，也准备入我们这一行，以后还请你们多关照啊。不知道杨四姐从电视上，还是从报纸上淘弄来的话，用在这儿了。众人听着，脸上都露出属于自己的表情。

木草点头示意感谢。木草看最边缘有个和自己同龄的宽肩膀、粗胳膊、紫脸膛、肉眼泡的男生，男生往里坐了坐，招呼木草坐这里。男生说，我叫向小强，新来的，一提老师我就亲切，可能上学没上够，呵呵。木草也笑了笑，不多说一句话。

导游中最晚进来的是董晓冉，显然，她的面目表情不太对。昨天从高速路走得她右脚磨出血泡，一瘸一拐。董晓冉后面关门那个是气冲冲的吴瑕。全场安静了好多。吴瑕只要一组织开会，那劲头跟打了雄性激素似的。

杨四姐看吴瑕甩脸子很不舒服，故意弄着指甲出了响动。在杨四姐的眼里，吴瑕最没位置。杨四姐心里说，哼，牛什么？就能讨好经理，总是假模假样端着北京人、高级管理的架子，臭美！还以为自己是老板娘呢。喊，米虎眼中的“黄蓉”在我杨四姐眼里连“梅超风”都算不上，顶多是只蝗虫。杨四姐心里暗骂吴瑕。

往里挪了挪身子，木草主动给瘸了的姑娘——董晓冉让座。吴瑕扫了一眼木草，心说，怎么又来了一个长得比华蕾更危险的新导游呢？但吴瑕也装作没看见，走到她自己的位置上。

木草感觉到这是一个主管级的人物。通常，主管都是一些具有毁灭气质的女人。木草把注意力集中在这个女领导身上。她比自己大不了几岁，有一张不太漂亮，甚至不那么均衡的脸，唇角是下垂的，这一点强化了她的知性气质。记不清哪一天，木草在一本书上看过，说往往这种人，最能表现出兽性的欲。有时这类人的那种恶，哗的一下渗出来，像新长出来的脸一样，前一刻的表情，连渣滓都不留下。

难道她也是说翻就翻、说变就变的主儿？天啊。木草第一次看到大城市的高管，心里不免有些打怵。即使有杨四姐在场，她也阵阵紧张。

不管别人怎么看，米虎还是觉得吴瑕就是“黄蓉”，但是，一切皆有可能如今已经变成一切皆不可能。米虎的心依旧不是滋味。

吴瑕清了一下嗓子，接下来就听她一个人说话。

“今天给大家开会，主要是带团的事。滕经理不在，那总在给另一个车队开会，可能晚一会儿才能过来。是这样的，我们社里团量很大，所以呢新招了一些导游，还希望老导游多教教他们关于带团技巧，多传授一些经验，同时，老导游也学习一下新导游的长处，这有利于提高我们导游队伍的整体素质。

“另外，在这里，我再说一遍，和全陪分成的事儿，你们要自己处理。董晓冉这次带团就出现了这种事儿，在座的新导游，你们今后都注意一下。不懂的向老前辈们请教，不要只盯在钱钱钱上。

“刚才，新导游董晓冉居然到我办公室和我要导服费，说行程报价单，还有对方的结算单里有导服费这一项，每天100元。请问，那是给你们的吗？你们打听打听，哪家旅行社给导游导服费？这需要你们把客人哄高兴了，自己从购物、加点里面去挣。除非是高级的纯玩团一个店也不进，才给你导服费。在座的，请问一年我们能接几个这样的团？游客哪里舍得报团的时候愿意多花一毛钱？组团社那边为了赚到更多的利润，拼命压价，客人当然选低价团，所以要进店，这很正常啊。

“新导游也不要有什么异议，扔掉你们那些小儿科的思想吧，什么叫高尚？吃不上饭，带不上团你能高尚到哪去？这是市场需要。当初，我也和你们一样觉得玷污了良心，对不起多年的书本教育，可这是市场需要，这就是市场经济，我们计划不了，更主宰不了。”

全场把目光积聚在董晓冉身上，窃窃私语：好家伙，这个新导游真逗，什么不懂，还敢找主管算账，要导服费。这还不惹恼了计调经理，要不是缺导游，一定会辞了她。

杨四姐心里最清楚，导服费即使从外地游客那里收上来，也会被旅行社扣下。刘万军的车费不也一样吗，收对方组团社车费钱明明三千块，却给师傅两千块。这叫什么？叫层层扒皮。

吴瑕最后还强调说，各位，旅行社是企业，它要最大利润，旅行社一天也是人吃马喂的，哪哪都要交钱啊。好了，我就说这么多，请那总讲吧。

下面议论的人开始安静。

那得海今年整五十岁，头发弄得比米虎的还黑，像牛犊子舔了似的溜光水滑。那得海有点儿公鸭嗓，说起话来，旁人不仔细听，根本听不清楚。他的派头十足，一开口就是大方向，大的让导游们摸不着边际。

那得海骄傲地站在大家面前。

“各位，我们小世界旅行社挺过了艰难的2008年，在各种暖风的吹拂下，旅游业是否真能如大家所愿，在2009年得到迅速复苏？又将会出现哪些新动向？我那得海不糊涂。我相信，2009年将成为中国旅游业大调整的一年，在2009年，也就是今年，旅行社将面临全行业的大洗牌，在开放的市场中，大旅行社需要内部调整，可能有部分中小旅行社迅速调整策略，甚至部分中小旅行社可能倒闭撤出旅游市场。

“回首2008年旅游业走过的历程，可谓是一路风雨一路歌啊。尽管有‘奥运’‘神七’‘改革开放30年’等重大事件鼓舞人心，但‘冰雪’‘骚乱’‘地震’‘危机’等不期而至的困难，也给旅游业造成了深深的创伤。尽管2008年我们经历了金融风暴、地震影响，但是2008年还有一些好的形势，2008年奥运会在北京召开，这给北京的旅游业带来了新的商机。

“还告诉大家一个好消息，由于2008年受各种困难因素的影响，大旅行社经营遭遇难题，中小旅行社更是在多次黄金周、小长假中遭遇‘滑铁卢’，如今已有一些中小旅行社撤出旅游市场啦。这对我们小世界旅行社是件好事，为啥？我们少了竞争对手。但是，全球金融危机对旅游业的打击不容小觑，由于经济危机影响的滞后性，这种影响必然延续到今年和明年，因而更加考验旅行社的真正实力。

“走过2008年，步入2009年的旺季，事实足以证明，我们小世界旅行社是北京一家有实力的企业。如何生存和发展，将是旅行社要面对的首要问题。我相信在大家的共同努力下，我们一定能在今年取得更大的收获！在此，我也谢谢各位导游，在旺季，不怕累还坚守岗位！感谢大家对旅行社的支持！”

冷雪君心里嘀咕，好话都会说，这么累，也不给奖金，三险都不给上，去年没团带一点补助也没有，哼，人民币却自己花，敢情你住在两栋别墅里。冷雪君是个比较容易心里失衡的人。胡连成接话说，那总，不用谢，发点奖金吧，去年地震把我们搞得太惨了。

那总笑了，他左边刚刚掉了大牙的牙床子露了出来。那得海喝了一口花茶，说，奖金是有的，只要好好带团。钱嘛要年底发，去年拿奖金最多的是杨四姐，今年你们要努力超过她……

底下人心里不服，明知道那得海为了维护和旅游车头刘万军的关系，才把大份额奖金给了肥得直流油的杨四姐。杨四姐坐在那儿，倒心安理得。

那得海接着说道，我们领导层商量了一下，觉得应该分分组，就叫师徒组，互帮互学。新导游要向老导游多学习才能提高自己的业务水平，正好，我们社里有金牌导游，你们新来的人有福气，很幸运呐。

一群新来的导游感激地鼓着掌。冷雪君有点不愿意带新导游，她最想自己干着自己的那种导游。杨四姐愿意发展属于她杨四姐的导游队伍，合计着说不定哪天和刘万军合伙跳槽。还没等那总说完，杨四姐就假积极地说，那总，我赞同，把五个新导游交给我吧。老姜一样辣的那总说，好，不过你带三个就可以了。

那得海有那得海的计划。最终，那得海照着名单，把向小强和另外三个新导游分给了胡连成，将董晓冉和开会最先到场的那两个分给了冷雪君，剩下陈静依和另外两个新导游分给了杨四姐。米虎没有新导游跟他成组，他也不稀罕。

杨四姐想自己挑几个好苗子的愿望没实现。那总把一个比木草看起来还“柔弱无骨”的新导游——陈静依，这个二十不到的小姑娘分派给自己。这不是在挑战自己的能力吗？算是旅行社搞承包吗？那得海把这么一块猪不食狗不啃的“地儿”分派给自己，即便自己撒种施肥，汗珠子掉地上摔八瓣儿，最后也是瞎子点灯——白费蜡。整不好，白忙活。那得海，你行！杨四姐心里暗骂。

接下来，那得海又讲了讲财务部存在的一些有待改进的事情。财务部的袭鱼拿本子记着。吴瑕看了看袭鱼，觉得袭鱼好像心事重重。吴瑕准备会议结束后，和那得海腻在一起时，再把袭鱼的异常表现汇报给那得海。

会议结束了，大家往外走。

旅游旺季，计调会把这群人发配到各个旅游团，派往各处景区，导游之间很难碰面。今儿，他们好不容易聚在一起，自然有说不完的话。这群人走走停停，犹如舌战一般，声音刺耳，弄得满楼道都是噪声，想不听都不成。

脑子活泛的杨四姐耐心地给那群新导游留联系方式，传授顺手拈来的经验。与其他老导游相对比，杨四姐这个人属于没心没肺型的，经不住人家几句奉承的好话，她像明星签字一样忙活着。杨四姐听说向小强是通辽人，离自己老家不算远，且听他偶尔冒出俚语方言，就更希望把他拉到自己的队伍里，不管胡连成乐意不乐意。董晓冉和木草并肩齐行，她录入了木草的号码，又积极地凑到杨四姐身边要电话。

这会儿，电梯开了，走出来一个中年妇女。向小强叫，妈，您怎么找到这儿来了？张淑英焦急地说，你可把妈活活吓死了。你电话前几天打不通，我按你留的旅行社地址，坐火车来找你，这回还真把你找着了！母亲一脸的惊喜，见到儿子已经忘记了一路艰辛。

木草听向小强“妈、妈、妈”一声声地叫喊，心中充满了苦涩和失落。木草牵起了四姨的手，紧紧攥着。

向小强说，妈，你惦记个啥，我一个大活人还能丢了？你在老家好好照顾你自己，等儿子挣了大钱就把您接来。张淑英目的明确，说，小强，你跟妈回去吧！你回去，我们承包点地，咱娘俩过平平常常的日子，妈不图你挣大钱，妈就要你守在身边，我给你天天做饭炖肉。

木草听到这儿，眼泪围着眼圈乱转。

董晓冉探了一下身，冲向小强妈妈说，阿姨您好，我是向小强的同学，这几年在学校，您没少让小强给我们带内蒙古的炒米、牛肉干、奶糖。

向小强的母亲瞪着眼，打量这个叫她阿姨的女孩，伸出粗糙不堪的手赶紧拉起董晓冉看，心里说，这么漂亮！怪不得儿子坚持留在北京，死活也不回通辽。张淑英以前只看过董晓冉照片，却一眼就认出了这个嘴角有黑痦子的女孩。今天才见真人，张淑英不停地想，要是儿子搞上这样的女朋友就烧高香了。

董晓冉责怪向小强说，你看你，让阿姨多着急啊，不能不给家里打电话。向小强解释说，我手机号离开北京不能用，前几天带团去了承德一趟，手机里又没话费了，我还没去充呢，所以我妈打不通我电话。妈，以后遇到这事儿，别再自己吓唬自己。向小强心疼母亲，抢过背包背在自己身上。

这些人说着一道下了电梯。陈静依左琢磨右琢磨，等下了电梯，估计大家把话说得差不多了，才上前拜认自己未来的师父杨四姐。杨四姐的确不看好她，感觉这个陈静依入错了行。

乡村土地的贫瘠化，已经将向小强回乡的道路切断。都市房价的飞涨，却要将向小强赶回乡村。这个残酷现实正张牙舞爪地与这个血气方刚的男孩撞个满怀。

向小强六岁的时候，父亲向光明同母亲张淑英离婚，自己跟母亲一起生活，父亲再婚，后来又有了孩子，就没管过向小强。张淑英怕向小强受气，一直没有再找人，也找不着，没有哪个男人愿意“赚一个赔一个”。没有哪个男人不怕她带一个男孩，一个让对方有可能赔得倾家荡产的“逼债鬼”。这些年，张淑英就没有遇到过一个胆量过人的男人。

打向小强记事儿起，张淑英只要干完农活，闲下来就扛个包袱倒卖小食品，地点选在向小强小学、中学、高中的校门口。张淑英受着别人的冷眼和城管的追赶，但她乐此不疲。一边挣点钱，一边看着儿子长大。每看一眼儿子，张淑英心里的高兴劲儿就别提了，就如同农妇看到自家麦苗儿郁郁葱葱地疯长。

如今，张淑英又追到了北京，这令向小强想不到。

向小强带母亲回到南六环的城中村，位于马家楼子的一大间平房里。灯光一照，四十多岁的张淑英看上去像六十岁的老太太一样，内蒙古常年的风沙吹得她脸上呈紫黑色，树皮似的干巴巴。张淑英环视了仓房一样的住处，不禁掉下眼泪，说，儿啊，你就跟妈回去吧，这北京也太大了，人又多，好歹念了这么多年书，还住这么差的地方。这里离天安门老远了吧？妈也知道北京工作不好找，要不，我托你二舅母娘家侄女给你在老家安排一个稳定工作，咱回山清水秀的小村子吧？向小强说，现在哪有稳定工作？求您别拖我后腿啦，等我在北京挣到钱就接您一起来住。妈，您别再劝我，我可不想回咱那里。穷乡僻壤的，哪有那么好啊？跟您说实话吧，我宁愿在北京出租房里哭，也不愿意在山清水秀的小河边笑。张淑英说，你这孩子，唉，这孩子又倔又犟……

向小强拿出一根烟，在鼻子上闻了闻，说，我可不想像村里人那样，祖祖辈辈和土地打交道。我从小就立志逃离充满羊粪马粪味儿的扎兰特村，决心摆脱祖祖辈辈跟土地恩怨交加的命运。我也讨厌锄头、铡刀、胶鞋、土篮子、手压水井那些老掉牙的东西。我喜欢城里的汽车、楼房、麦当劳、肯德基……

张淑英说，我说不过你，你念书多，现在把你养大了，你就不听妈话了。向小强反驳说，妈，不是我不听您话，您就是小农意识，就想把我拴到家里，娶个胖媳妇，再给你生一堆胖孙子是吧？我才不干呢，我按着我的方式成家立业。

张淑英咂咂嘴，叹口气说，唉，这可咋整，你就一条道跑到黑，你有啥方式？一辈辈不都这么过来的？

向小强说，妈，您可别劝我了，没用的，事实上，没有一个农民家庭长大的孩子真正愿意待在农村，哪一个农民真正喜欢乡村啊？种地人哪一个不是汗珠子掉地上摔八瓣儿？干旱、洪涝、虫灾、枯萎、操劳，撅屁股尥蹶子干，到最后剩个啥？最好笑的是那帮文人，可会写了，愣把这样的农村写成田园风光、世外桃源。可人们不还是往北京挤，来这里旅游吗？咱家那儿谁去参观过？谁知道中国还有一个扎兰特村？妈，您就别管了，好不好？我一定在北京混出个人样来，让抛弃我们娘俩的男人好好看看！

张淑英能感觉到儿子对父亲的怨恨比自己还深。

没有一个母亲不希望孩子一切都好，张淑英更是如此。她抬着一张抽抽成酱咸菜疙瘩一样的脸，瞪着幽怨无人知的眼睛，一遍遍端详儿子。儿子瘦了，可还是宽肩膀、粗胳膊、紫脸膛、肉眼泡。张淑英没啥理想了，她只对儿子过心，和儿子相依为命那就是幸福，幸福一天是一天。

暗淡的灯光明亮着简陋的房间，向小强的眼睛里很空洞，却暗暗隐藏着无限的梦想。张淑英看透了，儿子是铁了心不回去，但张淑英看不透，北京这座城市正孕育着企业家、教授、流浪者、冒险家、作家、画家、改革者、诅咒者、颓废者、旅游者、怀乡病患者……

鬼知道女人有多大能耐，因为痴痴地想一个女人，就把自己变得这样愚蠢？米虎嘟囔着使劲地摁着他那里，却不能消除那里的欲望。

米虎刚送走了又一个旅游团，可他的精力越来越旺盛。旺盛得一遍又一遍地轮流拨打滕曼的三个手机号码。

滕曼回家上了趟洗手间，三个手机上都有未接来电，是米虎的。滕曼考虑到自己的身份，极力地克制自己以后和米虎少联系，她也不清楚自己那次如何昏了头。滕曼正在删除一些电话记录，米虎又打了过来，滕曼关上门才接听。

米虎问，刚才怎么不接？滕曼姐，你在干吗？你想要我死吗？你知道我有多想你，自己快把自己逼疯了。你还喜欢我吗？米虎喉结一动一动的。滕曼说，小虎，你该有你自己的生活，你听没听懂？你要好好带团，在旅行社我会关照你。你不要给我的家庭带来麻烦。知道吗？我很喜欢你，这不用问啊。米虎焦虑地说，不，姐，我要见你，就今天。我知道今天那总不在家，他和吴瑕去了外地。滕曼一听米虎这么说，心就有了松动。是啊，孩子住校今天不回家。想到这，滕曼说，那好吧，我们在圆山大酒店见，在哪个房间你到时听我电话。说完，滕曼收拾了一下，关上了防盗门。

米虎换上干干净净的衣服，走进花店去买百合花。因为滕曼那天说她喜欢百合花。在花店遭遇新手打花束耽误了时间，不能再浪费比北京房子还宝贵的时间，米虎不惜打的士直奔圆山大酒店。

酒店的1330房间里。米虎后一个从浴室里走出来，这次，米虎是一丝不挂了。滕曼欣赏着年轻健壮帅气十足的米虎，迎过来，他和她赤裸着抱个满怀。

滕曼暂时忘了一切，她深深地领悟出：别管有钱的有权的，对自己留下利益，或带来价值的，只要脱了最后一件衣裳，谁都没法和米虎比。滕曼面对米虎的温柔体贴和充满激情，她死寂了一个多月的心又重新怦然跳动起来。

米虎很勤恳，就像对待工作一样，他让滕曼散发出成熟女人特殊的韵味，他享受着滕曼的享受。折腾疲倦了，滕曼冲洗完毕，揭去浴巾，仰面躺在床上。米虎又一次看到滕曼那半瘪且耷拉着的乳房，还是如两个布袋子似的。米虎不像第一次那样嫌弃滕曼老了，毕竟她把自己给了除了青春什么也没有的他，他还有什么资格挑三拣四呢？吴瑕倒是好看，却连亲吻一下都不让。想到这儿，米虎满足地把五指放在他朝思暮想的身体上，不肯罢手的架势。

这一夜，米虎睡得很踏实，就像把和别人私奔的老婆找回来那样踏实。

第二天，圆山大酒店早餐，戏剧性的一幕出现了。

对外宣称去外地出差的那得海也拉着吴瑕走了进来。当那得海把早餐券递给服务员，回身的一刹那，他就发现了自己的老婆在和一个下属一起有说有笑，专心致志地用早餐。那得海大脑转了几秒钟，就拉着吴瑕走出了餐厅。有点近视眼的吴瑕什么也没看见，被那得海的一举一动弄得丈二和尚摸不着头脑。

临别，那得海告诉吴瑕，开除米虎，绝不能再给他派团，赶他走。吴瑕把埋在那得海胸前的头抬起来，露出不那么均衡的脸，她的右侧嘴角总是习惯性歪歪着。

吴瑕笑言道，我不问为什么，也许你还在吃米虎强行抱我的醋呢，答应你，照你说的办。海哥，你什么时候答应我啊？你要兑现的！那得海说，我又答应你什么了没兑现？这个不是我昨天给你买的生日礼物吗？钻戒可不便宜的。

那得海捏起吴瑕散发着青春气息的手，和吴瑕一起欣赏着那枚钻戒。

吴瑕嗔怪地说，你真老了还是假老了？你说的娶我，忘了？吴瑕噘嘴带瞪眼。那得海说，我这么多家业可不想多分给滕曼，所以等时机成熟再说。你我还要好好联手把旅行社经营好，我准备在南方开个分社，让滕曼过去经营。这样，她也不碍我们什么，干吗总提娶你？我这不是天天娶你吗？那得海又把那只长了老年斑的手伸进吴瑕的衣服里。

吴瑕心说，哼，走着瞧，滕曼，你早晚要离开那得海，你不是当面给我笑脸，背地里在办公室打过我六个嘴巴吗？等着，我会让你为你卑劣的行为负责的。吴瑕想到此处，紧抱那得海不撒手，箍得那得海一阵咳嗽。

过后，那得海回到家里什么也不问，把滕曼打得青一片紫一片的。滕曼除了脸上未见挂彩，身上处处带伤。那得海续延了分床期。那得海给她“留面子”，那是指望滕曼继续把他们家的生意做强做大。没了面子，还怎么跑业务？怎么签出一单单合同？那得海比谁都清醒。

滕曼知道那得海抓到了什么把柄，自己心里有鬼，也就咬咬牙，悲壮地挺着过。

吴瑕找不出充分理由开除米虎，尽管她看不起这个越来越娘、满心幼稚又满眼忧伤的外地人。吴瑕正想着怎么执行那得海的指令时，她接到了同学何小宁的求助电话，何小宁所在的白鹭旅行社急需导游若干。

何小宁是吴瑕的大学同学，也是学旅游管理专业，现在是北京白鹭旅行社的计调经理，董晓冉的同学华蕾就在白鹭旅行社做实习计调。

大学时候，何小宁追求过吴瑕。吴瑕看不起这个人的小气。校园里，何小宁那么热烈地一次次向她坦白爱慕，却连一枝玫瑰花都没送过她。请吴瑕吃顿麦当劳，还就买了一份小薯条。这种人，怎能和那得海比？想起这些，吴瑕就想笑。

吴瑕给米虎打来电话。在米虎还没想明白，为什么新导游都有团带，自己既没有徒弟跟他组成组，也没有上团的份儿时。吴瑕对米虎说，白鹭旅行社有团需要他去带，有人会联系他。

很快，白鹭旅行社联系上了米虎。没几天，米虎就离开了他爱得深沉的小世界旅行社。从此，滕曼也彻底抽身。

米虎不恨吴瑕，而是恨透了滕曼。米虎猜测滕曼为了甩掉自己，才指使吴瑕这么干的。米虎没见过毒蝎，却懂得了女人心肠。米虎想弄死滕曼，一个复仇的念头冒了出来。

可米虎一躺下，耳边就好像听见滕曼那“小虎”“小虎”，亲切的叫声。是啊，他的滕曼姐虽然甩了他，又回去做了那得海的女人，但整个人却是活生生的，眼睛那么勾魂，身体那么火辣。第一次她那么霸道，他被她教唆，然后她那么无私地给了他。尽管她的皮肉已经松懈，乳房也成了半瘪的布袋子，但她撩拨他，让他发泄。米虎想到这儿，就掉出眼泪来。

米虎睡不着，心里太难受，就买了酒回来。米虎打开手机上下载的音乐，一个人坐在自己的房间喝酒。喝了两瓶啤酒还觉得不过瘾，干脆把白酒也倒上了一大杯。米虎一口一口地下咽，觉得酒喝得太慢，小菜都吃掉一半了，酒却没下去多少。眼下，找不到合适的酒友陪他喝，酒劲没上来，孤独劲儿就上来了。突然，米虎想出一个下酒又去孤独的办法。米虎发现一根很长的皮筋儿，他也不知道是哪个房客留下的。他从抽屉里拽出来，剪成两段，分别拴在门把手和窗把手上，另一头系在两个杯把儿上。系上的杯子摆在桌对角。米虎把白酒分别倒在三个杯子里。自己先端起来喝半杯，米虎笑了。他好像看见吴瑕和滕曼就坐在对面，还冲他微笑，那笑和酒一样魅惑人。

坐定，米虎开始端起一个系皮筋的杯子，往自己这边抻了几下。米虎说道，滕曼姐，你陪我喝点吧，来吧。然后又顺着收缩的皮筋儿，说，我喝醉了，你让吴瑕陪你喝。米虎又端起另一个杯子，说，米虎，你今天高兴不，高兴就多喝点。然后，米虎又自言自语说，好，吴瑕，你陪我。好，米虎，你干了，我也陪你干了。米虎，你吃一口菜。你吃，你吃。米虎你喝，你喝……米虎，你快吻我吧。滕曼姐，你别着急，再喝点。不喝了，快亲我。不，吴瑕还在呢，我不能。怕什么，有我呢，滕曼姐爱你。那你再给我……

米虎晕晕乎乎地把三杯酒都喝下去。米虎感受到有人陪酒的愉悦，他已经进入美妙的幻想之中。他仿佛抱住了滕曼姐，可摸摸却是硬邦邦的桌腿儿。米虎想着想着哭了起来。他不能想象，世界上真若是没有了滕曼姐，没有了她的身体，没有了她的声音，这世界，还能称其为世界吗？米虎像做梦一样，被困在一个纠结的大网里，越挣扎越出不来。这时候，米虎已经喝多了，滑到桌子底下，站不起来。

第二天，米虎又从虚构的世界回到现实。酒醒后，他更加沮丧。又过了一周，当米虎最终确认被滕曼抛弃后，他越发狂躁不堪，满是委屈，甚至是屈辱。米虎接连几天都喝酒，在自己给自己制造的酒场中。他的大脑开始像一台混乱而无逻辑的机器，喝酒前，米虎满脑子回转着就三个字：报复她。奇怪的是，酒后，米虎一次次苦心策划好的报复计划，没出一夜，就被自己粉碎。当这种“报复她”的念头一结束，米虎又为自己的狼心狗肺感到后悔不已。

董晓冉继续和冷雪君上团，所有新手都需要跟师父学习。这也是那次开会，旅行社经理制定好了的最佳方案，这叫啥？省钱省力大攻略，自给自足。

这是一个三十二人的清一色爷们团，全团没一位女士。是从广州来的，属于“中层领导阶级”。冷雪君觉得自己命好，常常接这种团，她满意导游这份工作，她从来都觉得做女人挺好。

曾经，在长城景区的停车场，冷雪君就和杨四姐不止一次地说过，女人，如果不愿意寂寞，不甘于平凡，可以像她这样活着，来做导游。像她那样去寻求有身价的生活，去享受人生，戏弄一下男人的秉性。最后，自己想要什么就有什么。

杨四姐骂冷雪君不正经，变态。因为这个，杨四姐没少嘱咐刘万军，离冷雪君远点，再远点。

准确地说，董晓冉感叹冷雪君的口才和她的挣钱智慧，是从这个广州旅游团进故宫开始的。

冷雪君如数家珍一样讲解。

“亲爱的广东朋友，过一会儿，我们将参观故宫博物院，现在呢，我先为大家做个简单介绍。整座城池建成于公元1420年，位于天安门广场北侧。故宫是世界上现存规模最大的古代皇家宫殿建筑群，故宫又叫紫禁城。

“‘紫’是天上君王居住宫殿的颜色，那么人间的帝王当然要与紫字沾边。‘禁’是指当时那里守卫森严，不要说是普通老百姓，即使是高官大员没有皇帝的召见，也不能私自入城，否则，就会引来杀身之祸。因为是皇家‘禁’地，所以又称紫禁城。

“故宫平面呈长方形，南北长960米，东西宽750米，总面积72万平方米。整座紫禁城被宽52米的护城河所环绕，城墙高10米，可谓是‘城高池宽’。在故宫城楼的四周，各有一座被称为九梁十八柱七十二条脊的精美角楼。故宫开四门，坐北朝南。南门为午门，即正门，北门为神武门，东为东华门，西为西华门。

“整个院落分为两大部分，即‘前朝’和‘后寝’。‘前朝’是皇帝举行盛大典礼的地方，以太和殿、中和殿、保和殿及东西两侧的文华殿及武英殿为主。‘后寝’是皇帝及后妃、未成年的子嗣们居住的地方，主要以乾清宫、交泰殿、坤宁宫及东西六宫为主。除此之外，故宫内还有很多其他各式各样、用途不一的大小宫殿。

“据说，当年紫禁城共有宫殿九千九百九十九间半，够多吧？打个比方说吧，如果一个婴儿从呱呱坠地开始，每晚住不同的房间，等他住遍所有房间后，已经是一个27岁的年轻人啦！

“如此大规模的建筑群，所用的人力、物力、财力是可想而知的。故宫自1407年开始筹建，至1420年完工，历时十余年。施工中，征集全国著名工匠10多万名，民夫100万，所用的材料也都是来自全国各地。自故宫建成，先后有明清24位皇帝在此执政。

“1911年，孙中山先生领导的辛亥革命推翻了中国长达两千多年的封建社会。1912年清帝退位。1925年10月10日，故宫博物院首次对外开放。1949年中华人民共和国成立后，多次对故宫进行修缮，使它更加壮丽辉煌。1987年，北京故宫被联合国教科文组织列入《世界遗产名录》。好，先介绍到这里，待会儿我再为大家做详细讲解。”

董晓冉是个有眼力见儿的姑娘，鞍前马后地伺候她的师父冷雪君。董晓冉拿小本子不时地认真做记录。趁大家照相之机，董晓冉赶紧把包里的矿泉水拿出来，呈给冷雪君。

本来，冷雪君不愿意讲解太多，怕新导游董晓冉学了去，地球人谁不知道“教会徒弟饿死师父”这句话呢。但是，冷雪君为了从这团人里面挣到更多的钱，只能这样先靠讲解这头道功夫，卖完力气，游客才能买她的账。

游客们又紧跟着这位女导游来到太和殿广场上，继续听她讲解。

“现在，我们来到了故宫中最重要的院落——太和殿及其广场。这里就是皇家举行盛大典礼的地方。太和殿广场基本呈正方形，整个院落平坦宽阔，气势非凡。北有太和殿，南为太和门，东为体仁阁，西为弘义阁。面积达3万平方米，是整座紫禁城面积的1/24，整个广场可容纳近7万人。

“为什么要在此处设这么大的广场呢？一是显示皇家的威严；二是起到震慑的作用。您想想，如果官员人等站在这么大的广场中，面对高高在上的皇帝及庄严雄伟的建筑，不得不由衷感叹自己的渺小及皇帝的伟大，即便心存异志，也只好无可奈何地拜于皇帝脚下。

“当然，皇帝也不傻，他也知道，在他残酷的统治下，某些人会有些‘想法’。不过你有你的‘想法’，我有我的‘办法’。你想进来刺杀，我就铺它个横七竖八。你想躲在暗处，我让广场无树无花。

“说到这儿，您会问，什么叫横七竖八？是皇帝派人把闯进宫中的刺客杀个横七竖八，人仰马翻吗？您想想，皇家重地，哪能血流成河呢，当然不是。刺客从地上也根本进不来。

“这‘横七竖八’是指，皇帝怕有人从地下挖洞进来刺杀，故下令将广场地面上横七层、竖八层地铺了十五层方砖，看谁还能挖地洞？刚才，我还说过广场无树无花，对吧？各位看看，整个广场除有些大缸之外，真的没有树，没有花。

“那皇帝为什么不在这么重要的地方装点一番呢？其原因有二：第一，如果植树、种花，虽然景色美好，但失去了庄严肃穆的气氛；第二，皇帝怕在大典中有刺客藏在树上或花丛中对自己下黑手。所以，在整个广场周围不植树，不种花。但却摆了一些大缸，这是何用意？请朋友们猜猜看。

“那些大缸不是养鱼用的，而是为存水而设。大家看一看，我们周围的大殿都是木结构的，万一失火，后果不堪设想。怎么办呢？只好存些水，以解燃眉之急。故宫中共设水缸308口，其中鎏金铜缸18口。

“大家都知道，我们北京冬天很冷，如果水缸内的水结冰，怎么办呢？这真是有点‘替古人担忧’了。请各位往下看，每个大缸下都有一个石基座，一边开小孔，这就是相当于北方农村原来烧土炕用的‘灶眼’。到了大风降温的时候，上面盖盖儿，并加盖棉被保暖，下面用文火加热。这样，水温不冷不热，既不会因为太热而蒸发，又不会因太冷而冻冰，于是，这些大缸便成为宫中最有效的消防器材了……”

还没过晌午，这些清一色们就彻底被漂亮的冷雪君迷住。一群各怀心事的男游客们不停地跟进、鼓掌，没人不赞叹她的高水平讲解。阵阵掌声引来散客们时常围观。

新导游董晓冉被冷雪君的实力派讲解征服。她甚至怀疑那些关于这个女导游的种种传闻是否不实。其实，在小世界旅行社的传闻中，更加生动的，就是关于冷雪君这个艳丽的女导游的了。

正当董晓冉分辨传闻中哪些是真，哪些是假时，只听见冷雪君又开始润物细无声般地演说了。师父冷雪君对于明天就要进购物店的精心铺垫，那真叫一个天衣无缝，只能赠给她俩字：绝妙。

冷雪君沉着冷静地讲解说，朋友们呐，听我讲了这么多，我得问问你们，都说我们是龙的传人，那你们知道龙生九子，各个叫什么名不？大家一阵哗然。有的说，是凤吗？有的说，是麒麟吗？是狮子吗？是牛、马……

一团人可谓一派胡言乱语！惹得一阵快活围绕在这个团的周围。

冷雪君拍了拍手，以示安静，继续讲道，龙生九子是指龙生九个儿子，九个儿子都不成龙，各有不同，分别概括为赑屃、狻猊、饕餮、蒲牢、囚牛、椒图、螭吻、狴犴、睚眦。

游客听得最入神的时候，冷雪君话题一转，说道，请注意啦，亲爱的团友们，龙的九子之中，你们可以拥有一个，哪个呢？没错，它就是我们俗称的——貔貅（刚才列举的龙的九子可没这个）。北京这里的貔貅是独一无二、充满帝王之气的，我们每一位帅哥领导，都可以放心地请回到自己家里，包您升官发财，今天是科长，明天是处长，后天就升司长、部长……

董晓冉听到这儿，一愣！心想，真这么灵验？貔貅怎么是龙的儿子呢？是自己背错了？还是书上写错了？还是自己少记了？看来不和师父学习是真不成啊，董晓冉皱着眉。

大家听着讲解，不时地议论，期待冷雪君详解，求问在哪里能看到，怎样拥有，能落多大好处。

冷雪君仍然不慌不忙地讲下去。

“貔貅是一种凶猛瑞兽。在古时候，这种瑞兽是分一角和两角的，一角的称为‘天禄’，两角的称为‘辟邪’。后来再没有分一角或两角，多以一角造型为主。在北方，一般人是喜欢称这种瑞兽为‘貔貅’，而在南方则依然称为‘辟邪’。它好不好有诗为证，可不是我导游瞎说。罗贯中《三国演义》结尾诗词：曹操专权居相府……总领貔貅镇中土。实属神物啊。例如，柳亚子《读史》诗之七：绿林家世拥貔貅，乳臭儿郎据上流。这些，说明了貔貅在皇家和百姓心中的位置。

“貔貅，又名天禄、辟邪、百解，共四个名字呢，是中国古代神话传说中的一种神兽。它长着龙头、马身、麟脚，形似狮子，毛色灰白，会飞。貔貅凶猛威武，它在天上负责巡视工作，阻止妖魔鬼怪、瘟疫疾病扰乱天庭。古时候人们也常用貔貅来作为军队的称呼。它有嘴无肛门，能吞万物而从不泄，可招财聚宝，只进不出，神通特异。据说貔貅是龙王的九太子，它的主食竟然是金银珠宝，自然浑身宝气，跟其他也是吉祥兽的三脚蟾蜍等比起来强多了，因此深得玉皇大帝与龙王的宠爱。不过，吃多了总会拉肚子，所以有一天可能因为忍不住而随地便溺，惹玉皇大帝生气了，一巴掌打下去，结果打到屁股，屁眼就被封了起来。从此，金银珠宝只能进不能出。这个典故传开来之后，貔貅就被视为招财进宝的祥兽了。”

游客们大笑，好像看见了玉皇大帝真打了貔貅屁股一样。

“很多中国人佩戴貔貅的玉制品正因如此典故。你们不知道吧，真的，绝对千真万确，小道消息，信不信连很多名人都佩戴貔貅挂坠呢？”

冷雪君一讲到貔貅，就满眼放光，胡说一气。她讲这些谣言比讲故宫历史生动一百倍。游客不知道她葫芦里卖的是什么药。

董晓冉满脸通红，连笑都不敢让师父和游客看出来。对于新导游董晓冉来说，冷雪君的讲解，还有她的那份从容，在某种意义上，着实让董晓冉大开了眼界。

游客步步紧跟，一起来到坤宁宫旁。冷雪君变换了讲法，其中掺杂着另类的诱惑。她拢了一下团子头，眨巴眨巴桃花眼，把妩媚散落在游客身上。

冷雪君开始介绍后宫秘事。

“各位朋友，请看，这座大殿叫坤宁宫，是皇后在紫禁城内居住的地方。‘坤’是地的意思，‘宁’是宁静、安宁的意思，坤宁即是像大地一样宁静、安忍不动。意思是说，皇后是后宫之主，母仪天下，应该有大地一样安忍不动的胸怀。

“明代的皇后都住在这里，自清朝雍正皇帝开始，皇帝从乾清宫搬到养心殿居住，皇后也从坤宁宫搬到了体顺堂伴驾，坤宁宫的作用因此发生了变化。西部被改成了萨满教的祭祀场所，东部改为皇帝大婚的洞房了。在清朝，凡是在未成年就即位的皇帝，在结婚时要与皇后在此度过3天。当然啦，爱干啥就干啥，然后再迁往各自的住处。

“清朝在这里结婚的有康熙、同治、光绪三位皇帝，每位皇帝的婚礼都极为隆重、奢华。同治皇帝的婚礼耗银1100万两，根据当时的物价计算，这1100万两银子，如果按照奢侈无度的慈禧太后的膳食标准来计算，那么即使是5个慈禧太后一起花，花100年都花不完呐。

“现在室内的物品是按清朝光绪皇帝结婚时的情景陈设的，各位可以参观一下，你们一定要沾沾皇家的喜气、王气，下午，我们再去和珅家里沾沾福气，这就齐活了。嘿，说不定晚上您在北京也可以做一次新郎哦，你们想不想当皇帝……”

冷雪君调侃着，那表情对团里的某些人极具诱惑力。

冷雪君趁势寻找着团里的“意中人”。对，那个瘦高个、宽脑门子、大眼睛的游客一直往冷雪君身边凑。没错，还有领队也在她脸蛋上、胸脯上、屁股上一遍又一遍地大扫荡。冷雪君眯着桃花眼勾搭他们，把最色眯眯的几个勾住、撂倒绝对不是问题，冷雪君信心满满。

同来的广东小全陪只顾不停地拍照，看来是第一次到故宫，满脸都是好奇心。偶尔，董晓冉热情地帮像只螳螂似的小全陪照相。

晚上，游客们用完晚餐，大都回房间休息，准备明天有精力爬长城当好汉。有个人却心急火燎，他正是领队。白天，领队惦记了一天这个上知天文下知地理的北京女导游。其实，领队没来之前就盘算好了，定要尝试一下北京导游的味道。夜晚，他必然主动邀请冷雪君去吃夜宵，他还色眯眯地叫董晓冉一起去。

董晓冉拒绝了领队的好意。和冷雪君上团，董晓冉学着，忘着，学着，忘着。对社会上的人和事，二十一岁的她，只有自己靠自己艰难地衡量，小心取舍。

深夜，冷雪君醉醺醺地被领队抱上床，当然领队也掏出了钱包里的钞票。冷雪君刚回到房间想和董晓冉一起睡觉，就被那个不惜血本，自己花钱另要了一个单间的，宽脑门大眼睛的游客，招呼到他的房间里面去了。

第二天、第三天、第四天，每个晚上，情场高手一般的荡妇冷雪君，不断需要新鲜艳遇的补给。当然，她更需要那一张张鲜艳的百元大钞，堆砌起她前途无忧的梦。

董晓冉看师父冷雪君夜夜不归，她还是相信了传言。对于这个讲解景点如教授，夜晚独自出没是野兽的冷雪君，董晓冉很想跟她聊聊。可董晓冉，真不知道如何张口。

米虎给白鹭旅行社带团有一个月了。今天有空，他赶紧回到小世界旅行社财务部结账。他要把最后一笔团款和押金结清，决定从此再不来这个鬼地方。

裘鱼一脸憔悴，做事心不在焉，瞪眼儿给米虎多点出一千块钱。米虎本分，把钱返回裘鱼。米虎看得出，这个财务主管好像不在工作状态。米虎自己也满脑子乱哄哄的，更不好意思多打听别人的事，毕竟，自己是离开的人了。米虎思考了一下，和裘鱼客气几句，就转身走出小世界旅行社。

裘鱼确实没办法进入工作状态，她的第二次婚姻告急。

现任小世界旅行社财务部主管的裘鱼，是山西大同人。悲催的是，大同的煤矿和她家没有任何瓜葛。父母靠那片贫瘠的土地种庄稼为生，靠天吃饭的父母，养就了一个从小羸弱的女儿——裘鱼。想男孩想疯了的父母，在十二年以后终于给她鼓捣出一个胖胖乎乎、白白净净的弟弟。父母给弟弟取名为裘球。

市商业学校毕业后，裘鱼在一家文化用品公司工作。事也凑巧，突然有一天，来了一位川籍士兵为部队的排长买复写纸和笔墨，不承想，没费一点鱼饵就把裘鱼给捕获了。为了心中的爱情，为了摆脱贫瘠的土地，裘鱼不顾父母的哭诉、打骂、软禁，她趁着夜色和卫蜀国冲破围追阻截，私奔到了绵阳。

好景不长，只吃面的裘鱼和只吃米的卫蜀国，为了生活的琐碎，各自用自己的方言吵吵闹闹。乡村里好摆“龙门阵”的婆婆、公公、大姑姐不久也卷进了他们的战争。硝烟弥漫的关键还是在裘鱼生下一个女儿——暖暖。四川公婆和当年自己父母一样重男轻女，裘鱼没少受闲气。慢慢地，卫蜀国失去了一个军人的魅力，整天在镇上喝酒打牌，回家一不顺气儿就打裘鱼。公婆站在旁边，解气地叉着腰为儿子助阵。

暖暖刚满周岁，卫蜀国写好了离婚协议书。当然，共同财产，无。女儿，归裘鱼抚养。由此，裘鱼在离婚书上签字，结束了轰轰烈烈的第一次婚姻。

羸弱如羊、心气颇高的裘鱼开始了她的北漂生活。父母见女儿弄得这么糟，也只好一边咬牙切齿，一边把暖暖抱回大同抚养。七年的北京学习、打工生涯，让裘鱼成长为一名财务主管。她为人低调，工作踏实，不计较薪水，帮老板做老板需要的“账”，因而赢得了滕曼和那得海的高度信任。

三年前，裘鱼经人介绍与现在的老公——李京盛相识相恋。婚后，裘鱼如愿以偿把女儿接到了北京。李京盛今年四十岁，比裘鱼大八岁，与前妻离异，有一个比暖暖大七岁的女儿月月，已归前妻抚养。

李京盛是地道的北京人，老家在郊区，大学毕业在市里一家工厂担任技术主管，而后跳槽到现在的一家私企，任销售经理。李京盛的前妻得知他又组建了家庭，便约李京盛谈了一次。

这天，裘鱼在家做饭，读幼儿园大班的暖暖在写作业。李京盛看足球赛，声音有点大，裘鱼让老公小点声，说暖暖写作业呢。李京盛斗气，压根不理裘鱼这茬儿。饭做好了，直至裘鱼把碗端上桌，李京盛才从沙发上站起来。

暖暖走到饭桌前，轻轻地坐下，看看她的爸爸，小眼睛眨巴眨巴不敢伸筷子。暖暖习惯性地等爸爸先吃，她才敢端起自己的小饭碗。

裘鱼把菜往李京盛那里挪了挪，然后给女儿夹了点菜和一块肉放在小碗里。暖暖说，妈妈，这块肉我不爱吃，你吃吧。李京盛用三角眼瞟了一下暖暖说，干吗啊，哪儿惯来那么多臭毛病？！挑什么食？在大同你姥姥家连肉都吃不上，怎么，刚来北京几天就学会挑食了？！也许李京盛的话有点重，六岁的暖暖咬着嘴唇没敢出声，小眼泪一对儿一对儿拌着米饭往下咽。裘鱼回身去拿毛巾，安慰说，算了，爸爸也没说什么，好好吃饭吧，吃饱去写字。裘鱼说完又给李京盛夹菜。

李京盛常常看着暖暖就会升起他的无明业火，今天，他的脸色更难看。

裘鱼的喉咙像卡了一根鱼刺一样难受，但裘鱼忍着，因为一个离过婚的女人再婚后，最好的生存之道就是忍着。

暖暖咽完了一碗饭，她的小心跳才被压住，在这个过程中，暖暖自己坚强地学着忘记，忘记大人们的坏脾气，嚼着饭粒的同时消化着爸爸严厉的话语。暖暖偷偷地看看妈妈装作平静的脸，看看爸爸阴沉下拉的脸，暖暖不敢再盛饭吃了，用筷子小心地夹着离自己最近的土豆丝，生怕爸爸骂她做事不专一。

李京盛放下吃个精光的饭碗，对裘鱼说，我和你说个事，今天我和月月妈妈见了一面，她现在单位忙，月月上初二了，学习很差，离婚后一直她带孩子，现在她要求变更抚养权，也就是说，以后月月也要来我们家和我们一起生活，我答应了，你没意见吧？

裘鱼觉着事情来得突然，本能地一愣，想了想说，来吧，就怕以后出矛盾，月月妈妈别挑我就行。李京盛说，只要你一碗水端平，她挑得出来吗？裘鱼点点头。暖暖胆怯着小声地叫，爸爸，妈妈，我吃饱了，作业已经写完，我回屋睡觉了。

暖暖迈步走过客厅时，看了一眼央视五频道还在播放的球赛，她很留恋少儿频道的动画片呢，但是，自从和爸爸、妈妈住在北京，离开了大同，即使看动画片也是趁着他们没回来，偷偷看那么几眼。幸好学校离家只有几分钟的路程，跑回来先看一小会儿，他们才下班回来。很幸运，暖暖这样做，从没被爸爸发现过。只要看几眼动画片，暖暖晚上独自一个人蜷缩在被窝里，搂着一个布娃娃，她就不会感到孤独，她就不会想那个不是她老家的老家——大同，就会减少对脾气也不太温和的姥爷、姥姥的想念。

今晚，暖暖慌忙钻进她住的那间屋子，她不知怎么越发心慌起来。暖暖用小手一捂再捂，总是捂不住怦怦跳的胸口，腿肚子也看她的热闹，不肯停止它那一下一下的抖动。暖暖只好悄悄地关了灯，躲进被窝里。啊！啊！那个月月姐姐要来这里和我们一起住……想到这些，盖着被子的暖暖浑身还是起满鸡皮疙瘩。

月月和暖暖第一次见面是爸妈婚礼那天，他们一个桌子吃的饭，暖暖亲亲热热地喊她姐姐，月月狠狠地瞪了她好几眼，还骂了她一句，好像用的是北京脏话，暖暖没听懂。想着，怕着，暖暖睡着了。

月月在学校属于问题孩子。月月妈妈对于李京盛当年离开自己，心里始终有个结解不开。听说前夫结了婚，还养着别人的孩子，开完新学期家长会，她拿着月月排在班级倒数第一的成绩单，想出了一个没有办法的办法。

三天过后，月月就搬来了。裘鱼在月月来之前，给暖暖的卧室里又买了一张新床和一些女孩的日用品，并对暖暖千叮咛万嘱咐，一定和姐姐搞好团结，不要任性。暖暖听着妈妈的话，不住地点着小脑袋，弄得两个小辫跟着一颤一颤的。

四口人过了不到半年，一场大的战争爆发了。导火索是两个孩子。

这天，月月发现自己的画笔不见了，结果从暖暖书包里翻了出来，月月哭着向爸爸告了状。那天正好裘鱼在旅行社加班回家晚。李京盛在单位遇到了一点麻烦，回到家又遇到两个孩子吵吵闹闹，月月用普通话骂：野孩子。暖暖用大同话骂：寡货。见暖暖不承认是自己偷的，还骂自己女儿是寡妇（寡货），气得李京盛狠狠打了暖暖四个耳光。顿时，暖暖的鼻孔流出血来，吓得一动不动地在那儿捂着脸，不出声地抽泣。李京盛打完暖暖转身继续看电视。

裘鱼下班回来，一看暖暖和月月都在桌子前写字，不高兴的李京盛看着他永远看不完的球赛。裘鱼也没顾那么多，赶紧给孩子们做饭吃。暖暖被打后不敢再出声了，她更怕妈妈知道，暖暖自己擦干眼泪，擦净从鼻孔里流出来的血，还悄悄地把沾满血迹的纸团藏了起来。

裘鱼得知孩子挨打，竟是在一周以后。裘鱼和李京盛大吵了一架，决定离婚。李京盛低头给裘鱼和暖暖认错，说自己那天冲动，表示今后一定好好对待暖暖……

裘鱼每每想到这件事儿，想到可怜的女儿，想到家的复杂性，她就常常在办公室忍不住伤心难过。

还好，通过裘鱼的关系，弟弟裘球已经来北京五年，有了稳定的收入，父母也变卖了大同的房产来北京生活。在离自己家不远的地方，裘鱼帮弟弟裘球买了一处两居室，帮忙装修直至入住。父母一来，裘鱼常常把孩子放在父母那里，即使下班晚归，从此也少了一份担心。裘鱼就这样把日子往前过着。

杨四姐又送走了一个旅游团，正坐在从机场返回的大巴车上。她摸摸又鼓起的钱包，回忆这团游客带给她的效益，抿嘴直笑。再想想被她黑的福建那个傻乎乎的全陪更招乐儿。

杨四姐进家门见门把手上塞了一张社区一日游的广告，一边开门，一边骂，谁这么没眼力见儿，老娘是搞旅游的，还把坑人广告发我这儿来了，真可笑。

放下背包，杨四姐看木草还在那儿啃书本，就又骂，小要命鬼儿！我回来了，你就知道背书，背书，拖鞋整哪儿去了？木草颠颠地跑向阳台，把洗净晾晒好的拖鞋给四姨拿来。

杨四姐天天外面跑，晒得更黑了，木草却在屋里捂白了，两个人往那儿一站，整个就是一句歌词：白天不懂夜的黑。木草说，四姨，你给我打完电话不大一会儿，我就给你把饭做好了，洗洗手快吃吧。杨四姐说，你就这点儿招人稀罕，做的饭越来越好吃了。哎，没心没肺的玩意儿，马上笔试了，你抓紧背啊，别一天到晚写没用的东西。木草说，没事儿，四姨，我一定能考过。

一起吃完了饭，木草又钻到写字台前，拿起马尔克斯的《百年孤独》看。杨四姐招呼木草过来看电视，问里面一个明星穿的衣服好不好看。木草没听见。杨四姐从卧室里走出来，监视到木草没读导游考试教材，一把抢下木草手里正看的书，说，你在这儿干哈呢？糊弄洋鬼子呢是不？木草捂嘴笑着说，啥洋鬼子，这是我刚刚买来的，四姨，你就让我看会儿吧，考试的东西我都会背，真的，不信你考我。杨四姐说，刚买就着急看，你是耗子留不住隔夜粮，酒鬼守不住半瓶酒，你这个傻货。木草习惯了挨骂，呵呵笑。杨四姐在桌子上翻翻，这是啥？帕慕克写的《雪》？你可真能造败呀！杨四姐又见有一本厚厚的《红楼梦》放在那儿，问道，嗨，嗨，你把《红楼梦》也买来了？整天就知道看什么《红楼梦》《青楼梦》的，臭丫头，你把我给你买菜的钱都买这不能吃不能喝的东西了？！这都有啥用啊！杨四姐凿了木草一拳。

木草心想，在自己心里，文学这个没用的东西，就像花儿一样美，这种美像有用的东西一样，也许比有用的东西更有用呢。有用的东西往往是丑陋的，没用的东西往往是最美的。木草一缩脖说，哎呀，这是人家上高中时候，我姑给我买的，这次来北京我就装包带来了，那两本是获诺贝尔文学奖的作家写的。木草越说越兴奋。

杨四姐胡乱翻《红楼梦》，正好停在木草放书签的第八十一回：

……他就使了个法儿，叫人家的内人便得了邪病，家翻宅乱起来。他又去说这个病他能治，就用些神马纸钱烧献了，果然见效。他又向人家内眷们要了十几两银子。岂知老佛爷有眼，应该败露了。这一天急要回去，掉了一个绢包儿。当铺里人捡起来一看，里头有许多纸人，还有四丸子很香的香。正诧异着呢，那老东西倒回来找这绢包儿。这里的人就把他拿住，身边一搜，搜出一个匣子，里面有象牙刻的一男一女，不穿衣服，光着身子的两个魔王，还有七根朱红绣花针。立时送到锦衣府去，问出许多官员家大户太太姑娘们的隐情事来。所以知会了营里，把他家中一抄，抄出好些泥塑的煞神，几匣子闹香。炕背后空屋子里挂着一盏七星灯，灯下有几个草人，有头上戴着脑箍的，有胸前穿着钉子的，有项上拴着锁子的……

杨四姐看完这些字，突然想起来了，前些年看电视剧好像看过这段。正纳闷，杨四姐又翻了一页，看到书里粘着一块稿纸，是木草读《红楼梦》做的笔记。

纸上写着：《红楼梦》中的赵姨娘收买巫婆马道婆，施实名诅咒术陷害凤姐和贾宝玉，以致贾宝玉突然大喊头疼，乱跳乱嚷，尽说胡话。凤姐则持刀乱砍，瞪眼要杀人，到第三日，宝玉、凤姐都气息微弱，奄奄欲毙，亏得来了癞和尚、跛道人，才用通灵宝玉镇除邪恶，救了二人生命。至于马道婆的巫法，至第八十一回才揭露出来。原来巫婆所施的是实名诅咒术。其做法是用木头之类雕成仇家偶像，或用纸剪成，或用草扎成，并写上仇家姓名生辰等，密藏于匣子中，然后经常用针去刺人偶，或用脑箍戴在偶像头上，或用纸剪成许多魔鬼的模样置于偶像身边，同时还配合念咒语。这样，每当用针刺人偶时，仇家就会在相应的部位发生剧痛；若施头箍，则发生头痛；若施魔鬼偶像，则仇家会见到恶鬼。久而久之，仇家就会失魂病重而死。这种害人的巫术，古书中称为“巫蛊”。

经过木草这些字的指点，杨四姐豁然开朗，心情轻松多了。

三十多年了，在体验人世间的各种滋味之后，杨四姐想要脱离她所属的阶层，而这一步，她很清楚。接下来，电视里演什么，杨四姐看不进去，满脑子琢磨尽快让刘万军离婚，她要整治一下刘万军家里那个绊脚石一样的女人。

第二天，木草去买菜，杨四姐擦着柜子上的玻璃瓶子，那里装着酒，酒里泡着一根像木棒子一样的东西。这是杨四姐特意给刘万军预备的鹿鞭。杨四姐自已嘟囔着骂道，运气真差，花这么多钱让他喝这个，咋还没动静呢。

一阵敲门声，杨四姐打开门，她高兴地把刘万军放了进来。杨四姐本想着直接把刘万军押到床上，给他灌点药酒，却看见刘万军肩扛手拎，气喘吁吁地进来。

刘万军说，宝贝，你看我给你拿啥了？保管你喜欢。杨四姐等他放桌子上才弄明白，是台电脑。杨四姐说，你啥意思啊？想自己开公司咋地？刘万军说，什么呀，怕你不带团闷得慌，给你买的电脑。杨四姐说，呸呸！你冤谁啊？这不是二手货吗？旧的。你不是偷的吧？刘万军看着这个东北大傻娘们，嘿嘿笑，边笑边说，哪偷去呀？有你这个大美妞，我敢偷吗？借我一百个胆儿也没用啊。刘万军亲了杨四姐一口，接着说，宝贝，实话告诉你，这是我一发小的，他家里又买新的啦，这不，我就拿来给你。刘万军说的话让杨四姐心里很舒服，杨四姐赏了刘万军脑门儿一下。

电脑本是刘万军大女儿淘汰的，刘万军又给女儿买了新款液晶超薄显示器的，考虑把它卖给收废品的不值几个钱，况且还能用，刘万军想了想，觉得处理到杨四姐这儿最合适。

趁木草没回来，刘万军和杨四姐赶紧把事儿办了，像吃早餐一样快。杨四姐把被子弄整齐，问刘万军说，我这几天带团，你去哪了？刘万军说，我回家了，哦，没有，我跑了两趟天津。刘万军急忙改口。杨四姐说，你媳妇叫啥名儿？刘万军快速地回答，杨四姐。杨四姐笑。接着说，我没让你说我，我说的是她，你女儿的妈叫啥名。刘万军说，问这个干啥，你又犯病了？不是说好了，咱俩面前不提她吗？我说了心里只有你。杨四姐说，我就问问看我俩谁的名字好听，你告诉我啊。刘万军说，她的名儿没你的好听，潘新艳哪有杨四姐好听啊。杨四姐记下了这个名字，她也记住了刘万军媳妇比刘万军大三年零一个月，这是他们刚认识，刘万军对杨四姐“诉苦”的时候说的。

杨四姐插了电源线，鼓捣几下电脑也没反应，又埋怨起刘万军说，还不如给我买个大电视呢，这东西，我也不会玩啊，打字都不会。刘万军说，你以后可以上网啊，点击鼠标就成了，你外甥女木草不是会吗？小孩们都会，她以后可以教你。将来我们自己有了旅行社，你不懂电脑哪成啊，是吧，杨大老板？刘万军的老毛病又犯了——耍贫嘴。

木草去早市买菜，已经成了她的一种习惯。她喜欢早晨走在那条小河边，沿着河一直走到熙熙攘攘的人群中去。木草喜欢在早市猫腰去挑菜的感觉，她也喜欢去听老人们砍价聊天。

杨四姐从窗口看到木草上了楼，对刘万军说，木草把菜买回来了，中午一起吃顿饺子，我们好久没包饺子吃了。刘万军说，我要去给你办理手续交钱申请网线，这几天弄好，你们就可以用。正说着，木草开门进来，见刘万军在摆弄一台电脑，心说，这个人还真照顾四姨，就是不知道他们是什么结局。

木草顾不了那么多，先叫了一声刘叔叔好。刘万军说，木草啊，以后你可以教你四姨上网，对，你学习也能用到电脑，上面什么资料都可以查，我女儿学习就离不开电脑，我已经学会聊 QQ 了呢，女儿……刘万军险些说走了嘴，赶紧打住。杨四姐追问，女儿怎么了，继续说，说呀？咋回事？你跟我整事呢吧？刘万军急忙找辙出去了。

剩下了木草和杨四姐两个人，木草高兴地跳起来，大声说，四姨，我们有电脑了，哈，这样我就不用去网吧上网了，我写的东西可以直接传到网上，太好了。杨四姐说，你这个小要命鬼儿！还去网吧？我不在家，你什么都敢干啊？考试要紧，有了网你也不能贪玩，挣钱是大事！知道不？咱到北京就是挣钱，有了导游证，你得赶快跟我学好好挣钱，我供你吃供你喝的，不能白供啊。

杨四姐一边说，一边往冰箱里码放刘万军买的东西。

木草知道，四姨又在心里算账呢。

到了夜里，杨四姐按照《红楼梦》写的方法，已经备齐了那里面说的用具。杨四姐往一个写着潘新艳的布娃娃身上扎满钢针后，叨咕了几句“鬼话”，杨四姐按自己的想象做完“法事”，偷偷地把那些物件放在写字台下面的柜子里，还上了锁。杨四姐自己也不知道这样是否灵验，但她必须试一试。

木草又巩固了一遍四大宗教的知识，准备睡觉。她上了趟厕所出来，看一眼四姨房间的灯还亮着，电视也没开，就推门进来。吓得杨四姐浑身一哆嗦，她一直觉得自己后面有一个鬼跟着。

杨四姐骂道，哎呀妈呀！臭丫头，你想吓我死咋地？瞅瞅，你和鬼似的，披头散发，走道咋也没个动静。杨四姐一边骂，一边摸着自己怦怦跳的心脏。她缓过神来，瞪一眼木草，踢了一脚木草的屁股。

木草捂着屁股说，四姨，就咱俩你怕个啥呢，是我不好，没敲门，以后改还不行吗？没吓坏吧？木草抱了抱被吓得不轻的杨四姐，学着姥姥的样子，摸着四姨的头发，安慰说，摸摸毛吓不着。四姨，我就是进来想和你学习一下旅游宗教方面的知识，比如进了像雍和宫这样的景点，你给游客讲什么啊？杨四姐说，什么也不讲，就像白塔寺，还有其他寺庙景点一样，动员他们烧高香就行了，一般的寺庙烧香都有提成。木草说，你知道药师佛吗？在雍和宫哪个殿里？杨四姐说，知道那么多干啥？我也不出家！我带进去就为了挣香火钱、抽签钱，我带游客就俩字，挣钱。

杨四姐和木草说着大实话。

木草咳嗽一下说，四姨啊，考试考这方面，也不怕。我已经全背会了，说着给四姨背了一遍。

杨四姐感觉木草背得像念经一样流利，自己却只是左耳进右耳出，一句没留住。木草的一顿背，换来了杨四姐的批评。

杨四姐说，你念经呢？你个傻货！这么拼命背它干啥？能说出几句就行了，照你这么背，非得把考官背晕过去。告诉你吧，口试那天，那么多考生，谁听你念经？你以为以后带团有时间给游客讲这么多啊？他们听你讲这些？屁吧！你呀，就是个“井”。木草说，啥意思啊？杨四姐说，横竖都是“二”。过去，赶紧回你屋睡觉，我明天还要早起去旅行社报账，去，走。

杨四姐撵木草，她要睡觉了。

广东团让冷雪君的确感觉很爽。董晓冉跟在身边一口一个师父地叫着，冷雪君一高兴，发了善心，就在天坛回音壁外面的柏树林里，挤出时间给董晓冉深入细致地“授业”。

董晓冉想起自己带第一个旅游团发生的那些囧事，依旧心存余悸。她把导游旗卷吧卷吧插在背包上问，师父，我老是弄不明白，和全陪怎么分成？我说的是自带车。冷雪君说，五五啊，至少你自己拿一半，反正我每次都暗着拿大头儿。你怎么分的？董晓冉捂着嘴小声回答说，我给全陪六，我拿四。冷雪君瞪着桃花眼说，你行，你可真行！北京旅游市场就是让你们这帮新导游给泄密打乱的！

冷雪君骂董晓冉丢了北京导游的脸，跟外地自带车的导游居然四六分成，属于严重坏了北京导游五五分成的规矩。冷雪君还警告董晓冉，以后不能这样惯着全陪，若是让别的北京导游知道，小心挨打，外加一句又说，咱社里杨四姐听到这事儿，那东北虎妞都得揍你一顿，你信不信。

一番话吓得董晓冉直吐舌头。

董晓冉继续听冷雪君讲什么地陪黑全陪，什么地陪黑司机，什么全陪黑司机，什么司机黑地陪……怎么越听越像恶性循环的一条食物链儿？董晓冉突然想起来，那个团是自己磨破了嘴皮子讲解，不停地逗游客开心，跑前跑后挤着排队给他们买票，游客们吃饭她忙着催菜，好几顿自己来不及吃饭，饿肚子讲景点，可到最后呢，全陪比自己挣得还多。哎呀，这可真不公平呢。

冷雪君说，不公平？哼，不公平的事儿多了。冷雪君在董晓冉面前得意扬扬地说，别看你是学旅游专业的科班出身，说到带团啊，还得我这个半路出家的老导游给你上课。你别看我半路出家，但我带团七八年了，这其中的道理啊，我悟得比你深，信不？董晓冉点头说，那是，那是，要不您是我师父呢，我真得好好和师父学。董晓冉说完从背包里拿出矿泉水递给冷雪君。

冷雪君喝了一口水，呛着了，咳嗽一声说，董晓冉，你听着啊，我跟你说，你别没事一天到晚老琢磨导游词，记呀写呀的，那没用。喊，有点用也不是绝对的。你得学心计，攻心计你懂不懂？千万不要跑偏，不能只懂导游词。知道不？那天河北团的全陪，你就该黑他，反正你不黑他，他也认为你黑他，也说你讲解不到位。那就黑！索性造成事实，至少对得起自己。至于那个司机嘛，你就该一分不给他，还告诉他，你已经分给全陪四百五十块了，让他俩掐去。噢，司机，在组团社已经拿了车费，凭什么踩一脚油门就和我们导游拿分成啊？对吧？你呀，且学呢。

天热，冷雪君讲完擦了一把汗。

董晓冉心里七上八下，回想着上次带的河北团，那全陪和司机笑里藏刀、虚情假意、尔虞我诈的。从一开始在六里桥那儿接车，司机和全陪就跟她像一家人似的。吃菜时，司机给她盛饭、夹菜、倒水喝，还向她透露这些人是干什么的，大约都带了多少钱出来玩。全陪还教她怎么忽悠，加哪几个景点有戏。这么看着跟一家人似的，怎么就到最后把她一个小姑娘扔在高速路上，不管她的死活呢？董晓冉更纳闷，一个堂堂大学生，怎么就干不好导游？自己究竟离好导游还有多远？自己当初的选择对不对呢？

冷雪君见董晓冉正低头用脚搓着地皮，她就说，还没转过弯儿啊？再告诉你一招儿，接到团之后，一定要想办法把团款要上来。懂不？你第一回带那个团我帮你分析，关键是旅游团都快送回去了，团款还在人家全陪包里呢，你想想，刀把在人家手里，你岂不是被动了？

董晓冉眨巴眨巴眼睛想，原来是这样子啊，怪不得全陪那么横。

冷雪君看了看跟只小绵羊似的董晓冉，扬起手点一下她肩膀说道，喂，还在那儿琢磨啥呢？听我跟你讲啊，你吧，气势上不行，这一点要和那个吊眼梢子吴瑕学。你看人家，那架势，那气场，是不是啊？你要让别人感觉到你不是只软柿子。看看师父我，干到现在没有两把刷子成吗？我上团的第一件事，镇住游客；第二件事，哄好司机；第三件事，拿捏好全陪。只要我张口，团款就得给我掏出来，游客就得听我的。来到北京，别管你是游客还是全陪还是司机，这里就是我们的地盘儿！你不要管他多大官儿，多大一个款爷儿，说句不好听的，北京遍地是官儿，嘁，不是吹，随便拿出来一个都比他们大。说白了，他们就是一个跟你导游旗走的游客而已。怎么着啊，有本事他们雇保镖、雇翻译，干吗在导游面前抖机灵？甭搭理他们那套。

一番话说得董晓冉呆呆怔怔的。

师父继续教徒弟说，以后你多在压住这帮家伙方面下功夫，那些导游词不用全都拿来研究。懂不？咱们不是搞科研的。董晓冉说，师父，这个行业不是倡导微笑服务，游客至上吗？这样他们要投诉……

冷雪君说，你首先把他们“哄”好。哎呀，新导游真难教，看来我讲这么多，你还是没吃透，书呆子啊！

话音刚落，就见领队带着游客从回音壁里走了出来。冷雪君没时间和耐心再给董晓冉传授，她叫董晓冉举起导游旗摇晃，示意大家往“九龙柏”那里走。

冷雪君的这个旅游团，还有最后一天就送站。董晓冉协助师父刚安排好大家坐下用晚餐，就接到计调吴瑕的电话。

吴瑕说，董晓冉，你和师父学得怎么样？能不能带河南自驾车啊？这回和全陪分成弄明白了吧？董晓冉一听有团带，乐颠颠儿地捂着另一只耳朵往餐厅外跑，大声说，吴经理，我能带，能！能！这次跟师父带团学到很多东西啊。吴瑕说，好，那你一会儿过来拿行程单，明早三点半接团，这个团要看升旗。另外告诉你，这团要交社里10块钱人头。啊？！董晓冉张大的嘴巴好半天也闭不上。吴瑕问，喂？喂？

你说话啊？在听吗？你最晚几点过来拿行程单？董晓冉说，哦，好，我一个半小时能到。吴瑕说，那好，办公室要关门了，我让另一个计调等你吧，不要让人家等太晚。吴瑕处理完这个从另一个地接社硬撬过来的旅游团，挎起小皮包下班走了。

董晓冉租住在一个房间里只有一张床的小旅馆里，因为便宜。这里交通不方便，坐公交车要走很远的路，并且早班车也要五点。打车至少要三十块钱，那相当于三个人头儿费啊。董晓冉咬咬牙，算了，走着去吧。

这是她接的第二个旅游团，糟糕的是，接站地点对董晓冉来说，是陌生的。董晓冉一路打听，全陪一个电话一个电话地问她，到哪了。当她赶到六里桥那个接车地点——电力总公司大门口的路边时，这车游客已经到达40分钟。

董晓冉记住了师父冷雪君的话，接到团首先要有气场，要压住全陪，镇住客人。可当董晓冉看到全陪那双有些愤怒了的眼睛时，她事先打好的满满一肚子腹稿一句句夭折。她痛恨自己的不自信，她也埋怨那一纸大学文凭不能在此时给她壮壮胆儿。董晓冉比第一次上团还紧张。

全陪跳下车门，叹了一口气教训道，怎么才来接啊？你？哎呀！说你什么好呢，游客都快等疯了！我的神，你，你赶紧道个歉，安慰一下，我都快被她们给喝血吃肉了……

司机亮起了灯。董晓冉拿起话筒，一看，我的妈呀，是卧铺车！董晓冉没见过这样的进京旅游团，当时蒙了。再看看那些游客，个个跟慈禧老佛爷似的，在自己的位置上对着她指手画脚。

董晓冉小声问全陪说，是三十人？一车女的？全陪说，是啊，个个是巾帼英雄。她俩正嘀咕着，只见一个游客指着她俩说道，这俩导游哪个也不好！刚上来这个导游小妮来晚了，连一句道歉的话也没有。咦！怪不得人家说，北京人摆架子，高不可攀。有人又说，咦！北京人就是不懂文明，还什么首都北京人呢，不如河南人嘞。

董晓冉不敢怠慢，赶紧露出全心全意的微笑说道：

“亲爱的朋友们，大家好！欢迎各位来北京旅游，我是你们这次北京快乐之旅的导游——董晓冉。首先，对大家说声抱歉，我来晚了，因为北京最早的公交车是五点，我只好走着来接站。为了表达我的歉意，我给大家唱首歌，好不好？”

全团炸了。怎么？这个北京小妮没把我们河南人放在眼里？来晚了还狡辩说，因为公交车才晚的？这种不诚恳的态度，让原本认为吃了亏的女同胞们集体愤怒起来。

其中，长相漂亮、打扮时尚的领队说话了，喂！导游，大清早的，唱什么呀，我们不想听！唱首歌就把我们打发了？门儿都没有！我还告诉你，来晚快一个小时了，我们可以投诉你信不信？你导游要给我们想办法弥补，今天中午，我们不是八菜一汤吗，我们要吃九菜一汤。大家说，中不中啊？妇女们积极响应领队号召，齐声答应，中！中！

全陪和司机也与她们一个鼻孔出气。

这时的董晓冉，更加感到孤立无助。为了缓和气氛，董晓冉满口答应，她宁愿自己掏腰包多加一个菜来平息这场风波，因为她怕被投诉，更怕计调经理吴瑕，吴瑕一直对她上次找旅行社要导服费耿耿于怀。

讲解完北京概况，接着讲升旗仪式……

说真的，董晓冉还不习惯这个团，她站着讲，那些人趴着、躺着、坐着，简直是千姿百态，令她注意力没办法集中。

新导游董晓冉确实接受不了她一个人在明处，其他人在暗处，适应不了没有游客和她互动眼神。她习惯于站在正规旅游大巴车过道前边司机右侧的位置，那里能将大部分游客的表情、态度及时地放映给她，现在，董晓冉看不到，只能微微猫腰看到前面包括领队在内的三四个女人，个个闭着嘴，眼角里流露给她的是傲慢与偏见。那些她看不着的，偏偏都是兴奋的人，不能自控，自顾自地说话，嘻嘻哈哈。

董晓冉从没有过的尴尬。可不是吗，上一个团问题出在分赃上，这一个团的问题，比分赃还让她头痛。

站在车前，这不能不让董晓冉想起老师们，尤其是小学、中学的老师们，抻着脖子，冒着飞扬的白色粉末，在黑板前面费尽口舌，而同学们却在下面交头接耳。那种得不到尊重的愤懑，如今，她也深有体会。

董晓冉正一面警告自己淡定，一面微笑讲解呢，不知道哪一个妇女“当啷”插了一句。哎，哎，董导，你一天挣多少钱啊？干脆加入我们的团队算了，我看你挺有培养潜力的。这下，车上的人争抢着说话，有人说，真的，比你干导游挣得多，另外你的嘴皮子还不够溜，需要到我们队伍里加强学习训练。哈哈……

旅游车已经停在人民大会堂附近胡同的临时停车点，董晓冉催促一团人下车看升旗。

黑压压的人群，看完升旗又都回到各自的旅游车上。不承想，游客们刚上车就嚷嚷起来。什么导游啊？真倒霉，因为她迟到，我们不能排在前面，今天升旗就看别人后脑勺，旗手都没看见。董晓冉在车门口等着后面的人上车，她不想这时候和游客解释什么，那等于自己往枪口上撞。

全陪数了数人，说，还差一个矮个，就是刚整完容，割了双眼皮的那人没回来。领队打电话，电话打不通。半小时过去了，董晓冉举着旗子也没找着，她对那个游客还没太深的印象。最后，全陪从国家博物馆那侧的地下通道里把她找到。全陪打电话说，找到了。

董晓冉赶紧往回跑。刚跑到车前，那女游客冲过来用手推搡一下董晓冉说，当过导游吗？集合地点说不明白，你不说天安门西边吗？怎么车停在东边？拿我们当猴耍是吧？董晓冉险些被推倒。

游客迷失了方向，把东当成西，但董晓冉理解游客焦急的心情，不争辩，把错误揽在自己身上。

董晓冉说，大姐您别生气，我错了，您消消火，赖我服务不周到，我会注意，大姐，咱们上车，马上去长城。董晓冉赔着笑脸，搂着刚才推搡她的游客。

女游客气没消，一边登车门一边回头嚷嚷说，导游就知道蒙人啊？告诉你，你再不好好服务，我投诉你……

上车拿起话筒的董晓冉，已经没有信心再带好这个团。冷雪君教的那些，她根本不会用，这个团也用不上。董晓冉知道，自己对于这样的旅游团，是无能为力的，她没办法改变自己在游客心中根深蒂固了的坏形象。真的如师父冷雪君所说，同性相斥？这种巾帼英雄啊，也许同学向小强的师父胡连成能带好。董晓冉心里琢磨。

小世界旅行社的吴瑕早就知道，这个妇女团安排一个女导游来带，本身就不科学，但社里的老导游都上着团呢，闲下来的只有一个新导游，还是女的。计调经理吴瑕已经山穷水尽了，不然，她不会这么失误。

八达岭高速路上。外面下起了蒙蒙细雨。董晓冉的心有种潮湿的感觉。她望了望车外，一辆辆旅游车从她身边奔驰而过，一个个导游和她一样站在最前面，讲解着各自的导游词，正使出浑身的解数，尽可能不留痕迹地兜售着玉器、烤鸭、果脯。

社里要求这个河南团上山（上长城）的第一脚店，必须踩一个珍珠馆。董晓冉照冷雪君给她的讲解词，也开始背着讲。她讲，这个珍珠馆的珍珠养殖于十三陵水库，十三陵水库是当年党和国家领导人带着首都各界人民修建起来的，这里珍珠如何好，这里珍珠粉如何能美容养颜，女人用了会青春不老，添油加醋地讲当年慈禧每天用珍珠粉做面膜……

刚讲到珍珠粉，领队就打断她说，喂，董导哇，这个不去参观了，还是爬长城吧，时间不能浪费，我们出来是看景点的。董晓冉和全陪都有点儿紧张，因为行程单上有这一项。面对这些和旅行社签了合同的游客，导游还要解释。董晓冉解释道，大姐您听我说，我们导游是按旅行社行程单走，导游无权更改，您不信的话，看看您合同上有珍珠馆这一项。

领队不信服地从小包里拿出她的那份行程单，睁大眼睛搜索着，果然找到了那一项，才不作声了。领队眯起眼睛，不知道在那儿酝酿什么。董晓冉心想，豁出去了，往砸了带吧，反正这三天也别想着挣钱，能把旅行社单子签出来就谢天谢地了。

外面雨越下越大，游客们说话声也越来越大。董晓冉知道，也许会有一连串儿的麻烦发生，这鬼天气就是个预兆。

旅游车开到珍珠馆。由于下雨，再加上这段时间是北京旅游社旺季，又是进珍珠馆参观的高峰期，大家堵在门口排队。一个个游客不情愿地举着伞等候珍珠馆的工作人员带队进去，导游们期待尽早分派专业“讲师”，给自己带的团讲解珍珠的奥秘。人越来越多，急得董晓冉在雨中团团转，她浑身都湿透了，排了半小时队，终于，这团人被领进珍珠馆参观。

董晓冉情不自禁地咧了一下嘴，她肚子疼起来。每月一次的疼，躲也躲不过。

第一次来这个珍珠馆，董晓冉什么也不清楚，等她忍着疼痛，皱眉头从珍珠馆里面的洗手间出来时，领队正四处找她呢。

领队气势汹汹地说，见过导游，没见过你这样的导游！你这个小妮够狠，把我们放在雨里淋着，然后扔在购物店，一个人躲清静去了！哼，告诉你，如果你不把我的客户们伺候好，别想拿一分钱的导服费！

董晓冉心想，鬼才能拿到导服费呢，旅行社压根就没给过。

看董晓冉不敢言语，领队又说道，还有，你干吗把我的客户带到什么美容养颜馆来？实话告诉你，我不会允许她们买的！她们买你们旅行社卖的珍珠粉，我的保健品卖给谁去？！我告诉你，快点上车，别磨磨蹭蹭，我们还要去长城当好汉呢！说完，甩了一下身子走了。

到现在，董晓冉才知道，敢情这一车人是干保健品的！怪不得在车上讲解的时候，有人还拉拢她加入她们团伙呢。妈呀，看来，这世界上是人外有人，天外有天呐……

定了定神，董晓冉赶紧跑进珍珠馆，重要事还没办呢！她打听到“闲人莫入”的办公室。

导游们一个个正排队，在这块“重地”里给旅行社签单子，数钱。董晓冉填好了导游证号，写上小世界旅行社的名字，只听里面叫喊道：董晓冉，你的购物流水是零，你的单子，店里不给签！

董晓冉忙问，啥意思？为什么不给签？那小丫头板着脸子训斥说，你是小世界旅行社的新导游啊？怎么什么也不懂？不知道进店要待够四十分钟吗？你是怎么讲解的？你的游客不听专业讲师讲解，到店里面转一圈，十五分钟就跑出来了，你导游干吗的？怎么不在门口截着游客，要他们待够四十分钟再出来？

董晓冉站在那儿，一副祈求的表情。

看她还站在那儿，小丫头嚷起来，不懂中国话呀？你说，我们怎么给你签？三十个人，我们若是签单，就要给你们旅行社返三百块钱人头。你带的人一分钱东西没买，还让我们白搭三百块钱是不？赶紧走，下一个！

身边其他的导游在捂嘴笑。董晓冉像只狗一样，被那个比自己还小的小丫头撵着。拿着那张购物流水为零的单子，想到自己按小世界旅行社的规定，如果哪一个购物店没有签出人头单子和购物流水回执，导游就包赔购物店返给旅行社的人头费。也就是说，董晓冉要包赔三百块钱，替购物店给旅行社，那么再加上导游接了这个团无条件的每人上交十块钱人头费，总共加起来是六百块钱，不管你挣没挣到钱，社里规定，这些钱必须上交。

董晓冉一着急，下身一阵翻滚似的疼痛，她感觉自己的经血哗哗地流淌。董晓冉的头有点晕，她不知道自己怎么走出珍珠馆的。

车上，人们显然等得不耐烦。董晓冉肚子疼痛难忍，只能用深深地吸气来缓解。全陪看董晓冉脸色惨白，问她，怎么了，病了？董晓冉小声说，没事儿，我痛经。全陪同情地看着董晓冉，也束手无策。

坚持着带领游客参观完长陵，董晓冉按旅行社安排，又带一团人进了土特产商店，让大伙免费品尝了烤鸭和一些北京特产。

也许土特产受游客欢迎，她们买了一些烤鸭和果脯，董晓冉拿了土特产购物店的签单和一点点还不够堵上人头费的提成钱。她急忙打电话催促定好的餐厅，赶紧把饭菜预备好，还特意跟接电话的人说，这是个女人团，很难伺候，一定要把菜做好，碗筷洗干净。

时间已经是午后一点多了，一团人才坐到饭桌前，正好三桌。董晓冉用眼看着一盘盘菜端上来，又催着服务员上米饭、拿汤勺。女人们都饿了，脸上的怨气被饭菜遣散了不少。董晓冉心里也透出了一丝光亮。

她捂了一下又隐隐作痛的肚子，刚想去司陪间（司机、导游吃饭专区），准备吃一口饭，领队过来把她揪到第一桌让她看。一个淑女型的游客筷子上挑着一根头发，上下抖着，一个胖胖的女游客指着碟子里一只死苍蝇。有人气愤地说，咦！看吧，安排的是什么餐厅啊？还不如直接放点毒药算了！女领队再也忍不住了，把筷子“啪嚓”一声摔在桌子上，吼道，退餐！给我们退餐！领队像个女将军一样命令。董晓冉吓得一哆嗦，答应着，好好，您别急，我想办法。赶紧喊来餐厅经理解决问题，餐厅经理迫于游客和董晓冉的压力，最后补偿了领队三百块钱。领队这才放过董晓冉，大家的舌头停止了转动，暂时消停了下来。

哑巴吃黄连，有苦也难言！董晓冉心里说，真是倒霉啊，带这么一个旅游团，至今自己一分钱没挣，还要赔六百块，这回，连个司陪餐都没吃上。董晓冉往外走，有了想哭的感觉。

女同胞们吃饱了，喝足了，躺在卧铺上面开始午睡。司机驾车驶向八达岭长城，董晓冉坐在那儿，饥肠辘辘，心里郁闷。全陪这顿饭也没吃饱，拿出带来的奥利奥饼干分给董晓冉，俩人嚼起来。突然，司机喊道，快，你俩别挤在一起了，一个坐在这儿，一个藏在后面去，前边有警察！

可是，一切都太晚了。首都的警察不是吃素的。晒得比导游还黑的警察叔叔戴着黑墨镜上车，巡视一遍，又把司机喊下车，狠狠教育一通，开出了罚单，因为超员、超速。司机受了打击，自然心情不好，一眼一眼地翻睖着两个白痴一样嚼着饼干的导游。

车刚停到八达岭长城的停车场，趁着游客去洗手间，司机凑过来说，董导，你怎么带的路啊，这儿有警察你都不知道？董晓冉说，我哪儿懂啊？我也不是齐天大圣孙悟空，这些人我哪看得到。司机说，那这二百块钱罚款，你得给我报喽。董晓冉说，我怎么报？我的人头钱还没出来呢，大哥，你饶了我吧。司机说，你出一百块也行。董晓冉说，不是，凭什么啊？干吗让我出，我又没开车。董晓冉由于生理现象，每个月这几天情绪不好，说话冲起来。司机见董晓冉这样，就冲着从洗手间出来的全陪说，你俩都有责任，至少一个人给我出五十。董晓冉缓和了一下口气说，你还是找你们组团社报吧，我没办法啊。司机说，不找你找谁啊？这是你的地盘，你就得管。一听你的地盘几个字，董晓冉又想起了冷雪君的话。可惜，这地盘让别人占了，不属于她，只属于游客，或者别的什么人。饿着肠子，肚子还疼的董晓冉简直要疯掉。

买完了长城门票，雨又稀稀拉拉地下起来。女人们接着又开始抱怨：这趟出来旅游可真倒霉，导游不好，天气也不好，本想早点来爬长城，偏偏安排在下午来，这小妮子大清早就安排我们去珍珠馆。哎呀，导游太黑心，只顾赚钱，从不考虑我们游客……

听着她们饶舌，董晓冉又想哭。这样的下雨天，她心情也不好，身体也正赶上倒霉，还要赔钱给她们赔笑脸，难道，自己上辈子是欠债鬼儿托生的不成？董晓冉想找个没人的地方痛快地哭一场，可现在不是时候。

把一团人送到城墙上面之后，董晓冉站在女儿墙边，拨通了她同学向小强的电话。

向小强刚喂喂几声，董晓冉便泪眼婆娑了。

出什么事儿啦？你别哭啊？你在哪呢？向小强心急火燎地问。董晓冉抽泣着说，我一夜没睡，凌晨接的一个河南自驾车团，一帮女的，是卖保健品的，还有几个兼职卖保险，我到现在还没吃一口饭，我衣服都淋透了，身上还……可是，没人说我半句好话，都骂我黑心。几天的团啊？向小强问。董晓冉说，还有两天才结束行程，不知道出什么事儿呢，她们再那样，呜呜……我都不想活了……

董晓冉哭，还有另一个向小强不知道的原因。其实，董晓冉的父母并不是她的亲生父母，准确一点说，她是被人遗弃的超生女孩。想起自己的身世，董晓冉心里更添堵，今儿从游客那儿受了委屈，她的眼泪也就更止不住了。

向小强电话里安慰说，你听我说，董晓冉，谁说你黑心都没用，在我心里，你心是火红的，别管她们怎么说，你把你的责任尽到就行了。听话，别哭了，等你下了这个团，我请你吃麦当劳和肯德基。好不？可乐、蛋挞、薯条、汉堡，你随便要，想吃啥吃啥。

听完老同学的一番话，董晓冉心里舒服了许多，她这才想起来问，向小强是否带团，问华蕾最近联系他了没有。向小强说，正在和师父胡连成一起带云南系列团，有师父关照，这个团下来能挣两千块钱呢。董晓冉睁大眼问，啊？能挣那么多？向小强自豪地说，能。你等着，下了团，我要请你和华蕾好好吃一顿，三个人一起聚聚……

雨好像停了，董晓冉刚结束和向小强的通话，一抬头，看见早晨丢在天安门广场上，推搡她的那个矮个子大姐歪着身子倒在那儿，龇牙咧嘴。董晓冉一看，不好！雨天太滑，她摔着了。黄鼠狼专咬病鸭子，这话一点不假，真是要命，那矮个大姐有心脏病，偏偏下台阶还不小心踩在了一块香蕉皮上，扭伤了脚，身体也不能动弹。董晓冉赶紧跑过去，大姐闭着眼睛比画自己衣兜里面有药瓶。

在导游业务书上，导游们都学过对心脏病人怎么救助，董晓冉赶紧把速效救心丸放到大姐嘴里。理论与实践还是两码事儿，这一突发情况还是吓得董晓冉哆嗦起来，忘记了肚子的疼痛。那大姐好些了，董晓冉使出全身的力量背着她下台阶，董晓冉此刻才感觉到什么叫步步为坎儿。陆续从长城上下来的全陪和其他女人们一起把病人轮班背到车上。看这个新割了双眼皮的大姐平安无事了，董晓冉警告自己，必须要买一瓶水来喝。

刚要下车，领队一把拉住她，递给她一瓶矿泉水说，辛苦了！董导。你是负责的好导游。割了双眼皮的大姐不停地说，真是遇到救命恩人了。那个餐桌上夹苍蝇的大姐走过来避开司机咬着耳朵根说，董导啊，我这儿有卫生巾，你快去弄一下吧，后面都看见了，这是我带的裤子，你比我高不了多少，可以当九分裤穿……

从黑乎乎的凌晨到现在，车上，摆放在她不远处的，就是游客们带来的矿泉水，可是，一直饿着肚子的董晓冉，直到现在，终于有人主动给她一瓶水喝。是的，这一团女人敞开了心怀，接纳了她这个新导游。董晓冉喝了一口水，很甜，甜得她咧咧嘴，哭了。

天彻底放晴，阳光驱散了阴霾。董晓冉从洗手间里出来，把手放在额头上，望了望湛蓝的天空，她回想着这一天以来的点点滴滴……没错，不得不承认，首先是自己工作没做到位。换位思考一下，假如自己出去旅游，也碰上一个不管什么原因导致误接，迟到四十多分钟的导游，可能也会这么心存敌意。

董晓冉重新微笑着上车，走到一个个女人身边去数人，她需要真诚再真诚地走近她们。此时此刻，董晓冉坚定了她继续从事旅游行业的决心，她不会全信师父冷雪君的话，她要追求一种和谐之旅……

这是一个 AB 团，也就是一个团，两辆车。早晨六点，刘万军准时派车队司机开两辆金龙到北京站接团，是从浙江来的，总共七十八人。吴瑕派新导游向小强和师父胡连成一起带。

浙江组团社派来两个精瘦的女导游，都二十出头的样儿，但看上去要比向小强"成熟"，好像是跑惯了江湖。刚出火车站 A 口，女全陪就跑来和胡连成套近乎，胡连成更是乐此不疲地美女长、美女短地叫，他们之间倒像热恋中的少男少女一样在车站接头。游客拿着行李，看这几个工作人员之间的默契，窃窃私语地跟在后面。

胡连成带一号车，向小强上二号车。向小强刚数完人数，就忘了这辆车究竟有多少人，他又重新点人数，终于记下了有三个小孩，四个六十五岁以上的老人，加上领队共三十八人。

这是向小强第二次做地接，他心里依旧紧张。不过，向小强看一号车是经验丰富的胡连成带队，在自己前面走，他也就踏实了不少。按照常规，第一天参观完故宫和景山公园，导游要加点，游客自费。

胡连成在车上已经宣传好了的，他讲的豪华程度不亚于故宫，是北京唯一开放，也是最大的王爷府、最美丽的四合院。胡连成还告诉游客们，可以摸一摸镇宅之宝——天下第一福。可是问题来了，向小强讲解得不精彩，二号车的游客不感兴趣，几乎不想去游览。

二号车的全陪小宋感觉这个团被新导游向小强带砸了，就跑到胡连成那里告状。她说，胡导啊，你们社怎么给我们二号车派一个刚毕业的导游呢，他不想挣钱，我还想挣钱呢。要不，给我们换一个导游，你看他，和你比差远了，讲解的时候东一榔头西一棒槌的。唉，他连一个笑话都不会给客人讲，我们车上游客都给我提意见呢。

领队和另外几个活跃的男游客也走了过来，表态不愿意自费加点。胡连成心想，不加点我们吃什么喝什么？这么多旅游团来北京，哪还有闲着的导游，只能自己多扛着。胡连成想到这儿，就开始给游客做思想工作。

胡连成把男领队叫到一边，点燃一根烟递过去，然后习惯性吸了一下鼻子说，大哥，我看了一下，二号车的人比较难带，您也不容易，多支持我们导游工作，真的，你们不加点儿我们挣不到钱，大家都不容易。这样吧，我也不亏待您，每人给我们提八块钱，您什么也甭说了，只要劝劝车上的人，统一行动大家都去，我就把您的门票钱还有您老婆的门票钱给免了，也算我们交个朋友，以后来北京只管找我。好不好？胡连成掐灭了烟头，眼巴巴地看着领队。

领队说，我倒好说话，关键是那六个男的，我们虽说是一个单位的，但我也不好替他们做决定，你和他们说一下，我再帮你说说。那六个游客被胡连成请了过来，六个男人表示对向小强不满意。年轻一点儿的说，向小强讲解太少，车上要求他讲个黄色笑话，他顶撞我们客人说不会讲，还说，游客应该听听北京的历史故事，不要听黄色笑话……

胡连成憋不住笑，说道，哥们，这个太好办了，我理解你们，出来旅游度假，说白了是放松来了，既然这样，有什么要求冲兄弟说，在北京还没有我办不了的事儿，我会给你们安排。嘿嘿，放心，晚上领你们去一个安全好玩的地方，随你怎么玩。我呀，让美女给你讲笑话不比向导好吗？

男人们一颗心落了地，表示不在乎加点的那几个钱，在乎的是导游的“服务”。

怕夜长梦多，胡连成赶紧让领队带头交了自费景点的钱（暗地再返还），他说为了省事，多退少补，号召大家先交三百块。看着师父胡连成在那儿数着一张张的钞票，想到自己说破了嘴儿，游客就是不愿意参加自费项目，向小强不知道胡连成跟他们说了什么，竟然转变得这么快。

眼前的景象让向小强对师父肃然起敬。

收完自费项目的钱，胡连成装进背包，接连拨电话，给自费那几个景点打过去订票。胡连成转身对向小强说，你干导游就得做好心理准备，记住喽，要么狠，要么忍，要么滚。这样吧，我们换一下，你到我带的一号车，我到二号车，不然这辆车的人你摆不平，我们根本赚不到钱。看到没？领队和几个男的不好带，这帮家伙，我知道怎么公关，你甭管了。

向小强点头，感激不尽，他知道，这次，他必须和胡连成把尿尿到一个壶里。

游客们去了洗手间，洗手间门口排队的人还挺多。两个精瘦的全陪走过来。稍稍有点儿肉的全陪小宋说，胡哥，真有你的，两车人加点的钱都被你忽悠进腰包了，别忘了我们也没少出力哦。胡连成趁势一只胳膊搂一个说，美女，放心吧，好好配合我工作，少不了你们的……

俩女孩被胡连成扳着往他身上靠。向小强有点不好意思，他往高处望着万春亭。

一会儿，最骨感的那个全陪小佳说，喂，向导，车上你要多讲解一些，我们客人是第一次来北京，你和胡哥比相差太多，你再不努力小心游客投诉你。还好，一号车好带一些，幸亏胡哥和你调换了一下，否则麻烦就大了。全陪小宋说，一号车女的多，她们爱购物，你要多在这方面出成绩，不能男的带不了，女的摆不平吧？

好，好，我努力，请多包涵……向小强没有底气地说。

向小强一个男孩被女孩子们说得无地自容，他手心里捏的全是汗，心里重复刚才师父教的那几个字：要么狠，要么忍，要么滚。

俩全陪看出向小强没有一点配合价值，对他非损即批，对胡连成前簇后拥。胡连成美得像皇帝似的，用他的话说，小景点看着，大钞票数着，俩美女捧着。

晚餐后，一团人入住了一家三星酒店。游客们提拉着行李，等电梯去找自己的房间。

万师傅在酒店大堂坐着抽烟。万师傅长得很有特征，头顶收拾得像老祖母用过了多年的葫芦瓢一样，和两个全陪说话时，上上下下浮动，左左右右摇摆。他个子不高，偏爱支开两条腿坐着，更喜好把T恤搂起来，露出蝈蝈一样的肚子，也许是为了炫耀肚脐眼儿和胸部的长毛，故意给坐在对面的那两个精瘦的全陪看。

胡连成交完宾馆押金后转身走过来。万师傅抽出一根烟递给胡连成，然后点着火。万师傅问，你认识米虎不？也是小世界旅行社导游，几个月前我和他上一个团，这小子，那么好的一个团，最后死团（不挣钱）。胡连成说，那小子留个菊花头，有点娘，干的时间也不短了，但也不算长，不知道什么原因让吴经理给弄到她同学那儿去了，叫白鹭旅行社。万师傅说，他可别回来了，我和他不合财，他一点也压不住游客，就知道让游客牵着鼻子走，他除了长得帅点，屁本事没有！和胡导还有两个美眉比，简直是天地之隔，同样是干导游的，你说，就有这么大的差距……

万师傅见钱眼开，往死了夸胡连成。两个全陪嘻嘻地笑，眼睛笑成了月牙状。

听他们对话，向小强的汗一阵一阵地往外冒。

贪玩的全陪小宋说，胡哥，带我们去簋街吧，我们还没去过。胡连成说，今天不行，客人有几个要见朋友，我和师傅拉过去，你们回房间休息吧。胡连成说着又上来和女孩搂肩搭背，两个全陪很受用的样子。

向小强不知道他的两个从事这项工作的女同学——董晓冉、华蕾，会不会也变成和她俩一模一样？但很快，向小强就推翻了自己的猜度。

俩女孩看没戏了，拖着行李走向自己房间。胡连成只是嘴上甜，看着精瘦的两个全陪拿行李上台阶，都没想帮忙拿一下，他正琢磨着今夜怎么狠狠敲一杠，赚一笔。被俩全陪冷落数落一溜够的向小强，起身将她们送到房门口。两人随口说声谢谢，就嘭的一下撞上门。

在宾馆大堂，七八个游客已经穿戴整齐，正和胡连成说说笑笑。万师傅小眼睛打量打量这个，再打量打量那个，不言语，只听胡连成安排。胡连成示意大伙上车，司机掏出钥匙往外走。胡连成走过来没等向小强问，就说，今天旅行社没给咱俩安排住的地方，我们只能自己到外面找旅馆住，这些男人要找个消遣的地方，我把他们送过去，已经谈好了一切费用，放心，万师傅和你，我安排一个好点的不用花钱的地儿。以后跟我混，有你好处，只要你和我一条心，离其他老导游远点。

向小强还没完全弄懂，就跟着胡连成上了车。

车上男人们心花怒放，手舞足蹈，忘记了一路旅途的奔波。领队电话响了，他示意大家安静。一时间，车内安静得能听见领队老婆的说话声。领队说，老婆啊，你先休息吧，明天我们还要登长城呢，我刚接到北京这边朋友的电话，听说我来了，北京朋友要招待我，可能会喝酒，回来一定很晚，你别等我啦，听话，宝贝儿，你先睡吧，睡不着啊？那你就看看电视，好吗？我手机快没电了，就这样吧，我在路上了。领队挂了电话。其中几个男人也在车上和家里打电话、接电话，有低调的男人发短信联系。当然说什么的都有，最后都一样，集体把手机关掉。

一车男人坏坏地笑，也许他们为自己的聪明和自由而笑，为老婆们的好骗和坚守而笑。

向小强忽然想到了父亲，也许，父亲当年就没少和母亲说谎，向小强又想到拗不过自己，为了和自己在一起，不得不在北京当保洁员的母亲，他的喉咙开始堵得难受。

望着大都市一片通明的灯火，向小强坐在车里发誓，一定和师父胡连成好好学习，提高自己带团的技能，早点挣大钱，改善他和母亲的生活，尽早搬出马家楼子那个城中村。想想这些，向小强强迫自己乐观自信起来，他压着自己的手指，发出嘎嘎的响动。

司机把一行人拉到一个四星级宾馆，名为神秘大酒店。里面带洗浴中心、按摩房、足疗室、歌舞场、棋牌室等。

迎出来的是一个男经理，西装革履，倒像个劣绅。这人长相打扮跟日本人似的，点头哈腰。胡连成叫他安经理。安经理拍着胡连成说，老弟，最近很忙吧？今天带来几位？都需要什么服务？胡连成小声说，挣钱的服务都安排，这些人不在乎钱，就想在咱北京享受享受生活。呵呵，到你这儿可别给咱北京抹黑，你看着办吧。安经理说，放心，你还不了解我的为人？这样，我给你和司机安排一个房间，你也放松放松。胡连成说，我带来一个小徒弟，你有张床给他睡一晚就行，没房也可以安置他跟保安们住一起。安经理想了想说，还真是，房间确实很紧张，那就安排你徒弟和保安住一起吧，条件也不算差。老规矩，你和司机各住一个房间，钱就免了，其他费用你们自己出，我就不操心了……

这几个男游客先按摩头，再按摩脚，由服务员们领着，一项一项消费，他们活像到医院看大夫的病人，从头到脚地医治，保命一般毫不吝啬钱。按摩完就钻进歌厅唱歌去了。

胡连成摸出手机，一看有三个未接电话，都是向小强的。胡连成回拨过去，向小强电话说，师父，你在哪里啊？谢谢你给我安排和保安住一起，省钱，太好了，我这就睡觉，你也早休息吧，对，我问问明早我们几点回去接客人呐？胡连成说，明早五点回去，你到门口等着就成了。向小强已料到这些游客来干吗了，就对胡连成说，师父，你小心点，这样太危险，别让公安局抓着啊，正严打呢。胡连成生气地骂，闭上你的臭嘴！

一刻钟以后，向小强放心不下师父胡连成，竟然没回他该睡觉的地方，打电话找到歌舞厅门口。向小强一把拉住还在通话骂他的胡连成说，师父！师父你听我说，这些人太开放了吧？旅游怎么会这样？领队老婆还在呢，这你不是不知道，带着游客白天陪，晚上我们不能管。胡连成说，不管？不管能挣钱吗？就指着他们加景点买东西？导游要抓住客人心理，他们高兴了就会听我们的，你是男人，你不懂男人心吗？男人事儿你懂不懂？你是我徒弟，我会把我知道的、我自己悟出来的都教给你，你不是想挣钱吗？你还要养活你妈对不？

向小强一听“妈”这个字眼儿，就好半天说不出子午卯酉来。他低头沉默了。胡连成说，你这样当我徒弟可不成，改革开放的首要使命是反封建，这都多少年了，你怎么还不响应呢？干吗还抱着封建不放？而放着粉红色的票子不抱？你可是新时代的人，是吃着麦当劳、肯德基长大的啊，带这些男人玩好，这叫助人为乐。懂吗？他好我好大家好的事情嘛，干吗你想那么复杂？以后胆子大点成不？去，你去睡觉吧，我还要盯着点结账。哎呀，要不是看你人实在，我才不会教你这个徒弟呢，用社里杨四姐的话说，费老鼻子心血了。

向小强看了看能言善辩的师父，嘟囔了一句，那我回去睡觉了。

看他走了，胡连成冲向小强后背喊道：信师父，得永生……

胡连成到安经理那儿拿了二本（两千块）提成。胡连成吭吭地吸一下鼻子，拉开拉锁，然后迅速地揣进横挎在腰上的小黑包里。

万师傅挑了一个女孩，搂着回了房间。

一直以来，万师傅感到自己被队长刘万军盘剥着，很不自在。在万师傅心里，队长刘万军太贪心，联系好活儿，刘万军还要从旅行社那儿吃回扣，分到司机手里的，就只剩几个辛苦钱。万师傅常埋怨，现在导游们越来越笨，到处是生瓜蛋子，购物拿不到钱，加点儿往死了费劲，车头比煤炭还黑。其实，北京的司机们个个不满，但是他们也没办法，怪只怪自己没实力、没路子。

万师傅几乎天天拉游客各地跑，尤其是在旅游旺季，几个月都回不了一趟家。时间长了，他对家也没了概念。万师傅剃成了秃瓢，腆着肚子，有时闲下来手里咕噜着几个珠子，看样子像个和尚，可他一天和尚的日子也过不下去，从不“清贫”度日。他对别人说过，不吃肉成，没有女人他就会死。每当与其他司机一起喝酒瞎掰时，万师傅就给一帮司机讲他的科学推理，他说，性命是啥意思？就是没有性，就没有命的意思。万师傅时常逗得那帮司机直乐。

胡连成忙完了别人，开始为自己忙了。他盘算着怎么睡？和谁睡？半小时以后，一个模样长得好、身材丰满的小姑娘跟着他来到客房。

姑娘很大方，也讲效率，不用他多废话，就躺在床上。最后姑娘把灯关掉，胡连成有点不高兴了。他不想屋子黑乎乎的，下面躺着的人和自己没办结婚证的老婆一样，他要睁眼瞧着，这是另一个不同的女人，和上次、上上次决然不同的女人。胡连成在意这种感觉，这是一种新奇，他觉得所有男人都喜欢这种新奇。可这个姑娘偏偏就让胡连成心里别扭，更让胡连成不能容忍的事儿还在后面。

讲好了高价五百块钱，这个该死的姑娘却把他“套”起来，这是他完成最后一步才发现的。气得胡连成冲着那个刚从他身底爬起，准备去洗手间的姑娘嚷嚷起来。姑娘说，你我都要安全，这也是我们的规矩，我怀了孕找谁去啊？再说，我们拒绝艾滋病！边说边穿着胸罩。胡连成一把扯过女孩的胸罩叫道，你这个婊子，一点不靠谱，大爷我一点也不舒坦。几下你就齐活了，你的服务太单一，我花了五百块钱还被你戴了套，你赔偿我损失！姑娘说，真新鲜，我还陪你损失？笑话，哪有这个规矩？！

胡连成来个急中生智，拉开女孩背包，从里面拿出来五百块钱装到自己包里。女孩过来抢，说道，给我！这是我的钱，你想打劫吗？胡连成说，屁话，这本来就是我的钱，我后悔把钱先给了你，你都没服务到位，我凭什么付费？大家的钱都不是好挣的，你以为我导游挣钱容易吗？女孩往回抢着她包里的钱说，还我钱！你提了裤子就不认账，还是男人吗？你导游容不容易我管得着吗？给我！胡连成说，想要钱也行，再把衣服脱了，必须实实在在地服务！姑娘轻蔑地说，看你那样，瘪茄子似的，能管用就怪了。胡连成说，你别管，我自己有办法弄你，信不信？要不然就不给你钱！姑娘抢不过他，快气哭了。

恰在这时，姑娘的手机铃声响起："主人来电话了，主人来电话了。"电话里传出一个男人的声音，问她这么半天怎么还没到，催她赶紧过去"服务"。

胡连成更生气了。骂道，哼，赶快走吧，这回你脱光了我都不要，呸，恶心，真贱！姑娘气得胸脯上上下下地起伏，也没冲澡就穿好了衣服，听见胡连成还占了礼儿一样骂她，姑娘就还嘴说，通过贱来获得快乐的人，难道不比我们这种人还贱吗？花钱买贱，自己想想吧，你们到底贱到了什么程度！姑娘狠狠地斜了胡连成一眼，最后骂一句，不要脸的人呀，鬼都拿他没办法……

胡连成眼睁睁地看姑娘挺着胸脯，奔向了另一个男人的房间。他用脚把门踢上，冲着门咣咣踹了两脚。嘴里骂着，这是什么狗屁服务，一点诚信都没有！真扫兴，遇到这么一个东西！骂完，胡连成猛劲地吸了四下鼻子。

已经是夜里十一点了，胡连成又数了一遍被他要回来，准确地说被他抢回来的五百块钱，心中不免一阵庆幸，一阵沮丧。靠在床头，胡连成翻睖着眼珠子，拿起手机，他抱着试试看的念头，给一个稍稍胖一些的全陪小宋发信息：睡了吗？想请你吃夜宵，最好别和那个导游说，我只想请你。大约有三分钟的时间，小宋回复信息：胡哥，我还没睡，小佳在打呼噜，你在哪个房间？我们在哪见？胡连成看到这条信息，笑了一下，忙回信告诉小宋说，打车有二十多块钱就够了，在东三环神秘大酒店，2008房间来找我，我给你报销路费。

小宋蹑手蹑脚地关上门，打车来到神秘大酒店。

胡连成已经从大排档买回来一些吃的，还有四罐儿燕京啤酒。小宋虽说没有刚才的姑娘漂亮，但也不丑，最起码有江南女孩的温柔，尤其靠在胡连成身上的那一瞬间，胡连成就有了点感觉，感觉这是一个柔媚的女孩。胡连成想到自己可能会走桃花运，本想第三天再说，没料到，今天自己被那个姑娘给破坏了情绪，这个紧急空当正好可以让小宋来补上。胡连成控制着自己，在小宋进门时，除了拍了一下她的肩膀外，没有别的举动。小宋问，你怎么住在这里？胡连成说，游客们住的宾馆房间紧缺，没有司陪房，这里老板是我哥们儿，所以到这来住，睡不着，怕你饿，就叫你一起来喝点。胡连成说完，拉开啤酒盖儿，搂着小宋坐在小茶几的沙发椅上。

喝了几口，小宋脸就红了，说自己喝不了酒，最多喝半瓶。胡连成说，那你多吃菜吧。

看是时候了，胡连成从包里拿出两百块钱塞给小宋说，拿着，这是加点儿的钱，我背着向小强和全陪小佳，多给你分的，剩下的钱最后算，等你走的时候，一起分。小宋很高兴，说声谢谢，便任凭胡连成伸手伸嘴了。

胡连成站起来抱着喝得浑身无骨的小宋往床上靠近。小宋听到胡连成说，我喜欢你，喜欢你们南方的女孩，不喜欢北京女孩，答应我吧，以后来北京我会照顾你，知道吗？我还没有女朋友呢，今晚就做我女朋友吧。小宋被胡连成脱得精光，被床头灯一照，光鲜亮丽……

胡连成很满意，趴在那儿，想把要回来的钱都给小宋，然而，胡连成转身洗完澡就改变了主意。最后，那五百块钱，对两个人，胡连成总共才舍出二百块。

天亮了，胡连成给司机打电话，给向小强打电话叫起床。那七个男人办完了所有事情，凌晨就自己打车回到了旅行社安排的宾馆。

果然，第二天，男人们都不记得昨晚发生了什么，他们健壮，也健忘。

一团人继续参观北京景点，男游客和导游们少了对抗情绪，两车人都很和谐，该进的店、该加的点都去了。胡连成的一招鲜真可谓吃遍天，他不费吹灰之力，把钱挣到手。

万师傅折腾得不轻，开车直打盹，害得胡连成不停地叫他，担心万师傅开着车能睡着。胡连成心里暗骂：也不看看自己多大岁数了，蠢驴，自不量力！

到了长城停车场，万师傅问，昨晚提出来多少啊？胡连成早就想好了，说道，这帮“浙皮子”太油，没消费多少，才提出来八百块钱。万师傅猜想到胡连成黑了自己，但是感觉自己也没吃多大的亏，毕竟有住的地方，还找了一个年轻女孩陪睡，睡得也够舒坦，想想这个团下来，靠着胡连成的三寸不烂之舌，能挣回前两个团的钱，万师傅知足了。他一边摆弄反光镜，一边就哼哼起网络歌曲来。

浙江团住在宾馆的最后一天晚上，胡连成有意躲避全陪小宋。四晚五天的旅游团，胡连成已经和小宋同居了三夜，小宋对胡连成有了情感的依赖，这是胡连成不需要的。

胡连成担心这个江南小女孩真的把他当成男朋友，如果那样就麻烦大了，因为自己在北京有了同居的老婆。虽说家里的没有了新鲜感，可毕竟老婆就是老婆，那是生儿育女，为老爹老妈养老送终，披麻戴孝的唯一女人。

和宾馆前台定好早餐时间，胡连成想了想，就关了小宋知道号码的那部手机。这小子一共有四个手机号。小宋找不到胡连成，急得坐立不安，她找到几天以来跟着师父屁股后面跑的向小强。

向小强住在宾馆旁边一个小旅馆里面，一宿30块钱。他知道师父躲着小宋，胡连成在景区就告诉向小强说，这个小宋非要和自己处男女朋友，这个女孩很认钱，死缠烂打想多分提成，嘱咐向小强不许把另一个号码告诉这个全陪，他今晚又去了神秘大酒店。

小宋这下着急了，问，向小强，你师父去哪儿了？我找他有事儿。向小强说，他回家了吧，明儿一早来。小宋又问，那他家在哪儿？向小强说，这我不知道啊，好像在北二环，具体不清楚，真的不知道。

看着这个女孩，向小强心里一颤，人啊人，变化真是太快，刚来的时候，小宋有说有笑，甚至还有点目中无人。怎么？几天工夫就一脸的憔悴？似乎还有点魔怔？

小宋站在门框那里嘤嘤哭起来，她抹着脸上淌下来的眼泪对向小强说，你帮帮我，找到你师父，行吗？我已经是他女朋友了，这几天晚上我们都是住在一起的，现在找不到他人，手机也关掉，我怕他出点什么事儿，心里特别慌，焦虑到快崩溃了……

向小强有点可怜这个全陪。她年纪和董晓冉差不多大，想起那天在长城上哭着给自己打电话的董晓冉，向小强的心里发生着变化。向小强背上包说，别着急，可能他手机没电了，过一会也许给我们打电话，你先回去休息，我出去买点东西，等他有消息我告诉你。小宋嗯嗯着回应。她把希望全部寄托在向小强身上，转身回了宾馆。

在街上走着，向小强拨通了胡连成另一个手机号。半天才听胡连成问，什么事儿啊？向小强说，师父，你摊上事儿了，那个小宋到处找你呢，急得直哭，怎么办？

胡连成叫喊起来，你缺心眼啊？针鼻大点儿的事，在你那儿都成了一个天大的窟窿，这算什么事啊！你别告诉她我电话，明天中午送走了就完成任务，听到没？我正在整理账目，好几笔账呢，一样一样我都得算清楚，跟我上团，你倒无事一身轻，还给我添乱……

遭到胡连成一顿数落，向小强无话可说了。

小宋刚回自己房间，却不见了另一个全陪。小宋一个人坐在那儿，满脑子是胡连成的甜言蜜语，逼得她又打通了向小强的电话。向小强说，还没有消息，明儿一早就会见到，有什么事儿你明天和他说好不好？小宋说，我今晚见不到他，不是疯了就是自杀了！说完小宋挂了电话。

向小强撒腿就往公交车站那里跑，他心想，必须把师父找回来，否则会出人命，决不能看着师父摊上人命关天的大事儿。

胡连成脑子好使，并且属于越使越好使的那种。他早就把账目理清楚，其中包括和旅行社的账，和司机的账，和向小强的账，和两个全陪的账。胡连成给万师傅打了一个电话，告诉他明天一早七点接游客，胡连成知道万师傅为了省钱，把第一个晚上陪他的女孩约到了一个便宜的招待所里，干着他的活儿。为了使自己的情感有一个过渡，为了节省当导游不容易挣到的钱，为了满足他喷射桶似的身体，胡连成安排完领队第一天的重复活动之后，躺在床上给另一个全陪发短信：睡了吗？请你吃夜宵，明天你就走了，我把分成钱多给你分一点，别让小宋知道，来神秘大酒店，我等你。

稍比小宋逊色的女孩小佳接到信息之后，想想小宋这两天丢了魂儿一样，眼下不知道跑哪儿去了，她打扮了一下，就到神秘大酒店来了。

一见这个叫小佳的全陪，胡连成又来了精神。想了想，胡连成拿出事先准备好的一百五十块钱一手塞给她，一手像恋人一样搂着小佳。胡连成说，小佳啊，这几天太忙，事情多，我徒弟又是新导游，所以没精力照顾好你，这不，我想弥补一下，你随便吃吧，来，陪我喝点儿，以后来北京可别忘有一个胡哥。嘿，我去你们浙江不会不认识我吧，啊？胡连成说着露出小佳看不到的猥琐样子，搂住这个新鲜的女孩。小佳吃着喝着说，到了我们那儿，我会请你玩的，胡哥。胡连成说，小佳，我们现在就玩吧，我等不了，时间对我们导游来说最宝贵呀……

小佳这阵子正心烦呢，男朋友和她吵架了，因为她职业的原因，聚少离多。小佳突然有了一种报复男朋友的心理，半推半就地被胡连成压在下面。

胡连成像个美食家一样品遍了小佳的全身。两个人正在互相说着表扬的话，向小强咣咣来敲门。胡连成手机响了。

向小强说，师父是我，就在你门外，快开门。向小强刚想说，小宋要自杀，你赶紧回去见见她。可向小强往里面一伸脖儿，小佳在调电视，再看看屋里的现场，他知道，一切都被破坏了。向小强一把拉出胡连成说，师父啊，你说你怎么能这样做呢，小宋给我打电话说见不到你不活了，我害怕啊，就来找你，你说这酒店，你说你，怎么就？怎么把她也找来了？出事可咋办啊？师父。胡连成说，闭上你的乌鸦嘴，你看你长着个肉眼泡，还挺能监视我，告诉你不许到社里乱说，她们都是自愿的，我有什么办法？胡连成很光荣的样子。

向小强杞人忧天地叹了口气，点着烟抽了几口，他要平息一下自己心里的兵荒马乱。他一手夹烟一手拉着胡连成又说一遍，师父，走，回去见见小宋吧，可别整出乱子来呀……胡连成这才回屋对小佳说，你好好休息吧，旅行社找我有事儿，我要去处理一下，记得明早七点赶到宾馆就成了。小佳的男朋友发短信又和她斗气，小佳没有心情，任凭胡连成来去，她没有精力干涉别人的自由。

胡连成打车和向小强回到宾馆，向小强回那个小旅馆睡觉不再参与。胡连成走进小宋的房间，他必须自圆其说。

第二天送站，向小强才松了一口气，为自己，也为胡连成。

黑了司机，黑了实心实意的徒弟向小强，胡连成更黑了两个全陪。胡连成只分给全陪每人三百块钱，她们不太满意分这么少，但是和胡连成有了那种关系，又不好说什么，两个人各自保守着对方不知道的隐私，糊里糊涂地踏上了回家的列车。

分给向小强一千八百块，胡连成自己赚了六本（六千块）。向小强上团第一次挣这么多，心里热乎乎的。

胡连成在车站大门口看向小强数钱的样儿，就说，感觉不错吧？我亏待谁也亏待不了你。向小强眼睛笑得只剩一条缝儿，说，嗯，挣钱挺好的，谢谢师父。

胡连成趾高气扬的劲儿，说，其实，干导游最潇洒，就现在，就算给我个北京市长当，我都不干！你好好干，胆子大点，这行业挣钱快，只要动脑子，只要算计好别人。嘿，你可一定记住喽，和全陪关系处得再好，也要少分给他们钱，这钱就该是我们地陪的辛苦费。记住了啊，不能坏了行业规矩，尤其是你们新导游。向小强点点头说，记住了。

装好钱，向小强想，挣了这么多，给母亲买身衣服，再送给董晓冉点什么东西呢……他始终摸不准，董晓冉对他的感情是友情还是爱情，毕业至今还没表白，考虑到自己条件太差，担心董晓冉拒绝后，恐怕友情也难保住。

已经电话约好董晓冉和华蕾，晚六点，向小强请她俩一起吃肯德基。

米虎离开小世界旅行社，到白鹭旅行社之后渐渐成了老导游。何小宁比较喜欢米虎人踏实，不像其他导游那样，一安排上团就挑挑拣拣。实习计调华蕾对他印象也不错，华蕾注意到这个长得很帅的导游，是从那次核账，查出一张百元假币开始的。

那天，几个导游一起结账，华蕾发现一张假钱，不知道是从哪个导游那里来的，米虎二话不说，低头从自己包里拿出一张递给华蕾，这令华蕾对他刮目相看。慢慢地，白鹭旅行社就把团质好的团派给米虎，但是，米虎越来越打不起精神，像是自己的老婆又和人家私奔了似的，那种难受的样常常挂在脸上。

一些团质差的南京、上海、河南、济南等地的团，被小世界旅行社的吴瑕做得有声有色。团质，指团队买东西的能力，跟品性、德行、文化程度没关系。那得海为了争抢客源，不得不零团费，甚至负团费接待。这样一来，组团社那边赚的钱更多了，北京地接社也各有各的道，他们削尖了脑袋往“老乡店”里扎。自从米虎走了之后，小世界旅行社老导游们也经常带一些烂团，但最终还是分派给新导游们多一些，在旅行社管理层和老导游们看来，这是天经地义的事情。

杨四姐带了几个新导游，除变相跟新导游要点好处费以外，她还是愿意把自己掌握的黑白两道的带团法传授给新人，以此为自己今后的雄心壮志打基础。柔弱无骨的陈静依跟了杨四姐两趟团，也没学明白。用老导游冷雪君的话说，陈静依跟错了师父。

新导游陈静依感觉杨四姐的讲解方式太特别了，属于粗犷豪放式的，而且没有文化水准，还经常投其所好，和游客们净讲一些她听了脸红的段子。这些她都不适应。

周五，陈静依跟杨四姐带团，算是她实习的第三个团了。

旅游团里男的多，也能起哄，杨四姐刚讲完北京概况，一个男游客就挑逗说，哎呀东北妹子，给我们讲个段子听听，上次我们去东北旅游真爽，你们那里人很开放啊，要啥有啥。杨四姐笑道，好哇！我讲一个，保你爱听，你听清楚了，说着就讲了一个荤段子。

随后，一车男人和女人哈哈哈笑个没完。

游客参观毛主席纪念堂时，趁空闲，杨四姐笑骂，不知道自己几斤几两，还敢从我这儿占便宜，我噎死你们！来，陈静依，过来，我再教你一个段子，这是导游们必须会的，专门用来应对那些难缠的游客。陈静依抹了一下她的小塌塌鼻子，眨巴着眼睛说，别教了，师父，我，我讲不了。杨四姐抻着脖子和陈静依喊叫，怕啥呀？讲一讲咋地，又不是真的去做，又不是教你像冷雪君那样，你一说，逗大伙开心一乐就完了，过后谁也不认识谁，讲讲也不犯法！

陈静依一脸的无辜样儿。

杨四姐气得数落，你呀，你也就和我外甥女木草一类货，你们这样的导游，就适合带夏令营，哄孩子行。嘁，家里等你们挣钱，那得饿死几口子！杨四姐看透了，这徒弟恐怕教不出来，因为自己是一只凤凰，而陈静依是一只麻雀，怎么教也不可能赶上自己的步伐和节奏。看着陈静依的背影，杨四姐宽慰自己说，管她呢，把“学费”收齐了最要紧。接下来，杨四姐心里捉摸着加点儿，怎么样把杂技和胡同游以及堂会加上……

陈静依对带团有一种恐惧感。她至今还没有独立带过一个团。

两天以后，吴瑕把一个河南自驾车团派给陈静依。拿过行程计划单，陈静依的手就开始哆嗦。行程单上那几个餐厅，那入住的宾馆，那几个购物店，都没去过，她越看越紧张，右眼皮一个劲儿地跳，不一会儿，左眼皮也凑热闹。紧张归紧张，陈静依还是决定带这个河南团，虽说杨四姐给她讲过河南团好带，其实对自己来说，哪里团也不好带，她最恐惧遇到杨四姐遇到的那种游客。

陈静依把计划单装在书包里，她珍惜吴瑕给她上团的机会，从迈出小世界旅行社门槛的那一刻起，陈静依就下了决心，好好带这个团，锻炼自己。

吴瑕分派给陈静依的这个团，是河南地区一个县城工商局的。陈静依还不知道，一般像这样的团，团质最差，旅行社都会瞒着，等导游把生米做成熟饭再说。陈静依老想着那句，热情服务、礼貌待人、有主动服务意识。

从上车致欢迎词开始，陈静依的心就开始打退堂鼓。

果不其然，陈静依平常的外貌和幼稚的讲解词让全车三十六个人大失所望，出团合同上明明写着北京资深美女导游，竟是一个丑小鸭！全陪是一个三十多岁的孙导，孙导从陈静依的一个眼神，就判断出与自己合作的地接导游是新手。孙导本指望这团人挣点钱呢，看来，给自己买条漂亮裙子的计划即将落空。

陈静依的导游词带给游客的感觉，像一个八十岁老人的身体，瘦骨嶙峋、干干瘪瘪的。游客回馈给陈静依的是一张张僵尸一样的脸。全陪孙导看到这个尴尬局面，对陈静依说，陈导，你给大家讲一个笑话吧……

看下面坐着黑压压的人，陈静依头晕目眩，她搜肠刮肚地想起杨四姐告诉她的话：你下面坐的不是人，是一只只羊，你只管一只羊两只羊地数着，心里就不慌了。陈静依数完了羊还是紧张，怎么办？杨四姐教的那几个笑话段子一个也记不全。看着全陪像督察官一样的目光，陈静依说，我给大家唱首歌吧，笑话我还不会讲。下面坐着的游客见遇到这么个磕磕绊绊的新手，没有几个鼓掌的。陈静依自己给自己鼓掌唱道：两只老虎，两只老虎跑得快，跑得快，一只没有耳朵，一只没有眼睛，真奇怪，真奇怪……

游客们被陈静依的天真打败了，个个坐在座位上笑出了百态。

此时此刻，陈静依就想自己是其中的一只老虎，赶紧跑掉。孙导笑起来，这笑声里有她这个老全陪太多的无奈，所以笑得牵强，笑得假，笑得陈静依冒出了一身冷汗。

不想自己的团被带砸，全陪孙导一把抢过陈静依手里的话筒，用洪亮的嗓门唱起了《前门情思大碗茶》。游客听完一片叫好声，整个气氛被孙导调动起来，其他游客也积极亮起了自己的嗓子。这下，小世界旅行社前所未有的局面被陈静依给打开了：全陪成了地陪。

孙导坐在那儿想好了，等第一天结束以后，打电话向旅行社计调反映情况，要求换导游，否则自己会累死在北京。

好坏结束了第一天中轴线的参观。直到晚上元元宾馆的一场混战，打击到陈静依，致使这个柔弱无骨的女孩跌倒，再也爬不起。

全陪孙导把房间分给一团人后，自己拿着钥匙离开，孙导着急打电话往自己的组团社反映情况。陈静依拿好宾馆押金收条，坐在大厅沙发上等待宾馆给她调出一张床位来。

陈静依也是刚刚从宾馆大堂经理口中得知，这个旅游团，社里不挣钱，给宾馆的利润少，地接导游住这儿两晚的钱要自掏腰包，只不过比客人便宜，每晚五十块钱，要和其他旅行社导游拼住一起。

拿出明天购物店的讲解词，熟悉一遍后，陈静依正在发愁明天的行程时，一直一声不吭的司机走过来，指着她的小塌塌鼻子叫骂：你个狗屁导游！给我安排的什么房？你配当导游吗？你们北京旅游局干吗吃的？居然发给你导游证？真是邪门！陈静依站起来说，怎么啦师傅？我做错了什么？她见司机这么凶，腿开始打哆嗦。司机说，我从河南开车，夜行车啊，累死累活到你们北京，你还不让我休息好吗？六个人住一个屋，那几个司机抽烟胡侃睡着了打呼噜，影响我睡觉！明天出车祸你负责啊？你这种导游讲解不好，业务能力更差，你以为我没进过北京啊？每次来都住在能洗澡的标准间，你痛快解决！

师傅说完，把一串儿钥匙拍在茶几上，他期待换个好房间。

陈静依还没想好怎么办呢，紧接着工商局一个科长，也就是这个团的领队拎包下楼，冲着陈静依叫喊道，导游就知道拿回扣，你看看，给我们安排的是什么房间？拿我们当小孩耍？就会给我们唱两只老虎啊？接着，科长走向宾馆前台服务员嚷嚷说，换房，你们卫生间太味儿，电视打不开，空调是坏的，没法住，找你们经理换房！

团员们一个一个背包罗伞，齐聚在大堂，围攻着陈静依。其中一个四十多岁的男人说，这一天让你给我们导的呀，走了多少冤枉路就别说了，北海转了三圈也找不到你说的西门。另一个人说，菜难吃，饭难咽，烤鸭烤鸭没有，炸酱面炸酱面没吃着，房间又不好，跟招待所似的，还不如我们县城的宾馆好嘞。领队说，你还愣着干什么，把我们不当人了是不？你这导游服务态度太差，怎么还漫不经心的？赶紧打电话联系好点的宾馆，不然我投诉你！

孙导这时也赶来了，唯恐天下不乱，唯恐游客把锋芒指向自己的样子，呵斥道，告诉你，陈导，赶紧调房，不然团款我都给你扣了！全陪说完又打电话，嗷嗷叫喊。

陈静依被他们圈在一个角落里，她想哭却没地方哭，也不知道哭给谁看。中午饭是在景山东街吃的，她一直忙着给游客端菜、催菜，刚坐下吃一口司陪餐，就被先吃完的孙导叫起来说，游客已经吃完了。而晚餐是王府井自理，陈静依给全陪和司机买了两碗马兰拉面，自己没觉得饿，就没舍得花钱再买一份。这会儿，陈静依饿着肚子连打几个电话回社里求助，电话那头一直没人接。

不知道这些问题怎么解决，到底是不是像游客说的，都是导游不称职，旅行社不负责任，陈静依也不知道这些游客交了多少钱报的团。

突然，一个年轻的寸头男人上前给了陈静依肩膀一拳，她一个趔趄后，扶着墙站稳抬头时，又被打了一个嘴巴。陈静依惊呆了，疼得哭不出来声。正在全场人感觉意外呢，米虎过来和那个寸头扭打在一起。

恰好，米虎带白鹭旅行社的团也住在这家宾馆，他刚下楼，就看见一个男人在打小世界旅行社开会那天认识的陈静依。米虎从没有过的愤怒，这个被吴瑕看不起，被胡连成骂为太娘的人，扯着河南那个矮自己半截的寸头理论。米虎说，男人打女人还算男人吗？你凭什么打一个导游？就因为她是新导游服务不周到吗？你们不要以为导游好欺负，导游也是人！那个寸头说，你狗拿耗子，你从哪儿冒出来的？关你屁事？米虎说，她是我家里人，你再碰一下试试！寸头说，好，我找着她家里人了，你们赔偿后果，我老婆流产，孩子保不住，你给我负全部责任！米虎说，导游怎么不负责了？你老婆流产和导游有什么关系？那个寸头说，还有脸问？看看给我们安排的房间吧，里面有老鼠！我老婆害怕，一跑摔着了，在床上躺着动不了了！

摔坏了！

人命关天啊，米虎听他这么一说，也不知所措了，放开了手。

吓坏了的陈静依看着米虎问，这下可怎么办啊？领队说，寸头，那你还愣着，赶紧打120，送医院吧，打他们也没用啊。孙导也慌了手脚，连忙跟米虎、陈静依和大家一起上楼，安排孕妇去医院。游客没精力再吵着换房间了，大堂逐渐安静下来。

救护车把摔了一下的孕妇送到医院，做了检查，孕妇三个月的宝宝平安无事，大家虚惊一场。然而，一场投诉还是不期而至。

宾馆里，吴瑕来了，那得海也来了，一起来处理被陈静依带砸了的团。那得海必须亲自处理这个团，否则，对方组团社接下来的团，就会和北京其他旅行社合作。

米虎回到司陪房，关上门，坐在椅子上抽烟。陈静依在床脚坐着，肿着半边脸，哭得眼睛生疼，等着处分。

宾馆大堂，吴瑕正和师傅谈话。她说，师傅啊，今天是礼拜六，拜托您就将就一下，现在是旺季，就是非周末司陪都要住经济间，我也一样的啊。回头我让明天的导游多给你分点儿不都有了吗？师傅说，你的导游太差劲了，明天把她换掉就没事了，只要游客满意，我倒好说。最终，师傅被吴瑕给灭了火，回屋休息去了，司机也确实疲惫不堪。

吴瑕又过来找到领队、全陪和几个游客说，大家请安静一下吧，咱们先说房子问题。各位跟旅行社签订的就是准三星宾馆，你们自己看看，是不是这里写着？我们要按合同办事，旅行社并没有违反合同法，准三星和三星宾馆条件是不一样的。而且这里是北京最标准的准三星宾馆，河南团我们都安排住在这儿，一直反映不错。第二个问题，游客摔了一下，可并没有发生严重后果，当然，我们会给家属物质上的安慰，这没问题。

领队看了对面吊眼梢子的吴瑕几眼，嚷嚷道，你们旅行社是什么态度啊？难道不承认服务上有问题？你们导游没有告知宾馆详细情况，而且讲解也不好，出现问题不知道及时解决，导游家属还打我们游客，这里可是北京！好了，这件事情我们投诉到北京旅游局了，你们等着吧，哼！

那得海握着领队的手说，哥们，您消消气，我们会妥善处理这件事，对导游的处罚是一定的。您大人大量，为了表示我们旅行社诚挚的歉意，明天一定给您换个好导游，成不成？另外，白送你们一个景点——圆明园，本来是你们自费项目，那就我们旅行社含在团费里吧。那总又对吴瑕说，你去，去给那位小兄弟的爱人买些好水果，代表旅行社慰问一下，告诉他，医疗费用社里也给报销……

慢慢地，领队接受了这个结果。孙导也同意最后的处理意见，和那得海握手告别。

吴瑕出去买水果，打电话叫陈静依出来。吴瑕很生气，训斥道，你怎么带的团啊？知道损失有多大吗？你知道你的后果有多严重？说不定旅游局会吊销你的导游资格证的。那怎么？还把家属带来打游客呢？陈静依是个要脸的人，可还是哭着说，吴经理，求求您，别让旅游局吊销导游证好吗？其实，是他们先动手打的我，我没有家属，我父母去年出车祸不在了，是原来咱们社的导游米虎看见那男人打我，他才过来阻止他们。

米虎？是他？这家伙还长本事了？他怎么在这儿？吴瑕问。陈静依说，米虎带团也住在这个宾馆，在312房间呢。陈静依哭得泪眼模糊。吴瑕说道，行了，哭管什么用啊？算了，一会儿收拾一下你的东西，你也别和这帮游客见面了，你师父杨四姐正好明天只有一个天坛，走完就送站。你和她换一下，明天你送她的团，杨四姐接着带这个团吧。那个团你好好带，别太死板，估计问题不大，应该让你师父带顺了，不会有问题。陈静依摸了摸肿起来的腮帮子说，谢谢吴经理。吴瑕说，有什么事带完团到旅行社听候那总处理。你回去收拾东西，然后到杨四姐住的宾馆交接一下，离这儿就一站地。陈静依连连说，谢谢吴总。

吴瑕提着买好的水果，去找孙导一起进孕妇的房间慰问。

陈静依敲门进米虎的司陪房，她去拿导游旗和喇叭。米虎问她，怎么处理的？没事了吗？陈静依说，还不知道怎么处理我，现在我要去另一个宾馆和杨四姐交接，社里让她过来带这个团。米虎说，那就好，应该没大事了。你明天好好带团吧，不要想今天发生的事儿。陈静依背上喇叭说，谢谢你，我都不知道怎么感谢你呢，真的，当他……打我的时候，你来保护……我……陈静依忍不住捂着鼻子和嘴呜呜地哭。米虎说，我也从不打架，今天正好看见他们太过分了，才没考虑那么多，也给你带来了麻烦。陈静依说，不，是我给你带来麻烦的。

看着这个被委屈、感激还有他不知道的苦痛纠结在一起的陈静依，米虎的眼神越发忧郁。陈静依拿起东西往楼梯走，长长马尾辫一甩一甩的。陈静依走到拐角，再一次回头留给米虎一个微笑，然后走没影了。

同房间的司机师傅不知去向，米虎冲了冲身上，躺在那儿，准备休息。米虎是个多梦的人，他希望今晚能梦到吴瑕，实在梦不到吴瑕，梦到滕曼姐那实实在在的身体也好……

手机想起《射雕英雄传》的铃声，米虎叨咕，这么晚了，又是谁呢？讨厌，打扰我做梦。米虎拿起手机接听，电话是这个江苏团的领队打过来的。他忽闪着大眼睛专心听。喂！喂？是我们米导吗？我是梅小红啊。米虎说，对，是我，我听出来了，有什么事吗？梅小红说，我刚才给全陪郭导打电话没打通，问一下，我们明天的自费景点动物园海洋馆是上午去还是下午去？什么时候交钱？米虎一听是跟挣钱有关的事，坐了起来，咳了一下说，是下午去，明天中午把钱交给我就行。梅小红说，钱我统一交，我还没睡，要不，你来我414房间吧，我把钱交给你。米虎想都没想说，好的，我这就过去。

米虎越来越感觉自己带团有长进，讲解不是问题，加点他也能赶上小世界旅行社的老导游了，这个江苏团更顺利，全陪配合工作没得挑，领队居然把钱都准备好了。米虎心里说，生活也挺美好，不知道在什么地方、什么时候就能得到想要的东西。米虎兴奋地穿好鞋，去了领队梅小红那里。

米虎进屋，看见梅小红好像准备好马上睡觉了，他不好意思地说，谢谢你对我工作的支持，不好意思，这么晚打扰你休息。梅小红说，不打扰，不打扰，这一共是四千块钱，你数一数。快，米导，你快请坐，我给你沏好了茶水，是我们本地茶，你尝尝。米虎觉得尊重不如从命，端起来连喝了两小口。米虎说，嗯，真不错，这茶叶比西湖龙井都好。梅小红笑笑说，真的吗？我带了一些过来，送给你一包，你很辛苦。米虎说，别别，我尝尝就可以，心意领了。梅小红已经从背包里取出一包茶叶递到米虎身边的茶几上，说，你必须收下。米虎看看梅小红那么诚恳，就答应收下，接着又喝了口清新的茶。

梅小红在江苏某市电力公司工作，这一团人基本是公司员工，她是一个小领导。梅小红三十三岁，不年轻，也不算太漂亮，只是身体丰满，满得都溢了出来。这是米虎喝了一杯茶以后，梅小红给他添水时，他仔细看了看梅小红才有的感觉。

米虎察觉与梅小红交谈更有味道，要比和黄蓉一样的吴瑕清新，要比和老妖怪一样的滕曼自然。梅小红说，米导长得像歌唱演员蔡国庆，你接站的时候我就看出来了。我们每年都各地旅游，还没见过你这样帅、这么负责任的导游呢。米虎说，不好意思，你过奖了。梅小红说，我很欣赏北方人，有男子汉风度。米虎说，我长得像北方人吗？其实，我也是南方人。梅小红惊讶地说，哦，真的吗？太好了。米虎说，不过，我家是南方农村的。父母是农民，哥哥大学毕业当上了公务员，比我稳定。当年家里穷，只能供一个大学生，我和比我大一岁的哥哥用抓阄的方式决定了未来，我只能高中读完就来北京打工。梅小红说，那你真的很优秀了，你有女朋友了？是北京的？以后在北京扎根？米虎摇摇头不作答。梅小红坐在床上说，没结婚也好，像我结了婚也不幸福。

米虎疑惑地抬头听她说自己。梅小红好半天不说话。

米虎问，怎么？家里有什么事？梅小红低着头说，我老公是同性恋。米虎把茶杯盖弄掉在地上，摔个细碎。什么？怎么会这样？梅小红说，孩子三岁我们就分开，他不怎么回家了，和一些男人在一起。米虎说，那你怎么不离婚？梅小红说，离婚？为了孩子，为了双方老人，为了每个人的面子，怎么离婚，只能这样过下去。梅小红说着说着眼泪就来了。

米虎见不得女人掉眼泪，拽出从餐厅装来的一包纸巾，递过去。

梅小红哭得动静越来越大，米虎慌了手脚，又是拧毛巾，又是端茶，又是劝说。这番闹腾，难免有肢体碰触，“怨夫”一样的米虎正怨滕曼甩了他呢，米虎的情感此刻正脆弱着，心理防线一碰就断了。

闻到梅小红身上女人特有的气息，米虎也就半推半就，两人滚上了床。梅小红问，我，老了吗？米虎把手放在自己烧红了的脸上说，你听说过吗？女人不会老，一个女人只要爱着和被爱着，她就不会老，你蛮好的。梅小红一股激动上涌，她像饥寒交迫的饿妇一样，抱起米虎滚热的头，紧紧贴在自己的胸前。梅小红的身体在颤抖，语无伦次地说，晚上我下楼时……看见你的勇……敢和仗义，你保护了一个小……姑娘，是一个好导游，那时候我就想把我……给……你。

米虎反应强烈起来，用力箍着眼下这个大自己十岁的女人，怀里的梅小红是那么的性感，这一点是滕曼比不了的。他低头注视着梅小红的眼睛，那双眼睛里着着火，足可以点燃一盒香烟。梅小红被米虎抱起来，她晕得闭上了眼睛，享受着天旋地转。梅小红幸福的泪珠滚落，米虎一边给她擦眼泪，一边吸吮她，米虎问她，好吗？梅小红说，好……

这一次，从梅小红身上，米虎找到了一种顶天立地的感觉。梅小红痛苦地幸福着，米虎幸福地痛苦着，两个人直到天蒙蒙亮。

天大亮了，米虎再一次让梅小红满足。看着梅小红，米虎又一次眼泪不止，他自己也找不出落泪的真正原因。

第二天，旅游局就找到小世界旅行社，前来处理河南工商局那一团游客的投诉问题。一位是武领导，一位是梁领导，一位是叶领导。

叶领导官职大一些，板着脸先不言语。最小的武领导对那得海说，地方省工商局都往北京旅游局打电话询问此事了，影响很不好，你们社是停业整顿等我们调查呀？还是和游客自己私了呀？梁领导说，游客投诉讲，导游能力差、服务差，还挺横，怎么？你们导游家属打了游客？真是无法无天了，你们社导游都成土匪啦。叶领导说，那经理呀，你的旅行社在北京很有影响力，可不要因为这件事影响北京整个旅游行业，这里可是首都啊，那经理，你明白不明白？几个领导打着官腔说。

那得海一看事情不妙，赶紧把一行三人请进自己的办公室，沏茶倒水。那得海开始和这仨人盘道儿，拉关系，继续搞他的那一套。经过一系列的努力，终于让这事儿暂时熄火了。

陈静依送完团，忐忑不安地走进小世界旅行社。

导游进进出出，吴瑕没时间理她，陈静依填好了报账单，把返给社里的人头费如数上交。陈静依带一次团一分没挣，还赔了三百六十块钱。她喝着自己杯子里的水，只当给自己焦灼的心去去火。

吴瑕终于忙完了事情走过来，拿起报账单，一笔一笔用计算器核了一遍，然后，眼角提了一下，收起三百六十块人头费。她说，陈静依，你不适合做导游，反正，我们对你不薄，导游证帮你保住了，光请旅游局吃饭就吃进去几千块，但是，社里那总决定，不再给你派团了。陈静依赶紧求吴瑕说，吴经理别开除我，我真的需要自己挣口饭吃，我家是外地的，不容易，求你了吴经理，慢慢我能行。陈静依眼泪又快出来了。吴瑕说，全北京有几个导游不是外地的？社里不止你一个新导游，怎么？听杨四姐说，你还挺清高？懂吗？不能什么都认为是俗的，活着不俗能成吗？社里要挣钱纳税，这一天兵吃马喂的，我们旅行社不养闲人，知道吧……

正训斥呢，接电话的另一个计调叶文捂着电话一端，喊道，吴经理，取消的那个秦皇岛旅游团，现在又交给咱们做了，明天还没导游呢！要你给安排，怎么办？

吴瑕看了看陈静依，想了想导游们仍是一个萝卜顶一个坑，旺季实在没处找导游，就说，这样吧，陈静依，那就再给你一次机会，明天你带个三日游的团。不过，那总说了，你要想继续留在这儿带团，要交两千块钱押金。陈静依从仅有两千五百块的钱包里掏出两千块，交给吴瑕。吴瑕说，这钱不交给我，去财务室找主管裘鱼，她会给你开一张收据，交完钱再来取上团计划。又有别的事情，吴瑕走向自己办公室。陈静依望着吴经理的背影，站在那儿，不禁吁了一口气。

财务室的门，陈静依轻轻一推就开了。

陈静依看见裘鱼一个人在，裘鱼正一边打电话，一边流眼泪。见陈静依进门，裘鱼赶忙擦了擦眼角，对电话里说，我在上班，有事儿回家说吧。

裘鱼抬头对陈静依问，什么事？你是新来的？是来交押金？陈静依说，对，吴经理让我来找裘鱼主管。哦，我就是，交给我吧。裘鱼说完开收据单。

陈静依交完了钱，心里安定了下来，转身走了，为明天上团做准备去了。

裘鱼的手机再一次响起来，裘鱼一看，又是李京盛打过来的。李京盛叫喊道，姓裘的，你安的什么心啊？你和我过日子？还是惦记我家财产？我们放弃继承怎么了？你一个外地的还需要什么？住着我现成的房子，啊？你还哪儿不平衡？今天早点回来，我们把这事儿说明白，不同意，你带着你的孩子给我滚蛋！电话里传来嘟嘟声，李京盛气得把电话挂断了。

裘鱼趴在桌子上，眼泪继续往外爬。

刚去外地开会回来的滕曼走进来，当当敲了几下桌子，装成那得海的声音说，好啊，财务主管上班趴桌子睡觉，看我不扣你奖金。裘鱼以为是那得海进来，赶忙说，那总，我身体不舒服，刚休息一下。一抬头，看是滕曼，裘鱼很尴尬地叫一声滕曼姐。滕曼看裘鱼好像刚刚哭过，就问，怎么了裘鱼？裘鱼没有说自己的家事，她怕影响自己在滕曼心中的印象，撒谎说，今天是孩子生日，刚才孩子打电话说，等我早点回去带她吃一顿麦当劳，我想起当年生暖暖不容易，一激动就……

滕曼说，看你那点出息，孩子过生日，你和我请一下假，就让你提前走，拿着，这五百块钱给孩子，你回家给孩子过生日去，你们三口都去吃麦当劳。

滕曼还不知道裘鱼家是重组的，她只知道，裘鱼和自己一条心，在财务上，没少单独做账，有些连精明的那得海也看不出来，可以说，这两个女人有秘密。

裘鱼推着钱说，滕曼姐，谢谢你像姐妹一样对我，但这钱我不能要，我有钱。

滕曼说，废什么话啊，这不是给你的，给孩子暖暖的，快拿着，不然你就是嫌少。裘鱼一听这话，心里很不是滋味，感觉欺骗对她不错的滕曼，确实于心不忍，但她没有办法。

滕曼准备取走一些现金，想去国外散散心，也很想躲一躲像个阴魂不散的小鬼儿一样纠缠自己的米虎。她也打算去考察一下，准备送孩子出国留学。当然，这也是那得海同意的事情。

近来，滕曼和那得海只要碰到一起，共同的话题好像除了孩子，就没有什么话题能说到一块儿了。两个人的距离越来越远，对彼此也越来越麻木。

裘鱼回到家时，李京盛正坐在家里的靠椅上看电视。李京盛的女儿月月去了亲生母亲那里，说要住一周再回来。暖暖如往常一样，妈妈不回来，自己在里屋写作业，即使写完，她也不敢出屋子半步。

换了衣服，裘鱼洗洗手去做饭。李京盛眼睛看电视，心里却在酝酿着什么。

一会儿，李京盛接了前妻一个电话，前妻骂他说，你还是男人吗？月月是你自己的孩子，后妈不给月月洗衣裳，你是亲爹也不洗啊？孩子自从去你那边儿，吃不好，睡不好，一个外地来的野丫头和自己孩子抢吃抢喝，你就心里好受？你就好好过你们三口人的幸福生活吧！你看看月月瘦成了啥样？听说，你们不给孩子喝牛奶？哎！虎毒不食子啊！你？你？你瞎眼了？看不见孩子受气？我可真瞎了眼睛，和你造出一个孽来！

前妻骂得挺狠，哭得也厉害。李京盛不想听前妻添乱，把手机挂掉，坐在那儿生气。

座机又响了，李京盛去听，是弟弟打过来的。弟弟说，哥，你真是窝囊废，刚才月月妈给我打电话了，怎么？说那个“山西面片”给咱孩子受气？不给孩子买牛奶喝？你是怎么当父亲的？李京盛说，你别听她瞎说，没有那么严重。给她买的是鲜奶，月月非要喝酸奶，她已经又买酸奶了，是月月不顺气才去她妈那里告状。弟弟说，我不管，反正咱妈已经知道了，正心疼孙女呢，你看着办吧。李京盛说，没事，你甭管了。弟弟又说，你能做主吧？李京盛问，什么啊？弟弟说，咱妈养老的事啊，现在，我儿子也上学了，不用妈看着了。妈想每个月在我们两家轮班住，不想只在我们家，你听明白没？妈的一切费用我们两家负责分摊。李京盛说，昨天，妈已经和我说了，我答应了。弟弟说，还有老家那里的两处祖宅要征地了，听说，那里要建机场，妈说了，这两处房产归我所有，这些，也是你前些年就同意的，现在妈还是坚持她的意见，而且你现在家庭又这样，妈也不放心把房产分给你……

李京盛听到这里，不相信自己母亲做出这样的决定，因为是一样的两个儿子。但李京盛只能默认母亲的决定。

袭鱼把饭菜做好了，往桌上端。李京盛和弟弟通完电话，冲着暖暖的房间叫嚷道，出来！干吗呢一天，就知道等人伺候，你都多大了？怎么也不知道干一点活啊？就知道饭来张口衣来伸手啊？谁老白养你呀！袭鱼听了很不舒服，瞪了李京盛一眼，转身又去厨房，没有说什么。

暖暖从屋里跑出来，赶紧去帮妈妈拿碗筷。袭鱼小声在厨房告诉女儿说，好孩子，爸爸今天心情不好，你吃你的饭，吃完就回屋，爸爸说不好的话，你别往心里去。暖暖仰脖看着妈妈，还是使劲地点点头，梳着的两个羊角辫一颤一颤的。

李京盛坐在那儿，几次想说家里的事儿，袭鱼祈求的眼神递给他，意思是吃完饭回卧室再说，别当着孩子面儿。李京盛便闷头吃饭了。

袭鱼看看这一大一小，心都快碎了。她不知道自己还能扛多久。袭鱼在厨房做饭的时候，多多少少知道了李京盛通话的大致内容。袭鱼很委屈。她为这个家全心付出，为了走近月月，她甚至把好吃的可着月月吃，让暖暖眼巴巴地看着姐姐吃，姐姐边吃着边故意气着暖暖。这些，袭鱼都不计较，因为两个都是孩子。袭鱼越来越感觉到两个离异家庭的孩子各有各的不幸，既然不幸的孩子有缘做了姐妹，还能计较什么呢。袭鱼也常常开导暖暖，要爱姐姐，暖暖总是点着头，听妈妈的话。可是，月月总觉得暖暖侵占了自己的一切，包括爸爸。一些生活中的琐碎事弄得袭鱼焦头烂额。

暖暖躺在小床上，她睡不着，她害怕。不久，就听见隔壁房间的妈妈和爸爸又在吵架。暖暖不敢开灯，假装自己睡着。暖暖紧紧地用被子把自己围起来，围成一个窝儿，她希望自己变成恐龙蛋，缩到坚硬的壳里，什么也听不见，有了壳，她会更安全。但暖暖刚刚觉得自己像童话一样变成蛋，不一会儿，自己又长了出来，长得最快的是耳朵，渐渐长成了动画片中的大耳朵图图。不幸的是，她没有图图快乐，她的那两只大耳朵听到的是她还不懂的一句句吵骂，没有听到一句话说的是爱。

李京盛在卧室里抽着烟，吐着一团一团的怨气。袭鱼委屈地哭，默默地不出声，她仿佛习惯了不出声。李京盛越看这个山西女人越生气，想起前妻的电话，想起弟弟的电话，不知道自己的苦难日子何时熬到头。一想想暖暖这个白吃的孩子，李京盛的心火就呼呼地往上蹿。

暖暖的亲生父亲一分抚养费都没给过，李京盛想不通。为什么自己亲生的孩子不管？他这个继父究竟付出多少才公平合理？他不知道这个孩子养大后会不会认祖归宗？那样，他就是世界上最傻的男人！简直亏大发了！这个孩子虽然管自己叫爸爸，可是却没有把姓名改过来，依旧和裘鱼一个姓，叫裘暖暖。李京盛越琢磨，事儿越多，头就越大。

李京盛最后问裘鱼，我妈要轮班到我这来，你同不同意？裘鱼说，我已经说了同意。李京盛嚷道，那你电话里说，房产怎么没有咱们的啊？裘鱼说，我觉得有失公平，两个儿子一起给老人养老送终，这是应该的，可是家产怎么就给你弟弟一个人呢？我是为你考虑的，那些钱不是小数目，我们条件不算好，你挣得也不多，我们又俩孩子，将来上学要花许多钱。我嫁给你了，难道说说我的想法都不可以吗？你们根本不拿我当家里人看待，否则就不会这样对我了。裘鱼委屈地说。

李京盛骂道，你放屁！我家的财产跟你有什么关系？我妈愿意给我弟弟就给他，你什么东西也没有，就有一个野崽子，怎么，还跑来跟着要财产呐？做梦吧。我还告诉你，甭废话，我看出来了，外地人没一个好东西，全都心怀鬼胎！我们也过不下去了，怪不得人家说二婚的媳妇不和自己一条心，怎么也过不长远，那就算了，我们离婚吧！我早就够了！

裘鱼看着这个婚礼上海誓山盟的第二任老公愤怒地拿起笔和纸，坐到了写字台前写着离婚协议书，裘鱼的眼泪又哗哗掉下来。她的眼神像孩子一样，她不敢相信仅仅几年的光景，自己的第二段婚姻即将结束，自己的爱情又将死亡。那样，自己带着孩子如何面对家人和朋友？离婚成瘾吗？自己是一个什么样的女人？好女人有离婚玩的吗？裘鱼彻底把自己低到了尘埃里。

裘鱼抱着在写离婚协议的李京盛哭着叫道，老公，我们不离婚，好吗？我不想离婚，真的不想离婚，我错了，我听你的，以后我什么意见都没有。李京盛推开裘鱼说，滚吧！我再也不想这么累了，再也不想和你过了！我们离婚，家里什么也没有你的，把你的野崽子带走！裘鱼被李京盛狠狠地推倒在地上。裘鱼疼得“啊”一声。听见扑通一声，接着是妈妈的叫声，暖暖光着小脚丫跑到这屋里来，哭着叫道，爸爸妈妈别吵架了，我害怕……爸爸，爸爸别打我妈妈……我不许你们离婚，我以后听话……

暖暖拉着从地上爬起来的裘鱼，淌着眼泪向爸爸乞求。

李京盛瞥了一眼这个野孩子，对裘鱼说，告诉你，半夜了，我就不说什么了，明天赶紧在我面前消失！我们已经没有感情，不可能再过下去了！谁理解我啊？我八面受气，我真是受够了，自从娶了你，我家里就没过上好日子！我自己的孩子对我不满，我妈我弟也不高兴，我娶你干吗啊我，我傻啊！

裘鱼听着眼前这个男人歇斯底里地叫骂，再看着惊恐万分的女儿，她心疼地将孩子抱起来。在这一刻，裘鱼决定了，离就离吧。

抱着暖暖回到小卧室，躺在那儿，裘鱼一夜没睡。暖暖紧紧地搂着妈妈，一直不松手，小身体有时一哆嗦一哆嗦的。裘鱼知道，暖暖被吓到了。

裘鱼的眼泪快哭干了，在这个秋天的夜晚。

北京是一座四季分明的城市，春夏秋冬中，数秋天最美，那秋色，那秋味，毫不吝啬地让人们感受着大自然变幻无穷的魅力。杨四姐从春天到秋天攒下了一小笔钱，同时，杨四姐也攒下了越来越强烈的浮躁不安。丰厚的薪水仍然阻拦不住杨四姐对刘万军老婆的怨恨。

她常常想，是这个老女人阻碍了自己幸福，假如这个老女人不在了，她的一切都会如愿以偿。杨四姐也常常怀疑，这么久了，自己也很努力，那个死鬼刘万军也很“敬业”，怎么就没个动静呢？刘万军已经有了两个女儿，自己也没毛病啊，那问题出在哪里？杨四姐想着想着就来到了门口。

木草在电脑上写了一篇短文，她自我陶醉、兴奋，急忙发到大佳网上。木草看了看时间，天啊，四姨快回来了！她赶紧撤离现场，电源还没拔掉，杨四姐就开门进来了。

杨四姐进门就嚷嚷，木草，你干吗呢？又在上网是吧？这电脑给你买的咋地？你不好好背考试的东西，老鼓捣那破玩意干哈？明天我就让刘万军搬走，要不我砸了它！供你白吃白喝的，你一点也不长心，你忘了？来北京就是挣钱的！

杨四姐的脾气这段又见长。木草理解四姨，四姨常常把对刘万军的爱和恨一股脑儿地发泄在自己头上。木草在这个时候，一般低头干活，等杨四姐把火发得差不多了为止。杨四姐被木草惯坏了，一般送团的最后一餐她都不吃，等着回家吃木草那顿可口的饭菜。

趁木草给自己做饭，杨四姐回到自己房间，打开锁，从柜子里拿出那个布偶，学着马道婆用针又狠狠地刺上去。她发泄着心头的怨气，说着她说了无数遍的“鬼话”。

木草把饭菜盛好端来，杨四姐用鼻子闻闻，说，木草啊，你得感谢我，是我把你培养成高级厨师，你这手艺，可以参加比赛了，哈哈。木草看四姨又有了笑模样，心里踏实了不少，她坐在杨四姐旁边夹菜吃饭。

杨四姐嚼着米饭，太阳穴一动一动的，木草看见杨四姐鬓角漂染过的地方，又重新长出了白茬，木草突然鼻子一酸，她又心疼起四姨来。

一无所有的四姨什么时候和刘万军有个了断呢？想到这儿，木草问道，四姨，那个刘叔你们怎么着了？这段你连续带团又见面没？要我说，有合适的，你该自己重新开始，那个人靠不住，他家有老婆孩子，以后咋整啊。杨四姐伸出筷子敲打木草说，你这个没良心的，用着人家送来的电脑，你还劝我离开他，什么品质啊？木草说，他要是没家，我就不反对你们了，真的，四姨，别因为他耽误了你一辈子，我姥姥还等着你过好日子抱外孙子呢，生个像虎羔子一样肥头大耳的。杨四姐伸出桌子底下的脚踢了一下木草说，滚犊子，你知道啥。木草说，这是我姥姥常说的话，见人家村里小孩，姥姥就这么说。

说起母亲，杨四姐有点想家，好久没有回去了。木草说，四姨，今年春节我们回去吧，我很想姥姥。杨四姐说，你最想你姑姑还是最想你姥姥？木草知道杨四姐从小就问这个问题，这么多年还在问。

说实话，木草很想姑姑，姑姑养她从小学到大学毕业，这种打折骨头连着筋的亲情木草早已铭刻在心，而姥姥让木草度过了最美好的童年，这种爱，更是随着她一天一天长，活在她的身体各个部位……

杨四姐说，小狼崽子，发啥呆？我问你话呢！你更想姥姥还是姑姑？木草知道四姨期待什么样的答案，就笑着说，当然，最爱姥姥，姑姑和你排第二。杨四姐像个小孩似的说，你这个没良心的，没有我，你能来北京？我怎么能和你姑姑排第二？我不比你姑姑好吗？你们老木家以你爹为首，没有一个好东西！木草忙撒了一个诗一样的谎言，说，四姨你第二，亲疏我是晓得的。杨四姐又紧逼着问，跟我亲是吧？那你就跟你姑姑把你家祖传的玉如意要回来！木草只好沉默一会，弄弄头发。杨四姐还盯着木草表态。

木草岔开话题说，四姨，我教你上网，那里面有好多东西，你可以在网上征婚。木草真心想拆散杨四姐和刘万军。杨四姐说，放屁，我快和刘万军结婚了，我还和别人扯什么！我和他在一起才会幸福。木草又说，现在人们都上QQ，可以聊天，比如旅行社有什么事情，你和导游之间有什么联系，都可以在网上进行，也能第一时间了解天下大事儿。杨四姐说，天下大事儿和我有半毛钱关系？我打字都不会。杨四姐让木草再盛一碗米饭。

木草想把四姨从刘万军的爱河里拉出来，所以决心分散杨四姐的注意力。木草想了想说，上网可以发情书，也可以发泄不满，总之你爱写什么写什么。杨四姐一听，来了精神，怎么？可以骂人？可以发情书？那可以发一封公开信吗？刘万军可以和我网上聊天？木草说，只要没攻击辱骂别人，是可以发些自己情感的东西，可以异地视频，还能看到对方，你不是随时随地想联系并掌控刘万军吗？电脑可以帮你。木草进一步诱惑四姨。

杨四姐觉得真是神奇，她准备好好和木草学。杨四姐还想，找不到刘万军家在哪儿，她至少可以在网上给刘万军老婆写信，希望她能看到，刘万军爱的是自己，她要把他们的照片发到网上，气气刘万军的老婆潘新艳。杨四姐希望她早一点和刘万军离婚，或者早一点去另一个世界。

收拾完厨房，木草问杨四姐说，四姨，讲解故宫，在口试中是最不容易的，对吗？杨四姐说，有什么不容易的，就那点儿东西，怎么还没背下来啊？木草说，不是，背了，可我不想照着书本背，我觉得太死板，我想给游客讲解的时候多些扩展，讲更丰富的文化知识。故宫的文化底蕴深厚，历史悠久，我们导游就应该做好这项工作，不是说我们是民间大使、文化传播者吗？杨四姐说，咋地？还想当故宫博物院院长啊？你还想走仕途啊？要进大使馆？还想做孔圣人呐？你就知道天天做梦！不知道什么在害你，跟你死爹一个德行，不知道过日子。木草说，我不跟他一样，我和你一样，这不是在和你学导游吗。杨四姐瞪了木草一眼，练习着点鼠标，杨四姐还真不习惯这个新鲜玩意。

木草又说，四姨，我考你一个问题，你知道什么是殿试？故宫哪里举行殿试吗？杨四姐说，放屁，这我还不知道，干了这么多年导游了，在保和殿里面举行。我还知道第一名叫状元，第二名叫榜眼，第三名叫探花。刚学做导游，咋地，还考我呢，小样吧。木草说，我完整给你答一遍吧，殿试在保和殿里考，是金、元、明、清四代科举考试之一，又称御试、廷试，即指皇帝亲自出题考试。会试中选才能参加殿试。明、清沿元制分三甲，但不分二榜。其程序大体如下：试前须复试，在紫禁城内的保和殿应试。复试完毕，于四月二十一日应殿试，也在保和殿。殿试只考策问，应试者自黎明进入，经过点名、散卷、赞拜、行礼等礼节，然后颁发策题。回答完毕！

杨四姐骂，滚犊子，别在我这儿显摆，你这叫读死书、啃书本知道不？啥意思，气我记忆力不好，笑我没文化？木草说，没有啊，我哪敢呐，就是把四姨当考官了，省得面试的时候紧张，先演练一下。杨四姐说，这还差不多，哎，告诉你，必须在一周以内教会我电脑，这破玩意不好学。杨四姐笨笨地按着键盘。木草说，四姨，这不是问题，我会把你教成电脑专家，别忘了我是老师，呵呵。杨四姐说，看，说你胖，你还喘上了。

木草给四姨拿了一块大白兔奶糖，自己也放嘴里一块，说，四姨，你知道古代的贡院在今天的哪里不？就是会试的地方，殿试的前一级考试地点。杨四姐说，我知道那么多干哈，这都够累的了。木草说，我昨天去了。杨四姐奇怪的样子，咋地？你要疯啊？在哪儿？你怎么去的？木草说，四姨，你也要一边做导游一边补充知识，明清时期的贡院就在长安街边上，就是现在的社会科学院啊！在建国门内大街路北，有一座中国社会科学院大楼，那就是。它附近的胡同还分别名叫“贡院东街”“贡院西街”和贡院头条、二条、三条。原来，那就是北京古代的考场——贡院，我一走进那里，心情老激动了。木草美滋滋的。

怕四姨又数落自己，木草没有暴露自己还去了老舍纪念馆、鲁迅纪念馆、梅兰芳故居等其他几处景点。

杨四姐说，那是科学家进的，让你进去了？管你盒饭吃了？木草说，盒饭倒没管，我在胡同里买了一个烤地瓜，吃完进去的，那个保安正好交接换岗没注意到我。你这个傻货，去那儿一趟就美滋滋的，还不是回来我管你饭吃。木草啊，听到没？你以后要多想想吃饭的问题。杨四姐又敲打一通木草。

木草暗暗下决心，用自己的方式挣钱，让四姨放心。木草的心依然坚定。

米虎在带团的过程中，一次次接受艳遇。仿佛只有这样，他才可以减轻对滕曼姐的贪念，减少对吴瑕不屑于自己的不甘。

渐渐地，米虎在所有事情上都是这个性：对别人分配给自己的角色向来接受，从没有信心跟勇气拒绝，在外界的诱导、纵容、唆使、挑拨、教导、称赞、鼓励下，米虎扮演着各种各样的角色，好人、歹人、懦夫、英雄、单身汉、偷情者、献身者。米虎积极但不情愿地做着好事、坏事、又疼又痒的事儿。当然，他忙忙乎乎下来，除了能占一些便宜，挣到一些活命钱外，更多的是把自己消耗掉了。

就这样，米虎在导游圈里，迎合着旅行社的声音，迎合着游客的表情，迎合着女人们的想法，迎合着陌生人的动作。基本是天天迎合，月月迎合。米虎想来很可怕，他在夜深人静的时候，担心自己会在这个角色中灰飞烟灭。

白鹭旅行社的华蕾给米虎派了一个安徽团。今天，旅游车前往长城，刚开出宾馆不久。

好嘛，这一车人，有绷着脸的妇女，像老公有了外遇似的；有目中无人的财主，看米虎像看贼一样；有一身酸气倔强的职员，冷冰冰仿佛仍在秉公办事；有半吊子学者，好像面前一切都是错别字一样。米虎也不知道这个团怎么凑到一块儿来的，幸好有一个少妇冲米虎抛着媚眼，否则米虎都想跳车了。

大清早刚上车，就有两家人因为抢前排的座位嚷嚷起来，米虎上前劝解。米虎特别讨厌那些不晕车却抢着坐在第一排的人。凭他的经验得出，往往抢着坐第一排的，都是既爱占便宜，又狂妄自大的家伙。

在米虎眼里，凭一个人上车后坐在哪儿，就能知道它属于哪一类人。

通常，抢着坐第一排的，像今天这两家人，全都是自以为是的自私鬼。

坐在前半截儿的，都算是正经人，比如公务员、职员、老师什么的，他们往往穿着整齐，举止得体，话语也客气，喜欢提问，能跟着呼应，是旅游团的中坚力量。但这些人没什么个性，特别固执，有时蛮不讲理，往往他们还算是正经人。可正经人最难被说服，米虎尝尽了这类人的苦头。

中间靠后的位置，往往稀稀拉拉地坐着小商小贩之类的人。这些人对什么都不以为然，他们是“上车睡觉，下车撒尿，进景区拍照，回家一问，啥也不知道”。他们凭着道听途说的野史和电视剧里的情节，专问米虎一些慈禧和李莲英到底有没有一腿，和珅有多少女人，还会热衷于探问国家领导人的私事儿，以及明星们的传闻。这些人什么都敢拿来说，对社会、对生活敢于批判，高兴就夸，不乐意就骂，那叫一个随便。

坐在车最后面的，大都是享乐主义者。他们不愿意在导游视线之内，这些人任凭米虎讲出大天来，想怎么待着就怎么待着，喜欢不管不顾地躺着，或几个扎堆打牌，或脱了鞋按着手机键忙个不停，有的烟瘾上来还偷偷地拼命吸两口，不管是否能打开窗户。

当然，坐在最后面的也不免有一个半个多愁善感的，有刚刚恋爱失败或者做生意赔钱的。他们这些人出来纯粹是散心。尤其是那些重感情却失恋的，是身体跟着旅游团走，实际上满脑子里想的都是曾经的恋人，走哪儿都好心酸，看哪儿都想哭。这样的人哪有心情购物？米虎一看到这类游客，有时候难受得自己都想跟着他们坐在那儿哭几天。

站在旅游车的前头，米虎一如既往，他必须要宣传购物那些事儿。讲完景点，该讲正事儿了，看大家还是提不起精神来，便换个法儿。米虎问道，大家晓不晓得，为什么祖祖辈辈的人把购物说成买东西？底下人摇晃脑袋。这和我国悠久的历史和灿烂的文化有关系。在我国古代有风水学，现代叫自然环境学。大家一定听说过“五行”这个词吧？五行最早是出自《尚书·洪范》。正确的说法，五行八卦天干地支是源于天文历法，道教只是繁衍下来的一支。

这时候，有的游客睁大眼睛，摸不着头脑，觉得米导怎么摇身一变就成了一名术士？去长城难道还和道教有关系？年长一些的游客也竖起耳朵来。

米虎趁着大伙好奇，接着讲。

“五行是中国古代的一种物质观。多用于哲学、中医学和占卜方面。五行指的金、木、水、火、土，认为大自然由五种要素构成，随着这五个要素的盛衰，而使大自然产生变化，不但影响到人的命运，同时也使宇宙万物循环不已。

“五行学说认为，宇宙万物都由木、火、土、金、水五种基本物质的运行（运动）和变化构成。稍微读过《周易》，或者对中华传统文化有一定认识的人，对八卦应该不会感到陌生，八卦为乾、坤、艮、兑、离、坎、巽、震八个经卦，可以构成六十四个复卦。

“按照出生时间与命运一书的解释，八个卦都有各自的五行性质：震为雷为木，位于正东方；兑为泽为金，位于正西方；离为火，位于正南方；坎为水，位于正北方；坤为地为土，位于西南方；艮为山为土，位于东北方；巽为风为木，位于东南方；乾为天为金，位于西北方。

“王经石在《太极图谱解析》中说，‘五’是自然界中五种物质、五种能量、五种气场。而‘五’相互作用产生运动，称为‘行’。五和行合起来就是‘五行’。五行生克是代表物质、能量、信息的演化形式，它是朴实的世界观与自然科学。

“五行学说里，南方属于火，东方属于木，北方属于水，西方属于金，土掌管中，协助金木水火的平衡。所以都说‘买东西’不说‘买南北’，实是买‘金、木’，不买‘水、火’。这是因为‘水、火’无情，‘金、木’是财富……”

最后，米虎把自己从五行里绕了出来，他抹了一把汗。游客们被米虎的一番大道理给讲糊涂了，只记得水火是祸害，金木才是宝贝。

米虎接着忽悠，他说，其实，我们买东西，不仅仅只是为了买而买，很多时候，我们买的是一份情意、一份牵挂。比如买一个手镯给母亲，买个戒指给老婆，买对儿耳环给姐妹，买个玉枕给父亲，这都代表一份心意。这证明在千里之外，在首都北京，你对他们有惦念。

为了引起效应，米虎接着唱起一首《父亲》。唱完，米虎花了很长时间讲起自己的家庭。

他说，我从小家里日子过得很苦，父亲是本分人，做点小生意养家糊口。最不幸的是，我母亲是一只母老虎。（为了挣钱，米虎把妈妈说成是一只母老虎。）他讲，我们家一天到晚都没有安静过，母亲整天不停地骂父亲，孩子们在吵闹声中长大。可有一天，家里突然安静了下来，原来，那是我父亲在我母亲过生日那天，给她买了一个戒指，从那天起，我母亲居然安静了一段时间。如今，父亲去世十多年了，我和哥哥姐姐们都长大成人，生活得一家比一家好，所以经常给母亲买一些礼物。但是，我们发现，每到节日，我母亲手上戴的，一定是父亲送给她的那枚戒指。

米虎讲完这段，车里响起掌声，看样子，游客爱听这类温情故事。米虎受了鼓舞，他继续嘴里冒着白沫子，为将要进的玉器店做铺垫。

游客伸着懒腰，纷纷下车。米虎举起导游旗，睁大眼睛盯着。和所有导游一样，米虎生怕进店之前丢人。

商店里女讲解员把游客接了过去，女讲解员一边往店里引领游客，一边诡秘地问，各位朋友来自哪里啊？来北京几天了？游客诚实极了，异口同声回答道，安徽来的，第二天。女讲解员的诡秘，让米虎觉得，自己和她像是两个既狡猾又阴险的人贩子在“交货”。一想到旅行社，再看看这些给自己出了无数个难题的客人，米虎很快就有了另一种感受，自己也是被拐卖的。

店里的人早就在车门等候，熟练地给每位游客发着一张张优惠卡，教他们别在身上。米虎在边上嘱咐，千万不要给弄丢了，否则就不能优惠。大伙看别在身上的购物卡，有种被优惠的优越感，还有当“上帝”一样的感觉。

司机、导游都知道，购物卡是进店必需的，是客人进商店的路条，这路条实际上是用来结账的记号。这笔账最后要算给旅行社和导游，还有司机。

旅游团一个挨着一个向店里涌进。讲解声，大人招呼孩子声，嘻嘻哈哈声混合在一起，乱得像集贸市场。米虎赶紧把三个溜出去趁机抽烟不打算进店的男人找回来，正赶上女讲解员讲到玉雕白菜。讲解员身披黑色职业女装，脚踏锃亮的小皮鞋，说，白菜就是百财，这个摆件能给主人带来财运。她挺着胸脯子尽情显摆着自己的学问。

再往前走，是一条通向“车间”的道道。一帮不知从哪儿弄来的家伙在里面干活，手不忙脚也不乱。有打磨的，有用刀刻的，还有照着图纸画的。米虎看了看他们，这帮家伙两眼发直，呆头呆脑，哪里像有手艺的大师？让明眼人一看就露馅儿。米虎咬着嘴唇偷笑，心想，这个玉器店老板真行，就这么几个装蒜的车间工作“大师”，还不弄点像样的。看来，老板雇的这帮人儿，恐怕是比农民工还便宜。

一团游客经过糊弄事的工作间，来到一间教室。米虎查看一遍又一遍，确定没丢人，随手把门关好。他站在那儿，也装模作样地听课。女讲解员打开头顶一盏吊灯，手里拿着几件玉器，让大家分辨真假。女人们抻着脖子借此长机灵，男人们睁大眼睛证明自己的理性思维。

这团人学完辨别正品、赝品的本领，终于走到了关键地步，走后门就是大卖场。大卖场布置得琳琅满目，灯光下的珠光宝气迷乱着人们的双眼。大卖场里最让人感兴趣的要数鉴定台了。三个鉴定师正端坐着，很有说服力的样儿。见其中一个中年鉴定师装模作样地接过一位游客的手镯，不紧不慢地摆弄着他面前那些故弄玄虚的仪器。米虎也不懂那是什么家伙什。

米虎每次来，都看见这几个人永远有权威地坐在那儿，高高的椅子驮着他们的大屁股，游客都相信他们五迷三道儿的表演。还真灵，米虎带的这团人经过鉴定专家们一套程序下来，大开了眼界，打开了心门，就连开始怀疑米虎的人也对玉器店的戒备心消除了一半儿。

在车上抢位置的那个中年男人把老婆脖子上戴的玉坠摘下来，让专家免费鉴定了一把，当他们那些宝贝被鉴定专家肯定之后，老婆拉着老公得意扬扬地又去购买手镯了。

和米虎抛媚眼的那个小少妇，始终跟随着米虎，处处配合他。米虎很喜欢这样的游客呢。少妇拽着米虎让他帮自己挑两只手镯，一只买给自己，一只送给母亲。米虎专门把她带到精品专柜，他希望自己拿到更多的提成，希望这个蛮好的游客买到质量好一点的首饰。这个团没有全陪，所以很好操作。米虎既可以赚到更多的钱，又可以送个人情，他希望这个少妇感激他。通过带大量的旅游团，米虎积累了许多这方面的经验。

米虎特意对店里的服务员问，美女，管销售的钱经理在不在？他故意压低声音，小到只有少妇和服务员能听到。服务员说，你有什么事？米虎对服务员说，美女，我全陪要买两只手镯，帮一下忙。服务员指了指远处一个留着八字胡的中年男人，说，喏，钱经理在那儿，我做不了主。米虎一个人走了过去。少妇看米虎这么关照自己，在不远处正替自己和商场经理争取，少妇的眼睛里装满了柔情蜜意。

按店里规矩，全陪可以享受八折优惠，低于其他游客的购买价钱。米虎找到销售经理最终是以自己地陪的名义，打五折就拿下那两只手镯。算下来，玉镯一共一万八千块钱，少妇少花了不少钱，而米虎私下挣了五千四百块。当然，这钱他可以独吞，不会有人知道。米虎有些过意不去，他从五千四百块钱里抽出四百块，连同玉镯递给少妇。米虎嘱咐说，这四百块算我给你填的一部分钱，以后看到手镯就想起我呢，你这人蛮好，蛮好。其实，我们导游挣不了几个钱，就算朋友一点心意吧。千万不要对任何人讲这手镯是我帮你打折买的，记住哦。少妇感激地点点头。他们为了避免别人起疑心，很快就分开走了。

米虎去了一趟洗手间，然后走进“休息室”。

在这家玉器店里，司机、导游们大都在适当的时候钻进来。说是休息室，实际上就是一个“军情观察所”。里面直播着各个旅游团队在商店购物的实况。在这里，导游们可以看到自己的客人，他们的一举一动，导游们一目了然。包括谁挖鼻子，谁掏耳朵，谁和恋人起腻。米虎在大屏幕上搜查着自己人，眼看着一个个都出去了，他才赶紧结账，签了单。

揣着一沓钞票，米虎从游客出口往外走。那个半吊子学者和那个银行职员在商店外边小摊儿上给小孩买玩具，有几个女的在看美人镜和美容的玉石按摩器。米虎笑吟吟地走过来打招呼，游客也隐隐约约地感觉出了刚才痛快的购物，给米虎带来了愉快。大家不再像早晨坐在车上时彼此那么别扭了，皆大欢喜地簇拥着米虎，谈论自己淘来的宝贝。

其中，那个半吊子学者说，米导，你说的“五行”，我怎么没听明白啊？有时间你再讲讲吧。米虎嘴上说，好的，等有时间，我再给大家详细讲解一下。心里却说，讲啥讲，我自己还没弄明白咋回事呢！破书上就是这么写的，我只是照着背。米虎摇晃着小旗子，催大家上车。

这次和米虎上团的司机，年纪有五十多岁，是米虎带团以来遇到的最憨厚的师傅，师傅对游客也比较和善，总有一句口头禅——嗨，都不容易。安徽这团人对北京的这一老一少两天以来的服务比较满意，玩得也比较开心，购物也很痛快，尤其是那个小少妇更是喜形于色。晚上，米虎和司机一高兴，白拉他们看了长安街夜景。

赶巧了，和少妇同一间房的游客到北京亲属家，明儿一早才回来，少妇就电话约米虎到自己的房间坐一坐。米虎去了。

一进屋，就看见桌子上摆了不少好吃的，有从安徽带来的，也有在北京买的。米虎知道，她是为他到房间来准备的。米虎那个“拒绝女游客”的决定，此时有了松动，肚子里的花花肠子根本就摁不住，掌控不了。

少妇看米虎低着头，身体却激动得直抖，就拉米虎往床上躺。少妇动情地搂抱米虎说，帅哥，我们要珍惜缘分，不要浪费时间。米虎说，什么意思？少妇说，你还不清楚吗？这一车人呢，你干吗对我那么好？米虎在下面，看着她圆满的前胸，说，我时而清楚，时而糊涂。少妇亲了米虎一口，说，你真可爱。哎，细想一下，今天有哪个人不糊涂？男的女的？有情无情的？所以不要多想，就要现在，享受我们的鱼水之欢。米虎想问她，自己是鱼还是她是鱼？来不及问了，因为少妇深深的一吻，米虎就不能自拔了。

他们对接，都点着了火……

过后，米虎才懂得，火这东西，挺怪的，说来熊烈难挡，燃过一阵，又灰飞烟灭。

米虎整理好衣服，点一支烟抽起来。他一边抽，一边想起了滕曼、梅小红，还有和他一夜一夜好过的女人们。他想起了她们的万般好处，想起了她们不再有任何音讯，或许，她们都把自己给忘了！米虎又一次眼泪不止。

带团就是这样，好团觉着时间过得飞快，赖团会感觉时间过得超慢。一晃眼的工夫，五天过去，米虎到北京西客站送安徽团。

旅客们都涌向检票口，最终，鲜艳得像苹果一样的少妇也消失在茫茫人海，当米虎向她招手的那一刻，就警告自己，从此不许再和女游客“私会”。他斜挂着小包，把皱皱巴巴的导游旗卷吧卷吧放在行李箱里，箱子里还有他积攒了五天的脏衣服。

米虎自打坐上公交车开始，心里就后悔了。米虎后悔又一次“骗了”游客。很奇怪，近来，米虎几乎每一次把旅游团送走，他都发誓下一个团不“骗”了，游客自愿买东西都劝他们别买，谁买谁上当。看看亮亮堂堂的街道，他想想自己租住的半地下黑乎乎的屋子，回去也没一个喘气的，米虎习惯性地捏了捏眉头。他每次送走游客之后，都会感到失落和惆怅，他不知道其他导游会不会也这样。

快到门口了，米虎看见一个卖鱼的。那鱼长得很壮实，活蹦乱跳，在水里游得正欢。一条红得刺眼，火辣奔放，还有一条是白色的，温润如玉。米虎买下了这两条鱼，还买了一个椭圆的像故宫“门海”一样的鱼缸，安置“她们”。

米虎进门后，坐在马桶上闭着眼睛，他一边方便，一边在想，给这两个新家庭成员起个什么名儿好呢？突然，他一拍大腿叫道，对呀，现成的名字，红的那条叫“滕曼”！白的那条就叫“吴瑕”！

米虎的电话响了两阵子，他提好裤子，摁下绿色键。还没等说“喂”呢，陈静依在电话那端又一次求救。

米虎，快告诉我！唐三藏医院怎么走？怎么北京还有个叫唐三藏的藏医院呢？医院怎么成了旅游购物店？天啊，我带的这个团还要进这么一个店！司机找不到路，我也没去过呀，怎么给客人介绍？急得陈静依快哭了。米虎心说，认识这个陈静依真叫烦，动不动就打电话问这儿问那儿，唉！旅游团摊上这么一个导游，能愉快旅游才怪呢！米虎告诉陈静依说，你就和师傅讲，唐三藏医院在朝阳区安外小关北里，零零号院内，到里边儿有专业接待团队的讲解“医师”，你也不用讲解，就带好你的人进去就行。陈静依记完，忙三火四地挂了电话。

米虎转身给鱼儿喂食，他看鱼儿吃得津津有味，一猜就知道，卖鱼的小贩太抠，舍不得喂饱它们。放在桌上的手机铃声又响了，上面竟显示小世界旅行社座机电话号。米虎很惊喜，自从去了白鹭旅行社带团，还没接到过小世界旅行社的电话呢，是滕曼姐？还是吴瑕？米虎以最快的速度接电话。

打电话的不是女的，是滕曼的弟弟，组团部经理——滕飞。滕飞告诉米虎说，喂，米虎，有人来社里找你，说是你爹，他说话我也听不懂，让他和你说，你等一下。米虎瞪大了眼睛，啊？啊！爹？你怎么来了？怎么在旅行社？米虎爹说，我只知道你单位地址，你住哪也没告诉过家里啊。米虎紧张地问，爹，我妈肺心病没犯吧？米虎爹说，没犯，家里人都没病，没事。米虎爹操着浓重的南方口音绊绊磕磕地说。

很久没听儿子声音了，米务本一时不知道说啥才好。

滕飞拿一次性纸杯，走到饮水机前接了水，安顿老人坐下，等米虎来。米务本瘸着左腿，热情地从包里捧出自己家产的蚕豆，见人就给一捧。这下，办公室人都知道，米虎他爹进京来找儿子了。

米虎他爹——米务本，不像米虎和安徽游客讲的那样，并非是做小生意的，而是个地地道道的农民，腿有残疾，三十七岁才娶老婆。米虎母亲也绝不是如他所说的母老虎，而是一个没见过世面，至今没收到过老伴一件礼物的主妇。

米虎匆匆忙忙来到旅行社接爹。还好，旅行社主事人只有滕飞和裘鱼在，滕曼、那得海、吴瑕都出去办事，正好避免了尴尬。看到久未谋面的儿子米虎，米务本看了又看，见什么也没少，心里安生了许多。

随着儿子倒了四五次车，才来到一间半地下室。米务本有点不信儿子住在这样一个地方，他放下背包，问道，儿子，住这儿啊？你住的这里是北京吗？你挣钱也别太苦自己啊，住这儿每个月花五十块房钱都够了吧？米虎说，住快一年了，北京哪有那么便宜的房子，又不是老家。这小房子一个月还千儿八百呢，不算其他费用。米务本转了一圈觉得有些憋闷，心想，这屁股大点儿的地方还这么金贵，和老家院子比差远了。他往外看了看，只看到半个地面。

米务本想到这儿，更坚定了自己的想法。

屁股还没坐热，米务本就夸起他引以为豪的大儿子，米虎他哥——米龙。虎啊，这回，可好了，你哥要当官了，爹来就是把这个好消息告诉你。米虎说，真的？哥不是去年刚当上公务员吗，这么快就能升？爹，那蛮好了，哥有出息，替爹争气。米虎洗完手坐在椅子上，边听爹絮叨，边看着嘴巴快咧到耳朵根子上的爹。米务本说，这关系到咱米家的脸面，以后啊，你也能借上光。除了这个，还有一个好消息，你哥快结婚了，女方是县城的姑娘，人家家境殷实，不习惯住咱们农村，准备在她父母那头买处楼房。那咱家以后的院子，就等你妈和我两个老了之后给你。

米虎看着鱼缸里的鱼不说话，静听。

米务本讲了很多，此时终于讲得自然了。他说，虎啊，我这次来，顺便想从你这儿搞点钱，你哥工作上有急用。米虎说，啥？爹，我哥用钱干什么啊？米务本说，你呀，还是个愣头青，永远也赶不上你哥。你妈我俩天天看电视，那电视里都说，北京导游可不少挣钱，来这里旅游的人不计其数呢。虎啊，你自己在外面可别挣了钱乱花去，那样，还不如拿家里去派上大用场。

米虎点着了烟，给爹递过一根。

米虎开口说，爹，导游也不像电视里说的那样挣钱。你也看到了，北京花销多大呀，这个房子每月就千儿八百，房东还说下个月要再涨三百块呢。看爹说了这么多，还没问问自己有没有女朋友，显然，爹满脑袋装的都是哥，想不起坐在眼前的儿子。米虎有些无奈。顿了一会儿，他问，爹，那得需要多少钱？米务本说，怎么着你也得拿三万块。米虎气得站了起来，他有点激动地说，什么？三万块，我哪抢那么多钱去？

米务本翻睖着干瘪的小眼睛看着儿子。

米虎叹出一口气，又说，唉，爹，实话告诉你，我卡里就两万五千块钱，我准备以后自己……嗨，算了，我也不想有以后了，明儿给你都取出来。米虎抱着肩膀说。米务本说，虎啊，你想想办法，家里该想的办法都想了，我最后想到你，我总觉得见面跟你说好一些，不然，我也不会亲自跑到北京来。

听爹说这种话，米虎眼泪差点没掉出来。

米虎说，爹，你第一次来北京，多待几天，我陪你到旅游景点看看，我明天、后天休息。米务本说，看那些有啥用？不想去。我哪有闲心看风景，再说，菜地还等着种呢……

米务本感觉儿子住的地下室像个黑黢黢的鸡笼子，到北京来吃啥也不是个味儿，空气里一点水分也没有，哪有什么景点能看进去。又加上长途跋涉，吃不下睡不着，热火攻心，嗓子哑了不说，刚掉的那个大牙的牙周还要命地疼，弄得满嘴都是燎泡。

米虎看爹都这样了，以前对爹的不满仿佛在此刻消除了大半。他揣上手机和钱包说，爹，钱的事儿我想想办法吧，你屋里待着，我先去买饭。米务本说，虎啊，凑合凑合就行，别买多了，我吃不了几口，挑你爱吃的买啊。米务本嘱咐着。

米虎拐出去左转五百米，先买了一盒药，然后进了一家小饭馆。他订完了四个菜、四碗米饭后就开始打电话。米虎手里不够三万块，还差五千块，旅行社押他一万五千块的团款，可是，按规矩必须要带完下两个团才能结算。没办法，米虎只能给滕曼打电话，滕曼三个手机都关机。捏着电话，米虎最后想到了杨四姐。

杨四姐正带团，她没看清号码，米虎电话尾号和刘万军的一样，都是442。

还以为是刘万军呢，杨四姐张口就来，有话快说！有屁就放！姑奶奶正忙。喂，四姐，我是米虎啊，我有事找你，很急的，你看，要不，我晚一会给你打？米虎小心翼翼地说。哦，是你这个崽子啊，我还以为是刘万军呢，啥事？说吧。杨四姐还那样呜呜咋咋的。米虎吞吞吐吐地说，不好意思，四姐，四姐姐，我需要五千块钱。我爸从老家来了，家里我奶奶身体不好，需要钱，不过，等下个月一定还你，行吗？米虎扯了一个谎。

杨四姐眨巴眨巴大眼睛，心想，米虎这个人一向老实，不像胡连成、冷雪君他们，借给他钱不会打水漂。另外，米虎家里奶奶有病，这使杨四姐联想到自己年迈的母亲——杨老太太，杨四姐立马说，嗯，行，这个团我刚好赚了一笔。明天，这些游客上午自由活动，下午送站，今晚上我回家，你现在在哪儿？你到家来一趟吧。米虎高兴地直说，谢谢四姐……

杨四姐挂了电话，抿嘴一乐，嗯，正好，家里木草才打电话说，洗衣机漏水，也好让米虎给瞅瞅哪里出了毛病。

米虎和爹吃完饭就到杨四姐家里去了。杨四姐点出五千块钱放在桌上。木草看见了就问，四姨，这是干啥？杨四姐说，干啥也不是给你拿去买书！这是借给米虎的钱，一会儿人家来取。接着又说，你咋整的，洗衣机又坏啦？那可是新的，你就是能败家，赶紧考完导游证赚钱去，我可跟你生不起这份气。杨四姐叨咕着。

木草知道，四姨这是又和刘万军闹别扭了，她不明白，四姨究竟喜欢刘万军什么。怕四姨不高兴，木草躲在那儿不吱声，在大佳网更新了一些内容后，偷偷在百度里查找了北京几家文学杂志社，记下详细地址后，关了电脑。

听见是米虎敲门声，杨四姐给米虎开门。

杨四姐把米虎让进来，她累得嗓子有些沙哑，问道，米虎，你在白鹭旅行社咋样？挣着钱没？米虎说，还行吧，那儿的计调和经理对我都不错，经理有六十岁了，身体不太好，所以团量没有小世界旅行社团量大，只有我们八个固定导游。

木草过来和米虎打招呼，米虎问，马上要考试了，木草准备好了吧？木草说，该背的都背了，就是怕口试的时候紧张。米虎说，那你就多练习，给你四姨讲解几遍口试的景点，到时候就不紧张了。杨四姐说，她也不给我讲解啊，我一回来就看见她鼓捣电脑，不是写就是看。正事儿不干，干点正事也要工钱，这不，洗衣机又给我整坏了，洗衣桶里存不住水。这个败家犊子！杨四姐又借机骂起来。米虎说，四姐，可能是里面卡着东西了，给我找个钳子和螺丝刀，我看看。

杨四姐去找工具，木草给米虎洗了一盘葡萄。

米虎用螺丝刀旋松后盖板上的螺丝，卸下洗衣机的后盖板，最后他找到了原因，是排水阀阀芯里卡住了三个一元钱的硬币。杨四姐听米虎一说，又埋怨起木草洗衣服三心二意，不知道把衣兜掏干净。木草赶紧保证以后绝不会再有此事发生。杨四姐看米虎真的把洗衣机给修好了，高兴地请米虎吃葡萄、西瓜。

杨四姐三句话不离本行，啃着西瓜笑着对米虎说，哎，米虎，你觉没觉得游客跟这西瓜一样？米虎还头一次听说游客像西瓜，他愣头冷眼地看着杨四姐。

木草捧着一块西瓜刚咬一口，被四姨一说就呛着了。

杨四姐说，是啊，游客就是西瓜，有生有熟，你看，二十多岁的都是“生瓜”，愣头青似的，说话办事儿啥的莽莽撞撞，关键是吧，他们兜里比脸还干净，脸上长满青春痘，兜里没几个子儿，刚工作的他们穿得再时尚，也是囊中羞涩。而六七十岁的是“娄瓜”，他们倒是有钱，可就是不舍得花，一是为了守住养老钱，再有，他们也过了花钱挣体面的季节了。只有四十岁左右这个年龄段的人水灵香甜，他们既有钱也爱花钱，他们最知道钱花了是自己的财产，不花就成了别人的遗产，哈哈！这些人在我心里是最觉悟的人，也是我们最爱的客人。

米虎吃着西瓜闷头笑，说，四姐说的有理，你可真能琢磨。杨四姐说，我还真不服气，全算上，就北京这些导游，别看我导游证是托关系弄来的，嘁！杨四姐不知不觉又得意起来。

木草听四姨和米虎聊带团的事儿，在一边听着。出于感谢米虎解决了洗衣机故障，期间，木草起身把一双新编的草鞋垫拿出来，被杨四姐瞪了好几眼。杨四姐使眼色死活不让给米虎。木草就没敢自作主张。

快十一点了，米务本左等右等，米虎还不回来。住处也没电话，米务本想找个公用电话亭，给儿子打电话问问，儿子这么晚了在哪儿？怎么还不回？米务本一瘸一拐地从房间里走出来。

北京的大街晚上也不安闲，人们来来回回跑马灯似的，大街上除了车还是车，除了人还是人，米务本想不出三更半夜的，这些人出来溜达什么。他边走边嘟囔。

米务本正着急找电话，模模糊糊看儿子走过来了。米虎叫喊，爹，你怎么出来了？没睡觉啊？米务本说，都这么晚了，你没回，我哪能睡得着呢。回到住处，米虎把三万块钱递给爹，说，爹，正好三万，我刚从朋友那儿凑齐的，你带在身上别丢了。要不，你回去办张卡我给你打过去，或者我给你存一张工商银行的卡里，更安全。米务本说，我拿着比放卡里还安全呢，我不懂卡。你看，来的时候你妈给我缝的钱包。说着，米务本退下裤子，露出宽大的蓝色裤衩子来。在米务本小腹的下边缝补着一个兜儿，他把三捆钱都放在里面，然后用俩特大个儿的别针别上了。一提上肥大的裤子，还真看不出来里面装的是啥。但米虎感觉爹带着这三万块钱走在回家的路上，跟戴着枷锁一样，不会轻松。

米虎喂着鱼缸里的鱼。米务本说，虎啊，你养这鱼干啥的？米虎说，看着玩呗。

米务本说，不是爹说你，你看，你自己日子过得挺紧张的，住在这儿，怎么还养了两条鱼看着玩呢？你喂的鱼食不花钱吗？跑这儿跑那儿挣钱这么难，还有心思养这两个没用的东西……

米务本教育起米虎来一套一套的。他刚吃了药，好像大牙不疼了，又来了精神。也是，好久没有教育教育这个不争气的儿子了，作为爹的米务本不想放过这个机会。

给爹腾床，让他睡在床上，米虎自己倒在破长条沙发上。伴着爹的教训声，米虎很快进入了梦乡。

米务本看看儿子，无奈地说，唉，就知道睡觉，这小子心里还是啥也没有啊，就是个睡呀，做梦啊，别的本事没有。米务本自己对自己叨咕着，最后也躺下了。

木草生出了一种既鬼祟又昂扬的豪情，一种再也按捺不住的冲动，她想要做点什么。

带团累得不轻，杨四姐早饭都懒得起来吃一口，九点了，她还躺着昏睡。木草推醒杨四姐对她说，四姨，你起来吃点东西再睡吧，我去旅游书店看书，这就走，要晚点回来。杨四姐闭着眼，说，小鬼儿，你一天天不是拿着你背来的靰鞡草编鞋垫，就是看书写鬼东西。你赶紧滚吧，别吵我。

连续带团一个月，好不容易休息一天，杨四姐见木草要撞门出去了，自己再也没了睡意，赶紧抓起手机约刘万军来家里。

木草兴奋地上了公交车。坐在那儿，木草把包儿放在离心脏最近的地方。只有她自己知道，包里装着比钱还珍贵的东西，是她提前打印好的小说稿。她要送到当代人民文学杂志社去，她期待自己的小说稿子有一天能变成铅字。

为什么当代人民文学杂志社是她的首选呢？关于这个问题，木草想过不下一百次。她以为，人民指的就是像她一样普普通通的人，写出的小说也是拿给如自己一样普普通通的人来看。她猜，这里的门槛儿不会太高。

坐在车上，木草偷偷地笑。她笑自己总算骗过了四姨那双火眼金睛，笑自己的那种写作方式，简直像逃避追杀一样紧张，又写得那么疯狂。木草甚至还为自己前往当代人民文学杂志社这一明智的壮举而笑。笑过后，她又开始心怯，编辑老师能看上自己的作品吗？如果老师不收，那该怎么办？木草东想一下，西想一下，转车的时候竟然转错，她坐上了往相反方向开的公交，等到了终点，才知道错了方向，无奈，她又坐了回来。

到达当代人民文学杂志社那条大街，已经是下午两点多。

大门有保安看着，木草被保安截住问，干什么的？哪个单位的？找谁？木草说，我是找老师的。保安说，哪个老师，你预约了吗？木草说，啥预约？我也不知道找哪个老师，不管哪个，找着其中一个就行。保安说，你自己都不知道找哪个老师，怎么找？告诉你啊，这不是旅游的地方，外人不能随便进。木草说，我有身份证。保安说，有身份证也不行。保安看着这个年纪轻轻，缺乏从容的女生，不讲情面地阻止她进门。

木草退回来，站在门口不走。看见一个戴眼镜的男人往里走，保安连问都不问就让进去了，木草站在那儿有点儿不服气。她对保安说，你不公平，你是不是看我像外地人就不让进啊，刚才那个你怎么不管呢？保安说，那是杂志社的，我还用问吗？管什么？让你进去，把他拦外面？我脑袋有病啊？保安说完又瞅了她一眼，继续值班。

木草看着这个戴大盖帽的保安，琢磨怎么样能进去，总不能白跑一趟。

果然，想进这个大门的人不止一个。又来了一个河南口音的人，看上去有五十多岁，瘦得跟干狼似的，身上背一个蛇皮袋子，里面不知道装的是啥，压得他脸快着地了。袋子有印字：抗病性能强、天干耐旱情，高产稳产还数正大12号玉米种子。字儿的旁边配着图，图上是一个花里胡哨的大姑娘，梳着俩辫子，手里捧着一穗玉米。

木草摸了摸自己，幸好，今天自己梳了一条辫子，否则，定会被人怀疑他俩是“正大”雇来做广告的。

河南人喘了几口气，向保安打听说，同志，请问这是杂志社吗？编辑部怎么走？我找周四平老师。来人站住了，一只手攥在蛇皮袋子嘴儿上，另一只手拎着一个20世纪六七十年代流行的黑色皮革包，黑包上面还写着大大的“北京”两个字，手拎包已经严重破损。

木草想，这里可能装着他写的东西，要不，他怎么也找编辑部老师呢。

保安对河南人说，你是从驻马店来的吧？我老家也是驻马店的……

遇到了老乡，保安机器似的脸有了变化。看来，这里的保安也是见多识广，显然像木草这样的，甚至比她漂亮、有身份的人，保安已经看麻木了，只对老乡还尚存新鲜感。河南人说，我今天来见编辑部的周四平老师，稿子交给他，俺才放心，老乡啊你让俺进去吧，我可是坐了一夜火车，大老远来一趟不容易。木草一听有门儿，立刻围过来说，让我也进去找周老师吧，谢谢你了，我也不容易才找到这儿的。河南人看了看木草说，这小妮儿也是来投稿的？那就让我们一起进去吧。河南作者没想到，在杂志社门口上演了一幕“同是天涯沦落人”。

保安看了看这两个土包子，撇着嘴笑了，肚子一鼓一鼓的笑，然后，保安往里扬了扬手。

木草像中了彩票一样，乱了脚步，瞎了节奏。她不敢回头，噌噌地往前走，生怕保安随时改变主意叫住她。

顺着指路图，木草和河南作者往四楼走。木草忽然意识到河南作者跟不上脚步，落在后面，木草退回来帮他。两个人抬着蛇皮袋子上楼，敲编辑部的门。

门开了，里面有两个比木草大三四岁的姑娘，她们好像刚聊完私事。其中一个对另一个说，一会我再教你，好弄。接着问，你们什么事？找哪位老师？河南作者说，我是来找周四平编辑的，我写了一个农村题材的长篇小说，还有几个文友的长篇，我都一起背来了。女的扶了扶眼镜说，这里主要发表中篇小说，长篇基本不接收，你到别的地方看看。河南作者说，我找周老师。女的说，他去外地开会，一周以后回来，你到时候再来找他吧。

女的问木草，你什么事儿？木草掏出自己的中篇小说稿，老师，您给我看看，我写的行不？女的说，我不是编辑，我也没法给你看，你放在这儿吧，等编辑回来再说。木草觉得心里没底，看看屋里的两个老师不能给自己明确答复，但又不能白跑一趟，她一根筋的劲头又上来了。她着急地说，麻烦老师您了，就给我看看吧，好吗？我这稿子适合吗？求您了。女的被迫拿过来，翻了两页，摇摇头说，我也不会看，你这是散文还是小说啊？怎么开头是首诗歌？！这样吧，你放在这儿，如果能用，编辑会给你打电话，我们会转交给编辑老师的，好吧？我们还有工作呢。女的下了逐客令。

末了，木草还是把底稿留在了杂志社，河南作者什么也没留。木草把一双靰鞡草鞋垫交给女的，希望她转交给周老师，并说这是一种家乡的草，自己亲手编制的，暖脚除湿祛邪的。女的说，我们不收礼，也不知道这是什么草，能除湿祛邪？真没听说过，绝对不能要。还说上面有规定。木草不明白，上面明文规定这也不能收下吗？

第一次来这种地方，木草好奇，比她第一次去颐和园还兴奋，几层楼都被她转了一遍。等木草走出杂志社大门时，再没有见到那个背蛇皮袋子、拎着黑皮革包的河南作者，只看见保安还在那儿站岗。

木草以亲自来到杂志社而自豪，她脸上浮满笑意。她对自己的作品充满信心，虽说鞋垫人家没收下，毕竟，小说底稿留在了杂志社，那就说明自己有希望，留在这儿就有念想。

回来的路上，木草憧憬着自己生产的信息、知识、智慧，能像家乡的小河流一样，汩汩地流过编辑的眼睛，然后用铅字固定下来，印在洁白柔软的纸上，记录着属于这个时代普通人的身影……

电脑前，杨四姐整理几张自己的艺术照，放在QQ相册里。刘万军一边吃葡萄一边看，时不时地指导一下。

刘万军又要进入状态，杨四姐啪的一下，打了刘万军手背。嗔怪说，你老实点！瞎摸啥呀，还没够啊？属驴的？痛快的，把你QQ密码告诉我，我看看你有几个网友。

刘万军说，去去，就知道瞎猜，我刚比你早学会几天啊，上网聊的除了女儿就是你，一天忙得要死，哪有别的时间，有时间就跑你这儿来。刘万军说着，还是把密码告诉了杨四姐。

杨四姐进刘万军的QQ空间，检查无一疑点，赏了他一个又一个吻。刘万军说，别勾引我，一会儿又出不去门了。杨四姐说，出不去就待着，反正你是我的，怎么？

还想今晚上回家咋地？这不是你家啊？杨四姐又上来了蛮横劲儿。刘万军习惯性地笑着说，你就是小心眼，你外甥女一会儿回来，看见不好，以后你说话也多少注意点。杨四姐说，放屁！你们北京人就知道骂别人，不知道自己有多装！木草又不是小孩，她也不是没看到过你……

木草走到楼下，她猜想刘万军可能在四姨这里，就拿起手机给四姨打电话。木草说，四姨，我回来了，用买点什么菜吗？杨四姐说，你死哪去了这一天？吃晚饭了才知道回来。杨四姐一点也不表现出感谢木草把空间和时间留给刘万军他们俩。刘万军咬着牙，指着杨四姐不出声地揭穿她。杨四姐轻轻地扇了他一巴掌，然后冲电话说，算了，不买啥，晚上你刘叔请我们到外面吃饭，你赶紧滚回来就行了。木草答应着往楼上走。

天越来越冷了，杨四姐决定去吃火锅。

火锅被服务员弄得很旺，杨四姐要了四盘羊肉，三盘肥牛，一盘爆肚，两盘大虾，各样蔬菜。她还没有善罢甘休的意思，拿着菜单还在盯着看。刘万军开玩笑地说，你看你四姨，又要宰我，带团宰游客，回来宰我。杨四姐说，我凭什么宰你们？那不是有前因后果吗？为你们服务咋不说说呢？哼！我的青春都让你和游客给祸害没了！杨四姐又开始算账。

木草不喜欢刘万军，反感他长得那副尖嘴猴腮相，这个人又偏偏喜好在吃饭的时候吐烟圈，烟灰落得哪哪都是。木草不愿意和他俩一起坐着，她一会儿弄弄衣服，一会儿挪挪椅子，怎么着都有些别扭。木草一般不和刘万军多说话，对于他刚才说的话，木草不知道怎么接下去，大部分时间低着头，或者观察一下周围的人们。她喜欢观察。

杨四姐好喝酒，整几口就多，多了就逼问刘万军啥时候离婚。杨四姐已经越来越不分场合，不考虑外甥女这个孩子还在身边，想说什么就说什么。

木草正尴尬呢，门口走来了小世界旅行社的导游董晓冉、向小强，后面是白鹭旅行社计调华蕾。

董晓冉和向小强过来热情地跟杨四姐打招呼，杨四姐看看桌子上好多菜还没动，非要让服务员添置碗筷，让他们一起坐下来。董晓冉说，谢谢四姐，我同学华蕾今天过生日，我们三个同学一起聚聚，好久没在一块儿吃顿饭了，你们吃吧，不打扰了。木草站起来和向小强说话，同华蕾握手。董晓冉在网上和木草交流过，探讨过她们年轻人的话题，所以更是亲切。

董晓冉搂着木草对杨四姐说，四姐，让木草和我们一起吃吧，我们有许多话要说哦。杨四姐说，咋地？欺负我老了，和你们没共同语言是不？赶紧把她带走，你们使劲说去吧，说着了火我不管啊，直接打119。几个人被杨四姐逗得忍不住笑起来。这是杨四姐喝多了，平时带团遇见，杨四姐可是耍大牌的，新老导游都买她的账。

看他们上楼了，杨四姐喝了一口二锅头，暗自计划拓展人脉，结交越来越多的导游。杨四姐时刻准备着和刘万军单干，她懂得轻重，要不是自己一心想先把个人问题解决掉，她早就撺掇刘万军开一个旅行社了，哪怕小一点的挂靠门市也好。

董晓冉、木草、向小强、华蕾四个人被服务员带到楼上的一个包间，他们围坐在一起，说说笑笑。向小强为华蕾买了一个生日蛋糕，可他的眼睛却总落在董晓冉身上。

木草觉得还是董晓冉长得好看一些，虽说嘴巴上有个黑痣，但不影响她的靓丽容颜。华蕾脸颊上通红，不是胭脂染的，是红血丝多的缘故，可能这是西北人的特点，脸上有“高原红”，但这个女孩气质特别好。

华蕾往自己碗里倒了点辣椒油，然后按顺序传给向小强。向小强刚想倒一点，董晓冉抢过去笑着说，你还吃辣啊？看你脸上长了那么多痘痘，越吃辣的越严重。华蕾说，可不是吗，你多吃肉和菜吧，带团把你瘦成皮包骨了，快听晓冉的。向小强说，我瘦了20斤，我妈老心疼了。华蕾说，你们看，向小强长得像不像忽必烈？留点胡子就更像了！木草坐在那儿，看着她们捂着嘴笑。华蕾问向小强，阿姨还劝你回老家不？现在住习惯了吧？向小强说，有时候还劝我回通辽，老人不理解我们。好在她找了一份工作，少了很多唠叨。

刚才，抢辣椒油的动作，令向小强心里暖乎乎的。一暖乎，向小强心里又琢磨，难道董晓冉真的在意自己？担心自己脸上长痘痘？她还什么时候冲自己哭鼻子呢？

长城上那回，让向小强第一次有了被信任、被依靠的幸福感。

几个人打开了话匣子。

董晓冉问，哎，哎，你们听说没？旅游业始于名著《西游记》？向小强和华蕾歪着脖子冲着董晓冉。董晓冉说，不信啊？孙悟空是全陪导游，猪八戒是地陪导游，沙僧是行李员，白龙马是司机，唐僧是游客，就是不确定旅行社是妖怪，还是游客。向小强说，谁发现的？这么有才！还真是这么回事，哈哈。但我觉得旅行社头儿才是妖怪，游客是唐僧。华蕾说，你俩住口！竟敢说我是妖怪！木草说，不不，华蕾不是妖怪，应该是女儿国国王。董晓冉反对说，女儿国国王也很惨呐，好像一辈子未嫁，我看华蕾是白骨精才对。华蕾隔着木草去打董晓冉。董晓冉说，你不懂啊，当今社会的白骨精，就是白领、公司骨干、行业精英的意思，嘿，你好好发展啊，我以后说不定去你们旅行社带团，有你白骨精关照关照，也算没白同学一场。

向小强问，对了，华蕾，听我师父胡连成说，原来小世界旅行社的米虎在你们那儿？还说，是吴瑕给她挤对走的？华蕾说，北京旅游圈没多大，我们社计调何小宁和你们社吴瑕是同学，那阵听说，我们社导游不够用，就把米虎给调来了，不想米虎带团口碑不错，我们就很重用他，他也没再给其他社带团。米虎这个导游人很好，不奸诈。向小强说，听我师父胡连成说，米虎和我们经理滕曼关系好，别去你们社挖商业秘密啊，我们可是同学，我有什么说什么。

董晓冉说，你别什么都听你师父胡连成的，他可不是什么好鸟！胡连成带团什么事都做得出来，你不要相信他！真的，我师父冷雪君也是老导游，但我自己心里有数。该学的学，不该学的不学，我们是新导游，凡事多动脑筋。向小强点点头。华蕾说，咋弄的，你们小世界旅行社怎么那么多新闻啊？董晓冉说，想听爱情新闻不？呵呵。董晓冉做个鬼脸。华蕾说，想听，快说说，是有关你的吗？董晓冉说，我呀，你想听我的爱情故事？那得等，等猴年马月。哎，你们说，姐弟恋能成功吗？向小强眯着小眼睛笑说，我知道你说谁呢，是不是叶文在追求滕飞？旅行社的人都知道了。华蕾问，叶文是谁？董晓冉说，是我们旅行社的计调，三十了还没嫁出去，那个滕飞是经理，老总的弟弟，叶文比他大五岁呢。叶文还挺痴情，那天去社里报账，我和滕飞说了几句话，她都吃醋……

向小强心里有点慌，不知道董晓冉说这话啥意思，难道她喜欢上滕飞了？向小强的自卑又占了上风。本来，想找个机会表白自己对董晓冉的爱慕，看来，时机不对，那只好等待。向小强自己跟自己做斗争。

其实，董晓冉早就看出了向小强对自己的意思，可不知道为什么，她没有感觉。向小强身上好像缺少她要的一种劲头，具体是什么她也弄不清。但是有许多时候，她又特别依赖向小强，心烦的时候喜欢和他倒倒苦水，然后就能雨过天晴。

华蕾知道木草在准备考试，就对木草说，以后到我社带团吧，我们社里缺好导游。董晓冉说，呸！还同学呢，怎么不请我去你们社？我还想和木草在一起工作呢，我在哪儿木草在哪儿，对吧？木草说，那我们一起去。华蕾说，我看行！来，我们喝一杯。向小强说，你们都喝饮料就我自己喝白酒啊？你们欺负我一个人是不？董晓冉说，嘿，那酒比我们喝的大瓶可乐贵多了，内蒙古人不都能喝酒吗？捡便宜还卖乖。几个人打着嘴仗，谁也不饶谁。

一楼火锅店的桌前，杨四姐半睁半闭的眼睛瞅着刘万军，突然问，你那个老婆没有啥情况吧？刘万军说，有什么情况？啥意思？我没听懂啊。杨四姐说，你那意思，就是你老婆活得挺滋润呗，没病也没灾？

自从那天效仿《红楼梦》里的马道婆后，杨四姐心里一直盼望刘万军老婆潘新艳摊上不幸，那她就可以得到想要的幸福。

刘万军好像有点不高兴，喝了一口白酒说，四姐，你别总拿她说事儿好不好？她根本碍不着我们俩，别着急，水到渠成，等我们有了儿子，生米做成熟饭，啥事都好说了，我们要齐心协力，以后还得同甘共苦呢……

杨四姐正处在天干物燥的季节，是个点火就着的主儿。听刘万军说这些话，立刻骂道：你是老爷们吗？！对我一点责任不负？！刘万军赶紧拽杨四姐的胳膊说，你小点声，姑奶奶，我的亲姑奶奶！我咋不负责任了？你不能这样说我呀，我……杨四姐猛地甩开刘万军的手，斥责道，你既然要了我，就要履行你一个男人的责任，可你呢？除了干那种事儿的时候和我齐心协力，说到正事，你站哪边去了？你还是向着潘新艳！

刘万军心想，那边潘新艳老叨叨不回家，这边杨四姐老挑毛病，唉，这女人多了也好也麻烦。

刘万军叹了口气，还得解释，推了一下杨四姐，说，哎哟喂，姑奶奶，我跟你以后都没碰过她，过年过节都没给她买过东西，你还弄我一身不是。你饶了我吧，说点良心话，成不成？我要不为你负责我能这样……这样想天天和你在一起吗？看看旁边的人，刘万军压低声音劝导。杨四姐含着眼泪，咕咚咕咚喝啤酒，显得万分委屈。

刘万军左哄右哄，看杨四姐还不开面，就坐过来搂着她的头，小声说，宝贝，你是我心肝，还不行吗？告诉你，也许这次就有了，你哭坏了身体，伤到儿子！嘿，你不是说，这几天正是好日子吗？有好日子咱就好好过，开开心心的。杨四姐听到儿子两个字，立马不哭了。对呀，哭啥呢？好日子在后面呢。她命令说，给我倒酒！刘万军说，亲爱的，你傻啊，我刚才都说了，也许这次就有了，你再喝把儿子喝没了怎么办？

看刘万军说得有鼻子有眼儿，跟真事儿似的，杨四姐撇着撇着嘴，笑了。她说，看你那熊样吧，等有了儿子你再不负责，我就弄死你！刘万军说，行，反正也奔六十了，你真弄死我我也就消停了。再不用弄个车队挣钱，也不用天天想你往这儿拼命跑了。

杨四姐嗔怪地揪了一下刘万军的耳朵。

刘万军说，你吃好没？我结账了啊，司机都拉着团呢，工作上的事我也不用操心了，就想操心儿子的事儿。唉，四姐啊，你不是男人，不知道没儿子的滋味呀。嗳，告诉你，我今晚上真不想回昌平，你，你明白不？嘿，杨四姐同志。我车钥匙呢？车钥匙你给我搁哪了？

刘万军打了一个酒嗝，他的酒劲儿上来了，开始磨叽。

杨四姐说，看你，喝几滴尿水子就这德行，喝成这熊样儿，还能开车啊？还往哪儿走啊，痛快跟我回去。得，你在这儿坐一会儿，喝点茶，醒醒酒，老老实实地，别动啊，我去看看木草那死丫头吃完饭没。

刘万军喝得两睛发直，拿出打火机点烟，手也不听他指挥，见杨四姐上了二楼，就冲一个男服务员嚷嚷，服务员，过来，什么饭店，赠送的打火机不好使！

干吗呢？……

服务员过来帮他点着了烟，刘万军坐在那儿冒着，吐着。

楼上的几个人正唱：Happy Birthday to you，Happy Birthday to you，Happy Birthday to Hua Lei，Happy Birthday to you！祝你生日快乐，祝你生日快乐，祝你生日快乐，祝你生日快乐！最后几句汉语是杨四姐进来跟唱的。

大家一起鼓掌吹蜡烛。华蕾给每个人切了一块蛋糕，给杨四姐那块最大。杨四姐咧着嘴说，这蛋糕是洋货，哪有咱们中国饭好吃啊，你们这帮孩子咋得意这玩意呢？木草说，四姨，这你就不懂了，我们这是按照国际惯例过生日呢，这就是与世界接轨。几个人笑得开心，吃着蛋糕。董晓冉趁向小强不注意用奶油抹了他一脸，向小强也追着董晓冉报复，没追上，把华蕾给逮住了，弄个满脸花。木草手疾眼快，给转过身的董晓冉抹了一把，这下，几个人更笑起没完了。一个个弄得跟小鬼似的，龇着小白牙。

杨四姐看着她们闹，心里想，自己真的老了？虽然和他们一样是未婚青年，可差距咋就这么大呢？看他们几个旁若无人地嬉闹个没完，杨四姐心里不知道怎么就不平衡了，她从包里拿出一根摩尔烟，啪的一声点上火，叼着烟看看众人，立刻又摆上一副开课的架势。

她说，哎，哎，别傻闹了，听我说几句对你们有用的！你们这帮新导游别只顾贪玩，要机灵点，可别像我带过的陈静依那么死心眼子，该挣的钱就得挣。大学生咋了？大学生也得吃饭、带团，对吧？客人们听话配合咱挣钱，咱就好好伺候着，不听话、不配合咱就往砸了带。我杨四姐不是在这儿跟你们吹牛，我带旅游团，我就是往砸了带，他们不投诉我我都不愿意。

几个人安静下来，听杨四姐继续讲。

杨四姐叼着烟说道，那天，一个东北来的全陪让我给揍了一嘴巴。不懂事，她在游客面前说我坏话，让客人防着我，你说她傻不傻？董晓冉，我最烦你师父冷雪君，不怕你告诉她，真的，她是导游界的败类！带团为了不给司机分钱就跟司机睡，还勾引过刘万军呢，真不要脸！为了钱还跟游客睡，男全陪也照样跟人睡，只要给钱就行。等哪天我看见她非撕烂她的嘴不可！

杨四姐的酒劲儿上来了，啥都敢骂敢说。

这下，几个人不吃不喝，把注意力全转移到杨四姐身上。

杨四姐喝了一口水又说，就说去年，小世界旅行社年底发奖金。这家伙，他们那个气得啊，冷雪君和胡连成认为我多拿了，那个嫉妒羡慕恨呐，不知道自己几斤几两，还看不起我？真逗！告诉你们，小世界旅行社导游里除了米虎以外，没有一个省油的灯！木草说，哎呀，四姨，你说啥呢，今儿个又喝多了。董晓冉说，冷雪君是我师父不假，但她是她，我是我，没事，四姐爱说什么说什么，我不会传闲话。

向小强不知道冷雪君是不是像杨四姐说的那样，但师父胡连成的所作所为，他是一清二楚。华蕾不敢相信，导游中还有这样的人，心里想，幸好白鹭旅行社没有发生这种事。

杨四姐还嫌不过瘾，继续义愤填膺、慷慨陈词，鼓动着董晓冉和向小强，还有即将进入旅游行业的木草，让他们认为导游拿回扣是坦坦荡荡、理所当然。

杨四姐拍了一下桌子说，咋地？医生乘人之危向病人家属要红包，法官吃了原告吃被告，律师拿谁钱帮谁说话、颠倒黑白，咱们导游拿点购物店回扣，那是理所当然的广告费，咱们一张嘴，带动了北京多少的旅游消费？解决了多少就业问题？凭啥曝光咱导游，咋不曝光那些有头有脸的人啊？欺负小导游没组织没靠山是不？我打昨晚上看完那条曝光导游的新闻，我就来气！什么社会风气？啊？这赖我们导游吗？

显然，杨四姐气不顺，脑袋一句屁股一句地骂。

几个人又是开导，又是倒茶，弄得木草在同龄人面前抬不起头来。她更不敢说什么，怕四姨不高兴又骂自己。

看杨四姐平静了下来，董晓冉说，四姐，跟您商量一个事儿呗，刚才我和木草说了，她今晚到我那去住，行吗？我刚搬到离这不远的单身公寓，我们俩还没聊够呢，华蕾也去。华蕾说，哦，你们明天不带团，怎么都行，我可不行。你那儿离我单位宿舍远，我明天早起旅行社有事，一堵车就迟到，我就不去了。改天我回请大家啊，今天就谢谢你们为我过生日了。木草看着杨四姐，等待她批准。

杨四姐巴不得木草今天晚上在她和刘万军面前消失呢，就答应说，好，让木草去吧，顺便你给她上上带团的课。董晓冉说，是啊，木草不是害怕现场口试吗，五大景点，让她都给我讲一遍，我听听，再给她一些建议，保证她考过。杨四姐大声嚷嚷说，对，考过，必须考过，赶紧挣钱，挣钱……

大家起身离座，杨四姐的腿在画圈儿，被搀扶着下了楼。

从火锅店出来，各回各家。

刘万军拥着杨四姐，已经不知道迈哪条腿好了。一边上楼一边问，四姐，木草不回来了？真的？晚上就我们俩？哈哈，看我怎么收拾你。杨四姐拿钥匙开门，对门的小狗听到动静“汪汪”地叫唤。杨四姐说，你今晚上动静小点，别弄得鸡犬不宁的。

门被关上了，刘万军继续甘心情愿地享受他的怨妇、情妇的折磨。

华蕾坐上地铁回单位宿舍。向小强送董晓冉和木草回到公寓门口。董晓冉回头说，小强，这蛋糕你给阿姨拿回去吧，还有几个烧饼。我刚才打包就是想着给阿姨拿回去的，给你。向小强接到手里说，行，那我就拿回去，我妈还说有时间请你一起吃饭呢。董晓冉问，阿姨在那个商场做保洁还挺稳定的，一直干到现在，等她哪天休息，对，等我过段时间没团带了，就去你们那儿蹭饭吃，呵呵。董晓冉甩了一下马尾辫说。

向小强看着董晓冉可爱的样子，真想上前抱她一下，他挪了挪脚步，最终还是没敢。向小强真是奇怪，跨越一步，对自己来说，怎么就这么难？最后，互相说了几句嘱咐的话，向小强消失在夜色之中，董晓冉拉着木草进了公寓。

木草和董晓冉像演戏一样，木草当讲解导游，董晓冉当评委。一遍走下来，木草感觉良好。董晓冉鼓励她说，就今天这样，通过考试没问题，可总觉得你当导游有点可惜了。木草说，可惜啥？我先自己有份工作再说吧，不能总花四姨的钱。董晓冉说，对，干导游多少也能挣点，何况在旅行社有你四姨关照，应该没问题……

两个人洗漱完毕，躺在小床上，都午夜了，谁也没有困意。

木草翻过身问董晓冉，你现在在想什么？董晓冉说，我在想我承德的阿玛和额娘。木草坐了起来问，你说啥？董晓冉也坐了起来，说，想我爹娘啊，我是满族人。

木草说，是吗？我是蒙古族，可惜我不会说蒙古语，那你会说满语不？董晓冉说，我只会几句简单的。满族称呼和汉族称呼不一样，我们称父亲为阿玛，母亲为额娘，儿子叫阿哥，女儿叫格格。过去的时候，仆人称男主人为老爷，称小主人叫小爷。儿子叫母亲除额娘外，俗称奶奶。而妈妈则是仆妇的称呼。木草兴奋地说，我又长了见识，格格吉祥！木草学着电视剧里的样子。

董晓冉拍了她一下说，去你的，什么格格。你知道吗？我阿玛和额娘是世界上最善良的人。我要挣钱让他们晚年过上好日子。我们家地里自己种的土豆可好吃了，等我回家给你带一点尝尝。我们那的野花漫山遍野，到了季节可漂亮呢。木草说，这么好啊，我现在都想和你到你家去旅游呢。那种景色才是我向往的地方。董晓冉说，以后带你去我家玩，坝上就在我家前面。木草啊了一声，说，那的景儿真美啊，我在网上看过图片，我就喜欢田间地头的美景，有时间去你家玩。木草脑海中都是花花草草。

又一次翻过身，董晓冉突然说，你想不到吧，我就是我额娘从田间地头上捡来的。木草说，哈哈，小时候大人都骗过我们，说我们小孩都是从田间地头或者河边捡来的。木草说着笑得倒在被子上。董晓冉说，可我真的是捡来的，我亲生父母去年找到了我。木草停止了笑，看着董晓冉。董晓冉说，他们是在市里做小生意的，当年为了生男孩，因为我已经是他们生的第四个女孩了，没办法，就把我放在我阿玛、额娘的地头上，从此没了音讯。他们说，偷偷看过我，但我不清楚，去年找我，是因为他们的儿子，也就是我弟弟得了白血病，需要骨髓移植。木草说，原来是这样！这真是太滑稽了，太离谱了。后来呢？董晓冉说，后来配型成功，我捐献骨髓挽救了弟弟，但我还是有些难受，在心里。董晓冉沉默了一会儿。

当董晓冉说出心里难受几个字时，木草对自己的无助而感到坐立难安。她把手放在董晓冉的肩头说，我不知道你的感觉，也不知道自己该说什么，但是我真的很关心你，挺佩服你的，来北京认识你挺好的。董晓冉说，我也是，谢谢你木草。木草小声问，那……那你还……恨吗？董晓冉说，什么？哦，不恨了。如果我没有这么好的阿玛和额娘，也许会恨吧。但我得到了他们的呵护和养育，心里就总装着他们对我的爱了。

木草听着董晓冉的述说，终因眼泪难挡，便悄悄地流淌了。

董晓冉用手给木草擦眼泪劝她，董晓冉说，这下好了，从今以后我们就是好姐妹，哭也能找个伴儿了，可以互相擦眼泪。哈哈，不哭，我都想开了，你还哭什么？看你，别为我难过，反正都过去了。木草叹了口气说，是的，都过去了。

后半夜，董晓冉已睡熟，木草睁着眼睛，有些事儿，她还是琢磨不透。

凌晨两点半了，木草才睡。木草闭上双眼，她试着用一种明媚，去幻想一个开满向日葵的小世界……

米虎把带着三万块钱的爹送走之后，刚刚电话得知，爹已平安到家。他心里还算轻松了一点儿。可随后，又不轻松了。米虎不知道滕曼为什么三个手机都关机，难道她真的忘了当初？彻底和自己一刀两断？断得干干净净吗？米虎试着又打了一遍，还是告知关机。这时候的米虎已经不那么恨滕曼，他只想着滕曼对他的好。越想，他越担心起滕曼来。

坐在长城下面一块石头上，米虎心里越来越不安。在等游客的工夫，他决定给小世界旅行社的陈静依打电话，他想探听一下滕曼的情况。

陈静依看是米虎电话，一份意外惊喜浮现在她的脸上。米虎直接问，小世界旅行社团多吗？滕曼和那得海都对你怎么样？陈静依说，可能团不少，但都是剩下不好的团让我带。滕曼出国旅游去了，说要俩月以后回来呢。吴瑕也不经常在，好像去外地出差了。那得海真不是好东西。我这次去拿行程计划，办公室就他一个人，他堵着门不让我走，想欺负我。后来有吴瑕电话打进来，我才趁机逃开。米虎骂道，这个混蛋！陈静依你在哪儿？我在长城。陈静依回答。米虎说，我也在长城，“望京石”旁边坐着呢。陈静依说，我在熊乐园这边登的长城，怎么弄？这一团团的游客都不让我省心，刚才只有三分之一坐滑车上去，还好，今晚我有房住，还住在元元宾馆。米虎说，我游客从长城上下来了，回聊吧。

米虎一听头就疼，怎么这么麻烦，又碰巧和陈静依住在一家宾馆？说心里话，米虎已经无奈于陈静依的一次次倾诉和抱怨了。

陈静依自己坐在那儿埋怨自己。每次到旅行社领行程单的时候，计调们一顿劝导之后，她当时还激情澎湃，发誓这一回一定多讲解，不管是真的假的，下决心拿出好的业绩回报旅行社，发狠把购物店里的商品卖出去，像杨四姐他们一样从容不迫，可一上团自己就变了，之前的发誓统统见鬼。陈静依不知道怎么逾越这个障碍，她在熊乐园下面摁着手机，准备给米虎发一条短信。

还没等发出去呢，就听见一个妇女骂骂吵吵过来了。你是啥导游啊？在车上什么也讲不出来，讲几句吧，你那小塌塌鼻子发出的声儿跟蚊子似的！窝囊废也就罢了，大活人也看不住！坐滑车的，你屁颠屁颠地带，我们不做滑车你就不管了，自己在下面玩儿，还北京导游呢，我们这次来北京算倒了八辈子霉了！

妇女骂着，旁边一起来的游客怒视着陈静依，添油加醋的架势。

陈静依仔细询问才明白过来，女人带来的九岁孩子在长城上跑丢了。陈静依害怕极了。她带团还第一次遇到这样的情况，她和孩子母亲一起往长城上跑。先回来的游客跟着一起找。

其中同一团来的一位四十多岁的男游客问，孩子从哪儿走散的？身上带钱没？母亲上气不接下气地说，我也记不得了，这孩子像个野孩子似的，我照完相就找不到她了，以为她走在前面，我走到好汉坡也没见着人影。身上可能有一百块钱。男游客说，那就好办点儿，你别着急。妇女嫌陈静依走慢了，叫嚣着：你看着，我女儿出什么事儿，我让你一命抵一命！妇女随手推了陈静依一把，她很壮，推了陈静依一个屁墩。妇女爆豆似的骂骂咧咧，陈静依在地上哭。

陈静依不知道怎么面对这个游客，该怎么和旅行社交代，也不知道孩子跑哪儿去了，会不会从墙上不小心掉下去了啊？陈静依想到这儿，赶紧爬起来，小声哀求道，大姐，求你别骂了，我们赶紧找孩子要紧，都怨我没看好孩子，没陪你们上去……

找孩子的人们脚步加快，呼唤着孩子的名儿，妇女不停地向迎面走来的游人打听。

过了半个小时，孩子母亲的电话响了，是孩子声音：妈妈，我在长城下边，你们在哪儿？我看不见你们啊，我是用一个好心叔叔的手机打的。母亲急坏了，忙问，孩子你没事儿吧？你在哪个口？孩子说，我下来的时候坐了缆车，所以迷路了。母亲把电话给了陈静依，说，你傻啊！快听电话，我对这儿不熟悉，不知道哪里还有缆车，到底在哪个口。陈静依嘱咐孩子说，你别动！就在乘缆车那儿等我，好吗？我这就过去接你。陈静依带着孩子母亲跑到长城西边路北汽车停车场旁边的那个登山口。

虽然说孩子找到了，可发生的不愉快仍然留在了陈静依和游客的心里。最后去的那家店，是卖宝贝肤灵的，一家专卖烫伤膏的药店。结果可想而知，游客不配合，啥也没买，弄得单子都没签出来。陈静依空着两只爪子，沮丧地甩着长长的马尾辫回到车上。司机一直对她不满，懒得搭理她。几乎每次，陈静依都是零购物。她是小世界旅行社出了名的自己贴人头费的新导游。陈静依彻底地沦落为无偿为游客服务的导游，却也落不下半点儿好。

返回宾馆的路上，游客们精疲力竭，一个个坐着睡着了。

陈静依孤独地坐在导游座位上，她感到一阵阵窒息。陈静依有个心理障碍，一带游客进购物店就感觉那是一种欺骗，是在利用游客的信任，至少，她厌恶这么做。她正在和自己的良心较劲……

也是奇怪，米虎一上团就又抓心挠肝地想挣钱，他像个机器一样正常运转，他把每次下团发的誓言又一次抛到了九霄云外。

这次带的一团人中，有一个三十多岁的女人，叫颜影，颇有古典美。颜影不多言不多语，喜欢拍照，就连一朵花、一棵草，她都拍下来。在景区，米虎没少帮她拍照，她也没少买东西，这是米虎最喜欢的游客类型。喜欢归喜欢，可颜影不像以往有些女游客那样故意勾引他，这反而让米虎觉得这个女游客具有独特魅力。

米虎自己也不知道，为什么特别想带着颜影看看北京的夜景，也许是长久以来滕曼的不理睬，令今晚的他感到无限孤寂。虽然很累，可米虎还是希望陪这个古典美女一起出去走走，这是他以前见到别的女人从没有过的真实意愿。

在宾馆，米虎有意坐在大堂，已经是天意了，这个团分房出现了“女单”，也就是说，颜影自己住一个房间。米虎期待这一次的奇遇，盼望颜影路过他的面前，那他就可以邀请她，义务做保镖兼导游，给她一个人。

颜影换了身衣服？真的！下楼走到宾馆大堂来了！米虎的心，又跳动起来。

颜影问，米导，咱们住的宾馆附近有没有大商场可以转，我想去买东西。米虎说，有啊，我可以带你去，这里离城乡华懋近，那儿卖什么的都有，当然你们女人主要看衣服、鞋子、包包，款式很多的，我们可以打车去，好像十点打烊。颜影说，是吗？现在八点半了，那我们抓紧时间。谢谢你米导，这次出来玩，真的好开心哦，遇到你这样的导游。米虎说，没什么没什么，反正我也没事做……

两个人打了一辆出租车，来到城乡华懋。

颜影顺着楼层指示去看女装。她试了几件都不是很满意，然后有点不好意思地对米虎说，我还想去看看女士内衣专柜，要不，你在这边等我？米虎问道，怎么？那里不允许男士过去？我需要在这等吗？米虎没去过，也不清楚。颜影笑着说，不是，我怕你女朋友看到误会。米虎说，我没女朋友，哪来的误会，走吧，我陪你一起去。

颜影喜悦得像一只蝴蝶，在五颜六色的胸衣内裤中绕来转去。米虎第一次看到这么多款式和颜色的女士内衣，确实有点不自在了。因为这里男士很少，来的也大多是一些热恋中的男女，一看他们搂得那么近就知道他们的关系，而米虎和颜影离着八丈远。

这时，米虎听颜影叫他，米……米！看，这个好看吗？颜影举着一套桃粉色的胸衣问。米虎哪懂这个，他看哪个都挺好看，异常好看。米虎点点头说，好看，蛮好看。售货员过来说，美女，你真有眼力，这是今天上午刚到的货，是限量版。颜影又拿了一套黑紫色和鲜红色的内衣问，这个怎么样？米虎说，都蛮好，蛮好的。颜影说，那我就都买了，服务员开票吧，给我装起来。服务员撕扯下一张纸，对米虎说，先生，总共是一千六百八十块，您到交款台，往前走左拐就是。颜影拦着米虎说，不不，我自己带着钱呢，这个不能花你钱。颜影手快，已经把钱交到收银员手里。买完后，他们路过男人专柜，颜影想了一下，然后挑了一条男人内裤，花了三百六十块，当然是一个名牌货。

北京的夜晚依旧繁华，街上井然有序。颜影和米虎坐在出租车后面，米虎声情并茂地解说旅游车上还没工夫讲的沿途建筑物、地名的传说、北京风土民情、古往今来。颜影眼睛里会偶尔冒出泪花来。颜影现在才知道，世界这么美好，北京这么美好……

米虎和颜影刚迈进宾馆大门，就看见陈静依正打电话呢，米虎手机响了。

陈静依眼前一亮的样子，说，米虎，我们刚回来，正给你打电话呢，你去哪了？陈静依的兴奋样仍然掩盖不住她满身的疲惫相。米虎说，我出去买东西了。颜影对米虎说，谢谢啊，我上去了，明天见。米虎点点头，可米虎一脸写满的尽是依恋不舍。陈静依说，米虎，我到你房间去，说说话吧。米虎说，我屋里有两个司机呢，怎么聊天？人家也许都睡觉了，不合适。陈静依说，那走吧，我屋里暂时还没人，如果没有其他旅游团导游和我拼住，那我就自己一个人。

米虎本来想拒绝陈静依，可一看到她无助的样儿就心软。

米虎越来越能吸烟了，咳嗽了两声问陈静依，这个团带得怎么样？购物还行吗？挣点钱没？陈静依使劲摇摇头，说，没有……

看着陈静依忧伤、抑郁、欲哭的眼睛，米虎的头又开始疼了，是很疼的那种疼。米虎知道，陈静依又要倾诉带团的苦闷，她的良知，还有她的孤独。

在偌大的北京，陈静依遇上事，哭都没地方哭，哭给谁呢？她唯一的哭诉对象就是米虎了。

陈静依又开始重复地讲，我刚上车讲解，就有男游客说，陈导，你既然是新导游不会讲解，不如给我们讲点带色的笑话呢。我抑郁的心压抑到了极点，我常常想从车上跳下去，一去了之。我不要再看到游客们一张张戏谑的脸，不愿意再挨打受骂。我够了！真的，今天丢孩子的女人又把我推倒在长城上……

陈静依委屈地和米虎诉说。

米虎狠吸了几口烟说，那你就别干了，你够了，游客也够了。米虎说得很急促。本来就忧郁的米虎听着陈静依无休止地讲述，自己的耐心也达到了极限。米虎夹着烟，随之吐着怨气，说实话，他懒得再去开导陈静依，他想尽快用“你够了，游客也够了”这句话打发陈静依，因为米虎越来越感觉到陈静依已经无可救药。

米虎使劲儿往烟灰缸里按了两下烟蒂，接着说，陈静依，你好好想想，导游最起码要讲解好，这你都不愿意张口，你说你这样能对得起游客吗？总是签不出单来，成了旅行社的累赘，你还抱怨，可你想想你做了什么？我都够不积极了，你，你比我还消极，现在，哪里还养着清高啊？你除了年轻，还有什么资本？你说！

米虎的这番话伤着了陈静依的自尊，击毁她的自信。柔弱无骨的陈静依眼泪哗哗地掉，哭得浑身颤抖起来。

陈静依泪眼看着她唯一的哭诉对象——米虎，再也没吐露半个字。米虎并不知道，对一个刚刚因车祸失去双亲的女孩，说出他的这番大道理，会产生什么后果。

房间里慢慢静了下来，不免飘着孤寡哀伤的气味。仔细看了陈静依一眼，陈静依在哭，一点声音也没有地哭，米虎突然有了一种犯罪感。

他敲了一下自己的头，怎么可以伤害如此玻璃心的人？自己都这样了，还有什么资格、有什么脸说陈静依呢？自己是陈静依什么人？唉，米虎哀叹了一声。

米虎安慰陈静依说，对不起，我也是心烦，所以，说得不对你别往心里去，我希望你好，可我……你……你也早点休息吧，明天还要带团。有可能，慢慢就好了，只要你肯努力。等到了淡季，我帮你把讲解这一块儿提高上去，千万别灰心啊……

米虎劝陈静依别灰心，其实他自己更灰心。

米虎电话响，是颜影打过来的，她没说话就挂了。陈静依沉默着，米虎抽着烟。米虎不停地摁着手机键，一刻钟以后，陈静依绝望地看着米虎走了出去。

直至走出去的那一刻，米虎也没有再看陈静依一眼。陈静依从门缝里看见米虎进了游客的房间，里面住的，正是刚才在宾馆大堂碰到的那个女游客。陈静依一切都明白了……

米虎走进颜影的房间，坐在窗前的靠椅上，他不知道接下来说个啥，告诉她自己欣赏她特别的气质？还是告诉她自己有一段时日没碰过女人了？离女人这么近距离，米虎的思想又一次活跃起来。

米虎人还是老老实实地坐在那儿，但他已经感受到他的身体在蠢蠢欲动。颜影穿着一点也不暴露，说的是一些赞美北京的话，可她……米虎分析不透颜影是怎样的女人，大半夜了约自己干吗？难道不是空虚？不是渴求雄性？实验已经证明，米虎明星似的外表，让许许多多的女人自愿约他，然后享有他。这证明她们需要自己啊，米虎一通思考。

夜很静，一阵手机叫声显得很刺耳，是床头柜上颜影的手机在响。米虎有点心虚，这么晚了，一定是颜影的老公有了心理感应，给她敲个警钟。一时间，米虎觉得自己很龌龊。

颜影冲着电话说，刚才不是已经说得很清楚了吗？你不相信？这次说话算话，离吧，孩子给你我也同意，真的想通了。当然，回去我就签字，把证儿办了。颜影十分平静地重新把手机放回原处。

米虎打了一个寒颤，他想问问发生了什么事，但事情已经很清楚。他想宽慰几句，可发现颜影比自己还冷静。颜影说，这次旅游，我就是出来散心，解决困扰自己五年的难题，这下，彻底了。米虎还是问道，你老公要和你离婚？是什么原因？米虎想不出，这样的老婆，会让一个什么样的老公不满意。颜影说，我病了，所以他……什么？病了去治啊，有病就离婚？米虎一副愣头青的样子。颜影说，我理解他，直到现在才理解他，也许还不晚。换个环境，让我想明白了，爱不能自私，婚姻也如此吧。颜影理了一下鬓角的头发，很平静。

在灯光下，颜影露出了老家南方女人固有的娇小、温柔、可爱，在米虎面前越来越清晰。米虎心中的英雄情结又冲了出来，他没等颜影做好准备，腾地一下子过来抱起她。颜影不接受也不抗拒，像个稻草人一样被捆在米虎的怀里，老老实实。米虎要呵护这个病了的女人，他要暂时给她一点爱。同时，米虎也有些私心，他使劲把颜影的前胸贴在自己的胸膛上，顺便，满足一下自己男性的征服欲望。

可这一次，米虎没有感到酥软的快感，而是一种异常的感觉，他还说不清楚这其中的究竟。

米虎大胆地说，颜影，让我给你一点爱吧！我是爱你的！米虎觉得自己慢慢地在女人这所学校里长大了。

颜影羞愧地推了下米虎说，你年龄太小了，弟弟，我比你大啊，不能答应你。米虎固执的眼神落在颜影的眼睛里，仿佛在告诉她，自己小也是男人。颜影说，你怎么会对我有那种想法？会有合适你的女朋友，今天晚上和你打招呼的女孩就不错。米虎说，不，别和我提她，我没办法去接受那样的女孩了，我只喜欢姐姐，真的，只对姐姐有感觉，我现在对比我小的女孩不感兴趣……

米虎没有告诉颜影，这，都是一个老女人给他造成的后遗症。

颜影再也不说话了，她除了主动关床头最后一盏灯，还能做什么呢。宾馆外面的灯光照进来，朦朦胧胧的。米虎凭经验懂得颜影关了灯，在等他，等他把她摁倒在床上，然后磋磨她。

米虎和颜影一样喜欢黑着灯，这样更能肆无忌惮，忘我，那美的、丑的、有声的、无言的，都隐匿于自己的脑海里。此刻，足以忘记自己是谁，爱谁谁，不管是猪、狗、人，或者别的什么东西。米虎就这么想的。

米虎宽阔的嘴巴和柔挺的舌头，让颜影有了一种久违的情欲，她忍不住尖叫。

自从病了以后，颜影和爱人分居这五年，她几乎忘了自己还是个女人，躺在那儿，颜影好像找回了一个叫女人的人。

两个人热烈地亲吻，米虎来扒颜影的上衣。借着窗外的一丝光亮，他不知道她什么时候换上了新买的胸衣。米虎一看见颜影穿的是刚刚买来的鲜红色胸罩，仿佛真的格外刺眼，红得像自己鱼缸里养的那条叫“滕曼”的鱼儿，而颜影白皙的肩膀，摸一把啃一口就像是那条叫“吴瑕”的鱼一样，妙不可言。这一切，越发撩拨米虎的那里。

颜影死死地把着前胸，说，亲爱的，先别碰这儿，你不嫌弃就赶快要我吧。米虎说，好，听你的。米虎如同接到指令一样，又勤奋忠恳得像对待工作一样。一阵儿过后，米虎躺在那儿犹如刚放完电的电池，闭着眼睛，只剩下喘气的份儿。颜影打开了灯，眼里全是感激和幸福，她露出宛若蒙娜丽莎般的微笑。

米虎没有像每次一样完事赶紧抽烟，当然，也没心情看颜影那蒙娜丽莎般的微笑，他静静躺在那儿，又一次眼泪不止。

颜影探过身来，像一只小猫，蜷在米虎的身边，问，你怎么哭了？刚才不满意？米虎摇摇头，说不出话来。颜影问，你后悔了？米虎说，不是后悔，只是，我不知道我是谁。颜影说，你不知道你是谁啊？那我告诉你，你是有恩于我的人，有爱我还不能确定。来，你的内裤都旧成那样了，把这条新的换上。怎么给我啊？这？米虎很吃惊地问。颜影说，本来是给我老公带回去的，刚才电话你也听到了，我们要离婚了，等回去后，我也就彻底没老公了，给你吧。说着，颜影亲自动手给米虎换上。

还从没有女人给过自己东西，尤其是内裤。这就是人们说的体贴吗？米虎刚刚尝到这种被人体贴的滋味。他看了看新内裤松紧、长短，穿在自己身上正合适，米虎像个刚穿上妈妈给买的新衣裳的小男孩一样，在地上噔噔跑了两圈。

米虎感动，看着眼前无限温柔可爱的女人，目光落在颜影的胸前，发现颜影又换上了那件桃粉色的胸衣。米虎忍不住说，蛮好看，女人穿上这个蛮好看，你怎么买了好几件乳罩？戴得完吗？颜影眼睛里瞬间蓄满泪水，哆嗦着嘴唇，说，戴不完看着，看着还不行吗？你不可能知道，我越来越迷恋乳罩，迷恋生活。

米虎觉得话题有点不对，看颜影眼泪一股股已经流淌。

米虎赶紧抓起枕巾给颜影擦脸。怎么了？好好的，哭啥？我哭你也哭啊？今天什么日子？见一个哭一个？米虎想到了先前哭鼻子的陈静依。颜影说，本来，不想告诉你，现在我还是跟你说了吧，我得的是乳腺癌，两个乳房已经全部切除。颜影说完，把乳罩掀开让米虎看。

刹那间，米虎脑袋里乳房的轮廓被残忍的疤痕代替。那个如被炸弹炸平了的场地，米虎不敢再看第二眼。

米虎想象不到，三十出头的女人失去乳房会是什么滋味？是何等的坚强，让眼前这个女人在即将失去生命、失去家庭时，还能说自己迷恋乳罩，迷恋生活？

米虎低着头，不想再看颜影的表情，不论看到她此时是哭是笑。

颜影说，你后悔了？你也像我老公一样嫌弃我吗？不过，在这个时候有你出现，我就是死，也不遗憾了。米虎轻轻地抱住颜影说，谁嫌弃你谁就是王八蛋！你不会死的。以后，我来爱你，就这样好好爱你。米虎又一次吻着颜影。颜影温柔似水，米虎百般的怜爱让颜影成了世上最幸福的女人，她整个人静止于此。

这一次，米虎的精液和眼泪一起流了出来。

颜影搂着米虎说，快天亮了，你回去睡一会儿吧。米虎躺好了说，不回去，我陪你，这几天都陪你。米虎用纸擤了擤鼻子。颜影呢喃着说，你真好，这座城市也好，这次旅游，让我永生难忘……

摸着颜影柔软、稀疏、散着百合花香味儿的头发，米虎像思想家一样，心里突然想，城市真好？是吗？他想起一个人讲过，城市最初的建立，据说是专门为离家出走的农民、商人、政客、教士、江湖骗子、求学者等人歇脚而建立的。

渐渐听着颜影均匀的呼吸声，断定她睡着了，米虎翻了一个身。他决定这两天给杨四姐挂个电话，借杨四姐的钱下月还，他要把包里刚攒够，打算还杨四姐的那五千块，先给颜影拿上……

米虎的所作所为，令陈静依吃惊。她在宾馆躺不住了，心里憋闷得很。陈静依只身走出来，正好和旅游团里四个男游客撞上。

就快离开北京了，这几个人也是睡不着，他们想去宾馆对面的歌房吼几嗓子，喝几杯。恰逢见到小导游一个人在外溜达，孤单得像个没魂儿野鬼一样，他们就劝她、拉她一起去。

这几个男游客给陈静依留下的印象还是不错的。长城上，妇女丢孩子时候，正是他们积极帮着寻找，安慰妇女冷静，尽管什么东西也没买，但也没有像女人们一样挑事儿，挤对陈静依。

可是，男人一到了那种场合就变态了。这更加刺激了陈静依的神经。

歌房里歌声爆炸一样地轰鸣，一个包间赛过一个包间的响亮、刺耳。一听听啤酒上桌，一杯杯下肚。三个年轻一点的男人找了三个陪酒妹，剩下那个四十多，就是长城上安慰丢孩子妇女，问“孩子从哪走散的？身上带钱没？”的那个，他没找陪酒妹，却把陈静依摁在自己身边，想让她喝酒。陈静依哪见过这种场面，说啥也不喝，任凭男人们说出大天来，她愣是不给面儿。

几个男游客和女孩子们逢场作戏地唱啊，扭啊，跳啊。还嫌气氛不够，鼓动四十多岁的小老头和陈静依近一点。小老头站起来拉陈静依跳舞，陈静依表示不会，不伸手，扒拉开男人的手掌。小老头很有力气，一下将陈静依拽起来，往自己身上揽。陈静依急了，说道，放开我，我回去了，我不喜欢你这样！我是导游！恰在此时，下一首歌还没放出来，陈静依的话很清楚地被在场的人听到了。

在大庭广众之下，让有点脸面的小老头很生气，说，什么导游？你会导吗？不是丢人就是不会讲解，怎么，陪玩也不会呀？几个年轻的看这情景，忙放手女孩子，端酒过来解围道，干吗呀，这么大火气，不就是一起玩玩吗，是不是没喝酒，还放不开呀？来，陈导，把这杯干了就好了！来，一起喝，给我大哥面子！我大哥可是我们当地名人哦！喝吧，给点面子，你就喝一酒杯就行，我们喝一听。一个年轻的走过来，把小老头往陈静依身边推推搡搡，然后把倒满杯的啤酒举到她眼前。

几个男人借着酒精，由游客变成了酒客。

微弱的光线下，小老头开始肆无忌惮，伸手就往陈静依屁股上摸，继而往前摸。被推搡在陈静依身边的这个男人那里挺了，这让陈静依没喝酒，恶心得都想吐。正应了那句话：猿猴从动物进化成人类花了几百万年的时间，而人从高等动物退化成禽兽只在一念之间！

陈静依忍无可忍，把酒杯里的酒泼向小老头的脸，骂一句，不要脸！回家去摸你闺女！老头恼火了，冲着陈静依离去的背影，戳着她脊梁骨的方向骂，清高什么？想清高就别当导游！见过导游也没见过这样的！什么态度？这样还干服务行业呀？我明天就投诉你！看你还狂妄什么……

第二天上班，吴瑕接二连三地又收到游客对陈静依的投诉。

陈静依创造了北京导游带团最耻辱的纪录。

在歌房，小老头猥亵她。在游客意见单上，游客当着她的面在表格上勾画填写。导游讲解：差；导游服务：差；饭店安排：差；行程安排：差；酒店安排：差；车上讲解：差。并且客人已经往旅行社打了七八个电话投诉陈静依。有三个店的购物人头费没有给旅行社拿回来。四个店的购物流水单成绩为零。五天团下来，司机就分到八十块钱，司机鼻子都气歪了，向车队队长刘万军反映，刘万军投诉到那得海那里。

小世界旅行社里，吴瑕命人把“大榜”往墙上贴。在旅行社的墙上，月成绩、季度成绩、上半年成绩，十分醒目。他们这样做，表面上是鼓励导游们争上游，背后是警告末尾的劣迹导游。没有带团业绩，别说奖金，就是团款都押着不给，押金也会一点点被旅行社扣除。

当然，大榜上，陈静依带的旅游团总是不挣钱，团团业绩在末尾徘徊，这种大榜一定会让陈静依颜面尽失，她的自尊心将再一次受到强烈刺激。

吴瑕已经做好解雇陈静依的准备。她来到财务室，亲自对裘鱼说，裘姐，陈静依来结账的时候，让她滚蛋，你把她押金钱扣一半，弥补我们旅行社的损失。这样的导游，小世界旅行社不能留着！团团遭投诉，都奇了怪了，为什么游客总是投诉她？不是把孩子给带丢了，就是往游客脸上泼酒，这还有法儿要吗？让她给我滚蛋！吴瑕气呼呼地走了，她还要和对方组团社费口舌，急着商量解决被陈静依带砸了的旅游团。

裘鱼叹了一口气，有点无奈。陈静依一直给社里贴钱带团，社里人人皆知。扣陈静依的钱吧，心里别扭；不扣吧，计调经理下了命令。裘鱼想到陈静依，又想到自己。的确，裘鱼的日子也过不下去了。就在昨天，她刚刚同李京盛办理完离婚手续。现在，她搬回娘家暂住。

裘鱼承受着第二次伤害，她真的有点吃不消。裘鱼咬着牙，硬挺着坐在办公室里，发愁发呆。她自己也不知道，接下来会怎么样。

木草在北京参加了全国导游考试，笔试合格，口试也通过了。只可惜，北京的旅游淡季开始了。

杨四姐从心里开始佩服外甥女，考试这么难，没用走后门就拿到证了，自己的付出总算没白浪费。她希望木草挣钱，挣大钱，木草将来过上好日子，自己也高兴，这样也对得起死去的姐姐。杨四姐不知不觉已接纳木草，也从心里承认了木草是她的外甥女。

大家都没有上团，导游们被杨四姐和木草请到家里一起吃饭，一起庆祝。车队长刘万军带来了四个司机，有万师傅、牛师傅、马师傅、侯师傅。杨四姐高兴，亲自下厨。

杨四姐打开冰箱门就跟厨房里的人显摆，冰箱里那只金华火腿，是浙江产的，是刘万军托人从浙江带来的。米虎、向小强、华蕾、董晓冉、夏小凡准备打下手，看着杨四姐家的大火腿很有食欲。刘万军带着司机打牌赢钱。

杨四姐说，你看他们司机就是团结，咱们导游是一盘散沙。董晓冉说，四姐、米虎，咱们可以成立导游协会啊。米虎说，对，成立协会就抱团儿了，四姐认识的人多，可以带着我们，把协会里的人按金庸的武侠小说来取名，那多有意思。董晓冉说，好主意。杨四姐说，米虎满脑袋英雄梦，是不是你把自己取名靖哥哥，吴瑕叫蓉儿啊？成立这个会那个会的，钱从哪来？我可没钱，要能挣钱还差不多，不挣钱的买卖我连考虑都不考虑，嘁，行了，大家动手做饭！杨四姐怕成立协会花钱，对自己没好处，就岔开话题又说，去去，米虎、向小强你俩不用帮什么忙，厨房太小，人多转不开身，你们回屋和他们打牌去，木草，你切一块火腿肉，我用它炒扁豆。向小强说，我不爱玩，我听你们说话，还想听导游协会的事儿呢。

木草在菜板上切火腿，她看得出来，向小强是在找机会和董晓冉套近乎，董晓冉总是大大方方，她越这样越让向小强心里没底，越没底越充满诱惑力。木草正想着，杨四姐从背后悄悄地捅咕木草，使了一个眼色，小声说，傻狍子，别切那么多，一丁点就够，今天吃白食的人多。木草说了一声，啊？停下刀，看着四姨麻利地将切下来的一半火腿肉又塞冰箱里，然后，杨四姐亲自改刀，把菜板上少量的火腿肉切成珍珠大小的颗粒状，以备炒扁豆。

当董晓冉和木草的眼睛对在一处时，木草显得有些尴尬。

米虎回到客厅，坐在那儿抽烟。抽了一会儿，他突然想起颜影，他想给她打个电话，问问她的身体情况，因为跟米虎有过那种关系的女人基本联系不上了，只有颜影还没忘"一日夫妻百日恩"。前几天，米虎得知颜影又住进了医院，米虎不知道颜影现在出院了没有。电话那头好半天才接听，米虎说，你身体好了吗？是你吗颜影？电话里说，我是她父亲，颜影在昨天去世了，你是她朋友吧？她……那头传出老人的哽咽声。米虎说了一个"嗯"字儿，愣在那儿。或许，这个叫颜影的女人这辈子，就只剩下胸前一道伤口，这道伤口也在米虎的心头。米虎的脑袋嗡嗡地响，觉得喉咙疼，牙也疼。

屋子里，刘万军他们打着牌，骂着脏话，司机们为了输赢斤斤计较着。一边的米虎想到陈静依，陈静依已经好久没给自己打电话了，要不是刚才的电话，他还想不起来她。米虎颤抖着，他不知道怎么就鬼使神差地想拨通陈静依的电话，陈静依的手机传出：您所拨打的手机是空号。

米虎走到厨房，瞪大眼睛问，四姐，你们谁知道陈静依的消息？她换手机号了？怎么说我拨的是空号啊？米虎又重拨。杨四姐说，我还忘了跟你们说了，陈静依出家了。出家了？出家了？大家齐声问。米虎说，你怎么知道？她怎么能出家？杨四姐说，夏小凡知道，她俩原来住在一起。不爱言语的夏小凡说，嗯，是，陈静依在长春的百国兴隆寺出家了，她还让我给你带封信呢，她让我过了春节再给你，现在就给你吧，一直在我包里放着。杨四姐奇怪地说，哎？哎？米虎你没跟她搞对象？是不是嫌人家塌塌鼻子，长得没吴瑕好看，完事，把人给甩了？她才出家的？跟你说，米虎这样你就罪孽大了。杨四姐跟个巫婆似的说。米虎争辩道，不是，根本什么也没有。米虎一时半会儿接受不了陈静依出家了，他也不相信这是真的。

夏小凡把信交给米虎，米虎扯开。里面写道：

米虎，见到这封信我已经在一个美丽的地方了，谢谢你给过我呵护，我会为你祈祷。父母双亡后，我已经没有牵挂了，一个人挣扎在这个世界上不如去一个我该去的地方。

你那天骂我骂得对。以前，我自己在和自己的良心较劲，我一直很傻、很笨，有话也讲不出来。其实，我想过，和这个世界谈谈，和游人好好谈谈，却不知道，这世界根本不会听我的。和世界谈谈，和游客谈谈，还不如和自己谈谈更实际也更重要。然而，和自己谈谈也更难，我也挣扎了很久，因为将面对的是我整个的心灵。

心灵这东西，似乎实，其实更虚，似乎熟悉，其实更陌生，或者相反。它是虚幻的，但又和一棵树一样真实地存在着，生长而且散发着季节的气息。它是存在的，但又像天外的星河一样缥缈若虚，只能想象，不能触摸，难以感知。它是一个精致或者粗粝的迷宫，进出的曲径在哪里呢？

现在，我和自己谈好了，面对着心灵，它告诉我，当世界，固然也包括旅游这个小世界，一旦沦为江湖，则活脱脱就是一个垄断、贩卖一切的公司。

世界属于明白人，明白人什么也不要……

米虎读了几遍仍然没弄明白，不知道这又是哪个书上写的。这是他认识的那个塌塌鼻子、长长马尾辫的陈静依吗？上哪弄明白呢？难在弄不明白啊！陈静依心太狠，怎么能削发为尼呢？女人心都够狠，一个赛一个！

米虎的自言自语，被木草听见，木草想起了一句话：不做狠心人，难得自了汉。

屋里叮叮当当剁馅儿声，唧唧喳喳说话声，骂骂咧咧打牌要钱声，还有听不到的叹息声。厨房里仍在准备饭菜，客厅里仍在打牌。屋里屋外的人们各个都继续忙活着。

饭菜上桌，酒瓶一开，围坐在一起，大家的话匣子就打开了。

曾经和米虎上过团的万师傅端着酒瓶，嚷道，怎么着？来了也不理我？挣钱了出息了是不？米虎说，看你们玩就没打扰你。米虎为自己解释。万师傅又说，喝点！别跟个娘们似的，怎么还那揍性？不管怎么着我们也一起上过一个团对吧？喝！喝了！米虎心情不好，不想多看一眼这个脑袋依旧溜光铮亮，胖得气喘吁吁的家伙。米虎懒得和他说话，就闭着眼睛把酒喝下肚子。

刘万军说，哎哎，小万，坐那儿，坐那儿，咋呼什么？咱们要和导游团结，别看他离开了小世界旅行社，都还没离开这个圈儿，是不是啊？老实坐那儿！小万说，我怎么了？跟他喝酒不成啊？刘万军说，我没说不成啊，你要注意态度，有导游和我反映过，你对导游态度有问题，以后别这样，都不容易。小万说，老大今天怎么了？不就是我赢了你两千块钱吗？至于吗？万师傅有点不高兴。刘万军说，怎么着？你还来劲了是吧？杨四姐忙打圆场说，都是自家人，小万别往心里去，你大哥也没别的意思，哪来那么多事啊？喝酒喝酒，来，我提议，为了我们明年大发财，整一杯！杨四姐打破了尴尬。

牛师傅、马师傅、侯师傅一起站起来给杨四姐敬酒，木草、董晓冉、米虎他们年轻一点的都随之站起来，说着各自的话。一圈儿下来，气氛好多了，刘万军把烟拿出来，每个会抽烟的人客气地接过来点上火。万师傅馒头、丸子一起往嘴里塞，算是不说什么了。

木草和万师傅坐了对面，看得清清楚楚，他没等第一口咽下去，第三口的菜都夹起来了。他吃油炸花生米能用筷子连夹十一粒，竟然一粒也没掉下来，可见万师傅手的功力。杨四姐瞅了瞅发愣的木草说，傻了？去，把厨房的菜往上添！来，米虎，你把身后的啤酒拿来……

这时，刘万军手机响了，是司机小朱师傅。杨四姐像个多疑的奸细似的忙问，是谁啊？谁给你打的？刘万军说，还能是谁呀？是小朱。杨四姐笑道，哦，大嘴的那个司机？刘万军说，没错，就是他，长得挺好玩的。

这几天，小世界旅行社的团不多，现在只有小朱师傅和胡连成上团，俩人刚刚送完团，小朱就打电话催刘万军给自己工资钱。刘万军电话里说，小朱啊，那你过来一块儿喝点吧，把导游胡连成也带过来，我这儿今天聚会。胡连成旁边一听，刘万军请客？积极地跟小朱师傅来了。

杨四姐让木草添置了两双碗筷，杨四姐一向不喜欢胡连成，但现在她有了新的想法。当然，绝不是董晓冉和米虎提议的，成立什么导游协会，她的目的明确，有一天自己拉一伙人干旅行社。杨四姐这会儿就想拉拢更多的导游和计调，她甚至把白鹭旅行社的华蕾也请来了。杨四姐暗暗想，如果哪天自己单干了，每个导游和计调都是不可忽视的资源，当然，除了那位有可能继续勾引刘万军的冷雪君除外。

小朱师傅进门就抱怨，真倒霉！北海、景山那儿旺季没个地方停车，我那帮警察大爷就知道罚钱，害得我们司机一圈一圈瞎跑乱转。今年剐蹭了好几次车，没地方停车，更坑了外地旅游车司机。他们更是晕头转向找不着北，费车费油真坑人！刘哥啊，我建议你明年再联系几家旅行社吧，挑车费给得高的旅行社，让哥几个也跟你多挣点儿。那得海这小子太黑，吴瑕也够狠。

听小朱师傅一提这事儿，牛师傅和马师傅也在一旁撺掇刘万军。

杨四姐说，你们说话小心点啊，别有人嘴把不住门，背地里向那得海告密。胡连成习惯性地吸了一下鼻子，龇着七长八不短的牙忙说，谁傻啊？告诉他们干吗？只有司机和导游才是一条绳上的蚂蚱！他们旅行社吃完导游吃司机。胡连成说着往自己嘴里送菜。

司机小马说，要都遇到你们这些懂事的老导游就好了。就说夏天那会儿吧，和我上团的一个小导游，狗屁不懂，大热天也不知道给我买一瓶水，更不知道给我买一包烟。更可气的是，讲解欢送词时，也不记得介绍师傅。五天的团，车上我都没听到有掌声。这种导游啊，连司机都哄不好，你说能摆平游客吗？唉，有事情也不和司机商量。牛师傅说，对啊，导游有事不和司机商量怎么成啊，包括一天内景区的游览顺序，因为咱们司机要考虑时间和油费问题，他们导游什么也不管，就知道死背景点那些东西。之前，我遇到一个叫陈静依的导游，气得我都想把她踹下车，那个团我就分了八十块钱……

紧接着，司机们都取笑牛师傅和陈静依。

米虎心想，陈静依永远也不会带团了。木草看了看狠呆呆的牛师傅，和董晓冉递了一个眼神，然后沉默着吃饭。

向小强坐在胡连成旁边，一会儿给他夹菜，一会儿给他倒水。华蕾觉察向小强从毕业到现在变化忒大。

胡连成说，我这次带的这团有几个老太太，啥也不买，出了购物店门口嬉皮笑脸还问我呢，胡导啊，我们这个团，你拿不少回扣吧？气得我挤对她们说，拿个屁，你们知道我怎么从店里出来的不？还拿回扣，店里老板看你们一毛不拔，把我给骂出来的。我说完，她们才不言语了。你们说，这帮人不是找骂是干啥？司机小朱看着胡连成笑个不停，他回想起这几天和胡连成上团发生的那些哭笑不得的事儿。

杨四姐的舌头又开始延伸了，她说，可不咋地，能怪我们导游骂人吗，咱们也不想拿回扣，就说我吧，我也想遵纪守法做个好导游，可带头违法的不是我，谁？是旅行社低价竞争，导游工作没保障，有关部门睁眼闭眼都不管！胡连成说，是啊，弄得人不人鬼不鬼，我女朋友现在不管遇到生人、熟人，都别扭，别扭的是，人家张嘴一问，你男朋友是干什么的？她说，导游。对方就像见到鬼了似的惊讶，说，妈呀，导游？导游好啊，能骗啊，赚钱多，回扣多。

杨四姐张口就骂，什么世道，导游咋了？

杨四姐骂得嘴喷，喷得木草直擦眼睛。杨四姐的骂招来大家的笑声。

胡连成说，就这样，游客还欺负导游，我常看到新导游被游客在长城上、在故宫里、在购物点外边骂。反正，好在没人敢欺负我。华蕾问，真的吗？胡连成说，你们计调坐在办公室里当然看不着现场，我说的全是真的，不信，问他们。华蕾问，那是不是一般来说，城市的比农村的好带？因为素质高一些？胡连成和杨四姐都说，不一定，各有各的麻烦。

向小强说，前段时间，我带过一个山东济南农村团，从北京还去了承德。客人闲着没事，路上问我，结婚没？我说没有。客人说，这么大了还不结婚，没出息啊。我当时就蒙圈了，什么意思？我才二十二还是虚岁，不到结婚年龄。客人说，他们那边一般都是十八九岁就结婚了，就我这个年纪都当爹了。说得我更没自信了，再看看他们带着老婆领着孩子，自己感觉比他们矮了半截子呢……

桌上的男人们边喝酒，边听着取乐。

向小强接下来又说，这个山东济南团，是很牛的，在餐厅吃晚饭，浪费不说，最后还拿餐巾纸包人家餐厅的馒头。餐厅服务员直接拦下，说，你不能带走，在这里吃可以。这帮大神，直接把馒头每个咬一口，放桌子上走了。后来服务员一边骂游客，一边冲我嚷嚷。我当时那个无语呀。还有更加牛的，因为宾馆在坝上，属于河北与内蒙古的交界处，度假村钥匙都有一个精致的蒙古包钥匙链，第二天退房的时候，交钥匙，没人交到我手里，全在房间放着。服务员收了钥匙之后，直接把大门给关上，不让我们走。后来，我一问，才知道，二十把钥匙的钥匙扣所剩无几。为啥？都被这帮大神拿走了！

大家听向小强讲到这儿，哈哈大笑。

小侯师傅问，那后来怎么办了？向小强说，最后，我回车上做工作，将近一个小时，才凑齐钥匙扣，我们才开车回来。胡连成听徒弟也能滔滔不绝了，就觉得脸上有光，他接茬说，嘿，你们别看向小强是新导游，进步快着呢，在我教导之下，现在也是神级导游了！你们听听，他也能侃啦。我跟大家说一个他的笑话，绝对逗，嘿，向小强第一次带团去故宫，他没去过养心殿，他就跟客人说，那儿正在维修呢，暂时不开放，我们走中轴线吧。哈哈，这小子，你们看看，他也会忽悠了吧？胡连成说完，笑得很开心。

杨四姐说，胡连成，在故宫里你带团讲风水多吗？胡连成回答道，当然，不讲风水怎么挣钱啊？不瞒你说，我就会讲风水。上山的时候，走貔貅（老乡店），进八维（玉器城），然后烫（治烫伤药店），回来果脯，我都讲风水。我自己都偷着乐，我都快成大师了……

刘万军几个人笑得人仰马翻。

木草和董晓冉、华蕾、米虎几个人吃完离开桌子，剩下的人继续喝酒。

夹了一口菜咽下去之后，刘万军冲司机说，你们几个开车要小心啊，听没听说，昨儿在王府井的事儿？

司机们停下嘴，听刘万军讲。木草他们也把耳朵竖了起来。

刘万军说道，就在王府井百货大楼附近的大甜水井胡同，两边道上停满了旅游大巴车。一个司机开一辆河南牌照的双层卧铺旅游大巴车，从大甜水井胡同停车场大门开了出来，准备向右拐弯，也赶巧了，有个十三四岁的女孩正站在停车场右边的门墩那儿等车，就听砰的一声，小姑娘就被大客车挤在停车场门口的立柱上。唉！我有一个司机哥们儿亲眼看见，女孩当场就死了。

刘万军有声有色地说到这儿，吓得木草几个女孩子好半天缓不过神儿来。

刘万军吸口烟，又继续讲，惨呐，听说，停车场右侧的铁门和门墩被撞变形，青砖都被撞掉了。小朱师傅说，好像小姑娘刚小学毕业，跟奶奶一家七口来北京旅游的，这下，来了一趟剩下六口了。刘万军说，你们几个以后千万注意，出了事就不是小事儿。开完车晚上都消停给我睡觉，别扯别的！尤其你们几个年轻的，听着没？万师傅说，瞧大哥说的，我们不消停睡觉，还能扯什么？刘万军说，你是我最担心的一个！知道吗？那个河南司机就是没休息好，之前这个人从没来过北京，事发前，他和另一个司机轮流开车，一天一宿从河南开到北京，因为另一个司机身体不舒服，他一个人开了一宿车，然后拉游客到天安门广场、景山、王府井游览，疲劳加紧张，结果出了这么大的事儿。小马师傅补充说，唉，车多人多，肯定当时他开车注意力不集中，没看到右边的情况。杨四姐说，那这属于交通事故吗？旅行社负责不？不负责可就惨了。不爱说话的侯师傅说，所以呀，司机也有风险呐。

胡连成听完司机出了事儿，就摇头晃脑地讲，光说你们司机了，有个导游被累死了，你们知道不？杨四姐说，我昨天上网看到的，不知是真是假？是说去张家界的一个全陪导游累死了？啊？累死了？导游？有人问。胡连成吭吭吸了一下鼻子，说，可不是吗，那里是山区，哪比得了我们北京啊。我跟你们讲讲吧，都说张家界的住宿和餐饮都是出名的差，客人抱怨什么的肯定多，找谁？地陪是不会找的，因为不熟悉，只能找全陪。团里人误解那个全陪是跟出来玩的，没人知道全陪肩上的担子有多重。

华蕾着急地问，那，那导游怎么会死？

胡连成剔了一下牙，说，据传，这个全陪连续带团，到了张家界之后，地陪说当地高温四十（摄氏）度，建议客人坐索道上下会轻松点，可客人总认为导游要骗他们钱，都不坐。第一天走黄石寨、金鞭溪，游客走路爬山，金鞭溪全长七公里，黄石寨爬上爬下至少五个小时。第二天爬天子山和走十里画廊，爬完全陪就晕了。地陪和客人把她抬进房间，然后就不管了。张家界的地陪是回家睡觉的，同房间的全陪互不相识，也不知道她是睡觉还是怎么了，毕竟导游都很累了。到了吃晚饭时，也不见全陪，客人也没有问。等第二天早上要退房的时候，大伙才开始找全陪，结果，服务员开门进去才知道，人早都死了！

董晓冉好半天没说话，夏小凡说了一句，唉，如果旅行社把导游当个人看，如果游客和地陪导游也关心一下全陪导游，如果早点送医院，也许就不会死人。杨四姐使劲放下筷子骂道，什么玩意儿，外边人都说我们导游黑，黑他们什么了？购物店我们没权利选，司机我们没权利选，住的宾馆我们没权利选，景点我们没权利选，可是，一旦这些出了问题，都找我们算账，不理解的游客还骂导游、打导游，看着没？导游都累死了，还有人说三道四呢！

司机小侯说，是啊，到景区，我们司机还可以在车上休息会儿，你们导游就不成了，不停地讲解、走路。呵呵，那天一个导游跟我抱怨说呢，你们起得比鸡都早，睡得比猫头鹰都晚，一天就睡三五个小时的觉，第二天还得打起精神陪游客玩，给游客讲解景点。小侯想调节一下气氛，带头笑了笑。

杨四姐看了看那几个小姑娘说，其实，现在的导游太不好干了，导游得皮肤癌的也不少，嘿，别以为我吓唬你们几个。看看景区女导游，一个夏天下来，个个都晒得跟非洲人一样了，你们看董晓冉，这花一样漂亮的导游也不例外。真的，导游还是个危险职业，你说天天坐车啊，坐飞机，坐火车，常在河边走，哪有不湿鞋的呢？你们还记得那年车祸，一个导游被压在车下，人们要救援她的时候，她喊了一句“我是导游，请先救我的游客”，结果，她因为救援晚了，下半身瘫痪，她叫啥了？我都忘了，对，叫文花枝。可和她一起的那个地陪导游却死了。

刘万军说，得了得了，别说这些丧气话，喝酒！喝酒！杨四姐骂道，别在那儿装了，还管起姑奶奶来了？喝几滴猫尿，就不知道自己咋回事了是吧？刘万军笑着说，姑奶奶，我错了，惹不起，您息怒。杨四姐见大家都在场，尤其是刘万军手下几个司机也在，就不说什么了。几个司机有意讨好杨四姐，说，得，以后刘哥挤对我们哥儿几个，我们就找四姐，让四姐给我们出气。来，来，我们哥儿几个敬四姐，不，应该叫二嫂子，喝！喝！干杯……

杨四姐美滋滋地仰起脖儿。

米虎蔫不唧儿地一个人坐一边，反复琢磨陈静依给他的信。木草和董晓冉她们聊些女孩子的话题。

刘万军看了看杯子里的酒不见下，就说，嗨，大伙讲讲笑话，你们导游笑话多，讲讲助助酒兴，这酒喝得太慢，都什么酒量啊？整几个段子下酒！

大家认为是个好主意，积极拥护。

杨四姐带头说，好，我先给你们讲一个，这笑话我一般给游客讲，效果老好了，贼逗，笑话名字叫“耗子的那些事”：

有一个游客找到导游，很生气，说，真不像话，昨天夜里，我在房间里看到一群耗子在打架！导游说，怎么啦？这么便宜的房钱，你还想看什么？难道，你想看斗牛吗？

桌上人笑起来，相互鼓动着喝酒。

侯师傅说，我也有个笑话，这笑话叫“租车”：

有一个人到外地去旅游，他带着一大堆行李，没办法，叫了一辆出租车。他问，多少钱？司机告诉他说，需要十块钱，行李免费。这个人急忙说，好吧，那请你把这些行李送到火车站，我自己走着去。

真会算计！听着的人随之骂着，笑着。

米虎坐在那儿，一点表情也没有。向小强不住地回头，看坐在离饭桌不远的那几个人，从中瞟一眼董晓冉。向小强的眼睛已经喝红了。

刘万军说，好，我给你们讲一个出租车笑话：

一出租车司机拉了一老外，这个老外想去首都机场，但这家伙不会汉语，跟司机说了半天，司机也不明白他要去哪儿。老外没辙了，只好张开两只胳膊，比画飞机的样子。司机恍然大悟，说，哦哦，真不容易，明白了，可算明白了。司机一溜烟把老外拉到了地方。老外下车一看，傻眼了。你们猜，司机把老外拉哪儿啦？哈哈，给拉全聚德烤鸭店去了！

满屋的气氛被这个笑话活跃了起来。

刘万军接着补充说，这笑话说明啥呢？说明，我们司机尤其首都司机，有必要学点外语。杨四姐说，别在那儿吹了，就你？你学外语？你学外语，我就学联合国语！刘万军说，又较真？不是说笑话吗？你别喝了，再喝又多了。小马，你替四姐喝了，来，我们喝酒！

大家又是一圈酒。

胡连成嘿嘿笑，他也不甘落后，自告奋勇站起来讲了一个笑话，为刘哥助助酒兴！笑话名叫“导游可以接客”……

杨四姐和刘万军他们听完嘎嘎笑，木草、董晓冉、华蕾听着却很别扭，米虎恨不得冲到桌子上，像捏蚂蚁那样捏死胡连成。

木草悄悄起身回了自己的房间，从门缝里示意米虎和董晓冉、华蕾、向小强跟她过来。木草背着杨四姐给了他们每人一双靰鞡草编制的鞋垫……

桌上依然热闹不止。司机们说，师父讲完，徒弟向小强讲一个吧，你也应该有笑话。胡连成以命令的口气说，没错，别给我掉链子，给大伙讲一个好玩的！向小强，过来，讲一个！向小强重新坐在座位上，说，好，那我就讲一个前几天学来的一个笑话，名字叫“别再干导游了”：

有一只壁虎当了导游，有一天，带团刚走到动物园池塘边儿上，正好有一条大鳄鱼远远地爬过来，准备要一口吃掉壁虎。情急之下，小壁虎上前一把抱住鳄鱼的腿，大声喊，妈呀，妈呀！大鳄鱼一愣，立即老泪纵横，说，儿啊，带团那么辛苦啊，别再干了，半个月就把你瘦成这样了？十一长假好好休息吧！

向小强讲完，别人都笑了，可向小强自己一阵心酸，接着给自己灌了一大口二锅头。他呛着了，木草找来面巾纸，由董晓冉递给他。

天渐渐黑了，吃饱喝足，刘万军带着几个司机嚷嚷，还想继续打牌，被杨四姐制止了。杨四姐希望有更多的时间和刘万军单独在一起，可刘万军身不由己。好不容易哥儿几个在一起，不折腾刘万军个爪干毛净，岂能善罢甘休？几个司机要求刘万军奖励奖励他们，请他们去洗浴城，要好好地全身按摩再做个足疗。刘万军被绑架似的，出了杨四姐家。杨四姐也没办法死乞白赖地拦这些人，只是警告刘万军不要胡来，否则饶不了他。刘万军嬉皮笑脸地说着酒话走了，其他人也渐渐散去。

木草费了好大功夫才收拾完残局，洗漱后，坐在电脑前写东西。

杨四姐醉醺醺地回到自己卧室，她还没忘记把那个布偶拿出来，像神婆一样重复念叨鬼话，撒气地用针刺那个布偶。然后，她骂了几句刘万军丧天良之类的话，就倒下盖被子呼呼大睡了。

母亲张淑英在屋里点炉子，把屋里弄得乌烟瘴气。向小强买的煤球质量差，炉子不好烧。屋内墙壁上湿漉漉的，结的全是冰碴子。张淑英被烟雾呛得不停地擦眼睛。

向小强回到马家楼租住地。院子里，传来其他几家租户孩子哭哭唧唧声。向小强知道，那些孩子都是外地打工人员超生出来的，老三、老四、老五或者老六。向小强往里走，听别人家孩子一哭，他心里就觉得烦乱。一烦乱，肠子肚子就翻江倒海，他哇的一下吐了。吐完，他舒服了不少，就开门进屋。

见儿子回来，张淑英一颗悬着的心顿时放了下来。

向小强猫腰捅咕了几下炉子，张淑英坐在床沿问，小强啊，啥时候让董晓冉来啊？那姑娘好是真好，她到底对你有没有意思？向小强说，这环境咋叫人家来呀，我也不知道她究竟啥意思。张淑英说，你俩处到什么地步了？向小强说，她是一个传统女孩。她只是让我送她回过住处，没让我单独进过屋。张淑英叹了一口气，说，儿啊，跟妈回通辽吧，在北京，咱们也没户口，没房子，也没地的，不如回老家。你看，都跑出来打工，没人种地，那以后会种地就是本事，会种地的人啊，说不定都和工程师一个级别呢。向小强说，我不回去，妈，您别劝了，行不行？要不您自己回去，等我挣了钱再接您来北京。张淑英说，你就知道说傻话，妈不放心你啊。唉，咱们是农民，咱家地明年不能荒着，即使自己不种，也要想办法包出去。向小强说，又是农民农民的！我不是！别指望我回家种地去！向小强像头尥蹶子的小毛驴。

张淑英上了床，坐在被子里还是控制不住，继续唠叨，儿啊，知道吗，当导游伺候人，比当农民伺候地难多了。你从小读书，农村地里的事啥也不懂，也不会干，万一，有一天北京不让你待了，回去种地都不会，将来庄稼不成，买卖不是，看你怎么活？向小强坚决地说，我就在北京打工，死也不会回那穷地方。妈！农村有什么可想的？今天你生，明天他死的，再说，村里人这些年没少欺负咱孤儿寡母的，有理也没法和他们讲清楚。就说咱家地吧，西边那块地，硬让东头老孙家给吃一垄，村主任都解决不了。唉，你又不让我和他们打架，我可不想回家憋气去。张淑英说，那什么时候是头？你打一辈子工啊？向小强盖紧被子，说，在北京打工挺好，当导游累点能挣到钱，明年等我挣了钱，妈您就不用出去给人家打扫卫生了，儿子能养你……

张淑英看了看一点肉也没长的儿子，心疼起来。

张淑英躺在那儿又坐了起来，她还想和另一张床上的儿子说话。儿啊，睡着了没？是不是这段儿没团带？要不，我们还是回去吧，回老家也该过年了。向小强知道母亲一心想把自己拖回去，就不耐烦地说，行了，别叨咕了，您想想，村里哪个年轻人不出来闯天下？谁愿意种地？除了腿脚眼睛不好的、傻子呆子、没念过几天书的之外，谁还在村里留守？妈，您一点也不理解我们这代人是怎么想的。行啦，别说了，我困了，想睡觉。

向小强背对张淑英，他不再和母亲对话。向小强琢磨着怎么和董晓冉捅破那层窗户纸，因为他憋不住了。

无奈，张淑英又躺下了，然后，她在那儿想：也是，村里半大的小子、丫头都没影了，不知道都猫在哪个城市了。村里先是能读书的出来了，接着是年轻的俊男靓女，就连有点姿色的家庭主妇，还有像她一样没姿色的妇女都出来了，留下的，除老妇老夫外，就是自生自灭的家庭。如果老一辈农民从这片土地上消失后，埋在土里，那片土地上还有什么？狼、野猪、野鸡、兔子？家里的地将来怎么办？

越想家里那几块地，越想儿子对董晓冉的一厢情愿，张淑英心里就越不得安宁。

人一闲下来，就会有事儿。杨四姐就应了这句话。这段日子没团带，杨四姐的电脑水平已经练到了一定高度。这也是超越自己，杨四姐这样认为。

木草加入大佳网半年后，成为“旅人心路”文学社团社长。当然，这个社团完全是由一些文学爱好者自发组成，属于自娱自乐的一个文学社团。社团里不乏写散文、写小说、写诗歌的高手。木草管理这个社团，更增加了自信，从中也吸取着文学养分。同时，木草也把自己写的小文发布到网站上，与文友互相切磋交流学习。

这几天，杨四姐总是犯困，中午睡足后，她吃完几根香蕉走到电脑旁边。

见木草又在编辑别人写的文章，又在上传自己写的破玩意儿，杨四姐不屑地说，又上传垃圾是吧？小要命鬼儿就整这个上心。你写这玩意给你钱啊？还是给你粮啊？木草敲完最后一个字说，这不是钱能代替的事。杨四姐说，滚犊子，我玩一会儿电脑，一边待着去，给我腾地方。木草说，四姨，你弄啥？我帮你。杨四姐说，当老师上瘾啊？以为电脑就你精通，我不会咋地？告诉你说吧，我懂得不比你少，我把我和刘万军的照片都发到他空间里去了，写了我们的誓言，还有我骂他的话，哈哈，我看看他有反应没。我叫他在这儿给我缩着脑袋装王八蛋玩儿，叫他不老实，我都给他发网上去！

木草瞪大眼睛，啊？四姨，那样可不行，你以为上网是上光荣榜啊？弄不好，他家里人知道，看你咋说。真的，你，你最好还是别再想他。杨四姐瞟了木草一眼，说，让一个人不去想他想的人，那就等同犯罪！你想犯罪咋地？哼，我还就是让他家里知道，是疖子就得出头！他刘万军别拿我不识数，别拿豆包不当干粮！

杨四姐两不耽误，一边骂，一边进入了刘万军的QQ空间。继续给他留言：宝贝啥时候回家？我在等你，想你哦。刘万军不在线，杨四姐又用手机发短信：一天了没动静，在干吗？欠收拾啊？

过了一分钟，刘万军来信息：我在天津，明天回去。

杨四姐把手机撇一边，骂道，臭男人！跑天津去了？哼，老鬼，跑地底下也是我的！痛骂完刘万军，杨四姐还是觉得很无聊，就点开各个网页浏览。她主要浏览购物、商城、女性，也看军事。

看到hao123网页上购物俩字的上面是小说俩字，杨四姐心想，木草可能就整天在这儿瞎看。如今，杨四姐除了想掌握刘万军的情况之外，剩下的就是想掌握木草的行踪。

点开几个网址，杨四姐笑得嘎嘎的，哎呀妈呀，我的个老天爷！这都啥玩意儿？比我还猛！木草凑过来说，笑啥呢四姨？杨四姐指着电脑上面说，你看这个，妈呀，敢情你天天写小说、看小说，上网就看这个啊？木草说，我看什么了？这个，你从哪儿找的？我没看过呀。杨四姐点着鼠标说，你看这家伙写的，什么《小贱女》《男医生女患者》《妈咪与总裁》《恋上爹爹》《仙人医术》《皇妃跑了》《腐败小子》……这些人可真能写，不是盗墓贼就是嫖娼记，这些都能写啊？还都是你们作家干的？木草说，什么我们啊，我还不是作家呢，顶多算是文艺小青年吧。杨四姐说，这写的什么玩意儿啊？！木草说，这你就不懂了，好多都成了大神，都是高手。总之，各有各的风格，作家和作家不一样吧。杨四姐说，屁！

刚说完一个屁字，杨四姐就放了一个屁。木草捂嘴偷摸笑。

杨四姐浑身一阵燥热，胃里像滚火球一样，她想降降温，就起身离开电脑，她要去拿根雪糕吃。

拿了一根雪糕，咬一口，杨四姐心想，这事也怪了，前些年走到街上，满大街都唱流行歌曲，现在没有了，都坐家里编排写这些玩意儿啦？好，回头我也编一个，明儿我就编一个让别人看看。对，编两个，编一个《旅游锅：杨贵妃捞钱记》，我再编一个《小三拉着你老公来掘墓》。哼，饱汉不知饿汉饥，那些人不是说婚姻是坟墓吗？我成全他们，我就给他们掘墓……

杨四姐不由得一阵畅快，接着，哼哼唧唧地扭着圆滚的屁股走过客厅，又来到电脑前坐下。

旅游淡季，闲着闷得慌，司机万师傅正和几个发小玩牌。

万师傅的手机铃声叫他：老板来电话了，快接电话啊，你想累死我啊！还不接电话？一个发小说，牛，行啊老万，手机还设置成这样的来电提示，看来旅游界挺潮啊。万师傅嘴角上提，秃脑袋在短短的粗脖子上转了几下，笑了笑接电话。

万师傅感觉很意外，怎么？刘万军的媳妇潘新艳打电话！

他叫道，是嫂子啊，老没见您了，就喜欢吃您烙的韭菜馅饸子，还有炸酱面，嘿嘿。潘新艳说，成啊，哪天和你刘哥回家吃来，提前言语一声，我好准备。万子，我今儿个跟你打听一个事儿，你可得和嫂子掏心窝子说实话。万师傅说，什么事？您说，我听着呢。潘新艳说，你刘哥外边是不是有人啦？万师傅一怔，然后支支吾吾地说，这个，我，我没听说啊，您听谁说的？尽瞎掰。嫂子，您别乱想啊。潘新艳说，你甭骗我，我都知道了，我不懂网，我闺女是学计算机专业的大学生，是电脑专家。我们闺女上网从他那个叫什么扣扣（QQ）看到的，那里有他们俩又搂又抱躺床上的照片。那女的写那些话，就甭提有多肉麻了，你说，这女人还要不要脸啊？！那照片上面还写着：杨四姐和刘万军百年好合，不离不弃。你说，这不是活活想气死我吗？啊，我一天伺候他瘫子爹妈，替他看家护院的，把闺女拉扯大了，他倒好，脊梁骨背茄子——起外心了！哼，这几天他又走了，去向不明，连个影儿也没有，电话关机。他妈又犯病了，家里都在找他。没法弄了，我的命咋这么苦啊！我的老天爷啊……

潘新艳在电话里哭上了。

万师傅示意另外几个人先玩，自己走出去打电话。

他把手机换到另一只耳朵上，说，嫂子，您别哭，别着急。潘新艳哭腔说，我能不着急吗？万子，你不能丧良心，平时嫂子对你可不错，是不是啊，你告诉我，你刘哥和那个叫杨四姐的臭娘们在哪儿？他们肯定一起鬼混呢，你要不告诉我，我就不活了，没法活喽……

抽了半截的烟被弹到地上，万师傅眼珠子骨碌了几下，心想，该不该告诉潘新艳？看来，她已经知道了这事。万师傅想起刘万军总是偏向其他几个司机，至今还差四千块钱没给呢，还有，上次刘万军在杨四姐家，当着那么多人的面抢白自己，肚子里的怨气一直没撒干净。正好，你不仁，就别怪我不义！

万师傅压低声音说，嫂子，既然您已经知道了，我也就实话实说。但是，嫂子啊，您可不能说是我告诉您的，那样，刘哥非和我翻车不可。潘新艳说，万子，你放心，嫂子绝不会干那没良心的事，天知地知，你知我知。

万师傅一五一十地就把自己知道的告诉了潘新艳，包括杨四姐的住址。听完后，气得潘新艳差点背过气去。

潘新艳顾不得收拾一下自己，没惊动任何人，就从昌平郊区坐车进北京城了。

不知咋了，这几天杨四姐总是觉得全身酸软无力，她懒懒地趴在床上看电视剧。一边看，她一边心想，自己就是个劳累命，一歇几天浑身就不自在。木草在客厅坐着，又继续写她的长篇小说。

下午三点多钟的时候，外面有人咚咚敲门，声音又急又重。杨四姐在里屋喊，木草，你去看看谁来了，是不是你刘叔？哼！这个王八蛋骗我说明天回来，没个准话！木草从门里问，谁啊？你找谁？门外说，杨四姐住这吧？我找杨四姐，开门！木草一听是找四姨的，一边开门一边说，四姨！有人找你。杨四姐趿拉着拖鞋，说，谁找我啊？你是谁啊？

杨四姐出来一看，是一个陌生女人。这女人一脸的愤怒，使她本已蜡黄的脸更加符合黄脸婆这一概念。

木草搬了搬椅子还说呢，阿姨，您请坐。只听她回复道，我坐什么呀我，啊？你就是杨四姐？你，你这个不要脸的妖精！我今个非撕烂了你这个浪货！来人说着，破口大骂，冲杨四姐扑过来。杨四姐瞪着大眼珠子，眉毛上挑，躲开她说，你谁啊你？我招你惹你了？神经病吧，你给我出去！出去！潘新艳指点杨四姐说，你才神经病呢，装什么装！你勾引我老公刘万军还有理是咋地？

至此，杨四姐立刻明白了，来者不善，就是一直没见过面的潘新艳。杨四姐心里骂，之前，白费劲了，咒她时间不短啊，怎么还活蹦乱跳呢？《红楼梦》也骗人，哼，所有的书都不靠谱，净胡说八道。

木草一听，来的是潘新艳，吓得她浑身哆嗦起来，像筛糠一样。木草不知如何是好。

形势严峻，现状堪忧。盛气凌人的潘新艳、镇定自若的杨四姐、六神无主的木草，这三个人在屋子里共同呼吸着紧张的空气。

杨四姐翘着腿，坐在椅子上，毫不示弱，她笑道，这是我家，我这儿可没有刘万军。嘁，真新鲜，哪写着刘万军是你老公？你自己看不住爷们，还有脸来找我？我找谁说理去？有本事，你就把他拴你裤腰上！

潘新艳一听，炸了庙，歇斯底里地用手指着杨四姐叫骂，怪不得都说，这旅游圈里，男女都不干不净！不管是结了婚，还是没结婚的，不管是老头、小伙儿还是美女，都跟那公狗、母狗似的！想跟谁睡跟谁睡，都不带挑食儿的！今儿你挖别人男朋友，明儿我当老板的第七个、第八个小老婆，哦，到现在，连你这个臭外地的剩货，也跟风当个第三者了！这旅游圈里还有个好人吗？没一个好东西！你，你什么玩意儿啊？！

杨四姐再也搂不住火，瞬间，蹿起来抓住潘新艳已经花白的头发，骂道，老东西！你再敢说一句，我整死你！

潘新艳的头发被杨四姐连根揪下来一把，疼得她一阵尖叫，鬼哭狼嚎的。

木草进进退退，不知道怎么拉开她们，一旁喊着，别打了！四姨，快松手！你，你也快放手啊！木草带着哭腔叫着四姨和潘新艳。

杨四姐仍不放手，把潘新艳摁倒在地上。潘新艳一边用指甲抓挠在自己身上的杨四姐，一边用脚又踢又踹。潘新艳奋力起身往上拱，杨四姐撅着屁股拼命摁。两个人先是碰翻了一张圆桌子，踢倒了一捆卫生纸，撞散了鞋柜子，而后，杨四姐一屁股拱倒了墙角浇花的水壶，潘新艳踢倒了啤酒瓶子。俩人扭打在一处，你上我下，来来回回在较量，弄得满身都是水痕和灰土。杨四姐和潘新艳就像两头母猪一样，在地上滚来滚去。

第一回合下来，两人保持着现在的一上一下姿势，肢体休战，可又打起了嘴仗。

潘新艳想好好教训这个野蛮的、从山旮旯走出来的杨四姐，她嘴里继续叫嚷着，你这个不要脸的，你放开我，滚开！别骑在我身上，你的身子脏！我今个就让你记住北京人不是好欺负的！东北虎我也不怕！潘新艳试着起身。

杨四姐气喘吁吁摁着她，骂道，谁欺负你们北京人？你们北京人净祸害我们外地人！你们住在皇城根下就牛了是吧？我们外地人就低你们一等咋地？没有我们外地人，你们北京人搁啥养活？还不是我们花钱给你们交房租，你们不劳而获？北京是首都，是全中国人的！我们也奉献了！你们咋这么独呢，我们凭什么不能来？改革开放是干啥的？

潘新艳说，是，北京不只是北京人的，那交房租是天经地义！我去你们家，你家让我白住哇？你们这算什么奉献？改革开放也没让你们来北京抢占人家老公啊？谁叫你们在家不好好待着，跑北京来，干吗来啊？你以为我欢迎你呢？我们还一肚子委屈呢，要不是你们外地人都来北京，房价能涨这么高？我们北京人能都买不起房吗？要不是你们来，北京能这么乱，车多人挤的？是你们抢占了我们的地盘，你们就是强盗！是偷人的小偷！哼，你就是白天的强盗、晚上的土匪……

杨四姐的心刚稍微平静点儿，听潘新艳又刺激自己偷人，立即又投入战斗。

她高高扬起手，狠狠地给了潘新艳一巴掌。杨四姐嘴里还骂，我让你冤枉我、埋汰我，打死你这个老女人！

潘新艳是满五十的女人了，渐渐体力不支，想打杨四姐，可杨四姐正身强力壮，怎能打得过？气得潘新艳躺在地上呜呜哭。

杨四姐看她哭，心里就乐了，情绪又平稳下来，也就不再动手打。可嘴里还骂她说，你自己没本事，还找我算账？你说，就你，也不看看，你长得又老又磕碜，你哪里配得上刘万军？告诉你，刘万军爱的是我，听没听说，没有爱情的婚姻是不道德的！你痛快和他离了，大家都各自解脱！潘新艳说，呸，想得美，我死也不离！

木草着急地劝说，无用地奔忙。她费了半天劲，也拉不开这两个女人。木草只是拉掉了潘新艳一只鞋和杨四姐的一条睡衣带子。

木草想，这是怎么啦？这俩女人都中了魔一样，拿那个男人当香饽饽。木草始终不明白，这俩女人，为了一个瘦得像只小鸡崽儿似的刘万军，如此这般折腾，打成这样子，究竟是为了啥呀？

看她俩消耗得筋疲力尽，木草趁杨四姐不备的瞬间，从后面抱住杨四姐，使出全身力气，一把从潘新艳身上把杨四姐拽下来。

杨四姐骂道，你虎啊？放开我！滚犊子，你个傻货！杨四姐不老实，摇晃着往外挣，无奈，被木草的双手死死抱住。

潘新艳翻身起来，反扑过来，啪啪给了杨四姐两个耳光，十分响亮，然后又踢了一脚，这一脚踢到杨四姐的肚子上，又连续一脚。杨四姐一躲，踢到杨四姐的大腿根上。这下，被踢红了眼，杨四姐一股激劲，猛地甩了木草一个跟头，上前三拳两脚把个潘新艳打得抱着头，无力还击。杨四姐趁机叫道，木草！你是木头啊？死人咋地？快帮我揍她！快呀！往死了打她！杨四姐紧紧地箍着潘新艳，喊木草打潘新艳，替自己报仇。

木草哆哆嗦嗦不敢上前，捏着拳头说，四姨，我下不去手。别打了，真的别打了！那个，那个你快走吧！快走吧！木草战战兢兢把门打开，然后，她又抱紧杨四姐，哭着说，四姨，求求你，放开她吧。杨四姐可急了，骂道，木草，傻货！上阵父子兵，打仗亲兄弟，你到底是哪伙儿的？你个白眼狼！咋不知道帮我……

见木草这个熊样，杨四姐气蒙了，放开潘新艳，过来打木草。

突然，杨四姐刚抬起的手落下，人没声了。杨四姐蹲在地上，她觉得眼前一片昏暗。潘新艳也愣在那儿，怀疑自己踢坏了这个不要脸的女人。气愤中的潘新艳也不清楚，自己到底踢着杨四姐哪里了。木草慌了，抱起四姨哭着冲潘新艳说，你还不走！还没打够吗？快走啊！你看我四姨被你打坏了！四姨，四姨……

潘新艳花白的短发蓬乱，衣服的纽扣也被撕扯掉了，像刚打完滚儿的驴子一样，狼狈不堪地跑了出去。可她嘴里还在骂，你等着，饶不了你！我跟你死磕到底！臭女人，打不死你……

此时，一向反对杨四姐当第三者的木草，竟对杨四姐说不上痛恨，也对潘新艳这个原配谈不上同情，更对那个不在场的刘万军道不出埋怨。

木草把杨四姐弄到床上。

一场战争下来，杨四姐嘴唇发白，口干舌燥。木草给四姨端来水，杨四姐喝了一口。木草看杨四姐脸色焦黄，眼睛都没力气睁开，是半睁着。

木草忙问道，四姨，你怎么样？啊？杨四姐一阵恶心，扶着床沿就呕吐。杨四姐断断续续说，我现在……真的很难受……你……赶紧打个车，给我……送医院……我可能……不行了。

木草眼泪自然就流了出来。

她问，是不是潘新艳把你打坏了？四姨，四姨！木草在杨四姐身旁叫着，她有点后悔刚才没有帮四姨揍潘新艳，致使四姨被潘新艳给打坏了。杨四姐咬咬牙，出了一口恶气，说，哭啥呀……别哭……我还没死呢……我死不了……去……赶紧……给我打车……上医院。

哦，哦，我这就去，四姨你等会，很快我就回来！木草答应着。

木草往外面跑，马路上拦了一辆出租车。

医院跟旅游团一样，一拨一拨排队，一群一群出来进去。有喜出望外的，有悲伤过度的，有忐忑不安的，有疼痛难忍的，有麻木呆滞的。号贩子穿插其中，秘密叫卖手里的专家号。

木草挂了一个急诊，杨四姐让木草架着坐在诊室里。

一个中年女大夫，查了查，看了看，听了听，问了问，平平静静地说，没什么病啊，你这是怀孕反应，去妇科检查一下吧。杨四姐像熬过寒冬的虫子，又还了阳。她发自内心的兴奋透在脸上，急着问，真的啊？大夫你看准了？哎呀妈呀，太谢谢你了，你真是神医！我就说嘛，啥也别信，有病就找大夫。

此时此刻，杨四姐不知道说啥好，嘴都有点瓢了。

大夫瞅了瞅杨四姐说，是第一次要孩子吗？究竟是不是怀孕，你还得去妇科查一下，应该没错。就是你没休息好，情绪不稳定才引起这个症状。杨四姐嗯了一声，捅咕一下木草，说道，走啊，你傻了？快和我去妇科。

木草听大夫说，四姨不是被打坏了，而是怀孕！木草不知道，哪一种情况更严重。她开始担心四姨，以后怎么过？两个人还是三个人？还是更多的人……

一个小时以后，妇科大夫给杨四姐做了B超，化验了血和尿，检查结果正如开始那个大夫诊断的一样，杨四姐真的怀孕了。因为是刚刚怀孕，所以潘新艳的那一脚没有大碍，也算是老天爷开始眷顾杨四姐吧，胎儿一切正常。大夫说，给你开点营养药，回家注意休息，保持心情舒畅。杨四姐说，大夫，我住医院吧，我要生下这个孩子。和杨四姐年龄相仿的大夫笑了，说，没什么问题不用住在这儿，你不到月怎么生孩子？一看你就是盼子心切，好好回家养着就行了，但也要适当运动……

木草楼上楼下划价、交款、取药，杨四姐坐在医院休息大厅的座椅上。不知道木草从哪儿淘弄来一杯开水，折腾成温热，递给杨四姐喝。吃了一片大夫给开的药，杨四姐呕的症状刚刚减轻，她拉着木草往家走。

走出医院大门，看见一家水果店，杨四姐就吩咐木草买了一堆水果，她还让木草去了肉店买肉炖上给她吃。安排完这些，杨四姐才踏踏实实地给刘万军发了一条短信，让他明天回来必须先到她这儿，告诉他出事了，有急事。

其实，刘万军早已经知道出事了，就在潘新艳从杨四姐家回到昌平以后，潘新艳把家里闹了个底朝上，刘万军的父母也是十分恼火。

躺在床上，吃饱喝足了，杨四姐想起这一天发生的事儿，又来了精神。她盯着坐在床沿上的木草，木草正给她削着一个三十块钱一斤的苹果。杨四姐把苹果接过来，咬一口，骂道，你这个小要命鬼，我刚想起来，问你，你胳膊肘咋往外拐呢？你是条小狼啊？

木草一点心理准备都没有，被今天发生的事弄得还没缓过神儿，又被杨四姐吼了这一嗓子，吓得木草一哆嗦。

杨四姐说，你胆子咋比耗子还小呢？可有时候，我看你胆子比牛还大。你说你啊，潘新艳和我打起来了，你一边看热闹是不？木草很冤枉的表情，解释说，四姨，我没看热闹，拉你拉不开。杨四姐气愤地说，你就是傻狍子一个！我们俩打架，你拉我干哈？你得拉她，拉偏架你不会呀？再说了，我都抱住她了，你咋还不下手打她呢？木草小声说，我，我看她那么大岁数，头发都白了，她又……又有理，我下不去手。杨四姐忽地坐起来，指着木草骂，你放屁！她有什么理？她这叫私闯民宅，是违法的！今儿个，你要不拉我，我能挨踢吗？我算看好了，羊肉贴不到狗肉身上！你就不知道心疼我。你说，我容易吗？你在我这儿待了这么长时间，我哪点对你不好？别人打我，你都不知道帮我揍她，我真是白疼你了，我的命才叫苦呢……

杨四姐咬着苹果，说着说着，眼泪掉了下来。

木草被杨四姐骂，已经习以为常，她不怕四姨骂，她能挺得住。可杨四姐一哭，木草就害怕，她就挺不住了。她过来哄四姨说，四姨，别哭了，你一哭，我心里难过。我怎能不心疼你？心里很疼，真的。杨四姐听她这么一说，心里才算好过了点儿，接着训话道，以后，你别冒冒失失给陌生人开门，多危险呐！这回，你看着了吧？以后说找我，也不能轻易开门。住城市不像农村那么简单，一个村里的，一个镇上的，都认识，在北京这地方，楼上楼下都不认识，你要处处小心。就说潘新艳，你要不给她开门，她能进来吗？今天都怪你，净给我惹事。

木草一次次点头，低头认错，听着四姨一遍又一遍的车轱辘话。

杨四姐的舌头可能忙活累了，歇下来捅咕木草，傻犊子，吃啊，吃水果。木草说，你吃吧，四姨，冬天水果太贵，我不缺营养。木草坐在杨四姐身边，越来越感觉是自己的过错，四姨说的话不是没道理。看着眼前的木草，杨四姐用小枕头拍了拍木草的肩膀，说，傻玩意儿，她把我打死了，你哭不？木草点点头，闭着眼睛，泪水滑过脸，掉到床沿上。

但凡世上女人，哭有三样：有泪有声谓之哭，有泪无声谓之泣，无泪有声谓之号。木草此刻属于第二样。

杨四姐说，好啦好啦，别哭，都哭丧气了，今天是四姨最高兴的日子。哼，这就是报应，潘新艳不是打我吗，一脚踢出一个孩子来，值了！木草继续担心起来，抬头看着四姨，吞吞吐吐地说，她再来咋办？你，怀孕了将来可咋办？杨四姐说，这几天找房子搬家，让她找不着我。孩子嘛，当然生下来，生下来你刘叔就会和我结婚。他就稀罕儿子，他这辈子最大的愿望就是给自己留个根，这是他亲口说的……

苹果被杨四姐吃掉大半儿，杨四姐露出孩子般的灿烂表情。

木草不停地搓手，坐在那儿。想了很长一段时间，她说，四姨，关于这件事儿，我想说说我的看法。你别总拿我当小孩，我也是大人了，我的想法不一定就是错的。杨四姐警觉地说，你啥意思？反对我？是吧？木草嘟着嘴，怕四姨不高兴，可又忍不住要开口。杨四姐说，痛快的，你想说啥，我听听。木草这才一吐为快的样子，四姨，这孩子不能要，将来别是个黑孩儿。你们都没办结婚手续，咋要孩子？我姥姥能同意吗？潘新艳不离婚怎么办？这些，你都要想好。我，我真的为四姨好，为你担心才说这些呢……

杨四姐把苹果核撇在桌上。她翻睖了木草一眼，说，我活得够累了！等我把这些都想好，我就死啦，见阎王爷去了！我决不能输，一定要把刘万军抢过来。你看今天潘新艳那副德行，真让人生气！木草说，我还是不赞同四姨这样打算，那刘叔有啥好的？好人多得是，北京这么大，干吗可他一棵树上吊死？你这样太冲动。杨四姐真不乐意了，说，你知道啥呀？我还有什么可冲动的？这些，我都想好了，你懂个啥？别在这儿废话！我们这样的女人，外面都叫啥，你不知道吗？都叫齐天大圣（剩）！我一没青春，二没学历，三没背景的，你没听潘新艳都骂我个臭外地的？我还找谁去？啊？

木草把苹果核捡起来，丢在厨房的垃圾桶里。然后，她走回来说，会有人适合你，但不该是刘叔。杨四姐逼问，搁哪呢？你说，哪还有小伙儿给我留着？潘新艳赖我和她抢，我不抢，我怎么办？你还小，不知道我心里的恐慌。我杨四姐，快四十岁了！四十了，四张了，奔四了，再不生孩子，这辈子你四姨就别想有自己的孩子。你真正替我想过吗？木草，你说啊？我要一个自己的孩子，一个家，有错吗？你说……

木草擦擦手，无言以对，她不知道怎么办，更不知道以后会发生什么。

第二天中午，刘万军就来了。

杨四姐抱着刘万军向他诉苦，还让刘万军看脖子和下巴上被潘新艳抓挠过的印子。刘万军说，四姐，你总是不听话，都怪你，把我们俩的事儿发到电脑上，让我闺女和她妈看到了，你就作吧。哼，这下好，现在一家子人都知道，我姐姐、我父母都偏向潘新艳那边，我到家就挨我爸一顿骂……

木草靠墙站着，看他俩，不知道该说些什么，或者能做些什么。

刘万军埋怨杨四姐一顿，然后告诉杨四姐说，现在你不能在这儿住了，家里还会找来闹，我姐还要和潘新艳来找你算账呢。杨四姐嘤嘤哭，很复杂地哭。

木草听刘万军这番话，更加看不起刘万军，她带着情绪转身回到自己房间。

大卧室的门也关上了。刘万军搂着杨四姐坐到床上，说，别哭了，他们阻挡不了我们俩的感情，我表面答应不和你来往了，私下里已经找好房子，是通过房屋中介公司。这回保密，我们谁也别告诉，以后不管是导游还是司机，包括旅行社任何人都不要告诉。你明天就和木草搬到南城去住，也是个两居室，离地铁站和南站更近了，环境也好。杨四姐一听乐了，长满一脸幸福。她偎在刘万军的身上，娴熟地赏了刘万军一个吻，那吻的声音很响，在另一个房间的木草都听见了。

木草有点儿烦，她自己也说不清的矛盾心情，走到电脑前，她把音箱打开听歌。

刘万军摸着杨四姐的屁股，小声问，想我没？杨四姐说，想。亲爱的，我今儿个问你一个问题，昨天我和潘新艳打架，我俩谁挨打受伤，你最心疼？刘万军笑了笑，说，又说傻话，不说这些话，别扫我兴。杨四姐撒娇地说，不，我就要你说，你说不说？她薅着刘万军的耳朵逼他回答。刘万军这才说，傻样，还用问？当然心疼你，宝贝。说完，往她身上压。杨四姐躺在下面，腾出舌头，小声说，你轻点儿，轻点儿。我告诉你一个好消息，我，怀孕了！刘万军激动了，跪在床上，问道，这？真的吗？四姐？你没骗我？……

杨四姐起身，像个中了五百万元大奖的土豪似的，把化验单从包里拿给刘万军看。捧着医院报告单，刘万军的手不停地颤抖，如同得了帕金森病一样。或许是喜事来得极猛了些，致使他的两行老泪瞬间奔流直下。

年底了，各大公司、各种单位，都在忙着开年会。

地球人都知道，开年会，领导们可以趁机笼络人心，而员工们则可以多弄些实惠。小世界旅行社的上上下下也不例外。在那得海指挥，吴瑕多日的操办下，车队队长刘万军派侯师傅开一辆金龙，载着他、那得海、吴瑕，还有一帮新老导游，在西三环一个中高档会馆集合。滕曼已经率组团部、地接部、财务部、外联部等办公室人员开几辆小车，拉着几个购物店的负责人在会馆等候了。

这家会馆提供一条龙服务，用杨四姐在车上的俏皮话说，跟着小世界旅行社老总走，这里吃喝玩乐啥都有！

会馆广场上停满大小车辆。既有北京号牌，也有外地号牌，有的号牌还神神秘秘地被人为遮挡起来了，就是不让看。五颜六色的彩旗迎风招展。西洋式的一圈立式灯，也不知道着啥急，天没黑呢，就忙着点亮。看来，这所会馆根本不在乎这几个电费。

会馆大门两边站着一对雕塑，人不人鬼不鬼，张牙舞爪，面目狰狞，也不明白那副表情图个啥。所有导游都没有辨认出来它为何物，连老导游胡连成、冷雪君和杨四姐都摇头。他们不敢断定是狮子？麒麟？貔貅？好像和他们讲解的神兽大不同。后来，还是最爱问问题的木草小声打听，门童透露了一点儿给她，敢情这个会馆整体是外国一高级设计师给设计的，包括这对儿“门神”。遗憾得很，笨蛋一样的门童偏偏忘了“门神”到底姓甚名谁。

这次年会，可让那得海整得挺大，该来的都来了。

杨四姐坐下来对刘万军说，这家伙，那得海要显摆了，嘚瑟呢。刘万军笑着说，那是，你没听说吗？忆当年，红米饭，南瓜汤，老婆一个，孩子一帮。看今朝，五粮液，王八汤，孩子一个，老婆一帮。杨四姐狠狠掐了刘万军一把，说，你也想老婆一帮？刘万军说，真是，我哪敢啊！哎，傻娘们，你别只顾收拾我，你也管住点你自己，今天别犯愣，嘴要有个把门儿的，尤其搬新家的事儿。杨四姐用眼睛映他一下说，我知道啊，别嘚嘚了。

会所里，一个收拾得溜光水滑的男老板见那得海组团来了，当然忙得不亦乐乎。他一边和那得海、吴瑕寒暄握手，一边有条不紊地吩咐手下人干这干那。

身材高挑的女服务生带着一群人向一个大会议室走去。杨四姐打头走在最前边，木草跟在队伍末尾。胡连成自从看到冷雪君，就跟个公猪一般在冷雪君屁股后跟着，春暖花开的样儿。

会议室热腾腾了，先来的后来的，都互相打个招呼，然后，按着自然顺序坐下来。

会议桌上摆着几盘小食品、茶杯、茶壶。服务员给每人茶杯加满茶水，茶水呼呼地往外冒热气。

外联部的和财务部的人挨着坐，人们从中看见有一个最小的与会者，对，是裘鱼带来的女儿——暖暖。

一时间，暖暖成了焦点，大家都逗着这个可爱的小女孩。可暖暖呢，目光始终不离开一个人，她立刻喜欢上了木草。隔着好几个人呢，暖暖跟妈妈要求非要坐在木草旁边。木草笑呵呵地把她抱过来，让她坐在自己身边。董晓冉掏出一块糖给暖暖，问，暖暖，我和木草你喜欢谁？向小强也问暖暖，乖乖，她们俩谁长得好看？接过糖，暖暖说，嗯？都好看，我都喜欢。暖暖小嘴很甜很乖，在场的人都夸她聪明、懂事。可木草却不这么认为。

木草觉察出暖暖没有孩子的个性，有一种讨好大人的倾向，并且，从她笑的眼神中，足以读出这孩子缺乏安全感。木草只是从自己的专业角度来看这个孩子。她还不了解裘鱼是什么情况，但她能从短暂的接触中，判断出暖暖是个不同寻常的孩子。

等了半小时，主要领导还没照面，坐着的人有的聊着，有的无聊着。

每次开会，胡连成都挨冷雪君坐。冷雪君今天化的妆很好看，不再是导游的休闲妆，那一副烟熏妆，显出她的个性。冷雪君夹着烟，在那儿吞云吐雾，好像要领金鸡奖、百花奖似的。杨四姐的指甲油这次没涂抹，嘴唇的口红也不见了，一副素面朝天的样子。她穿着一件紧身的红毛衣，那对儿比原来更膨胀的乳房被衣服紧裹着，仿佛要掉地上了。胡连成偷看了杨四姐那里好几眼。

杨四姐一看冷雪君就不顺眼，指桑骂槐地警告道，我说，大家就别抽烟了，一会儿老大来了，小心挨批。又要长一岁了，咋还一点导游的高素质也没有啊？冷雪君反击道，什么素质？干导游还要素质？四姐啊，可别给我挑毛病，你以为你完美无缺呀？小心我在刘哥面前告你状，他回去揍你，你还和我装呢。冷雪君讥笑着。杨四姐指着冷雪君说，瞅你那熊猫眼吧，你以为你是国宝啊？脱了衣服也不照照自己啥德行？在那装啥呀？！杨四姐一着急说错了，把脱鞋，用鞋底儿照照模样，给说成了脱衣裳。

冷雪君说杨四姐装，杨四姐说冷雪君装。两个人逗哏捧哏般，说相声一样，笑料百出。听着的人随之看笑话，都龇牙咧嘴地乐。

组团部的经理滕飞一直坐在那儿，看着斜对面的暖暖给木草编发梢。

胡连成马屁精似的说，对对，四姐说得没错，我把烟掐了。可不嘛，老大不在，滕飞经理还在呢。对，对，我们要尊敬所有领导，都规矩着点啊！胡连成拿着怪腔怪调，像个清朝老太监似的。滕飞说，没关系，今天是年底大联欢，大家在一起就是放松、高兴。现在，没有领导和员工一说，桌上的烟就是那总买来给大家抽的，请便。胡连成趁机去给滕飞点一根烟，借此又去拍拍小领导的马屁。

木草看了看这个年轻的男孩，知道了他就是滕飞。董晓冉小声告诉木草，滕飞身边坐着的那个就是地接部的计调叶文。

冷雪君不耐烦地问屁股刚沾凳子的胡连成说，怎么还不来啊？那总还不开会讲话，那，那咱们晚饭得什么时候吃到嘴？吴瑕干啥去了？滕曼不是回来了吗？

胡连成又吭地吸了一下鼻子，下咽，一抻脖子，又翻一下白眼，说道，等着吧。嗨，你不知道啊，老总那是有俩老婆的人，忙得很，嘻嘻。胡连成小声到只有他们俩能听见。冷雪君不是好笑，骂了一句，呸，你就是一个典型的京油子，整天遛鸟、招猫逗狗、耍嘴皮子，一副八旗子弟的派头。哎？你是烂黄旗的后代吧？

胡连成看了看冷雪君那波涛汹涌的前胸，垂涎早已超过了三尺，他就手捏了一把冷雪君穿着高筒靴露着丝袜的大腿。冷雪君打着胡连成的手，打跑胡连成的手后，她喝了一口已经不再烫嘴的茶。

消停下来，冷雪君心里想，也不怪胡连成这样说，那些当官的，那些公司的领导们多少都有毛病。这也不怪胡连成信口开河。现在的头啊，官啊的，确实不让人放心，也不让人省心。就连自己带的团都一样，怎么玩，怎么睡，和谁睡，那都形成了一大特色呢。自己亲身体验的还少吗？冷雪君低着头寻思，她渴了，也有点儿饿了，只顾喝茶，盼早点吃饭。

胡连成逗完冷雪君，又想聊扯一不留神坐在他右边的董晓冉。

色眯眯的胡连成站起来，撅着个腚，从桌中央的盘子里给董晓冉抓了一把开心果，说，来，美女，孝敬你的。怎么样，一年下来没少挣钱吧？听那总说，旅行社已经收到你客人的三封表扬信啦？说说，你是怎么勾引男游客的？你说你嘴角长个大黑痦子也吸引人，到哪说理去啊。董晓冉瞪了他一眼，说道，去去，我不和你说话。向小强赶紧站起来，给师父倒水，和他岔开话题，为同学董晓冉解围。此时，向小强对师父是不满的。

董晓冉瞅了一眼向小强，她越来越觉得向小强变了，不再像当初刚毕业那会儿。向小强也知道，自己是变了，但自己爱董晓冉的心并没有变。

不理不睬的董晓冉更刺激了胡连成，他无赖似的走近董晓冉，扬手摸了一把董晓冉刚刚剪短的头发，说，怎么剪头发了呀？嗯，不错，还是这样更时尚，显得干练。怎么？你想当第二个吴瑕啊？

胡连成的话里有话，他猜董晓冉一定开始勾搭那得海那个老色鬼了。

董晓冉恨不得把一杯水泼在胡连成身上才解气，但她还是当着这些人压住了火。董晓冉拿起水杯冲洗刚被胡连成摸过的头发，以示对胡连成这一举动最恰当的抗议式处理。董晓冉以此表态，表明她极其恶心胡连成。

胡连成也不傻，再一次从座位上蹿起来，想找回面子。刘万军摁住他说，胡导，没喝酒就多了？注意点，今天还有小孩在场呢，裘鱼女儿看着你呢，别吓着孩子，成不成？注意点形象。胡连成坐下来说，好，我就给刘哥面子，小丫头片子！我不爱和她计较就是了。刘哥，我中午和几个同学喝了三瓶牛栏山小二，晚上，在这儿，咱哥儿俩得好好喝点儿，喝透喽。刘万军答应说，好，不给你喝趴下，我都不姓刘。

一旁的暖暖正站在木草身后，饶有兴致地编着木草的发梢儿。裘鱼说，暖暖，听话，别鼓捣姐姐头发玩儿，坐好。木草说，裘鱼姐，不碍事，让她编吧。暖暖一听这话，玩得更开心了。她把木草的麻花辫的辫梢一会编上，一会又打开。

木草不怪暖暖，她知道，小女孩天生就爱摆弄头发，尤其是内心孤独，没有安全感，但又常常憧憬幸福生活的女孩子。

旅行社领导们先后走进来。

今天显得格外精神的滕曼先开口，她示意大家掌声停下来，说道：“让大家久等了。我先给你们介绍一下今天的贵宾：这位是前海药店的周经理，这位是后门楼子貔貅店的吴经理，这位是慈禧珍珠店的郑经理（女），这位是乾隆土特产店的王经理（女）。今天，把大家召集到一起，除了庆祝新年之外，还为了我们明年旅游事业有个更好的发展前景。在此，社里请了各位经理、旅游行业的销售精英，主要来给新老导游提供一些他们多年以来积累的经验，大家掌声欢迎一下！”

屋里响起热烈的掌声，导游们求之不得。

貔貅店的吴经理首先发言：

“很高兴应那总、滕总邀请，能来和各位同行一起过新年，感到十分荣幸！我也不是什么精英，只是进这个行业比你们早几年。

“要说向游客宣传购物，这里面的确有着奥妙。就说貔貅吧，在全国各地几乎都有销售，在我们北京那是得天独厚，各位导游应该很容易尽情地发挥，一定要和古往今来的历史、政治、经济联系到一起，争取把游客吸引住，这样，就不怕他们不掏钱来买。

“注意，大家讲解的时候，一定在进店之前铺垫。比如，你们可以大胆讲皇帝出兵打仗，每到年节，皇家都要祈福，也必恭请或随身携带貔貅。

“当然，你们导游还可以讲北京风水，讲一讲经济。××单位的领导为什么能青云直上？一路高升？你看看那个单位门口摆放的是什么？没错，就是貔貅这个神兽。这样的例子很多的，你们导游要多联想，勤思考，销售貔貅不成问题。什么是优秀的导游？那就是见什么人说什么话。这还需要大家不断学习进步，有一颗进取心，把导游当事业干。

“明年，我们店要出新产品，虽然还是貔貅制品，但除了现有的玉貔貅，还要有银貔貅、金貔貅、景泰蓝貔貅、铜貔貅、铁貔貅。当然，你们不能说是铁貔貅，因为外面是镀金的，客人看不出来。”

底下导游笑。那得海一脸严肃。

“另外，我们店还会请新的大师现场给貔貅开光，这样效果会更好。总之就一句话，明年我们一起挣钱！团结一致把游客的钱都掏出来！祝大家新年愉快！明年团团上方！”

大家再一次报以热烈的掌声，感谢吴经理的金玉良言。

木草听吴经理讲完，小声问董晓冉，“上方”啥意思？董晓冉说，是上万的意思，就是挣一万块钱。木草捂着嘴，吃惊样儿。

第二个发言的是前海药店的周经理。

周经理很滑稽，自己卖药，却满脸长大疙瘩，嘴唇紫黑色，头顶上的几根头发又黄又软又稀。一看就是个心血供应不足，且肾也虚的人。可这家伙最有才，说话幽默风趣，逗得导游们当着旅行社老总的面都不知道怎么笑了，不笑又都憋不住，尤其是老导游。周经理发言的时候，底下各种怪异的笑声都有，气得吴瑕站起来给大家难看的眼色，压制着导游们笑。

周经理说：“什么叫能手啊？就是别人不能伸到的手，你能伸到，并且把钱挣到自己腰包，那才是能手。这一点，新老导游都要向咱们小世界旅行社的杨四姐学习，她在导游记录中，带团流水和领取奖金的数额至今没人超越。这就是导游中的能手！”

这时，那得海先鼓起掌来，他一带头，底下人一阵跟风，包括撇着嘴的冷雪君。

周经理最后讲到要害之处，令听众目瞪口呆。他继续说道：

“我们导游常常犯的大忌是，挣钱太死性，不知道灵活运用。为什么这样讲呢？大家听说过中国有一句古话叫，看人下菜碟？对，一样适合进我们药店。换成我们的行话，就叫看病人下方子。这学问可大着呢。

“例如，有的游客这次出来带钱多一些，有的钱少一些，你导游别只顾忽悠有钱的买药，那就不成，其实，没钱的，只要动心想买，那就好办。

“你们问怎么办？同样一服药，有钱人就告诉他们吃三个疗程见效，或者干脆告诉他们吃八个疗程就能治愈。而没钱的那些呢？你们就告诉他们吃一个疗程就见效。

“想想，一个旅游团中，没有大钱，抱着试试看的人占大多数，一个疗程，游客至少要花三百八十块，那么这样号召整个团的人都买药，再加上几个有钱人买，最终积累下来，你带的团流水成绩单不就上提了吗？”

杨四姐听周经理讲到这儿，心里不乐意了。她骂，什么玩意儿，自己就这点卖药的秘密，还让这个周经理给普及了，看来，明年面临着更大的挑战。

末了，周经理把底交给大家：

“各位导游放心，我们卖的药不管吃多少也不会吃坏，基本成分是营养品，而大多数不是药，绝不会吃出人命。这点儿不用担心害怕，你就大胆推销。本店成立这些年以来，没有出现过任何问题。最后，希望各位导游带着你们的游客，高兴而来！满意而归！谢谢大家！”

在场的人鼓掌致谢。都愿意借周经理吉言，今后发大财。

木草攥着暖暖的小手，看了看暖暖那双望着大人们认真开会的眼神，木草的心有些沉重。

滕曼有请她的好朋友——珍珠店的郑经理发言。郑经理继续给导游们洗脑。

郑经理穿着乳白色职业羊毛套装，一副扮嫩相。人已经五十多岁，但保养得像电影演员刘晓庆似的，皮肤光滑细嫩。当然，郑经理的所谓年轻，也全仰靠着进口高档化妆品涂抹。如果你不注意到她新漂染的酒红色头发根下面的白茬子，你根本猜不到她的真实年龄。

人们的目光都投了过去。只见这个经理纹绣过的嘴唇呈大红色，里面是一口整齐的小白牙，脖子上戴着名贵的进口珍珠项链，耳朵上的珍珠耳钉更是耀眼。郑经理讲话的派头，跟外交家撒切尔夫人一样，这让见过世面的那得海都起了邪念。

和前两个男经理不同，郑经理处处带着女性的风采，讲得可谓声情并茂。她不用稿子直接讲。她的讲解，首先从一个神话开始。

“西施本是月宫中嫦娥的掌上明珠，她奉玉帝之命，下凡来拯救吴越两国黎民百姓脱离连年战乱之苦，珍珠便是她的化身。原来嫦娥仙子有一颗闪闪发光的大明珠，十分逗人喜爱，常常捧在掌中把玩，平时则命五彩金鸡日夜守护，唯恐丢失。而金鸡也久有把玩明珠的欲望，趁嫦娥不备，偷偷将明珠含在嘴里，躲到月宫的后面玩赏起来，将明珠抛上抛下，但有一次不小心，明珠从月宫滚落下来，直飞人间。金鸡大惊失色，为逃避责罚，也随之向人间追去。

“嫦娥得知此消息后，急命玉兔追赶金鸡。玉兔穿过九天云彩，直追至浙江上空。正在这一天，浦阳江边山下有一个施姓农家之妻正在江边浣纱，见水中有颗光彩耀眼的明珠，忙伸手去捞，明珠却像长了翅膀似的飞到她的口中，并钻进腹内，施妻从此有了身孕。一晃十六个月过去了，女子只觉得腹痛难忍，但就是不能分娩，急得她的丈夫跪地祷告上苍。

“这一天，只见五彩金鸡从天而降，停在屋顶，顿时屋内珠光万道。恰在这时，只听哇的一声，施妻生下一个美丽的女孩，取名为西施。故有‘尝母浴帛于溪，明珠射体而孕’之说。西施长大后，化解了吴越两国的仇怨之后，就化作珍珠留在人间，为黎民百姓的健康长寿、养颜美容继续做出贡献。”

一片掌声响起。

“那么，我再给大家讲几个美女。据史书记载，在唐贞观时，就盛行珍珠内服外敷，以养颜葆青春。中国历史上著名的女皇帝武则天，不仅常服珍珠粉，而且外用涂在手面。史书上说武则天六十三岁登基时，仍美貌不衰。自古至今，我国大陆、台湾，以及日本、东南亚等国家和地区，常把珍珠粉作为养颜美容剂而广泛使用，安全无毒，蜚声中外。更有趣的是，在国外也有类似的传说。

“相传古代埃及女王——埃及艳后，是一位绝世美女。她保养容颜肌肤的秘方就是经常服用珍珠粉。她服用珍珠粉的方法也很特别，每天都将珍珠粉溶在葡萄酒里来喝。古今中外名人服用珍珠粉的例子不胜枚举啊！

“传说，慈禧为了实现长生不老、青春常驻的愿望，常年服用珍珠粉。其贴身内侍——美丽的德龄郡主在《御香缥缈录》一书中，披露慈禧在五六十岁时，其肌肤白润细腻一如少女。慈禧在清宫内还设立了专门研究珍珠粉药用价值的机构，由精通医道的太监主持，并配有专门研究珍珠粉的御医。

“在慈禧死时，还在口中含颗大明珠，好在列祖列宗前证明她的青春貌美。慈禧太后死后，在她的随葬品中，就有三万余颗珍珠，全都是小粒晶莹圆润的上等品，希望死后依然能姿容俏丽，光彩照人。在中国的古代，珍珠是皇室、达官贵人家的富太太、阔小姐身份的象征、财富的象征、地位的象征。”

中间，郑经理喝了一口水，服务员过来又添水。

大家在下面鼓掌。向小强和董晓冉这些新导游从心里佩服这个女经理的专长。那得海心里想，如果社里导游都达到这个水平，旅行社的收入会翻几番。

郑经理继续讲道：

“在如今的中国，众多女明星是非常喜欢佩戴珍珠首饰的，像章子怡、范冰冰、陈好、张曼玉……都十分喜欢珍珠，走进我们店里讲解区，就可以看到这些名人佩戴珍珠的照片，所以珍珠更是上流社会名流女士身份的象征，拥有珍珠能够让你更加漂亮、迷人。

“我们店的珍珠可使少女变得更加清纯可爱，少妇变得更加妩媚迷人，老夫人则变得更加雍容华贵、从容不迫。大家还记得蒋介石的夫人宋美龄吗？她当年出访都要佩戴珍珠饰品。还记得美籍华人陈香梅女士那句话吗？‘如果一辈子只让女人选择一件珠宝的话，我一定选择珍珠！’

“在欧洲、美洲，有许多国家曾经为珍珠立法，规定人们必须按照社会地位及身份等级佩戴珍珠。有这样的规定，珍珠的地位可见一斑啊！像撒切尔夫人、伊丽莎白女王、赖斯、阿罗约、希拉里，包括明星梦露、麦当娜等都酷爱珍珠。

“在皇室中，现在的上流社会中，人们如此青睐珍珠，原因有五个。其一，我们先来看看‘珍珠’这两个字，都是什么偏旁啊？对，两个字都是‘王’字旁，在中国古代，只有供给皇室使用的物品才能有两个‘王’字旁，比如珍珠、琥珀、琉璃、玳瑁、玛瑙等，说明了珍珠在古代皇室中的崇高地位。

“其二，美观，一块未经雕琢的宝石，并不是贵重的宝石，而从珠蚌中取出的优良珍珠，不需琢磨，就是一件漂亮的饰品。

“其三，健康，珍珠的化学组成为碳酸钙，此外，珍珠还含有角质蛋白，以及人体所需要的十几种氨基酸和微量元素，其中包括硒等抗衰老物质。由于佩戴珍珠紧贴人的颈部和脉搏处，它的有效成分可以经摩擦进入人体，珍珠对体液分泌有一定的吸收能力，皮肤对珍珠中所含的药物成分也有吸收，以至于影响局部患处，起到消炎的作用。同时珍珠能够治疗神经衰弱症，那是因为珍珠具有镇惊安神的作用。

“其四，珍珠项链和手链是让爱情更加牢固。可以拴住对方的心。

“其五，珍珠粉能够美容。市面上经常见到的珍珠美容系列产品就是出自珍珠的粉末。珍珠粉不仅能够用作高档化妆品，同时还能够服食和制作面膜。珍珠粉能够增强身体内的新陈代谢，促进皮肤表面细胞再生，使皮肤更加柔嫩、洁白、细腻、滋润、光滑，从而能够减少皱纹、延缓衰老，以至于焕发青春。而珍珠粉所具备的三大功效就是：美白、抗皱和消斑。

“我们店的珍珠产品有特色。第一，我们珍珠店是质量协会会员单位，是质量诚信单位，值得信赖。第二，我们店是有关主管部门质量保证金的缴纳单位，绝对不会有伪劣珍珠产品出售。第三，我们店的珍珠产品物美价廉，物美价廉的原因是销售渠道。好啦，我的讲解就这些，希望导游们给自己的游客讲解得更出色，这样才能让大家都有钱赚，感谢小世界旅行社对我们购物店一直以来的关照，希望我们继续合作，共同发财！”

在场的人也不管郑经理说的以上内容是真是假，拼命鼓掌，掌声掀起了会议的小高潮。

风度翩翩的郑经理微笑了一下，拿出自己的名贵 LV 包，从里面取出三条上等的珍珠项链来，说，今天算是我的一点纪念品。然后，她交给了一旁站着的吴瑕。

至此，郑经理算是漂亮地完成了与会任务。

最后轮到土特产店的王经理发言。她三十多岁的模样，不是北京人，口才不好，穿得也不讲究。有前一个经理参照着，显得她外地口音浓重。她是靠着老公发家的，他们那个店可以叫作夫妻店。

这王经理的各种能力不比前几个发言的经理，但她讲话简短、实在。

她说：“嗯，我呢，没什么好讲的，土特产店没那些说辞，带着游客进去就行了。不过，告诉导游一个经验。我们店主要是卖北京烤鸭、果脯、糕点。有些北京特产小吃什么的，是免费给客人品尝。导游带团去，最好赶在中午饭前，或者晚饭前。根据专家考证，游客饿着肚子进土特产店，才更有购买欲望呢。当然，也不能让客人太饿，那样他们会和导游打架，也就不会买东西了。好，我就说这几句，最后感谢旅行社老总、各位导游、各位师傅对我们土特产店的光顾！有你们，我们才有今天的规模，我代表我爱人，祝大家新年愉快！明年大发！”

底下的人为王经理的新主意叫好。

服务员趴在那得海耳朵上说了几句。那得海示意滕曼去餐厅用晚餐，餐厅已经上菜。

滕曼对大家说，各位，几位贵宾精彩的演讲使我们受益匪浅，我宣布小世界旅行社晚宴即将开始！请大家到餐厅就座，到了那里，我们可以各抒己见，为我们小世界旅行社献计献策。好！现在由领位小姐带我们去中餐厅。

在场的人起立，按顺序向另一个地方走去。

这是一个大包房，里面有两张可以坐下三十人的大桌子，第一桌主位坐着那得海、滕曼，还有购物店的几个经理。吴瑕看滕曼在场，也就只好和这些导游们坐在第二桌，由于第二桌人多，那得海把刘万军和外联部的几个经理调到了第一桌。

看大家坐稳当之后，那得海击掌又开始演讲：

“请大家安静一下！在动筷之前我简单说几句，最近腰椎不太好，我就坐着说了。今天，我们聚一起啥意思呢，在座的辛辛苦苦一年了，在大家的共同努力下，我们旅行社取得了不错的业绩，希望明年大家好好工作，我们一起发财！

“下面，我把今年的情况总结一下，先说好的一面。经过旅行社领导的研究讨论，我们评选出了几名获奖的工作人员，一名是购物冠军杨四姐，一名是自费加点最多的冷雪君，一名是表扬信最多的董晓冉，一名是外联部经理孙松，他们每人获得旅行社三千元奖金，大家掌声祝贺他们！”

杨四姐带头鼓掌，胡连成坐在那儿不服气，向小强羡慕董晓冉，其他导游摩拳擦掌准备明年大干一场。

那得海继续说：

“我决定明年增加三个奖项，希望大家得到更多的实惠。好，那我再说说发现和出现的问题。主要是有些饭店反映，个别老导游想吃回扣，旅行社定好的餐标，最低标准每个游客十块钱，可非要让饭店按九块钱结，不然就要挟饭店说，以后不拉游客来用餐了，这太过分了。

“把丑话说前头，我那得海不是吃素的！不瞒大伙，各个餐厅、宾馆都是我哥们开的，也都是我圈定好的生意合作伙伴，导游必须按我们社里的行程单走。好吧，在这儿，我就不点名了，希望杜绝这类事情发生。”

胡连成吸了一下鼻子，心里骂，王八蛋，哪个餐厅告我状？老头子够黑，组团社那边明明给他的餐标是十五，转到他手里，他一扣就是五块！我想挣一块，他都不答应，这帮吃人的家伙，只许他们州官放火，就不许我们百姓点灯。

接下来，那得海又接着讲：

“你们也别说我老那黑心，社会就这样。报团客人舍不得多花一分钱，很少的钱被当地组团社已经吃了一笔，剩下的钱到咱们北京地接社，买景区门票都不够，我怎么办？有的人可能会说，活该！谁让你接团了，不会不接这样的团吗，亲人们呐，旅行社不接团那是要倒闭的。难道，我们都去等着喝西北风？你们愿意喝西北风？还是愿意喝五粮液？对，我们的答案是相同的，那就只能去挣钱，怎么挣？这是一门学问。”

那得海喝口水，润了一下嗓子。又讲下去：

“旅游这个行业，你有悟性就会做得很好，你没有悟性，满脑袋仁义道德和条条框框，那好，我不留你，请自找出路。就像原来从我们社里被开除的米虎，他那么有思想，不还是换了一个地方照样挣旅游这口饭吗？说实话，我更看不起那个长春出家的陈静依。这个导游在社里几乎没有给旅行社带来一丁点利润，老子还赔了游客和组团社不少钱。”

滕飞听姐夫说到这儿，闭上眼睛，心里有点寒。

“我就不明白哦，都是年轻人，也不缺胳膊不少腿的，干吗那么消极？为什么不争当改革开放大潮的弄潮儿呢？我那得海当年不闯不拼，能有今天？你们看我现在有点钱了，我一样不容易啊，你们只看到贼吃肉没看到贼挨打。到了今天我年近花甲，不照样在奋斗吗？我说这些话，没别的意思，完全是为了激励在座的年轻人。总之，别管黑猫白猫，抓住耗子就是好猫。多么经典的一句话啊！所以，你们趁着年轻要抓住时机。

“我说远了，再把话说回来，从明年开始，我们的团量还会加大，外联部和吴瑕经理已经搞定，从别家旅行社把外地团拉到了我们小世界旅行社。我建议，大家把热烈的掌声送给这几位功臣！”

大家又激烈地鼓掌。

“当然，我们也是和全国各地的地接社一样，不得不采取拉关系、负团费和零团费的战略，旅游局都调控不了，何况我们一个小小的旅行社？别听社会上怎么指责旅行社，哪个行业都一样。就说房地产吧，从农民那里低价购地，然后高价卖给开发商。大家手里的手机、电脑属于电子市场，一个手机成本多少钱，卖给我们又是多少钱？没办法，我们只能顺应市场。

“低价接团，负团费、零团费，用我们行话说，这个大坑谁来填平？难道只我旅行社经理那得海一个人来填吗？怎么可能？我这是私人企业，是公司，不是事业单位。我们要纳税，还要解决你们导游以及各个部门的就业问题。

“听好了，我们可以说是一家人，一条绳上的蚂蚱，你们不能眼看着我一个人填坑，对不对？这需要大家互相帮助，齐心协力填好这个深坑，然后我们也会有利润可图。道理很简单嘛，我、车队、导游都要承担一些。因为我们要挣钱，挣钱就需要本钱，要首先把大坑填上，我想这笔账谁都会算……”

杨四姐和胡连成这样的老导游，听着听着也迷糊了。怎么在自己眼里一贯剥削自己，且恶贯满盈的那得海，变成慈善家了呢？敢情扣游客五元餐费是为了填大坑？可那个大坑究竟有多大呢？到底是谁在挖坑？这我们哪搞得清楚……

那得海继续讲：

“大家有可能还不知道，新的旅游法将在2013年实施，我们要趁着现在多赚点钱，谁知道以后是什么政策？我可以正大光明地告诉大家，因为我们靠的是低价竞争这个手段，没更好的办法。

“在这儿顺便多说几句，其实，旅行社是个可悲的产业。改革开放这么多年来，我国旅游业实现了从无到有，从小到大，从弱到强，成绩斐然。但是，从旅行社发展情况来看，不容乐观啊，我作为经理人比你们更清楚。价格战将是大小旅行社之间进行竞争的‘撒手锏’，直接后果就导致旅行社整体利润水平下降。长此以往，恶性竞争愈演愈烈，那么，大旅行社没法发展壮大，中小旅行社又到处‘填坑’，已经进入恶性循环的怪圈。

“旅行社是什么？是以盈利为目的、通过经营旅游业务获得利润的旅游企业。试想，一个纯交易、纯盈利的企业怎么会拼命降低价格呢？ 压价、杀价的背后会伤害谁？原因在哪儿？

“如今的旅游，主要是消费者的不成熟，片面追求便宜，引发了各个旅行社间的恶性竞争。在这种大环境下，我们只好低价吸引外地组团社和游客，作为占领市场份额的主要手段。我们旅行社只好不计成本，像个三孙子一样，迁就外地组团社和客人的种种不合理要求。

“明年，也许‘低团费’‘零团费’‘负团费’的情况会更严重。但是，我们各位只要挺住，就能赚钱。说白了，这种现象实际上是游客、组团社、地接社之间的价格交易行为造成的！能怪我们旅行社吗？那样说公平吗？旅游没有传说中的性价比，就是一分钱一分货。

“试想，游客想省钱，组团社、地接社想挣钱，导游想挣钱，你怎么能玩好？最后一肚子气，投诉导游，投诉旅行社。其实，这都是想省钱的游客自己酿的苦酒，造成这个结果，依我看，是因为游客不怕便宜。那么，游客不怕便宜，组团社不怕便宜，我们还怕什么？！大不了羊毛出在羊身上，羊毛可是软黄金啊，羊毛最终出多少，那要靠咱们导游最后这一个环节。”

底下一片沉静。那得海继续说道：

“今年，旅行社担子比较重，一直以来，小世界旅行社最重视导游，我们每年都有奖罚标准，而且说到做到。最后，希望大家放心大胆地工作，我那得海开这个买卖，可以大言不惭地告诉大家，上面咱们有人，一些小事我自然会摆平，只要大家跟我一条心，同使一股劲，一切都不是问题。”

这时，胡连成自以为是地问道，那总，最近有一条新闻您看了没？国家旅游局称一些红色旅游景点的讲解很不到位，一些导游甚至歪曲事实，将庸俗、迷信等不健康内容掺杂进去，把一些道听途说的政治笑话说给游客听，来换取游客一笑。如果导游在旅游景点讲“黄段子”，发现一例就严惩一例。那总啊，据我带团经验，凡是外出旅游过的人都知道，一些游客就喜欢要求导游讲“荤段子”。那以后，我们导游听谁的呀？您不是说游客的要求要满足吗？

那得海笑了笑，摸了一下肉嘟嘟的后脖子说，注意尺度就不是问题……

胡连成的提问弄得大家一阵哄笑，都心里说，这话只有胡连成问得出口。

那得海说得嘴角全是白沫子，长篇大论下来，不免口渴得厉害。他习惯性地清理自己的公鸭嗓，急忙喝茶。

吴瑕站起来，笑着说，下面我们进行会议的最后一项，让大家做个抓奖的小游戏。我这里有一张张小纸条，现在发给每人一个，请你们填写上自己的名字，然后交给我。

底下的人顿时兴奋起来，庆幸干巴无味的会议即将结束，终于来了点轻松实惠的。各个争先恐后地填写自己的名字，然后坐在座位上等待好运降临。

吴瑕把纸条团成团装在一个事先准备好的纸箱子里，捧到滕曼跟前说道，第一位开奖的是我们滕总，有请。滕曼看看大家故作搓搓手的架势，从里面拿出一个纸团，打开念着，新年幸运之神光顾的第一人是，杨四姐！杨四姐啊的一声，走到滕曼面前喜乐极了，抱着滕曼说，谢谢滕曼姐，太幸福了。滕曼说，四姐好样的，明年好好工作，说完把郑经理赞助的一条上好珍珠项链递给杨四姐。吴瑕把麦克风拿到杨四姐面前说，请四姐讲几句获奖感言吧，大家给她掌声鼓励。

杨四姐拿起话筒，美滋滋地往那儿一站，扫视了一圈，看了下木草的眼睛。木草给四姨鼓掌。杨四姐然后说道，我今天很幸运，此时此刻也很幸福，这要感谢那总、滕姐、吴经理以及各位的关照，我杨四姐谢谢你们了！我会好好完成工作，趁这个机会我也给大家介绍一个新导游，我的外甥女木草，她已经考了导游证，她希望来北京最好的小世界旅行社来带团，如果明年我想歇歇，就让木草多上团吧，谢谢大家，祝大家新年快乐！

吴瑕接过麦克风冲着杨四姐的背影说，好的，我们小世界旅行社欢迎所有优秀的导游人才，不过，来了新人，四姐也别想歇着，继续做好自己的工作。冷雪君说，是啊，拿了奖金拿了幸运奖就想跑啊？！想跑也行，歇着也不是不可以，想跑把奖金交出来，大伙说是不是啊？大家说，对！把钱吐出来。

吴瑕接着说，好了，请安静，下一个开奖嘉宾是郑经理，有请！郑经理向大家致以微笑，故意摸了好一阵，然后打开一个纸团说道：董晓冉！董晓冉很意外，愣了一下。木草推了她一把说，是你，董晓冉，叫你呢，快去领幸运奖。木草为她高兴。

董晓冉真的有点不相信，怎么这么幸运？拿了旅行社奖金，又得幸运奖？她定了定神，抹了一下额头前的刘海，走到前面，从郑经理手中接过那条粉色的珍珠项链，鞠躬感谢。吴瑕示意董晓冉讲几句。当着这么多领导，董晓冉有点拘束，只说了两句谢谢那总、滕总、吴总，谢谢大家。

吴瑕最后说，下面还有一个幸运奖，请那总开奖！那得海摸了一下纸箱子，从中弄出一个纸团说道，裘鱼！裘鱼走神了，不知道在想啥。女儿暖暖已经跳起来，跃跃欲试地想替妈妈领奖。那得海头脑反应很快，改嘴说，对不起，对不起，刚才我把人名读错了，不是裘鱼，是裘暖暖！大家有请裘暖暖领奖！

暖暖摇晃着两簇黑色的发辫，非常天真烂漫地从座位跑上来领奖，小舌头不停地舔着嘴唇，眼珠不够使唤，看看台上看看台下，一副童真样儿。

在笑声中，酒宴终于开始。

桌上摆着白酒，是“老白干”，还有“闷倒驴”，都是高度酒。

冷雪君为了聚会，只顾化妆，连中午饭都没吃。她饿得肚子早就咕咕叫，东一口西一口地忙活。胡连成跟她喝酒她也不喝，胡连成就和向小强喝了一杯白酒。胡连成吸了一下鼻子，小声说，这酒真够烈的，什么酒啊？叫什么不好，非叫闷倒驴？我可不喝了，一头驴都喝倒下，何况我呢。冷雪君笑着夹菜。胡连成今天心里不太平衡，奖金没有他的份，他琢磨，就连幸运奖恐怕都有猫腻，一定是他们内定好了，却拿着破纸箱子蒙人。见车队头儿刘万军也被拉到领导那桌喝酒，胡连成心里更是烦躁，他喝着闷酒，偶尔挤对挤对向小强撒气。

杨四姐和冷雪君吃着吃着，俩人嘀咕起来。冷雪君说，嗨，怎么回事？没见着大菜啊，都是一些汤汤水水的家常菜，除了宫保鸡丁，就是地三鲜，敢情这么大一个餐厅，那总就给我们吃这个？！一年就白吃他一回，这就打发了？真不像话！杨四姐说，可不是吗，你们北京人就是小心眼，尤其那总。你说，我们一年给社里挣多少钱呐，该不是也想卸磨杀驴吧……

杨四姐和冷雪君这两个贪婪的家伙，拿了奖金还不知足，背地里仍在说人坏话。

吴瑕是个眼观六路、耳听八方的主儿，她俩的话还是有几句被吴瑕听到了。吴瑕举着“老白干”酒瓶，一边给大家让酒，一边说，你俩嘀咕什么呢？她俩赶忙夹菜说，没说什么，就是带团的事儿。吴瑕说，你们慢慢吃啊，好菜在后面呢，不够吃和我说，我会给大家添菜的。来，大家倒点这个酒，很好喝。四姐，你来点儿吧。杨四姐说，哎呀妈呀，我可不喝这酒，我喝了怕明年挣不着钱。吴瑕奇怪地问，啥意思？杨四姐咯咯笑，说道，明摆着，这酒叫啥？老白干！老白干，就像杨白劳一样，白干活挣不着钱啊，是不是大伙？

导游们嘴里的饭笑喷了，都佩服杨四姐的头脑和胆识。杨四姐根本不惧这个白骨精一样的吴瑕。吴瑕让服务员上京王子酒，想堵住大家的嘴。

胡连成说，吴经理啊，我们白酒的不要，多上几瓶燕京或者青岛啤酒吧。冷雪君和杨四姐叫着，我要果汁！大可乐！雪碧也行！吴瑕连声说，好，上饮料和啤酒。胡连成不怀好意地说，要什么果汁，你们整点干红！嘻嘻，干红多好啊，干了就红火，张裕解百纳。杨四姐骂道，滚犊子吧，用不着你瞎操心，看你那熊样！胡连成被骂得龇牙乐。

服务员端来一盘菜，向小强就拿公用小勺给董晓冉递上一勺。董晓冉不止一次地说他，别给我夹菜，我自己来，让暖暖先吃，还有别人呢。董晓冉很反感向小强当着一桌子人往自己盘里布菜。

一个新招来的女导游问杨四姐说，姐姐，向您请教一个问题。我一上团就会紧张，因为游客动不动就说导游拿回扣怎么怎么的，他们问导游挣钱有回扣没有？我该怎么办？杨四姐看看众人，摆上一副开课的架势，又像老兵训练新兵一样回答道，紧张啥呀！有人问我的时候我从来不会犹豫，还巴不得他们问呢，嘁，为什么？我们没工资、没保底、没福利、没三险，还得交人头费，我不吃回扣我吃啥？我吃回扣怎么了？现在有几个行业没回扣？拿这些话，你跟那帮游客好好说道说道，看他们还敢问你不？还治不了他们了！

杨四姐就是这样，爱讲一些负面例子。她带团的目的非常明确，就是一个字——

钱！如果目的达不到，她才不管你是谁，有时也敢指着游客的鼻子骂。别的导游被游客问及回扣的事，总是有口难言，或者欲盖弥彰。但杨四姐不，她跟游客明挑了说，我领你们购物就是有回扣，没回扣凭啥我费尽口舌跑断腿，跟个哈巴狗似的一天到晚伺候你们？我得活着。往往她说完，游客表示理解她。

新导游听完这番话，对杨四姐更加崇拜。

杨四姐人来疯，看大家为她鼓掌，对她佩服得五体投地的样，就说，我今天高兴，再给你们新导游讲讲啊，你们不要被外地来的全陪给镇住，冷雪君你说对不？冷雪君说，那是，你们听四姐好好教教你们。

杨四姐有点卖弄的意思说，有一次碰到一个傻全陪，上车都不知道帮我查查人数，买的门票让她给游客发一下，她给弄丢了一张。嘿，等送团的时候，我分给她三百块钱，她还不干。在西客站，我对着唠叨不停的全陪照脸就是一巴掌，对她说，行了，闭嘴！你屁事不干，我给你三百块就不错了，还蹬鼻子上脸咋地？再跟我叨叨，信不信我把你废了？

听杨四姐讲完，胡连成和冷雪君嘻嘻笑。胡连成说，四姐就是猛，不愧是东北虎！猛汉子！其实，嘻嘻笑的冷雪君从心里瞧不起外地人杨四姐。她觉得杨四姐野蛮粗鲁、素质低下，就是个泼妇，一吓二骂三打，远远比不上自己靠“怀柔政策”从男游客那里挣钱。

听到他们的谈话，董晓冉却一言不发。她已经习惯了导游们在一起无所不聊，她也习惯了世人对导游的偏见，甚至她对个别游客将女导游与三陪女画等号的看法也习以为常。如今，董晓冉没了初见网上发出的帖子“女导游与男司机同睡一房”“导游之间互相黑”的愤愤不平，即使她长了一万张嘴，去不停地说，甚至发出呐喊，也不会有人理她。纵然全身长满舌头，像利剑一样的铁舌头，那也无法扼杀旅游圈里、圈外之人的口舌。她唯一能做到的，就是清者自清。董晓冉想起了《离骚》的诗句：众不可户说兮，孰云察余之中情？世并举而好朋兮，夫何茕独而不予听？

暖暖吃饱了，拿着木草的手机玩游戏。

这时，木草的手机来了一条短信，木草打开一看是个陌生号，什么字也没有。木草以为是有人发错了，看过后，删掉了这个无字短信，继续埋头吃菜。回想刚才那得海那么坦然地责怪一个已经出了家的人，木草心里很别扭，饭吃到胃里后，她感觉有些不舒服。

杨四姐坐在那嚷嚷，服务员！多给拿点醋！你拿一丁点醋，喂蚂蚁呢？外地的服务员到了北京也变成小抠！冷雪君说，你再吃就成醋坛子了，你是不是有了？我摸摸！冷雪君虽然和杨四姐内心不和，可表面上还同她闹。杨四姐骂，流氓，你就是女流氓！往哪儿摸呀？滚犊子！

烤鸭和烤羊腿上来了。吴瑕说，裘鱼姐、滕飞、四姐、老胡，快，大家别客气，趁热吃掉。一桌人敬吴瑕一杯酒，而后扯羊肉、卷鸭饼，一片繁忙。

杨四姐咋咋呼呼，其实，面对着一桌的油腻，她最终还是捡着素菜吃。多嘴多舌的胡连成说，四姐不吃荤改吃素，小心变兔子啊！杨四姐打了胡连成一筷子，然后给傻呆呆的外甥女木草夹了一大块羊腿肉。杨四姐边把肉放在木草碟子里，边数落，你咋不吃啊？这个傻狍子可咋整？吴瑕笑着说，四姐好凶哦，有这个美女外甥女还舍得骂？哈哈哈哈……杨四姐带头笑。

大家肚里算垫了底儿，轮到两桌人互相敬酒的时候了。第二桌男的起身去领导那桌敬酒。那得海财大气粗，眼珠子直瞅房顶，手下人俯首低头地抬举他、高捧他。滕曼和其他几个经理脸上也泛着桃红色。

两桌人上上下下这么一闹腾，把那得海给弄晕乎了，一高兴，下令包个唱歌跳舞的包房。服务员立马把隔断打开，对那得海说，那总，我们早给您准备好了。这是多功能厅，宴会后就可以在这儿唱歌跳舞。那得海站起来，冲大伙挥手讲道，我说啊，大家吃好了没？我们下一个节目是尽情地玩，每个人都要表演节目啊，谁不表演我就扣谁钱。好！好！听那总的，我们同意！有人带头叫喊……

滕曼坐在那儿和几个经理谈业务上的事。

那得海先唱了一首《爱拼才会赢》，他不会闽南语用普通话唱的，他又是公鸭嗓，难听极了，好好的一首歌让他活活给糟蹋了。唱成这样，手下人还报以热烈的掌声，有人大声叫着好。那得海放开了，又点了一首《选择》。滕曼在说话，别人又没胆量和老总合唱，吴瑕自然就和那得海一起唱：

（那得海）风起的日子 笑看落花

（吴　瑕）雪舞的时节 举杯向月

（那得海）这样的心情

（吴　瑕）这样的路

（合　唱）我们一起走过 希望你能爱我到地久 到天荒 希望你能陪我到海角 到天涯……

滕曼瞟了那得海和吴瑕一眼，脸色突然难看起来，但滕曼还是很快恢复了正常。

杨四姐在那儿琢磨，真奇怪嗨，滕曼看吴瑕和那得海当着这么多人面，眉来眼去的，怎么就不掀桌子呢？这俩女的用的是啥战略？难不成套用了和平共处五项原则？杨四姐整不明白。

那得海回到座位上擦了擦满脑门子的汗，开口让刘万军表演节目。刘万军让同来的侯师傅去给自己点了一首《无言的结局》，因为杨四姐最爱唱这首歌。吴瑕把麦克风交给了踉搭踉搭上台的杨四姐。杨四姐自从怀孕后，美得都不知道怎么走路了。果然这俩人的默契合作赢得了大家的掌声。

接下来，胡连成故意起哄唱了《无所谓》，还模仿杨坤的样儿。冷雪君给胡连成鼓着倒掌。吴瑕奉了那得海的旨意，依次点名号召大家唱歌跳舞。向小强唱了一首腾格尔的《天堂》。董晓冉依旧唱那首经常给游客唱的《套马杆》。董晓冉唱得很动情，她自己也仿佛回到了家乡，依稀记起小时候的原野。

下一个该木草表演了，木草想唱一首歌，不知道什么原因，放不出来。大家催她必须表演，有的建议换一首别的歌儿。木草怕别的唱不好，她站在那儿想了想，朗诵了一首《与夏十二登岳阳楼》：

楼观岳阳尽，川迥洞庭开。

雁引愁心去，山衔好月来。

云间连下榻，天上接行杯。

醉后凉风起，吹人舞袖回。

滕飞带头给台上的木草鼓掌。他一直在关注木草，打木草和杨四姐进会所大门的时候，那种眼神和看其他人就截然不同。这一切，被叶文斜眼看到，叶文心里更加不踏实。

杨四姐听木草不唱歌改朗诵，气就不打一处来。她小声嘟囔道，这傻狍子，一天正事不干，净整这隔路事儿能耐！

曲终人也会散。几个购物店经理在大家唱歌进行到一半的时候就先后离开，滕曼说送郑经理回家，就没再回来。那得海和吴瑕看看差不多了，结了账也双双离开。剩下的一些人继续在这儿玩。

领导基本都走了，年轻人无拘无束地欢歌热舞。向小强请董晓冉跳，滕飞请木草跳，胡连成请小夏和另一个小姑娘跳。杨四姐和刘万军聊天。裘鱼在桌边坐着和冷雪君说话，暖暖来来回回地在人群中疯跑。

过了一会儿，放起集体舞音乐。冷雪君控制不住自己，加入群魔乱舞的行列。刘万军的眼球被冷雪君的浑身乱颤所吸引。杨四姐踢了刘万军一脚，嚷道，我跟你说话呢，你眼睛往哪儿瞄呢？眼珠子别掉冷雪君身上，小心摘不下来！刘万军把头转过来说，我没看她，我看向小强呢。这小子笨到家了，不会跳，还一个劲的有表演欲，想给那个漂亮女孩董晓冉看呢。瞧，他那一脸疙瘩，那都是火给憋的。刘万军一脸奸笑。杨四姐看了看说，你管人家呢，管管咱俩的事得了。告诉你啊，想要儿子和我，你就赶紧和潘新艳那边一刀两断！刘万军说，知道，你小点声，别让小侯听着……

闭了一会儿嘴，杨四姐眼睛却看到了滕飞故意凑近木草耳朵说话。木草傻乎乎地捂嘴笑，笑得直不起腰来。接着，董晓冉也笑。

杨四姐对刘万军说，他们笑啥呢？那高兴劲，呃？是不是滕飞对木草有意思啊？嗯，我看他俩倒合适，滕飞这小子将来也会有出息。那个叶文比滕飞大好几岁呢，我不看好什么姐弟恋，没戏。刘万军看着，不回答杨四姐，不打算表态。他怕自己说什么都不对，都招杨四姐唠叨。

裘鱼张罗带暖暖回去，她现在暂住在母亲和弟弟、弟妹家，怕回去晚了，母亲又找碴发牢骚。暖暖还没玩够的样子，执意要了木草的电话号码，当场记下了。木草答应等几天一定给暖暖用剩余不多的靰鞡草编个小玩意儿。暖暖追问，究竟要等几天？裘鱼推开孩子劝她不要纠缠木草阿姨。暖暖仰起脖子当着面纠正说，不是木草阿姨是木草姐姐。杨四姐摸着暖暖的小脸，逗得一笑，说，你们知道为啥暖暖喜欢木草不？因为木草的智商和暖暖的智商旗鼓相当，她们玩到一块儿去了。嗯，我同意你叫木草姐姐，否则你得管我叫姥姥，我的妈呀，我可不想被你叫成老太太！看着可爱的暖暖，杨四姐的眼神都直了，她是那么的期盼有自己的孩子。

杨四姐又不想离开刘万军，木草看得很清楚，所以，木草再一次和董晓冉一起走了。向小强照样去护送董晓冉。

向小强前一个晚上翻来覆去地想，最后还是决定把自己对董晓冉的爱大声说出来，否则自己连这年都过不好。

到了董晓冉租住的公寓楼下，董晓冉把刚刚得到的幸运奖——珍珠项链从书包里拿出来，说，向小强，这个，你给阿姨带回去，新年算我一点心意，快带回去。挺晚了，不知道往你那儿还有车没？你回去吧。向小强说，我和你有几句话说，说完就走。

木草放开董晓冉的胳膊说，那你们说一会儿，我先上楼。

趁着黑夜，向小强又喝了点儿酒，胆子被壮大了。他自己也不知道怎么说出口的，董晓冉，你没感觉到吗？我会让你一辈子幸福，行吗？董晓冉很平静，她说，谢谢你，可我只把你当好朋友，我俩不合适。向小强还不死心，晓冉，给我一次机会吧，你怎么知道不合适？我们慢慢来好吗？我妈也喜欢你。董晓冉说，我真的仔细考虑过了，爱情是两个人的激情，可我对你真的没有，只有像哥儿们一样的感情，和你和华蕾都一样的感情。你明白吗？我们只是同学的情谊。向小强叹了一口气说，那，尊重你，但我不会放弃，一定禁得住考验。你进屋吧，我看着你进屋再走。

董晓冉不想再说什么，转身上楼。

向小强抬头望了望天，怅然若失……

董晓冉回到房间，一直以来的负担总算放下了。她希望向小强不要误解他们的感情。

洗完了脸，董晓冉对木草说，木草，你谈过恋爱没？木草说，没有啊，怎么，你谈恋爱了？是和你同学吗？向小强人挺好的。董晓冉说，他刚才和我说想和我处男女朋友，我拒绝了。我不想骗自己，对他怎么都没有感觉。木草说，这件事只有自己做主。唉，可别像我四姨那样稀里糊涂的。董晓冉说，好冷啊，钻被窝说话吧！

两个人一直聊到了后半夜……

送走郑经理后，滕曼躺在床上，一会儿开灯一会儿关灯，后半夜了还不困。她想想吴瑕越来越明目张胆，心里就失衡。这么一大群人，唯独没有米虎，要过年了，米虎回老家了没？滕曼给米虎打电话。

最近，米虎有点颓废，自从颜影死后，他没有再找过女游客，也没有找到。米虎一看是她的电话，上来就问，姐，前段时间打不通你电话，可算有你声音了！一时间，米虎的心又复活了。

滕曼把米虎约到一个就近的宾馆。滕曼一见到米虎，立刻又找回了米虎与众不同的好。她在那得海那里受的伤，很快在米虎这里治愈。

此刻，米虎贪婪地抚摸着滕曼什么也不少也不缺的全身，米虎竟然感觉这是个完美无缺的女人，他兴奋得几次都不能罢手……

后半夜了，那得海忙完了自己的私事儿，打电话问滕曼在哪儿，什么时候回家。滕曼说，在同学家打麻将。那得海说，刚定好，咱俩开车明天早点动身，要去给管事的送礼，东西我准备齐了。滕曼说，成，我这就回去。

挂了电话，滕曼吻了一下米虎，穿衣服。米虎抱着滕曼不舍得放手，问，什么时候还能见面？滕曼说，不一定，你等我电话吧。年前年后我都很忙，上上下下需要打点。我走了，小虎，你睡吧。说完，滕曼像个路人一样，无情无义地走了。

米虎睡不着，只好抽烟，想着滕姐。他独自回味着女王陛下一样的滕姐赐给他这珍贵的一夜，不，还不到一夜。他想着想着，就又掉下了眼泪，哭得像个女人。

一进腊月，楼道里的孩子们就找空地儿，放起了蹦豆似的小鞭炮，好像在催大人们做好吃好喝好穿的，生怕大人忘了是给人做爹娘的。

杨四姐也在催，她催的是刘万军。春节前，杨四姐想要刘万军给一个结果，因此，她迟迟不买回东北过年的车票。

木草有点坐不住了，她对杨四姐说，四姨，啥时候动身啊，我想姥姥了。杨四姐说，再等几天。木草说，等什么，也没旅行团了，走吧。杨四姐说，我让你等，你就等！老催啥呀？木草说，这几天要是不走，我想去小区旁边肯德基打几天小时工，出来这么久了，还没挣到钱，我想挣点儿回去，也好给姥姥和我姑买点儿东西啥的。杨四姐说，你长点心，这次回去跟你姑姑摊牌，把你家祖传的玉如意要回来，那可是值钱东西。打啥工啊，春节回来好好带团都有了。怎么？惦记着给你姥姥买点东西呀？算你木草还有良心。行了，你也给四姨洗衣做饭的，四姨给你六百块钱，哎，算了，给你八百，唉，一千吧，你愿意买啥就买啥。杨四姐一狠心，抽出一千块钱。

木草过意不去，说啥也不要。杨四姐急了，拍在桌上，说，咋地，嫌多啊？那行，等你挣了钱双倍给我，拿着！不拿找骂啊？木草说，四姨，你对我这么好，我都不知道怎么报答呢。杨四姐说，你别和你爹那老犊子似的丧良心就行。

正说着，刘万军给杨四姐来电话了。

杨四姐没等刘万军喂喂呢，就催道，咋整了？你们？刘万军说，四姐，你可别逼我了，家里正闹着，刚吵完架。眼瞅着快过年了，我父母年岁大，身体也不好，离婚是早晚的事儿，也不差这几天。要不，你还是先回东北过春节，你说呢？杨四姐呸了一口，骂骂咧咧道，我说个屁呀！你想气死我对不？你就拖吧，看你拖到啥时候！刘万军忙说，四姐，别生气，我该死还不行吗？气坏了你，咱未来的儿子怎么办？听话，一切都会解决的。对，现在车票紧张，你赶紧买票，必须买往返卧铺，我给你报销。过完春节赶紧回来，我离不开你，宝贝，听到我的肺腑之言没有啊……

杨四姐被刘万军的这一套给惯坏了，只要听刘万军那些肺腑之言，不管她的战场铺得多大，立马缴械投降。

杨四姐放下电话，收拾了一下，往外走。木草揣上钱跟着杨四姐出门。

代办车票处排了足足一小时队，杨四姐才买上回东北的火车票。随后，她俩走进商场。

木草给姥姥买了一身高档保暖内衣，还买了一件黑色红花的大棉袄。转了一圈，她也想给姑姑带一套保暖内衣。杨四姐看出了她的心思，拦截说，傻狍子，就知道买内衣，你买了，你姑穿里面，谁能看见呀？一点也不会给你姑装面子。来，来，这里有打折处理的，既便宜又实用，给你姑挑这条鲜红色围巾，她保准喜欢。木草说，好吗？买这个颜色我姑能喜欢不？杨四姐说，多喜庆啊，她不要你到家给我！木草看看强势的四姨，也就只好如此。

她们走出商场，对面正好就是都市丽人发艺馆。杨四姐打算回老家之前，要好好捯饬捯饬，她需要风风光光的，让乡里人羡慕。

杨四姐对木草说，走吧，我整整头发，你也烫烫，或者染染颜色，显得洋气，省得你天天弄个土里土气的辫子。杨四姐一直反对木草的打扮。木草抹了一下自己的头发说，我不弄，不习惯，你自己弄吧，我坐在一边等你……

门口店员呼啦啦围过来，热情地和杨四姐打招呼。

有一个上来问，大姐，您做头吗？是烫还是染？我们有新产品，韩国进口的，我们的发艺师都是有高级证书的，大多数给港台影视明星，省、市电视台及央视的主持人服务过。另一个说，我们店正在打折优惠，您真是好运气。大姐气质好，人也漂亮，弄个新造型体验一下吧，过年了，对自己好一点，钱花了才是自己的……

理发这个行业的小丫头、小伙子各个也都是能说会道。一下上来好几个同时公关。

杨四姐这样整天忽悠游客的主儿，今儿也被另一个圈子的人给忽悠着坐在那儿，还听得津津有味。

杨四姐说，你们这都有哪些种烫发啊？一个脑袋上吊条辫子，说话的时候辫子还在晃晃荡荡的男孩走过来。他认真地给杨四姐详细介绍说：

“有螺旋烫，烫出的鬈发有螺旋拔塞器的效果。做法是把长到肩膀或者更长的头发卷在竖起的卷发棍上，做螺旋鬈发。这种烫法在头发风干后也能产生一种爆炸式发型。还有一种具有螺旋烫效果的‘直接烫发法’。烫出的发型立体感特别强，有一种活力美感。这种烫法一般适合长发，烫出来的鬈发呈现水波纹，性感而且妩媚呢。”

杨四姐瞪大眼睛问，是吗？真的性感妩媚？那个男生说，是啊，可惜你的头发不够长，效果不一定好。对了，现在，负离子烫很流行。杨四姐迷惑地问，啥叫负离子烫？那个染黄头发的小丫头回答道，这么说吧，负离子烫的主要过程就是，在洗干净的头发上涂抹直发膏，先让头发软化，然后冲洗掉直发膏，再用已加热的负离子烫电夹夹直头发，直到头发直亮顺滑。等到头发冷却后，再涂上中和乳液使直发定型。杨四姐问，那要多长时间？费老鼻子功夫了吧？男生说，快，我一天做好几个呢。大姐，保证抹完中和乳液十分钟后，把头发冲洗干净、吹干，你就变成一头直而亮的头发。杨四姐吃惊道？啊？烫成直发了？没有卷儿？小姑娘说，是啊，今年流行直发。

杨四姐有点儿犹豫。

那男生又说，没关系，大姐喜欢烫卷也好，还有银丝烫、陶瓷烫、玉米烫、辫子烫、黑人头等都是近几年日本等地热门的烫发，完全符合新时代追求个性的风格呢。大姐，我再介绍一种给你，陶瓷烫和远红外线陶瓷烫说的都是一回事，这种卷发比传统上的卷发效果更自然，尤其在干发时比湿发的卷度更漂亮，还不伤害发质。可惜只适合长发。对，你外甥女适合这种烫发，保证漂亮。

男生话刚落，小姑娘又神神秘秘地说，我们这还有银丝烫，烫完后出来的效果真是有点疯狂味道的。还有日式飘烫，这种烫发会让卷度像充满空气一样，特自然，而且吧，富有变化。还有辫子烫、玉米烫。大姐，其实吧，喇叭烫今年最时尚，是针对女士中长发的特点，制造自然蓬松效果的烫发。烫了以后，头发柔顺飘逸有光泽，可好看啦。至于效果嘛，你看看著名演员赵薇、任贤齐的发型就知道了……

店里的人不停地给杨四姐灌输着他们的一套套方案，一个个说得嘴冒白沫。

杨四姐转转眼珠子，想起可爱的小燕子赵薇，就说，好，就给我烫这个吧，多少钱？那几个人异口同声地说，五百八。木草说，啥？四姨，太贵了，怎么这么贵？那些人反驳道，我们做头发用的产品都是国际品牌的，包您满意。理发师是我们副店长，请他亲自给您服务呀。

木草怎么想也不服气，烫个头五百八，天理难容啊。木草提醒四姨不要上当。

盘算半天，杨四姐还是决定整，因为那个副店长最后同意给杨四姐烫完再染成加州提子红色，保她洋气，年轻十岁。杨四姐没能抵住这么大的诱惑，她主意已定，坚持从头发开始换新颜。

小丫头给杨四姐洗完头发，姐姐地叫着，一个劲鼓动木草也弄一弄头发。木草说啥也没听四姨和店里那帮人的撺掇。杨四姐坐在转椅上，闭眼睛嘟囔说，这傻狍子护头发，一根筋，还挺自恋。不整拉倒，我还省钱呢……

三天以后，杨四姐和木草赶往北京站。

刘万军送她们到广场西边，嘱咐杨四姐和木草几句，又掏出一叠钱来给杨四姐。刘万军拉活儿还要去外地，就急匆匆开车颠儿了。

北京站广场上的人像蚂蚁一样多。木草被来往的人们挤得站不住脚，不是被踩就是被撞。杨四姐不住嘴地贬斥木草懦弱，说她不知道奋力回击。木草担心火车上又买不到盒饭，就对杨四姐说，四姨，买几桶方便面吧，火车上吃，车上卖得贵。杨四姐说，你去买，我看东西。一个戴着帽子、冻得直跺脚的小摊主问木草，买点什么？木草说，来四桶康师傅方便面。那人很神速地把四桶方便面装在塑料袋里，递给木草。

检完票，杨四姐和木草上了火车，找到自己的座位，木草赶紧把行李箱往行李架上放。两个人坐好，杨四姐把一个塑料袋从大衣兜里掏出来说，这个放在你书包里。木草问，四姨，是啥呀？杨四姐说，我带回来的景泰蓝手镯子，还有几个玉貔貅，全是带团攒的。木草笑着问，这都是给我姥姥的？杨四姐神神道道地说，你姥姥能戴这个吗，我拿回去有用。木草心想，四姨太会算计了，不知道她打的什么算盘。木草接着问，四姨，年会的时候得的珍珠项链呢？杨四姐说，怎么？你想戴啊？臭美！珍珠项链我给你姥姥带回去，她准能喜欢，这东西，慈禧老太太都喜欢得不得了。木草说，四姨，那天郑经理说，西施是珍珠变的，慈禧当年用珍珠粉做面膜美容是真事儿吗？杨四姐白了一眼，说，哪来那些个真事儿啊！在这个世界里，既然可以把假的当真的，你干吗不会把真的当作假的？真假能咋地呀，就你这个小犊子贼能较真儿！

天渐渐暗了，卖盒饭的还没来，杨四姐有点饿。自从怀孕之后，杨四姐变得既能吃又能睡。她催木草把新买的方便面拿出来泡着吃，木草从包里拿出方便面泡好放在小桌上。方便面刚泡上，杨四姐闻着一阵恶心。她看了看方便面包装，气得差点没背过气去。怎么？买的不是康师傅牌子的，是假货！上面和康师傅包装一模一样，只是写着“康福”两个大字。

杨四姐忍无可忍，训斥说，小要命鬼儿，你咋不查验一下？那地摊老板就能骗你这种傻犊子！如今这个社会骗子太多，傻子不够用呢。然后她骂道，这帮挨千刀的，竟造假，骗我不得好死！我说嘛，这味道闻着恶心。你愣着干啥？去呀，把这些都扔了！一会儿买盒饭，可能卖饭的也该过来了。

杨四姐故意转了转手上刘万军给她买的钻戒，并指瞅瞅，然后假意用嘴吹了吹上面的灰尘。

木草低头尝了尝泡好的“康福”方便面，觉得实在难以下咽，就拿起倒掉。火车上铺的几个人也谈论起假货问题，一个个案例被他们说得有鼻子有眼儿。

木草手机响了，一接听，是董晓冉问她什么时候回北京。木草刚挂断，又一个电话打来，是暖暖，她说很想木草，谢谢木草用靰鞡草给她编的小鸟。暖暖电话里邀请木草过完春节去动物园玩。木草电话里一笑答应。接着，滕飞也给木草发了一条祝她一路顺风的信息。

杨四姐理了理新烫的头发，有些嫉妒地说，你还挺忙，手机一个劲儿响。哎，小心噪声，你快调成振动，烦死人！嘿，怎么大人小孩都愿意给你打电话？木草笑着不答。还没等调成振动呢，木草一看，又有电话，是陌生号码。她接听，奇怪，那边却没人说话。木草问了几句没应声，却被挂断。她回拨过去，手机传来一声，您拨打的电话已关机。

杨四姐追问，谁啊？谁打的电话？木草说，不知道，爱谁谁吧。杨四姐突然眼前一亮说，是不是滕飞？准是他打的电话！木草说，他给我发短信了，好像不是他的那个号码。杨四姐说，滕飞短信说啥了跟你？木草说，还能跟我说啥，就是祝我一路顺风呗。杨四姐说，滕飞这个男孩很优秀，又是经理，木草，我看他对你有意思，你能嫁给他也值了。木草看四姨当着车厢里人的面没深没浅的，不好意思地说，四姨，你说啥呢。木草偷偷拉了四姨一把，低声又说，四姨，你能不能小点声儿，别人听见，叫我多尴尬。杨四姐放小了声音说，怕啥呀，这车人谁也不认识谁，他们知道咱俩说的是谁啊？没事儿，管他们呢……

也许是怀了宝宝，也许是即将看到自己的母亲，杨四姐兴奋话多。她捅咕一下木草的痒痒肉说，哎，问你呢，你看滕飞咋样？看你说不说，说不说？木草笑得捂嘴，四姨，快打住。你逗死我了，妈呀，我可不喜欢他。杨四姐说，你有啥不喜欢的，人家是经理，跟你年龄相仿，要外表有外表，要房子有房子，还是北京人。嘁，过这个村没这个店了。跟你说吧，别的小姑娘大姑娘的都虎视眈眈，你没看见？哎，人家哪点不行啊？

木草说，我说不行就不行。我怎么能喜欢他？他连《与夏十二登岳阳楼》都不知道，大诗人李白的作品他都不知道，我怎么会喜欢？就年会那天，我朗诵那首诗歌，跳舞的时候，他问我，那首诗歌是谁写的，笑死人了。

杨四姐听得新鲜，说道，李白写了那么多诗，神仙也记不住，再说了，诗歌和你们谈恋爱有啥关系，诗歌当饭吃当房子住咋地？你净整景儿，都是虚头巴脑、不切实际的景儿。哼，等你撞了南墙就知道了。

木草说，反正，四姨你就别操心了。我知道我喜欢什么样的男生，滕飞不是我喜欢的类型。杨四姐说，我知道你心气高，感情那玩意就得慢慢培养，哪来那么多一见钟情啊？有合适的，千万别放过。知道不？经济条件最重要，人家不都说吗，经济基础决定上层建筑。四姨可都是为你好。

杨四姐不住嘴地劝导木草接受滕飞。

列车暖气烧得挺旺，木草脱掉外罩毛衣，说，四姨，知道你对我好，说得有道理呢。杨四姐说，得了吧，你嘴上说我有道理，可你却有自己的馊主意，我还不知道你咋地。傻狍子，回东北别把我的事给抖搂出去，听没听见？你姥姥知道该惦记我了。对，更别提我怀孕的事儿。明白不？回去，我说啥你就说啥。如果有人问，你不知道咋回答，就听我说。记住，千万别整露啦。木草点点头。

卧铺车厢熄灯了，人们脱掉臭鞋烂袜子往铺上爬。刘万军发来五条短信息，都是情啊，爱啊，老婆、儿子，想得要命之类的句子。杨四姐反复地看，也回了几条，然后，杨四姐心情舒畅地躺下，休息。木草在上铺也渐渐进入梦乡。

东北的鹅毛大雪一直下到中午。

杨四姐和木草坐完火车转汽车。下午四点多，才在小镇上被客车放下，然后，她们径直往大甸子村走。剩下的都是山路，太不好走，杨四姐怀有身孕，不敢再打三轮车，带着木草步行着往家的方向奔。

此时是风往南吹，人往北走。许是离开这里好久了，木草很兴奋，走路像舞蹈一样。虽说拎东西的手被冻得渐渐失去知觉，但木草的内心像着了火，她的浪漫情怀被熊熊燃烧起来。

这乡村的大地就是诗意的空间，它们与日月星辰同在，与草木河流厮守，与苍茫无际的原野呼应。它们共同构建着木草心底一曲格调淳朴憨厚、宁静浪漫的原野牧歌。走着走着，浑身热乎了，木草就情不自禁地唱起《雪山飞狐》里面那段儿：寒风潇潇，飞雪飘零。长路漫漫，踏歌而行……

不远了，木草熟悉眼前那个曾住过的大甸子村。这个小小的村庄，在中国偌大的地图上找不到。这里有四十多户人家，分前街后街，东街西街。这里人管街叫“该”，木草也不知道为什么发这个音。街上人家每一户都有属于自己的院落，虽说没有北京四合院的华贵、端庄，但却很朴实、诗意。家家户户有厢房，有泥墙，有柴火垛，有鸡窝、鸭舍、猪圈、牲口棚、狗窝棚，它们围绕着主人住的正房，就组成了所谓的家园。

木草出生后，就被姥姥抱到这个村庄来抚养。这村庄前边有一片草地，草地中间被一道小河分开。村庄后面有一座山，山上山下长满野草树木，山根底下有一条弯弯曲曲的乡道。不下雪的时候，乡道上铺盖着沙石，走在上面嚓嚓响，儿时，木草鞋里的小脚丫没少被沙石欺负。现如今，这条小乡道不单单通往邻村，还通往镇上，并且在镇上与国道相遇，这条道儿通向三十里地的县城和县城外面更遥远的小世界、大世界。

木草和杨四姐在雪里深一脚浅一脚地行走。着急见姥姥的木草，不时被积雪或冰溜子折腾得摔了一跤又一跤。杨四姐每看到木草摔在雪地上，再乖乖地毫无怨言地爬起来，就笑，笑得很放肆。杨四姐的这种放肆的笑或许是跟木草的宽厚有关。木草看一眼群山，听听小鸟叫，然后继续舞蹈着走路，由着杨四姐笑闹她。

杨四姐的睫毛上挂满白霜，口罩上像掀开热水锅的盖儿一样，呼呼地冒着白气儿。走了二十分钟，杨四姐情绪波动，舌头开始不老实了。她骂道，什么鬼地方，冬天冻得耗子都不拉屎！木草被杨四姐骂的话逗笑了，咯咯地笑，笑声随着白桦林子传出好远。杨四姐说，你个傻狍子，笑个啥？让你笑，给你！这个背包你也背着，我，我喘不过气来，拿，拿不动了。木草接过来，背着俩包儿，手里拎着一个，她还是笑。杨四姐停在原地叉着腰，喘着气说，嘿，这小要命鬼，神经了吧？咋还笑起没完啦？木草说，四姨，我听说是穷得耗子不拉屎，咋还冻得耗子不拉屎呢？杨四姐说，那还不一样吗？就知道咬文嚼字！天冷，一冻，这里穷得只剩冰雪了，你说耗子吃啥？没有吃的，拉啥？耗子屁股都冻掉了。说着说着，杨四姐也笑起来，因为杨四姐突然觉得，雪地上，正有两只大耗子出溜出溜地进村。

一座低矮的小房子，房前堆着一垛靰鞡草。矮墙上和草垛上覆盖着白花花的雪。院子里面扫得露出地皮儿，院子外面是一趟一趟的脚印。这是杨老太太跑了无数趟，向远方张望她仅剩下最亲近的两个人，所留下的痕迹。这时，狗棚子里的小狗和邻居家的小狗一起汪汪大叫。

杨老太太扎一条围裙迎出来，她用包豆包粘着黄色黏米面的手，拍拍衣服袖子，嘴上絮叨，我刚进屋，你们就回来了，脚前脚后的事儿。杨老太太眨巴着干瘪的小眼睛打量着回家的人，好像不认识了似的。杨老太太先是嘴角挂着笑，然后看到木草就撇撇嘴角，眼泪流下来了。这把年纪，年根底下，杨老太太忍不住想到死去的大女儿——木草的母亲。

杨四姐说，妈，你哭啥呀，这不回来了嘛。杨老太太说，你这个狠心丫头啊，三年没回来了，三年呐！说着说着，杨老太太又激动起来，熟练地抹眼睛，眼睛都揉搓红了。看来，哭是她生活中不可或缺的一项。

木草把所有包儿搁在炕梢，搂着杨老太太连叫了几声姥姥。杨老太太被木草紧紧地抱着，抱得要紧到骨头里去了，继而又被抱着离开地面。杨四姐叫喊道，你傻呀，快放开，你姥姥不是小孩了，你抱得她喘不上气来！杨老太太说，没事，我这把老骨头还经得住。木草抱得杨老太太呵呵直笑，杨老太太裸着几个仍在坚守的牙齿，上上下下打量杨四姐和木草。

杨老太太给俩人打洗脸水。木草洗脸。杨四姐脱鞋往炕头跑。

提着空了的水壶，杨老太太站在那儿说，老丫头，你没给我们木草受气吧？木草好像一点肉也没长，看，还是杨柳细腰的。呀，老丫头啊，你咋胖了？这大圆脸，大腰板子的，还把头发整成这样？唉，好好的黑头发让你给霍霍了。木草忘了火车上嘱咐的话，把擦完脸的毛巾搭在绳子上，说，我四姨没胖，是……是……噢，是胖了。嗯，四姨……胖了。杨四姐及时地使了个眼色，警告木草。木草这才没说漏。杨四姐抢着又说，什么呀，您就偏心，看木草啥都好，看我哪儿都别扭。哼，以后不回来了。杨老太太边放炕桌，边说，老丫头就是丧良心，给你操碎了心，你还说我偏心。杨四姐说，妈，做啥饭啊？我饿得没力气和您说话了，快，端上来吧。木草换了一盆水，给杨四姐端到炕上，让四姨洗脸洗手。杨老太太说，酸菜粉条炖肉，蒸的大米饭，这就出锅。杨四姐说，哪来的肉？酸菜酸不？家里菜最好吃、最地道，在北京花钱都买不到……

杨老太太一趟趟倒动，把吃食都端了上来。她盘着腿坐在炕桌前，说道，肉是你三叔家大华哥在镇上给捎来的，那酸菜，我怕你们嫌酸，用热水淘了好几遍呢。吃吧，一点也不酸。杨四姐说，啊？啊！妈，你整拧了，我就是要吃酸的酸菜！木草，去，你快去把醋拿来吧。杨老太太说，咋地，原来不是不愿意吃酸菜吗，这回连醋也吃了？那好，明天做酸菜，我切完就给你炖。

炕桌上的饭菜冒着腾腾的热气。杨老太太一会儿看看坐在对面的女儿，一会儿再打量打量身边的外孙女，只顾着高兴，一高兴，就又揉搓上本已红肿了的眼睛。

夜里，娘儿个躺在炕上说话。杨四姐询问母亲一些家里事，母亲一件件回答。母亲说得最多的是，三叔家大华哥很仁义，没少照顾自己，希望春节请他们两口子来家吃饭。还说，那几亩地承包给老张家吃亏了，明年想让大华哥去种。

杨四姐在被窝里和刘万军发短信，母亲说的事儿她“嗯嗯”着，表示听母亲的，自己没意见。木草趴在被窝里，听着母女俩说话，也搭不上茬，她也不敢多伸嘴儿，怕一不留神说露四姨的事儿。

木草挨着杨老太太躺着。突然间，她闻到一股母亲的味道，具体什么味道，她也说不好。木草掀开杨老太太的被子，把自己的身体贴了上去，然后搂着姥姥说，还是您的被窝暖和。杨老太太用干巴巴的手摩挲着外孙女的小手，想起了她小时候的事儿。这也正是木草想得抓心挠肝的事儿，木草渴望拾起和姥姥在一起的快乐时光。

杨老太太回忆说，木草小时候夜里爱哭，哄不好的时候，杨老太太就把自己的奶头放到木草嘴里，木草就不哭了。有时候，木草半夜睡醒哭闹，杨老太太只要摸摸她的头发，抓挠几下，叫几声靰鞡草，她就不哭了，会继续睡觉。木草仿佛有了记忆，她躺在姥姥身边，像小孩子一样，央求姥姥再给她讲那个老掉牙的故事，讲那首老掉牙的民谣。姥姥开口道："从前有座山，山上有山神，山神的女儿叫……"木草听得正入迷，杨四姐嚷嚷说，就这故事你们还没听够没讲够啊？能不能换一个？四姨，别打岔儿，姥姥，那个民谣怎么讲？我只记得前两句。姥姥熟练地讲："参以寿富人，贫者不获餐。貂以荣贵人，贱者不敢冠。唯此草一束，贫贱得御寒。"

杨老太太摸着木草的头发自言自语个不停，那是一种说不清道不明的感受，反正很温暖。

接下来，木草有一种好奇。她不知道姥姥讲的是不是真的，当年自己含着姥姥的乳头真的就不哭了？可现在，姥姥就仰面躺在那儿，她真想再摸一下那曾经的神秘部位。木草情不自禁地试探，她颤颤地把手伸向姥姥的胸膛。隔着灰白色的秋衣，木草的手抖动，手心起了汗。

杨老太太笑着说，摸吧，伸里边，你小时候就这样，姥姥让你摸。木草啊，现在你摸不着了，姥姥老了，快死的人了，干巴了。那时候，还水灵灵的呢。杨四姐一翻身，冲着木草骂道，你耍流氓啊？你，你都多大了？不嫌丢人？妈，你也是，还拿她当小孩！杨老太太反驳说，老丫头啊，你不知道，没妈的孩子和有妈的孩子不一样，妈为啥这么疼木草啊？还不是因为你姐姐。她去世早，你呀，也得对你外甥女好，这孩子不容易……

木草用热乎乎的手抚摸着杨老太太干巴巴的乳房，轻轻地把手罩在上面。木草的手指挨到了那颗如葡萄干一样被岁月风干了的乳头，顿时，木草眼泪汹涌……

而后，木草擦掉眼泪，像个小狗仔似的，蜷缩在杨老太太的身旁，暂时忘掉一切。木草希望永远永远这样温暖、宁静，不要离开这个港湾……

过了一会儿，杨老太太终于沉不住气了，问杨四姐，老丫头，你电话里说，不让我给你张罗对象，你有对象了？咋不领家来让我看看？现在在北京生活习惯不？那个男人对你怎么样？去年，还有一个男人到这儿来找过你，我不认识，就没敢告诉他你的情况。杨四姐回答说，妈呀，你就别闲操心了，我确实有对象了。他是北京人，有事业，马上要和我结婚了。对，谁来找我，你也别理，万一是骗子呢。等明年我把他给你带来，这次回来，他还给你捎来两千块钱红包呢。妈，人挺好的，啥都听我的，不信你问木草。杨老太太说，是吗，木草？你老姨夫你看着挺好吗？木草摸着姥姥皱巴巴长满大骨节的手说，哦，是，挺好的，长得魁梧，大眼睛，也帅。木草又撒了一个画儿一样的谎言。杨老太太说，那我就放心了，你们在外边，别干违法的事，做好自己的工作，找个好人家，将来好好过日子……

木草躺在那儿答应着，杨老太太摸木草的脑袋。杨老太太偏心地疼爱木草，这令杨四姐多少有点儿妒忌。

杨四姐给刘万军回了今天的最后一条短信，对母亲说，妈，明年秋后，我就把你接到北京，我们那时候就有自己的房子了。唉，把你一个人放在这深山老林，叫人惦记啊。虽说华哥照顾你，可人家还有我三叔三婶呢。杨老太太嚷嚷着说，我可不去，北京人多车也多，太乱套。再说，我一个农村老太太去了，非让人笑掉大牙不可。另外，到那儿去干闲着，不喂猪不养鸭不种地，也没个正经事儿，那叫什么日子？我可不习惯。

杨四姐听着，觉得母亲真是闲不住的农妇。但杨四姐还是决心把母亲接到北京，这当然需要她先把自己安顿稳妥。这点，她心里明镜似的。

土炕被杨老太太烧得滚热滚热的，热得木草没有睡意，她继续东想西想的。

第二天歇了一天，第三天木草去了姑姑家。

姑姑很高兴，听说木草和四姨在一起，也就把悬着的心放下来。木草从姑姑的嘴里知道，父亲真的和一个女人成家了，在省城做点小生意。木草还是没有张口问祖传玉如意的事。姑姑没留住木草，木草晚上还是回到了大甸子村，回姥姥那里。她觉得，也只有那里，才是她唯一可回的地方……

山村就是有这特点，谁家有个大事儿小情儿，看吧，不出五分钟，全村人保准都知道了。村民们毫不夸张地比喻说，村东头放个屁，村西头都能听到。得知杨四姐从北京回来了，村里那些大姑娘、小媳妇、半拉老婆子和老太太们都过来探探、听听、唠唠。

杨四姐一看呼啦啦来了这些人，就即刻装出一副成功者的架势。她动不动就和人家说，自己找了一个北京人，是开首饰店的，贼有钱。北京是个大都市，满大街外国人，我的妈呀，那老外呀，老鼻子了。北京到处是摩天大楼，那鸟巢、水立方老好了，啥都有呢……

杨四姐彻底犯了职业病，她把那些从北京带回来的一件件首饰，凭着她的忽悠功底，卖给来串门子的女人们，五十块、一百块的价钱不等。

女人们来串门也是带着任务来的。其中有两个半拉老婆子宣扬基督教，要杨老太太加入她们的组织，希望杨四姐做母亲的工作。

杨四姐为了卖点钱花，就撺掇杨老太太说，加就加呗，又不花钱。杨老太太很固执地辩论说，我不加，基督教是外国的东西，能顾得了我们山旮旯里的人吗？我就信观世音菩萨。你看，我天天拜，所以，我老丫头和外孙女现在被观音保佑得多好啊！我咋能？咋能信别的呢？我成啥人了？得了得了，都别费口舌了，谁劝也不好使。

面对大家的劝说，杨老太太毫不慌乱，一副安详的神态，似乎是观世音给了她定力。杨老太太当着众人的面，给家里供的观音上了炷香。杨老太太没有文化，笃信菩萨，别的啥也不信，也许，这就是她全身心的文化。看老太太这个态度，慢慢地，别人也就只来串门，暂时不提这档子事儿了，她们又想法从杨四姐口中获得外面一些新鲜事儿，然后寻个乐子。

杨四姐把两个貔貅手链以高价卖给了村里开四轮子的二胖和在镇上当厨师的李光辉。弄得这两个光棍儿隔三差五地来串门子。尤其是二胖，来了就一遍一遍地讲，他表哥是老大学生，现在是县城有权有势的人，哪像现在的大学生，白读书，出来没有稳定工作，四下打工，真是可怜，还不如像他有个拖拉机开呢……

二胖和李光辉很招木草反感，尤其他俩那种眼神，看得木草就想躲得远一点，再远一点。

年前年后，杨老太太忙里忙外，这天中午，杨四姐的三叔三婶和华哥一家被邀请来吃饭。

饭桌上，三叔和三婶都说，你放心吧侄女，安心在北京，家里有我们呢。杨四姐忙谢过，把一个貔貅手链送给了华哥，把两只金闪闪的景泰蓝手镯给三婶和华嫂戴上。娘俩看着这从首都北京带来的金贵玩意儿就喜欢，笑得合不拢嘴。

酒过三巡菜过五味，三叔又嘱咐杨四姐说，侄女啊，好好干，村里打工的谁也没你命好，他们打着打着在外面待不下去就回来了，只有俺侄女算是在北京立住了脚，还把外甥丫头也带过去了。不简单啊！真是不简单呢！往后，大家去北京溜达呀，或是打工路过呀，瞧个病啊，再或是以后你侄子们上个学啥的，在北京就有地方投宿。有个啥事也有关系好找呢。咦，听说侄女婿趁钱？家里养个车队？还开金店？哎哟妈呀，这北京人可了不得！三叔酒喝得正在兴头上。杨四姐忙不迭地说，是啊，别人跟我没关系，三叔有事，那我肯定全包了！杨四姐说完，自己心里都没谱。一旁的杨老太太自豪地瞅着老丫头，一个劲儿乐。最后，三叔以家族最高长辈的身份，小声嘱咐杨四姐，老侄女儿，好好带带木草，虽说木草不姓杨，但也要对得起你大姐，这孩子心事重。杨四姐说，必须的。她干了半杯白酒，红头涨脸地应承。

木草吃完了，含着她那根柔软的舌头，黯然无语。她躲在墙角，眼睛瞅着电视，越来越老实。三姥爷一家怀疑她念书念傻了，连个嗑儿也不会唠。

很快，一个月过去。杨四姐、木草和许多乡下人一样，又将纷纷涌向各个城市，无奈地任凭乡村一日日寂寞下来。

杨老太太给杨四姐和木草带了不少亲手包的冻豆包，也有镇上买来的冻梨子，还有一些其他的东北干货。杨四姐不让拿，可杨老太太还是偷着给塞在包里。木草又从草垛里抱来一捆靰鞡草装上。杨老太太和杨家人，还有村里的几个妇道闲人一起，把杨四姐她们送到山根底下路边的汽车站。

车来了，杨四姐回身要上车。杨四姐心里很复杂。她摆了摆手说，妈，你等我，我一定接你去北京啊，妈，自己多当心自己身体，不用惦记我们。杨老太太说，走吧，你对木草好点啊！过年回来！把女婿领家来！杨四姐喊还抱着杨老太太不撒手的木草，叫道，还不快点？上车了！快，还磨蹭啥！

杨老太太攥着木草的手，趴在耳边说，孩子，凡事忍耐些，谁叫你没妈呢，记住，不管跟谁，都得忍，没妈的孩子只能这么活。

木草咬咬嘴唇，无声，大泪小泪一起悄悄落着。司机按喇叭催促，木草这才登上汽车。车上没座儿，木草站在那儿，心里沉沉的。突然，木草觉察到，这片孕育她的土地，原来是这么样让她心乱。这里是她生命和记忆的源头，也是所有快乐和悲伤的起点。

木草回头看，车后边，杨老太太一副可怜兮兮的样子，探着脖子，望着杨四姐和木草，仿佛，是她们把她遗弃在了那里。

杨四姐憋着一肚子眼泪。

终于，她俩转上了开往北京的火车。木草还在想着姥姥站在大道上的姿态。木草和姥姥这段日子在一起的幸福感，随着眼前的分离，变得渐渐没有了。木草只想找一处地方，哭出声来，可火车上，到处都挤满了人。

火车又提速了。杨四姐一想到即将回到刘万军身边，就暂时忘了母亲，脸上也就慢慢挂起微笑。她继续给刘万军发短信，通知他明天中午到北京站接她。

木草挨着车窗坐着，看了看四姨，看了看火车上的人们。木草旁边一个戴眼镜的男人正聚精会神地看一张报纸。报纸上有一段话，木草斜着眼睛瞟见了：乡下人纷纷涌到城市，可城市并没有成为他们心灵栖息的家园。城市在接纳乡下人廉价劳动力的同时，排斥着他们身心占领的需求。当他们的肉身在城乡之间往返时，他们的心灵却在城乡之间流浪……

木草眼睛离开报纸，不知怎么，她脑海里一会儿是乡下，一会儿是城市。想着想着，木草把自己都给想糊涂了。

春节期间，白鹭旅行社接了一批外地来京度假的家庭团。好多导游都请假过春节去了，计调华蕾用旅行社的好政策，也没留住一些回家心切的导游。米虎却自告奋勇留在北京，愿意带团。

米虎果真这样敬业吗？他自己也说不太清楚，他只清楚，在北京可以离他的滕曼姐近一些，期待她在自己身上发疯发狂。这是米虎急需的。米虎甚至不正当地幻想：滕曼和那得海由于琐事打起来。这样，滕曼会来找他疗伤，他就在此等候，在同一座城市，死死等候。

然而，米虎白等了一个年前年后，滕曼根本没来找她。米虎打了几个电话，滕曼都说身边有人，不方便而挂断。米虎不知道滕曼为什么不方便，身边有那得海？还是有其他的男人？米虎越想越焦虑，想着想着，便怒气冲天，仿佛是自己的老婆又被人拐跑了一样憋屈。

这几天团少，别的导游陆续回来，米虎歇了。他精心地喂着鱼缸里的那两条好看的小鱼。鱼儿的确长大了，变得能吃起来。米虎看到这两条叫“滕曼”和“吴瑕”的鱼，有时开心，有时忧伤。

米虎自己煮了一锅方便面。桌上放着一瓶小二锅头，一只小烧鸡。还没吃两口，米务本给儿子来了电话。接通电话，米务本首先就是埋怨，小虎啊，你过春节都不回家，心里没有我们。米虎说，爹，是火车票买不到，北京工作又忙。米务本说，你是不是觉得我给你哥年前操办了婚礼，你有想法啊？米虎说，爹啊，我什么想法也没有，真的，只要你们好就行了。米务本说，唉，你哥竞选的事儿黄了！米虎早想到了是这样的结局，可他还能说什么呢。紧接着米务本说，不过，我们也别灰心，你哥还会有机会，他还年轻，又有学历，咱家不怕好事轮不到呢……

米务本的耐力和执着，让米虎怀疑自己的爹究竟是不是一个农民。米虎不清楚，爹的言外之意，是不是还继续准备送礼？是否哪一天还来向他筹钱？

米虎看着眼前的一锅方便面，没了食欲。他抓了一把桌子旁边的鱼食放到嘴里。此刻，米虎想变成鱼在水里游，自在于那两个红、白色的生灵之间。米虎嚼了嚼还是吐了出来，难以下咽。他知道自己还不是鱼，没有鱼儿的那种七秒钟一过，什么都不记得的神功。米虎重又坐下来，来捞方便面，他看了看那只小烧鸡和小二锅头酒，他知道自己离不开这人间烟火。

米虎先扯下鸡翅膀，再揪下鸡脑袋，拽掉鸡大腿，然后抿了一口酒。很快，米虎狼吞虎咽地一口气把小烧鸡消灭掉，最后，他呼噜呼噜地把面给吃下去了。

吃饱喝足，有可能是那只小烧鸡的鲜美起了作用，米虎躺在那儿又开始思淫欲。

由于被物质操纵，被欲望困扰，被快感诱惑，被权力压抑，光棍米虎的人格不知不觉处于一种分裂状态。他时而反抗，时而顺从。他近乎“丧心病狂”地继续想着那个不属于他的女人。

躺着躺着，米虎左眼淌出来一颗泪，然后，他又开始生自己的气：我为什么总是想做爱？！我真是一个疯子！我……

小世界旅行社的向小强也在剧烈地闹心。

一季度一交的房租又该交了，跟同学董晓冉表白，被拒绝，甚至他们之间的友情又受到影响。无疑，这一连串的事儿让向小强抓狂。

春节过后，好在母亲张淑英找了个保洁员的差事，她也就没有更多的时间劝导儿子回老家了。向小强一心想着董晓冉，怎么也放不下。他个人觉得，只要董晓冉一天没有男朋友，他就有希望继续追她，向小强自信能感动天地，也能感动董晓冉，尽管董晓冉已经给他发短信明示：只被别人爱是一种负担，只爱别人会成悲哀。

这天，向小强带团在天安门广场遇到了师父胡连成。

胡连成和向小强靠在广场围栏上抽空吸口烟。

游客都排队去参观毛主席纪念堂，两堆游客的包儿上插着他俩的导游旗。向小强的全陪坐在地上，听一个来过北京的男子抱怨说，北京宰客厉害，团队餐吃得跟猪食差不多。全陪赶紧把这句话传达给一边站着的向小强。

还没等向小强想好怎么回答，胡连成说道，哥们儿，别站着说话不腰疼啊，你们团餐餐标才十块钱，你想想，你们一桌十个人连菜带饭总共才一百块钱，你说，吃啥吧？还告诉你，就你们这点钱，别说猪食，就连好的猪食，那个什么正大饲料都吃不起。咱这么着，你们一人再加二十块钱，我领你们去吃真正的可口饭菜。咋样？你们知道吗？老外餐标是每人五十块，最低三十块，你说能一样吗？还不是你们钱不到位吗？

游客听了，说，那我们报团的时候，怎么不多收点餐费呢？因为我们游客不清楚啊。向小强赶紧打圆场说，吃一堑长一智，你们以后出来旅游就明白了。如果大家对这个餐标不满意，自愿再加点钱，我们也可以和旅行社商量调换好一点的餐厅，我也就这么大权限了。游客不说话了，蹲在地上喝水，继续问全陪一些打发时间的事情。

胡连成吸了一下鼻子，小声对向小强骂道，这穷鬼还跟我装呢，腰里挂着死耗子还装打猎的！真逗。甭理他，事儿妈似的，遇到这样挑刺的甭惯着！给他脸，你这几天就会让他牵着你鼻子走。唉，那得海这个老家伙，越来越能打价格战了。

向小强说，还是心平气和一些好，我不想和他们发生冲突，这个烂团我自认倒霉。计调总给我分派这样的旅游团，上不完的破自驾，住不完的小宾馆，收不上的小自费，伤不起的导游心 。唉！客人有意见找导游，旅行社有意见找导游，导游有意见，我不知道该找谁。胡连成说，你怎么没点男人气魄呢？千万别迁就客人，他们那是自找的……

的确，胡连成和服务窗口的有些人一样，动辄呵斥外地游客，不把别人当成消费者，而是当作给乾隆进贡的外省臣民。胡连成常常被一些熟悉他的导游们叫为胡大总管。向小强也觉得这个外号很有意思。

向小强吹了吹烟灰，低头说，我们外地导游比不了你们北京当地导游，在这儿非亲非故的，还是不惹事好。胡连成拍了拍胸脯说，出了事有师父我呢！既然有缘分让我们认识，那就交心。有事找师父，我帮你摆平。

向小强庆幸平时孝敬师父的小钱总算没打水漂，向小强自己推翻了别人和他说过的北京人不可交的那些话。

天安门广场上，几个搞旅游餐饮的业务经理上前来递名片，各个诡异地邀请扛着小旗子的导游去他们那里订餐。业务经理们常年拉业务，脸上、身上晒得跟非洲人一样黑。

一个比导游腿跑得还快的老头，背着包儿，穿梭在各个导游之间，推销导游旗杆、扩音器、水瓶挂钩、插旗子的遮阳伞等导游器材。为了销售，老头警觉地一边走一边叫卖：跟着导游走，吃喝玩乐啥都有！跟着导游走，吃喝玩乐啥都有……

胡连成叫住了老头，看看新型扩音器，老头要价二百八。胡连成使劲砍价，最后固执的老头以二百二与他成交。向小强从包里拿出钱，给卖导游器材的老头。胡连成假意说，我有钱，你这是干吗？向小强说，师父，算我一点心意，你就收下吧。胡连成心中窃喜，可脸上装出责怪向小强的复杂相儿。

胡连成关心地问道，那个董晓冉你真看上了？看上了你就大胆追呀，别娘们唧唧的。向小强说，她已经拒绝我了。胡连成说，要我说，她不是你锅里的菜。哎，董晓冉有什么好的，嘴角一个大黑痦子，还没有木草招人稀罕呢，不行你追追木草。唉，现在的女孩都势利眼，说不定董晓冉和吴瑕一样，早和那得海老鬼睡上觉了。要不然，年终那次开会，能把奖金给她？向小强很反感地说，不能，我保证董晓冉不会那样做。她可是好女孩，我们一起学旅游，这点我还是不会看错的。胡连成说，谁信任谁啊？这年头，反正我对人的信任，脆薄如纸。女人啊！

胡连成一脸的玩世不恭。他想起那次没有为他提供“满意服务”的小姐仍然耿耿于怀，不能释然。

向小强站累了，靠栏杆蹲下说，我信任她，她善良、漂亮。胡连成龇着牙一笑，说，现在谁还善良？向小强迷茫地站在那儿看了看远方。胡连成又说，唉，你这个大学生啊还用我教？难道毕业这么久了都没看透？嗨，等哪天我教你尝到女人的滋味，你就知道所谓的情啊爱呀是咋回事了。得，今晚我带你去个地方。男人嘛，干吗把自己的脸无辜地憋出大疙瘩？天呐，你看你这张脸，长个肉眼泡不算，还憋出这么些大包来。听我的，赶紧去释放一下吧，嘻嘻，比什么药都管用。真的，真的，爽了你就知道甜头喽。

向小强连连摇头。

还是第一次听男人和他这么具体地谈论这方面的事儿，向小强真有点不适应。

胡连成又说道，嘿，听说大学生可开放了，大一、大二都和夜店里的女人混过，你一次也没去过？我就不信。怎么？装圣人呐？你真废物。胡连成有点嘲讽的口气站那儿笑。

向小强知道，今晚，胡连成还会去那种地方，他管不了别人，但他坚定地对自己说了一句从书上看来的话，不，不，上帝啊，请允许我忠于自己一生的行为信条，让我的爱情始终保持其高尚和圣洁……

胡连成接着说，哎，我掏心里话劝你，真的，别在这个圈儿里找女朋友，我就不在这个圈儿里找老婆。没听说吗，娶老婆不能娶三种人，空姐、模特、女导游。向小强很讨厌胡连成这样偏激，觉得胡连成属于那种吃不着葡萄说葡萄酸的主儿。他不想再听胡连成越扯越远，就问，师父，我这个“穷团”自费加景点到天津，那要收游客多少钱合适？胡连成说，三十人都去的话，加二百六你就挣了，当然，收三百更好。

向小强准备好好宣扬一下天津，他真的需要挣钱。他想，有钱就可以给母亲吃点好的，有钱就可以买房子，董晓冉也许会改变主意。

趁着游客还没回来，胡连成给向小强传授说，想挣钱，导游必须给客人准备“套餐”（一套自费景点，统一收费），比如天津市区、北海公园、国子监、定陵、胡同四合院，这就是一个很好的套餐，一般收六百到八百，你就有钱赚。向小强问道，师父，我明天去长城加什么点儿好？加明皇蜡像宫吗？胡连成说，加明皇蜡像宫能挣几个钱？向小强说，那我应该加啥呢？胡连成说，加“金面女王演出”。向小强问，啥叫“金面女王”？胡连成说，你没看过吗？向小强回答说，没有啊。胡连成对向小强说，你就给客人讲，那是非常精彩的奥运演出，受三星堆的启发编排的舞台剧。有几十吨水在舞台上一泻而出，非常壮观。向小强问，什么叫三星堆？

胡连成说，你不用讲那么明白，故弄玄虚更好，就说是大型剧场秀。这个演出以一个无从考究的年代为背景，用舞蹈诗剧的形式，通过舞美、视频、灯光、舞蹈、杂技、服饰等艺术手段，以战争、桑田、锻造、庆典、月下、洪水、祭天、幻化八大章节组成。讲述头戴金色面具的女王用智慧、宽容、信任和爱，造就了一个辉煌的王朝。这是一个男人和女人的故事，是一个美丽女王为爱而付出一切的金色誓言。哈哈，宣传海报就这么写的。对，实在不行，你就跟男人们讲，那里的表演很诱惑男人，看哪里都可以，嘿嘿，一句话就够了。

向小强拿一个小本子快速地记录胡连成的话。

胡连成又说，对了，告诉你啊，还加一个海底世界，甘肃那里没海，缺水，土老帽们喜欢这个，收二百就行。胡连成看在那个扩音器的分儿上，给向小强支招。向小强睁大那双小肉眼睛一字一句地记录。最后，胡连成补充强调说，以后，只要客人一落地，一下火车，你就先把自费钱收上来。一是钱在自己手里踏实，二是为了操作自如，三也让和你搭伙的司机服你。

在怎么挣钱这方面，不知不觉，向小强已经对胡连成有了依赖。向小强之所以给胡连成花钱买东西，并且心甘情愿，很大一部分原因，是他极力想成为一名能挣钱的好导游。他希望自己用最短的时间进入这个领域，成为这个行业的精英。向小强相信，这只是时间问题，花点钱就当是给师父交学费。

从小贩手里买了两瓶矿泉水，向小强递给胡连成一瓶。

胡连成接过水，喝了一口，对向小强说，没事，有问题你尽管给我打电话，问我。对了，这个团谁拉你呀？向小强说，是侯师傅。胡连成说，哦，侯师傅贪小便宜，你记得送包烟。他人还行，不懂的，你也可以直接问他。司机听不同导游讲解，比我们导游懂得多，没事和他们勤沟通。胡连成又问，这团是甘肃来的吧？嗯，别看他们穷，甘肃人啊，对海特感兴趣，所以你给他们加天津，肯定有戏。尽量收一个塘沽景点，二百块钱包括坐船，去外滩和洋货市场，要是去天津市里，那就收三百八……

向小强点点头，心里盘算着应该怎样讲，怎么样能把钱收到自己手里。向小强心里想的都是若干个未知和假设。

第二天，从长城回来，向小强就带甘肃游客直奔天津。

向小强很走运，果然把天津加上了，而且还将原计划北京住宿调到天津住。

一车三十人，大家都愿意自费去天津，每人交了三百八十块钱。全陪也很高兴，她是第一次来北京、天津，渐渐也配合向小强的工作。

向小强完全按照师父胡连成教给他的讲法，宣扬了天津是多么好的旅游城市，他讲天津是按照数字一到十去介绍的。去天津的路上，向小强拿起话筒又重复了一遍，他讲道：

“天津有一个外滩，有两位总理（周恩来、温家宝），有三条街道（意大利风情区、古文化街、南市食品街），有四座城门（定南、拱北、振东、安西），有六种小吃（狗不理包子、十八街大麻花、耳朵眼炸糕、崩豆张、煎饼果子、嘎巴菜），还有民国七雄（孙中山、袁世凯、冯国璋、段祺瑞、曹锟、孙传芳、张作霖），另有八位大师（弘一法师李叔同、相声大师马三立、评书大家刘立福、南开之父张伯伦、北洋诗人徐志摩、津门大侠霍元甲、总理教师韩慕侠、青帮大亨袁文会），还有九国租界（美、英、法、德、意、日、比、奥、匈）。总之，天津尽是好吃好看好玩的地方。”

导游的讲解勾起了全车人的欲望，都竖起耳朵听。

向小强第一次按胡连成的讲法讲，也加上他紧张，数字“五”代表的内容给忘了，只好直接讲数字六，幸好游客不爱刨根问底儿，否则就瞎了。

天色已晚。向小强来天津不算多，他感觉有点不太对，怎么回事？自己讲解一个多小时了，又在车上带大家做游戏，天津导游半路上车，也叨叨了半天，咋还没到？原来，天津小导游是个比向小强还新的新手，她也不认识路。

料到有事情发生，客人就在车上“炸”了。

第一天那个在天安门广场上埋怨北京饭菜跟猪食一样的大哥又说话了。他说，喂，我们这团老年人多，甚至有七八十岁的人，在车上这样耽误咋能受得了？怎么还不到宾馆？明天你们能找到周邓纪念馆吗？那大哥情绪激动，有点怀疑这几个不靠谱，像人贩子的新导游和小司机。

向小强当时就懵了，不知道该咋办。全陪也是个小丫头，她也是问向小强为啥还不到。向小强强装镇定，一个劲说马上到，马上到。可别说马上，就是马下也没到。开车的侯师傅额头也被客人们吵吵出汗珠子来。侯师傅第一次跑天津，不知道路怎么走。天津小导游也麻爪了，开始帮向小强劝游客。向小强又是给这些大爷们唱歌，又是说好话。

糊弄着，又过了三十分钟，终于到了北辰区的一个宾馆。

这家宾馆，向小强觉得，要是他自己和侯师傅去，肯定找不到。因为除了一个灯箱上写着“营业中”三字，剩下啥也没写。宾馆在一个废弃的工厂大院里，院子里可以看到车间用的那种吊车。天津导游小声冲向小强说，哥啊，那个钱只能住这样的地方。向小强心里立刻明白了。

摸着黑，总算到了宾馆，下车后开始分房。

甘肃全陪分完房后，团又“炸”了。又为啥？可想而知，全体游客都说这个宾馆太差。

向小强解释说，其实就是位置不好，别的还都过得去。这么晚了，我们只是休息一下，明早六点就要起床去看大海，我们来天津是看景点的，希望大家理解一下。住下，好吗？今天是周末，来天津旅游的人比较多，有这样的住处真的不错了。今天无论如何，大家一定要住下……

向小强尽量安抚游客，恨不得给他们磕头作揖。

甘肃全陪还有天津小导游也一个劲儿地劝游客们住下。司机小侯在沙发上坐着，看着眼前的人们，不知所措。

这时，一个胖大姐，叫樊丽红的，拉着自己的老母亲，对其他游客说，哎呀，算了，哪儿不是住哇？向导也很辛苦，晚饭都没吃。来天津也是大家愿意来的，对不对？不都是想看看大海吗？看看我们的周总理纪念馆吗？有点困难也克服克服吧，导游们也是为了我们。大家住下吧！明天还要高高兴兴旅游呢，是不是呀？咱们把包儿都拎到自己房间，先凑合住一宿，明晚就回北京了。

一些人渐渐地回房间了。

樊丽红大姐又对剩下的人说，不能怪向导，我知道这事不怪他，怪旅行社安排不周到。要不是向导提醒我们来天津，恐怕我们还来不了这个直辖市呢。旅行社不是人，把我们骗了，导游没骗我们，真的谢谢导游呢。樊丽红又说，向导，别担心，我们不投诉你，明天好好带我们在天津玩啊。

甘肃游客嘿嘿笑，说着浓重的家乡话回去睡觉了。

向小强的心一阵难受。这个淳朴的大姐一番话，刺激了他的泪囊，连累他湿了眼窝。向小强心里很堵，他为在长城景区附近一个老乡店里，樊丽红花三百五十块钱给老母亲买了一个假手镯子而愧疚。

安顿好游客，向小强和司机回屋。向小强对侯师傅说，甘肃游客真是通情达理，想想都后怕，万一投诉，旅行社都饶不了我们。侯师傅说，可不是，今天的钱挣得不容易，遇到一个好游客，幸运。你看着办吧，我建议从天津走的时候，给那个大姐的老母亲装几根大麻花带上，算是感谢那个樊丽红大姐。嗯，可别让其他游客看见误会。向小强说，我也是这么想的。

又累又懒的侯师傅没洗脚，他的脚特别特别臭，用臭气熏天这个词，一点儿也不为过。向小强听侯师傅打着呼噜，想想他开了那么久的车，也就默默地蒙头，逼着自己睡了。可向小强想着心中的女孩董晓冉，怎么也睡不着，床单子都快被他踹烂了……

第二天早晨，游客吃的早饭是粥和馒头，一桌一盘拍黄瓜，两盘小咸菜，一个鸡蛋。向小强给他们每桌加了一屉包子，还想加一碗肉汤，可是，想起师父胡连成说的，必须狠下心来，才能赚到钱之类的话，向小强还是摁住了腰里的钱包。

吃完饭就退房，游客上了车。酒店服务员追出来了，跟向小强着急忙慌地说，查出问题了！你们的游客把枕套和床单子弄脏了，不能走！服务员截着车不让走。

住那个房间的老太太下车就开始骂，声音特别大。骂酒店讹人。老太太还说，住的时候他们的枕套、床单就是脏的。酒店服务员开始和客人理论。天津导游帮着洗枕套，也没洗干净。向小强只好替那个老太太赔了钱，才走人。

这下，一车人对导游们的态度大大好转，尤其是那个弄脏枕套的老太太很感动。本来是她把洗好的西红柿放在枕头底下，困乏后忘记了吃，被压烂，挤出的汁液把枕套和床单子弄脏……

向小强带着游客去了海边，了了大家的心愿。更主要的是，向小强钱包里多了些嘎嘎新的票子。巧了，在塘沽洋货市场停车的地方，向小强还碰到了冷雪君。

冷雪君带的广东团也加了天津，她和向小强聊了几句，无非是与钱有关的话题。冷雪君的确不一样，向小强刚和她说了几句话，冷雪君团里的男游客就围过来和她打情骂俏，他们自由随便极了。向小强看这阵势，也只好抽身上车。

回北京的路上，全车人都睡着了。向小强开始和侯师傅聊天。他问，侯哥，咱们住的地方叫“××局培训中心”，在南六环，那是啥地方？我一次也没去过。侯师傅说，不是啥近的地方，都大兴了。哎，快到河北固安了！费多少油钱啊！哼，计调吴瑕这小娘们真能联系，培训中心也当宾馆。向小强遮着嘴说，侯哥，小点声啊，别让游客听见。

司机费了很大的功夫，才找到那个培训中心。还好，虽然离市区有点远，但是住宿的房间干净卫生。这一团游客还比较满意。累得不轻，游客洗完澡就睡觉了。

这一夜，向小强睡觉的时候都为甘肃游客的早点问题忧心忡忡。因为培训中心不接旅游团的早点，这里的厨师实在没办法做，每个人四块钱的早点？好孬这也是××局培训中心啊！

天不亮，向小强就去街边小摊小贩那里，和搭着简易棚子的早点摊老板讨价还价。他开始给他的游客张罗四块钱的早点。

小世界旅行社里，大家都在忙自己的一摊子事儿。

几个导游扎堆儿来找计调们报账，然后去财务部裘鱼那里取钱。叶文打听冷雪君和董晓冉最近团质怎么样。吴瑕问夏小凡能不能带四川团，言外之意，四川团是负团费接的，需要导游填很深的“坑”。夏小凡摇摇头。

胡连成来领四川团的行程计划，赶上她们几个女导游在，改不了他那副油腔滑调的相。

吴瑕看了一眼胡连成，很不满意地说，最近怎么搞的？有三个旅游团投诉你态度不好，你要注意了，问题严重的话，组团社不给我们结账，我们怎么办？你也是老导游了，压着点儿火。客人都得哄着来，不然怎么赚钱？这事我就不和那总说了，老胡你以后必须注意。胡连成说，那就谢谢吴总，我以后注意。最近家里有点事，心烦闹的。

冷雪君说，哟，胡大总管还有烦心事儿？不会是媳妇红杏出墙了吧？冷雪君笑起来。胡连成说，滚滚，哪像你啊？你是没人投诉，高品质团带着，钞票数着，帅哥泡着，带团舒服吧？胡连成动口又动手动脚。

吴瑕他们在办公室里屋忙，顾不得管导游们玩闹。

胡连成看董晓冉核完了账，向她挤咕眼睛说，这家伙，旅游学院的高才生，挣多少钱了？你看，还不搭理人了，一点礼貌不懂。董晓冉说，咱俩有一个不懂的。可惜，现在向小强让你教的也不懂礼貌了。胡连成说，你又不跟他好，管这么多干吗？再说了，就向小强那样的，我不教他，他能挣到钱吗？真是的，他感谢我还来不及呢。你们新导游别忘了我们老导游的功劳！你不也一样？当初没有冷雪君教你，你能有今天？还好意思说？嘁，谁第一次带团被全陪司机宰得比羊羔还惨？谁瘸着一只脚来开会的？

董晓冉不理胡连成，故意让他难堪。和冷雪君说完话，董晓冉到裘鱼那里取钱。

在财务室，董晓冉看见裘鱼比年前瘦了，眼圈也黑了，眼睛凹陷。董晓冉还不知道裘鱼的家庭有问题，她想关心关心，但觉得自己和裘鱼年龄相差十几岁，就没好意思过问。

的确，春节期间，裘鱼感到了一种压力。一种能把人压垮的来自亲人的压力。虽然和父母、弟弟、弟妹没有言语的冲突，但裘鱼感觉不妙。她不知道哪天家里会发生什么事儿。

董晓冉走后，冷雪君对胡连成说，你怎么总想挤对大学生呢？人家可是小姑娘，积点德吧。胡连成报仇雪恨似的说，我够积德啦！年会的时候，她让我下不来台，我都没找她算账呢。哎呀，奇怪了，真不知道向小强怎么想的？说话比狗屎还臭的人，嘴角长个苍蝇大的黑痦子，怎么就那么招他待见？白给我我都不要！冷雪君说，行了行了，你可别跟杨四姐似的，在那儿嘚瑟。

谁嘚瑟啊？敢背地讲究我？是杨四姐的声音。哟哟，四姐来了，怎么？和刘万军腻歪够了，带团来了？冷雪君阴阳怪气。胡连成拿着腔调，说着反话，哎哟喂，四姐越来越漂亮嘿，这小腰真细！杨四姐骂道，你们咋这么愿意嫉妒我呢？闲得吧？冷雪君好打听别人带团挣了多少钱，钻心摸眼儿地问杨四姐，上一个团怎么样？你挣了几本？杨四姐感叹地说，人心散了，队伍不好带了。唉，上一个团最惨，没加上天津，就加了四个小景点。哼，加海底世界，没气死我。冷雪君问，怎么啦？怎么啦？胡连成也想听听这个常胜将军的秘密。杨四姐说，点儿背啊，从来没遇到过。

唉，我堂堂的杨四姐，让一个老太太给揭了老底，你说倒霉不？冷雪君着急地问，怎么回事？快说啊祖宗。杨四姐说，嗨！车上有八个七十多岁的老头老太太，我照全价收了他们的门票钱。等参观完了，到了集合时间后，一个识字的老太太对我说，海底世界售票处分明写着，七十岁以上老人免票参观，怎么你还收我们门票啊？整得满车人都知道了，没办法，我把那八个人的钱又都退给他们了。哼！到嘴的鸭子飞了。

胡连成和冷雪君幸灾乐祸，开心得要死。几个人聊着，笑着，骂着……

从旅行社回来的路上，杨四姐又开始回想起干黑一日游的日子，一想，她就自豪，眷恋。那时候，钱是那么的好赚，游人是那么的“好宰”。可如今，钱越来越难赚。杨四姐盘算好了，要趁现在肚子没鼓起来，多挣点钱。她合计着，下一步的关键应该是在北京整一套房子，把母亲接来住。净想这些，她没好好走路，脚踩在了一堆臭狗屎上，于是，杨四姐大骂，大骂前边牵着狗拐进胡同的人。

春节回来，木草心里真的像长草一样，而且是杂草丛生。

木草纳闷，送到当代人民文学杂志社的小说稿子一点儿消息也没有，明明留了自己的电话和地址，怎么杂志社那边还没回信儿？如果没给信儿，怎么能踏踏实实去带团呢？小世界旅行社已经给木草派团，而且是滕飞亲自和木草联系的，她推说再过些天，自己还没准备好。

杨四姐一听就坐不住了。问木草说，为啥不抓住这个机会？你要知道，不是所有考下导游证的导游都这么幸运，都有旅游团带。杨四姐还补充说，你不明白吗，嘁，还不是借你四姨我的光？对，滕飞那儿也是一方面。木草啊，看来你命好，滕飞对你肯定有意思，天上掉下来的好事呢。这回，你要抓住机会，千万别把他给放跑喽。真的，说不定靠滕飞你能在旅行社谋个一官半职的。你有文化，不比吴瑕差。木草说，四姨，你就别操心我了，我才多大啊？不想谈恋爱。我也不喜欢滕飞，我有我自己的想法，有我自己的梦想，我要实现呢。杨四姐不乐意了，说，你翅膀硬了？要飞是吧？人都得现实，你妈没有了，我得负责管你，你以为我愿意管啊？我自己的事我还闹心呢。刘万军这个王八蛋！说话不靠谱，到现在还没准信，哼！等得我快疯了。

木草见杨四姐又烦躁了起来。

杨四姐站起来边走边说，不行，你不带团，我得去带团，再过几个月，肚子明显以后，想带都不行了。木草说，四姨，有我呢，我会好好工作，挣钱养你。这几天我有点紧张，让我自己调整一下再去带团，行不？接着，杨四姐又劝道，滕飞那人挺好，旅游圈这样的人可不多，他和他姐滕曼还有那得海不一样。你看吧，将来会有大出息。说实在的，你们年龄又合适，人家有车有房。不是，我就纳闷儿，你俩处处，你还能少块肉咋地？

杨四姐眼里放着光，给木草再一次当军师。

木草觉得杨四姐干导游有点屈才了，她怀疑四姨上辈子是保媒拉纤的出身。难道四姨得了滕飞什么好处？像最初把自己“卖给”江河一样？四姨又惦记捞一笔吗？想起过去，木草有些发毛。

木草卷弄着小辫儿说，他有啥我也不愿意。他连“雁引愁心去，山衔好月来”这句诗都不知道啥意思，更不知道是李白写的，我怎么和他处？杨四姐看木草说得一本正经，笑得把嘴里的水喷得四处飞溅。她捂着肚子，说，我的妈呀，你上次火车上都说一遍了，咋地？是不是如果李白活着，你就要嫁给李白呀？那一首破诗，就能决定你终身大事？你就整天在那儿梦想吧！我看好了，你呀，就是只有作家梦和诗人梦的精神病患者！嗨，知道啥叫精神病患者不？说白了，就是偏执狂。算了，该说的我也都说了，你自己寻思寻思吧！你呀，长点心，赶快挣钱，别整天做你的文学作家梦！没时间和你废话，我得去接旅游团了。

说完，杨四姐开始收拾东西。

木草看了看杨四姐，她舌头在嘴里动了动，但最终，还是黯然无语了。木草不知道自己是偏执狂，还是四姨是偏执狂，抑或是俩人都是偏执狂，只是病根不同罢了。

杨四姐前脚刚走，木草就在网上又查了一个杂志社，是全国很有名的九月九杂志社。网上说，这个杂志社重点要推出新作者，而且没有多少条件限制，凡年龄不超过四十五岁，不管长篇、中篇、短篇都可以投稿。

木草心想，自己年龄才到他们要求的一半，应该没问题。看到上面的地址和电话号码，木草眼前一片璀璨。

离开电脑，木草迟疑了一下，是直接去九月九杂志社？还是再到去年去的那个当代人民文学杂志社呢？木草还是对当代人民文学杂志社有感情，在她心里，毕竟那是她长这么大，迈进的第一个纯文学殿堂。木草内心充满敬仰，她要亲自去听听编辑老师对自己有什么宝贵意见，说不准杂志社已经把自己的稿子印刷了呢。木草往好处想，她没法不往好处想。木草就像杨四姐骂的那样，就是这么偏执。

把另一份小说稿装进书包里，木草要在带团之前先把大事落实。

刚过了正月十五，按习俗，正月还没出去呢，不能空手去呀，这是最起码的礼节。木草心想，编辑老师挺辛苦，那审稿和给学生批改作文作业没啥两样，都得有“春蚕到死丝方尽，蜡炬成灰泪始干”的精神，更要有为他人作嫁衣的信念。

自己还没挣到钱，买东西又太俗，木草想起从姥姥家带回来的土特产。对，冰箱里有她和姥姥亲手包的豆包，至今还黄澄澄金灿灿的。那些可都是临别的时候，姥姥一个一个地挑选，挑的全是圆圆的、饱满的、样子好看且馅大皮薄的豆包，给她带到北京的。还有冻秋梨，就是把整只梨子冻成冰，把梨子冻变了颜色，就像山竹果那么黑不溜秋，然后用凉水把梨子外边的冰坨子化开，咬带着冰碴子的果肉吃，甜甜的、凉凉的、酸酸的。木草真的感觉这些比蘑菇、木耳、人参还“土”还“特”呢，毕竟蘑菇、木耳、人参各大超市都有卖。对，也带几双自己新编制的靰鞡草鞋垫适合谁的脚就给谁。

找了几个干净的物美超市塑料袋，把东西装了四份，木草要分给两个杂志社的编辑老师，也就是不辞辛苦读她小说，和她有心灵感应，和她一样喜欢小说主人公的老师们。

春节刚过，春天就仿佛不动声色地来临。走在路上，路边的树木在抽枝发芽。木草看到此情此景，心想，北京和东北真不一样，恐怕东北还在积雪，路边的树条子还僵硬僵硬的。单说气候吧，北京这里是四季分明，怪不得是六朝古都，看来，祖宗们早看好这是块风水宝地。

很快，木草坐车来到当代人民文学杂志社。前一次来，保安严格站岗，对她重点盘查，木草这回换了装束。木草故意把自己扮老，脖子上系着四姨的黑色丝巾，戴着四姨的茶色水晶眼镜，把头发披散着到肩膀上，木草的头发平时编着，上面还留有弯弯卷卷。她手里提着四姨的黑色皮包，脚穿四姨的黑色中跟皮鞋。

为啥这样打扮？根据木草上一次的总结，大凡这样的女士，越大摇大摆，越一眼不看保安，越直接往里进的，保安越不会拦截，越不盘查。果然，这一次保安没拦截她，木草噌噌地往里走。

敲了敲编辑部的门，巧了，开门的还是第一次见过的那个女的。

你有什么事？找谁啊？显然，这么问木草，证明她根本不记得木草曾经来过。木草腼腆地提醒道，我去年来过，您留下了我的一部小说稿，当时，编辑老师不在，您说帮我转给老师看，不知道现在什么情况？我很着急，所以，所以过来打听一下。木草摘下眼镜，双手垂在前边。女的看了看木草，好像有点印象，说，你来得真不是时候，那个编辑老师又去外地了。不过，这么久了，你的小说他应该看了，如果三个月过后都没给你回信，那可能是你的稿子不适合我们杂志社，你可以另行处理。女的手扶在椅背上说。

木草心里凉透了，等来等去是这样的结果？看来，连编辑老师的一句话都无法得到，更别说是指导了。

木草很沮丧，忙说，请问，那我的原稿呢？还给我吧，我拿回去再好好改改。女的说，我们这儿人员有限，不管退稿，一般内部销毁。你不知道吗？作者都是自留底稿，上次和你说过的呀。女的说话还很硬气。

木草想了想，还是把皮包打开，拿出她的又“土”又“特”的礼品，说，姐姐，这些是我从东北带来的，这鞋垫是我自己编制的。本想送给编辑老师，那他不在，我也不拿回去了，给您留下。女的说，那可不行，你还是拿走。我们这儿不收作者礼品，绝对不收！

女的把东西往木草包里推。木草说，没事的，这也不算什么礼品，你就收下吧，转给编辑老师也行。一根筋的木草放下一小袋子冻豆包、一小袋子冻秋梨和几双鞋垫，头也不回，噔噔下了楼。

木草红头涨脑地往外走。此刻，她的失望化作了自卑，一点点地堆积在心底……

女的打开塑料袋子，一看那几个黑不溜秋的那礼物，闻了闻那黄了吧唧、球一样的东西，咧了咧嘴。女的自言自语道，什么玩意儿啊！这能吃吗？这个！变质成这样了，不可思议！这鞋垫适合谁的脚？真逗，不好好写作，倒想着送礼，送这些变质的东西，就能料到作品也好不到哪去！

“啪”“噗”的两声，女的把木草从东北背来的“土特产”扔到垃圾桶里。然后，女的洗了洗手，继续做自己的事儿。

木草走出当代人民文学杂志社大门的工夫，信心又来了。

她想，对啊，不是说不能一棵树吊死吗，这家杂志社不成，还有九月九杂志社呢，说不定，自己的小说更适合那里。木草扭了扭脖子，松了松紧紧箍在脖子上的丝巾，默默地安慰自己。

刚才在编辑部，木草由于紧张，浑身冒汗，等到了外面，汗落了，被风一吹，木草打了一个喷嚏。她整理了一下被春风吹乱的头发，再一次望了望当代人民文学杂志社的大楼，重新戴上那副茶色水晶眼镜，把披肩长发这回挽成了“团子头”。然后，木草继续上路，坐上开往东北三环那家九月九杂志社的公交车。

一路堵车，大约两个小时之后，木草下了车。木草一眼就看到一幢十分醒目的巧克力色的大厦，她吧嗒吧嗒嘴。木草拎着包，仰脖儿见上面两排字写着：九月九杂志社、首都出版集团。木草掏出网上查的地址及电话，又仔细核对了一下，嗯，没错，就是这儿。木草的心又开始咚咚跳。

走到跟前，木草仔细一看，乐了，因为这家杂志社比前一家开放，保安就往那一站，主要负责开启车辆放行的栏杆按钮。可木草走过门口岗楼却又迷糊了，不知道编辑部究竟在哪儿。无奈，她进门后又转回身向保安打听，保安比画让她往后面三号楼走。木草进了三号楼，自动门开了，但木草想不到，真正的关卡恰恰设在此处。

里面有俩保安，保安身边摆着一个讲师讲课一样的台桌，上面有本子和一只拴着绳子的破油笔。保安见木草进来，问她，你有什么事？找谁？木草心想，两家杂志社的人都这个口气询问来人，看样子大凡来这里的人，都应该是无事不登三宝殿的主儿。木草说，我是送小说稿的。保安说，有预约吗？木草撒了谎说，嗯，约了，约了。保安让木草“签字画押”，然后告诉她乘电梯上十楼，左转就是编辑部。木草谢过保安，一直悬着的心总算有了一点着落，她直奔编辑部。

悄悄来到编辑部门外，顿时，木草心中充满了无数的未知和不安。木草举起手又缩了回去。她不知道敲门后，是先给编辑拿小说稿子好，还是先拿她最爱吃的亲手做的豆包好？还是拿出那两双鞋垫好？是把丝巾系在脖子上礼貌，还是摘下来收在包里礼貌？木草正犹豫呢，旁边写着“校对”两个字的门“吱扭”一响，一个中年大姐过来敲编辑部的门，木草随着她进到门里。

那个大姐说，小邓啊，再给我一部。那个男的说，还真效率啊。大姐说，那是。说完，她忙碌地拿着稿子走了，看都没看木草一眼。男的见木草站在门口，就问，你是？木草回答说，我是一个作者，把自己的小说稿带来了。男的自我介绍说，我是负责北京作者这一块儿的编辑，我姓邓，交给我吧。木草跟见了真佛一样，怀着无比的虔诚说，哦！邓老师您好！麻烦您了，我，我可算找着编辑了，今天没白跑。对，您一定要帮我好好看看。

木草拿着稿子要编辑立刻就看的样儿，站那儿激情万丈地等着。

邓编辑说，我会认真看，你先把稿子放那儿吧。你看，来稿儿这么多，我们要按投稿先后顺序，三个月后没接到用稿通知，你就可以自行处理。木草补充说，老师，我小说写得很不容易，邓老师，我的作品反映现实生活，是虚构的，不是杜撰的。邓编辑笑了，说，哦，不是杜撰？我作为编辑理解你心情。小说写得好不好，适合不适合我们杂志社，这要看完稿子再定，好吧？你把联系方式留下，回去等等。你看，我手头这些作者来稿，我还要一部部细看。

编辑很忙的样儿，拍拍一摞摞稿纸。

木草知道，自己不能再说什么了。她又从包里把她的冻豆包、冻秋梨拿出来，草鞋垫掏出来。那俩塑料袋子下面滴着融化了的水。邓编辑说，你这是干什么？不要这样。我们编辑部有规定，不能收礼。木草说，老师，您就收下吧，不管我的稿子能不能发表，我都是对老师心怀一份感激。我，我也当过老师，嗯，就是，就是在小学，我知道老师最辛苦。如果，如果您不留，我心里会不好受的。这可是我和姥姥亲手做的，不脏，放心吃吧。鞋垫是靰鞡草编的，可以治脚气。这梨子吃了去火，真的，这都是有营养的东西，请您都收下。

木草激动得眼泪围着眼圈转，生怕她的东西送不出去。

邓编辑无奈地说，好吧，好吧，我收下你的心意，以后不可以再这样。谢谢你，哎呀，东北人太热情、太客气。木草一边细致地教邓编辑怎么吃这两样特产，一边拉上皮包拉链。邓编辑送她出门说，我会仔细看的，如果三个月没收到用稿通知，你就自行处理。木草说，好的老师，我明白……

走出九月九杂志社，木草脸上露出喜悦。她像个农妇一样，春天来了，她把希望的种子撒在了肥沃的土地上，期待着一场收获。

木草深爱着她的文学，一往直前地见编辑。而杨四姐，正使出浑身解数捞游客的钱。此刻，杨四姐做着最经典的事情，拼命验证她在北京导游界树立起的“导游第一大忽悠”的这一名号。

新接的旅游团是从浙江来的，用杨四姐的话说，这是难对付的“浙皮子”。为什么这样说？沿海一带的游客吃海鲜长大，见多识广，加点购物都难搞定。考虑到坐船去颐和园顺路，杨四姐顺手加了中央电视塔观光和大塔底下的海底世界。但是，游客中有几个顽固分子，就是不想去。杨四姐“晓之以理、动之以情、诱之以景、惑之以廉”地进行游说。什么来一趟北京不容易啊，来一趟就要一次玩好啊，没上过大塔，就等于说你不全面了解北京啊，杨导少挣点回扣已经给你们最便宜价钱啦，钱这王八蛋生不带来死不带去呀，人生在世要及时玩乐呀，你看赶上大地震、大海啸啥的，钱没花了，白活一场啊。杨四姐凭着自己的三寸不烂之舌，煽动得全车二十九人已有二十五人接连响应她的号召。

看游客们纷纷掏出钱包，数出票子，争先恐后地递到自己手里，杨四姐已经把嘴咧到后脑勺了。每当这一刻，用杨四姐的话说，这时候是作为一个导游最引以为豪的时候。杨四姐正在车里收钱，她挨近车窗借太阳光，照看一张张百元大票的真假。

一位中年男人带着他六岁的儿子过来了，说，杨导，我们不去。上海明珠塔我们都看过了，海底世界我去大连开会的时候也参观过，没什么新鲜的。船我坐多了，但是慈禧水道坐船，我们去就是了，少交点钱吧。杨四姐挣钱急红了眼，心想，这个说不去，那个一会儿也说不去，钱谁给呀！这个家伙万一没完没了地在车上说风凉话，肯定会把这个团给姑奶奶搅黄喽。杨四姐脑瓜子一转，随之，用手转了转挂在脖子上那串儿刘万军刚刚给他买的蓝宝石链子，当着满车游客的面，大声对那中年男人说，大哥，你家穷得喝不起粥了咋地？还当爹呢，带孩子好不容易到北京玩一回，哪有你这么抠的？孩子想去你不去对不？你不心疼我还心疼哪，没钱？没钱你早说啊，杨导给你掏了。真有意思，俩人总共还不到三百块，你就留着钱吧，看你留到啥时候，是不是老婆等你回家买米下锅呀？

杨四姐说话很损，一番半真半假的话，说得男人面红耳赤，支支吾吾无法反驳。

男人不情愿地掏出钱，递到杨四姐的手里大声申辩说，我有钱，不就三百吗？给你。杨四姐笑了，说，大哥，这才叫爷们儿。你说，大伙都去，你不去，让孩子咋想？孩子旅游不就是增长知识、开阔视野来了吗？你哪哪都不去，怎么开阔视野？好了，大哥爽快，我呢，也就直说，加点购物是我们导游的唯一收入来源，你们让我挣钱，我呢，也让你们玩得痛快。这样，晚上给你们每人加一份老北京炸酱面，另外，咱们团三个小朋友，我每人送一套圆明园明信片扑克。咋样？杨导够敞亮吧？游客们听导游这样说，想想自己又得到了点实惠，也就不说什么了，任凭司机拉着他们直奔中央电视塔。游客也想开开眼，看一看北京城高空上那个被杨四姐说得天花乱坠的旋转餐厅，还想亲自扮演一次央视主持人，神气一把。

送团的前一天，杨四姐觉着钱挣得还不够痛快。旅行社指定的购物店一个没落下，都走过了，可游客买的玉器、果脯和烤鸭都不多。这帮大爷实在是难忽悠，就加了三个自费景点，圆明园也不去，再也没啥指望了。而那个浙江来的全陪呢，基本不表态，只等杨四姐最后分给她提成。杨四姐眼珠子一转，心里盘算道，哼，我忽悠不了你们，自然会有人忽悠你们。喊，我就不信没人能让你们掏出腰包里的钱。

杨四姐心一横，将这帮难对付的人拉进老乡店。

一个半小时之后，杨四姐和朱师傅阴霾的脸上终于放了晴。游客们每人拎着几个小红盒子、小红布袋子，个个像捡了大便宜一样喜笑颜开地上了车。上车后，其中就有人和前后位置的游客炫耀自己刚花二折、三折淘来的宝贝，还有人不停地对杨四姐和朱师傅说，这店老板是我们那里人，离我家可近了，他爷爷打小就出来做生意。今天我们赶得巧，老板得了孙子，还没满月，我们都说祝他孙子长命百岁。老板一高兴，便宜卖给我们，只为给他孙子祈福。听到这些话，杨四姐差点没乐出声。她假装说，是吗？真的呀？你们南方人就是聪明，满世界到处都有你们的人做生意，哪像我们东北那嘎达人，就知道杀杀砍砍地打架，不知道搞活经济。

车上人被杨四姐的话逗笑了。

杨四姐借口下车去找人，滋溜一下钻进“密室”，结了近三千块钱的提成，然后抿嘴笑。把钱揣进包里，杨四姐拿出导游旗晃了晃，重新回到车里。司机朱师傅已经料到收成不错，手把方向盘给了杨四姐一个敬佩不已的眼神，然后发车开往宾馆方向。

杨四姐坐前边，回头瞄了几眼游客，游客们傻呵呵地还在炫耀自己淘来的宝贝，庆幸自己捡了大便宜。此时，杨四姐不禁心里说，咋样？我就不信对付不了你们。看吧，这比加景点赚得还多，不让我挣钱？哼！那我就把你们全领到老乡店去！看谁厉害……

晚上，游客们提前整理行李，清点在北京购买的东西，为明天回家做准备。杨四姐来找全陪结最后一笔团款。

全陪惴惴不安地提出，杨姐，你把进购物店和加点的提成先算算，给我。杨四姐说，早算好了，我们小世界旅行社今年人头费高，这团是我每人九十人头费买来的，除了我和司机的，分给你五百块钱。全陪义愤填膺，瞪着杨四姐说，大姐，你少来，欺负我小孩是吧？这几天你带游客，我可是配合你工作的。游客买了多少，我心里可有数。杨四姐甩过去购物单子，说，咋地？不信？你看！你自己看！小全陪拉下脸子，冷笑一声，哼，你当我刚出来混啊？看这个有屁用？杨四姐说，没屁用你想咋地？来劲了是吧？你不信给购物店打电话好了！全陪不打，就说，杨导，大姐，你给我一千块钱，我就痛快把团款给你结了，五百块钱想打发我？真的，门儿都没有。你私自进老乡店，我可配合你了。进这种店，我全陪担的风险要比你地陪大，你不是不知道哇？这搞不好回去游客要投诉的啊。大姐，你说你给我五百，你，你忍心吗？杨四姐喷了口烟，用鼻子哼了哼，心里说，世上还真就没有我不忍心干的事儿！

俩人你有来言，我有去语，足足僵持了一个小时。

逼得没招儿，全陪最后将电话打给吴瑕告状。

吴瑕委婉地让杨四姐不要黑全陪太多，可怜一下全陪，大老远跑到北京，撇家舍业的也不容易。杨四姐找了个背静地方，她气得冲吴瑕嗷嗷直叫。咋地？我可怜她，谁可怜我？你把人头费给我降下来，我二话不说。噢，你们低价接团，我们导游给社里填坑？我的妈呀，我算了一下，今年这坑太多太大了。吴经理啊，我们的路不好走，客人不消费就把最底层的我们给坑了，然后全陪要钱还没够！我也得活着啊！你说说，让我咋整？

吴瑕支吾了半天，心里说，哼，要不是用刘万军的车队便宜，要不是离不开刘队长的旅游车，早就给你杨四姐颜色看看了！唉！这么横的东北虎，武松都得躲着！

最后，吴瑕无奈留了一句，四姐，你自己摆平吧，社里本来不管你们分成的事儿。四姐，差不多得了，你也不在乎三百两百的。杨四姐说，我可不是慈善家，我缺钱缺老鼻子了，谁管我呀？再说，我根本没黑全陪，给她那些就够意思了。就五百，爱咋咋地！

挂了吴瑕的电话，杨四姐就骂，都是猪鼻子插大葱——装象！呸，吴瑕这个不要脸的骚货！噢，旅行社把钱挣了，你全陪好孬带团出来还拿着你们社的补助，咋地？我喝口稀饭都不行？这几天是我冲锋陷阵，你全陪不就在后面跟着吗？你帮我收自费钱了？还是帮我讲解购物，讲解加点了？一时间，杨四姐愤愤不平。

杨四姐走回来，对全陪发了最后通牒，就五百，你爱要不要！给我团款，咱俩完事，不给团款，我把客人全轰出去！你信不信？！我还真不怕你！不服咱就是骡子是马——拉出来遛遛！还怕你个小崽子不成？杨四姐语言威胁道。

这当口，若不是自己有孕在身，杨四姐早就动武力解决了。

全陪料想杨四姐绝对不敢这么干，就说，都出来混饭吃，谁也不会怕谁。问题是，我全陪也靠分提成活着呀，我们出团补助每天就三十块钱，打个长途电话汇报一下工作就没了。杨导，我也得为我自己着想呢，人不为己天诛地灭。真的，有本事你就轰！反正，钱在我手里，我怕谁啊？大不了，我从团款里把提成钱扣下！说完，全陪转身回自己房间，把门使劲一关。

杨四姐气蒙了。她忘记自己怀了孩子，独自坐在宾馆沙发上，一根又一根地抽着烟。杨四姐也在犹豫，究竟咋整？轰还是不轰？干脆一不做二不休，哼，今儿个就治治你这个全陪的毛病，看你以后还敢不敢不结团款。

这会儿，宾馆的服务员又来追着杨四姐要房费，坚决地说，最后一晚必须把房钱结了。杨四姐皱着眉，心里说，房钱还在全陪手里，尾款她不给，非要给她一千块提成，哼，全陪太贪财。杨四姐和宾馆服务员说，美女，你把游客从房间赶出来吧。全陪不给钱，我也没钱结房费，我都垫进去六千多块的门票钱了，再也没有钱付账。打工的年轻服务员照办了。

全陪回去洗澡的工夫，她的手机拼命地响起来。

领队打电话开始嚷嚷，咋回事？咋回事啊？宾馆不让我们住了？！现在游客们全在大厅里候着呢。你们，你们这是什么服务？等我回去好好算账！全陪这才慌了，身上的浴液都没冲干净，急忙穿衣冲到宾馆大厅。

杨四姐正站在前台，拿着喇叭向游客们解释呢。她说，不是我杨导不让你们住，你们导游没给我钱，我没钱给宾馆，宾馆不让住，你说，我咋整？我一个小导游有屁能耐？宾馆不能让你们白住是不是？全陪拿着你们团款就是不给我，你们得为我做主哇……

游客们见全陪下来，立即都涌上去。大厅里一个个喊叫：我们已经交了旅游款，为什么会不让住宾馆？为什么！全陪你啥意思？想携款潜逃啊？我回去要投诉你们旅行社！对，投诉！什么全陪，跟我们只为了混吃混喝白来北京玩一趟，什么事也不管！哼！可不嘛，这些天都是北京杨导一个人讲解、做事，你倒好，一言不发。你……

全陪心里这个骂呀，杨四姐这个大剩女真阴险，把错都推我身上来了，我是猪八戒照镜子——里外不是人。气得全陪给她的组团社计调打电话，又给小世界旅行社的吴瑕打电话。

吴瑕很快又给杨四姐打过来，电话里说，四姐啊，不要把事情闹大，赶紧让游客休息，房钱给宾馆，你就再多给全陪三百，给她八百，我给你和那个全陪说说，好吗？杨四姐说，吴瑕，你不了解现在的情况，全陪不给咱们社结团款，还威胁我。你说，我哪受过这种气？欺负到姑奶奶头上，不好使！不好使！

也的确是，自从杨四姐怀了孕，脾气越来越坏，经常失去耐心，尤其在涉及“钱”这个敏感问题上。

吴瑕担心浙江旅行社借此事件停止给小世界旅行社发团，她一边做杨四姐的工作，一边向组团社计调解释，并承诺马上解决。这下，宾馆大厅乱了套，游客们的锋芒直指组团社和全陪。

杨四姐继续理直气壮地在游客中间宣扬：我导游对游客的责任那就是给大家讲解好景点，对旅行社的责任就是把团款一分不少地交回去！否则，旅行社会让我赔钱，群众的眼睛是雪亮的，你们评评理……

全陪吃了一个大哑巴亏，面对游客们的指责，最终还是妥协了。全陪气哼哼地拿出团款，可还要坚持扣五百块钱的提成。

杨四姐瞪着牛一样的眼珠子，说，呸！就你这样的全陪，你一分也别想多捞着！哼，你敢扣我，我就让游客继续在这里闹！有能耐你就都说出来！

全陪只能是哑巴吃黄连——有苦也难言。全陪痛恨遇到这么一个大龄剩女。哼！黄脸婆！没人要！全陪在心里狠狠地骂。比杨四姐温柔一百倍的浙江全陪被气得嘴唇发紫。

在吴瑕的调解下，杨四姐分给全陪八百块钱，全陪自认倒霉。那边的组团社最终扣了小世界旅行社五百块钱，并答应游客，把这钱花在明天送站之前吃的中餐上，加菜加酒水，也算是给游客们一点补偿。直到游客们恋恋不舍地向北京告别，他们仍然不知道自己被俩导游涮了。什么团款没给？分明是俩导游分赃不均，把他们当了筹码。包容的游客们不在乎杨四姐拿回扣，更没有计较都谁拿他们当猴儿耍。在送游客时，一个个游客跟杨四姐拥抱，和她握手的一刹那间，杨四姐心里产生了短暂的愧疚……

事已至此，过后，吴瑕不得不低三下四地给那边的组团社计调打电话。她和对方旅行社说，我保证，以后绝对不会出现这类事情。咱们合作三年都了解彼此的为人。我们那经理非常重视，已经把那个导游开除了，这也算是给你们解了气。吴瑕撒着谎，脸不红不白。对方沉默着。吴瑕继续说，哎，等下批团来，我给你捎一些北京特产向你赔罪。要不，等淡季我亲自过去赔罪？那边的男计调就禁不起美女计调的软磨硬泡，发生的一切也就随风而去。

几天后，吴瑕看浙江旅行社的团又发来，她如释重负。为了挽回影响，吴瑕决定让董晓冉和向小强带这批浙江团，杨四姐去带一系列四川团。

不久，计调叶文给木草派了一个江西团。旅游团里总共十八人，成员是当地一家银行的中层小领导。对方旅行社要求导游素质高一些，只要讲解好，知识分子类型的最好。其实，这是纯玩团，也就是说，没有购物店，游玩五天，每天补助导游一百块钱。当然，小世界旅行社是按照导服费每天三百块收的钱。

至此，木草开始带她人生旅途中的第一个旅游团。

家里只剩杨四姐，刘万军来了，还买了一大堆补品。

刘万军刚进门，杨四姐就找气儿，她把他买的东西摔在地上。杨四姐噘着嘴，埋怨刘万军说话没谱，怪他还不兑现承诺。看杨四姐耍脾气，刘万军指着她说，看见没有？你就是典型的狂躁症。不犯病的时候，跟好人一样，就你这样的人，放到社会上去是很危险的。所以，我只能收了你。刘万军过来，抱杨四姐。杨四姐来劲似的撒娇推他。刘万军哄她说，宝贝儿，别急，“你的病”我会给你治好。你呢，再等等，我已经和她摊牌。嗨，毕竟，我和潘新艳过了那么多年，我想争取和平分手。真的，我不希望跟她吵吵闹闹，那样的话，老人和孩子们不得安生。你说对不对？这段时间，潘新艳不和我闹了，她说考虑考虑就和我到民政局办手续。这七十二拜都拜了，你还差这一哆嗦不成？杨四姐歪过头来，问，真的？你说的这回是真的？刘万军点点头说，真的，这回动真格的了。我已经告诉她，如果协议离婚，我能多给她分些财产。如果等我法院起诉，就只能分给她一半儿。杨四姐凿了刘万军肚子一拳，骂道，你虎啊？财产多分给她，以后我和儿子花什么？你就能为她着想，你究竟爱的是谁？你说啊！刘万军哄着杨四姐说，小虎妞，你说我爱的是谁？我这辈子最爱你，然后还爱一个人。杨四姐急了，问，还有谁？你变心了？又在外面扯犊子了？我整死你！说着，杨四姐揪扯刘万军的那里。刘万军左躲右闪。

最后，刘万军连连告饶道，四姐四姐，弄坏喽，你个傻帽，放手啊，疼啊，快松手！杨四姐说，整坏也没事，反正我也怀上了。杨四姐狡黠地笑。刘万军说，怪不得人说最狠妇人心呢。杨四姐说，该，活该！谁让你气我和儿子？你看我肚子气得不舒服了，哎哟，哎哟。她假意捂着肚子躺在床上。刘万军吓了一跳，赶紧上来摸，心急地问，怎么样？四姐，要不要去医院？啊？我刚才是逗你玩呢，那个人不就是你肚子里的儿子吗，还能有谁？你别吓唬我呀，现在，只有你俩最重要！

听刘万军翻肠倒肚这么一说，杨四姐嘎嘎笑起来。

刘万军趁势扒着杨四姐的衣服。杨四姐嗔怪地说，你轻点，小心，小心儿子！刘万军轻手轻脚地给杨四姐脱掉衣、罩、裤、袜。杨四姐躺着，突然告诉刘万军说，嗳，好像孩子在肚子里面一动一动的。刘万军把细长的脖子贴在杨四姐身上，他用一只耳朵先探听杨四姐腹部虚实，然后又亲又咬，欣喜若狂。刘万军满脸笑，说，四姐，这回我敢肯定你怀的是男孩！杨四姐问，为啥你有把握？刘万军告诉她说，你看你只呕吐了一段时间就好了，潘新艳怀我那俩丫头的时候，吐了好几个月呢，没把她折腾死。人家都说儿子不但长得像娘，还懂得心疼娘，所以你妊娠反应比较轻。杨四姐说，不管儿子女儿，只要是咱俩的孩子，我都要。刘万军说，那是。杨四姐躺在那儿，无比幸福，她渴望有自己的孩子，当一个完整的女人。

趁木草带团不回来，刘万军陪杨四姐住了几天。和杨四姐在一块儿，刘万军感到自己由老头变成了小伙儿，他异常兴奋。杨四姐仿佛拥有了家的温暖，饱尝到了跟一个男人过日子的滋味。杨四姐愿意和刘万军在一起，她渴望尽快结婚，她要切身地尝一尝家庭生活的苦与乐。

的确，在体验人世间的各种滋味之后，杨四姐想要使自己固定下来，改变漂泊的命运，她更想要脱离她所属的打工阶层。而这一步，杨四姐已经想得很清楚。

第一天带团，木草就与众不同。木草的带团方式令和她搭档的万师傅哭笑不得。

这批江西游客爱吃爱玩，哪都想去，可木草没有经验，不会像她四姨那样能忽悠加景点儿。这是让万师傅头疼的大事儿之一。

一大早，客人就主动提出要去恭王府。木草认真地说，行程单上没有这个景点，我们按行程单走吧。客人说，我们自己掏钱去。万师傅一边开车，一边替木草答应，说能去。万师傅赶紧把订票电话告诉了木草，并教她联系各种事宜。

趁没人的时候，万师傅还不停地嘱咐木草，他说，有字画，是个福字，你要让大伙多买几个，圈里管那个叫“轴”。为啥？因为司机和导游可以分成呗。这东西只有这有，别的地方没有。知道吗？外国元首还来参观呢，那个福字是康熙御笔，是国宝级别的，多次作为国礼赠送给外国领导人。你要给游客做好铺垫，好让他们买。万师傅一句句嘱咐。

木草有点紧张，对这个“轴”，她不太了解。木草用了三两分钟时间，就把师傅交代的话说完了，可问题是，还没到地方。偏赶上这一带堵车忒厉害，一车人干坐着。听四姨告诉过，带团不怕胡说八道，就怕不说不笑。木草这时想起和字画有关的话题，她就滔滔不绝地讲起凡·高。

她说，朋友们，你们一定知道伟大的荷兰后印象派代表性画家文森特·威廉·凡·高，他生于1853年，去世于1890年，这个时代正是中国的咸丰皇帝和同治皇帝在位期间。我们今天去的恭王府最早是和珅的府邸，后来，就赐给咸丰皇帝的弟弟恭亲王奕䜣了，所以称为……

万师傅心里说，这跟凡·高有什么关系？怎么不讲讲和珅、慈禧啥的？看来这个新导游就是不行，讲解主次不分，唉！又遇到一个生瓜蛋子！

木草继续身心投入地讲道：

“我从上初三起，第一次在美术书上一见凡·高的作品就倾心，此后一直热爱他到今天。这种热爱无丝毫减退，他的作品能打动人的心灵，形式美，意境也美，在凡·高的作品里，自然与自由得到了高度结合。他的作品在人像中如此，在风景中、静物中也如此。大家有感觉没？现在的画作许多都是言之无情的乏味图画，但是，凡·高的作品几乎每一幅都露着作者的心脏，在那儿跳动。

“我喜欢凡·高的语录，我背给大家听：在大多数人的眼中，我是什么呢？一个无用的人，一个反常与讨厌的人，一个没有社会地位，而且永远也不会有社会地位的人。好极了，即使这是事实，我也要以我的作品来表明，这样一个反常的人，这样一个毫不足取的人的内心是怎样的。这是我的雄心，它的主要基础是爱而不是恨，是冷静而不是热情，我时常陷入极大的痛苦，这是事实。但是我的内心仍然是安静的，是纯粹的和谐与音乐。在最寒碜的小屋里，在最肮脏的角落里，我发现了图画。我总是全力以赴地画画，因为我的最大愿望是创造美的作品……”

木草一口气背完，车上几个年轻一些的男游客一边鼓掌，一边说，好，木导讲得好！

木草顿了顿，全身都活跃了起来，她仿佛找到了站在讲台上的感觉。

在游客的怂恿下，木草接着讲。

“凡·高出生于荷兰乡村一个牧师家庭，他做过不成功的画商，做过传教士，在他短暂生命的大部分时间内，他是个无业游民。只有弟弟提奥理解他，支持他，供给他生活和创作费用。就这样，凡·高过着‘寄生虫’的生活，直到自杀身亡。凡·高一生历尽坎坷。他经常挣扎在饥饿之中。

“大家知道吗？凡·高追求的女人都拒绝了他。在一个矿区做传教士时，凡·高抛弃自己的一切享受，帮助贫苦的矿工，得到的却是教会的解职。当他在二十几岁，发现自己真正的职业应该是画家后，开始不断地探索并进行艺术创作。然而，凡·高用心作的画却得不到世人的承认，有生之年都没有实现靠画画谋生的愿望。由于行为特异，他被别人称为疯子。”

车上有人问，木导，你怎么知道得这么详细？木草回答道，我是在《生活的渴求——凡·高传》一书中，了解凡·高的生平，并被他深深打动。领队直着脖子说，是啊，那本书的作者真是妙笔生花啊，把凡·高的一些世人看起来叛道离经的事情，写得那么让人同情！

木草根本停不下，继续讲，而且她沉醉其中。

“我觉得更主要的是凡·高的精神感动了我。首先是凡·高对美好生活和艺术的执着追求，还有，就是他质朴善良的心。坎坷苦难的生活没有压垮凡·高，也许正是它赋予了凡·高才华，使他觉得绘画才是自己的生命。

“凡·高辗转到法国南部小镇阿尔，在阿尔，凡·高想要组织一个画家社团。1888年，高更应邀来了，但由于二人性格的冲突和观念上有分歧，合作很快便告失败。此后，凡·高的疯病时常发作，但神志清醒时，他仍然坚持作画。在饱受精神分裂症的困扰，发觉创作的激情逐渐耗尽后，凡·高的生命也到了尽头，他向自己开了枪。其实，他的生命似乎并未停止，而是被他一笔一笔涂抹在每幅画中，随着他的画，活在世界上。”

领队说，木导和我是知音呢，没想到一个导游能喜欢凡·高，凡·高是我最敬重的艺术家。人们都说，艺术家总是有很多难以被人理解的，很多时候，真正艺术家的思想是领先常人的，是拓荒者。因此往往不为世人所理解，是孤独的人。

木草使劲儿点头，说，您说得对，现在卖的字画只是商业化，没一点价值。只有凡·高的作品是对客观世界、对生活的主观反映，只不过他表达的方式，可能与众不同而不能被人接受。其实，我倒觉得凡·高就是拓荒者，或者可以说是自在的旅者，不跟随旅游团，不忙着拍照留影标记号，只是一路随风揽云，可触摸的，能感应的，都化作并非用来炫耀出名的游记!

车里响起掌声，为木草，为凡·高。

万师傅已经沉不住气了，有一个行人闯红灯，万师傅来了个急刹车，推开车窗，骂了一句北京最恶毒的土话。木草险些被摔倒。

看木草不宣传购买字画，还说现在的字画都是商业化，万师傅就没好气儿地说，木导，你坐那儿讲解成不？请你讲点正经的！你知道你是干吗的吧？

木草没听见似的，继续说道，凡·高是一位具有真正使命感的艺术家，凡·高在谈到他的创作时，对这种感情是这样总结的：为了它，我拿自己的生命去冒险，由于它，我的理智有一半崩溃了，不过这都没关系……

这时，坐在车中间位置的一个像领导的中年男游客问道，木导，你给我们讲讲凡·高的几部代表作品吧？对凡·高的情感问题，木导怎么看？还有一个游客嬉笑着说，凡·高还喜欢一个妓女呢。

全车人笑起来，他们支棱着耳朵听，想听导游的回应。

看大家和自己互动，木草仿佛来了兴趣，她又开讲道：

“凡·高这位好激动而有些神经质的艺术家，在他短暂一生中，留下大量震撼人心的杰作。真的，他的艺术，是心灵的表现。他视天地万物为不可分割的整体，他用全部身心，拥抱一切。

“那我就先说说他的《乌鸦群飞的麦田》。在这幅画上仍然有着人们熟悉的，他那特有的金黄色，但它却充满不安和阴郁感。乌云密布的沉沉蓝天，死死压住金黄色的麦田，沉重得叫人透不过气来，空气似乎也凝固了，一群凌乱低飞的乌鸦、波动起伏的地平线，狂暴跳动的激荡笔触，更增加了压迫感、反抗感和不安感。画面上，绿色的小路在黄色麦田中深入远方，更增添了不安和激奋情绪。这种画面处处流露出紧张和不祥的预兆，好像是一幅色彩和线条组成的无言绝命书。

“凡·高在祥和的麦田里追求不到宁静，在满是阳光的蓝天中，飘过了他久蓄心中死亡的影子，化作无尽的乌鸦，引着凡·高飞向他的蓝天，追向无限光明。唉，可惜，就在第二天，凡·高又来到这块麦田对着自己的心中开了一枪。

“再说《割耳朵后的自画像》。1888年，凡·高邀请高更来阿尔同住，起初，他们相处愉快，但随着凡·高病情反复，两位艺术家不断争吵。在一场剧烈争执后，高更大怒而去。凡·高无法阻止，他也没法抑制自己的激动，竟割下自己的右耳朵。仿佛世界把自己的癫狂最先传染给人类的画师凡·高，就像曾经给他的笔端注入魔力一样。看这张画，你会惊讶地发现凡·高扭曲的面孔、恐怖的眼神和颤抖的手势。

“大家发现没？他仿佛在代替整个人类受刑，成为痛苦的化身。凡·高是一位生活在伤口里的大师，他习惯用伤口对世界发言，这是一个疼痛的收割者，他的镰刀最终收获了自己的耳朵。”

木草讲到这儿，有些激动。下面的掌声又响起来。

调整了一下情绪，木草又继续讲。

“大家还记得凡·高的那幅《十五朵向日葵》吗？那些简单插在花瓶里的向日葵，呈现出令人心弦震荡的灿烂辉煌。凡·高孜孜不倦地画向日葵，当他说，黄色何其美！这不仅仅是画家的感觉的反映，期间包含着宗教信仰的感情。对于凡·高，黄色是太阳之光，是光和热的象征。

“其实，凡·高眼里的向日葵并不是寻常的花朵。人们第一次见到他的向日葵时，都会立即感到自己是多么渺小，那分明是品格高尚，胸中怀有郁勃之气的劳苦人民的肖像啊！凡·高以重涂的笔触施色，好似雕塑般在浮雕上拍上一块黏土。他那黄色和棕色调的色彩以及技法，都表现出充满希望和阳光的美丽小世界！然而，在画此作的同时，画家凡·高死命想抓住这个世界，可是，世界还是缓慢却无情地溜走了。”

木草讲得又动情了，不免眼睛湿漉漉的。

车上那位中年领导举起手，大家朝他看。他问道，木导，快讲讲凡·高的爱情篇。有人附和说，是啊，是啊，我还没听过凡·高的故事呢，导游你好好讲，我们领导高兴了，可有小费的哦！去年我们去九寨沟，领导就给能唱歌的那个男导游小费了呢。那位领导说，我们很幸运，每次出来旅游都遇到好导游。

万师傅心想，狗屁，这样的还算好导游？这要是算好导游，旅游界得瘫痪！旅行社经理和购物店老板都得进精神病院！

木草说，谢谢大家支持我，好，那我就讲讲凡·高的爱情。

游客又鼓掌。他们越鼓掌，木草越有精神。

“先说说他的一厢情愿吧。那年，十六岁的凡·高经叔叔介绍，到一家美术行当小职员。他诚实可靠，聪颖勤奋，不久被晋升，后派往伦敦。在伦敦，他对房东太太的女儿尤金妮亚一见钟情。

“外表丑陋，走路时驼着背，活像一个小老头的凡·高认为尤金妮亚是一位绝代佳人，从此，凡·高为之神魂颠倒。凡·高生性怪僻，又不懂人情世故，不善于与人交往。但是爱情这种魔力往往是强大的，自从凡·高认识了尤金妮亚之后，就完全改变了他以往的个性，凡·高卷入了爱的旋涡中。

“涉世未深的凡·高公开承认，自己对尤金妮亚有爱慕之情。然而，尤金妮亚讨厌他发出的猛烈追求攻势。在凡·高向她求爱时，她坚决地拒绝了。事实上，尤金妮亚从未表示过对凡·高有任何的好感，只是他自己一直处于幻想中的恋爱状态，这段无疾而终的恋爱终于以失败告终。

“随后，痛苦不堪的凡·高离开伦敦，去了巴黎。1880年，在于画店工作的弟弟提奥的接济下，当时已二十七岁的凡·高去学画。绘画给凡·高带来了无尽的欢乐，让他暂时忘记了对尤金妮亚的思念。

“恰在第二年，凡·高回家探亲，见到了在他家里做客的刚成为寡妇的凯表姐。凯表姐热情而大方，她的美丽几乎使凡·高沉醉。凯是一个典型的荷兰女性，头发是深栗色的，蓝色的眼睛里闪动着迷人的光彩，丰满的嘴唇像含苞待放的花儿一样微微启开。

“这时，凡·高突然为尤金妮亚的拒绝而感到高兴。他觉得，自己过去的爱是那么的肤浅，尤金妮亚只是一个无知的孩子。凡·高深信不疑的一点是，和凯表姐相处，要比跟尤金妮亚待在一起有价值得多。然而，在19世纪的荷兰，和表亲结婚是一个严重的社会禁忌。而且，让凡·高伤心的是，凯对他几乎也没有任何兴趣。凡·高终于忍不住向凯吐露了自己的心声，但是，听到凡·高表白的凯很愤恨地离开了。

“尽管遭到凯表姐无情的拒绝让凡·高伤心不已，但他仍然勇敢地决定去舅舅家找凯表姐。舅舅见是凡·高，连大门都不给他开。舅舅反复告诉他，凯不在家。偏执的凡·高为了见到表姐，竟然拿来一盏煤油灯，把自己的手放在煤油灯的火苗上，对舅舅说，我的手放在灯上多久，您就让我见她多久。舅舅见状，迅速将灯吹灭，并把他带到附近的一个酒吧，将他灌醉。然而，喝醉酒后的凡·高仍然没能见到表姐，只是得到了舅舅更强硬的回答是，你永远不可能和她在一起！

“在经历了两次爱情的挫折后，凡·高把更多的精力放在了画画上。赶巧了，有一次，在画素描时，凡·高认识了曾做过妓女的克里斯蒂娜。从那儿以后，两人你来我往，感觉很投机。每次，克里斯蒂娜下班之后，就给凡·高当模特儿，有时还为他做菜、烧饭、洗衣服。这些举动让凡·高体会到家的温暖，让他萌生了结婚的念头。不久以后，两个人就在一起了。

“对凡·高而言，克里斯蒂娜有着令人崇敬的品质，和克里斯蒂娜在一起，使他增强了信心和力量。凡·高不希望只是把克里斯蒂娜当作自己的情妇，他要和克里斯蒂娜结婚，共同生活，彼此爱护。能有一个和睦幸福的家庭，就算再辛苦，凡·高也觉得快乐。克里斯蒂娜也想尽量做一个贤妻良母。

“尽管外人对他们指指点点，但两个相爱的人义无反顾地决定：当凡·高每月能赚到150法郎时就结婚。然而，克里斯蒂娜在当妓女时把身体给弄垮了，她虚弱的身子需要大量的营养品。而对绘画近乎痴迷的凡·高，把大量的钱花在了买颜料和雇模特上，这一切使得克里斯蒂娜心疼不已，两人的矛盾日渐加深。最终，由于凡·高无法赚到150法郎的月薪，他与克里斯蒂娜彻底断绝了关系，结束了自己的第三段爱情……”

前边又遇红灯，万师傅使劲儿踩刹车，又鼻子不是鼻子脸不是脸地冒北京脏话。木草这才不讲了，坐在座位上喝口水。

北京西城区有一个柳荫街很著名。旅游团要参观的恭王府就坐落在这条街上。

这里白天的确很热闹。有身着对襟衣服的黄包车夫，叮叮当当地按着铃铛在人群中穿梭，像个胡同串子似的忙着拉活挣钱；有来自五湖四海的游人，他们在路旁和小商贩讨价还价；有附近骑车走路的市民，他们因为密密麻麻的游客堵着路口而发几句牢骚。

万师傅已经把车停在离恭王府八百丈远的地方，他生怕车停得太靠里面开不出来。万师傅翻着白眼，打开车门，没好气地冲木草嚷嚷，怎么着啊？你还不下车？还想瞎讲啊？一会恭王府就要关门了，你怎么还磨蹭，第一次来还不知道排队的事儿吧？快去啊！排队！你都快把我讲疯了，你是纯大仙！说完，他懒得搭理木草和游客，去擦车玻璃。

擦了两下，万师傅看了一眼走远的一团人，呸了一口，骂，一个疯子，带着一群傻子，举着一个旗子，挣钱？挣个蛋！看别人挣钱吧……

木草带队向前走，她仍然在和这一车游客高谈阔论，谈及凡·高的自杀之谜。

中年领导积极地跟大家说：关于凡·高自杀的原因，始终存在争论。我个人认为，凡·高的自杀并不只是由于精神问题。《乌鸦群飞的麦田》等作品绝对是画家在极其清醒的状态下画的，但这些画暗示了凡·高的死亡却是明显的。听说，当时，凡·高像往常一样，拿着写生工具，从旅馆走出来，但是他怀里藏着一把借口赶走乌鸦而借来的手枪。一个农民刚好走过麦田小道，还听到凡·高嘴里嘟囔着：没办法了，没办法了……凡·高走进麦穗摇摆的麦田，开枪打了自己的肚子。第二天早上，在提奥的看护中，凡·高安静地离开了人世。凡·高去世后，人们从他的衣服口袋里发现一封写给提奥的信。凡·高写了很多，我记不住了……

木草一脸的哀思，那样子好像凡·高是她的亲友，刚刚离世。

中年领导补充说，对了，凡·高生前卖出的唯一一幅油画《红色葡萄园》，在1890年被比利时画家安娜博赫以400法郎的价格买下，存于莫斯科。1987年，凡·高的一幅《向日葵》以3950万美元卖出。1998年凡·高的一幅没有胡子的自画像以7150万美元卖出。提奥在凡·高死后6个月也病逝了。提奥的遗体被葬在凡·高墓旁边。在教堂四周的麦田里，可以看见凡·高兄弟两人的坟墓，这是亲如手足的兄弟呢。

那个中年领导也很熟悉凡·高，看来不是等闲之辈。木草听完他上述的话，心里想。

一队人在没完没了的讨论中挨近了大门。 木草刚往里进 ，被门口把门的截住。木草一愣，问，怎么回事？看门的说，下班时间到了，新导游吧？你导游咋还没有时间概念，早来十分钟就可以，现在，票都不卖了。木草央求说，求求你，游客想参观一下，放我们进去吧，我买票去。看门的说，你没看到？售票窗口都关了。明天再来吧。

游客们正在兴头上，有的说，多花点钱也行，让我们进去看看吧。有的说，是的呀，明天我们就没时间了。中年领导最后说，算了，算了，以后再来看吧。谢谢木导给我们讲解带来的快乐，真的，在门外感受一下，也不错呀。来来，我们照张相。

一群人虽说没参观到，但还是快乐着，在大门口摆着各种姿势拍照。

半个小时之后，木草带着一队游客找到万师傅的车。万师傅在车下正跟一个司机倒苦水，责骂木草呢。一看，他们回来了，心里没了底，就问，这么快？不是吧，真没赶上时间？木草失望地说，是，晚了几分钟，没进去。万师傅一听就蹿火了，你说？瞎了吧？你在车上净讲没用的。下车了，磨磨蹭蹭，还和客人聊呢。你不知道时间就是金钱啊？我看好了，跟你上团，比跟米虎，比跟出家的那个陈静依还倒霉！唉，好好的一个加点团，让你给带瞎了！

游客已经陆陆续续上车，万师傅仍在下面嘟囔，气得直骨碌手心里的核桃。旁边，几个挣了加点钱的司机笑着看热闹。瞧万师傅那样儿，木草也觉得有些难为情。她这才感觉到，自己的失误给司机带来了烦躁，她有点儿不安。

万师傅气呼呼地关上车门，开车直接把游客拉到宾馆吃晚餐。他放下客人，就给杨四姐打电话，告木草的状。

杨四姐正洗澡，突然手机响了。她光着个屁股出来接电话，窗帘子都没拉，顾不上拉。

刘万军听到动静从厨房走出来，甩甩刚洗完碗的手，边拽着窗帘，边叨咕说，咱可不上团，身体要紧。那得海让你带，你也别带。前一个团全陪都惹你生气了，气坏你，我咋办？咱不缺那点钱，你把儿子平平安安、顺顺利利地生下来就成了。宝贝儿啊，每个月我再给你多加三千块钱生活费……

一看显示的不是木草的手机号码，杨四姐说，不是那个小要命鬼儿的，是万师傅！他给我打电话干啥？你手机关了，他可能找不着你，就打我这来了。刘万军说，好像他和木草搭伙接团，不会有事儿吧？你接听啊。

杨四姐喊道，喂，小万，是你啊。什么事？万师傅说，你说话方便吗？我必须跟你说点事儿。杨四姐比画让刘万军别出声，她冲电话那头的万师傅说，就我自己，你说吧。是不是我外甥女带团出了啥情况？她？

万师傅心里搁不住事，添油加醋，情绪很激动地说，不是她还是谁啊？她带团还不如那个米虎听话呢，倔强得像头牛，气死我了！这也就是你外甥女，换成别人，我早骂了，早给她轰下车该干吗干吗。

杨四姐问，怎么回事啊？万师傅埋怨地说，四姐呀，你没教教她怎么讲吗？她什么也不会讲，还没有时间观念。这个破团基本是纯玩团，好不容易客人自己主动要加点，嘿，你外甥女就讲什么画家凡·高，车上讲还不算，走道儿也讲。结果，晚了十分钟，进不去景点，这笔钱没挣着。你说，哎呀，愁死我了。

杨四姐听完，喘了口粗气。她安慰万师傅说，兄弟，你看你刘哥和我面子，这次就算了。回头，我让你刘哥把车费钱给你涨涨。我这个外甥女呀，我跟她可操心了，这犊子是个书呆子，又刚进这行儿，你就多担待点，等以后我好好教教她。

万师傅说，她在车上，哪是一个导游啊？嗨，整个一个导师！这和挂羊头卖狗肉有什么区别呀？都把我这个没文化的快给讲疯了！你外甥女木草讲的也不知道是哪国一个画家，那个？对，什么凡·高，他割下自己的一只耳朵，最后进了疯人院。这，这都哪跟哪呀？瞎说胡讲一通！她还讲，说那个画家包着耳朵，给自己画了一张自画像呢，这不神经病吗？哎呀，气死我了，木草和车上几个精神病说一个神经病，说得那叫一个热火朝天。你说，有功夫不讲购物店、不讲果脯、不讲"轴"、不讲烤鸭，你说她讲人家外国玩意儿干啥？咱们又不卖，也没钱可挣，这不瞎掰吗……

刘万军支棱着耳朵听万师傅发牢骚，忍不住笑。

杨四姐瞪了刘万军一眼，继续听万师傅叨叨。

万师傅越说语速越快，他说，你外甥女净挑没用的讲，这份钱没挣着，也就算了。唉，更让我看不过去的还有呢。就她带这帮客人是当小官的，有文化也有钱，在车上回宾馆的时候，眼看着一个领导给木草小费，大约有五百吧。说什么，她也不收。你说，她怎么想的？收小费是应该的，拉外团司机都有小费挣，现在国内团也能挣小费啊。人家上赶着给，她不要。哎呀，你没看你外甥女讲那个画家，那个亢奋劲儿啊，激动得都快哭了。四姐，你说，一个把自己耳朵割下来，妓女不稀罕的家伙，她至于在游客中讲演吗？整个一个导师啊，还哪里像导游的样子？简直是奇葩！

万师傅的确气得够呛，他把刚学来的一个另类词用在木草身上，发泄着极度的不满。

絮叨足足有半个小时，喘了一口气，万师傅又补充说，四姐呀，我可没遇到过这样的导游啊。那天在你家见面，也没发现你外甥女有什么异常啊？木草不怎么爱说话的呀，怎么竟说火星人说的话？告诉你四姐，你留意点吧，以后，你外甥女出什么毛病，可别说我没提醒过你。杨四姐说，好的，兄弟，你担待一下，她不懂的地方，你就告诉她。就说我说的，让她听你的！能者多劳，你就辛苦一下，和她把这个团带下来，回来我教训她，好吧？

万师傅告完状，这才消了火，回宾馆睡觉。

杨四姐摁着手机，想打电话骂木草这个白痴一通，好好教训她一番。刘万军抢过去，劝道，你傻呀？木草本来就是第一次带团，你训她一顿，肯定会影响她以后几天的工作。慢慢来，你着什么急？那个小万就这个毛病，最能挑导游的刺儿，事儿也多，臭毛病不少。听说，他挣了钱拼命去嫖去赌。明年我就不把他纳入车队了，哼，不跟他喘这份气。我现在都懒得理他，知道吗？后来潘新艳和我说，是小万这个王八羔子把我俩的事告诉她的。我都没问他，不愿撕破哥们儿这张脸，也没必要，自己家事自己摆平就得了。

杨四姐一手搂着刘万军的细脖子，一手指着他鼻子说，这事你又说了一遍，说无数遍了，摆平你自己家的事儿——离婚！痛快点啊，儿子可等不了，都好几个月了呢。刘万军鸡啄米似的说，是是是是，快了，这回真的快了。

刘万军把光溜溜的杨四姐抱到床上，俩人看电视，爱看的电视剧开始了……

生命在日子里发芽。杨四姐正全身心沉浸在幸福之中。杨四姐心里可比以前敞亮多了，她有了盼头。

小世界旅行社的团越来越多，可是，米虎所在的白鹭旅行社生意越来越惨淡，就连原来的老客户也不把团交给他们做了。计调华蕾跟何小宁都在电脑前盯着，他们甚至还把电话打到外地省市的组团社联系，人家只是问问价，然后说，你们白鹭旅行社太黑，价格高，我们没办法继续合作。

眼下，白鹭旅行社老板周树军正在医院做着心脏搭桥手术，基本顾不上旅行社。社里只有几个专职导游有团带。这种现状，令新毕业从事这个行业的大学生华蕾压力倍增。她显得有些焦躁，皱着眉头，使劲快速地敲打着键盘……

滕曼不到万不得已，不会和米虎在一起。

米虎一天天盼着滕姐的电话。可是，滕曼又有了新人，是外地一个三十多岁的旅行社老总。那个老总有空就开车进京和滕曼约会。于是，像只饿狼一样的米虎，又开始在女游客当中解决他的实质性问题。

今天，米虎正带团在天安门广场上等待参观毛主席纪念堂的游客。哈！他突然发现了前几天来北京的四川全陪。那个全陪和冷雪君在正阳门前边的灯柱子底下坐着说话。董晓冉也和一个女孩站在那儿。旁边是游客的一堆东西。她们先来的，都看见了米虎刚到。米虎过来和她们打招呼。咦？你怎么又来了？你们社这次和小世界旅行社做团了？米虎奇怪地问那个小全陪。全陪说，是的呀，他们社比你们社收价低，我们四川好几家社都和他们做了。明摆着，哪个社不希望利润更大呀，是不是？冷雪君说，呦，米虎你认识我的全陪？你在白鹭干得不错啊！嗨，哪都一样，挣钱就好好干。唉，现在小世界旅行社人头费可高了。冷雪君瞅了瞅董晓冉，又说，哎，你这个团是多少人头费？董晓冉说，好像二十吧。具体还不知道呢，听计调叶文说，第一次和河南这家社做，新开发的客户，团款走的时候结清。

冷雪君说，旅行社疯了？！现在荷兰团（河南团）、阿拉团（上海团）也开始要人头费？！过去不要人头费都没人愿意带的破团！川团（四川团）、广团（广东团）、老表团（江西团）这些大饼团（团质好的意思）人头费太高，钱都让社里挣了。唉，导游白干不说，还要分钱给司机和全陪，真是难活了。

河南那个小全陪拿着一瓶营养快线喝着，也不说话。外地全陪们一看到像冷雪君这样的北京导游，就从心里打怵。

刚给冷雪君点着烟，米虎就看见向小强跟胡连成也带着队伍往这边走。他俩边走边用喇叭叫喊，让游客记好集合地点和时间。游客们放下包儿和水壶、雨伞之类的东西，就一窝蜂似的拖家带口跑着排队，去瞻仰毛主席遗容了。

胡连成冲向小强努努嘴说，你看，你同学董晓冉又和米虎在一起呢。我早跟你说了，这个导游圈里，别管男的女的，到时候都得变，你还不信。董晓冉喊了一声，向小强！到这边来！

米虎和胡连成打了一下招呼，就和他的全陪商量着加点的事情，远离了胡连成。

向小强问董晓冉这个团好不好带，司机对她态度好不好，说他车上的司机素质很差，小全陪也很鸡贼。向小强还说，这次和胡连成一起又带山东自驾车团，幸好，有师父胡连成，否则，他们会挤对自己。看胡连成和冷雪君在一边抽烟闲聊，董晓冉就对向小强说，你离胡连成远点。他那人挺坏的，别以为他是在帮助你，胡连成只是往自己口袋划拉钱罢了。你自己遇事儿要多想想，胡连成肚子里竟是些花花肠子。

向小强对董晓冉刚刚快熄灭的爱慕之火，被她的几句嘱咐话弄得又剧烈地燃烧起来。向小强心想，这样的女孩子，怎么就不爱自己呢？也许铁杵能磨成针。他特别希望有一天奇迹发生在自己身上。

胡连成斜眯眼看着冷雪君，抖着腿说，你还没男朋友啊？整天穿着“缺斤短两”的衣服招人，看我成不成啊？冷雪君说，一边去！一边去！你不是有女朋友吗？胡连成说，没意思，我妈也看不上，我那女朋友是外地的，到现在只是同居玩玩而已。冷雪君呸了他一口，说，你这德行，没戏。这辈子，我不想拴在哪个男人身上，不值。自己一个人潇洒自在，一个人照样吃香喝辣。

冷雪君仰起高傲的头，吐着烟圈，小嘴一张一合的。

胡连成心想，高傲个屁，以为我稀罕你呢？只不过想尝你一次。哼，游客能尝，我怎么就不成？胡连成吸了一下鼻子，寻思找机会把冷雪君弄到手，哪怕一次也好。

冷雪君接到吴瑕的一条信息。吴瑕告诉冷雪君，还有一个团，要她送这个团顺便就在西客站接。

冷雪君看完说，小世界旅行社负团价接团，看来真有效果，旅游团都连上了。胡连成说，可不是吗，那得海这个老姜就是辣，市场都让他和滕曼拉拢过来了。冷雪君说，滕曼天天在外面跑，那得海也真想得开。胡连成说，有吴瑕在呢，他有什么想不开的？要我我也想得开。谁不知道，没有这俩能干的女人，那得海也发展不到今天。这年头啊，没听说吗，要想生活过得去，男人头上也得戴点绿！

冷雪君哈哈大笑，嘴都笑变形了。

胡连成看董晓冉和向小强在说话，米虎也不爱理他，瞅瞅几个外地全陪都在低头按着手机，他就凑到冷雪君耳边说，你看，他们这帮傻瓜，全是外地的，一个个还挺硬气。我压根就不爱搭理他们。君姐，要说啊，还是我们有共同语言。冷雪君推着胡连成贴过来的脑袋说，去去，就想吃女人豆腐，烦死人！什么君姐啊，你比我大，滚！有本事拿钱来！拿钱，晚上我就找你去。胡连成说，姐姐，谈钱多俗气啊，我们只谈感情。冷雪君骂道，没钱谈什么感情？现在不是流行一句话叫：谈感情伤钱，谈钱伤感情。我宁愿伤感情也谈钱！

冷雪君狠狠瞪了胡连成好几眼。

看全陪引导先回来的游客从纪念堂后门走来，胡连成和冷雪君的闲聊被迫终止。胡连成接着去逗引自己团里的小全陪，冷雪君又继续跟男游客聊着与挣钱有关的话题。

琢磨来琢磨去，米虎还是给办公室的华蕾打了电话。米虎说，华蕾，我在广场呢，知道吗，不远处，你同学向小强和董晓冉都在带团，他们团的全陪我几乎都认识，原来和咱们走过团。好像他们说小世界旅行社价格比我们低很多，所以咱们社的团都跑了，你们看怎么办？我是背着他们打的电话。华蕾说，好，米虎，我们知道了。嗯，谢谢你，导游中就你最厚道，我们没看错你。米虎不好意思地说，没有，哪里啊，我，我……

米虎听华蕾这样评价自己，心里立刻就虚了起来，像做了贼一样。

米虎平时比较老实，游客和同事都喜欢他、信任他。他和女游客睡在一起这件事，除了已经出家的陈静依，始终没人察觉，目前还处于天知地知的阶段。

不难看出，四川团的小全陪很喜欢米虎，身前身后地不愿离开他半步。可米虎故意躲她，他不喜欢同行，更不喜欢小丫头，他喜欢成熟的女人。不喜欢全陪的原因，用他自己的话说，兔子还不吃窝边草呢。所以，米虎从不像胡连成一样，团团惦记和小全陪弄出点绯闻来。

此刻，米虎往后捋了捋菊花头，又开始留意一个皮肤较好、说话和善的比自己大的女游客。凭自己的经验，米虎断定，这女人定是一个刚刚离异的人。

董晓冉带的这个团，最后一天走颐和园。

颐和园虽然没有承德避暑山庄面积大，但它堪称世界上最美的皇家园林。这里山水相依，风景秀丽。逛颐和园需要半天，但旅行社一般规定参观两个小时，往往随团来的外地游客都赶集一样，匆匆忙忙。

景区讲解完毕，董晓冉看了看表，这次时间还早，因此，有一半游客和全陪要求自由活动半个小时。董晓冉也就同意了他们的要求，重新规定集合时间。这会儿，跑到十七孔桥那里的人还没回来，有的人在东宫门里边找地方坐着或继续转，有的人在东宫门外拍照，也有的买食品吃。董晓冉在大门外靠左侧找了一块空地也坐下，她需要歇歇走疼的双脚，顺便把导游旗收了起来。

东宫门外黑车挺多，轿车、三轮车样样具备。车身上面还用歪歪扭扭的汉字写着能到达的旅游景点。一些逛完颐和园走出来的散客，被黑车司机们拉着、拽着、劝着。卖北京纪念品和颐和园明信片的小贩们，个个贼眉鼠眼地躲避城管和颐和园管理处的人，他们痴心不改的劲头令游客都不好意思脱身，他们死乞白赖地拉散客兜售商品，不追踪你十步八步的，绝不善罢甘休。

董晓冉亲眼所见，有一家四口人，本来是准备去圆明园的，但几个黑车师傅都说圆明园在建博物馆，现在看不到什么，被烧得剩下一堆烂石头，没什么好看的。司机师傅们伶牙俐齿，巧舌如簧，拼了命地给散客们介绍北京城各个景点。这么说吧，凡是他们能拿回扣能挣钱的，都舍得费自己的舌头。黑车师傅们强烈推荐散客去附近的海底世界、万寿寺和中央电视塔等地方，并且说包车只要十元钱。这些地方也是旅行社的目标之一，看来，黑车司机也干起了旅行社和导游的活儿，也懂提供套餐挣钱呢。董晓冉心里暗想。

一拨拨散客随黑车司机往车门走，董晓冉看到这些，真想上前揭发，也很想警告外地人，黑车不能坐，千万不要相信特别热情的司机，百分之八九十有问题。可她又一想，自己有什么资格反对那些黑车司机干的勾当呢？

有的司机嗓门很大，对散客说恭王府是个好地方，与皇帝的宫殿相比较，老百姓更爱看和珅住过的地方。里面暗藏玄机哦，到那儿可以看到不同形状的窗户，里面是相对应的宝物啊。和珅家右边柱子上的是蝙蝠，在和大人的万福园有九千九百九十九只蝙蝠，还有后来被周总理发现的康熙帝的一副“福”字，正好万福。和珅的后花园也很别致呢，比御花园都好看不知多少倍。你们去那儿吧，可好玩了，我带你们去！走吧！几个散客禁不住劝，就这样被黑车司机们拉走了，不知去向。

在门口近一个小时等待中，董晓冉看到了一个接一个扛着导游旗的导游们，无论汉语导游，还是外语导游，个个说得口干舌燥。走出来的游客们一堆一堆的，或坐或站聊着天。门口游走的小商贩们和黑车司机们看样子都很熟，他们一有闲空也互相聊。董晓冉听到了一些人的对话。

没拉着活的黑车司机们看着东宫门的广场，对穿着暴露和扛导游旗的女人们色眯眯地瞧瞧，接着指手画脚。他们聊得很欢，说法基本一致，还不停地嘎嘎乐。

他们说女导游跟司机那啥，说女导游跟客人那啥。更神的是，一个黑车司机指着董晓冉都没看到的冷雪君说，那个女导游经常晚上“接待”男游客。

听不远处那个黑大个儿这么了解冷雪君，董晓冉不禁吓出一身冷汗，这家伙竟然说得有鼻子有眼儿。

一个问，你是怎么知道的？他回答说，她经常打我的车，晚上和男人出去，她不管不顾，和人在我车里都不老实。当然啦，给我车钱很高，我还有她电话号码呢，说不定今晚她还会用我的车。

另一个小商贩说，有好几个原来在颐和园门口做小生意的朋友都做导游去了，这行挣钱，真挣钱。导游什么事都干得出来，比你们黑车还黑呢，尤其是女导游。我告诉你们，那些正规的导游啊，搞不好导游才是人家的副业呢。什么黑导白导，大部分导游都这样，颐和园那帮黑导抓也抓不完，都一样，都和男人睡。嗨，不信你们上网查一下，网上说什么的都有，可好玩了。

还有一个人说，我亲眼见颐和园里的黑导们有空就掏钱数数，瞧！那个黑导又拉一拨游客进颐和园了，他们收联票的钱，其实就走湖边，里边的小景点一个也不进。你们快看！扛旗的那个正规男导游直接收游客不知道什么钱，没一个好东西……

董晓冉想大叫一声，让他们住嘴，不要说导游没好东西了。她想哭了，不管这个脏水一样的故事是从什么时候开始风传的，不管这个脏水的起始是什么样的事件。旅游行业会有这样的人，肯定会有，但怎么可能是大部分呢？自己堂堂旅游专业大学毕业生竟也被骂成不是好东西？这是一种多么大的羞辱！董晓冉现在知道导游陈静依为什么会跑进寺庙。

网上真的有人议论纷纷吗？真的如黑车司机们所说吗？董晓冉在手机上百度了一下“说说导游”四个字，一时间，在董晓冉的手机中挤出来很多帖子。

发帖者只有一个内容，就是说内部人员出来爆料，说导游都跟司机、客人如何如何。网上那些跟帖者的内容接着就越来越不堪。竟有人跟帖说，导游真这样啊？下次旅游我也试试。还有帖子说，早知道上次出去旅游叫那个小导游一起玩一夜了。

还有人跟帖说，哇，赶紧去旅游。

董晓冉想骂这些无聊的人，这些跟帖的人太坏，在网上发这些烂东西。

刚才用手机上网的那一瞬间，董晓冉在想：会不会网民们看过那些故事之后，真的这么想了呢？一旅游就想要把导游当小姐看，所以越来越不尊重导游，那么以后旅游圈将会走向何方？

作为一名高学历的新导游，董晓冉真的感觉很无奈。一想到上学时，书本上把导游划分为民间大使的行列，当时她是那么骄傲，可现实，有人把民间大使变成了挂职小姐！是导游自己把自己变的？还是这个行业？还是游客？她真的感觉是苦涩的无奈……

董晓冉仰脖喝了一点儿水，可由于讲解导游词过多，她的嗓子还是肿胀得疼起来。

董晓冉的手机响了，是华蕾打给她的。华蕾有一周没和董晓冉联系了，上次打电话还是问关于向小强和她之间的事情。

董晓冉接通电话问道，华蕾，给我打电话干吗？我正在颐和园东宫门门口难过呢。华蕾电话里说，嘻嘻，你往铜狮子这里看，我就在这儿。董晓冉感到意外，忙看过去，华蕾已经向她这里跑来。董晓冉站起来拍打华蕾说，你怎么在这儿？！难道旅行社忙不过来，你也带团了？华蕾说，不是，我刚从颐和园的听鹂馆餐厅出来，我们社派我给他们结账，另外重新和他们签一个合作合同。就知道你在难过，和你心有灵犀。晓冉，还为向小强追你心烦啊？也难怪，谁让你长得漂亮，风吹日晒也不见你变化，向小强能放下你吗？董晓冉说，我烦的是旅游里面的事儿，你没听到外面人怎么说这个行业的，就连黑车司机和小商贩都骂咱们导游呢。华蕾说，这有什么啊，林子大了什么鸟没有哇？人多的地方就会参差不齐，旅游也一样，任何行业都不可能没有污点吧。再说了，管别人干吗，别管这个圈子什么样，别的导游怎么样，我们也管不了啊，咱们说好了，永远做我们自己。

华蕾拉董晓冉坐在门口左侧台阶上。

坐稳当以后，董晓冉说，网上说什么的都有，我刚看到，既然有这种风传，自然会事出有因。唉，因为这种少之又少的因，几乎毁掉了一个职业，一定会波及整个旅游行业呢。华蕾说，咋？我发现你快成社会学家了，看你那样。嗨，社会学家！你先帮我调查一个事儿。董晓冉问华蕾，什么事儿？华蕾问，你们旅行社导游这次接团的地接社，是不是四川的黄鹂旅行社、河南的喜鹊旅行社、山东的猫头鹰旅行社、青海的啄木鸟旅行社？董晓冉说，好像是这几家旅行社。华蕾很生气，拍了一下大腿。然后愤愤不平地说，知道吗，这几家社是吴瑕他们挖了我们白鹭旅行社的墙脚。本来他们是和我们合作的，因为你们小世界旅行社负团费接团，把人头费压在你们导游身上了。这招够毒的，这几天我们白鹭旅行社冷冷清清，就几个导游上团。唉，市场都被像你们小世界旅行社这样的给搞乱了。看来，我们得想个办法了。董晓冉说，想什么办法，去找吴瑕算账？可别说我告诉你什么了，拜托，我还有押金在旅行社呢。华蕾笑了，说，紧张什么？我们旅行社不是流氓社，不会和他们一样。等我们经理病好了会有办法，说不定，你也会来我们白鹭旅行社。小世界旅行社对导游太狠，真的，来我们社吧。董晓冉说，我和他们签了一年的合同，还没到期。

期间，华蕾接了一个电话，是一个客户打来的。

董晓冉倒了倒鞋里的砂子，问放下电话的华蕾，哎，计调比导游好干？你在白鹭旅行社还好吧？至少比我轻松。华蕾说，什么呀，轻松？现在计调也很麻烦，外联也不容易。你知道吗，一出去，跟人家讲我是做旅游业的，人家立刻就只会说，哦，导游啊，我跟人家解释说，我是计调，旅游业有很多分工。别人就会好奇地问，真的吗？旅游有黑车，有黑导，有潜规则，是这样吗？你说烦不烦人？为什么，为什么会这样？还不是你们社里杨四姐说的那个冷雪君那样的人给搅和的呀？！董晓冉说，也许吧，一条鱼腥一锅汤。华蕾想起了什么，推推董晓冉，哎，哎，听说没？我听说国家旅游局近年打算改变考取导游资格证的报名资格，打算将学历提高到本科。或许啊，这真的是个能改善局面的方式呢。对，也让那些乱七八糟的人，少进来搅和旅游市场。董晓冉说，导游队伍学历提高有好处，可旅行社管理队伍不提高也没用啊？再说了，有学历的也未必就不搅和这个市场。反正导游最辛苦，工作也存在危险，收入还有争议。越来越难做，可还不是有一批批人选择它，将它当作自己的事业。比如你我，是不是人们常说的，上了这个贼船下不去了啊？华蕾说，嗯，下去不容易，改变一个人的想法是很难的，就像我们填志愿的时候选择了旅游，也像向小强喜欢你一样，这些都很难改变。

董晓冉静默。

华蕾敲了几下腿肚子又说，其实，不管是外界真的对旅游业有成见，还是跟着瞎起哄，要我说，还是有内幕。比如你们旅行社低价收团，这就是内幕啊。这就是一个或几个人犯错，所有人被贬的最严重的一个案例内幕。董晓冉长长叹口气，她的嗓子又疼了。华蕾拿出唇膏抹了抹干裂的嘴唇，然后对董晓冉又说，我这有金嗓子你含一片。董晓冉说，我吃了两盒了，根本不管用。华蕾说，唉，走向社会我才体会到，什么叫社会复杂。尤其是和那些管事儿的人谈签合同，别提多不容易了。计调有计调的苦，导游有导游的难。

华蕾把一粒金嗓子放到董晓冉的嘴里，俩人停顿了一会儿。

董晓冉忍不住又说话，她说，我们社有一个新导游夏小凡，你也认识，就是一起到杨四姐家吃饭的那个导游，昨天，她被游客打了一个嘴巴，吴瑕还让她给游客赔礼道歉。你说，再怎么着，打人的也是过错方啊！可为了旅行社的利益，吴瑕就这样处理问题，现在还把小夏给停团反省了。卑微的导游们，被羞辱后连个可以提供保障的组织都没有。华蕾说，都是你们旅行社大打价格战闹的。低价的恶性竞争造成吃、住、车各方面服务质量低下，行程安排不合理，购物时间太长，购物店又多。可游客丝毫不知道实际原因，只能把一腔怨气都发泄在导游身上。董晓冉说，可不是吗，导游直接面对游客的漫骂和指责，自己无能为力。不仅要忍气吞声，还要笑脸相迎。可旅行社这时却关心起游客的利益来，不管导游有没有错，只要有投诉，就是导游的错。

大学毕业的董晓冉也婆婆妈妈地絮叨起来。华蕾当了一回忠实的听众。

董晓冉掰着手里从地上捡的一个小树棍，边使劲往远处扔，边说道，管理者在作，老板在作，这个行业在作啊！他们却还都不知道。等送走这个团，我也在网上发个帖子，让越来越多的头脑清醒的人们来看看。董晓冉越说越激动，她也不知道今天怎么了，和同学华蕾聊了这么多，也许是和夏小凡被打还要给打人者赔礼道歉一事有关。

这时，河南全陪在门口喊，游人都回来了！董导，车在哪里？董晓冉这才站起来，拍拍裤子说，华蕾，不聊了，我的游客回来了，改天再聚。对，你帮我劝劝向小强，我真的对他没有那种感觉，拜托啊，有事电话或 QQ 上留言，再见……

董晓冉捏了捏疼痛的嗓子，说完，举着导游旗，带游客往停车场走去。

晚上，董晓冉坐在宾馆沙发上和全陪导游结账。

本来，俩人都已经核对好了，可河南小全陪骨碌了几下眼珠子说，我没现金了，卡里有钱，但这么晚了去取钱也不安全。你放心，明天你送我们上火车站之前，一定给你，没问题。这董晓冉听全陪这么一解释，觉得她说得不无道理，也就回自己房间睡觉了。

一切不像董晓冉想象的那样简单，一场麻烦正在悄悄向她逼近。

第二天，董晓冉送这团游客到火车站。旅游车拐进了火车站停车场，董晓冉心里惴惴不安，着急地和全陪要团款，还差两千二百块钱。全陪翻了脸，说道，你们安排的宾馆是准三星，我们社里跟客人签的是三星，这个钱我们旅行社计调说从尾款里面扣下，我们没账可结！董晓冉一听，傻了眼。不对啊，为什么入住的时候，你不和我反映？都已经旅游结束，你才说，这不是成心吗？住宿是旅行社签合同安排好的事儿，我导游按我行程单住宾馆。再说，客人也没挑出宾馆不好，你不能难为我，不给团款，我怎么向吴瑕交代？你快把钱给我结了吧……

全陪一面号召游客下车，一面和董晓冉要火车票，根本没有给结清两千二的意思。

董晓冉彻底慌了手脚，捂着装火车票的包儿，赶紧给吴瑕打电话。

吴瑕电话里骂道，你是笨猪啊？为什么昨晚不把钱要回来？干吗吃的你？哼，他们敢跟我来这手！你，你火车票先不要给游客，拦着他们，别让走！火车开车还有一个半小时呢，我马上和那总开车过去！

那得海来不及埋怨吴瑕，给人打电话说，小猫子，赶紧找些人到西客站南停车场，帮我堵住一拨河南人。全陪不结团款！要跑，哼，我还不信了，全陪还能拿钱跑了不成？快点，快快！电话那头的一个叫小猫子的人答应道，好的，那哥，放心，我们最多十分钟，马上到！

吴瑕和那得海开车出来了。

董晓冉带团以来，她还从未遇到过这类事情，这次她也是大意，信了全陪的话，觉得就两千多块钱，不是什么大事儿，早晚也会给自己。这个团又没出现问题，和全陪合作也比较愉快。可谁承想全陪会留一手呢？董晓冉怎么也没想到会是这样的结果。

河南全陪开始威胁董晓冉说，你把火车票给我，我们还等着赶火车，如果一车人走不了，产生的损失你负责！董晓冉着急地继续追着全陪要全款，好话也说尽了。俩人僵持着。过一会儿，全陪撒谎说，我们经理早跟你们吴瑕说好了，尾款我们回去后给你们汇过来，我身上没带那么多钱，宾馆的事还是让旅行社自己处理吧，你把火车票给我就行。董晓冉也弄不清楚到底是怎么回事，慌得急忙掏出手机再次给吴瑕打电话，她急促地问，吴总，你来了吗？到哪儿了？全陪不给钱，我真不知道怎么办了，游客也都炸了……

全陪有序地指挥着自己的游客。她不停地催促司机把行李厢打开，让游客拿好自己的东西，准备进站。直至现在，董晓冉终于明白全陪真的不会结款了。

游客们不明所以地看着两个导游在噘着嘴，他们也不知道具体发生了什么事儿，还在催促问火车票怎么还不发给自己。全陪到了这时候，已经顾不了那么多，直接过来抢董晓冉装火车票的包儿。董晓冉拼命地保护着火车票，两个人扭在一起。游客们仍然不清楚，他们怎么还不能进火车站检票。看两个导游抢包，他们过来拉架。

在这样一个现场，撕扯的是董晓冉和全陪，可受伤的应该是这一团的游客。他们迷糊地看着一出莫名其妙的戏，他们不明白，两天以来一直欢声笑语，仿佛相见恨晚的两位导游，怎么转眼间变成了仇敌？他们全都愣住了。

这时，全陪看着自己傻呵呵的游客，气愤地告诉他们说，票在董导手里！你们还想不想回家？帮我抢票！抢啊！这下，有几个游客急眼了，有的游客拿好自己的东西围住董晓冉。

司机关上行李厢，根本不管别人的事儿，开车去拉别的团队了。停车场只剩下董晓冉一个人。面对游客和全陪，她快崩溃了。

董晓冉不知道自己还能招架多久，更不知道怎么跟游客解释，何以张口。是说他们全陪不结钱要跑？还是说小世界旅行社没有按合同办事？说这些有用吗？解释光荣吗？此时此刻，董晓冉只希望吴瑕等人出现在站前的停车场，来救救她，截住全陪，让全陪把团款结清。董晓冉不想被游客包围，就这样把几天的功劳和产生的好感毁于一旦。可是，董晓冉失望了。

时间一分一秒地流逝，一拨拨旅客你来我往，并没有出现吴瑕的身影。眼看车站的时钟离开车时间越来越近，董晓冉心想，完了，要完蛋了！

游客也开始激动起来，动手帮着全陪抢董晓冉的包儿。他们怎能不着急拿到回家的火车票呢？董晓冉的衣扣儿、包带儿都被不同程度地损坏。她心里十分矛盾，不，应该说是万分矛盾。

在一声吆喝下，全陪和游客们住了手。只见三辆小轿车开了过来，满头大汗的那得海，以及一些怪模怪样的年轻男人们纷纷跳下车，冲了过来。接着，还有一辆警车也跟来了。那得海带来的人各个横眉怒目，恨不得把全陪给劈了。

警方当场调查，究竟孰是孰非，双方各执一词。吴瑕说，全陪在北京旅游结束，不把团款结清想赖账。吴瑕要求警察强迫她立即付清团款，否则甭想走人。而全陪说，是小世界旅行社错误在先，住的宾馆不合格。自己这么做，只是为了挽回一些损失，她也是在听他们老总的意思办事儿，并没有什么过错。那得海找来的一个男人一把将全陪推倒在地，骂起北京脏话。全陪直到这时才害怕起来。警察赶紧呵斥动手的那人，要求尽快协商解决，不要误了火车。

正在僵持不下的时候，一个河南老大爷领着自己四岁的小孙子，把董晓冉拉到一边说，孩子，你是个好姑娘，差啥不给俺们回家车票啊？也是，这些天也辛苦你了，没少关照我和小孙子，给你一百块钱小费吧。这钱，进商场我都没舍得买一只烤鸭呢。我穷，真的没有太多，只是一点心意，你收下。老人从裤兜子里掏出叠得平平整整的一张票子，往董晓冉兜里塞。董晓冉没有收这张比什么都重的票子。她的喉咙肿胀得不想说话，用肢体拒绝。小孙子用那双清澈的大眼睛看着董晓冉，一眨不眨，那眼光瞬间刺痛了董晓冉，董晓冉的眼泪顺流不止。

终于，董晓冉打开断了背带儿的包，把火车票一张一张发给了所有游客。游客们激动地抱着董晓冉，不停地说，谢谢，谢谢。董晓冉用沙哑的声音说，谢谢，该谢的是你们，我可爱的游客！董晓冉的嘴唇颤抖着。

吴瑕看董晓冉私自把火车票给了游客，训斥道，你疯了？团款还没给呢！谁叫你给票的？！董晓冉嗓子说话很吃力了，但她还是忍着疼，着急地说，吴总，还有四十分钟就要开车了，不管怎么样，游客的利益是我们导游应该维护的。良心最后告诉我，必须把票给他们。吴总，旅行社之间的事儿别算在游客身上，好吗？他们已经把钱交给河南组团社了，我们只能跟全陪和旅行社要，全陪的火车票在我这儿，她不结账可以不给她，等把事情解决完再让她走……

对方旅行社在和那得海协商，他们本来想占一点便宜，结果弄得很糟糕。游客渐渐指责全陪，让她把钱给留下。全陪最后迫于眼前的阵势，把剩下的钱一分不少地数给吴瑕。临走，吴瑕对董晓冉说，你看你，一点疏忽给社里带来多大麻烦！你拿着旅行社的奖金，就要把旅行社的利益放在第一位！以后，绝不可以出现这种纰漏！说完，吴瑕和那得海那帮人开车而去。

董晓冉看了看自己包包上被撕扯断了的背带，她从中间打了一个死结，然后挂在脖子前，一声不吭地帮游客提着包儿，带领所有游客快马加鞭地往检票口奔跑。人群中，董晓冉重新高高扛起导游旗，像个用肩扛起整个团队责任的战士，那面红色的导游旗，随风飘动……

清明前后，北京的天，总是阴沉沉的。树叶渐渐变绿，可小风吹在身上，还是叫人感觉有一种阴冷。

室内已经停了暖气，杨四姐在卧室里抱着一个暖水袋训斥着木草。木草在电脑前站着，低着头。

杨四姐说，你怎么没记性啊？带团总讲外国那个饭糕（凡·高）干啥？能吃是咋地？知不知道？两个司机都对你有意见，跟我投诉你。你嘚瑟个啥？这要是不看我面子，司机就直接打电话给旅行社，你就没有好烟抽！木草申辩说，那是艺术，我也没讲违法的，难道除了讲解景点之外，不应该讲点自己愿意讲的吗？这怎么了？杨四姐说，你说怎么了？！导游是挣钱的，不是导师专门给人上课！那烤鸭和果脯还有貔貅你咋不给游客讲？不知道吗，导游上团干活只有俩任务，一个是导游讲解，一个就是导购讲解。如果导游讲解不好，游客不满，就会直接破坏游客的心情，那还搁啥挣钱？导购讲解不好，那就会影响到旅行社的利润和你自己的饭碗！你脑袋让驴踢了？有毛病咋地？再者说，你有多傻吧，怕钱咬手是吧？客人给小费，你咋不要？别的导游都巴不得呢！游客一拨一拨的，你不知道过了这个村就没这个店了？

木草知道是万师傅告了状，不敢再吱声，她怕杨四姐生气影响身体。大部分时间，木草在一边闷着。

杨四姐看她那样就来气，逼她说话道，你瞅你烟不出火不进的，又哑巴了？装怂是吧？问你话呢？你怕钱咬手？给你钱你咋不要哇？木草这才嘟囔说，导游书上，书上说了，禁止导游要小费，那是违反导游政策法规的。这下，可把杨四姐给激怒了，她瞪着牛一样的眼珠子，气愤地摔着桌子上的一本书说，我叫你看书！又是书上书上，哼，你听蝲蝲蛄叫还不种粮食啦？你给我找找，现在就找找！书上哪一页哪一句写着，导游收小费违法？！啊？说违法那是说主动在游客屁股后追着要小费不行，那客人愿意给你的就不算违法！你说你，啊？你带两个纯玩团了，拿那一丁点儿导服费，够缴房租水电吗？你把小费拿回来交点电费也是好的呀。你这个小要命鬼儿，啊？成天回来你就鼓捣这破电脑，电表哇哇地走，你说，得用多少电？

杨四姐气急败坏地又和木草算起经济账。

看木草老实了，被训斥得一个字也说不出来，杨四姐才将怒火熄灭。杨四姐摸摸肚子，叹了一声，说道，哎呀妈呀，算了，你这个木头疙瘩一样的脑袋，我跟你整不明白。看来，我就是该你欠你的！小要命鬼，你听着，明天是清明节，你接的那个团是我和吴瑕给你要的。傻狍子，那是好团，来的可都是大款，是做生意的扬州大老板。我告诉你啊，购物、加点讲好了，肯定挣钱，至少能挣五本（五千块），还不算小费。

杨四姐伸出五个手指比画给木草看，木草眨巴着眼睛。

杨四姐看木草还不吭气，急眼了说道，我说话你听到没？哑巴了？当导师的本事哪去了？跟你说，傻子，这回再有游客给你小费你就拿着，不要白不要，听到没？你不要，拿回来给我，你个二百五的玩意儿！杨四姐瞪着木草，木草微微点头，捏着手指又不说话了。

刘万军这会儿给杨四姐来了电话。他电话里说，四姐，今天我和一个医院的朋友说好了，咱们去检查检查，我给他点钱，大夫还能帮我们看看到底是男孩还是女孩。杨四姐跟木草的气还没消，听刘万军说出这样的话，气就不打一处来，一股脑儿地撒在了刘万军身上。杨四姐骂道，你缺德不？缺大德了你！怎么，查出女孩还要我做掉？门儿都没有！刘万军，你个混蛋！你要害我！刘万军电话里说，你误会了，我不是那个意思，我想查查孩子和你是否正常，只是说顺便看看。得，你不看就拉倒，我听你的还不成吗？宝贝，看在儿子的分上就甭骂我了。别生气啊，哦，亲爱的，我又错了，原谅我吧。刘万军认错态度较好，杨四姐也就饶了他。刘万军告诉杨四姐，宝贝，一个小时以后开车过来接你，去我朋友开的一家医院做孕期检查……

听完他们的对话，木草对四姨和刘万军的整件事感到惴惴不安。看着露出得意微笑的杨四姐，木草脸上闪过一丝不自然。她想象不出过来人的想法，还想不通四姨的事儿。

木草想忍没忍住，走上前来说，四姨……我……我……我想那啥。杨四姐换上新买的宽松衣服说，我什么我？想说啥？别一个劲吞吞吐吐、支支吾吾的！改改你的慢性子行不？木草用手拽了拽脖子的高领口，并且咽了几口唾沫，才说，我想说，他还没离婚，你们将来怎么办？孩子生下来管谁叫妈？四姨，别再和他那种人继续下去了……

情感一片空白的木草想要彻底阻止四姨，她希望四姨和刘万军快刀斩乱麻。

木草想起《红楼梦》中的探春和赵姨娘的关系，不禁心生感慨。探春空有才志，却因为是赵姨娘所出，生出了多少难堪？探春的内心也承受着深深的伤痛，古代嫡庶之分甚为分明，何况今日法律规定一夫一妻……

杨四姐说，看来，人家万师傅说得对，你真是神经有问题了！我自个儿生的孩子，那当然管我叫妈，难道，还管潘新艳叫妈呀？傻狍子，不用你干涉我的事儿！木草坚决地说，四姨，你别自己毁自己，那个刘万军根本不值得你这样做，你不能再和他继续下去！早晚你会吃亏的！木草说着拿起书敲了一下桌子，她想敲醒四姨的美梦。杨四姐说，你想造反咋地？告诉你，别再管我的事儿！我告诉你八百遍了，你听清楚没？还有，你的心根本不在带团上，咋不知道钱重要？和你爹一个味儿，没一个好犊子！我看透了，你来世上就是为了要我姐一条命，你个要命鬼！再一次警告你，不要再闷头又坐那儿写你那些没用的，写那个玩意儿就是精神病！你脑袋让驴踢了咋地？

杨四姐的火又一次肆虐。

这个大女人杨四姐难以体会木草孤独与寂寞的小世界，木草的心在滴答着泪。木草难过于四姨根本不理解，自己一直在与自己的心灵对话，一直在试图让自己感悟的世界与人性在自己的笔下得以真实地呈现，而后有一种启明。这到底触犯了四姨什么？为什么自己拒绝了所有世俗诱惑，只遵守心灵的规约与引领，却遭到四姨如此坚决的反对？四姨甚至还上了瘾一般挖苦嘲笑写作？

执迷文学的木草心底的憋闷一时往心口上涌。

终于，木草她再也不能忍耐杨四姐一直以来的"强压"。木草顶撞说，不用你管我！你自己都没管好自己，凭什么还指责我的选择？你要是还和刘万军来往，就更别干涉我做什么！你和刘万军不会有好下场！我就要写，我还要狂热地写！木草像个精神病发作了的患者一样，头一次和杨四姐发脾气。杨四姐气呼呼地上来给了木草一个嘴巴，瞪着锃亮的眼珠子咬牙切齿地骂道，咋地，反了你，翅膀硬了？考下导游证能挣钱了是不？用你管我吗？你算老几呀？别以为我不敢打你，看不惯给我滚，现在就滚！木草捂着被打得火燎燎的脸，顿时，眼泪被四姨打骂了出来。

一老一少，两个女人有声和无言地对视、对峙，彼此感悟到：否认别人很简单，侮辱别人也很简单，只是改变一个人的想法实在很难！杨四姐和木草双方为了捍卫各自的立场，冲突就在这清明节的前一天降临了。两个截然不同的人，蓄积了已久的矛盾，就在这间刘万军出钱租来的房子里面互相撞击，火花四溅。

接着是木草执拗地哭，杨四姐固执地骂。这两个怪异的"天才"谁都不愿意屈服于她们各自的现实，放弃各自的梦想。杨四姐对木草的怒气和暴力在苦恼中逐渐升级，而这苦恼，恰恰来自于她们对人生的理解，对导游工作的态度，也来自于对情爱和生活的困惑。

骂累了，杨四姐一屁股坐在沙发上，闭着眼养精神，她准备第二回合的反攻。木草听四姨没动静了，抬头看四姨身子斜靠着沙发，右胳膊拄在沙发扶手上，眼睛被五根手指挡着，她就开始忏悔不该对可怜的四姨乱发火。杨四姐闭上眼睛，想起了很多很多。想到死去的姐姐，想到了年迈的母亲，想到刘万军一大家子人，想到了木草的不听话。杨四姐默默地往下咽着眼泪，没咽下去的那部分顺着脸爬下来……

木草看见四姨的眼泪和她已经鼓起来的肚子，心瞬间阵痛，她心疼得要死，找来毛巾给四姨擦眼泪，刚说了一声，四姨对不起，木草自己的眼泪又掉了出来。杨四姐被木草擦了一把眼泪，接着自己擤了一把鼻涕，对木草说，你以为我愿意这样吗？我下了多少次决心离开他，可是，可是我真的爱上了他！你？你哪里知道爱上一个人的滋味！你知道一个人漂着多痛苦吗？你冷静地为我想过吗？我现在已经算高龄产妇了，这孩子再不生下来，我这辈子就做不成母亲。你忍心眼瞅着你四姨这辈子断子绝孙？你希望吗？杨四姐咬着嘴唇，她的眼泪又像穿不起来的珠子，大颗大颗地滚落，然后消失。矛盾的木草搂着杨四姐，哽咽着说，四姨，别说了，四姨，我不希望，真的不希望……

一刻钟过后，刘万军敲门进来，高高兴兴地把杨四姐接走了。

剩下了木草一个人。很奇怪，不知怎么，木草坐在电脑前，什么也干不下去，就觉得整个人四分五落，两头三绪。

杨四姐躺在医务室的床上。

一个妇科大夫在她肚子上挤出一堆凉凉滑滑的东西，然后在她肚子上一边照啊，查啊，一边看着一台机器显示的医学信息。大约十分钟，大夫让她起来了。杨四姐穿好衣服问大夫什么情况。大夫告诉说胎儿发育得很好，让她平时多吃些有营养的东西，要保持心情舒畅，适当户外活动会更好。

一个认识刘万军的大夫往外送他俩。

杨四姐拿着检查结果看了半天，也没看出个所以然来。同刘万军并肩走的大夫笑着说，一切都非常好，刚才给你们做检查的小张告诉我，你们怀的是男孩。恭喜刘哥！刘万军惊喜万分，把大夫拉到一处背人的地方，掏出一个红包塞给他，那个人推脱几下，也就束手就范了。

杨四姐高兴得快要跳起来，紧紧抱着刘万军的胳膊，刘万军搂着她的虎背熊腰。两个人兴奋到了极点，商量商量就一起去买小孩子的衣物用品。

进了商场，他们直奔母婴区域。刘万军拿着购物筐，杨四姐往筐里选购婴儿用品，直到筐满了，刘万军才牵着杨四姐到收款台排队。

他们刚开车往回走，杨四姐的手机响了，是老家三叔的儿子华哥的号码。杨四姐突然有种不祥的感觉。华哥带着哭腔说，四妹子，我二娘病了，你赶紧回来吧，回来再说，电话也说不清楚。杨四姐大声叫道，华哥，我妈什么病？现在在哪儿？到底怎么回事？华哥说，你快回来吧，回来就知道了。刘万军靠边把车停下来，等杨四姐打电话。杨四姐疯了一样冲电话里说，华哥，你告诉我实话，我妈究竟怎么了？华哥禁不住就实话实说，嘴里终于蹦出几个字：二娘去世了！杨四姐手机滑落，眼前一片昏天黑地，然后，就妈呀妈呀地在车里哀号。

刘万军摇着杨四姐的头喊道，四姐，你冷静！现在，要做的是赶紧回东北。快，我送你先回家拿点东西，然后去火车站。杨四姐浑身筛糠一样，仿佛自己的身体已经散了架。刘万军看杨四姐的样子，叹了口气说，四姐，你一个人回去我不放心，我豁出去了，和你一起回东北，也帮你给老人处理一下后事。杨四姐听完，抱着刘万军大哭，说，我该怎么办啊？天啊！我不信，我妈不会走的啊……

刘万军架着杨四姐回到住处。

木草被四姨的样子吓蒙了。她不知道是不是胎儿出了问题？是不是他们一起出去被潘新艳抓个正着？俩女人当场又开战？木草过来问，四姨，怎么了你？究竟发生了什么事儿？快告诉我！告诉我啊！杨四姐说，木草，我妈，你姥姥，没了！没了！木草说，你胡说啥呀？我上周刚和姥姥通的电话。你疯了吧？怎么可以说这样的玩笑话？杨四姐哭着说，木草哇，这是真的。刚刚你华舅来电话告诉我的，赶紧给我把包拿来，我这就回东北！

木草的眼泪像小河一样流淌，她一趟趟去给杨四姐找包，包就在桌子上，她却不知道自己究竟给四姨找什么。

木草跺着脚哭，木草说，我也回去，四姨，我要见姥姥，我不相信，这？这不可能是真的！杨四姐说，傻子，这回是真的，你华舅说的，还有假吗？那，那你赶快打电话给旅行社请假，就说明天的团接不了，让旅行社换人，快点！

木草拿起手机颤抖着，勉强打通了小世界旅行社的电话。吴瑕回复说，木草啊，真没有办法，都已经安排好了，现在找不到导游，团明天早晨八点二十五就到北京。你四姨已经请假了，你不能再请假呀，社里没有一个空闲导游，全连着团呢。杨四姐忙着回东北，就对木草说，吴瑕不给假，你就别回去了，你刘叔和我一起去就行。唉，导游就这活，怎么挣钱都中，就是不能不接团。游客已经等这次旅游好长时间了，没导游怎么行？我不在，你把门千万锁好，去带团记住喽，自己长点心眼，要想着挣钱……

杨四姐嘱咐完木草，挺个大肚子，回东北给母亲奔丧了。

清明节，聚少离多的杨老太太和女儿杨四姐算是一起度过这个特殊节日了。

在东北一个叫大甸子的小村庄，杨家大门右边挂着椁头纸，以示邻里，老太太已经驾鹤西去。据当地传说，椁头纸一般用纸的张数，要比亡人在世的虚岁数多出两张，所谓天一张、地一张，用多出的两张纸来供养天地，体现“天人合一”的理念。

院内临时搭建了灵棚。灵棚大门朝向院门，灵棚左右白纸黑字地写着：阵阵清风吹拂醒先人大梦，滔滔江水洗不尽孝子哀情；毕生辛劳鞠育儿女成家业，功德圆满驾返瑶池列仙班。杨老太太的灵柩就停在院内，供亲友奠吊。

灵柩前的供桌上，除了蜡灯、香炉外，还摆放着两盘水果、三盘糕点、一杯酒、两盒香烟、一双筷子。供桌上面还用两小碗半生不熟的大米饭扣到一起，然后插上三根带棉球的筷子，除了以上这些，灵桌前面还摆放着杨老太太的遗像。

前来奔丧的亲友和邻里，有带纸的，有出份子钱的，还有给死者磕头的。为杨老太太守灵的侄子华哥，不停地陪前来奔丧者一起磕。三叔和三婶招待来吊唁的人，村里几个半拉老婆子和老太太安慰着三婶，叨叨着，来回来去那套话：这也太快了，说没就没了，急性心脏病真要命啊……

华哥算是杨四姐父亲在世时认下的“儿子”，华哥也一直照顾着没儿有女的二大爷和二娘。杨老太太咽气后是华哥给亲手穿上的寿衣，有衬衣、大衫、棉袄、棉裤等。杨四姐倒是新买来华丽装老衣和皮大衣，可村里有个红白喜事主持没让穿。按乡里规矩，有讲究的，说寿衣宜用素色，不许穿缎子衣服（怕断子绝孙）、花衣服（怕晚辈出花子，即乞丐）或有卍字图案的衣服（万字不出头，怕死者灵魂走不出去）。不许穿皮衣，可将一件旧衫搭在死者身上，以供招魂及施舍外鬼。所有寿衣都不带领子、带子，怕带领了晚辈人去。

已经僵硬的杨老太太口含铜钱、手拿打狗鞭子和打狗饽饽。三炷香、长明灯都点着了。杨四姐等人哭着叫着在一个灰色瓦盆里烧纸。华哥在房头烟囱下站板凳，背执扁担给杨老太太指路。他连叫三声，二娘，奔西南大路！阴光大道！杨四姐带头和亲戚们又开始焚纸大哭。

半夜十二点，开始了俗称“送盘缠”的仪式。

在宽敞的空地上，杨四姐和亲戚们烧杨老太太生前穿过、用过的衣服、被子、鞋帽等。接着，杨四姐烧纸做的车、牛、楼房、电视机等。一伙人哭号着向火中奔，以此挽留逝者，哭诉不舍。

杨四姐亲手烧纸牛。东北这里都传说，母亲死后，女儿一定要扎纸牛，替死者喝一辈子洗洗涮涮用掉的脏水。焚烧纸牛时，杨四姐声嘶力竭拍着纸牛嘱咐似的哭念道，小牛小牛你听说，我妈年轻孩子多，洗涮脏水你要喝……

刘万军的眼泪一时间也快止不住了，他强忍着咳嗽了一下。此时，刘万军更加担心杨四姐肚里的孩子。刘万军倒也勤勤恳恳，帮着这些农村人忙活，给所谓的丈母娘治丧，一心一意。

第二天早晨，开始入殓。

主持指挥杨四姐用棉花蘸酒为母亲净五官。她边擦边说，开眼光，亮堂堂；开耳光，听八方；开鼻光，闻味香；开嘴光，吃猪羊；开手光，拿宝箱；开脚光，走天堂。最后，杨四姐哭哭咧咧把春节从旅行社得到的奖品——送给母亲的那串珍珠项链，亲手给母亲戴在脖子上。开完光，亲友上前看死者最后一眼。瞻仰完遗容，就煞扣钉棺了。华哥在棺前跪着，亲属在棺两侧跪着。木匠高喊，孝子灵前跪，亲属两边排，一切准备好，杨老太太躲钉来！说完把事先准备好的寿钉一下钉住。钉左面，杨四姐叫喊，妈，你向右躲钉。钉右边时，杨四姐叫喊，妈，你向左躲钉。大家也跟着喊往右躲、往左躲。

随着“当当当”的封棺声，杨四姐的心在剧烈地破碎。一锤锤，仿佛重重地敲打在杨四姐的心头。杨四姐疼痛万分，她疼痛地哀号。可无论怎么哀号、尖叫，到最后，连母亲那张没了生气的脸都看不见了……

木匠已经钉上了棺盖。接下来，开始出殡。出殡时，还是华哥高举引魂幡，灵幡迎风招展。上写，金童前引路，玉女送西方。晚辈近亲属跪在灵车前，其他晚辈亲属跪在后面。杨四姐摔了丧盆后，灵车启动。领魂鸡呆呆地在棺椁上趴着，丢了魂儿似的。亲友们跟在后面哭。

灵柩用人抬，叫抬杠。坟地近的要用人抬，坟地远的中间可以用车拉，但离家和进坟地必须只用人抬。据说，这样既无车马惊动灵魂，也可表示孝子们的孝心和排场。杨老太太的坟地近，全程是八人抬杠。刘万军在前面，瘦小干枯的刘万军第一次干这种活，压得他直咧嘴。

执事人一路抛撒纸钱，鼓乐队奏哀乐，人们送着。杨四姐哭喊要去坟地，被三叔和三婶抱了回去。

由于刘万军事先出钱活动了一回相邻上下，人们揣着明白装着糊涂，说杨老太太已经火化而后入坟地的。顺利到了坟地，刘万军和华哥等人将棺放下，抽出杠子、兜子、绳子。孝子华哥跪祭，往墓穴中撒五谷，然后下葬。最后，华哥亲手放了领魂鸡，可领魂鸡就在杨老太太坟前不走……

当地有个风俗，送灵回来的人不能空口，所以到杨四姐家又都吃饭喝酒。刘万军陪着亲友，以杨四姐老公的名义。杨四姐通过这场大变故，更加依恋刘万军。

待给杨老太太圆完坟，烧完头七纸，杨四姐把其他事儿交给华哥处理，然后背上杨老太太生前一直跪拜的观音塑像回北京，这是木草电话嘱咐杨四姐带给她，留念想的。

回北京的路上，杨四姐才真正体悟到，清明节根本不是节。那条珍珠项链给母亲戴走了，留给杨四姐的将永远是子欲养而亲不待的泪滴……

小世界旅行社生意太火，致使导游不够用。也正因如此，木草没能回东北与姥姥见最后一面，因而悲伤难耐。接团的前一晚，是她过得最哀伤的夜晚。

木草那双哭疼了的眼睛闭着，脑子里闪动着一个个画面：东北那个大甸子村，那个给她装冻豆包、冻秋梨的人，那个车后边一副可怜兮兮望着她和四姨的人，嘱咐她凡事忍耐的人，那个被女儿和女儿的女儿遗弃在了那里的人，那位春节让她抚摸干瘪乳房、可怜她这个苦寻母爱的人，那个童年领她剜野菜、讲山神故事、讲民谣、唱民谣歌儿的人……历历在目的此情此景，让木草哭泣。

木草追悔为什么当年离开小村，离开日渐老去至今再也见不到、找不回的人?而此刻，木草再也无法释怀自己的悲恸，她靠在床头，只能用她的笔，带着悔恨的自己，去重返她的当年，走进她的小世界，让那份悔恨化为她的哀思，把一份替补母爱的爱铭刻在心，渗出血红的悼词。

天亮后，尽管木草也为旅行社的不近人情而气恼，可她还是尽到一个导游的职责，去按时带团。这是从江苏扬州来的客人，是当地工商联组织的，属于中层小商人，用导游的话说，算个小财团。

清明节的清早，北京就开始淅淅沥沥地下起小雨。木草接到二十三位游客时，还能微笑，她克制着自己的情绪，没有什么异常。

游客出了火车站，一眼看到亭亭玉立的木草，他们不禁为有这样的导游感到愉悦。在这团人眼中，扛导游旗的木草是一个自然、朴实无华的姑娘。到处乱飞的小商人们看腻了浓妆艳抹的女孩，他们想不到，北京之旅能有这等奇遇，尤其是三十多岁的领队，更是为之惊讶。他们当天的行程是走颐和园、圆明园，下午这些人要搞个聚会。司机开车往西走。

木草站在车前，拿起话筒，她努力想展示自己前两次带团的微笑，但是，木草这次怎么微笑都不自然。

她像老师给学生上地理课、历史课一样地讲道：

“现在，我来介绍一下北京概况。北京位于华北大平原的西北角，它东面是浩瀚的大海，南面是一马平川的华北平原，西面和北面是太行、燕山两大山脉，五条大河环绕。所以，古人说，这里是依山傍海，形胜甲天下，有金汤之固，万古帝王都。北京正是古人所说的风水宝地。由于北京特殊的地理位置，使它成为连接华北、东北和西北的交通枢纽，也成为农耕文明、狩猎文明和游牧文明的交汇之地。

“北京是一座拥有3000多年历史的古城，专家们说，北京最宝贵的地方就在于它的古老，而比世界上其他古都更为宝贵的是北京的历史从来没有中断过。在距今800多年前的1153年，北京成为当时地处北方的大金国的都城，到元代时，北京取代西安、南京等古都，成为全中国的政治中心，并一直延续至今。

“在北京旅游期间，我们主要接触的是明、清两朝的历史。1368年，朱元璋建立大明王朝，定都南京，50年后，他的儿子朱棣迁都北京。1644年，明朝灭亡，满族人建立的清朝继续以北京为首都。1949年，北京成为中华人民共和国的首都。

“北京面积是1.6万多平方公里，常住人口、流动人口以千万、百万计，是一个超大城市。这里属大陆性季风气候，四季分明，一年之中最适宜旅游的时间是春秋两季。

“北京交通十分发达。有民用机场两个，首都机场的 T3航站楼还是全球最大的单体航站楼。常用的民用火车站四个，刚扩建好的北京南站是全亚洲最大的火车站。环城路从二环到六环共五圈，其中五环、六环还是高速路；地铁和城铁四通八达。通往外省市的高速公路有11条，其中通往天津市的高速公路就有两条，车程仅需90分钟，自从有了高铁，往返北京和天津只需半个小时，把两大直辖市紧紧地联系在一起。

“我们在北京的旅游一共分为三大板块，第一个板块叫‘世界文化遗产游’，包括故宫、长城、十三陵、颐和园、天坛等，这几个景点属于世界文化遗产，来北京的所有旅游团都去，我们也去。第二个板块是车览景点，比如皇城根儿遗址公园、中央电视塔等，我们不下车，车子从那儿过的时候，我指给大家看并做介绍。第三个板块是自费景点。在我们的行程单上列了一大堆自费景点，我们的行程时间非常宽松，在北京有一天半的时间是空白的，所以大家可以自由选择几个喜欢的景点。

“在北京旅游涉及的历史主要是明、清两代。有几位著名的皇帝这几天我们会经常提到，比如明朝的永乐、景泰、崇祯，清朝的顺治、康熙、乾隆、嘉庆、溥仪，此外还会提到慈禧太后。

“乾隆不仅是位政治家，更是位生活家，生活极有品位。他在北京的西北大修园林，其中最著名的就是有‘万园之园’美称的圆明园。可惜，他的重孙子咸丰不争气，被八国联军火烧了圆明园。这段屈辱的历史很多人都不太了解，今天的圆明园虽是断壁残垣，但却是全中国唯一可以凭吊这段历史的地方。

“我们首先游览的是颐和园和圆明园，到了景点我会详细给大家讲解。前方拐弯上苏州桥，请大家扶好坐好。”

车上这一水的男游客，听木草讲解得很认真，就是枯燥乏味，幽默不足。他们旅游太想放松了，太想寻找快乐了，于是，他们趁木草喘口气的机会，争前恐后地和木草直接对话。

其中前面一个游客说，导游，我们想听笑话。美女，快给我们讲个笑话，我们不爱听课。木草还沉浸在姥姥去世的痛苦中，她怎么也讲不出笑话来。她说，对不起，我不会讲笑话，只讲景点。有人说，导游不讲笑话就不是好导游，我们见过的导游多了。领队说，导游啊，你说，我们来了，北京怎么下雨了呀？你也不讲笑话，雨也越来越大了，到颐和园怎么有心情玩好呢？木草被这一句一刺激，嘴角抽抽几下，眼圈红了。游客说，怎么？外面下小雨，你想下大雨啊？木草拿话筒说，朋友们，你们问我今天为什么下雨，因为，因为今天是个特殊的日子，也是我们怀念逝去亲人的日子，天能不下雨吗？在这里，我想起了那句“清明时节雨纷纷，路上行人欲断魂”。今天，我要感谢大家同我度过这难过的一天，其实，我心情很糟糕，因为今天是清明节。昨天夜里，我自己写了一篇短文，我读给你们听吧。游客有的发愣，有的鼓掌。

木草把在昨天夜里写的短文拿出来，对着稿纸，声情并茂地朗读起来：

清明：我们共有一种爱的忧伤

远在天涯的孩子行走在祭拜的路上。如随风一样的柳絮，如随波一般的浮萍，亦如空了心的稻草人。

我不知怎么来描绘，我一直无法释怀的悲伤疼痛。又遇清明节，便尽情弥漫。内心的秋沿着漫山遍野行走，春日没了太阳，对影成了三人。思念无边，岂止清明夜无眠！

日月轮转，却轮转不动人世间的悲恸！春浅寒浓，清风卷起了一份两隔的惆怅。即便拥抱春天，却也比不上姥姥身上的温暖；满眼生机，而再不能于坟前生成一个身影。追忆点滴，那身儿已化作袅袅青烟，而思念却不能随风而去……

春还未残，心已破碎。不知道姥姥那边有没有花谢花飞飞满天？糊饽饽鸟依旧啼叫叫个不休！蓝天、白云、大地、柳条筐、苣荬菜……却再无姥姥温柔的关怀，声声的呼唤都化成了凄凄的苍白。

我跪下忏悔我的不孝！百善孝为先！我质问自己，那年的誓言为何没有兑现，挖出心来看见的是伪善！

我这个不孝的子孙啊，为了看人间别样的风景，钻进高楼，逃离乡土，去寻找绚烂的人生，恰逢了一个又一个长久的悲哀；偶遇了一段又一段短暂的精彩，留下了空空两手。再回来时失去了日日夜夜盼望我的身影，剩下如皮肉无依无靠的我吞咽沉哀！我没有圆成梦，却在圆着坟，然后继续圆着命！

随清风伴浊泪，躺在你没了血液的身旁，肝肠寸断！你手捧米粥把我养活，你肩扛风尘把我养大。你的善良一直滋补我成长。

我于寒冬降生于人世，你缝好了柔软温暖的棉衣，布与心的包容。我常体弱多病，你流露出焦急的神情，白加黑地守护。我没长翅膀却随天空的大雁飞远，不忍离别却还是飞去。而你开始了遥遥无期的空巢等待！用回忆填补你无辜的空白！用空泪灼伤你干枯的双眼！最后一次想我那该是一种怎么样的寒冷难耐？！

一瓶酒，一包烟，一地泪。

泥土堆满丘，白花盛开，却闻不到半点香！嗅到的全是伤！点燃人间烟火，能否驱除地下你的寒凉？

心灵不能荒芜，而你坟前已是杂草丛生。黄花枯萎，碑文全无，我将怎样面对你抚育我七载的时光？唯有跪拜哭泣，提笔点滴以念亲恩，而提笔才醒悟，亲恩妙笔难书！

再一次点燃人间烟火，焚烧阴间纸钱……可我不知道：我烧多少纸钱，能买来同你一见？能换回你的温柔抚摸？能求回你的归途？

太阳就快落山，你是否又在风中泪眼为我送行？执着地安慰叮咛？不知何时我才能走出这滚滚红尘，穿越人世的风雨？经历了生离和死别，只求到我死后，黄泉路上我与你朝夕相处，不枉今生你是我的外祖母，亦是我心灵的归宿。而今，只能将一卷厚爱，伴一盏明灯，存入我孤独的心中。

卑微的生命在失败中潜行，我信：总有一天，在永远的故乡重逢……

木草读完自己写的短文，竟然在全车人面前泪流不止，一度情绪失控，她彻底忘了自己是导游。她的眼泪让一车做生意的人感到晦气，为此，游客们开始讨厌她，毫不客气地向计调吴瑕投诉，并要求第二天必须换导游。

吴瑕电话里问领队，究竟出了什么问题。男领队的理由是：往大了说，这个木导没有职业道德，意志不坚定，沉着但不够冷静。往小了说，木导不能给游客带来快乐，笑都像哭似的，讲解时自己几次痛哭不止。他带来的生意人忌讳这种事情。吴瑕听完明白了，答应给他们换导游。男领队电话里接着指责说，吴经理啊，你们小世界旅行社怎么搞的嘛，天在下雨，还弄个哭哭啼啼的导游，一点也不开心，明天必须换个精神正常的呀。吴瑕说，好的好的。吴瑕刚想放下电话，男领队又提示说，要找一个好导游，要个漂亮的，要委派和这个木导一样年轻、漂亮一些的哦，否则我们是不满意的嘞……

吴瑕想想木草把这个团搞得一塌糊涂，不禁将材料摔在桌子上。无奈，她让木草和董晓冉换团，董晓冉上这个扬州团，木草上董晓冉带的青海老年团。

的确，善意的聆听，可以抚慰伤痛。和木草交接的时候，董晓冉给了木草及时的鼓励和劝导。木草重新整理心情，继续工作。

旅行社组团部经理滕飞这几天比较郁闷。吴瑕对木草的惩罚令他很不满。滕飞给杨四姐打了两次电话，表面是慰问杨四姐，实际在关心木草。

杨四姐返回北京后，听说木草竟然让进嘴的鸭子飞了，没挣到钱不说，还遭到那帮“财神爷”的投诉。正处在失去母亲悲伤之中的杨四姐，越发希望这个恨铁不成钢的外甥女能早日成熟，能走上正轨。

刘万军这段时间的神秘失踪，潘新艳心知肚明。但潘新艳已经找不到杨四姐的住处，女儿不在家，她又不会弄电脑，查不到一点线索。这，让她坠入痛苦的深渊。

家里老辈儿都给潘新艳献计献策。有的劝潘新艳给刘万军时间，这个男人迟早会醒悟，玩够了就会回来。不承想，计划没有变化快，让潘新艳想不到的是，刘万军这几天中了邪一样，非要和她把离婚手续办了，说什么也不过了。不管父母怎么劝说都不行。

这会儿，刘万军坐在沙发上一根接一根地吸烟。

潘新艳哭着数落道，你这个没良心的，我一切都给了你，现在我老了，你找个年轻的把我一个人甩啦？你就这么对我？潘新艳说得嘴里起白沫。

刘万军说，说这些有啥用？咱俩的婚姻早就名存实亡，这你不是不清楚。看吧，到现在，还追着我找气生呢，这样过，还有意义吗？你如果同意离婚，家里财产都给你，我什么也不带，净身出户。我把协议找人写好了，给你，你在上面签字。明天是周一，我们去民政局，好聚好散，我不想走法院那条路，对你对我都不好。

潘新艳看着刘万军铺在桌子上的几页纸，说，你别做梦了！姓刘的，我把心都扒出来给你吃了，我一生的事业就是经营这个家，现在你想离婚？哼，我就是死，也不会同意离婚！不会成全你们！刘万军也绝情地说，现在你不离也得离，实在不行，我明天到法院起诉去。潘新艳站起来给了刘万军一个耳光，像只咆哮的母狮子一样吼道，行，你有种，你不是想离婚吗，除非我死了！刘万军，我最后一次问你，你坚持要离婚对吧？刘万军抹着嘴角被打破流出的血，斩钉截铁地告诉潘新艳，对！坚持离，我们早该结束了。潘新艳叫道，刘万军，你太绝情了！好，我让你们谁也别得好，我这回就让你，让你生不如死！你不是想离开我，忘了我吗？好，小子儿，我要让你记住我潘新艳一辈子！一辈子！

潘新艳把桌上的杯子、碗、缸子、壶摔个粉碎，满地都是。

看到潘新艳不依不饶的样儿，刘万军很窝火，他穿好鞋走出屋子，咣当一声把门撞上。他想自己清净清净。

刘万军料到潘新艳还会耍花招，再一次把姐姐和刚去姐姐家串门的父母找回来劝他，说不定，潘新艳还会把上大一的小女儿和工作了的大女儿也找回来，用女儿们拴住自己。这回，谁来劝，说什么也不好使，就是一个字，离。刘万军走着，想着。

现在，刘万军是“王八吃秤砣——铁了心”，尤其是杨四姐肚里的儿子一天天成形，很快就会来到他身边，来到这个已经到了知天命年龄的父亲身边。没有儿子，是刘万军多年以来的心病。也许是上天给了他这次机会，让杨四姐这个东北女人死心塌地地跟了他，眼下，又有了他们的儿子。这次和杨四姐回东北，对刘万军触动也不小。他越来越心疼杨四姐，尤其是杨老太太去世，杨四姐那一声声绝望悲凉的哀号，比什么都灵，让他刘万军最后下了决心和潘新艳离婚。刘万军要和杨四姐还有将要出生的儿子，相依到老。

晚上十一点多，刘万军一个人还在外面转悠呢。

刘万军继续下着决心，死活要结束和潘新艳的这段错误婚姻。同时，他也下决心像以前一样关心女儿们。如果潘新艳需要，他还会一如既往地照顾她，毕竟这么多年以来，潘新艳为家庭付出了全部，只是自己心里不再爱她，可还有一份亲情在里面。这也是刚才潘新艳打他、骂他，他不还口、不动手的原因。

心烦乱，就猛抽烟。刘万军的烟盒已空，他随手捏瘪了，扔在地上。这当口，杨四姐的电话又追来了。

刘万军说，大美妞儿，咋还没睡？身体感觉怎么样？今天吃水果喝牛奶没？杨四姐直截了当地说，睡个屁，我想你，非常想，睡不着。刘万军说，要吃好休息好，我要你给我生个水灵灵白胖胖的儿子，听到没？杨四姐温柔了许多，对刘万军说，嗳，你在哪呢？潘新艳没在你身边？你们办没办利索啊？你不是说，谈好了，就差签字办手续了吗？我和儿子等不了了啊。嗳，你要是再不离，还骗我，我就饭也不吃，水也不喝，绝食饿死你儿子，你看着！刘万军说，宝贝哦，我怕你还不成？你知道我有多爱你？别干傻事儿哈！唉，你们女人个个都是烈女！

刘万军一阵叹气，杨四姐一阵痛快地笑。

过了一会儿，刘万军说了实话，四姐，你好好听话，别让我再着急上火，好吗？你不知道，我们刚才又吵了一架，我把协议给她放桌上了。前几天潘新艳说考虑考虑，今天不知怎么又反悔。我告诉她了，明天周一，我和她一起去民政局办手续，办完事，下午我去你那儿。杨四姐说，老公，那我好好给你做一顿饭吃。刘万军忙说，我可舍不得你干活。宝贝，你不用准备，我们一起去饭店吃，你不是说馋全聚德烤鸭了吗？明天就给你解解馋，木草没上团就一起去。

一提木草，杨四姐又有气了，骂道，哼，别管她，我们俩去吃就行。傻狍子今天刚下团，在那屋睡觉呢，还不知道她明天去不去旅行社报账。最近经理主动约木草好几次了，不知道这个傻瓜怎么想的。刘万军惊诧地问，哪个经理？那得海那个老鬼呀？你又图钱？！杨四姐说，想哪儿去了？是滕飞！哼，木草还不愿意。她告诉我说，不喜欢滕飞，理由是滕飞不懂李白的诗。你听听，哎呀妈呀，这不是一个精神病二百五是啥？好了，不说她了。那你今晚怎么过？要不，打车来我这儿？刘万军说，到你那儿天都亮了，算啦，我明天和她办完离婚证，下午过去，你等我。好，挂吧，我快进门了……

刘万军回到家，他先把地上的烂摊子收拾了一下，看潘新艳的房门关着，他自己去了女儿房间。刘万军不想惊动潘新艳，怕她再一次和他闹腾。

放下手机，杨四姐做了个胜利的手势，然后，她四仰八叉地躺在大床上，偷着乐。

好几天没有像马道婆那样扎那个布偶，也没念那种咒语了，杨四姐突然想起来。于是，她走近柜子打开锁，把写着潘新艳三个字的布偶娃娃拿出来。杨四姐指着她的鼻子自言自语地说，你占有刘万军这么些年，知足吧，赶紧还给我，把孩子他爸还给我！说着说着，杨四姐笑了。

杨四姐刚想用针刺她，又停住了手，心想，对啊，他们明天就离婚，潘新艳和我没有半点关系了，是手下败将，我干吗还咒她死呢？算了，我只想让她离开刘万军，她死活再也碍不着我的事。想到这儿，她把针和布偶一起扔进了垃圾桶。

杨四姐知道，明天，就是一个新的开始。

第二天早晨，刘万军起床去洗手间，洗漱完后，潘新艳那屋还是没动静。

往常，潘新艳不是在厨房，就是在他们的大院子里忙忙叨叨，今个儿却没了动静。刘万军猜想，潘新艳不想去办手续，故意不与自己照面，想拖延时间。

抽了一根烟，刘万军站起来又去催她，边敲门边喊道，潘新艳，起床没？走啊，早晚也这么回事，趁早吧。起来呀，我们到外面吃点东西，然后去昌平民政局。敲了半天，潘新艳也不言语，就是不开门。这下，刘万军着急了，猛然，他有了一种不祥之感。

刘万军几脚把门踹开，顿时，屋里的情景让他不寒而栗。

潘新艳躺在床上，穿得整整齐齐，脸色苍白、全身冒汗，不停地抽搐，嘴边吐着白沫。地下有一个白色的小塑料瓶，红色盖子被打开，上面写着“敌百虫”三个字。坏了！这是潘新艳给自己家那块菜地用的农药！

刘万军抱着她叫喊，潘新艳！潘新艳！你不要命了！你喝了多少啊？祖宗哎！我惹不起啊，女人急了都是烈女啊……

潘新艳四肢冰凉，大腿震颤特别明显，大小便失禁。此刻，潘新艳神志清楚，喘息着说，我死后，就不用离婚了，小子儿，我要让你活着不踏实，时时刻刻记着我……你……你欠我命！男人们的心真狠呐……我用我的命在爱你，你都不稀罕我……

看着潘新艳痛苦的表情，刘万军的心第一次为她受不了，眼泪淌得哪哪都是。他不知道怎么和老婆解释，他赶紧用颤抖的手打了120。

刘万军不敢怠慢，火速把潘新艳送往医院。大夫对刘万军说，鉴于以往用导管法洗胃对抢救重症中毒有失败的教训，考虑用胃造瘘洗胃法。大夫要刘万军签字。刘万军祈求大夫无论如何救活老婆。女大夫知道是两口子吵架，导致女患者喝了毒药，大夫没忘抢白刘万军一顿。刘万军的女儿和他的姐姐也赶到了医院。刘万军面对她们只有低头认罪的份儿。

经过心肺复苏、药物解毒、并发症处理等一系列抢救措施，大夫才把潘新艳从死神手里抢救过来，然后，潘新艳被推进重症监护病房，做进一步治疗。

整整三天三夜过去，潘新艳才神志转清，病情稳定下来。大家刚刚松了一口气，没想到，祸不单行，三周后医院又给潘新艳查出，她已经患了子宫癌。医院最终切除了潘新艳的整个子宫，才保住了她的性命。至此，潘新艳和刘万军的离婚大战，暂告一个段落。

杨四姐一觉醒来，推开小卧室的门，见木草的床空着，猜到她已经去旅行社报账了。杨四姐给木草打了个电话，问木草，你什么时候回来？走也没个动静，早点回来，我有好事告诉你。杨四姐欣喜若狂地转着圈哼唱起来。木草说，四姨，我刚到旅行社，在财务这儿结账呢，我一会儿打给你。说完撂了电话。

木草正在和裘鱼结账。

裘鱼说，我也没办法，就是投诉你的那个团闹的，这两百块钱是社里决定要扣的，吴瑕说了算。木草说，没事，扣就扣吧，也赖我清明节那天有些失态，可我真的控制不住自己。说着说着，木草又想起最后一面都没见着的姥姥，不免一阵难过。

这时，暖暖给裘鱼打电话，哭着说，妈妈，你什么时候回来，我自己一个人害怕。裘鱼安慰了几句，显得焦躁不安。

木草问，裘鱼姐，怎么了？暖暖怎么了？她还好吧？裘鱼一听木草这么一问，随口说，不好，我也烦着呢。我离婚后没处住，和我妈、我弟弟和弟妹一起挤着呢，早晚要搬走。木草问，离婚了？！为什么？裘鱼说，说来话长，以后告诉你。

俩人刚说到这儿，滕飞让新来的一个计调把木草叫到他的办公室。

裘鱼翻了翻明细账目，眼睛什么也看不下去。她揉了揉疲劳的眼睛，看了看表，收拾了一下，就急着回家了。

刚进门，裘鱼母亲叨叨着，你有什么打算啊？这孩子越来越能花钱，凭啥你一个人养活？你联系一下绵阳暖暖的亲爹。裘鱼说，妈，我联系过，他不管，离这么远，要我怎么办？再说，我也不想和他生这份气，就当他死了。裘鱼像个怨妇。母亲说，那你一个人老这样哪行？哪天是个头儿？唉，也不知咋闹的，这几天我眼皮子总是跳……

娘俩正说着，家里电话响了，是裘鱼弟弟裘球打来的。

弟弟很生气，电话里对母亲嚷，我姐姐太不像话了！怎么能说那种话？这下好了，传到我媳妇耳朵里了。裘鱼母亲慌忙问，你姐说什么话了？裘球说，我姐说娘家才是永远的家，还说北京这房子是她给买的。我媳妇生气了，说以后只要我姐姐领孩子继续住家里不搬走，她就不回去了！裘鱼母亲说，别听别人传闲话，你姐能说这种话吗？你劝劝你媳妇。裘球把电话挂了。裘鱼母亲还在那儿喂喂呢，听见嘟嘟声，然后放下电话说，这日子刚平静才几天啊。

过了一刻钟，裘球的电话又过来了。

裘鱼母亲说，周末回来吧，一起说开了就没事了。裘球说，妈，我媳妇怀孕了，她说不上班了，以后天天在家休养。那我媳妇就不住宿舍了，你让我姐和暖暖搬出去，赶紧给我媳妇腾地方！裘鱼母亲放下电话，不知道怎么和女儿说。

母亲一时不知所措，一面为儿媳怀孕高兴，一面为儿子儿媳的态度感到吃惊。

从厨房走出来的裘鱼看客厅里的母亲神情不太对劲儿，就问，弟弟来电话说什么？母亲说，我担心的事儿真来了。裘球媳妇怀孕了，让你搬出去住，说家里太挤。裘鱼一听就急了，说道，他们也太过分了呀，这不是明摆着往外赶我们娘俩吗？白眼狼！忘了是我把他们安顿在北京的！现在还扯起闲话来了？

母亲在一旁絮叨着前因后果。

裘鱼来了脾气，给弟弟拨电话。

裘鱼问，裘球，发生了什么事？那些闲话我从没说过呀？怎么冤枉我？弟弟说，你说没说，我们也没必要纠缠，我看你还是搬走吧。裘鱼说，这不也是我家吗？爸妈还在，再说，我们原来的家卖了，爸妈出了一部分给你买的新房，我不能住吗？弟弟说，姑娘嫁出去了就不能总住在娘家啊，算怎么回事？你离婚了也要有你自己的生活，住我这儿，短时间还行，你都住娘家多长时间了？你打算常驻大使馆吗！我已经够兄弟意思，让你住快一年了，我们说什么了吗？现在我媳妇怀孕，她需要好心情，你别让我受夹板气行吧？随后，电话那端传来弟妹的抱怨声，弟妹隔着电话说，我的家反而倒像别人的家。我们有我们自己的小日子过，不搬走，我就和你弟弟离婚！没法过了。离婚！裘球说，姐你听见了吧？所以你还是和暖暖搬走吧，别的我也不说了，别让你弟我为难。裘球挂了电话。

裘鱼握着挂断的电话，浑身哆嗦起来。

即使是两次婚姻失败，裘鱼都还可以坚强地抚养暖暖，带着孩子勇敢地面对生活，可从弟弟嘴里说出来让她搬走，从他们原始的家搬离，这？这让她着实无法接受。裘鱼瘫坐在沙发上，冰冷的眼泪顺着眼角流了下来。

一周以后，裘鱼租了一处离暖暖幼儿园近的便宜一居室，裘鱼带着她的全部家当，牵着暖暖，走在路上。

回首起往事，很不堪，裘鱼本不想想这些，可这些往事已经令她想得眼里潮湿。这时的裘鱼正处于危情时刻……

滕飞知道吴瑕扣了木草的钱，把木草叫到自己的办公室，劝导了一番，然后递给木草一个信封，说里面装着补发的钱。

木草回来的车上，就打开了信封，里面果然有二百块钱，还有一页纸。

纸上写道：

木草，听说清明节，你是在亲人去世的情况下带团，所以游客投诉了你，但我很理解你。这是社里扣你的钱，我给你补上。你要注意身体，相信倘若你伤心过度，你的外祖母也不会开心。

知道吗，无意间，我在大佳网看到，你给游客读的那篇短文很棒，我已经转载到我的空间了。面对面有些话，我说不出口，所以写了几个字给你，真的希望你看到后快快乐乐的。木草，我喜欢你，不管你喜不喜欢我。如果可能，希望你成为我的女朋友。

你是一个有品位又漂亮的女孩，你的独有之魅，用一句俗话说，你不动一枪一弹，却极富杀伤力，即使我不倒下，也会不知魂归何处。

我是学理科的，所以我知道没有你那么有文学天赋，也由此，我更爱慕你。我喜欢有品位的女孩，有品位女孩一定是喜欢阅读，捧书在手，明眸流盼，也就楚楚动人。木草，我爱慕你流动在书香里的思想，爱慕你散发在大地上的情怀。别骂我文字水平差，不管你怎么笑我，我说出了心里话。

等你回信儿。祝你快乐！滕飞。

第一次收到这样的信，木草心中涌起一波波涟漪。她的脸一时间发热，她把信收起来，用双手捂着脸颊。木草没有恋爱过，她不知道，自己对滕飞算不算动心。她不知道，自己为什么读滕飞的字有一种愉悦。但她最懂自己，懂得自己心里没有爱上滕飞，过去和现在都没有。他不是她遇到的对的那个人，她心里一直在等待爱情，属于她的、独特的那种爱情。那一定是自己无法掌控的感觉，而此时？此人？木草仔细想了一下，感觉这不属于自己的爱情范畴。

正往回走的路上，杨四姐的电话追来了。木草彻底忘了，她答应四姨结完账就给四姨回电话，木草掏出手机自言自语，糟了糟了，又该骂我了。可想不到，木草接通电话，刚说到“四姨我”三个字，电话里就传出杨四姐的哭声。杨四姐说不出话来，然后挂了电话。木草赶忙重拨电话，问，出了什么事？但也没有听明白四姨究竟出了什么事情。木草只好加快脚步，她十分担心怀孕的四姨出了什么意外。

木草跑着进门，见杨四姐坐在客厅哭，她蹲过来问，怎么了？急死我了，四姨，快告诉我怎么了？你身体没事儿吧？木草打量了一下杨四姐肥大的身体，她见四姨肚子越来越圆圆滚滚了。杨四姐哭着说，刘万军跑了！下午我打电话，就找不着人！木草奇怪地问，啊？怎么跑了？他跑哪去？为啥？杨四姐说，本来说好的，他今天下午过来，可人到现在也没来。这个混蛋四个电话都关机，他的司机们也联系不上他。我坐这儿打一个小时电话了，就是一个关机。木草劝杨四姐说，是不是他手机没电了？还是家里出了什么事？杨四姐一拍大腿说，对！昨夜里我们联系过，你分析得对！他和我说，今天去和潘新艳办离婚手续，是不是潘新艳把他给害了？不行，我现在报警，得打110！木草抢过杨四姐电话说，先别报警，等等再说，你也不是他家人，万一警察找你你怎么说？杨四姐一想也是，她打消了报警的念头。

杨四姐的手机不叫不闪，急得她坐立不安。木草劝着杨四姐勉强吃了一点饭，陪杨四姐躺在大卧室的床上。木草只好无奈地和四姨等刘万军的消息。

半夜里，刘万军终于给杨四姐打来电话。

杨四姐骂了他一句，混蛋，你死哪去了？然后杨四姐就急躁不安地哭起来。刘万军说，宝贝，我知道让你担心了。潘新艳喝了毒药，一直在医院抢救，我没法打电话，只好把手机都关掉，对不起。杨四姐的哭声停止了，本能地问，现在啥情况？你没事儿吧？刘万军说，抢救过来了，在重症室，我没事儿。唉，家里现在闹翻天了，尤其我父母还有她父母。所以，这几天我过不去，你照顾好自己，我爱你和儿子的心没变。这几天你好好在家，别惦记我。这边消停了，我就过去。杨四姐耳朵贴在电话上，听着刘万军的句句嘱咐。

木草双手抱着两腿儿，头歪在膝盖上，得知刘万军没有像四姨想的那样跑掉，揪紧的心稍稍放松了一点。可木草不知道，刘万军没跑和跑，结果有什么不同？四姨的命运会有什么样的走向？一切，她都不得而知。自己能做什么呢？当然已经无法阻止四姨要这个孩子的决定，也阻拦不住四姨和刘万军继续下去。可潘新艳怎么办？她会饶过四姨和孩子吗？四姨生孩子会不会有危险？想到这里，木草有一种恐惧，她怕四姨发生意外，就瞪着眼睛，像只小羊羔一样看着四姨。

杨四姐挂了电话说，可吓坏我啦，去，你给我削个苹果，顺便扒俩香蕉。木草答应着去办。杨四姐咬着苹果，吃完香蕉，转了转眼珠子说，我还以为好日子该轮到我了，谁知道潘新艳还赖上刘万军，拿喝毒药吓唬人。她还是不想死，喊，想死就该多喝点。

木草听杨四姐这样说话，灯光下看四姨有些恶毒的眼神，木草不免刚才还站在四姨这边的立场又有了松动。

杨四姐说，咋地，那样看我干啥？我说得不对吗？她啥都有了，孩子、房子、票子，还有什么委屈的？我最不幸，到现在住的房还是租来的，一点安全感都没有。孩子马上就要生下来了，潘新艳和刘万军说出大天来，也得离！不然，我怎么办？倒霉的不能总是我！

木草干听不言语，一会儿拍拍自己的腿肚子，一会儿弄吧弄吧头发。

木草像诗人一样，想四姨和那个男人的爱：他们的爱，像吸尘器，又像除草剂，强烈、芬芳，却会吸吮别人的生命力，他们所爱之地，片草不生。这爱，到底好？还是坏呢？木草左右捉摸不透……

杨四姐上了一趟洗手间，回来想起新买来的婴儿衣服，高兴地翻腾出来，让木草瞧瞧好不好看。木草摸着那模型一样的小衣物，惊诧不已，问杨四姐，四姨，怎么这么小啊？这是小孩子穿的？杨四姐摸摸肚子，迷醉地笑笑说，对啊，你小时候就穿这个，不过，你没有穿这么好的料子，那时候没钱买，过几天我再买一些玩具去。木草抖搂着小衣服问，呀，怎么都是男孩的衣服？杨四姐拍了她一下说，是男孩当然买这样的。木草说，你怎么就知道是男孩不是女孩呢？杨四姐自信地说，当然，早检查过了……

说起关于孩子的事儿，顿时，杨四姐的眼里充满希望与美好。

日子一天天过。处于胎儿生长发育旺盛期的杨四姐，进入到了更加生动活泼的健康状态。

杨四姐一心想生个孩子，过凡俗女人的日子。一个凡俗的女人，用她自己的爱和恨来回报这个世界的爱和恨时，杨四姐想，这唯一的方式就是生育，也只有生育这个儿子，才能解决她的一切“爱恨情愁”的问题。

潘新艳还没出院，刘万军就又来找杨四姐了。

杨四姐的肚子像施了肥的南瓜一样疯长。刘万军抱起杨四姐又亲又啃。杨四姐知道，刘万军没变心，但杨四姐看到刘万军又黑又瘦，更干巴了。突然，杨四姐眼睛一酸，泪流了出来。

刘万军给杨四姐擦着眼泪说，唉，没想到会出这种事儿。杨四姐说，那你们离不了了，是吗？刘万军不说话。杨四姐急了，说，那我怎么办？她一喝药，你就改变主意了吗？你到底怎么想的？要她还是要我？！刘万军看着杨四姐说，当然要你，但是，现在真的很麻烦，问题也严重了，烦死了。四姐，你再给我点时间吧，我们不着急好吗？杨四姐生气了，骂道，你是爷们儿吗？说话不算话！你一直骗我，准备骗我到啥时候？你是不是也想逼我喝毒药？杨四姐亢奋着用手打刘万军的脖子。

刘万军紧紧搂着杨四姐大哭。哭得杨四姐身体安静下来，手垂了下去。

面前这个杨四姐爱着的男人，这个亲自给她母亲送葬的“女婿”，这个很少哭，很少大哭的男人，今天哭了，哭得很无助，这让杨四姐也不知道怎么收场。

刘万军靠在杨四姐身上哭完，拥着杨四姐坐在床沿说，四姐，你坐这儿，听我说，都出现了什么难题。但是，你放心，不管出什么难题，我也不会变心。四姐，你爱我吗？爱我的话，我们俩一起面对，好吗？刘万军攥着杨四姐的手，看着她说。杨四姐点点头，突然变得温柔了许多。刘万军说，如果潘新艳只是喝毒药，抢救过来，等她好了，我还可以坚持和她离婚。但是，就在刚刚，她被查出来，得了癌症，是子宫癌。恐怕她也活不长了。医生说主要是和她老是心情郁闷、伤心有关。杨四姐吃惊起来，啊？你说的是真事儿？刘万军说，我骗你不得好死！是真的，你看，这是医院的诊断书。

刘万军把潘新艳的化验单掏出来，摆在她眼前。杨四姐的舌头像瘫痪了一样，说不出一句话。

刘万军说，这样一个病人，你说，我，我还能在她走之前，催她办离婚手续吗？四姐，你告诉我，我真的不知道怎么办了。你不是答应说和我一起面对吗？

杨四姐挠挠头顶，叹着气说，唉，我咋就这么倒霉啊！坏事都让我摊上！我也没作什么孽啊？带旅游团骗点钱，那也是没办法呀。刘万军说，我女儿都给我下跪了，让我不要和她妈离婚。她妈已经这样了，女儿希望她妈活下去。其实，我也不希望女儿成为没妈的孩子。

说着说着，刘万军吭吭地又哭了。

杨四姐一咬牙说，算了，别离了，过一天是一天吧，反正她得的也是子宫癌，你也不会在那方面背叛我。仔细想想，我也不再恨潘新艳和我骂过、打过，这女人后半辈子也难过了……

杨四姐梗着脖子，望着房顶的灯，一副有点滑稽的样儿。

刘万军一把将杨四姐拉在怀中，说道，四姐，你是天底下最好的女人！谢谢你这么爱我！杨四姐说，我也快当母亲了，哪个孩子愿意失去母亲？反正也这样了，就这么过吧，但我无论如何也要把儿子生下来。刘万军说，对，儿子是天大的事，我们的好日子要好好过。杨四姐撒娇地捏着刘万军的鼻子说，以后不管发生什么事，必须第一时间告诉我，别让我担心。刘万军说，老婆放心，以后按你说的做，必须的。杨四姐放开刘万军的鼻子，又揪着刘万军的耳朵说，我想吃东来顺涮肉！还想买新衣裳！这几天，哎呀妈呀，老闹心了。刘万军说，好，现在就去。别闹心啊，要养心才对。这段时间事儿多，车队也忙，我过来不及时，你别着急啊。喏，给你一万块钱，你喜欢买什么就出去逛逛，等月份大了就出不去屋了。现在小心着点儿，走走逛逛还行，不过，一定要注意安全……

刘万军从包里拿出两捆钱，放在床头柜上。看到钱，杨四姐又乐了。

杨四姐顺手毫不顾忌地又翻出刘万军裤子里的钱包，从里面又搜刮出几千块整钱和零钱来。她像个顽皮的孩子一样，说，我就喜欢听数钱的声音，这声音是世界上最好听的通俗歌曲。听说杨四姐喜欢听数钱的声音，刘万军就任凭她将自己钱包里所有现金，痛痛快快搜尽，一张张数，然后数到她的钱包里。杨四姐肆无忌惮，刘万军嬉笑和纵容。

计调叶文操作的山东自驾车团挺多，向小强没少带。在师父胡连成的指导下，向小强带这类团已经很顺手。这天，他们师徒二人继续上AB团。

在分钟寺加油站等车的时候，胡连成一边不停地吸着鼻子，一边忙着给向小强上课。

他说，向小强啊，你别再梦想着做你自己，不要坚守些什么，你不相信命运，不相信世界本来就是这样，不相信官就是官、民就是民，却偏相信爱情，相信世界可以改变，相信……纯是胡扯蛋！你小子怎么不开窍啊？现实明摆着呢，旅行社不给工资，全靠导游加点购物挣钱，上团了，你还有心思想别的？赶紧挣钱得了，死乞白赖追求董晓冉有意思吗？听说没？问世间情为何物，子曰，废物！信不信由你，真的，男人有钱就有女人，钱相当于草原，女人相当于小羊，有了草原，就不愁没有一群群羊来呢。

向小强低头沮丧地说了一句，“我本将心向明月，奈何明月照沟渠”。胡连成很反感地说，得了，得了，别显摆你大学毕业那点水平了，可千万别像米虎一样，整个一个空想家似的。嗨，跟你说正事，今天山东的两辆车就来一个全陪导游，我们要黑他，你要配合我。向小强犹豫了，胡连成看他犹豫就说，听我的没错，嘿嘿，不是我笑你，就你？在北京连半个关系也没有，租间马家楼子城乡接合部的破屋子，家里还蹲个寡妇老娘，人家姑娘找你还不死定了？你要挣钱，拿钱砸她们，兴许还能把董晓冉或者别的女孩子抓住。钱都是狠下心挣，别管是那得海，还是滕曼，还是吴瑕，还是杨四姐，都满算上，这叫小鸡不撒尿——各有各的道，我们也得有道。

向小强被师父胡连成说乐了。他甩了一下导游旗。

山东自驾车来了，每车都有三四十人。胡连成举着旗子上一号车，向小强上二号车。

胡连成刚上车就给游客作了一个揖，话音响起：

“在下胡连成，给您各位请安了！我是你们的导游，先给你们讲讲我。我刚出生那年，我们家老爷子帮我找了一个方圆几十里都威名显赫的算命大师，请到家里给我相面。那大师说我面相很好，有帝王之气，长大以后出入都有车，走哪都得摇旗呐喊，能频繁进出豪华酒店，踏遍名胜古迹。无论走到哪里，都会有一大帮人紧紧跟随！光阴似箭，岁月如梭呀，我后来误打误撞成了你们来北京要找的导游了！”

大家欢乐一笑，鼓掌。游客开始高兴，他们感受到来自北京导游胡连成的热情。

接下来，胡连成又开始给这一拨游客洗脑，他把昨天从网上读到的故事编排在上团讲解里面。

“我亲爱的山东父老啊！大家最近听说没有？一个商界富豪英年早逝，他老婆携款19个亿，改嫁给他生前的司机啦？哈哈，那个司机乐蒙了，他万分感慨说，以前，我以为自己是在为老板打工，现在，我才明白老板一直在为我打工。

“我给大家讲的这个故事，什么意思呢，就是说啊，残酷的事实说明：活得更久，远比金钱重要。请大家千万要加强锻炼，注意身体健康，不定谁给谁打工呢。

“人呐，千万要活明白，不是吗？一部高档手机，70％的功能是没用的；一款高档轿车，70％的速度是多余的；一幢豪华别墅，70％的面积是空闲的；一大堆社会活动，70％是无聊空虚的；一屋子衣物用品，70％是闲置没用的；一辈子挣钱再多，70％是留给别人花的。那么我们得出结论：享受人生，守住30％就好。

“人生是什么呢？人生，好比赛场，上半场按学历、权力、职位、业绩、薪金比上升；下半场以血压、血脂、血糖、尿酸、胆固醇比下降。上半场顺势而为，听命；下半场事在人为，认命！

“好啦，愿我们来北京旅游的同志们上下兼顾，两场都要赢。没病也要体检，再忙也要锻炼。人的一生，好比乘坐北京地铁1号线：途经国贸，羡慕繁华；途经天安门，幻想权力；途经金融街，梦想发财；经过公主坟，遥想贵族生活，经过玉泉路，依然雄心勃勃。突然，有个声音叫喊：乘客您好，八宝山快到了！大家醒悟吧：人生苦短，总会到站！

“所以啊，大家在没到站之前，就要参加旅游，旅游干什么？就是玩潇洒，就是花钱找乐，该买东西掏钱，该加景点咱们就去。那么今天你们来北京，碰到我这个老导游，相信你们会玩得高高兴兴，满意而归，我能做到，你们能不能做到？请大一点儿声告诉胡导！”

游客们异口同声地配合说，能！能！

胡连成处在亢奋之中，游客们还不知道，这个靠耍嘴皮子吃饭的导游在下着决心：一定拿下他们。胡连成口干舌燥，喝下去半瓶水，他还在继续讲。胡连成有一个宗旨，那就是，一直讲到游客自愿地、乐乐呵呵地让他胡连成掏光他们的腰包。

旅游车行驶在三环路上，胡连成开始铺垫购物店里的玉石、珍珠店里的珍珠、土特产店里的烤鸭，也为加自费的恭王府和圆明园做着讲解准备。胡连成接着讲：

“乾隆皇帝爱玉如命，以至于给每个孩子起的名字都包含一个‘玉’字，乾隆一生写的两万多首诗中，有800首是写‘玉’的，怪不得他自比为‘玉痴’。乾隆的儿子嘉庆皇帝，一辈子在政治上只干了一件了不起的大事，就是扳倒和珅。和珅是中国历史上有名的大贪官，贪污的银子是清政府当时十年财政收入的总和。据说有90亿两白银，相当于3600亿元人民币，这3600亿元人民币是个什么概念？就是能盖100座鸟巢，是不是很惊人？！”

底下一阵唏嘘。

“大家知道吗？和珅的老宅是北京唯一一座开放的王府，在什刹海边上，是北京城里最美的地方。慈禧太后，大家也熟悉，对，她是咸丰皇帝的妃子，只是因为生了咸丰唯一的儿子——同治，才母以子贵成为皇太后，她实际执掌中国政权长达

48年。作为一个女人，慈禧太后极其奢侈，无论生前还是死后，她都追求豪华的生活，仅从慈禧太后墓中盗出的珍珠就多达23540颗。明清两朝的历史很复杂，但也很有趣，只要大家喜欢听，胡导会给大家讲很多故事。

“咱们来北京玩一趟，也不可能变成历史学家，但如果多听听、多看看，这一趟会玩得更开心，回家和别人说起来时，人家也一定会对你刮目相看，您说是不是？然后，你们告诉他，这些都是北京一个胡导给讲解的，我岂不是脸上有光！”

游客为胡连成有趣的讲解再一次叫好。

车上，一个二十岁的年轻人，拿着小本子一直在记录什么。小伙子被胡连成的讲解吸引了。他举手问道，胡导啊，你的知识太丰富了，那么请问，你接我们的地方为什么叫分钟寺呢？别人也说，是啊？咋个意思？

胡连成甩了一下头发，自信地讲着：

“这个，我太熟悉了，本人是老北京。小时候，听我爷爷说呀，在很早很早以前，这里有座庙，里面有一口钟。打起这口钟来，四处的村庄当然都能听见，但奇怪的是：听到钟声的人是一人听到一个样儿！这个钟声不像钟声，简直就像有人在耳边说话一样。至于这个钟声，这个钟的样子，现在已经没有人听过，也没有人见过。光是听老人一辈一辈传说下来的，传说这个钟声，如果懒人听了，就是‘下炕！下炕！’；如果勤快人听了，就是‘不忙！不忙！’；如果牧童听了，就是‘放羊！放羊’；如果是春天听了，就是‘倒仓！倒仓！’；如果在麦秋的时候听了，就是‘扬场！扬场！’。

“一口钟怎么会打出这么多样的声音啊？原来，当初啊，这里住着一位老人，无依无靠，孤苦伶仃。当地的人就叫这老人给村里打更，老人也答应了。大家伙问这老人说，老大爷，你给我们村子里打更，给你多少工钱啊？那老人笑了笑说，我不要工钱，你们给我攒着，等攒的钱多啦，你们铸一口钟，打钟就不用打更了。大伙也答应了。老人就天天夜里打更。随着老人打更的日子多了，他把村里人的脾气也都摸得清清楚楚了，到打亮更的时候，就有了一些分别。他知道哪一家小伙子勤劳，他打到这家门口时，就轻轻地敲几下梆子，让这小伙子不必忙着穿衣服下炕。他知道哪一家小伙子懒惰，他打到这家门口时，就重重地敲几下梆子，那家的小伙子听了，嘴里骂着，可也就下炕干活儿去了。

"老人打梆子，不知道打了多少年，等到他再也打不动梆子的时候，一口新钟也就铸成了。乡亲们就把这个钟挂在庙里，从这时起，钟声就代替了更声。而这口钟也真奇怪，敲打的时候，它就分出不同的声音，一个人听到一个样。大伙儿觉得有意思，钟能分声？那就叫它'分钟'吧，而挂'分钟'的庙宇也就成了分钟寺了。"

胡连成跟说评书一样讲完了。

车上人彻底被胡连成有趣的讲解征服。胡连成趁热打铁，他说，大家相信我，一定不会让你们白来北京一趟，下面，我收一下这几天自费景点的钱，咱们多退少补，我也不一项一项收钱，那样忒耽误工夫。有人问？胡导啊，多少钱？胡连成回答，不多，给你们优惠，每人总共三百六。胡连成敛着加点钱，时不时地照一下粉红色的票子，辨别一下真伪。

车上，坐在前面座位的是山东男全陪——姚鸣。姚鸣心想，这个导游真是一把好手，自己来北京几次，还没有遇见过这么有手腕的地接导游呢。

突然，姚鸣有一种说不出来的感觉。这么能讲解、能忽悠的导游，会不会黑自己呢？哼，如果黑我，我就让他知道俺山东人的厉害。不都说"京油子，卫嘴子"吗？姚鸣想起了网上对这句顺口溜的解释：北京叫"京油子"，就是很能"混"，很会来事，像油条一样，一天到晚油嘴滑舌的，也算是形象了。天津叫"卫嘴子"，意思是能说会道，表达能力强，天津的曲艺发达，由此可见一斑。

姚鸣心里说，嘿，我山东人我怕谁？山东人叫"毛驴"，就是因为山东人的倔脾气，世人皆知，毛驴脾气倔。接下来，姚鸣坐在导游座位上，想着一万条防止被黑的计策。

胡连成很快把钱收齐了，他看看车上男人有三分之二还多，就故意问，山东父老很支持胡导工作，为了感谢大家，那么我给你们讲一个荤段子怎么样？男人们鼓掌，有的站起来打口哨。男人们的媳妇或捂嘴，或龇牙，或捅咕着兴奋起来的男人。

山东全陪姚鸣也习惯了，在旅游大巴车上，地陪导游经常给男人们献上聊以开心的精彩荤段子。此刻，姚鸣只一心想着，怎么才能多分到提成。

胡连成堂而皇之地讲了两个荤段子。

全车人的笑声掀起了这次旅游的高潮。

一车人不停地笑，笑得女人不再感性，男人不再理性。他们愿意观看没有了灵魂和信仰，却惯于无耻而感觉良好的胡连成表演。

胡连成捂着钱包，忘我地讲着，而且讲得幸福，讲得得意。为了挣钱，也许也为了别的。

二号车里，游客们正急待导游介绍北京。

向小强拔下话筒，吹了吹说道：各位朋友，大家好！一路上辛苦了。他鞠了一躬，然后接着说，首先我代表我们北京小世界旅行社热烈欢迎大家来首都北京旅游。欢迎！

一部分性格开朗的游客首先带头热烈鼓掌，把气氛带了起来。

向小强顿了顿，接着讲："先做个自我介绍吧，我是咱们在北京旅游期间的地陪导游，我叫向小强，大家叫我向导或小强都可以。"

只听座位上有人笑说，小强？哈哈，小强是一只蟑螂啊！

向小强装作没听见，继续说：

"为了方便大家和我联系，现在，我来说一下我的手机号码，没有手机的朋友可以记在纸上或自己的帽子上，这个电话号码非常有用，请大家务必记一下，13×××××××××，我再说一遍，13×××××××××，记住了吗？

"在北京期间，您可以24小时拨打这个电话。俗话说'十年修得同船渡'，咱们是'十年修得同车游'，大家在家乡互相不认识，但在北京却组成了一个临时的大家庭，这就是缘分。我就是咱们家的大管家，管理一切事务，大到吃饭、游览，小到照相、买水甚至上厕所，什么事儿我都管。

"来到异地他乡旅游，除了要看看当地的名胜古迹、自然风光，还要了解一下风土人情，看一看当地人是怎样生活的。旅游是一种新兴的消费方式，大家在旅游中尽量放松自己，忘掉生活、工作中那些不开心的事情，痛痛快快地好好玩几天。

“我和旅行社另一位导游，两辆车的司机师傅，还有全陪导游，我们五个人将团结起来，一起为大家服务，争取让我们的北京之旅，平安快乐！（游客鼓掌）大家有什么要求，不要客气，请提出来，我们将在合理而可能的前提下，尽量满足您的要求。预祝各位朋友在北京的旅游平安、顺利、开心！”

车上人欢呼起来。

向小强咳嗽一下，继续讲道：

“为了保证大家在北京玩得平安、顺利、开心，现在，我来说一下在北京旅游期间的注意事项，请大家务必遵守。首先，是安全问题。北京是全国的首善之区，治安非常好，但也有一个半个的小毛贼，大家来北京旅游，一定要保管好自己的贵重物品，现金、照相机、手机、银行卡、各种证件等一定要随身携带，每天离开宾馆和每次下车游玩时，都不要把贵重物品放在房间或车上。总之一句话，这些贵重物品要二十四小时在您的视线之内。

“其次，别乱花钱。在我们吃饭的餐厅、住宿的宾馆有一些租赁柜台，出售一些旅游纪念品、北京特产和各种各样的小玩意儿，我建议大家不要买，因为这些柜台和餐厅、宾馆之间只是租赁的关系，一旦您在这里买到假货可能会扯皮，比较麻烦。在全世界的旅游景点都会有一些小商小贩，北京也一样，我建议大家不要买，他们卖的东西百分之百是假货。”

向小强已经跟师父胡连成学会，要让客人把钱花在旅行社指定的购物店。

有人打断向小强问，你带我们购物有保障吗？向小强回答道，当然能保障，这个嘛，请大家放心好了。向小强又接着讲，另外，我说一说人身安全问题，北京很大，大得超乎您的想象，所以您在北京一定要跟好我，您在北京别把钱丢了，更别把导游我给丢了。

有游客说，那不能，丢了你我们还怎么玩儿？

向小强继续解说：

“在北京旅游讲究‘三分看，七分听’。比如故宫吧，您要是自己看，您看到的就是房子，没什么意思，您要是跟着我，就不一样了。我会讲这个房子有什么历史，那个房子有什么故事，这样一听，房子就活起来了，看得也就有意思。所以，我希望大家跟着我，万一把我给丢了，也别慌，一定要站在原地别动，给我打电话，我或者全陪，会回去找您的。大家一定要记住，在北京的绝大多数景点是不走回头路的，从一个门进，从另一个门出，所以您可别往回走，那就越走越远了，最好的办法就是跟着我。

“在游览中，我会适时安排大家上卫生间，只要我安排上卫生间，您最好去一下，景点里的卫生间不多，这回不去，下回恐怕就是两三个小时以后了。如果您自己要去卫生间一定要和我说一声，否则我走了，您就找不到了。

“有的朋友喜欢拍照，也不用着急，在每一个景点，我都会先集中讲一讲，然后带大家去最好的位置拍照。

“现在我来说说吃。可能朋友们来北京之前已经听说了，北京吃的真是不怎么样，我们旅游团吃的叫旅游团队餐，大家可以对北京的旅游景点、导游、司机有很多期望，但是对我们的旅游团队餐，不要有任何期望，真的很烂。作为导游，我肯定想让大家吃饱吃好，可是咱们的资金有限，所以我所能做的，就是让大家吃饭时尽量不排队，尽量吃好点儿。”

游客一听，来北京还吃不好，各个脸上写满失望地看着向小强。

向小强换了一个姿势，又继续讲道：

“经常有朋友问我，来北京都干些什么？我说，您来北京旅游有三项任务一定要完成。一是旅游，看看北京的历史古迹、自然风光，听听导游讲历史、讲故事、讲知识；二是消费，‘旅游观光，把钱花光’，欢迎大家在北京消费！向导也会指导大家合理地消费、开心地消费；三是减肥，哈哈，这可是一个意外之喜，我相信每一位女士听了都会心花怒放，经过这五天的旅游，您来北京的时候是水桶腰，您走的时候一定是水蛇腰。是的，在北京旅游是非常辛苦的，真的是早出晚归，每天早上5：30起床那是晚的，去长城那天5：00就得起床，6：00就得出发。说为什么要走这么早呀？并不是这些景点有多么多么远，而是因为北京的堵车太可怕了。北京现有430万辆各种机动车，并以5000辆/周的速度在增长，我们每天都要早起床、早出发，就是为了避开早高峰，6：30以后每晚5分钟就有20万辆车上路了，我们绝不能把宝贵的时间浪费在堵车上。”

有一个游客不放心，在下面举了老半天手，他不安地问，向导，报纸上媒体都曝光了，北京不但堵车厉害，说北京有黑导啊，你是正规旅行社的，不会骗我们吧？

向小强立刻应对游客，说道：

“我们是正规导游，大家尽管放心吧。当然，毕竟咱们游客来自不同家庭，导游再有本事也不可能让每一位游客都特别满意，但是我相信经过我的努力，会让绝大多数游客感到满意，感到北京很棒，北京导游很棒。当然，这需要大家的大力支持与配合，旅游不是独角戏，光有导游，我只是一个光杆司令。光有游客，大家也只能自己乱走乱逛。如果我们能相互尊重、相互配合，我想，我们在北京的旅程一定会很愉快、很开心。

“大家在来北京之前，可能从亲戚朋友那儿，从报纸上电视上，看到过不少关于导游的负面报道，可能是带着各种各样的想法来的，我希望通过我的工作、我的努力，能够改变大家对导游工作的看法，让大家觉得导游也是很阳光、很美好的一个职业。

“不瞒大家说，我们旅行社也会安排大家去商店，导游肯定也会带大家去购物，也会给大家推荐自费景点，但是，我一定会让大家把钱花得高高兴兴，花完以后觉得不错，这钱花得挺值。我要做的是争取让大家物超所值，旅行社安排的购物商店或加工厂，我们在北京一共去六个，分别是玉器、土特产、药、珍珠、貔貅、刀。

“关于这几个商店，我也要说一说。北京的旅游购物商店不少，但有好有坏，我们社作为北京‘十佳旅行社’之一，会严格选择和我们合作的购物商店，质量要没得挑，价格一定要公道，并且有完善的售后服务体系。他们所出售的商品都是质量好、价格公道，并且是真正代表北京特色的商品，所以在这些商店，大家可以放心大胆地选购。

“现在，我先给大家提个要求，在去购物商店的时候，买不买您随便，但所有的朋友都必须下车到商场里参观，并且停留四十分钟，别提前出来，保证我拿到商店给旅行社的那张签单，让我回旅行社好交差。在这儿，我就先谢谢您了！好了，现在我来介绍一下北京概况……”

这时，胡连成给向小强来电话，告诉他说，瞎讲什么？甭废话，赶紧向你车游客要加点的钱，免得夜长梦多。一号车已经收完，你和客人说，我们车的人都全部交齐了。向小强照办，果然二号车客人听一号车已经交了钱，他们也就随大流，纷纷掏腰包。

两辆车的游客在两个北京导游的带领下，按着行程计划，高高兴兴地游玩，他们谁也不会预料到接下来发生的事情。

内行人说得一点没错，全陪、地接、司机，他们上一秒是朋友，下一秒可能就成为敌人。本来，全陪导游和地陪导游真正的职责是互相配合为游客服务，但还有一项，那就是他们在旅游这个行业里无奈地共谋福利。全陪、地陪、司机牢牢地被旅行社留给他们的一点利润捆绑在一起，前期属于合作中，但最后，矛盾往往爆发。

从见面那一刻起，胡连成和姚鸣就开始了面和心不和的工作关系。表面上都在一唱一和地忽悠着游客，暗地里却一个防着被黑，一个想着如何多黑，各有各的心眼儿。连司机都不能踏实地开车，因为他们的一部分利润也在提成里。

山东 AB 团最后一天的景点是自费参观圆明园。经常跑北京的姚鸣知道这边的行规，他对景点的底价、购物的提成比例十分清楚，也很会算计，可偏偏这次遇到了胡连成这个“京油子”。

中午，在圆明园里面的餐厅吃饭，全陪姚鸣和司机就跟胡连成要提成钱。胡连成列出了分成单子，拿给姚鸣看，告诉他分给他们山东司陪总共1255元钱。

姚鸣立刻火了，指着胡连成的鼻子说，你糊弄鬼啊？见过北京导游黑，也没见过你这么样的，太黑了！大家一起辛辛苦苦赚钱，我比你还大一岁呢，拿我当小孩啊？两大车人就不可能只有这点钱，分这么点钱，想打发二傻子？

胡连成吸了一下鼻子说，你想分多少？我是按规矩四四二分的。别忘了，我们有人头，要填坑，去了这些，我辛辛苦苦还没你们全陪挣得多呢！怎么，你还不满意？钱都让旅行社赚了，我还没处抱怨呢，别招我烦！

胡连成的话差点没把姚鸣噎死。

姚鸣揭发胡连成说，你是按规矩分的吗？两车人五脚店，怎么说，购物至少两万块钱吧？你黑了我至少一千块，痛快给我，我们好聚好散。胡连成狡辩说，购物一万都没到，哪来两万？不信你问向小强。向小强，你告诉他，究竟是多少。

向小强只好和胡连成说法一致，一口咬定购物九千八。

姚鸣步步紧逼道，请你们把购物流水单给我看看，到底游客买了多少。胡连成鼻子哼了一下说，扯淡，没这个规矩！姚鸣气愤地说，你们串通好了，想独吞提成，欺负我们山东人是吧？好，今天你们不把账给我算明白，我们就不走！胡连成冷笑说，哼，你爱走不走，关我屁事？就给你一千二，多一分也没有！

胡连成早就做好了脱身的准备，放下钱就跑。

转眼，胡连成就没影了。向小强也想溜走。姚鸣看事情不妙，赶紧跑出来，在圆明园大门口把向小强给拦住了。

姚鸣一边骂，姓胡的把我给耍了，我也不是吃素的！一边给同来的山东司机打电话，生气地让司机到检票口来，说有急事。司机跑来了，气势汹汹地和姚鸣把向小强拖到他们的大巴车旁边，一起把向小强按倒，逼他拿钱出来。

向小强一口咬定，就一千二百块提成，并没少给他们。姚鸣抓着向小强的头发，恶狠狠地说，你再胡说，我弄死你！向小强也来了倔劲儿，梗着脖子嚷嚷，你敢？有本事和胡连成去要，我又没拿你们的钱，是他分的，我只是带团，别的事儿不管。司机说，别跟那儿装好人，他是你师父，你俩一路货色，还不是你们北京导游自己分了？姚鸣骂，混蛋！你还让不让我们全陪活？快给我们拿出来，否则后果自负！向小强怒视着他们，一脸不服地骂，混蛋！要钱没有，要命一条！

两个司机使劲按着地上的向小强。

姚鸣扇了向小强一个耳光，骂道，你还嘴硬！让你不老实。另一个司机说，翻包儿，把他的钱拿出一千来就行了，快，快！受了司机的启发，姚鸣从向小强身底下抢过包，拿出一沓钱，看样子超过一千块。

向小强急眼了，骂道，你们这帮王八蛋！把钱给我，那是我自己的钱，我没有拿你们的钱！我的提成还在胡连成手里呢，你凭什么翻我包？抢我钱？你们还有没有人性？给我，你们这帮王八蛋！

姚鸣拿到钱，让司机放了向小强，然后，他们上了车，关上车门。

向小强疯了一样敲着门，要着自己包里被他们抢去的钱。那钱是母亲张淑英当保洁员挣的，前几天给向小强，叫他存起来，他还没来得及去银行。

姚鸣看向小强不想把胡连成找回来把事情说清楚，又看向小强没完没了，不会甘心把提成给他们，而且也快到游客集合时间了，万一知道他们因为分钱的事儿，闹到这种地步，影响也不好。姚鸣开始焦虑了。

看了看车外大喊大叫的向小强，姚鸣着急地问司机，怎么办？司机把烟头扔掉，踱了一下，说，他坑咱们，咱们也教训教训他们，看北京导游以后还敢不敢黑咱们。先把他拉走，半道把他扔下，让他长长记性。另一个司机说，怎么拉？他在车上万一把事儿说给游客听，我们拿提成的事儿不就露馅了？游客咋想？姚鸣说，干脆把他放在行李厢里，出北京地界，天一黑，就把他扔下，让他走着回北京。

几个人觉得是好主意，既能出气，又拿到钱了，神不知鬼不觉。

三个人重新下车把向小强摁倒。也赶得巧，游客一个回来的也没有，车旁边也无人路过，停车场别的车司机都不知道跑哪儿去了。几分钟时间，向小强就秘密地被三个人捆绑起来。怕向小强喊叫，姚鸣用司机车里的透明胶带，把向小强的嘴封了好几层。

向小强瞪着眼睛，喊叫声再也不明显了。

几个人不顾向小强的挣扎和乞求，快速地把向小强塞进行李厢，顺手把向小强的行李也撇在里面。一个司机又发现向小强的手机不停地响，姚鸣给摁了关机键，然后司机锁好了盖子。

十五分钟过后，游客们陆续上车，姚鸣清点完两辆车的人数，一个也不少，就让司机开车回山东。旅游车上的游客奇怪地问，咦，姚导啊，咱们北京导游呢？他们怎么没回来？姚鸣说，哦，北京导游提前回家了，我们现在也回家。车上有的游客说，北京两位导游都提前走了？怎么也要和大家告个别啊，北京人咋还不懂个礼节呢。有的游客说，向导人很好，这几天也累坏人家了，旅游结束了，也该休息了。可惜我没和他握手告别，昨晚上我肚子疼，他还陪我去药店买药了呢。有的说，那个胡导没少忽悠我们买东西，我带的钱啊，就剩十几元了，还想听他讲荤段子呢……车上人嘻嘻笑。

游客说笑时，胡连成已经给车底下被封严嘴的向小强发了两条短信，内容是：信师父，得永生！赶快找机会甩开他们，我先回家了，提成钱等明天见面给你。见向小强没回信，胡连成打他手机，提示关机。胡连成想，大概向小强手机没电了，因为之前向小强接到他母亲打来的电话，说了很久。

天已漆黑，半路上，游客累得坐在车上睡熟了。司机停在路边，看也没看，就把向小强拎下去，把他的行李也放在路上，继续开车赶路。

第二天，人们接到一个意外消息。向小强死了，死在了去往山东的路上。

小世界旅行社上上下下都震惊了。杨四姐和木草纷纷给董晓冉打电话问明情况，董晓冉陪在向小强的母亲张淑英身边。警方已经把司机和姚鸣控制住。接下来就是有关部门的调查取证，连带解决经济赔偿问题。小世界旅行社老总那得海只表示出于人道，补偿向小强母亲五千元抚慰金，并表示这是一起刑事案件，跟旅行社没有关系，让当事人家属去追究犯罪分子的责任。

张淑英被董晓冉、华蕾和家人搀着去给儿子火化，木草也在场。

刚刚大学毕业的三个就职于旅游业的年轻人，不声不响地没了一个。这究竟是为了啥呀？董晓冉冲天问，摇着头，她用拳头堵在嘴上哭。华蕾扶着站立不住的张淑英。人们亲眼看着向小强的母亲哭得一次次昏厥过去。

想起在场的和不在场的人以及那些事，让木草从骨子里疼痛不止。至此，张淑英这个农村的寡妇，这个失独的女人，永远也劝不回儿子了。那个一心逃离田地的孩子，就这样，在大都市销声匿迹。

世上人儿这么多，远的、近的、老的、少的，而这种时候，没有人真正能替张淑英抵挡一阵尘世的乱箭，所有所有的辛酸、疼痛和绝望都是那么难挨。

小世界旅行社的领导们都忙，一个也没有来。也许，他们觉得不应该来。“信师父，得永生”，这是向小强最初与胡连成相识时，得到的无比亲密温暖的一句箴言。也许，向小强在车底下，还没真正感悟这句话里面的隐秘，也或许，在向小强断气的一瞬间才感悟。他或许千百次地呼唤过，尖叫过，但，没人听见。他死掉了，别人无法猜想到，向小强被封住的嘴里，对于他的那些种种隐秘，都喊了些什么。

张淑英后来失踪。据说，有人看见过她，抱着向小强的骨灰，尖叫着：儿子，你撇下妈一个人，我怎么过，怎么活……

缺了谁，地球照样转。小世界旅行社没有因为向小强这件事受到实质性影响，因为这属于刑事案件，犯罪证据确凿，只等法院定罪量刑就完事儿。

同学董晓冉和华蕾难过是一定的，但她们依旧需要继续工作赚钱，解决活下去的问题。

吴瑕对木草的带团水平很不满意。木草带回的“水单”几乎为三四位数，直接导致旅行社从购物店拿不到什么钱。旅行社内部开了一个会。那得海和滕曼的意见是大量招聘新导游，逐渐淘汰像胡连成和冷雪君这样耍大牌的老导游。吴瑕会上提出来，像木草这一类导游要加强培训管理，争取尽早“入道”。吴瑕说，不成的话，让董晓冉和冷雪君带带她吧，木草业绩太差，经常不及格。她四姨杨四姐不知道得了什么病，在家休养还不带团，旅行社缺了她损失很大。我想好了，忙过这几天，我们联系一下杨四姐吧，买点水果，以旅行社的名义去看看杨四姐，顺便也让她多好好教教她外甥女怎么赚钱。计调叶文说，司机对木草也不满，只不过看杨四姐和刘万军的面子。滕飞会上发言说，最近我做一系列事业单位的旅游团，我们组团部正需要出全陪导游。我看，木草素质高，一些官员团适合她，先让她来我们组团部，带团出去锻炼一下。吴瑕觉得这也是个好办法。叶文知道，滕飞是一箭双雕，他心里装的是木草。叶文讨厌木草，但嘴上也不能说什么。

滕飞就给木草打了电话，通知她来拿行程计划单，让木草准备带三十六人去华东五市。一听去南方，木草自然乐意。

尽管有杨四姐这把保护伞，吴瑕还是趁木草来旅行社拿行程计划单的工夫，找木草谈了工作。吴瑕也可谓苦口婆心呢。吴瑕说，木草啊，我们知道你原来是老师，可你现在是导游。你不能老给游客上课，你要哄游客开心，我们要的是水单成绩，是利润。木草说，我讲的都是积极健康的，是正能量。吴瑕说，拿业绩单说话，我们不讲正能量，我们只看挣钱量。木草无语。吴瑕接着说道，好吧，那你以后就到组团部带团吧，出全陪，什么时候觉悟了，什么时候回来当地陪，我们不能做赔钱的买卖。

就这样，木草直接从地接部到了组团部，由地陪贬为全陪。

其实呢，这是吴瑕的一种警告，让木草明白，当导游就好好当，没边的事，无关的闲话、废话，少扯。含沙射影地警告木草，尤其不要讲什么凡·高啊，老舍啊，读自己写的散文、诗歌什么的。木草不算傻，也领会了旅行社领导的意图，不就是让自己收敛一下吗？不能当导师，要当导游，准确一点说当导购……

这是一个华东五市双飞七日团，将要游览黄山、千岛湖、杭州、苏州、普陀山。团队成员都是北京南城区街道办事处的。

木草也算是第一次出远门，第一次带这么多“官员”出去旅游，而且是从首都机场坐飞机去，还会去她梦寐以求的江南。木草心潮汹涌，早忘了吴瑕是把她发配到了外地，属于“贬职”。

出发前，滕飞开车带着木草到街道办事处门口接客人。滕飞交代了关于出全陪和关照好这帮贵宾的各项事宜，并嘱咐木草上车后把客人身份证收上来，集体去给他们办理登机牌和托运。木草答应着，心里有些紧张。这是她第一次以全陪的身份带团。滕飞把一团人交给木草，鼓励她完成这项任务，然后开车回了旅行社。

在去首都机场的大巴车上，木草还能亲切大方地做自我介绍、致欢迎词和讲解目的地，没想到，进了首都机场三号航站楼，木草就有点头皮发麻了。扛着导游旗，手里拎着装有三十六人身份证的包，木草竟然不知道去哪个窗口办手续。要命的是，有几个人还问木草，在哪儿打包行李。这些，木草都不清楚，她只好告诉大家在进口不远处等她。木草跑去询问工作人员，然后排队换了登机牌，客人自己走到打包处。

看有些慌乱的木草，领队之一姜姗姗蔑视地看了她一眼，然后跟身边人说，怎么搞的？旅行社给派了一个新导游，好像机场都没来过。真逗，滕飞还说，这导游素质高呢，嘿，好笑，现在的旅行社一点儿也不靠谱……

这些话，木草假装没听见，跑过来把要托运行李的几个人带到柜台办托运手续。其他人找了个地方一起聊天。

这个团最大的头儿是办事处斑主任。此人五十出头，抽烟抽得牙齿黢黑黢黑的，矮个子，是早年从部队转业下来的正团长，可算是玩遍了中外南北东西的人物。副主任姓史，也是一个半大老头，四十六七岁，留着个平头，戴着一副近视眼镜，个很高，祖籍河北，也是部队转业下来的，当时是营长。还有一个女副主任，很怪异，姓出，长得很漂亮，看上去也很刁钻，说话声音非常好听，是地道的北京人。蔑视木草的那个二十五六岁的女人姜姗姗，是政务办公室的文秘。旅游团里还有一个社会事务管理科的周干事，这个男人长得很妩媚，衣着讲究，看人眼睛火辣辣的，爱笑，因此眼角皱纹多，三十四五岁。付大姐是这个街道的妇女干部，趾高气扬的。同来的还有一个长得像刘万军那么瘦的宗干事，一直围着付大姐转，看样子就是个溜须拍马的。据说，付大姐的老公是北京某个区的领导。这一团人中，长得最慈眉善目的是党工委办公室的党书记。

木草办完一切手续，把证件还给每一个人，不料，木草发现少了一张身份证，是姜姗姗的。这下，姜姗姗可找到发泄的借口了，立立着眼珠子，质问，我的身份证哪去了？接着，她呵斥木草业务水平低，根本不会带团。木草吓出一身白毛汗。

不一会儿，从洗手间回来的城市管理科的科员小梁说，姜姗姗的身份证在我这儿，刚才托运行李，我就先把姗姗的身份证一起拿过来了。大家说，找着就好，快过安检吧。姜姗姗一脸的不高兴。木草一个劲儿对她说，对不起，对不起。姜姗姗戴着大墨镜，一副不理不睬的样子，拉着高级行李箱往前走。

木草有点毛愣了。这一堆人里，男的，有几人看她时有挑逗的火辣辣眼神；女的，有几位看她时有挑衅的轻视眼神。木草腾出手来，抹了一把鼻尖的汗。

登机后，机舱里面的新鲜场景令木草很快就变得轻松了许多。更给她带来好心情的，是挨着党书记坐着，党书记很友好，这让木草有信心继续带好这个团队。木草和党书记聊着景点和吃住的事情，其他人也都放稳行李，坐那儿关手机。看着宽广的机场，木草又心潮澎湃起来，直到飞机滑翔起飞的那一刻，她依旧心潮汹涌。

半小时后，空姐推着饮料和午餐，训练有素地为木草和其他乘客服务。端起飞机上精致的纸餐盒，木草闻着里面香喷喷的鸭肉饭，激动得眼泪围在了眼圈里。这是离蓝天最近的美食，那么，远在天堂上的姥姥能否如自己一样，也吃得这么好？木草觉得今生最遗憾的，就是没和姥姥一起坐过飞机，也没一起出去旅游过……

想多了，木草望着鸭肉饭，就是咽不下去。

木草喝了一口水，努力让自己平静，不给别人看到，看到她的脆弱与多情。她想写点什么，给她自己或者其他什么人。她觉得自己应该感谢滕飞，感谢游客，感谢美丽的空姐，感谢看不见的飞行员，感谢生活，感谢蓝天白云……

两个小时以后，飞机平稳着陆。一团人顺利到达黄山机场。

地接导游是个女孩，叫黄丽丽。黄丽丽长得很乖巧，短发，脸上有许多小雀斑，说话很快。她和木草点完人数后，扛起黄色导游旗，朝师傅停车的方向走去。

游客刚到黄山，感觉比北京热得多，大家嚷着换衣服。等忙活完，游客坐好之后，旅游车开出机场，驶出机场大道。和黄丽丽核对完行程，沟通好餐标等旅游大事儿后，木草坐下。

黄丽丽靠着导游靠背站着，精神饱满地拿起话筒讲解：

“风景因您而美丽，旅途有我更精彩！先问候一下各位，亲爱的朋友们早上好！我代表黄鹂鸟旅行社感谢各位的支持与厚爱，同时也对大家这次黄山之行表示最热烈的欢迎！我接下来为大家隆重介绍一下两位要出场的人物。”

街道办事处的人开始配合鼓掌。

“首先，就是为我们掌舵领航的司机黄师傅。黄师傅不仅人长得温柔，而且刹车也踩得极其温柔，大家应该都感受到了吧？相信有师傅为我们保驾护航，我们此次的行程一定会相当圆满。”

党书记又带头鼓掌。

“下面，就介绍一下我自己了，小导我本人。导游是我的代号，你们是从上边来的，所以，我放心把真实姓名给大家透露一下，我叫黄丽丽，今年二十八，外号一枝花。大家爱怎么叫就怎么叫，只要让我听得明白你是在叫我，那就行了。”

木草忍不住笑了一下，没出声地笑。

“小导我作为大家的导游，主要任务，也就是我的工作职责，是负责游客这一路上吃、住、游、行，大家在行程中有什么问题、意见和要求，可以跟我提出来，只要是在合理而可能的情况下，小导我都会尽最大努力，为首都游客办到。我的任务，一句话，就是务必使您的旅途更加顺利愉快。”

姜姗姗挑剔地看了黄导游一眼，拿出小镜子弄了一下头发。

“自古我们老祖宗做事都是讲究一个‘缘’字，对不对？白娘子和许仙修了百年才修来同船渡，现在出门旅游呢，导游都会告诉你，现在流行的是修来同车行。旅游其实是一件很累人的事情，而且出门在外，各方面条件是不如家里那么舒服，但只要大家带着轻松心情出来，加上有我和木草导游一路陪同，相信会让您不虚此行！（游客鼓掌）

“好了，现在简单说一下大家最关心的行程。中餐后，我们将游览目前保存最完好的一条具有徽派古建筑风格的商业街，是步行街——屯溪宋城老街，让大家体验徽州民俗风情。然后到黄山竹炭生活馆参观40分钟左右。第二天，我们从太平乘车赴黄山风景区，游览七八个小时，乘太平缆车上山观西海景区、北海景区，然后经百步云梯游览天都峰，最后步行下山，坐汽车去汤口，欣赏徽州茶文化表演。晚上入住汤口商务酒店。”

木草十分期待徽州茶文化表演，感觉一切都很新奇。

“旅游啊，有六大要素：吃、住、行、游、购、娱 。说完行程，我接着说一下吃。由于黄山上的食物都要靠索道、挑夫从山下运送，所以风景区里的饭、水价格都很贵，一瓶矿泉水会随着山势的增高，可能会卖到10～15元。大家可以在山下买些水和零食自带上山。接下来说说住，黄山近些年的接待条件和接待能力，都已经有很大的发展和改变。我们这次全程住三星酒店，条件还算不错吧？当然，肯定是没有家里住得舒服。不过呢，大家出来游玩，尽量克服一下，因为我们主要目的是来观黄山景色嘛，是不是？”

木草这才听懂，黄导游在给街道办事处的人打预防针，免得日后挑剔。

接着，小导我说购物。她说：“购物环节也排在旅游六大要素之中。这说明这个环节也是旅游当中必不可少的，这是国家和当地旅游经济收入的一大来源。因为黄山就是闻名中外的‘茶叶之乡’，近年开发的新老名茶有三十多个品种，其中祁红、屯绿多次荣膺国际金银奖。黄山毛峰、太平猴魁、顶谷大方均在中国十大极品名茶之列。黄山银钩、祁红工夫茶等四个品种，被选为国家外交名茶。所以，如果有喜欢喝茶的朋友，不妨带点黄山的特产回去尝尝鲜。”

姜姗姗终于插嘴道：“导游，就这一个店吧？我们可不是专门来买东西的。”

“不，还有一个竹炭店，主要卖的都是竹制品，比如用竹纤维做的毛巾、衣服等，有吸汗杀菌的功能。但是呢，还是要提醒大家，一般不要在景区购买价格昂贵的玉器工艺品等，因为这里价格高得离谱，而且质量没什么保证。其他的一些土特产，如香菇啊，石耳啊，一般价格也高，大家若是无意购买，不要随意去还价。”

别人不言语，姜姗姗也没再说什么。

“好，下面就要说说‘游’了。何为‘游’？游玩，游览，游历。出来旅游是为了看未曾看过的风景，饱饱眼福，开阔视野，增长知识，丰富我们人生阅历。下面我就把黄山的大致情况给大家简单说一下。首先，来让大家认一个字‘黟’，有没有谁能念出这个字来？这个字是一个象形字。念“y ī ”。黟是黑的样子，表示山上多是青黑色的石头。黟山，就是黄山的古称。因为山上岩石多为青黑色的，古人就给它起了这样一名字。”

大家都专注听“黟”这个生僻字。

“传说，轩辕黄帝在完成中原统一大业、开创中华文明之后，来到这里采药炼丹，在温泉里洗澡，因而得道成仙。唐明皇李隆基就非常相信这个说法，在公元747年下了一道诏书，将黟山改名黄山。意思是，这座山是黄帝的山。从那以后，黄山这个名字就一直沿用到现在。”

木草认真地拿出笔记着黄导游的某些话。

“首都的朋友都知道‘五岳归来不看山，黄山归来不看岳’这句诗，从中就可以看出黄山的景色是非常美的，能够登临它，亲眼看看它，确实是人生的一大乐事呢。黄山风景绮丽，四季宜游，11月16日到次年3月15日为淡季。黄山阴雨天多，云雾天多，气候随海拔高低变化较大，即使是盛夏，早晚还是很冷的。游客最多的季节是夏季，特别是七、八月间。”

宗干事不知怎么想的突然冒出一句：“导游，黄山有多少奇峰啊？”

“您问黄山奇峰到底有多少？哦，还没有一个确切数字。历史上先后命名的有36大峰、36小峰，近年又有10座名峰入选《黄山志》。这80多座山峰的海拔大多数在千米以上，其中莲花峰最高，1864米，光明顶次之，1860米，天都峰排行老三，1810米。这三大峰和风姿独秀的始信峰，1683米，来黄山的朋友，哪怕登上这四座奇峰中的一个，也算不虚此行了。您知道慈光阁（前山，南山）和云谷寺是游览黄山主要景区线路两端的起点吗？对，也是黄山门票售票处。”

宗干事不懂装懂地点点头。

“黄山以四绝著称，哪四绝呢？小导在这里就一一跟大家说说……”

黄丽丽讲得一团人云山雾罩。

游客游览黄山，还算顺利快乐，令街道办事处的人不满意的，是晚上住的宾馆，尤其是姜姗姗闹得最厉害，她嫌弃房间小，又阴暗潮湿。

姜姗姗还煽风点火地流窜到付大姐处告状，说木草不负责任，房间一点也不好，木草连个屁也不知道放。地接导游解释说，这个季节来黄山就这样，天气使然，黄山房价高，没办法。后来，主任说了句话，才使住房问题得以解决。

木草躺在那儿琢磨，这么好的条件，姜姗姗为什么不满意？不知道姜姗姗家里住的是庄园还是别墅？她和导游黄丽丽等一共八个人打地铺，还美滋滋的呢。

次日，黄丽丽带着这团人在黄山，进了一个茶叶店和一个竹炭店，收益还是不错的。用黄丽丽的话说，上边来的人有钱。

木草不关心钱的事儿，她只关心游客的安全问题，还有所见所闻。木草被黄山的大自然美景征服着、熏陶着，看见黄山的真面目，令她情不自禁地浑身颤抖。她怀疑是否真的有天仙或者有山神。这里怎能令自己如此悸动？她油然而生一种不羡鸳鸯只羡仙的感叹。

登上那块“飞来石”，木草中了邪一样，一个人在山顶高声朗诵起她写的所谓诗歌来。木草朗诵着，心潮澎湃着，她再次浑身颤抖。

游人们只顾看景儿，拍自己的照儿，没人注意这个脖子上挂着导游证，心里尚存作家梦或者诗人梦的“精神病患者”。黄山的美景让所有游客没有闲工夫琢磨这个带些“偏执狂”性格的人。

蓦地，不知道木草的哪根神经受到刺激，眺望远方，痛哭不止。

游客这才注意她——一个披着桃红色雨披的姑娘，但没人知道这个导游哭什么，是没挣到钱？还是丢了什么……

下雨了，黄丽丽带着街道办事处的人急急忙忙下山。木草落在了游客后边。黄丽丽嫌她走得慢，对这个全陪很不满意。木草也总感觉这帮人走得太快，尤其是军人出身的几个领导，率先往山下冲，她和他们的步伐总是不能一致。

木草全身心沉浸在山水怡人的美妙中，可木草想不到，在宛如天堂的苏杭二州，游客给她带来了恶心的麻烦。这种麻烦好像影子一样，从小就没离开过她。

第三天，黄丽丽带着木草的这个团队来到苏州。

路上又来了一名姓苏的男导游。黄丽丽给大家介绍说，可以叫他苏导。苏导是那种莺歌燕舞类型的导游，私下里总是背着木草与导游黄丽丽叽叽咕咕。

苏导接替了黄丽丽在黄山和千岛湖的讲解，他边讲解边带领大家参观了苏州四大园林之狮子林，游览江南古刹寒山寺，他鼓动大家一起，感怀唐诗绝句《枫桥夜泊》，闻古钟怀旧。两个导游是，你方唱罢我登场。

中餐后，苏导带游客参观了苏州太湖淡水珍珠馆，男男女女买了一些珍珠饰品，惹得黄丽丽和苏导一高兴，在车上给大家合唱起了黄梅戏《夫妻双双把家还》。苏导还来了一个反串，唱起了越剧《天上掉下个林妹妹》。这一唱一和的，把街道办事处的人哄高兴了，姜姗姗也就不再找木草的碴儿。

晚上，一团人游览了苏州古城，这是费用自理每人100元的景点，含乘画舫船游览古运河，感受苏州大红灯笼高高挂，再现“君到姑苏尽枕河”的夜色苏州。木草可算开了眼，比游客“游”得还开心，只是没能尽兴。

又过了一天，驱车前往游览江南水乡乌镇，参观文学巨匠茅盾故居，以及蓝印花布染坊、江南百床馆等作坊。

全国各地导游几乎一样，他们都是一个店也不放过。在经过桐乡时，苏导劝大家免费品一种杭州特产——杭白菊。苏导看游客多少买了一点，客气地给木草装了两盒，木草还不好意思拿。

大巴车开到杭州时已经黑天，要找一个饭店吃饭，苏导给介绍了一个特色大饭店。这顿餐，游客自己点菜自己花费，他们点了东坡肉、西湖醋鱼、宋嫂鱼羹、干炸响铃、叫花子鸡、龙井虾仁等菜肴。斑主任和史主任坐在书记两边，宗干事和周干事把木草和黄丽丽两个女生安排在领导中间灌酒。

木草不会喝，尖酸刻薄的姜姗姗说道，木草导游必须陪领导喝！算是自罚，你工作表现不太让我们满意。付大姐强硬地说，不管会不会一定要喝酒，干了干了！太不像话，和我们出来的导游没有不陪领导喝酒的，你差啥呀？斑主任咧着黢黑黢黑的牙，笑着看她们劝酒。木草一股急劲儿，喝了一杯啤酒。史主任拍着木草的肩膀说，对，这就对了嘛，来，该轮到黄导了……

席间，木草和黄丽丽也没捞着几口菜吃，净给领导们敬酒催菜了，俩导游被折腾得够呛。

酒足饭饱后，苏导带领游客继续走行程，夜游杭州规模最大的南宋主题公园——宋城。这仍然是自费项目，苏导很有本事，忽悠每人掏了240块钱门票。

苏导巧舌如簧地对游客说，宋城是清明上河图的真实再现景点。给我一天，不，给我两小时，还你千年。全团人早就听说过杭州的宋城，再经过苏导的精彩介绍，全都交了这笔费用。木草帮着苏导数钱，黄导配合着记账。

看完宋城景区，回到宾馆已经是半夜时分。黄导和苏导没休息，他俩一起到外面去吃烧烤，顺便商量明天怎么挣钱的大事儿。

木草刚洗完澡，就接到滕飞打来的电话。

滕飞问木草，团队玩得怎么样？地陪导游如何？吃住条件有没有问题？木草把发生的事情和滕飞具体汇报了一下。滕飞听完，给木草鼓劲儿说，相信你会圆满完成任务，姜姗姗这样的游客躲着点，包容一下就没问题了。你？你怎么不给我发短信呢？我时刻盼你回信息呢。有事儿就给我打电话，好吗？木草连声“嗯，嗯”。木草知道滕飞的言外之意，她就是不说。

挂了滕飞的电话，木草给杨四姐打了一个电话。

木草汇报说，四姨呀，这江南也太美了！你可不知道那黄山，那小桥流水人家呀，我都，我都，哎呀！无法形容呢。杨四姐电话里警告木草说，傻样吧，你去玩啊还是挣钱去了？没长心咋地？小心南方风水给你整迷瞪喽！嗨，你听我的话，别光顾着傻玩儿，时刻记住“挣钱”俩字！千万别让外地导游给黑了，南方导游的心比炭还黑呢，知不知道？！木草听四姨隔着这么远还在指挥自己挣钱，不免嘻嘻笑。杨四姐说，还有心思笑？你的心肝挂在黄山松树杈上了咋地？那吴瑕找你谈话了？哼，别理她，回来你继续当地陪，旅行社她说了不算。唉，你呀也是，自己长点心行不？以后记住，带团就讲和挣钱有关的话，废话别说，挣钱给他们看看。木草说，四姨，我愿意当全陪，就当采风了。杨四姐说，净扯犊子，采哪门子风啊？我看你都疯了，还采啥呢？杨四姐骂完，又嘱咐她多和滕飞联系，不懂的地方问他有好处。木草隐约听到有人小声和杨四姐说话，然后杨四姐就挂了电话。

木草立刻感觉，杨四姐身边有刘万军在。木草心里说，看来，背地里，自己和四姨说的话，并没有起到什么效果。

正这时，房间电话响了，是街道办事处社会事务管理科的周干事打来的。

这个团里有七个领导住单间，周干事也一个人住。木草担心出了什么问题，忙问，周干事，您有事？请讲。周干事说，有事儿啊，我找不到房间了，刚才喝的酒还没醒呢。说着，打了一个饱嗝。木草赶紧穿好衣服，在本子上查到周干事的房间号，电话打给他说，您住在3344房间。周干事说，我不知道怎么走啊，木导，你能不能帮我一下？快过来，帮帮我吧。

木草答应着来了。她离老远就看见周干事在三楼楼道里站着。瞧木草来了，周干事故意晃了晃身子。木草扶着周干事并帮他打开房间的门，刚把他送到屋里。周干事嬉皮笑脸地硬拉木草坐在自己身边。木草说，您喝多了，我给您把茶沏上，一会儿就好了。周干事说，我好不了。要想好，就得有你陪我。木草啊，打第一眼看到你，我就喜欢你哦，外面的再漂亮我也不喜欢，嫌她们脏，你纯。

木草开始讨厌这个家伙了。她只好岔开话题说，您喝多了，好好休息，我已经把茶叶泡在杯子里，您一会儿喝吧。周干事吐着满嘴酒气臭气，摇晃着躯体，站在木草旁边说，嗨，我也直来直去。你说吧，什么条件？我今晚上要你……木草说，你真是喝多了，想哪去了？没事我回去了。木草唰的一下变了脸，往外走。周干事堵着门，故意把他硬起来的地方挨近木草。木草急了，推开他厉声道，你再不放开我，我可喊对门书记和主任啦！放我走！见木草执意反抗，怕引来不好的影响，周干事也就放过了木草。

逃回自己房间，木草想想就恶心。她重新洗了一遍澡。

洗澡间里，木草想起了姑父、校长、周干事这三个臭不要脸的男人，气就不打一处来。木草心里狠狠地骂，从无声到有声。

二

早餐后，街道办事处这个团继续游览著名的旅游胜地——杭州西湖。

游客不听讲解，走得很快。木草想拦都拦不住，没人听她的建议。在这个团队里，顶数木草最没威信。办事处的人旅游根本谈不上漫步西湖，如同一溜小跑似的，观了三潭印月，遥思了断桥残雪，遐想了雷峰夕照，穿过苏堤春晓和花港观鱼，总共也没玩上一个小时。游客们根本不能也不可能领略到“花著鱼身鱼嘬花”的诗情画意。一群人被苏导有预谋地前催后唤。苏导赶时间的目的，就是要带领一团人去龙井问茶，到中国丝绸博物馆参观，他好把钱挣到手。

没想到，大家走走就散了。集合地点除了苏导和黄导，三十多个人就只有十几个跟在导游旗后面。就这十几个人还在埋怨，不时地说，导游啊，西湖没玩够，时间太紧张了……

黄丽丽和苏导把这些人的话当耳旁风，他俩忙着清点核对人数，突然却发现全陪导游——木草也不见了踪影。他俩忍不住骂了一句当地脏话。

木草被西湖的美景迷惑了。她闯进了牡丹园，然后她又和自己私奔到了断桥。木草看到年轻情侣们在西湖边、柳树下，一对对沉浸在浪漫传说与美丽风景之间，是那么充满诗意。她的春心仿佛也在萌动。

木草弄弄被风吹起的头发，整理一下思绪。嗯，没错，说杭州是人间天堂，那可不带半点虚假呀。古人有云：上有天堂，下有苏杭。历代的文人墨客为这座天堂般的城市留下了许多篇章。木草想到了唐代著名诗人白居易和宋代诗词大家苏轼，他们曾先后任职杭州，写下大量吟咏西湖山水的名篇佳作，脍炙人口，流传至今。

看着这山山水水，木草在大脑中整理出这片土地上的名人。有三国吴国的建立者孙权、活字印刷术的发明者毕昇、《梦溪笔谈》的作者沈括、明朝名臣于谦，有在这里任过职的白居易、苏轼、岳飞等，他们为杭州的山水风光增添了无限风采。苏轼曾说：天下西湖三十六，就中最美在杭州。可不是吗，浓妆淡抹总相宜呀！从唐代白居易、宋代苏东坡、五代钱镠、明代杨孟瑛时的西湖，到如今的新西湖，只因其无比美丽，才有这么多文人写下赞美诗篇，才有这么多如织的游人。难怪意大利人马可·波罗发出了由衷的感叹，称杭州是“世界上最美丽而华贵的城市”。

木草陶醉了，她又想写点什么东西了。

当木草回头的时候，才发现自己的游客和地接导游一个也没有了。呀！坏了！木草赶紧往集合地点疯跑。

真是狭路相逢。半路上，木草碰见了找不着队伍的姜姗姗、付大姐和宗干事一伙人。姜姗姗说，嘿，那不来了一个导游吗？大家问，木导，怎么走啊？斑主任和党书记他们呢？木草被问住了，她由刚才的过度放松，突然变得异常紧张。她也是第一次来西湖，根本找不着北。木草硬着头皮凭直觉忐忑地在前边带路。坦白地说，木草是瞎走。沉不住气了，木草给黄丽丽打电话，问究竟怎么走，在哪一个门。听完黄丽丽一番话，木草才知道，自己带着这几个人已经走了一半的路，方向却反了！木草迅速调头，径直向集合地点冲去。

这回，又一次惹得脚上起血泡的姜姗姗瞪眼睛，她不停地嚷嚷，骂木草撒气。

七转八绕，总算和大部队会合了。可几个导游还是遭到了不尽相同的埋怨。

有的指责地陪留的时间少，有的指责全陪木草不认路。顶数姜姗姗闹得最厉害，她跟大伙说，木草就是跟着白玩，一点也不知道照顾游客，还险些把自己给丢了，真不知道这是啥导游。黄导和苏导还拿木草开玩笑，他们说，木草导游去“借伞了”。至此，车上的人都生气了，对木草进行冷暴力，以发泄不满。

木草什么也不说，她也真说不出来什么。只能在心里说道，不好意思，对不起。但是，这不能全怪我呀，这都是西湖美景惹的祸。这都是许仙、白娘子惹的祸，也是梁山伯与祝英台惹的祸……

蹬上旅游车，苏导要开始讲解杭州丝绸了。

苏导压力不小。这团人的情绪被木草这个异类导游给搅和得乱七八糟，他不知道自己需要付出多大努力，才能挽回不利的局面。

他满脸堆笑地讲解起来。

“好了朋友们，今天大家很辛苦，晚上我让饭店添一道当地特色菜——龙井虾仁，给大家补补。我请客！”

底下有人回应叫好。游客们久违的笑容又回来了一半。

“那么，现在，我们下一个要去的地方，是浙江省十强企业之一的宝宝集团公司。它的前身是杭州丝绸印染厂，是一家有七十七年历史的国有丝绸工厂。这家国有老厂历年来得到了各级领导的高度重视，许多领导还视察参观过这家工厂，就连国际服装大师也爱上了杭州丝绸，并和该公司签订了一系列制作服装的合约。好，我们现在也去参观视察一下啦！

“这里有工厂安排的服装美女秀，更可能明亮我们的眼球，哈哈，让大家免费看美女。我们杭州的美女穿着丝绸服装，迈着轻盈的台步，既展现了丝绸服装的飘逸亮丽，也展示了她们婀娜的身材。

“宝宝时装队是中国最早成立的表演队之一，还曾培养出国际名模呢。所以，今天的参观过程一定会让你赏心悦目的。

“俗话说‘上有天堂，下有苏杭’，苏杭还是出美女的地方。为什么？其实是和我们江南特有的天气环境有关。一年365天，有三分之一的天气是水水雾雾，女孩子的皮肤因此滋润光洁，皮肤吸收了大量的水分，更加具有弹性，所以让人显得特别年轻。”

同车人都互相看了看，半信半疑的样儿。

“我们这里另外三分之一的时间在下雨，剩下的三分之一是强烈的阳光，冬天冷到 −5℃，夏天会热到40℃以上。我们这边的冷还是湿冷，空气里含有大量的水分，水分虽然滋润了女孩子脸上的皮肤，但是却有80% 以上的老年人因为这样的气候而得了一种病。”

有个年龄大的游客敲了敲自己大腿。

“大家猜是什么病？关节炎，对了。关节炎是怎么回事呢？就是在你睡觉的时候，全身放松，毛孔顿开，空气中的水分进入了皮肤，而聚集在身体的关节部位。每逢阴雨天气，就会让人感到关节部位酸痛难受，行动不便，严重的还会引起各种并发症。”

木草有点燥热，擦擦额头，继续听。

“以前穷的时候，我们没有很好的办法来对付关节炎。今天就不同了，现在我们会选择轻盈透气、蓬松柔软的蚕丝被来作为床上用品。以前那种棉花被，新盖的时候是三斤，过半个月以后会变成四斤重，谁知道多出来的一斤是什么吗？水分。对了，我们江南地区潮湿天气多。以前，只要一出太阳，家家户户第一件要做的事情就是晒被子，但现在使用了蚕丝被以后，就再也不用那么麻烦了。其实棉被呢，在座的每一位朋友家里可能都有，人盖上后感觉闷热不透气，时间长了被芯还很容易发霉，长蛀虫、螨虫。这些问题怎么避免呢？”

史主任几个人点头，显然，他们已经往苏导这边靠拢了。

“朋友们，我们杭州历来被称为‘丝绸之府，茶叶之乡’，古代的丝绸之路就是从杭州开始的。京杭大运河的最南端之所以在杭州，就是为了方便把我们的丝绸、茶叶、美女从水路运到北京供皇帝享受的。”

宗干事自言自语，是啊，江浙自古出美女。他狡黠地笑了笑。不料，无意中被木草瞥见。木草赶紧闭上眼睛，阻断宗干事看她。

“早在两千五百年前，这里叫越国。曾和吴国打了一仗，越王勾践‘卧薪尝胆’的故事有没有听说过？当年的吴王看中了越国大片肥沃的土地。这些土地最初都是随着地壳运动，从海底涌出来的，因此，土壤中含有大量的有机矿物质和有机微生物体。我们在这些土地上种的桑树，叶片肥美硕大，蚕宝宝吃了这些肥厚的桑叶，所结的茧最长可抽1500米的丝。成语‘沧海桑田’也就是这样来的，因此，被国际上公认为绿色的‘纤维皇帝’。”

苏导实在口渴了，就抓紧喝口水。然后，继续完成他的讲解。

“对了，更奇特的是，这边还培育出了个大、色白的‘双宫茧’。大家有没有听过‘双宫茧’呢？就好像鸡蛋打开会有双黄蛋一样。‘双宫茧’里面同时有两个蚕蛹，非常神奇。等一下去丝绸厂的时候，各位都有机会亲眼看到‘抽丝剥茧’的详细过程。”

苏导讲到这里，有几个游客不耐烦了，相继闭上眼睛养起神来。

“有睡觉的吗？换个话题，给大家讲讲美女西施好不好？当年啊，越王被打败了，只能做了吴王的俘虏，并且还把越国的美女西施献给了吴王。大家知道吴王叫什么名字吗？西施很漂亮，但是嫁的老公很差劲，所以她的老公就叫‘夫差’。各位一下子就记住了吴王的名字了，是吗？越王从吴国释放回来以后，励精图治，发奋治理国家，终于打败了吴王夫差，成语‘君子报仇，十年不晚’就是这样来的。”

车上有人配合着一阵笑。

“更有意思的是，当年越王有一个国策，那就是鼓励老百姓多生小孩。对，一旦生一个男孩，国家奖励一头猪；一旦生了女孩，国家奖励一头牛。古时候的一头牛，相当于家里的一个壮劳力。从奖励上看，反而重女轻男，其实，越王自有打算，因为女孩还会生小孩，那么国家就有充足的人口去当兵，兵强马壮了，自然会国富民强。得到国家奖励的老百姓都很高兴啊，生了男孩的人家会在门前种一棵榉树，希望自己的儿子长大了可以中举做官。生了女儿的人家，会在后门种一棵樟树，还用粮食酿酒以示庆贺。喝不掉的酒暂时埋到地底下，等到女儿出嫁的时候，取出来在婚庆的喜宴上喝，后来慢慢形成了一种习俗。绍兴酒‘女儿红’就是这么来的。”

游客听得入神。木草在脑袋里勾画着樟木箱子，幻想着女儿红。

“嫁女儿的时候，媒婆是根据主人家屋后香樟树的粗细，来判别女孩的年龄。如果是大拇指粗的香樟树，是一个刚出生的女婴；如果是像腰一样粗的香樟树，那已经是一个嫁不出去的老太婆了；香樟树刚好和碗口一样粗，那才是一个亭亭玉立的黄花闺女。

“等到相亲的时候，男女双方家长会交换‘八字’，看是否相合。女方的家长还会去男家看一看家境如何，如果屋子后面有几亩桑田，就知道女儿嫁过去日子一定会过得很殷实。古语说‘天下之利莫过于桑’，到今天都是这样。老百姓一个双宫茧可以卖6分钱，收入比种稻米更强，大家都抢着去种桑养蚕。”

木草瞪着眼睛听，她想听出是真是假。

“女孩子出嫁以前，做父亲的会把香樟树砍掉，加工成樟木箱作为嫁妆一起送到夫家去。有钱人家要在樟木箱里放八条蚕丝被，称之为‘八八大发’，或者是六条，称之为‘六六大顺’。少一点的也要放四条，称之为‘事事如意’，最少也要放两条，称之为‘好事成双’。”

党书记小声对身边的人说了一句，导游真会讲，净讲吉利话。

“蚕丝被，大家想，不会太多了吧？其实两条是新娘拿去孝敬公婆的，两条是新婚夫妻自己用的，两条是送给小姑子做见面礼的，另外两条是给未出生的宝宝准备的。一条盖，一条垫，自己就跟蚕宝宝一样躺在中间享受。直到现在，我们这边嫁女儿的习俗仍然是必须陪嫁蚕丝被，同时还要配上一个光滑舒适的蚕丝被套，蚕丝被套柔软耐用，可用几十年，象征着父母对女儿一辈子的呵护。”

底下有人配合着问，导游，你别说了，多少钱？我们买！大家随之哄笑。

苏导继续讲解，游客听得高兴。

“好啦，讲完故事，再说说丝绸。桑田集中的杭嘉湖平原被誉为‘日出万匹，衣被天下’。到了今天，这边已经成为中国最大的丝绸集散中心。杭嘉湖就是杭州、嘉兴、湖州三地交界处的一片平原，也就是每天都可以出产一万匹丝绸的风水宝地。这里生产的蚕丝被、蚕丝服装可以让天下百姓免受寒冷之苦。

“知道吗？人的三分之一时间是在床上度过的，有好的享受才会有好的睡眠，在生活品质提高了的今天，神奇的蚕丝被给我们带来了意想不到的好睡眠。蚕丝里面含有十八种氨基酸，还有一种非常神奇的成分，目前连科学家都没有找到它产生作用的原因。它会让一个人的大脑神经放松，使人很快进入睡眠状态，让人拥有一个美好的睡眠体验，因此暂时把它命名为‘睡眠因子’。这种睡眠因子连蚕屎里面都有，我们把它制成枕头，叫‘蚕沙枕’。把它枕在人们头部后面的大动脉上，能起到安神降压的作用，非常奇特吧！广告词上说，天下所有的父母都知道儿女的生日，又有几个儿女知道父母的生日呢？我去年的礼物让我的父母温暖了整整一个冬天，真是盖在身上，暖在心头。你们也赶快行动吧！”

木草听出导游的言外之意了。

“大家跟我浏览了杭州的湖光山色，了解了杭州的历史文化，现在，再跟我选购一下自己喜欢的丝绸产品。里面除了蚕丝被，还有衣服、丝巾，应有尽有，只是选购的人非常多，等一下大家要跟紧工作人员，千万不要走散。拿好你的优惠卡。好了！工厂到了，大家请跟着我下车！”

苏导讲得嘴角发白，嗓子冒烟，黄导及时地递上矿泉水。苏导迈着小细腿，把游客往店里带。

苏导一通“专业”讲解，的确非常精彩。木草由他想到了杨四姐。木草想，那些到北京旅游的游客也一定是听了四姨精彩的讲演，才舍得花钱购物的。

不夸张地说，苏导讲得这么专业，木草都已经被他讲动心了，更别说街道办事处的人们了。

下了车，到丝绸店里，木草一眼就看上一件黑色桑蚕丝上衣。木草想，这件衣服“水妹”穿一定好看。还有，那条月白色丝巾正适合“白小荷”佩戴。她数数兜里的钱，准备消费。

苏导看木草也想购物，把黄导叫过来帮木草参谋。

黄丽丽问，木导，你给谁买呀？是自己还是母亲？木草看着衣服和丝巾，摇摇头。她要求服务员给她拿中号的。售货员和黄丽丽都劝木草说，你这么瘦，怕是小号还肥呢，干吗买大的呢？木草固执地说，我是给“水妹”和“白小荷”买的，不是我自己穿戴。服务员这才转身去拿货。黄丽丽拉了拉苏导说，看看，全陪带头买东西，你还不和商家说说，象征性打点折扣？你偷着乐吧，百年不遇一个傻全陪。俩人互视一笑。

经过苏导的帮忙，店里给木草打了九折，总共花了三百二。黄丽丽一边帮木草叠衣服，一边没话找话地问，木导，“水妹”“白小荷”都是谁呀？你刚才说要给她们买回去，这尺寸能合适吗？买回去以后，调换很麻烦的。木草认真地说，是我小说里面的人物。黄丽丽睁大眼睛，啊？你，你说什么呢？没事儿吧？木草说，你看我像有事儿吗？我爱我小说里的人，因为他们缺少人爱。知道吗？这些仿佛是给她们量身定做的，合适极了！木草一副很激动的表情，把东西装在背包里。

黄丽丽不知道该怎么和木草沟通。几天下来，她感觉木草这个导游的确有些不正常。黄丽丽不太懂木草的那些思想逻辑。小说？导游怎么会给小说里面的人买东西？没听说过！新鲜！黄丽丽自言自语，然后找机会溜了。

黄丽丽赶紧去寻找到财务室拿提成的苏导，他俩要研究关于分提成的事儿，也研究怎么样更好地黑这个神经出了问题的全陪导游——木草。

丝绸店刚进完，苏导上车又来了精神，他迅速进入工作状态，接茬宣传卖茶叶。

"大家购物很辛苦，我再带大伙去喝龙井茶。不过，别担心，是免费的。如果喜欢，各位也可以买一些，送给亲朋好友。"

一车人正口渴，巴不得去歇歇脚，喝喝免费茶。

"茶叶，在中国各地都有，可是，绿茶中的精品——龙井，只有我们杭州西湖边有。虎跑泉水配龙井茶叶，这就是杭州的双绝。十大绿茶之首的龙井茶更不是浪得虚名，西湖龙井茶以色绿、香郁、味醇、形美'四绝'而闻名于世。

"成茶扁平挺秀，光滑匀称，翠绿略黄，泡在杯中，嫩芽成朵，一旗一枪，交相生辉，芽芽直立，栩栩如生。馥若兰，清高持久，汤色明亮，滋味甘鲜。人们夸称它为'黄金芽''无双品'。

"大家知道，西湖龙井位列我国十大名茶之一，具有一千二百多年的历史，明代列为上品，清顺治列为贡品。清乾隆游览杭州西湖时，盛赞龙井茶，并把狮峰山下胡公庙前的十八棵茶树封为'御茶'。

"龙井茶始产于宋代，明代益盛。大家都知道，在清明前采制的叫'明前茶'，其嫩芽初绽，形如莲心，因此称'莲心'。每制一公斤干茶，约采摘鲜叶七万个，极为珍贵。谷雨前采制的叫'雨前茶'，又叫二春茶。此时茶柄已长出一片小叶，形状似旗，茶芽稍长，形状似枪，故称'旗枪'。立夏采摘的称'雀舌'，再过一个月以后采摘的称'梗片'。向来就有'雨前是上品，明前是珍品'的说法。龙井茶泡饮时，但见芽芽直立，汤色清洌，幽香四溢，尤以一芽一叶即俗称'一旗一枪'者为极品。"

木草这次算开了眼界，原来龙井茶有这么多奥妙？她不停地拿着小本记。

"龙井茶历史悠久，最早可追溯到我国唐代。相传，乾隆皇帝巡视杭州时，曾在龙井茶区的天竺作诗一首，诗名为《观采茶作歌》。西湖龙井茶向以'狮（峰）、龙（井）、云（栖）、虎（跑）、梅（家坞）'排列品第，以西湖龙井茶为最佳。龙井茶外形挺直削尖、扁平俊秀、光滑匀齐，色泽绿中显黄。冲泡后，香气清高持久，香馥若兰，汤色杏绿，清澈明亮，叶底嫩绿，匀齐成朵，芽芽直立，栩栩如生。品饮茶汤，沁人心脾，齿间流芳，回味无穷……”

苏导很有实力，讲解得非常专业。他在车上倒背如流，如数家珍。仅龙井茶，他就足足讲了一个小时，嘴边冒着那么多白沫子，他都顾不得擦一下，怕耽误时间。

苏导讲完，茶叶店也到了，大家争先恐后地下车品茶。结果，可想而知，街道办事处的领导们吧嗒着嘴，个个大罐儿小罐儿地拎着茶叶从里面走出来。

第五天一早，黄丽丽带一团人直奔码头，乘船去普陀山。

半路上，又来了一名普陀山当地的导游。黄丽丽和木草挤在一个座位上，听普陀山导游介绍。这个导游没有苏导和黄丽丽讲得生动，也不幽默，感觉像背书一样。街道办事处的人小声嘀咕说，这个小导游像念经一样。

普陀山小导游开始“做功课了”：

“普陀山与山西五台山、四川峨眉山、安徽九华山并称为中国四大佛教名山，是观世音菩萨教化众生的道场。普陀山是舟山群岛1339个岛屿中的一个小岛，它形似苍龙卧海，面积约12.32平方公里，与沈家门隔海相望，素有‘海天佛国’之称。的确‘海上有仙山，山在虚无缥缈间’。有人曾经对普陀山的美景有过这样的评价：以山而兼湖之胜，则推西湖；以山而兼海之胜，当推普陀。每逢佛事，信众求拜，时有天象显祥，更增添了普陀山的神奇、神圣、神秘的色彩。”

姜姗姗小声嘀咕，这个导游还带着口音，一般人听不懂。

“普陀山四面环海，风光旖旎，作为四大佛教名山中唯一坐落于海上的佛教圣地，被誉为‘第一人间清净地’。绵延千余年的佛事流动，使普陀山这方钟灵毓秀之净土，积淀了深厚的佛教文化底蕴。历代天子拨币累建，全盛时期，曾有3大寺、88庵院、128茅棚，僧尼达4000人左右。普陀山以其观音道场的神圣地位，以及柔美的天然风景，成为驰名中外的旅游胜地。”

小导游接着又讲送子观音。

“送子观音是温柔、端庄、面带微笑的妇女形象，或双手合掌，或怀抱一个孩子，或足踏莲花。在观音之乡普陀山各寺庙供奉的观音众多，千处祈求千处应，因而在此求子者络绎不绝，且灵验之喜频传，还愿者众多。”

这次正对了姜姗姗的路子，她放下小镜子竖起耳朵听。

“普陀山南海观音坐落于双峰山南端的观音跳山岗上。此处势随峰起，秀林葱郁，气顺脉畅，碧波荡漾。观音左手托法轮，右手施无畏印，妙状、慈祥。来这里求姻缘和事业都特别灵验，大家听过吗？杨枝观音？对，杨枝观音右手执杨枝，左手托净瓶，其中的杨枝甘露能医百病、驱邪除恶。在普陀山法雨寺后侧，有一庵名杨枝禅林，以供奉普陀三宝之一的‘杨枝观音碑’而著称，因此，在这里求杨枝观音庇佑平安健康特别灵验，告诉大家，普陀山烧香极其灵验，诚信就灵……”

黄导和小导游带游客到了普陀山终点码头。远远就看到南海观音屹立在岸边，平添了几分神秘和佛韵。当一团人顶着烈日，来到南海观音广场的时候，更让人感到佛像的气势恢宏。抬起头看这33米高的观音像，令人仰止，给人留下印象最深的是观音微笑的表情。

此时此刻，木草想起了姥姥，那个一生信仰观音的已经扎根在她心里的人……

果不其然，小导游带一团人绕到庙里去烧香了。

大雄宝殿人头攒动，热闹非凡。一部分人虔诚地举着香，去烧。

趁团里人在前殿烧香磕头的工夫，木草独自晃到了人少的后院。后院曲径通幽，暗暗传来一阵阵清香，路边不知名的小花孤傲地挺立在那里，看起来有点像缩小的莲花，佛门圣地，果然名不虚传。

木草出了后山门，豁然是一片开阔的有着淡淡蓝色的海洋。一条狗悠闲地卧在一边晒太阳。小狗对于木草这个陌生来客，似乎不屑。它懒懒的，不愿搭理她。旁边就是和尚的生活区了。墙上的联通投币电话和屋内桌上的《读者》杂志让木草觉得，他们和外面的人一样平凡而又真实。

木草又回到前殿。烧香的人依然络绎不绝。人们都闭着眼睛念念有词，大都是祈求事业顺利、婚姻美满什么的，没具体所指的，也就是希望菩萨能保佑平安。

来自全国各地的男女老少，如此虔诚地做同一件事情，着实让木草感叹。

木草心里说，他们如果懂得在佛前忏悔该多难得啊，恐怕，所有人都在贪婪地祈求赐给他们一切，包括金钱和权力。

渐渐地，在大殿前立久了，木草心里想得更多了。是啊，生活在都市中，难免有时候会迷失自己，人们总要找到一个能支撑自己的信念去坚持。信佛也好，信钱和权也罢，人总要有个精神支柱。当自己也越来越不相信自己，唯一的方法，就是找一个真实或不真实的东西，或概念或理论，去相信……

木草站在一边静默。黄丽丽和普陀山小导游不知去向。姜姗姗仍然一个个大殿、一尊尊菩萨面前烧香，在送子观音那里虔诚地磕头。木草真想不到，姜姗姗居然不冷落任何一尊菩萨。

几个烧香比较快的懒人，一起坐在院子里等着其他人，顺便聊起了天。木草听见了，原来，姜姗姗结婚四年还没有孩子。木草一侧身，发现了普陀山小导游，她正和一个寺庙里的人嘀嘀咕咕。接着，木草看见她的游客被大师们忽悠走，走出殿门，被引领到请香处，还有捐善款处。一位大师对姜姗姗和宗干事等人振振有词道，人们都晓得一句话，说你们家是哪辈子烧了高香啊，这个高香，就是你眼前看的。这个，一千八百八十元的高香。你只有烧高香，许愿才最灵，你们烧吧……

木草觉着不对劲。这？这不就是旅游陷阱吗？小导游和寺庙合伙挣钱！看姜姗姗和一位出家人说要烧三炷高香的时候，木草急了，冲上前去叫道，赶紧走了走了，集合，赶不上车了。姜姗姗骂了木草一句，你神经病吧！该负责的时候你不管，不该管的你倒干涉！主任和书记都在呢，往哪走啊？木草结结巴巴地说，这……这不能……不能烧。

完了，木草傻了。看他们继续烧香，捐善款，自己根本阻止不了。木草蹿过去，拉住刚现身的地陪黄丽丽说，你怎么不跟游客说一声啊？告诉他们不要烧香，听听就算了。这不是利用封建迷信坑钱、坑人吗？赶快请大家集合。大家集合走了！走了！木草着急，竟然大声地叫喊街道办事处其他的几个人。

普陀山小导游火烧屁股一样，急忙上前拉开木草，对游客微笑道，不急不急，你们再转转，还没到时间呢。地陪黄丽丽像看动物园里的大熊猫一样，看了木草一会儿，说了一句话，令木草摸不着头脑。她说，木草导游啊，假如没有熊猫，你肯定就是个鬼（国）宝！至少在咱导游界，你是个鬼（国）宝。普陀山导游见木草一脸茫然，便讥笑着直接点透木草说，烧高香是游客的信仰，你想拦也拦不住呢，这叫信仰自由。你难道不知道吗？你团里有生不出孩子的，有离婚的，有父母得重病的，有孩子得绝症的，他们早和我说了，要求烧高香消灾的嘞。

木草被说得无言以对。

小导游更加得意地说，喊，寺庙口，向南开，有信无钱莫进来！这叫一个愿打一个愿挨，你好像没见过世面嘞。木草说，我看你跟寺庙里的和尚们串通一气，你在利用他们的信仰，这不好！木草语气很重。普陀山小导游说，你第一次出来吧？以后注意点，别啥都说，这是什么地方？你不清楚吗？这时，木草看见别的旅游团几位不烧香的游客，被几位大师连拖带哄地轰出大门，大师双手合十，念念有词道：佛门不常驻，大家参观完了就赶紧出去吧！

木草站在门外，心中又怕又悔。怕的是，游客一时鬼迷心窍烧了香，万一下山突然回过味来。悔的是，上山的时候作为全陪的她，怎么就忘了提醒游客不要烧香上当呢？这万一游客们告她这个全陪不负责任，投诉到旅行社还好说，投诉到旅游局，告她导游利用宗教信仰，欺骗游客消费，可咋整啊？！

木草心里还因一事犯嘀咕，不知道这高香烧完了，团里人许的愿真能灵？佛祖会保佑他们吗？真的能……

烧香拜佛之旅终于结束，一团人疲惫地走上旅游车。

几天过去了，木草又想给团里人“上课”。当然，可以不讲凡·高的《向日葵》，不讲路遥的《人生》，不讲莫泊桑的《羊脂球》，也不讲巴尔扎克，只讲她的课，她的梦。

木草的老毛病开始抬头。她是忍不住的，就像一粒向日葵籽落在肥沃的田里，经过阳光雨露的照耀滋润，嫩芽拱着拱着就钻出来了，一点办法都没有。木草站起来，去摘话筒，她要把刚刚备好的“课”讲出来。

“大家好，您知道旅游的真谛吗？是找寻真善美，抛开杂念，净化自己的心灵。

用健康的心态，豁达开朗，微笑看待这个世界。如果说蒙娜丽莎的微笑被比喻为自信的微笑，高棉的微笑被称为苦难的微笑，那么观音的微笑就是一种信仰，一种微笑的心态。南海观音那熟悉的微笑，就像一朵莲花绽放在心中。

“我非常庆幸自己能带团出来，外面带给了我一个全新的视野，让我突然明白了很多道理，也许正是佛家所言的顿悟吧。

“人，要有信仰，有了信仰，人也会简单快乐很多。不再会找不到自己要去的方向，不再会埋怨更多的事情，包括自己写的小说仍然没有杂志社那边的消息……”

还没等木草说完，地陪黄丽丽居然抢过话筒。黄导兴高采烈地领大家做起了游戏。这让木草很尴尬，僵在那里。

黄导让每人说一句带“一”的成语。斑主任和史主任带头，斑主任说的成语是一泻千里，史主任说的成语是一心为公。周干事说出一声不吭。接着，其他人分别说出自己想说的：一分为二、一地鸡毛、一石二鸟、一塌糊涂、一鼓作气、一目了然、一生九死、一迎一合、一步到位、一览无余、一炮走红、一蹶不振、一鸣惊人、一见如故、一团漆黑、一刻千金……

“一”字成语纷纷登场。黄导让每个游客把自己想到的成语记好了，记牢了。然后，要求每个乘客站起来，自己宣读刚想到的成语。不过，成语前加上一句“新婚之夜”四个字。结果，经黄丽丽这种一凑合一点拨，就成了“新婚之夜，一泻千里”“新婚之夜，一声不吭”“新婚之夜，一心为公”了……

黄丽丽的聪明加上乘客们丰富的想象力，合二为一，于是，一幅幅可爱可笑的“新婚之夜”场景，五花八门地展现在一团人的脑海里。哄的一下，笑声爆满车厢。黄导和游客要的就是这个效果。

木草看了看好不容易露出笑脸的姜姗姗，她有些后怕。是啊，幸好黄导抢了她的话，否则，后果不堪设想。但木草多多少少还是有点沮丧，仿佛自己那棵刚刚破土的嫩芽，被生生碾压了回去。

木草当了一次全陪，带团从南方回北京，照样受到杨四姐一顿批评。

在家里，木草正兴奋地把买来的东西给杨四姐过目。杨四姐看到月白色丝巾说，这是给谁的？你围它吗？像活鬼似的！妈呀，这是给谁的衣裳？木草说，是给水妹买的，还有白小荷的围巾呢。木草说着把从飞机上没舍得吃，带回来的小点心给四姨吃。杨四姐说，没听你说过认识这俩人啊？木草笑着说，她们是我小说里面的人。杨四姐瞪大眼睛说道，你疯了？纯疯子，你是个败家玩意儿，挣一个花俩，怎么不知道过日子？！拿来，给我穿。杨四姐抢过那件黑色丝绸往自己身上套，结果穿不进去，差一点撑破衣裳。看四姨鼓鼓的身子，再看看那件衣服，木草忍不住笑，笑得前仰后合。为了让杨四姐高兴，木草把从苏州地摊上淘来的一套美人梳子和美人镜子，给了杨四姐。这才让杨四姐的眼球从那件黑上衣、白丝巾上撤离，转到梳子和镜子上。

过了一会儿，木草上网联系董晓冉，她给董晓冉带了一把杭州的天堂伞。杨四姐坐在木草旁边，嚼着阿胶枣儿，问道，去一趟南方咋样？木草一边看电脑、敲键盘，一边说，好啊，没看我在写感受吗，我要写个游记。杨四姐说，屁感受吧。我问你，钱挣得咋样？那边导游分给你多少？滕飞给你多少导服费？木草说，那边导游给我两百块。滕飞每天给我补助一百五，在机场接我和游客的时候，滕飞就把钱给我了。对了，四姨，这是我挣的钱，除了花的，全交给你，你爱买啥买啥，也算我孝敬你的。

杨四姐接过钱，边查边说，苍天啊，傻狍子啊，你真笨呐！好好的肥团没挣着钱，让地陪给你“切”了，自己还在那儿臭美呢。木草说，南方导游讲解风格和北京不一样，我也学到不少知识呢。杨四姐说，学吧你就，累个半死，然后彻底穷死！木草不懂四姨指的是什么。木草心想，滕飞给自己一千零五十块，照这样带团，怎么会穷死？唉，都是四姨太贪婪。木草敲键盘的手指不自觉地重重敲了一下。

杨四姐坐在靠椅上，叨咕说，这些日子，米虎这家伙不知道干吗呢。木草说，你打电话问问不就知道了。杨四姐说，嗯，我还真有事儿问他，上网流量快超了，现在我也带不了团，刘万军那死鬼不来，我只好上网玩玩游戏啥的，你也老用电脑，所以，我问问米虎，看看怎么上网便宜。杨四姐给米虎打电话。

杨四姐听见米虎“喂喂”地嚷着。米虎说，他带团在鸟巢呢，鸟巢附近人多混乱，要大声才能听见。他问杨四姐什么事儿。杨四姐说，米虎，我问你一个事儿，怎么上网能便宜呀？现在我用电脑时间长，用以前那个方式太费钱啦。米虎说，你去网通问问，现在有上网套餐，家庭用很合适。杨四姐笑道，哈哈，网络也像导游一样，也给设计套餐忽悠人了？米虎说，那有什么办法，实惠就行呗，好像办一年才一千多块，而且，还给免除一部分电话费呢，另外送你一个手机号。杨四姐料到米虎很忙，打探完后就撂了电话。

看了看表，杨四姐说，木草，我饿了。咱俩别自己做饭了，你刚回来也累，我更懒得动，不如去饺子城吃点酸菜馅饺子。另外，明天你去趟网通公司，就是电话局旁边那儿，问问上网的事儿。刚才米虎告诉我说，弄个“套餐”便宜，你看看去。木草“嗯嗯”答应。

俩人一块儿去吃酸菜馅饺子了。

第二天，木草到网通公司办理业务。

木草随着人流正排队时，突然，一个声音在她耳边响起，是那种有磁性的声音，是那种纯正的北京腔。

木草一愣，一回头，看见一个嘴唇上留着胡子的男人。那男人也在看木草。

男人主动搭讪木草问，哎，丫头，这张表儿你填了吗？没填表儿白排队，好像。木草说，我想问问办理网络套餐的事儿。还填什么表儿？那人说，我也是来办理这项业务的。你快去后边前台领张表儿，照着要求填好就成了。别急，我先帮你排队，完事儿你就直接过来。

木草听了这人的指点，去填表。木草填好后，又站在这个人前面。这人自我介绍说，认识你很高兴，我叫宋华，是画家。你叫什么名？留个电话成吗？等我们举办画展，邀请你参加，不知你能否赏光？宋华掏出手机等待输入木草的号码。

宋华打量眼前这个姑娘。姑娘布衣青衫，素面朝天。一双眼睛可爱得无可挑剔，整个人长得宛如被春雪浸湿却增强了生长力量的嫩草。的确，处于大好年华的木草，使宋华情不自禁地陶醉于她的美丽而不能自拔。

木草抬眼看着宋华，她的脸瞬间腾的一下红了。眼前这个男人那双神采奕奕的眼睛和嘴唇上的胡须，顿时让木草心跳加快。她紧张快乐起来。木草自己也不知道，这个人仿佛在自己梦里出现过一般，莫非是天赐良缘？宋华浓烈的艺术气质逐渐征服了木草。木草坦白交代出自己的电话和名字。

宋华的热心和绅士风度让木草怦然心动了。当两个人办理完业务时，站在门口，木草向他告别，宋华主动示意和她握手的那一刻，仅仅在一刹那，触动手指的瞬间，木草为自己的这一次心动感到害羞，感到突然。

木草刚到家，宋华就发来一条短信。写着：是你吗，木草？我的车还停在网通门口，抽了五根烟，我抽醉了。我还在回忆你的身影，醒不过来。呵呵，我请你一起吃饭，好吗？请回信。木草的心仍在怦怦乱跳，她很想去和宋华一起吃饭，但又觉得，这么轻易同意赴约，不免有些轻浮。看四姨做好了午饭，已经放碗筷儿了，木草一边脱鞋，一边给宋华回短信：谢谢你，今天我有事儿，改天再联系。

杨四姐看木草进屋，忙问办好了没？还不快洗手吃饭，又跟谁发短信呢？木草说，一个朋友。杨四姐说，是滕飞吗？你带团去华东五市，滕飞给我打过电话，说喜欢你，要和你交朋友。这个滕经理比较懂事儿，还知道征求你四姨我这个长辈的意见呢。滕经理条件多好啊，人也有能力，长得也不磕碜，你还挑啥样的？你和他成了，四姨将来也多一份依靠。木草知道杨四姐多多少少长着私心，她推着杨四姐撒娇地说，哎呀，四姨，你就别掺和了，行不？我肯定不会和滕飞交朋友。不过，你放心，我会有一个自己中意的男朋友，一样让你有依靠，真的。木草一脸的自信和欣喜。

杨四姐盛好饭坐下来，看了看从网通公司回来的木草，她感觉怪怪的。杨四姐正纳闷呢，木草的手机响了，这次是宋华打来的。木草看了看杨四姐，她悄悄地走到小卧室窗户前，神神秘秘地接听电话。

宋华电话里说，木草，别客气，我是诚心诚意的。我还在这里，一直等你，等你一起吃饭，我今天有时间。木草说，谢谢，我真的有事，在和我四姨吃饭呢，我们改天吧。挂了啊，发短信比打电话方便。木草看杨四姐跟来了，赶紧说了最后一句，就摁了手机红色键。

杨四姐追问，谁啊？约你吃饭？男的？木草说，嗯，是一个画家朋友。木草说着画家俩字，心里就幸福快乐。杨四姐说，什么画家啊？刚认识的吧？傻瓜，你别一天到晚云里梦里的，主要考虑一下和滕飞的事，人家是旅行社经理。四姨这次可是彻底为你着想，一点私心也没有。我为你好，知道不？俗话说得好，男怕入错行，女怕嫁错郎。你懂不懂？杨四姐站着说累了，便坐下来继续说。

自从滕飞电话里透露喜欢木草，杨四姐的生活便由孕育胎儿、上网解闷两件事，增加了撮合木草和滕飞这第三件事儿。木草低头吃饭，任凭杨四姐叨叨，她想着自己的心事儿。

一碗饭的工夫，宋华又发来一条短信：木草，记得加我，我的QQ号，8130131××。木草的心门彻底松垮，宋华的短信和电话接连不断，这种猛攻的阵势，不禁让木草爱潮翻滚。

木草躺在床上，辗转反侧。月光照进来，她更加睡不着。木草坐起来，然后走到窗前。窗外芳草萋萋，树影婆娑。木草趴在窗台上，当望着白白的月亮时，她才感觉到，自己再怎么超然于尘世，那也注定逃不过爱情了。待在月亮下面，木草这一次才感觉到自己变傻了。都说恋爱中的女人会变傻，自己还没恋爱呢，怎么就傻成这样？

夜里，木草做了个梦，醒来觉得难为情。那梦是瑰丽斑斓的，这是她从没有过的不好说出口的美梦。

春夏之交，木草正处于生命力的勃发期，生命的活力正在她身上蓬蓬勃勃地生长。爱情也在木草的胸中积蓄得越来越热烈。

在一个早晨，木草接受了宋华的邀请，去公园玩。

宋华举着相机，给木草拍照。宋华真的惊呆了。木草站在盛开的鲜花丛中，而美丽的木草也正在盛开着，比花丛还要娇艳欲滴。此刻的阳光似乎格外明媚，近乎透明的金色光环笼罩在木草的头顶。宋华无法控制心中的激情，他走近对木草说，木草，我想告诉你，你自己不知道你究竟有多美。唉，真的太美了！像你这样的姑娘在北京打着灯笼也找不到了，只能在画里找。你给我带来更大的画画灵感和灵性。

木草不好意思地又一次脸红。她觉得脸红应该很难看，但她控制不住自己脸红。

宋华又给木草变换了一个背景照相，他把目光聚焦在这个姑娘身上。木草站在那儿，身上穿着件暗红色的连衣裙，由于束腰，她尖小、结实的乳房隔着衣服若隐若现，生动地凸现了出来。是那么的逼真，又那么的精致。这，让宋华有一种冲动，仿佛是一种饥饿的冲动。

游玩了大半天，宋华带木草去吃了一顿美食。木草惊奇地发现，宋华点的菜都是她平时最爱吃的。两个人边吃菜边聊天。宋华说，木草，玩得高兴吧？不知道怎么回事，我真的特别喜欢你，从你在网通门口出现的一瞬间。你信不信是天意？木草听了，心里很甜的感觉。她眨巴着一双水灵灵的眼睛看着宋华，然后，羞涩地一低头。

宋华用手转了转盛满饮料的杯子，说，你吧，和别的女孩不一样。不描眉不画眼儿，穿着朴素。你那天穿着一双小黑皮鞋，露着穿一双薄丝袜的小脚丫，真的好。一看，就知道是贤妻良母型的女性，良家少女。你透着一股小鸟依人的可爱劲儿！我看过的女孩多了，但就喜欢你这种类型的。真的，看到你让我想起一首歌《兰花草》。说着，宋华小声唱起来。

岂料，宋华的歌声比他的说话声还令木草着迷！ 木草坐在那儿，什么也不问，只是听宋华又说又唱。木草觉得自己很幸福，和像凡·高一样的画家吃饭，就是一种从没有过的幸福。

宋华给木草夹菜说，快吃菜，别只听我说。饿坏你，我会心疼。木草傻傻地问，你喜欢凡·高的画吗？宋华笑了，说，那当然。凡·高那么伟大。记得凡·高说过，衡量一个杰出画家的标志，就是他们能否让我们更加清楚地看到世界的某些部分。你听，多经典啊！你也喜欢凡·高？木草虔诚地点点头，然后说，我喜欢凡·高，你有点像凡·高，尤其是你的，你的胡子……

木草脸红了，像病了一样。

宋华问，那你一定也喜欢我，对吧？木草还是一个点头送给他。宋华接着说，木草，我想抽根烟，你允许不？我以后征求你的意见，什么都依着你。其实，宋华已经把烟拿了出来。木草想了一下，说，那你就抽半根吧。说完，她可爱一笑。

宋华点着火，抽了几口，然后往烟灰缸里弹着烟灰，说道，我在网上聊天已经知道你的情况，可你什么也没问我，这么相信我？那我就主动说说我的情况吧。三年前，我三十四岁的时候，离异，有个儿子和我前妻一起生活，我负责抚养费。

说完，宋华抬头看木草的反应。

木草有些意想不到，意想不到脸上没有一条皱纹的宋华比自己大一轮，意想不到宋华这么有风度，竟然离过婚。这是自己想要的爱情吗？这个男人真的是自己等待多年的白马王子？可如果不是，为什么这段时间以来，自己像丢了魂儿一样想着他？为什么自己偏偏喜欢这个留着胡须的男人？为什么不喜欢滕飞那样的？是他的成熟还是自己的恋父情结？

木草没沾酒，一时间却糊涂不清。木草开始不作声，她不知道该说什么。

宋华看着低头的木草说，我知道，我高攀你了。你是花枝，但这不是我的错。我虽然结过婚，可我有一颗纯洁执着爱你的心。我酷爱艺术，我们有共同的爱好。我相信你是我喜欢的好姑娘。你，也喜欢我，对吗？

一时间，木草看到了宋华的坦诚。

宋华还在继续表白自己，杨四姐电话打来了。木草接听。杨四姐说，小丫崽子你在哪儿呢？又没带团，都晚上八点了，还不回来？怎么也不知道打个电话？不知道我担心吗？快滚回来！宋华本来还想请木草去喝咖啡或者去唱唱歌什么的，被电话里野蛮的杨四姐给彻底搅和了。

木草说，我四姨喊我回家，也挺晚了，我们回去吧。宋华说，好，我开车送你。你考虑一下，我们交男女朋友，可以吗？木草听宋华再一次表白，不禁激动出一身汗。木草心想，人真的不能没有爱情，尤其像她这样把爱情看得很重的浪漫主义者，而做一个浪漫主义者是多么的冒险啊。可是，宋华能与自己一起承受现实中的浪漫吗？木草看着迷茫的前方，对宋华说，我想想，让我想想，然后再告诉你。

路上，宋华边开车，边对坐在身旁的木草说，我俩慢慢了解吧。哎，你知道“路遥知马力，日久见人心”的来历吧？我给你讲个发生在我身上的笑话。宋华清了清嗓子说曾经有一个女孩追我，不但不懂画儿，还不知道这个成语怎么解释呢。我解释给她，她还不信。你听听，我给你还原一下。

“话说，路遥和马力是好朋友，路遥的父亲是富商，马力的父亲是路遥家的仆人。虽然路遥和马力是主仆关系，两人的关系却很好。他们一起读书，一起玩。到了该谈婚论嫁的年龄了，路遥有钱有势，不愁没老婆。而马力贫困潦倒，一直没人给他提亲。

“有一天，一个媒婆给马力提亲，马力高兴啊，但是对方却要特别多的彩礼。马力只好请好朋友路遥帮助。路遥说，借钱可以，但是结婚入洞房，我来替你前三天。马力怒火冲头，但是又没有办法，总不能打一辈子光棍吧，只好答应。

“于是，选择好日子结婚。马力煎熬过痛苦的三天，第四天该他入洞房了，心里懊恼呀。天一黑，他就一头栽进洞房拉被蒙头睡觉。新娘子就问，夫君，为何前三夜都是通宵读书，今天却蒙头大睡？马力这才知道路遥跟他开了个大玩笑，被有钱的朋友给耍了，真是又喜又恼。”

哈哈……木草一通乐。

“从此，马力发誓好好读书，考取功名。后来他还真考上了，并在京城做了大官。路遥呢，性情豪放，侠肝义胆，最后却坐吃山空。看到自己一家实在无法度日，想起曾经资助的朋友马力，于是就和老婆商量自己进京找他帮助。”

木草弄弄自己的发辫，痴痴地聆听。

“马力见到路遥很高兴，热情款待。路遥说明来意，马力却说：喝酒！喝酒！根本没有帮助他的意思。路遥很恼火。过了几天，马力说，路兄，你回家吧，免得嫂夫人牵挂。路遥只得气愤沮丧地回家了。

“路遥还没进家，就听见家里已经哭成一片。路遥急忙进来，看到妻儿守着一口棺材痛哭。一见路遥进来，家人又惊又喜。原来是马力派人送来棺材说，路遥到京城后，生了重病，医治无效而死！路遥更加恼怒，打开棺材一看，里面是金银财物，还有一纸条，上写：你让我妻守三天空房，我让你妻痛哭一场！”

讲完，宋华大笑。木草快听出眼泪来了。

宋华甜甜蜜蜜地叫道，草儿，好听吗？你是老师出身，你感言一下好吗？木草说，这有什么难的？是中学生的作业。不是吗？真正的朋友不在巧言令色，贵在心有灵犀。人生短短数十载，认识的朋友又有多少？但真正能懂你心，又能真心帮助你的，又有几人？如果你很幸运，已经有这样真挚的好友，就请珍惜。宋华说，没错，我一生有你足矣！你说，若没遇见你，遇见的还是她们那些肤浅的女孩，让我情何以堪呐！怎么和她们沟通？多痛苦啊？再漂亮有什么用？一点意思也没有。我喜欢你这样不但清纯，而且有知识的文艺女孩……

恰遇红灯，木草问宋华，薛宝钗与林黛玉你更喜欢谁？宋华不慌不忙，好像被人问过了无数次一样，他说，这恰如环肥燕瘦，各有韵味。薛宝钗是典型的大家闺秀，出自名门望族，却不把骄傲写在脸上，而是写在骨子里，充满亲和力，又让你无法忽略她那隐隐约约的尊贵与大气。而林黛玉呢，则把江南的小家碧玉之美发挥到了极致，一颦一笑、举手投足间笼罩着六朝烟水气。木草又说，那你选择薛宝钗还是林黛玉？选谁作为大观园里的花魁？宋华像个外交家一样，玩着特殊的辞令，似答非答地说，你偏爱山的富丽堂皇，还是嗜好水的虚无缥缈？薛宝钗代表着务实的美女，林黛玉代表着务虚的美女。我不是贾宝玉，呵呵。木草说，你有点滑头，必须回答，只有一个答案，你给我答案。宋华看出了木草的意思，就说，当然是林黛玉。木草脸上露着幸福的笑。

宋华的车子开得不快，但还是把木草送到了杨四姐住的楼下。宋华把车停稳当，趁着帮木草解安全带的机会，用长长的手臂抱住了木草。他修整有型的胡须连同肉质的嘴唇一起，贴在了木草白嫩细腻的脸上。

借着路灯，宋华再一次看木草的反应。

木草双手捂着脸，闭上了眼睛。她不敢看宋华。但她不知道为什么不懂得逃跑。假如逃跑了，那也许就没有以后发生的事情了。心快跳到嗓子眼儿了，可木草还在傻傻地等，不知道等什么。可能像许多姑娘一样，患了痴呆病。

宋华说，丫头，叫我，我爱你。木草叫了一声宋华。宋华说，不，叫我宋华哥。木草叫了一声。宋华很懂一个女孩在等他的主动。宋华肆无忌惮了，直接把唇舌压在木草火热的双唇上。然后，他生生“撬开”了木草的嘴唇。宋华给她个疾雷不及掩耳，迅电不及瞑目的突然袭击……

宋华想一口把木草吃掉，如果没有杨四姐的电话打来，没有杨四姐心急火燎地喊木草上楼，是完全有可能的。

半个月之后，木草被滕飞派往桂林。

这次，木草带的是郊区审计局的游客。木草不懂这些人具体做什么工作，都审计什么，但她尝到了被这一团人“审查”的滋味儿。

中午到达桂林。出了机场，旅游大巴车司机和桂导带着木草他们，直奔象鼻山景区附近的餐厅。

此时，审计局的财务李欣欣坐在最前面。不知道什么时候养成的习惯，李欣欣脱了鞋晾着脚丫子。那脚丫子直接搭在木草坐着的导游专座上方，熏得木草直捂鼻子。车里的其他女游客涂抹着护肤品，不言语。车内的男游客亦是如此，表面风平浪静，其实心底波澜涌动。

桂导只顾讲解她的那些导游词，琢磨着怎么能多挣一些钱。桂导要安排午餐了。这是一个豪华小包团，游客吃什么，桂导不能擅自做主，要征求这些审计局人员的意见。听桂导讲完桂林概况后，在讲中午用餐的事情了，真睡的游客纷纷醒来，假寐的游客调整神情，睁眼聆听。

桂导站在前边，举着话筒冲审计局的人说道：“我们桂林到处有美食，这里有大家熟悉的米粉，还有尼姑素面。尼姑素面以七星公园内月牙楼的最负盛名。另外，特色美食还有白果炖老鸭、桂林荷叶鸭、荔浦芋扣肉、冬笋炒牛肉、马蹄蒸肉饼、桂林粽子、马蹄糕、糍粑桂林松糕、豆蓉糯米饭以及桂林最有名的狗肉火锅等。”

桂导可能是厨师的老婆，或者以前干过饭店，她一口气把桂林好吃的东西都讲到了。其实道理很简单，桂导的目的很明显，就是让这些审计局的领导吃好，自己能提些酒菜钱，这在旅游过程中也算是一个“点儿”，叫加餐点儿。

晒得黑驴粪球子似的桂导，龇着小白牙，客气地看看木草。木草被看得不知所措。然后，桂导说，现在我想征求一下各位领导的意见。是想吃中餐还是火锅？木导你看哪个合适？木草还没反应过来，就听一个头顶光秃秃的男士回答，火锅就不去了，时间紧，还是吃一口看景点吧。那啥，我们就吃团队餐，关于特色小吃，我们去阳朔再说。团里的一个负责人回答：别介，头儿，吃点特色餐吧！副局啊，好不容易来一趟，还不带我们好好玩玩吃点儿？高大的白主任懒洋洋地说道。

财务美女叫了一声，嗨，嗨，那个全陪小导游——木草，说你呢，你怎么不说话？我们可是把餐费交给你们小世界旅行社了，你们不是吃饭都包了吗？干吗桂导还要另外安排？

木草解释说，团队餐安排了，八菜一汤，餐标是二十五的。桂导忙解释说，噢，我们当地导游有义务给你们推荐好吃好玩的。说实话，团队餐怕你们上面来的这些尊贵领导吃不惯，我可是好心。

财务美女斜了一眼木草说，哦，合着你带我们去吃二十五的团餐，我们交的餐标可是五十的！是十道菜！这我已经和小世界旅行社的领导定好了，你竟然安排八个菜？

木草说，我不知道啊，是旅行社安排的。

美女财务放下脚丫子，接着像说相声似的说道，哎，小导游，给我们安排的团餐是不是，那种青菜为主的？豆腐是酸的，隔夜用剩的？米饭是黄的，糙米掺和的？青菜是烂的，市场里捡的？鱼虾是臭的，死了才买的？汤是清淡的，紫菜蛋花的？肉片薄薄的，还是病猪的？餐厅偏远的，郊外竹搭的？好啊，你个小导游，看你挺老实，暗地里倒干这种勾当！

一时间，木草被美女财务一顿训斥，根本是丈二和尚摸不着个头脑。不知道旅行社收了客人多少餐标，但木草的行程单上标明每人餐标二十五。

最后面的人说，好，我们自费，木草导游把这顿餐标想着退我们，桂导你安排我们吃狗肉火锅吧，告诉饭店快一点做，我们不是还有几个景点吗？

满足大家，吃特色，吃特色！坐在最后排说这些话的是局长。他是个身材高大、气势威严、长得一脸谋略的老者，目光特别深沉，年龄大约五十岁了。

木草站起来看着这个人，心想，真是大官好见小鬼难缠呢。

见局长对吃狗肉很有兴趣，局长的下属们纷纷附和说，对，给我们找个地方吃吃狗肉。环境要干净卫生，别把我们吃跑肚拉稀了。味道要好，不吃假冒伪劣的。

听到审计局的游客说要吃火锅，桂导的心本能地喜了一下。吃火锅，按照旅游行业的潜规则，导游可以拿到很高的回扣。但紧接着，桂导的心又不由得紧了一下，拿这个回扣？可操作不当，就会出事啊。带游客去吃那家狗肉火锅店，犹如在刀尖上舔血，不伤则已，一伤惊人呐。转而又想，北京来的游客，官大钱多，别说想吃狗肉，就是想吃龙肉我也得给想办法，这不是正好大捞一把？机不可失，失不再来。桂导内心在掂量着利弊。

见桂导迟迟没有打电话联系那家狗肉店，开旅游车的司机林师傅及时开口了。他一边开车，一边漫不经心地用本地方言说道，阔以，克吃啊，克哪凯？

木草怎么也没听懂。

司机听桂导回复了他之后，就拐了一个弯，向前开。

林师傅看桂导用他们当地方言打电话联系吃狗肉火锅的事儿，就用普通话和前排的几个游客聊天。司机说，狗肉火锅的确可以去吃一吃喽。另外，漓江的野生江鱼，肉嫩，味美，好多游客都喜欢，你们首都游客最喜欢吃喽。我上一个团送走的也是首都来的，是安全局的人，那些人好爽快哦。

白主任听说有野生江鱼，立即说道，可以吃，去阳朔我们大家尝尝。

木草心里激烈地做着斗争。如果去了，桂导和司机多少固然可以拿到一笔回扣。如果不去，他们这个挣钱的机会就白白打了水漂。但是，如果带游客去了，游客吃得高兴，那当然皆大欢喜，可如果游客发现上当受骗，那后果不堪设想。

想到这里，木草缓缓说道，各位领导，旅游景区，鱼虾啊，狗肉啊的价格都很贵，如果你们真喜欢吃鱼的话，我建议你们，不妨回北京去吃。今天中午，我们就到安排好的团队餐厅吧，也能保证你们吃饱，吃完饭我们也好抓紧游览景点。

木草的话音还没有落地，司机开的旅游车咣当一个急刹车，将木草差点重重地摔个猪啃地。幸亏她一把抓住了靠背，身体才没有射出去。司机摁着刺耳的喇叭，接着就听见司机恶毒地咒骂……司机骂的大意就是前面挡道的早晚被车撞死。其实是林师傅忒面，早就应该点一下刹车。也许是木草说的破话招他生气，耽误了开车这一正事儿。桂导也跟着骂前面的司机和行人。

别人都说，在旅游路上，是没有道理没有立场的，只要导游和司机一上车，那就是一个战壕里的兵，是一伙的了。因此，遇事儿就得一致对外，包括一起骂，一起含沙射影。

木草心里说，没出什么乱子真是万幸了。开着车子，司机还在叽叽咕咕。木草想，能实事求是责备自己的司机，应该是值得尊敬的，但至今，从北京到外地，木草也没碰到过一个。

看桂导又讲解自费看《印象·刘三姐》了，林师傅对他后面的游客说，好好耍，妹仔不会骗你们哦。坐在后面的局长说，同意吃火锅，也同意看节目表演。木草也就沉默了。

是啊，看节目表演怎么也能陶冶人的性情，花这份钱总比让游客闷在房间里打牌好得多。另外，路上处处要用旅游车，林师傅挣不到钱，不配合，比如，他把车停在很远的地方，让导游带着游客走很远的路去上车。比如桂导甩脸子不好好讲解景点，那么审计局的游客就会不满，就会有对抗情绪，一大车人跟导游、司机作对，那可不是好玩的……

木草更加沉默。

一团人被带到了火锅店。安排好客人坐下，服务员们开始桌上桌下地忙乎。洗手间门外，桂导正在教导木草。

桂导说，木导啊，做全陪不是你这样子的！我们要挣钱吃饭。你不要干涉游客自费，只要我们把他们哄高兴就行了。我了解外地人，尤其是领导，让他们吃好喝好是大事儿，钱对他们来说根本不是问题。问题是你不能不配合我工作。知道吗，他们不会购物的，因为北京卖什么的都有，这些人见过世面。我敢打赌，最后不信你看，他们在购物店里两千块钱都花不了。我们桂林导游只能加点儿加特色餐挣钱，难道你不知道吗？桂导还想说什么，一扭身，见主任和美女财务等人已经从洗手间出来了，赶紧闭嘴。

木草站在门旁，一脸微笑说，各位领导，请上楼。几位领导的耳朵仿佛忽然聋了，没有一个人理睬木草。主任不理睬木草，他的下属也都不太愿意理睬木草了。他们觉得这丫头是个绣花枕头，中看不中用，什么也不会安排，只会跟大家唱反调。尤其是五十块钱餐标的事儿，让人一眼看透，她，不可信赖。

财务美女走了几步又退回来，鼻子不是鼻子，脸不是脸，冲木草嚷嚷，你干吗吃的？我们交的五十块钱，嘿，怎么到你这儿变二十五了？告诉你们旅行社，把这件事给我问明白，退我钱！木草赔着笑脸说，好的，我真不知道实际情况。晚上回宾馆，我就给经理打电话，您先吃饭吧。美女财务这才扭搭扭搭上楼了。

木草心里有一种不祥的预感。自己好像违背了所有人的心意，恐怕，接下来的团不好带啦。作为全陪导游，游客中的头儿不待见，地陪、司机也讨厌，那么，整个团将完蛋，这是真理。

中午饭，木草也没心思吃。

果不其然，接下来的游览日程里，桂导除了花大力气讲“桂林三宝”“桂花酒”“桂花糕”等一系列“桂”产品外，宁愿和司机闲侃，也不爱搭理木草。林师傅和桂导只乐意和游客套近乎，就连美女财务也被他们争取过去了。

下午，桂导带审计局的人进入“三姐公园”。

一进门，就听锣鼓喧天，鞭炮齐鸣。这是当地的民族风俗习惯，阿哥阿妹一起对歌传情、抛绣球。这阵势，木草还是第一次领教。

这里，对山歌的阿妹和抛绣球的阿妹圈着游客跳舞，全国各地的游客都混在舞蹈队伍里，跳着，走着。大多数游客根本不懂什么节奏，与阿妹比起来，不是很协调。

刚开始，局长和副局长等几个大领导根本不愿意去参加，大概是不想在下属面前献丑吧。但是在这样的氛围、这样的情境下，由不得他们。不久，领导和群众打成一片，过一会儿就顺其自然了。白主任和美女财务倒是很活跃，带动了越来越多的人，毕竟游客花钱来玩，图的就是一个乐呵。

而后，这个团被领进一幢吊脚楼。副局长和白主任被邀请对山歌，两个人唱的那叫一个南腔北调。别说没有刘三姐和阿牛哥的气场，就连莫怀仁都不如。白主任还带着京剧味儿，唱得一点也不像壮族山歌。这俩人唱得很烂，却表演欲十足。他俩抻着脖子，一本正经地演唱，把大家笑得前仰后合。

如法炮制，仪表堂堂的正局长也被几个阿妹又拖又拉，拽上舞台中央。在众人热烈的期待中，他被迫演唱山歌，半道还忘词了，差点没把大家肚皮笑破。

接下来，不知怎么搞的，来了一群热情奔放又靓丽的阿妹，给团里所有男人都戴上了大红花。大家感到非常意外，但也乐不可支地接受着，任阿妹们摆布，算是入乡随俗了。

不知不觉又来了一帮阿哥阿妹，有唱歌起舞的，有吹拉弹唱的。剩下的女游客都坐在凳子上看热闹，忙着录像、拍照。

突然，大家眼前一亮，刚刚失踪的主任被阿妹用红绸子牵出来了！主任被套上了少数民族衣服。主任长得胖，穿上衣服，戴上帽子，打眼一看，跟土财主一样。他的眉眼又太个性，站在那儿实在滑稽。

这还不算什么，最搞笑的是，有个司仪带着“新郎”主任，来见“阿妹的父母”。“父母”问道，你叫什么名字？大家没有想到，主任的回答很幽默，我叫乾隆！在场的人笑得拍完巴掌拍大腿。司仪接下来问，今晚，你是第一次结婚吗？主任直言不讳地说，不是，今晚我是第二次结婚！回答干脆响亮。

游客再次爆笑。

司仪问，你怎么这么快就爱上我家阿妹了呢？主任说，我不知道啊，是你们拉我来的。司仪说，你看阿妹漂亮不，你想和她结婚不？主任说，挺漂亮，相见恨晚呢。

大伙忍俊不禁，继续爆笑。

司仪说，你今晚跟我们阿妹结婚了，就要留下来，做三年苦力的。大伙说，没问题，把主任留在桂林，家里事儿我们安排。接着，一群阿妹连拉带拽把主任弄走了。司仪喊着，共入洞房！共入洞房！就这样，团里的男士都和阿妹拜了堂。

木草有点慌了，不知道这是真是假，就追着和桂导要人。桂导摁着她，笑笑说，一会儿就回来了。不是真的，你紧张什么？我们先到前边等。说完，桂导招呼女游客参观前方的景点。

半小时以后，“新郎”都回来了，可新娘子一个也没来。局长、主任，还有七个男的边走边说，这帮阿妹挣钱真有办法。有的说，我给了一百小费；有的说，我给了五十；有的说，我给了三十，真想不给了，可阿妹不让我出门，你说我们这洞房入的，连嘴儿都没挨上。得，从北京跑桂林结婚玩来了。审计局的男人们边说笑，边往前走。

晚上，看完《印象·刘三姐》，木草正在房间里摆弄着给宋华买的一个绣球。

滕飞给木草打来电话，告诉她说，木草，餐标的事情让游客回北京找我退，他们的餐标是五十的，有十五是旅行社留的利润，至于给他们吃二十五的，有可能是桂林地接社留了十块钱利润。这个事情，两个旅行社会协调，如果审计局的要问，就让他们直接问旅行社找计调。

木草电话里答应。心想，这下，审计局的财务就审不着自己了，一切和自己无关，但转念一想，不对呀，这餐标里确实有猫腻呀。可自己有什么办法呢？

桂林景色迷人，可就是太热，墙上的空调一直开着。木草挂了滕飞的电话，躺在那儿想宋华。白天，宋华打电话，他们没时间多说话，木草只能在汹涌的人群中想念他。

快半夜十二点了，宋华又给木草发来一条短信：草儿，遇到你是缘，而渐渐喜欢你是你的魅力。我相信了滴水也能穿石！你的叮咛你的牵挂，你那一声声呼唤，把我的心叫醉！我幸福也痴，我快乐也痴，我托起满怀柔情的思念，将心靠近了你。你句句的话语，缠绵在我的心里，已挥不去。我会努力改变一切，把我的心声变成语言，向你倾诉……

木草彻底沦陷了。

米虎到白鹭旅行社找计调华蕾报完账，疲惫不堪地往自己租住的半地下室走。

一直以来，米虎都是怀疑自己，是不是爹娘让他投错了胎？怎么自己越来越像个娘们？胡连成早就在背后这么议论他了。

一本比较有权威有影响的书上说，女人和男人的心理结构不同。女人一旦恋爱，女人的兴奋灶会全部转移到男人身上。圆满的爱情，像甜品一样，会让女人慵懒和松弛。彻骨的情伤，会让女人元神尽丧，光华全失。可米虎百思不得其解，那些女人，就是和自己有过“情”的女人，怎么偏偏就不是书上写的那样呢？相反，自己倒像个女人，至今对吴瑕念念不忘，至今对滕曼爱了还想爱，分明是自己元神尽丧，光华全失！想着这些，米虎内心不平。

路过一个美容美发店，米虎借着橱窗镜子照了照自己。背个光棍包儿的米虎探头探脑，被里面的人看见就往里招呼。出来俩男的却是比米虎更像娘们，嗲气地问，帅哥，弄头发不？一个时尚的女孩也招呼他，大哥，进里面看看，要弄啥样的？可以办会员卡，套餐最实惠。米虎一听套餐二字，笑了一下，忙说，改天，我头发还没长长。说完加快了脚步。米虎惦记着屋里那两条鱼，已经好几天没给它们喂食了。

米虎打开门，立即就被眼前的场景惊呆了。这哪里还是住的家？屋里分明变成了“大海”！床几近覆没，破被子、烂枕头都已经被泡湿。破皮鞋、拖鞋、旅游鞋上下浮动着，像船一样逛游着。一个饭盆子和那个塑料洗脚盆在水上漂着。几只破碗被淹没在水里，这下也好，省着刷洗了。幸好鱼缸放的桌子还没倒下，鱼儿还在游动着，一红一白，像水中花一样。

米虎光脚丫子边往里蹚水，边骂，这下可把我坑苦了，完了完了！导游书都漂起来了！纸壳箱子里的衣服也别指望能穿了，一股子霉味。怎么回事？怎么回事？米虎仔细找原因，一看，坏了，竟然是洗手间的水管漏水。这间破房的水管由于年代久远，生锈开裂，现在还往外滋水，所以跑了一屋子水。

米虎赶紧给房东打电话。过了十分钟，房东来了，接着打电话把物业的人找来修水管子。没办法，房东赔偿了米虎的衣物损失，答应床、被子都给重新配置，并给了米虎一天住宾馆的钱，答应他，明儿天黑之前把屋子收拾好。

米虎背着光棍包儿，拎着鱼缸，找了一家离住处最近的“鱼水情深”三星宾馆。

米虎没有因为这次倒霉的遭遇而郁闷，相反倒快活起来。他偷笑，多亏“受灾呀”，要不受灾，这辈子都别想占北京房东的便宜。

米虎走到前台出示身份证，交房钱，没想到退回一百给米虎。服务员说，您是我们这个月的幸运客人，可以优惠您一百块钱，给您，508房间，请您拿好。米虎把钱收起来乐了。他上了电梯，一个人自言自语地说，要不是漏水，哪来这么多幸运？不行，我今天晚上自己好好喝一顿酒。

米虎打开房间，把东西放下，赶紧喂鱼。看着两条鱼争抢鱼食，上下欢腾，米虎拿起手机给滕曼打电话。

这是个难得的机会。米虎渴望与滕曼一见。在自己花钱定下的三星酒店里，米虎觉得有男人的自信，他想请床上属于过自己的女人好好吃一顿，再喝点酒，两人一起再睡一次。米虎觉得，睡一次，这是眼前自己急需解决的私事儿，也是生死攸关的个人大事儿。如果滕曼能陪他一整夜，那就更好了，他保证还会让滕曼卸下虚伪的女人面具，扒掉上司的高傲外衣，服服帖帖地享受米虎。米虎也一样享受滕曼。米虎这么想着，却无奈打不通滕曼的三部手机。

米虎还不知道，滕曼怕他继续纠缠，给自己带来不便，早就给电话设置了安全墙，任凭米虎这个“凿子”多么厉害，也只能算是白费力气、白搭功夫了。

米虎有点失望，他提着包儿去饭店喝闷酒。米虎点了一盘熘腰花，要了一盘爆肚，一盘孜然鸡心，还点了一个红烧排骨，要了一瓶京王子。他决定把自己缺的好好补补。

正是饭点，来这家店的人很多，但只有一个人进来吃饭的还真少见。

菜很快上齐，米虎坐在那儿吃着喝着。米虎身后的那一大桌子人能抽烟也能侃大山，好像故意在气他孤家寡人似的，一会儿大笑不止，一会儿争论不休。

米虎听见有人说，哥们，我最近参加了一个活动，入了会所，那会所简直就是人间仙境，你们感不感兴趣？带你们一起玩玩去。

有人问，怎么个人间仙境？小妞靓啊还是活儿好？那里足疗好？

那个人回答说，你外行了不是？光有小妞服务多单调无聊，关键是有它帮你助兴，足疗算什么啊。

有人急了说，别卖关子了，赶紧说来听听，给介绍介绍。

那个人说，哎，你们听说过鱼疗吧？我去的地方就有。我今儿个就从根到梢给你们讲讲。说到鱼疗啊，还得从土耳其说起。土耳其自古就有泡温泉的传统，我听人说啊，早在明朝的时候，土耳其人就在地热水中洗澡，给自己缓解疲劳、治疗病痛。那里的人是真能享受啊，他们在几百年泡温泉的过程中积累了许多经验，好多疾病在温泉水疗中治好了。据说，土耳其有俩兄弟在野外叫坎达尔的地方发现了一处温泉，令人惊奇的是温泉中居然有小鱼在游动，兄弟俩兴奋了，跳到水里想看看究竟是什么鱼，竟能在温泉水中生存。哥俩跳水里后，小鱼全围拢起来，还用小嘴吸咬他们的脚趾和小腿，哥俩享受了这鱼温泉后，天天到这儿泡澡。嘿，更神的是，其中哥哥长期的脚气病竟不治而愈，消息传开之后，大家都来尝试，打那以后，坎达尔的温泉鱼疗享誉欧洲。

有人听那个人讲到这儿，就问道，你什么意思？拉我们去土耳其呀？你给我们出钱我们就去。大伙笑起来。

又有人说，我去过北京北郊温泉，那里有什么牛奶浴、玫瑰浴、咖啡浴、红酒浴、生姜浴，说得好听，或许掺杂化学品呢，弄不好都是大染缸。

那个人说完很不屑的样子，吹了一口烟。

那个哥们儿嚷嚷道，我说的是那里的鱼疗，你懂吗？鱼疗有疗效呢，鱼对人体有好处，鱼可以吃掉人体新陈代谢的死皮，还能把人体表皮的垃圾和细菌吸走，排毒除病呢。

有个人说，现在充当水疗师的不是人，是一群小鱼。只要人进了水池子，鱼儿都围拢在你身边。嘿嘿，人家进行的是“亲亲啃啃”（勤勤恳恳）的工作。嘻嘻嘻嘻。

有人听完半信不信地说，是吗？有这么神？

那个人说，当然了，我还骗你呀？现在韩国、日本非常流行，北京也有好多家，哎，哪天有空我带你们去。

有人打趣道，你说，会不会痒啊？小鱼在身上咬啊咬的，还不得痒死？哈哈。接下来，一群男人开始说荤话了……

一瓶酒被米虎喝光，他摇摇晃晃地回到宾馆房间。

米虎打开浴室的水龙头，放了一缸水，他想痛痛快快洗个澡，舒服睡上一觉，然后等华蕾给他赶快安排旅游团，结束他空荒了的身心。

的确，米虎还有自己的转轴，就是他的导游工作。这种工作带来的自转力，在某种程度上，能把他从泥泞的情伤和体痛中拯救出来。

米虎一个人在浴缸里唱歌、思考，放心大胆地做各种不雅的动作。他有点不快乐，他酒没少喝，虽说有些笨手笨脚，但他那根神经很结实，那根弦始终没有断。米虎仍然在想，在衡量，在判断。他认为有一种说法极接近真理：人之所以不快乐，是因为追求不属于自己的东西。可问题是，属于自己的东西是哪些？不属于自己的东西又是什么？谁又弄得清呢！人，总是要有所追求的，是谓上进心，是谓生命的价值，更高的追求有何不妥？追求女人算不算？都说要注重过程，不要在乎结果，但万事不讲结果，过程又有什么意义？男人身体的欲望有什么错？我这样算不算贪？

米虎拍了一下自己的嘴巴。他不得不承认，这种来自自己肉身弱点的痛苦则是自己招来的，错不在心灵，心灵却承受了痛苦。那自己究竟该怎么办？靠灵魂的改善、境界的提高吗？米虎觉得两难。

躺在浴缸里，除了思考还是想。米虎没事儿可干，也很无聊。突然，米虎就想起酒店喝酒时听到后桌男人们讲到的“鱼疗”。米虎扶着浴缸站起来，自言自语道，老子也享受享受那帮家伙说的鱼疗！

米虎把鱼缸捧到浴缸旁，哗啦啦连鱼带水倒了进去。两条鱼一时间又舞又跳，米虎笑着躺在浴缸的水中，闭上眼睛。他叫着鱼儿的名字，叫那条白色的鱼一声“吴瑕”，再叫那条红色的鱼一声“滕曼”，反反复复地叫。米虎有一种近似变态的快感。

四仰八叉地躺在水里，酒劲袭来，米虎打着呼噜睡过去了，直到一阵钻心的疼把米虎疼醒。他睁开眼睛，不禁吓得魂飞魄散！浴缸里被鲜血染红！迷迷糊糊中，米虎的命根子被鱼给咬坏了……

北京各大旅行社纷纷接到旅游局通知，要举办一次“芒果节”导游大赛。

何为芒果节呢？就是这次大赛的奖金是一个芒果饮料公司赞助的。本届大赛主题为“讲道德、比技能、赛服务、展风采”。目的及宗旨是开展导游服务技能比赛，激励导游提高技能水平、文化底蕴和综合素质。同时，提升导游形象，交流导游经验，增强导游作为文化交流使者的作用。

通知上要求，作为旅行社负责人的代表，务必明天上午参加大会，地点在旅游大厦报告厅。小世界旅行社老总那得海派吴瑕前往，白鹭旅行社派华蕾去开会。

主办方领导在大厦报告厅主持召开导游比赛座谈会。大领导在会议上强调说，旅游业是国民经济的战略性支柱产业，导游是旅游服务的重要环节。我们要坚持以人为本，从学习培训、服务管理、体制机制改革等入手，不断提高导游队伍素质，加快组织制度创新，促进旅游业又好又快发展，更好地满足广大游客出门旅游的愿望。与会代表拿着本子认真记录。

领导的副手还宣读了比赛项目、内容、形式以及主办承办单位：

第一，大赛分初赛、复赛、决赛三个阶段。初赛、复赛由各区县旅游局组织实施，比赛项目、内容和形式参照决赛确定。决赛由国家旅游局组织实施。

第二，决赛分中文（普通话）和外语两个项目组进行。两个项目知识问答题库内容相同，题库和比赛答题均使用中文，风采展示和导游讲解均用比赛语种。外语项目组决赛限在英、法、德、俄、韩、日六个语种中选择参加，决赛时全国少于5名选手报名的，该比赛语种取消。

第三，决赛项目为形象风采、导游讲解、知识问答、情景再现、才艺展示五个。情景再现评分标准根据《导游服务规范》。

主办单位是旅游局、共青团、妇联。承办单位除了上述单位还有区政府、芒果饮料公司和大鸭蛋有限公司。

散会后，吴瑕回到办公室，同时也带回来一份红头文件，吴瑕和那得海俩人瞪着眼睛在看，上写着：

各市区、旅游局（委）、团委、妇联、各大旅行社：

为了贯彻落实《国务院关于加快发展旅游业的意见》和《旅游服务质量提升纲要（2009—2015）》，展示导游形象风采，交流导游服务经验，激励导游提升素质，提高导游服务质量，树立旅游行业形象，旅游局与共青团和妇联决定于今年共同举办导游大赛。现将《导游大赛工作方案》（以下简称《方案》）印发给你们，并就有关要求通知如下：……

吴瑕看完以上文字，和那得海说，真够捣乱的，旅游团这么多，哪有精力准备比赛？派导游参赛岂不是耽误生意？那得海说，这次大赛不参加不成啊，你看，主办方和承办方成立了组织委员会，组委会又下设办公室、评审委员会和监审委员会。这儿还写着，组委会及其办公室、评审委员会、监审委员会工作职责、工作规则和组成方案，分别由各牵头单位另行制定并发布。看来大伙都挺重视这次活动。吴瑕叹了一口气，抱着膀子问，派谁参赛合适？

那得海说，杨四姐比较有经验，冷雪君外形比较好，胡连成嘴皮子很溜。吴瑕说，这几个怕是登不了大雅之堂，我看那个死木头一样的木草和学院派的董晓冉可以参赛。这两个人为旅行社挣钱也不多，还不如让能挣钱的在岗，让她们去参加比赛。那得海笑了，拍拍吴瑕说，你真行，想得周到，我看成。你现在就打电话向她们传达一下，让她俩好好准备，得个奖啥的，也冲冲前段时间那个死鬼向小强带给我们的晦气。唉，山东那边组团社也和咱们掰了。就这样定吧，让她俩代表社里导游参赛，也可以对外宣传我们旅行社，好好展示一下正能量。

看周围没人，是谈私事的好机会，那得海舔吸了一下吴瑕的耳朵，然后小声告诉她说，晚上去大剧院看话剧，是一个朋友的赠票。吴瑕粲然一笑，回身继续工作……

白鹭旅行社的周树军经理出院后，回家疗养。白鹭旅行社暂时仍由何小宁和华蕾负责。华蕾也正在看开会带回来的红头文件。

计调华蕾在电脑前考虑了一下人选，同主管何小宁商量，举荐米虎参加这次比赛。她认为米虎无论从讲解上还是服务上都没得说。经何小宁决定后，华蕾给米虎打电话。

米虎躺在半地下室，眼望着房顶，听手机铃声又想起汪峰那首《春天里》的旋律，他起来接，这一动，米虎的下身又要命地疼起来。

米虎忍着疼说，华蕾，我请假了，两周以后再带团，我真的身体累坏了，要歇一歇。华蕾说，不是带团的事儿。有一个好消息，旅游局要举办一次“芒果杯”大奖赛，社里决定让你参加，相信你能拿奖。讲解内容要求参赛选手准备一个讲解题目，相关背景 DVD 短片，按组委会要求准时提交，作为决赛选手讲解背景。讲解内容为 4A 级（含）以上景区、红色旅游、文化主题、风俗民情、都市观光、工农业旅游等旅游项目。当然，DVD 由旅行社负责找人给你拍……

米虎听华蕾一口气讲完，回绝道，谢谢领导信任，我真的参加不了这次比赛。我刚做了手术，还在休养。华蕾关心地问，什么手术？严不严重啊？怎么不和社里说一声？我们好去家里看看你，需要我们帮什么忙不？米虎说，不用了，有“一根筋”被除掉了。华蕾没听清楚，还在问，什么被除掉了？什么东西？米虎被逼问得没办法，就说，是盲肠被切除，过段时间就好了。华蕾说，哦，原来是阑尾炎呐，那你好好养着，我再安排别人吧……

米虎关了手机，躺在那儿，只有左眼掉出一串泪。

那天，大夫已经告诉米虎，他的命根子废了。

以前，米虎自觉拥有一根结实的神经，拥有废墟上再建的勇气和力量。可现如今，连他自己也不知道，这根结实的神经，靠一种力量和勇气，到底还能支撑多久。

华蕾放下电话，问何小宁，怎么办？米虎病了，还有谁能代表旅行社参赛？他们列数了十多个导游，觉得都不太合适。何小宁建议说，要不，华蕾，你去吧，相信你能取得好成绩。华蕾考虑了片刻，心想，嗯，没合适人选，也只能如此。豁出去了，那就自己亲自上阵。

董晓冉接到吴瑕经理的通知，听说能见到旅游局的大人物，颁奖结束当场召开导游工作座谈会，深入探讨导游收入、社会地位、价值提升等问题。董晓冉很痛快就答应吴瑕，决定参加这次比赛。接下来的日子里，董晓冉开始认真准备比赛事宜，也暗自筹划着一场“阴谋”。

木草也接到参赛通知，但她和董晓冉的态度截然相反。

木草电话里就拒绝了参加这次比赛。原因很简单，那就是滕飞有一个团要去东北，比赛正好在那几天开始，所以，木草表示要继续带团外出。

吴瑕看木草不服管，就搬救兵，给杨四姐打电话。吴瑕说，劝劝木草吧，珍惜这次旅行社给的机会，这可是一项光荣任务，弄好了还会名利双收。杨四姐一听还有这等好事，二话不说就替木草应承下来，打着包票。

杨四姐赶紧给木草发了一条短信：木草，在哪里？速回，家有喜事。

木草不死心，又跑一趟当代人民文学杂志社。她把新写的一本五万字小说送过去。顺便还去了九月九杂志社，打探一下春节过后拿去的稿子发表了没有。

木草的那本五万字小说照旧押宝一样，“压”在了当代人民文学杂志社编辑部。她就不信了，这次还能落个石沉大海的下场？

九月九杂志社也不算白去，石编辑说，看了她写的那篇小说，觉得不够发表条件，但石编辑面对面给她免费上了一课，这是木草渴望的。

石编辑给木草倒了一杯水，要她坐下来，然后说道：你以后要注意，写小说，不是像散文一样那么浪漫地写。你看看一些老作家的作品，就会有所领悟。你可能太年轻了，阅历不够，写得也不够深刻，你可以看看莫言的作品。木草一听编辑提起莫言，就又激动起来。她不知道天高地厚地说，我只喜欢他的《透明的红萝卜》，不喜欢看他还写什么《丰乳肥臀》，这能当书名吗？一点也不懂得尊重女性。木草显得很固执。石编辑说，一个作家出书不容易，出版社有时候也要考虑吸引眼球，不一定是作家的本意。木草不服气的样把眼前这位编辑逗乐了。石编辑也不知道怎么和这个愣头青一样的纯真姑娘沟通才好。

木草感觉自己说话可能有点莽撞，就想挽回一下，说道，老师，我写了好多作品，放在了网上，我在网上管理一个文学社团，我是一个小社长，那里有好多文学爱好者，我给您一个网址，您看看有没有适合发表的？木草仿佛在推销着自己，推销着她的文学社团，推销她那些不成熟的作品。但她却一脸的正经八百。

一听网络文学几个字，石编辑看了看木草，说，实在不敢恭维网络作品。大部分是网络文字，而不是网络文学。当然，我相信，网络上也会有许多好作品。木草带有乞求的口吻说，老师，我的文学社团里面有好作品，接地气，有时代感，真的！您帮我看看吧，我的作品不行，看看他们的也好，别忽视网络作者……

木草不放过这次与石编辑交流的难得机会，她激动了，想说尽肚子里所有的话。

石编辑温和地说，好的，好的，咱们也别说网络写作和传统文学，当代小说普遍越写越轻、越写越粗糙，很多小说都是作家闭门造车的结果。从经验层面上说，没有生机勃勃的细节和场景，从精神层面上说，没有自身的体验和心灵的说服力，苍白和虚假几乎成了当代小说写作的通病。

木草迅速地拿出随身常带的笔和纸记录石编辑的话。她不好意思地说，老师，您慢点说，我想都记下来。您不知道，我一个人在那写，从没有人像今天这样教教我……我太感谢了。

石编辑又继续讲，消费潮流在过度地消耗小说，小说写作已经失去难度。没有难度的写作，不过是一种平庸的复制，无论是经验的自我重复，还是精神的变相克隆，都意味着对写作的创造精神的放弃。

木草听傻了一样。她觉得眼前的石编辑要多帅有多帅！

石编辑又讲，重申写作的难度，包括艺术的难度和心灵的难度，就意味着作家必须对艺术世界有独特的发现，对人性世界有崭新的认识。因为小说写作的使命，并不仅仅是讲一个故事，它还需要完成一种故事精神，还需要书写广大的世道人心，从而为当下的生存境遇做证。

老师说得太对了！我也这么觉得。木草毫不掩饰地表态。

石编辑叹了一口气，接着说，然而，就当下的长篇写作的现状而言，叙事上的探索几乎已经停止，写作似乎演变成了一种经验的较量。一些能对经验进行精细摹写的作品大行其道，但很少人会去追问：在这些经验的下面，作家对世界、对人心究竟有多少新的发现？

木草盯着石编辑，陷入深思。

“难度、说服力和赤子之心，是长篇小说写作不可或缺的精神品质。当然，扩展经验的边界，重获‘文章’的从容，也是长篇小说写作应该正视的问题……”

讲完这番话，石编辑还给木草带了几本经典小说，嘱咐她看看李佩甫、刘恒、阎连科等优秀老作家的作品，让木草继续提高自己。石编辑很忙，还要审稿，就站起身暗示木草可以走了。石编辑也表示，期待木草真的能写出感动他的小说来。

木草把刚才的记录和书放在包里，如获至宝一样。

临出门，木草还不放过机会，电梯快关闭了，她还在向石编辑推销自己网上写的作品。石编辑微笑着点头，重新回到办公室审稿。

木草像个待嫁的新娘一样，兴冲冲地回家等着去了……

木草刚迈进家门，杨四姐就迎上来，腆着大肚子问，小鬼儿啊，你又去哪了？给你发短信你咋不回？木草说，我手机没电了。杨四姐说，最近发现你神神道道的，是不是和滕飞约会了？我告诉你一条真理，男怕入错行，女怕嫁错郎。跟你说吧，嫁给滕飞那样的绝不会错，我可是好心。木草换下拖鞋说，我知道四姨为我好，我现在交了一个男朋友，刚才我去书店转了转。杨四姐说，啥？有男朋友了？干啥的？有没有钱？是不是北京人？我可告诉你，要想在北京扎根千万不能找外地的！木草笑了，说，四姨你太现实了。杨四姐说，不现实，能活吗？废话！这叫人往高处走，水往低处流。懂不懂？木草说，他是北京人，有自己的事业，不过，我们还没定下来是男女朋友，他说了爱我，我也……挺爱他的。

当着四姨的面第一次直截了当地说出爱一个人，木草有些不好意思，说完就躲到洗手间去洗脸了。

杨四姐追过来，说，早晚得嫁人，嘁，有什么不好意思的？瞅你那样儿。只要不是遇到个穷鬼就行。哪天领家来，四姨给你把把关。告诉你，男人都不可靠，弄到钱才实惠。男人有钱就学坏。你可别像我似的。杨四姐一竿子下去，树上的青枣红枣大半儿不见了。

杨四姐剥着荔枝皮，倚着门框，又说，对，差点把大事忘了。吴瑕给我打电话，社里安排你和董晓冉参加导游大赛，说你不积极。干啥不去？对你来说也不难，比赛包括自我介绍、导游词讲解、知识问答、情景模拟、才艺展示。就这几个环节，你怕啥？我已经答应吴瑕了，你好好准备。木草看着什么都管的杨四姐，说，哎呀，我说了，不参加。再说，董晓冉会比我强。杨四姐说，屁话，她是她，你是你。吴瑕说获奖选手还有一定物质奖励，是奖金。一等奖两个，二等奖三个，三等奖三个。怎么着你也能拿个单项奖吧，有五个名额呢。什么最佳风采奖、最佳中文讲解奖、最佳外文讲解奖、最佳素质奖、最佳才艺奖……

杨四姐掐指合计着一笔账。

木草说，我对获奖不感兴趣，也不想去比赛。木草擦着脸，拍了一层面膜。

杨四姐说，这要是写那破文学小说，你就积极了是不？弄个白搭钱、白搭功夫的狗屁文学社团，你就感兴趣了是不？

木草说，啥叫破文学？我写的小说里面有我的灵魂呢。

杨四姐说，今天先不跟你争论这个，你个傻狍子！导游比赛可是名利双收的好事，你说你咋不知道往前冲呢？真是一个木头人！

不想惹杨四姐不高兴，木草变了语气，说，四姨，不是我不想参加，我和滕飞定好了，要带三十人的旅游团去东北三省景区玩呢，不能耽误啊。

杨四姐说，跟你说吧，这次参加比赛的利益绝对大于你带团的利益。让他安排别的导游去不就行了，整得好像组团部没你不行似的。

木草说，不，我需要多出去。作家要拓展写作资源，要保持对大自然的热爱，因为这是学会深刻理解文学，写好小说的真正道路。

杨四姐捂着肚子笑，哎呀妈呀，你真是个活宝啊，你热爱大自然，你热爱文学，那它们热爱你不？老往外跑挣一丁点儿钱，够花吗？！

木草问，你以前不是同意我去外地带团吗？杨四姐说，嘁，傻子，我以前同意你出全陪是为了撮合你和滕飞搞对象。你说你，咋就不明白呢？还什么，写好小说的真正道路，真正道路？刚上道儿就又想重新误入歧途啊？完了，得了疯狂病啦，你是没药可救了。

杨四姐又有点恨铁不成钢，气得跺着脚，叉着腰，腆着肚子。

木草主意已定，去厨房给四姨包牛肉芹菜馅饺子。她一边洗芹菜，一边心想，疯狂的是我一个吗？说到作家的疯狂，木草认为，也许发表作品是一种对他们的拯救和安慰。木草憋足劲，准备永无止境地在这条道儿上探索，永无止境地奋斗，以及无条件地献身……

正想着，宋华又发短信给木草。木草躲在厨房里偷偷看。此时，木草的手机里，还有心里，无不藏着爱情。

宋华最懂得，爱一个女人，欣赏和拥抱以外，还得将自己的唇舌涂点蜜，尤其是对待木草这样的姑娘，言语甜蜜才能印进她的心中。

小世界旅行社的旅游团又多起来。

没办法，导游实在是安排不开，吴瑕给董晓冉打电话，叫她在比赛之前务必再带一个团。董晓冉去旅行社拿行程计划，也顺便找财务主管袭鱼把前两个团的钱算出来。

袭鱼正在办公室上网，董晓冉看她在浏览一家著名的婚恋网站。看董晓冉进来，袭鱼就点了一下鼠标翻页，然后接过吴瑕签过字的单子，给董晓冉提钱。

这个旅游团来自乌鲁木齐某事业单位，算是考察观光游。和董晓冉一起上这个团的是导游们都不喜欢的牛师傅。此人长得胖乎乎的，这么说吧，把他和万师傅装在同一个麻袋里面，摸不出谁是谁来。牛师傅最大的特点是囔囔鼻子，长得像老太太。他是一名中年男人，开了十几年旅游车，俨然就是个老江湖。人比万师傅还难缠，心比黑社会还狠。

去机场的路上，牛师傅一边开车一边问董晓冉，美女，打算给游客加哪些景点？会不会让客人听话？董晓冉说了几个想加的景点。牛师傅不高兴地说，你干吗不加天津啊？你这个样子，眼中只有芝麻，看不到西瓜哪成啊？该不会比杨四姐的那个外甥女还不如吧？对了，你结婚没？有男朋友没？牛师傅开始逗董晓冉。

董晓冉看他那嘚瑟的北京大爷样儿，就来气，不愿拿正眼瞅他。

牛师傅专能挤对导游，尤其是女导游，像董晓冉、夏小凡和木草这类女导游。董晓冉跟牛师傅这种人实在说不到一块儿去，她真想下车，不和牛师傅带这个团了。但董晓冉还是忍着到首都机场T2航站楼把乌鲁木齐来的一行人迎接到旅游车上。

这样的团，董晓冉还是第一次接，上了车，瞬间，她有点发蒙。

这团人男的多女的少，男的戴着小花帽儿，女的还有蒙盖着纱巾的，而且近三分之一的人听不懂董晓冉的普通话讲解。一个比她大不了多少的翻译，走到董晓冉身边，让董晓冉介绍几句停下来，等他给大家翻译。

事情来了。因飞机到达首都机场晚点，旅游车驶出机场路时已经是晚上八点了，团里的局长和游客非要到新疆驻北京办事处去看看。在他们心中，那里就像中南海一样重要。可是行程没有这个线路。局长说，我们还没用晚餐，飞机上盒饭吃不饱，就让师傅把我们拉到驻京办附近去吃饭吧。

牛师傅一听就急了，说，干吗呢，计调可告诉我直接把游客送到宾馆就成了，怎么还去那儿吃饭？董晓冉两难中，就对牛师傅说好话。牛师傅嚷道，送游客去驻京办吃饭，难道我的旅游车烧的汽油是中石油免费给我的？不要钱呀？不行，不行，按行程开车。你赶紧告诉这些人，我去不了，不能把我当孙子使唤。不成，绝对不成。牛师傅脑袋摇晃得像拨浪鼓。

旅游也有行规，一般在旅途中，旅游车司机把游客送到景点，接到宾馆，就算完成任务。如果游客提出要离开旅游线路，额外找个地方吃饭，这就成了一个具体问题。

这个问题在游客看来是天经地义的，我交了钱，你就得做好一切服务。我们想去哪，你就得送到哪。但是，旅游车司机认为，这是额外的服务，游客就应该额外支付报酬。可游客怎么可能为了换个行车路线去吃一顿饭就支付额外的报酬？中国不是国外，导游和师傅都没有小费，师傅不愿意额外付出，所以这时候导游夹在中间很难办。如果不去，刚一见面的这车人就会对董晓冉不满。如果不和师傅沟通好，那么，旅途上处处要用车，师傅不配合，这个团就会有麻烦。

董晓冉不知如何是好。牛师傅见董晓冉不懂得拒绝游客，气焰嚣张起来。牛师傅喋喋不休地数落道，现在水电费都长，大白菜、土豆还一块钱呢，带游客去离宾馆那么远的地方吃饭，我们多的是钱咋地？董晓冉顾不上理会牛师傅，拿起话筒先致导游欢迎词，再介绍北京。

牛师傅按常规把车直接开到宾馆。董晓冉嘱咐游客带好行李先回房间，二十分钟再出来集合吃饭。她前脚下车，后脚就听牛师傅在身后骂骂咧咧道，神经病没吃药！董晓冉没理他，去给游客分房号拿房卡。还好，不算乱，只有二十一个人。

见牛师傅放下游客开车走了，局长问，怎么回事？董晓冉只好说，师傅车子出了毛病要去修，宾馆餐厅把饭菜已经备好，不方便去驻京办那边了。游客们拎着行李顿时不高兴了。导游、司机这么做，不是很不给局长面子吗？是不是看不起西北人？大伙琢磨。

局长脸上显然挂不住。他不动声色地坐在宾馆大堂，一脸沉默。那个小沈翻译也是很尴尬的表情。一个主任很快地瞟了一眼董晓冉，大有责备之意，那目光分明是说：你这个导游怎么办事的？我们领导要去驻京办，这么远来北京，难道你就不能满足一下领导的意愿吗？看到目前这种情况，董晓冉只好把小沈翻译叫到一边，说，明天我安排大家去，如果司机不去，我带着大家打车或者坐地铁，也会满足你们。请大家今晚早点休息，明天我们还要早起参观景点。听董晓冉这么一说，直率的边疆游客们露出了特有的笑容。

大家吃完饭，主任叫住了董晓冉。

主任三十出头，长得油光粉面的，眼睛特别大，胳膊上、手指上长满浓重的汗毛。主任说，董导啊，我天南地北哪儿都去过，不要欺负我们少数民族，不要觉得我们没带上乌鲁木齐旅行社导游来，北京这边就怠慢我们。我们这些人可都交给你了，你要服务好。哎，北京司机怎么这样？我看明白了，是他不想为我们服务。我向你投诉他，和旅行社说，明天换一个司机给我们。

看主任态度强硬，董晓冉也只好打电话给吴瑕。吴瑕同意换司机，安排刘万军车队的朱师傅上这个团。

乌鲁木齐这团游客逛完王府井，董晓冉就和朱师傅商量昨晚没处理完的事情怎么弄。

董晓冉说，把他们拉到驻京办，让他们转一个小时，回宾馆就去收自费项目。局长想加点儿去承德避暑山庄。朱师傅一听乐了，说，好啊，咱俩还挺合财的。这是个大活儿，只要钱收到位，白跑一趟驻京办又怎么着啊。朱师傅很配合董晓冉的工作，直接把这些人拉到驻京办，让他们转了一个半小时。

游客从驻京办返回宾馆，一个个都很满意。到了住处，管事儿的主任只字不提参加自费项目的事儿。董晓冉决定，借查房的机会，单独找他谈谈。

董晓冉敲门，站在门口。主任知道，她是来催自费项目费用的，故作不太高兴。有事吗？董晓冉解释说，主任，房间住得还好吗？房间设施还齐全吧？主任不得不笑一下，说，还可以。好，你进来吧。主任又说，就是空调不太好用。董晓冉急忙给服务台打电话，叫他们给调试一下。

沈良是主任的助手兼翻译，他正好来给主任送充电器，见董晓冉也在这儿。

董晓冉沉默了几秒钟，她希望主任主动实现他的诺言——到了宾馆后，支付自费项目的费用。但是，此事仿佛被主任大人忘到九霄云外去了。

董晓冉只好厚着脸皮老话重提。她说，主任，您看现在已经十点多了，明天自费景点的钱需要交一下，我好提前安排。再不订票的话……主任还是很不情愿的样子，好像故意拖沓，说道，我们都很累了，明天再说……

坐在椅子上的董晓冉琢磨。她自己觉得讲解是没有问题的，不说是文采飞扬，也是知识性和趣味性都兼备啊。至于服务，她也认为，她是竭尽全力在做好，不然也不会白拉着他们往驻京办跑，应该基本到位。至于车上组织大家唱歌、讲笑话，气氛也还是不错的，很多游客都很喜欢她。为何独独主任不肯点头认可她呢？如此努力工作，为啥就是不能打动主任交自费钱呢？如果这一团仅仅是自己挣钱不挣钱的问题，她完全可以放弃挣这难挣的钱，但是导游这个行业有它的特殊性。这个团也是购物团。吴瑕说，到目前为止是旅行社倒贴钱在为游客买单，还等董晓冉从游客消费的提成中拿一部分回去填补亏空。另外，朱师傅也等着挣钱啊。压力这么大，董晓冉不能不硬着头皮去挣这讨厌的钱。

现在看到主任这个态度，董晓冉终于明白了，这人一路上说，什么费用统一支付，我们不差钱，他上午推说午饭后交自费钱，午饭后又推说下午交自费钱，下午又推说到了宾馆交钱，到了宾馆，他却只字不提。原来，都是缓兵之计，以便让她卖力工作。

董晓冉一时间有种被愚弄、被欺骗的感觉。可董晓冉很快又意识到，这也不全怪游客，游客跟导游斗智斗勇，这是普遍存在的事情。因为一些导游不诚信，多年的旅游经验积累叠加，让游客变聪明了，他们会哄着导游卖力工作，却像铁公鸡一毛不拔，等景点游完拍拍屁股就走人。这样的事情，董晓冉不是不懂。

见助手沈良走了，主任看着董晓冉问，你多大了？有男朋友没？董晓冉说，二十三了，忙工作没有男朋友。主任脸上现出轻松的笑容说，哦，大都市的人都忙事业，结婚晚。董晓冉知道面对主任这样的人，即便反感，也不能有怨言。理由只有一点，导游是做服务工作的，不能得罪游客。购物店一家都还没有进，加点钱还没收上来，这可是万里长征才第一步啊，必须耐住性子。

董晓冉决定直言不讳了，问道，您是不是觉得我讲解得不好？主任忙回答，那倒不是。

是服务工作没有做好？你们不开心？主任说，没有，很好。那是为什么呢？主任看董晓冉一副不达目的不罢休的态势，低头笑了一下。董晓冉看着主任，不卑不亢地继续进攻，主任，您经常在外边走，一定明白一个道理，你们出来是为了什么？是为了愉快，但是这个愉快的氛围得靠我们双方共同配合。另外，我们导游是没有工资的，我们都不容易。到现在，董晓冉还没弄明白主任为什么如此抗拒去参加自费项目，但是，她看出主任已经有所松动了。董晓冉进一步加大进攻的力度，说，你们千里迢迢来到首都，好看的好玩的都应该去尝试啊。我建议你们可以加天津。主任说，局长和我的意思是，北京看个杂技，北京之外我们最想去承德。董晓冉说，好啊，承德是我老家呢，欢迎你们去。您很会挑选景点。那我们就把时间挤出来去一趟承德，费用可能高一些。主任说，没关系，不差钱。董晓冉说，主任很爽快，大气！主任过来用毛乎乎的手，拍了一下董晓冉的肩膀，说，你这个小导游很能公关啊！你要好好为我们服务哦。看出主任笑得有点不正常，但董晓冉为了收到钱，也就轻轻地扒开他的手说，您过奖了。您看，我是找您的助手收钱呢，还是在您这儿？主任说，我给小沈打电话，他过来把钱给你。五分钟没过，小沈就来了，把所有费用一次性交给董晓冉。

董晓冉数完钱，终于松了一口气。走出主任的房间，董晓冉忽然觉得又高兴又有些紧张。她迅速理了一下头绪，马上掏出手机，敲定各个自费项目。

不知什么时候，小沈追上门来，要董晓冉开一张收钱证明。开完证明递给小沈，董晓冉看了这个男孩一眼，他们的目光对视在一起……

第二天晚上九点，欣赏完朝阳剧场的杂技回来，局长和主任喜形于色，热烈地谈论起杂技节目。

董晓冉见状，笑着问道，各位领导，各位团友，节目好看吧？不错。好看！棒极了！游客由衷地回答。一张张笑脸上全是兴奋。

局长，您觉得怎么样？董晓冉特别想知道局长的态度。局长笑容满面地回答，不错，不错！都是国家一级演员，那些小伙、姑娘的表演惊险刺激。董晓冉笑盈盈地回答，没错，这是世界一流的演员，拿过好多国际奖项呢，游客来北京我就跟着一起看，真是百看不厌。老外看北京杂技的也特多，主任身边那个就是俄罗斯的美女吧。主任说，你怎么知道？董晓冉回答道，我听见她和旁边的人说话了，我大学第二外语是俄语。是吗？局长有些惊讶，然后说，沈良，你不也是学俄语的吗，你们给大家合唱一个！局长发了令，大家也附和。人们邀请沈良到前边来，和董晓冉站在一起。于是，《莫斯科郊外的晚上》在北京的夜空响起。

对唱时，那一瞬间的再一次对视，董晓冉发现了沈良眼中充满了疯狂的崇拜和深度的迷恋。主任听得一脸惊讶，仿佛不可置信。借着黑夜的掩护，主任的眼里发出火辣辣的光芒。他坐在后面，心中打着算盘。

唱完，小沈拿着话筒向其他游客说道，这是能歌善舞的女导游。这一刻，看她羞花闭月，看她多才多艺！满车人笑着鼓掌，气氛很是热烈。董晓冉听不懂沈良这个男孩说的是什么，也笑呵呵地鼓掌。局长拿着个录像机，义务给大伙服务。

这个夜晚，注定了，所有关注的目光，都集中到了董晓冉身上。

初战告捷，回到宾馆，董晓冉洗完澡，刚想休息，主任打来电话。主任说，小董美女啊，大家觉得时间还早，还不到十二点嘞，想出去玩会儿，请你也来。董晓冉犹豫了一下，问，玩？去哪里儿？主任说，你出来就知道了。董晓冉隐约猜测，这帮人不会是喝酒吧？乌鲁木齐人跟内蒙古人一样能喝酒，如果喝酒的话，自己又不会喝，还是别去了。董晓冉委婉地拒绝道，主任，谢谢你们，我昨晚没睡好，今晚要休息了。主任继续说道，大伙今天玩得高兴，还想继续玩，你导游不能不来啊，对不对？就出来坐会儿，大家热闹一下。局长都出来了，我们都在门口等你呢。快点，不来，别说我们明天不支持你工作！

董晓冉知道，主任略带威胁。主任把局长抬出来压她了。看来，他是王八吃秤砣——铁了心要把她拉出去。董晓冉不能拒绝了。她赶紧换上衣服，快速来到门口。

走近一看，好家伙，局长和主任带队都出来在门口等着呢。游客们都是一脸意犹未尽的笑容，看那情景，真是还没有玩过瘾，还想接着玩。董晓冉笑道，领导们要干吗？同沈良年龄相仿的小乌、小鲁、小木、小齐嘿嘿笑着说，导游，我们的人已经考察好了一个地方，就差你啦！沈良已经进去点菜备酒，就在宾馆后面，走五分钟就到。剩下一些年长的，听不懂普通话，都憨憨地笑着，在后面跟着走。局长边走边说，大家一致认为你工作表现好，大伙吃夜宵必须邀请你一起去喝喝酒，这些人来一趟北京不容易。董晓冉推说，谢谢大家对我工作的认可，不过我真喝不了多少酒……

白天，董晓冉听沈良说过，局长五十多岁，当过兵，还算是一个很好说话的领导。酒桌上，董晓冉给领导敬酒，然后毫不犹豫地喝了下去。董晓冉很庆幸，遇到这样的团队，虽说主任一而再，再而三地抗拒她推销自费项目，但她作为导游没有轻易放弃，而是千方百计地做好工作，终于拿到他们支付的自费款。凭这一点，董晓冉是心怀感激的。

与这些热情豪爽的人坐在一起，能和沈良挨着坐下，也是董晓冉在这个夜晚迎来的一次特殊的欢乐。当然，她希望后边还有更大的惊喜等着她。事实证明，上天是眷顾她的。

游客点的几乎都是牛羊肉制作的菜，服务员接二连三地端来。白酒、啤酒都上桌了。局长说，大家这次出来旅游很辛苦，条件有限，但是希望大家玩得开心，玩得愉快！同时代表旅游团对导游董晓冉表示感谢，感谢北京导游辛苦付出！大家举杯干了杯中酒！

一团人找着各种理由继续喝酒。大家就围着局长、主任展开了敬酒程序。

一圈下来，董晓冉已经满脸热辣辣的。她说，真的没酒量，喝不下了，再喝就走不了路了。小乌、小鲁、小木、小齐几个小伙子起哄说，不能不喝！酒要喝，歌也要唱！主任斜着眼说，别骗我们，凡是嘴角长黑痦子的人都不简单，都会喝酒呢。他不依不饶，要灌酒的阵势。挨着董晓冉身边的是沈良，沈良小声说，没事，喝醉了我背你回去。主任命令沈良给董晓冉倒酒，要他和董晓冉干一杯。主任好像有意把董晓冉灌醉。

沈良眼睛很有神，眼睫毛又翘又长，像刷过睫毛膏一样。沈良情深深雨蒙蒙的样子端着酒杯，看着董晓冉说，来吧，干杯。董晓冉摇头，我不会喝酒，我已经喝了不少，不要再劝我酒。沈良说，就这一杯，喝吧。董晓冉忽闪着微红的眼睛说道，我喝醉了怎么办？沈良说，这还不好说，我背你。她看看他。主任催着说，快喝呀，喝多了有人背你，你还怕什么？！几个年轻的小伙子也嚷嚷说，我背你！我背你！我们有力气。大家又是哄堂大笑。

年轻小伙子趁势一窝蜂涌过来，抢瓶子、夺杯子，要给董晓冉倒酒。董晓冉吓得赶紧把自己的杯子紧紧攥在手中，不让他们倒酒。她说道，你们要干什么？想灌醉我啊？有人说，导游不喝酒还怎么挣钱啊？这几天我们要购物的，你喝一杯，我买一千，喝五杯，我就买五千！有的人又上来劝酒，加价。

董晓冉一听，她跟他们喝酒，就能让他们心甘情愿地购物？看来，酒这东西可真管用。今天还真应了师父的话。她师父冷雪君跟她说过，说这种酒桌把戏，大多数时候看似玩笑，但是最后是能够兑现的。冷雪君还对她说过，其实，有些有点钱，但是没品位，长得又不好看的外地游客，他们在旅游过程中为了显摆，往往表现得财大气粗，一副暴发户的德行。他们会逼女导游喝酒，女导游赚他们的钱不难，但是前提只有一个，那就是要让他们玩高兴……

可董晓冉还是喝不下去这种酒，她也知道自己没那个出息。

沈良看到这儿，说，哥们儿，男子汉大丈夫，一言既出，驷马难追！我替她喝，我喝！你们要购物，谁不购物，谁不是男人！局长看着这些年轻人咋咋呼呼，一个劲儿乐。

在王府井自由活动的时候，董晓冉已经和沈良聊过购物的事儿。沈良多少知道了旅行社和导游之间提成的细节。今晚，沈良想帮这个弱女子。

大家见沈良豁出去了，为了这个小导游，他竟然和七八个人在拼酒。主任在一旁看这群年轻人的热闹，眼神总是往董晓冉身上盯。

一杯一杯灌下去，沈良觉得自己的血管要爆炸了，心脏跳得叮叮咚咚，就像要跳出胸膛一样；胃里也十分难受，翻江倒海。董晓冉看不过了，抢过沈良的酒说，来，我喝！不就是喝酒吗！董晓冉看大家灌他，就心里很不舒服。她不理解，有人竟然这样取乐！沈良小声对董晓冉说，没事儿，我帮你搞定。明天，喝酒的不购物，我，我饶不了他。沈良说着，憨笑。傻子都看出来了，沈良喜欢女导游，他护着女导游呢。

喝得正高兴，人们继续怂恿沈良和董晓冉喝酒。有人问，你们什么关系啊？小沈这么帮？大家起哄找乐。沈良说，导游和游客的关系。不行啊？正常关系。沈良的舌头发硬，已经口齿不清。

董晓冉趴在桌子上，想着这个和自己一起唱歌，一起给游客翻译的男孩，心中有种从没有过的感觉。沈良给她拦酒，她对他自是感激，何况，她对沈良的感觉，跟对向小强以及其他游客是不一样的。这，她心里最有数。

回宾馆的路上，沈良照顾着董晓冉。

这一夜晚的美好时光，让董晓冉感觉回味悠长。此时，他们彼此心中装载着灼灼情意。

还有一个人，不得不说。其实，主任本想趁机占董晓冉便宜，不料，喝醉的沈良一直把董晓冉送到房间。年轻小伙子们又一起在董晓冉房间说笑到凌晨一点多。主任看人多眼杂，没法下手，为了避免不良影响，他也就像只小馋猫被人抢走一条小鱼似的，失落落地回房睡觉去了。

这次北京之旅，对游客来说，最重要的是明天去长城，游客将要圆“不到长城非好汉”的梦。对董晓冉来说，明天的购物店才是她的重头戏。

按照旅行社的行程安排，明天早晨三点半起床，先看升旗，之后再去长城，董晓冉还要带游客去四个购物店购物。她躺下睡觉，看看表已经是凌晨两点。

四点钟，在黑咕隆咚的天安门广场上，看升旗的团队已经是一个接一个。沈良越来越愿意单独和董晓冉待在一起。他没随团里人走，留在原地不动。董晓冉问他，你怎么不到前面排队和他们看升旗啊？沈良说，我得保护你，你没看出来，我们那个色鬼主任对你虎视眈眈啊？

董晓冉被逗得，笑岔气了。然后，她问，你不怕他？沈良说，反正我也快派到北京工作了，也许和他一年也见不上一面。我要让他看出来我对你的意思，他就会觉得没意思。他多少也还有点道德，不会忘那句俗话，朋友妻——不可欺。董晓冉说，你说话注意分寸啊，什么朋友妻？董晓冉挥动着导游旗要打他。

沈良抓住导游旗杆儿很正经地问道，我问你一句话，希望你给我一句实话。我们西部人实在，有话就想说出来。董晓冉说，行。啥话？沈良说，你喜欢我不？你别笑，我说的是真的，当我女朋友，唯一的。董晓冉没有回答，但已经用眼神告诉了沈良她喜欢他。沈良问，不骗我，跟喜欢其他游客不一样？我可是认真的呀。她说，是认真的。

董晓冉的内心渴望这份情感，她也珍惜这份情感。她希望有一个人理解她，呵护她。而眼前的沈良，已经让她眼前一亮，从机场接他们的时候就开始了。

这时还没忘了工作，董晓冉说，哎，今天对我很重要，你们这趟行程，四个购物店都在山上。沈良说，我们要买东西，你才能完成任务？才能挣到钱是吗？董晓冉说，是的，你们这个团交的钱只够机票钱，是远远低于成本收团。旅行社为你们垫支了几万元团款，你说我不带你们去买东西，怎么办？沈良挠挠头发，皱皱眉，然后说，哎，是不是只要我们买了东西，你就有回扣？回扣都是你自己的吗？我还是不太明白。董晓冉说，我也不瞒你了，你们买东西所有提成里面，先要交给旅行社一部分，其次要把该交给车队的交给车队，也就是司机，剩下来赚到的钱，才是我的。沈良说，怪不得你们导游为了购物不择手段，原来是这样……

董晓冉叹着气，然后，连着打了三个哈欠。

看着沈良，董晓冉又说，现在旅游大气候就是如火如荼的价格战，连成本都不够的低价格。确实能够吸引游客，但是却给我们导游带来工作以外的更大负担。我们非但没有工资，接到每个团队，导游还要交给旅行社不等的人头费，来弥补旅行社的负成本。好多新导游受不了压力，都纷纷另谋出路。知道吗？我同学向小强因为挣钱分成的事儿，竟然被外地导游和司机给整死了，还有一个小女孩去长春出家了。唉，一想起这些，我心里就难过……

董晓冉显得有些激动，看着国旗的方向。沈良注视眼前的董晓冉，又生几分怜爱。

董晓冉平静下来说，你看，广场上这么多导游，都是超人呢。我们导游实行24小时工作制。来北京的朋友都希望看广场升旗，而每天升国旗时间是跟太阳从海平面升起的时间一致。夏天四点多太阳就出来了。头一天晚上，导游都会提醒游客早休息，宾馆近一点的还好，如果住得远一点，不到三点就要把客人从房间里敲出来，披星戴月赶到广场，天还没亮，晚来就占不到好位置。常常因为起得太早，有些游客会赖床会抱怨，导游还要安慰游客。沈良说，导游真的很辛苦。董晓冉说，对，干这行，一路充满艰辛，往往顾大家，顾不了小家。你可要考虑好，将来能不能支持我的工作？我已经喜欢上了这个职业，也相信会有一个好的发展方向，我有决心去努力。沈良很诗意地说，当然支持你，我看好你的人品。你在社会对导游的偏见中默默奉献。在我心里，你没有翅膀，却是天使。真的，你外表朴实，却有一种光芒。

你们导游是我心中非常可爱的人！

董晓冉的眼泪在眼眶里打转。这是她做导游以来，不，是长这么大，听到的最好的甜言蜜语。

沈良又一次看着董晓冉，眼睛里流动着热情的光波，不顾天安门广场上的众人，给了董晓冉一个拥抱。一股热流，瞬间涌遍了两个人的全身。

沈良说，感谢上帝，我好幸运，在旅游中找到了我的爱情。我会珍惜我们的缘分，和你相伴到老，不管是不是两地分居。董晓冉抬脸说，那就定好了，天安门可以做证。沈良说，对，北京天安门可以做证，保佑我们天天平安、幸福……

团队这时候回来了，看见沈良和董晓冉这样亲密，又引来一阵起哄的笑。大家知道，这两个人一起中了爱情的毒。大伙撺掇着局长放开政策，局长说，好，中午不能喝，晚上可以，今晚我们还要继续喝酒，必须喝，是喜酒……

董晓冉带着这一团乌鲁木齐人，从天安门广场到长城的路上，一路的欢歌笑语。

一团人先来到玉器店，玉器店里发生的一切是那么不正常，又是那么正常。这，在整个旅游行业里，是很难想象的。

对于今天的购物，董晓冉心里仍然底气不足。毕竟，游客对购物都有抵触情绪，不管你是否真的和他们中的一人谈朋友。

董晓冉站在玉器店门口。沈良正给几个不懂汉语的人翻译，皇帝多么喜欢北京玉，首饰佩戴有什么学问。果然，这几人去看手镯了。

沈良走过来，关切地问董晓冉，怎么样？看见局长和主任买东西没？董晓冉说，喏，他们在那儿转悠呢，捂着钱不买。哎，沈良你再去买点儿什么吧。董晓冉说这话时，俨然拿他当作自己人。沈良说，我已经给我妈买了一个手镯，花了三千多呢。关键是我买那么多东西，拿回去没用呀，对！我帮你监视一下，看昨天喝酒的那几个哥们儿买没买。说着，沈良向他的同事走去。

小乌和小鲁在闲聊。小木和小齐在掰腕子玩儿。

沈良说，哎，你们还说话算话不？昨儿个夜里酒白喝了？去，快买点东西。小木说，我买了一个玉石挂件，一千多块呢。他叫苦说。小齐说，我家有好几块和田玉挂件呢，真的不买了。沈良说，和田玉和北京玉能一样吗？这里可是首都，买点多好啊，买回去你送人呗。

董晓冉在一边听着偷笑，笑这个有史以来带的最特别的游客。

说着，局长和主任过来了。沈良拽着俩人走进玉器店的精品厅，努努嘴，示意他们买东西。俩人笑了，说，北京玉我们没听说过，不知道是真的假的？沈良说，买吧，导游说了假一罚十。你看，那个手镯多好看，给你老婆买一个。几个年轻的逗笑说，是啊，领导买吧，没听服务员说吗，女人都喜欢这东西。局长背着包提提包带子，看主任笑。其他人继续怂恿主任买。

主任没办法了，拿出一个汽车挂件说，谁说我白喝酒？我已经买过了呀，瞧瞧。主任含冤申诉。你买了多少？这个才五十块！沈良说着捏了捏主任的挂件。主任费了老大劲儿说，一，一二百吧。主任唯唯诺诺地回答，底气明显不足。局长说，我买了三四百，够意思了吧？沈良，我可支持导游，支持你女朋友了。沈良说，快！小乌、小鲁、小木和小齐买的拿出来看看！他们异口同声地说，我们家里玉多着呢，我妈我爸去云南买的。小齐突然说，嘿，沈良，你要和女导游好，我们也不反对，可是你不能算计我们哥们儿吧？连领导你都不放过，也太重色轻友了吧？小鲁说，看着没，这就是爱情的力量！我也想要爱情！局长说，你们也理解一下，别站着说话不腰疼，你们这些年轻的，就他一个人打着光棍呢。

说着说着，几个人烟瘾上来了，撺掇点烟，想在玉器店里面抽几口。里面的工作人员走过来，劝他们到外面去抽。一些人随局长出去了。

这会儿，沈良已经把能够动员的团友都动员过了，时间也够了。董晓冉往里面的精品柜台走，探探情况，正好看见那几个听不懂汉语的游客也买了几个玉手镯。他们叽叽咕咕说着什么，然后拿出购物小票，诚实地交给董晓冉。

拿着小票，看看眼前和自己语言不通的游客，董晓冉心里是五味杂陈。董晓冉去了一间小屋，准备签单结账。

在董晓冉排队结账时，没想到，沈良伸长脖子直朝办公室门里瞅。看什么呢？董晓冉瞪着眼示意他走开。沈良用眼神告诉董晓冉，不，我不走。我想看看，看看你们进神秘的小屋都干啥。

沈良发现里面有二十多个导游，手上都拿着单子，正排队等候。工作人员正有条不紊地在计算机上操作算账，然后，拿出一摞钞票，大概有一千多元，递给最前面的导游。那名导游走开，下一个导游又接上去，递单，签字，点钞票。过程平静而有秩序。

见董晓冉不理他，沈良叫道，董晓冉！工作人员说，游客出去！听见没？这里不让参观！沈良说，我找我们导游。董晓冉走出来，把沈良拉到门外，说，谁叫你来的？怎么还甩不掉你啦？沈良说，你甩我干吗呀？嘿，你腿儿跑得真叫快，眨眼不见了，我正到处找你呢。沈良就把刚才局长回卖场又买了一个玉石枕头的事情告诉董晓冉，还转达了局长的话：导游别忘拿提成。

董晓冉心怀感激，拿着玉石枕头的购物凭证，重新找财务算提成。办完一切，两人一同走出了卖场，走到一个没人的地方，董晓冉说，这下你都看到了？沈良说，啊，不就是财务室吗，有啥可背人的？沈良抑制不住自己的兴奋又说道，呵呵，我今天总算看到旅游行业的内幕了，导游拿回扣。董晓冉不乐意地说，那叫佣金！是导游和司机还有旅行社的提成。沈良拉起董晓冉的手说，好吧，我总算亲眼看见导游拿佣金了，哈哈哈哈。董晓冉攥着他的手一使劲，说，嘘，你小声点，别人不是你！说完还谨慎地看了看四周。沈良追问说，我们买了那么多，你赚钱了没有哇？董晓冉想了一下说，刚走一个店，成本倒是赚回来了，该交给旅行社的钱有了，可是，还没有师傅和我的份儿。沈良奇怪地说，你怎么能不赚钱呢？我俩为了那钞票，死了多少脑细胞啊？董晓冉说，下一个店再挣钱，就有我的。所以嘛，你们还得加大购物力度。沈良吓了一跳说，可爱的导游，我们还要买呀？董晓冉说，嗯，对呀，要不我白带你们玩一趟，电话费都没人给报。我总要赚钱交租房费啊。该死的房费！这个月又饶不了我。

董晓冉觉得，她对沈良没有必要兜圈子，他们已经是恋人。尽管是闪电般恋上的，但绝对是因为真心不等人。

游客又上了旅游车。董晓冉刚坐到座位上，就有人问，导游，我们买了那么多玉石，怎么样？我们乌鲁木齐人爽快吧？西部人好不好？董晓冉回答道，好啊好啊！

董晓冉微笑起来更动人。

看玉器店成绩不是特别好，董晓冉就又把他们带到水晶店。来水晶店的游客也不少，游客进里面继续选购。

沈良兴致勃勃地带头给董晓冉买了一条紫色水晶项链。自己花完钱，沈良迅速走过去，对着几个年轻人肩膀挨个拍，说道，哥们儿，哥们儿，赶紧办点正经事儿，买东西啊，好不容易来一趟北京，不买不够意思，导游多不容易……

有人一看，沈良这个吃里爬外的家伙又当托儿，就赶紧躲闪。沈良抓住躲得最慢的主任的胳膊，说，你就再去买点东西吧。主任笑说，现在看你别扭，所以不买。身边的局长一脸笑容，拍着主任肩膀，安慰地说道，就当是做公益事业，就当是捐款了吧，哈哈哈哈。

董晓冉心生感激。在关键时刻，他因为喜欢她，欣赏她，而支持她，力挺她。这分明是赤裸裸地挺她呀！尽管他俩做的事儿有点不光明。

沈良看力度不够，见小乌和小木捂着钱包溜在最前面，就跑上去揪着他俩衣袖说，想跑？没那么容易，想喝酒不？赶紧花钱！大家笑了。沈良又说，晚上喝酒我请客，不过，我女朋友的见面礼，你们就这么小气？哼，你们还是我哥们儿吗？赶紧，那边有水晶眼镜，最经济实惠，谁不买我跟谁急！局长挥挥手说，留钱干吗，我们要把钱花在正经地方，给自己和家里人花点不吃亏。局长说话很给力，一团游客都嘻嘻哈哈地去看水晶眼镜了。

董晓冉心想，不管最终购物成绩怎样，这些人这么友好，这么支持自己，这，就够了。突然，董晓冉又为游客担心，那水晶眼镜是真是假呢？她拿不准。呆呆地站在那儿，董晓冉心里有些不安了……

完成进店任务，董晓冉带着旅游团终于向八达岭长城挺进。

这里是燕山沉降带西端的抬升地段，重峦叠嶂，沟壑纵横。长城就筑在海拔600至1000米的山脊之上，巍峨雄伟。

此处四季景色绚丽，春季群芳射蕊，争奇斗妍，夏季满目青翠，绿荫遮日，秋季果实累累，层林尽染，冬季白雪皑皑，一派北国风光。

董晓冉无数次带领游客一起欣赏过长城美景，现在，她又一次望着长城上面自已的一团游客开心地拍照，也靠在墙上欣赏美景。

一双大手从背后蒙住董晓冉的眼睛。董晓冉叫着，沈良，沈良，快放开。沈良问，你看见我了？董晓冉说，我眼睛看不见，心里看得见。沈良把手压在董晓冉的双肩上，直视她。两人的目光交会在一处，有亲昵，有期盼，有一种独特的情愫在传递。

长城上人多，沈良不好意思，只亲了一下董晓冉胸前的导游证，那上面有国家旅游局字样，还有一张董晓冉的照片。

刘万军昨天刚走，杨四姐今天又开始等他再来。这一家不是一家、两家不是两家的日子，也实在是让杨四姐闹心。

为减轻胡思乱想的痛苦，杨四姐开始上网阅读网络小说。自从看了别人写成那样还被尊称为“作家”，杨四姐就不服气，她也萌生了写点日记玩玩的念头。

杨四姐心想，别人写玄幻、仙侠、灵异、穿越那些内容涉及盗墓啊，小三啊，王爷啊，后宫啥的，我为啥不写一个现实版杨贵妃捞钱带“盗墓”呢？不信没人看。

想着想着，杨四姐就行动了，她鼓捣鼓捣在“红衣翠袖网”注册了账号。杨四姐还给自己取了个网名，昵称为“小娘”。没多久，杨四姐发布了她标点符号都搞不懂，层次段落也混沌不堪的一个长篇连载、日记体小说，名为《旅游锅：杨贵妃捞钱记》。

刚发布三天，点击率直线上升，网上读者纷纷跟帖。杨四姐看到那些帖子手舞足蹈起来。从此，杨四姐觉得上网写东西的日子美丽得一塌糊涂……

木草和宋华约会的时间还有一个小时。

木草很想上网和她文学社团里的一个编辑讨论一下，关于社团尽快开辟旅游散文专栏的事儿。而此时，杨四姐占着电脑，根本轮不到木草用。杨四姐坐在电脑前写得正来劲，已经写到第五章，主要内容是主人公杨贵妃讲解貔貅的神奇，以此来诱惑游客购物。杨四姐写到貔貅长着龙头、马身、麟角，长得像狮子。就这一句，她把“像”写成了大象的“象”。可她又觉得不对。

杨四姐呼号喊叫，嗨！哎？傻狍子，像什么的像，是不是大象的象？木草说，不是，要加个单立人偏旁。木草搬过椅子，坐在杨四姐身边，看杨四姐在写什么。杨四姐说，滚一边去，谁让你看了？木草说，我看看四姨在忙啥？杨四姐说，忙啥也比你强。我写的东西有人看，哼。杨四姐很骄傲的样，摸摸肚子，扭扭脖子。木草说，四姨，你有网名啦！为啥叫“小娘”呢？杨四姐说，去去，小姑娘别问这事儿，这是我的秘密。不能告诉任何人！木草说，秘密？你什么秘密我不知道？还秘密呢，眼下的秘密就是不知道你的宝宝长什么样子。杨四姐说，长得当然是帅哥，他妈这么漂亮，她儿子能不帅啊？木草舔着嘴唇笑，继续直着眼看四姨写的东西。

杨四姐一本正经地写，突然觉察木草盯着看，她不高兴了。杨四姐不情愿地推她，去，去，看什么看？木草说，你有那么多网友读者看，我为啥不能看？学习学习。杨四姐很严肃地说，你直眼看，我咋写？写这东西凭的是感觉，我不是在大庭广众下耍猴儿呢！这是我个性的事儿，算隐私！滚。滚。木草知道，这是杨四姐从别人那儿学来的话，就忍不住捂嘴笑，说，你写你的，我不吱声。杨四姐说，你瞪着眼看，我咋写？这就好比撒尿，你围着我看，围着我嚷，给我挑错字，跑这儿起哄架秧子，我能尿出尿来吗？你想废了我呀？木草一听，杨四姐用撒尿来比喻自己写东西，不禁惊叹她的口才，大笑。杨四姐说，笑啥笑？躲开，我粉丝还等我往下写呢。你该干啥干啥去得了。木草看看表，估摸宋华开车在小区门口等了，就撒谎说，四姨，我晚点回来，去图书大厦。杨四姐说，北京别的地方你找不着咋地？合着你就认准图书大厦了是不？那儿几点关门你几点回来对吧？木草说，嗯，九点才关门呢，你不用等我，我在西单小吃城吃完再回来……

杨四姐信了木草的话，继续写她的《旅游锅：杨贵妃捞钱记》。

宋华果然已到门口，在车里吸烟。他看木草走过来，赶紧把烟扔在车外，用手扑棱扑棱烟雾。

木草走近，深情地看了一眼宋华。宋华已经把车门替她打开。木草上了车，然后把从桂林带回来的绣球抛给宋华。宋华说，真好看，我以后把它挂在床头，天天想你。说着，他先吻了一下木草，才开动车子。

宋华按着惯例请木草在外面吃晚饭。

餐厅里，有钢琴家现场演奏理查德·克莱德曼的钢琴曲《绿袖子》。餐桌上除了鲜花，还有宋华为她点的高档饭菜。木草觉得既浪漫又温馨。她仿佛觉得自己走进的不是餐厅，而是飞入了天堂。

今天，宋华打扮得很时尚——黑色短袖上衣，白色裤子；手腕上戴着一串纯天然琥珀手链。他那一圈有型的上唇胡须吃起饭来一动一动的。这一切，对于木草来说，充满着无限的神秘。眼前的宋华让木草产生一种崇拜般的依恋，像崇拜凡·高和艺术一样。

宋华放下筷子，擦了擦嘴唇，看着一身墨绿色连衣裙的木草，多情地说，怎么样？这些菜好吃吗？今天的丝绸绿裙真好看。小傻瓜，第一眼就被我相中了。木草说，我不是傻瓜。其实，所谓傻就是单纯、朴实的意思。宋华仰脖一笑，说，对，你说得对，我的小老师。宋华给木草续了一点饮料，又说道，不是小傻瓜，那我叫你丫头。哎，丫头，和我一起吃饭，高不高兴？木草点头，说，高兴。宋华神秘地说，还有让你更高兴的呢。你看，我给你带了什么？说着，宋华从他小包儿里掏出一个精美的首饰盒。宋华递给木草，催她打开看看。木草打开，立即就喜欢上了。宋华笑眯眯地看着喜滋滋的木草。

首饰盒里放着一条项链，漂亮极了。尤其那项坠，绿莹莹的，煞是好看，仿若嫩树芽的绿，亦如菠菜绿。

宋华明知故问，草儿，喜欢吗？喜不喜欢？这可是我从国外带回来的。木草说，这么漂亮，当然喜欢。你送的，我更喜欢。这，这很贵吧？木草闪着明亮且有些羞涩的眼睛问道。宋华说，漂亮的你才配戴这种名贵的东西。来，你探身，我给你戴上，让我看看你戴上它的样子。木草伸脖子。可宋华隔着餐桌，还是没扣上挂钩儿。宋华说，那就等车上给你戴吧，你先收起来。木草小心翼翼地盖上首饰盒。

宋华夹了一口菜，又喝了一点饮料。然后，宋华十指交叉，对木草说，你知道吗，有人说，一生中至少要有两次冲动。一次，为奋不顾身的爱情；一次，为说走就走的旅行。可惜啊，我还差一次冲动……

木草懂宋华的意思。

宋华看木草明白自己跟她说的话，更加得意扬扬地讲，这是我前年一冲动，去旅行的时候，从哥伦比亚带回来的祖母绿，链子是铂金的。当宋华说“祖母”二字时，木草倍感亲切。尽管木草知道，这个宝石和祖母没有任何关系，但她还是情不自禁想到自己亲爱的姥姥。

木草想了一会儿，看着首饰盒，对宋华说，这太名贵了。我以前只是带游客看过这种宝贝。宋华问，你在哪儿看到的？是真的祖母绿吗？木草说，在博物馆里。明朝皇帝把这种祖母绿视为同金绿猫眼一样珍贵，有“礼冠需猫睛、祖母绿”之说。明朝万历皇帝的玉带上镶有一个特大祖母绿，现在被珍藏于明十三陵定陵博物馆呢。另外，慈禧死后所盖的金丝锦被上，除镶有大量珍珠和其他宝石外，也有两块各重约5钱的祖母绿。我给游客讲过这些历史。木草说完，忍不住又打开首饰盒。

摸着这条项链，木草有一种非常奇怪、非常亲切的感觉。她心里说，自己还没有收过其他人如此贵重的礼物呢。

宋华注视着木草那一眼能见底，如两汪秋水似的眼睛。然后，宋华探着身，很专业地说，草儿，你好好看看，祖母绿的颜色多诱人啊！有人用菠菜绿、葱心绿、嫩树芽绿来形容它呢，但都没法准确表达它的颜色。它，绿中带点黄，又似乎带点蓝，就连光谱都好像缺失了点波长。木草说，嗯，确实挺神奇！宋华继续说道，世上就没有一种天然颜色令人的眼睛如此舒服。人注视嫩绿的草坪和树叶的时候，那种赏心悦目的感觉可以想象，但跟祖母绿的色泽相比，就显得逊色了。无论阴天还是晴天，无论在人工光源下还是在自然光源下，祖母绿总是发出柔和浓艳的光芒。这，就是祖母绿的魅力所在。它是能使人百看不厌的宝石之一，就像你。宋华压低了声音说最后三个字。

木草听完宋华的话，更加崇拜知识渊博的宋华，不禁把小手放在宋华伸出来的大手手心上，然后被他攥住。木草爱宋华的样子，全写在了脸上。木草的心，被宋华彻底摸透。

宋华接着说，我知道你很爱你姥姥，也就是你的外祖母。所以，我爱你，就把这个带“祖母”二字的项链送给你。尽管祖母绿只是译音，和祖母没有任何关系。祖母绿是象征幸运、幸福的，戴它会给人带来一生平安。草儿，这也是我的愿望。

相信我，我会好好爱你、疼你，像你姥姥疼你的那种疼。听罢，木草的眼里已经湿漉漉……

吃完饭，坐在车里，宋华看了看时间说，走吧，还早，到我家坐一会儿，我再把你送回去，成吗？我还为你画了一幅画呢。是风景画，依据你写的那篇散文《桃红酒绿》画成的，是你的背影。我题了字，叫“独饮一江春”。木草处于半晕乎状态，任凭宋华开车拉着自己往另一个方向走。

木草喜欢艺术，喜欢凡·高其人其画，现在，更喜欢上像凡·高一样的宋华。宋华的画儿同样充满魅惑，越发地一点点拽着她，使她不自觉地身心靠近宋华。木草期待目睹那幅画儿……

宋华家在一个学院旁边。屋子不算大，是一居室，里面全是字画。

给木草倒了一杯水，宋华看木草打量着自己的屋子，就说，这是我其中一处房产。这儿离我的字画拍卖公司近，走一段高速，不会堵车。对，我把宝贝给你，你等着。宋华转身把那幅画儿找到，拿来给木草看。

木草再一次惊呆。隔了好一会儿才发出感叹说，哎呀！画得真好！谢谢你啊。宋华说，我其实还不算著名画家。不过，许多著名画家的作品都委托我们公司拍卖。对，送你一张国内著名画家的画儿吧，以后会升值。这张画儿叫《夹墙学习》，画面上是一个村童，捧着一本书，夹在墙头上认真阅读。宋华展开画给木草看。

木草不因为这画会升值，只因为它是艺术品而爱不释手。

宋华说，我很快要办个人画展了。木草说，你真了不起！太好了，为你高兴。宋华贴近木草说，高兴还不亲我一下？木草深情地亲了他的脸一下。宋华说，你感情太丰富了，我特别喜欢感情丰富的人。木草说，我感情丰富且情感厚重，你没觉得？宋华说，喜欢你这张小嘴儿，会说话，更喜欢你真实。木草说，如果没有真实，人容易变成骗子和阴谋家。我只想成为作家。宋华捏了一下木草的下巴说，丫头，来，把我给你的祖母绿项链戴上，让我好好看看。木草听话地把脖子伸过去。

被宋华戴上了祖母绿项链后，木草却噘起小嘴儿，摸了一下他的胡子，说，宋华哥，你不要对我这么好，你对我这么好，要是有一天，你对我不好了，我会很伤心的。宋华说，住嘴，别说傻话，乌鸦嘴。木草看宋华反应这么强烈，叫她住嘴，她偷偷暗喜。

借着灯光，宋华再看戴上项链的木草，不禁感叹，的确是美啊！宋华看着木草白嫩的脖子，触摸到她光滑的肌肤，又看看坚挺若隐若现的最吸引他的那个部位，宋华身体不禁一颤。他用指尖托着祖母绿说，草儿啊，太美了，真是太美了，真正的艺术品在你身上啊……

宋华不说话了。眼睛看着眼睛，他们就像酒精遇火，一接触就燃烧起来。

宋华抱木草，亲吻。接下来，宋华渐渐地把手伸向木草桃子形状的乳房。他得手了。此刻，宋华感觉到了木草身体的反应。那对儿乳房火热，渗出女孩子独有的汗液，散发着一种比祖母绿还难得的气息。宋华触摸到了一个纯洁的、真正的姑娘。他觉得，这才是他想要的，生活中活生生的艺术品。宋华激动得两腿在抖。这种不一样的感觉是久违的。和木草比起来，别的女孩那纯属是赝品。

宋华的触摸使木草身体犹如触电的感觉，一直麻酥到脚后跟。木草的五脏六腑、七经八络，无不颤栗。木草已经麻酥到四肢百骸，直冲至心肌骨髓。这时的木草，仿佛已经失去知觉和意识。当她睁开眼睛的时候，宋华已经把她抱到床上，亲吻她桃子状的乳房，一只手撩起她墨绿的丝绸裙……

他真正的要侵犯她了。木草这才推他说，宋华哥，你别这样，这是不行的。宋华的脸红得能烤熟一只鸽子。他此时只想达到一个目的，他自己最清楚自己。宋华抬起头说，丫头，我爱你。难道，你还没看出来吗？你口口声声说爱我，可你这是在折磨我呀，折磨一个男人的精神和身体呀！你真这么狠心？对我别狠心，好吗？宝贝。木草看他给自己脱裙子，就说，宋华哥，我真的爱你，可我又怕你，我是……木草咽了一下口水，说，宋华哥，我，我不想这么早就……等到那一天……我们以后才能好……

宋华知道，木草说的是哪一天，但他真的不知道今天怎么能过去，他哪里还管得了那一天还是哪一天呢。宋华的身体在迅速膨胀，有种瞬间即爆的感觉。

宋华看木草抵抗他，强攻不行，就耐下心来改变战术。

宋华说，草儿，你要懂事儿，听话，要长大。不要拒绝我，正常人都要这样。吃饭的时候，你还对我说你热爱生活呢，喜欢写小说。你连性生活都没有，哪里是热爱生活？可见，你写的小说也缺少生活经验。木草喘着粗气，把说话的力气节省下来都用在了手上。

宋华看木草的手还在死死地把着，不让他动，就接着说，你是一个女孩，有激情的女孩，必须有男人走到你身边，不然，就会成化石了！你懂不懂？接受才证明你是对大自然、文学和艺术怀着真正的爱。告诉你吧，老姑娘和没生过孩子的女人是不完整的女人！你又是健康的，我，我……不行了……快点……真的控制不住，要爱你！草儿，你不顾我死活吗？！你分明是在杀害我……

宋华疯狂起来，揪扯木草的短裤。

木草看到这个像毒瘾发作了一样狼狈、一脸痛苦地充满渴望表情的她心爱的男人，就再也没有决心抵抗他了。木草心想，画家凡·高已经被人拒绝，受到了莫大的伤害，宋华这样的画家，自己既然爱他，还有什么顾虑呢？木草正想着这些，宋华又活跃起来。

宋华用充满诱惑的嘴唇和那上面性感浓密的胡须体贴着木草，嘴里不停地说，宝贝啊，草儿，草儿，我会永远爱你，好好爱你，有我你不要怕，好吗？……

宋华的言行，已经再一次唤醒了木草的身体。迷迷之中，木草也有了一种使自己惴惴不安的、矛盾的渴望。

打开自己，春意已深。木草躺在床上心里默念：来吧来吧，该来的一切都来吧。但是，木草因为多重担心，哆哆嗦嗦地停歇于连接女孩与女人这两个世界的大道的半路一旁。她一会儿“走”，一会儿“停”，走走停停，又停停走走。木草无限焦虑，她无奈地忧伤。木草不知道这究竟是为什么？也不会有人告诉她。也许，这是天性使然。也许，这是女孩子特殊的心理反应。她想，即使多么爱她的男人，也永远不懂她柔情的背后。她的美，是直觉的，而她的哀，或许才是本质的。

宋华注意不到身下的木草是什么表情，他的眼睛此时失灵了。他的手像螃蟹的钳子一样，拼命地固定着木草的身体。他怕木草在他关键的时刻不听话，或者再躲着他，让他跑空，那还不如直接杀了他。

床上，屋子里，传来木草的两声尖叫……

宋华听到了。他停在那儿。吻了木草的脸，那个角度他吻不着她的双唇。宋华看到了如美酒一样红的地方。他知道，自己没有看走眼，木草的的确确是女孩子。

同时，木草也听到宋华叫喊道，啊，啊，这回真的爽透了。木草微微睁开眼睛，然后又闭上。一滴泪，顺着眼角流淌。

骑在木草身上的宋华有一种荣誉感和胜利感，他兴奋得像得了天下的大王。剧烈的动作，虽然只是一下，但宋华的整个人，已经铭刻在木草的骨髓里了。木草知道，自己已经受到了伤害，不然，为什么总有隐隐作痛的感觉？不然，怎么眼泪会流下来？就这么快，一切结束了。她用眼泪，为自己的女孩身送葬。

宋华重新搂着像只受伤羔羊一样的木草，盯着她看。吻了一下她像涂了口红一样鲜亮的嘴唇，又用胡子扎了扎木草疼出汗珠的脸。闭着眼睛，木草用心祈祷，愿那一阵撕裂的疼痛去天国安息，永远不再回来。

木草温顺地问他，宋华哥，你刚才疼吗？宋华说，我不疼，我怎么会疼？是不是你很疼啊？对不起，我弄疼你了，以后习惯就好了。宋华说得很轻松，然后，他打了一个哈欠，又说，哎哟，十点了，穿上裙子我送你回去，不然你四姨会着急的。木草一下子清醒了，抓过手机，看了看，已经没电。

木草的疼痛还在去天国的路上，她一瘸一拐地随着宋华下楼梯。

下楼时，宋华还碰见了一个邻居。他非常自然地和人家打招呼。

上了宋华的车，木草坐在副驾驶座位，从包里掏出靰鞡草编制的一双鞋垫，说，给你的，这是我去南方带团夜里想你睡不着，起来给你编制的，除湿驱邪特别好。宋华说，宝贝儿，上次那双我还没舍得用呢，你手可真巧。木草想说，让他记得她家乡的这种神奇的草，也该记住自己的真爱，没等张口，一阵痛占据了她的神经。木草往前倾了一下身子，因为她那里，还在疼，疼，疼。宋华理了理头发，弄了弄那串儿天然琥珀手链。他透过反光镜照照自己，然后，一边开着车，一边哼哼唧唧地打开了车里的音响……

或许，对宋华来说，今晚发生的事情，尽管算不得光明正大，但也习以为常。就像到邻居的菜地里偷了一根顶花带刺的黄瓜似的。木草失魂落魄地坐在那儿，她不敢再看身边这个男人，更不敢顺着这条线儿想下去，因为她半清醒了，她明白自己丢的绝不是一根顶花带刺的黄瓜。

木草整理好头发和裙子。宋华又亲了她一下。木草下车。

刚走出几步，这时候，木草觉察到，她的心跳被宋华弄得瞎了节奏，她的步伐也因此而错乱了。

木草走出几步，还是走回来忍不住说，宋华，你别忘了垫上那双鞋垫，靰鞡草是世界上最朴实也是最温暖的草，你要相信它真的能健身养神。宋华说，我知道，你给我讲过好多次了，忘不了。木草自己也不知道，为啥冲着宋华笑出了一滴泪。

楼上亮着灯。木草拿着画儿，鸟悄地开门溜了进去。她从门缝里看见杨四姐正在自己卧室里躺着打电话。

电话是米虎打过来的。

米虎说，四姐啊，快帮我一个忙，今天去长城进购物店，我把导游旗落在那儿了，你这几天如果去，就帮我找一下。旅行社还押导游旗五十块钱呢。杨四姐说，我可有一段时间没带团了，我在家歇着呢。那我打电话告诉你刘哥，让他司机帮你到店里找一下吧。米虎说，那就太谢谢了，给你添麻烦了。唉，最近越来越丢三落四。米虎挂了电话，杨四姐走出来喝水。

杨四姐见木草已经回来了，鬼鬼祟祟地正从小卧室地上爬起来，问道，干啥呢，藏啥玩意？木草说，没，没藏啥，我找拖鞋呢。木草其实是把《夹墙学习》《桃红酒绿》那两幅画儿藏在床底下了。

杨四姐倒完水端着说，你“空降”回来的呀？怎么也没个动静？咋才回来？你看，都十一点了，看你没精打采的样儿，坐地铁净站着，又给人家让座了是吧？杨四姐的话音还没落，木草的手机就响了。杨四姐说，哎，前脚到家，后脚电话就跟来了，你还是“忙班”哈？你新交的那个画家朋友怎么着了？有进展没？他能和你结婚不？

木草在浴室冲洗了一下脚，心想，四姨整天就琢磨结婚结婚，现在，和刘万军的心都操不完，却又开始替我瞎操心了。想起这，木草说，嗯，还交往着呢，他对我挺好。

杨四姐说，挺好？哼，现在骗子太多，傻子不够用，像你这样的半疯儿半癫狂的家伙也有危险呢。跟你说，画家的名声也不比导游好多少。我看，还是滕飞靠谱。嗨，怎么不接啊？谁来的电话？

木草说，是一个陌生号，打好几次了，他打过来，我一接听，那边就挂断。

杨四姐说，你回拨啊，回拨骂他！哼，吃饱了撑的，尽是些无聊的人……

木草害怕四姨怀疑她今晚的事儿，说完就回了房间，关上了门。

米虎不但丢三落四，还把自己的命根子弄伤了。

到现在，米虎也不相信是“吴瑕”和“滕曼”干的。更不能确认究竟是那条“滕曼”干的，还是那条“吴瑕”干的，还是它俩合伙而为。反正，随着那两条鱼的死亡，一切也就成了“悬案”。

唉，怎么总是倒霉呢？这个旅游团后天就返回了，跑一趟玉器店，提成没拿多少，导游旗还落在那儿了。米虎不禁牢骚满腹。对面床的司机师傅睡得跟头牤牛一样，哞哞地打呼噜。米虎心里这个骂呀。给杨四姐打完电话，他把手机狠狠摔在宾馆的床上，以此发泄一肚子的“老火”。

床上，米虎的手机又一次唱响，是他新下载的那首《春天里》的旋律，他摁下接听键，怕吵醒师傅就去门外打。

米虎一听到电话里的声音就堵心，怎么又是她？！

她，是旅游团的游客之一。她，天天戴着大波浪形的假发。死热的天，她也真能扛得住。她，浓妆艳抹，长得跟美国影星玛丽莲·梦露似的，所以团里的人给她取了个外号叫梦露。来北京三天，梦露已经不是第一次打电话给米虎了。

米虎抓了一下乱糟糟的菊花头，不耐烦地说，我说了呀，不和你出去。你早点休息吧，我累了。梦露说，我屋那女的打呼噜，我睡不着，就想和你多待一会儿，米，虎儿……米虎心里很烦，索性把手机关掉，也断绝了梦露的纠缠。

第二天早上，游客们都在吃早点。看米虎一个人坐在角落里，梦露风情万种地走了过来，坐在米虎旁边。她挑逗地说，你怎么就那么讨厌我啊？我就不信你不喜欢我。昨晚又拒绝我，你不带这么打击我的。嫌我老啊？米虎说，不是，带团每天都很累。梦露说，那今晚，今天就两个景点儿。嗳，另外你加的晚上看中国功夫表演，我去。给你钱，不就是一百五吗，我一会儿到车上给你动员动员，你也好多挣点儿钱。梦露拉扯着，把钱装进米虎的裤兜。米虎说，喂，你别动手动脚的，让团里游客看见影响不好。梦露说，没事儿，我们都是当地散拼，基本上谁也不认识谁，都一家一家的，就我独来独往，你也不知道多照顾照顾人家。梦露嗲声嗲气地说。

米虎抬头瞜了一眼梦露，再瞜一眼那通红的肉肉嘴唇，心潮又起了波动……

带一团人参观完颐和园，米虎着急要进一个叫“中国红”的纪念品购物店。大凡来颐和园的游客，总能被万寿山、昆明湖迷住，导游说好集合时间，肯定就有游客不按时归队的，其中就有爱拍照的梦露。购物店马上要关门了，有四个人还没回来，米虎电话催他们四个人快点儿往北宫门停车场走。其他游客坐在车上左等这几个人不来，右等也不回，游客们就说，导游，走吧，让他们自己打车回宾馆。我们这些天累死了，起早贪黑，今天还想早一点回宾馆呢……

哼！走就走！董晓冉最讨厌的、背着刘万军套团、私自接白鹭旅行社旅游团的那个牛师傅，撅着鼻子瞪着眼刚开出不远，那几个游客就向停车场奔来。他们想让师傅停车。牛师傅成心想教训教训这几个几天来都不听话的游客。牛师傅从后视镜里瞟着在他心里被界定为慢悠悠赶回来的几只小乌龟，又可气又好笑。他看见几个人靠近了，又故意加快速度。车上游客一脸幸灾乐祸地看追着车跑得上气不接下气的游客。

牛师傅解气地看差不多了，才停下来，打开车门。有的游客狡辩说，忘了集合时间。有的埋怨颐和园太大，玩的时间太短。总之，说什么的都有。米虎顾不了他们的牢骚，完成颐和园的导游工作，他开始做起购物店的导购工作。

购物店也出了点成果，可米虎觉得挣的钱总是不够花，房东马上开始跟他要下个月的房钱。想到这儿，米虎为了节省时间，决定晚饭就在颐和园附近吃。有游客抱怨，午饭和晚饭就间隔四个小时，埋怨米虎不会安排。米虎带团已经对抱怨习以为常，心想，我安排好你们，你们能安排好我吗？我也知道晚饭提前吃不合适，可不提前，晚上的节目表演就会泡汤。我的房钱怎么办？总不能叫我抢银行吧。

吃饱喝足了，大家在车上闲聊、打盹。

前几天就铺垫好的晚上看功夫表演，游客也一拖再拖。今晚再不去，明天晚上他们就到家了。米虎吵醒打盹的人，让游客把票钱准备好。这下，大多数游客就说话了。有一个游客很聪明，委婉地说，导游啊，我们先回宾馆吧，到了宾馆再去……

米虎明白，许多客人进了宾馆就不想出来，有的累了，有的困了，还有的因为怕花钱。米虎总结透了，一般出来的家庭都是女的做主，有好多夫妻就这样，回宾馆以后，男的想出去，女的不愿意，最后两个人都不去了。个别人不去，有时就像病毒感冒一样，在整个团队里蔓延开来。弄不好，全团感染，说不定连一半的人都不去了。米虎想，一定要加节目表演挣外快，绝不能叫游客在酒店里干待着，必须想办法。

这时，梦露看了一眼正焦急的米虎，对团里的人说道，我早上已经把钱交了。大家来北京一趟不容易，回宾馆这么早也没意思，不如都去吧？米导不是说，只要去看节目还免费赠送我们看长安街夜景吗？大家不想看看天安门、中南海、国家大剧院的夜景吗？我是真想去。一听说白送一个夜景儿，游客觉得划算，就把钱交到了米虎手里。

米虎心里对梦露有了好感，他心里领情。当然，梦露有自己的想法，米虎还不知道，梦露的情，是多么的难领。

看完节目，到宾馆之后，游客纷纷回房间收拾好回家的东西，躺下睡觉。梦露心不死，她不想这样在北京留有遗憾。她有些偏执，有些疯狂。这，是米虎万万没有料到的。

米虎刚躺下，梦露居然又打来电话。

她说，米虎，我在宾馆外面呢，人家真的喜欢你嘛。明天我就回去了，以后，也许没有见面的机会了呀，你就陪我聊聊天，好不好吗？求你了，帅哥。梦露是南方人，嗲起来没完没了。

米虎又一次对比自己大的女人动了凡心。自从被鱼咬了那里，米虎还没碰过女人呢。他想，即使在一起说说话也是好的呀，也比自己一个光棍好得多。更何况，这女人寂寞得要疯了，他米虎也不忍心对女人绝情寡义，那不是他的风格。

团队住的这家宾馆没有闲房，米虎打了一辆出租车，梦露坐在了前边，他俩一起去了三环边上的一家三星宾馆。下车时，米虎一低头，在马路上看到一张身份证，他随便就揣到了兜里。心想，今晚就用这个登记吧，现在听说在严打，查出自己身份证说不清楚，还是别招事儿。

米虎办理完手续，开了房间。

房间里，梦露已经迫不及待了，米虎被她连抱带摸的。米虎说，我们说说话吧，别乱碰我。梦露摘下了假发，露出寸头，说，嗨，你是男的女的？我真怀疑你，怕我干吗？我又不是黄脸婆，就那么讨厌？梦露边说，边把米虎摁到座椅上，来吻米虎。

奇怪！梦露的吻让米虎想到得乳腺癌去世的女游客颜影。梦露的嘴唇和舌头跟颜影一样，吻他的动作也像。米虎把梦露抱到床上，他想要她了。

可是，千方百计也不当事，米虎的那里就是不听他使唤，干着急。他把已经自己脱光了的梦露白花花地晾在那儿。梦露开始喊他，米？米！虎！虎？你还磨蹭什么？快点啊！米虎摸了一下那里，任凭敲锣打鼓，却始终没反应。

断定自己真的没用了，米虎苦闷得真想叫喊。但米虎为了自己的尊严，他不想让梦露和任何女人看到、知道他的真相。他憋闷着，没有叫喊出声来。

米虎飞快地提上裤子，对闭眼躺下等他的梦露说，我不想了，穿衣服吧。梦露起身说，你怎么回事？你还是个男人吗？！废物啊？一下子，米虎被激怒了，说，我不想了！是男人也不要你！你太瘦！皮肉也是松懈得要命！梦露说，你耍我玩呢？米虎说，是你自己找我的，又不是我找你。米虎拿东西准备走。

梦露一看急了，大叫，混蛋，你敢耍我？我做服装生意，什么大风大浪没见过？我就不信，在你个小导游身上翻船！米虎，你信不信？你今天敢走，我就饶不了你！我帮你加了节目，你还没领情谢恩，还把我衣服脱光，白观光，不办正事啊？我投诉你！米虎很诧异，说道，真逗，你投诉我什么？你以为你是黄蓉啊？黄脸婆而已！你以为你真是梦露啊！假梦露！米虎一顿狂躁的叫喊。喊完，心里痛快了不少，他毅然决然地走了。

梦露愤怒地拨打了110。

米虎刚走出宾馆门口，警察就围了上来，直接把他摁住，给他戴上手铐。米虎问，你们干什么？我犯什么法了？警察说，叫什么名？张树林是你吧？米虎说，不是，我叫米虎。警察说，那你怎么用张树林的身份证登记？米虎说，怎么了？警察说，你认识那个人？你怎么有他的身份证？你们是不是同伙？米虎说，什么同伙？我不认识他。警察说，他是杀人通缉犯，你知不知道？说实话！米虎吓了一跳，原来，被自己捡着登记用的身份证是一个杀人犯的！警察说，好，不是张树林，是米虎？真实身份是导游对吧？米虎说，是啊，你们抓错人了。警察又说，刚才女游客报案，说你偷了东西。走，跟我们走一趟。米虎被推上警车。

车上，米虎解释。哥们儿，你们弄错了吧？我不可能偷游客的东西，那女的什么丢了？其中，一个警察说，谁和你是哥们儿？住嘴！另一个警察说，丢的是镶嵌猫眼的金手链，六万多，她说你因为购物的事儿故意报复她。米虎说，她放屁，血口喷人。警察说，我们用事实说话，这金链就在你包里，还想抵赖吗？你老实点。米虎看了一下警察从自己包里搜出的手链，不说话了。

警车前行，米虎在想，梦露真能报复啊，我怎么就没看透呢？她居然给我栽赃。唉！自从来到北京，走进小世界旅行社，吴瑕、滕曼那么美好的女人，从自己身边一闪而过了，但却个个有毒。可恨的是，自己的弱点让自己把别人酿好的毒酒一杯一杯干掉。这些酒啊，经常使自己忧郁伤感，却很少使自己奋发；经常使自己脆弱，却很少强健；经常使自己沉溺于平庸，而今再不能使自己勃然向上……

米虎看看手铐，他越看内心越觉得委屈。

米虎向离他最近的一个警察继续申诉，说，我知道自己不是高尚的人，我作为导游，是不太道德，可是，我没有偷梦露的金手链啊，自己怎么穷也不会去偷啊！你相信我吧。警察说，相信你？导游骗人还少啊？你就别狡辩了。另一个警察说，还真是，去年我们全家旅游，我钱包掉在车上，导游和司机捡起来，偷着把钱平分了，过后就是死不承认。这都是你们导游干的事儿！开车的警察说，行了，你也别委屈啊，冒用他人证件就违法。你偷没偷，进里面交代去，必须把一切交代清楚！警察对米虎也恨之入骨。

米虎心想，得了，你们说啥是啥吧。我的人生，就是一种迷误，就是这么一场悲惨的梦。这回，自己别说六根了，就是它七根八根也净了。自己当初背井离乡进城打工，将各种遭遇隐藏，报喜不报忧，假装成功者，弄得自己爹娘都觉得儿子挣钱了。这回，也不用担心爹来要钱了。房东的钱也不欠了。待在里面，也许才是自己的归宿。嗯，在里面不用再带团，可以静心地想，去反省自己要过多少女人的身体。米虎突然又想，既然梦露告自己是偷盗，没告自己亲她，吻她，那自己和那些女游客的关系，就不用交代了吧？交代还是不交代？那些女人给过自己，难道还要揭发她们？那还是男人吗！

坐在警车上，米虎进行深入思考，忽然茅塞顿开。他决定闭嘴，闭得严严实实。他开始用脑子回想那些可爱的女人们，他只想她们的好。有蛮好的滕曼、梅晓红、颜影、小少妇，还有……

警车仍然向前开，米虎的手机想起了铃声，是《北京北京》这首歌，他没有接……

华蕾早晨上班的时候，没有去白鹭旅行社的办公室，而是直接去了一个医药科技产品研发公司，这是一家外企。华蕾去和姓马的副总签旅游合同。

为了见外企的高管马总，华蕾当然化了点淡妆，以示尊重，同时她也想给自己带来运气。这家公司的总部坐落在三环边上的双子星大厦，分公司遍布全国各地。如果这个大单能签下来，不光旅行社挣钱，华蕾也会受益。

华蕾上了大厦的电梯，直奔马总办公室。

马总年近六十了，红光满面。他一见华蕾更是喜笑颜开。马总说，华经理啊，这么年轻就这么能干。了不得啊！佩服！问题是这样子的，我们公司以前和小世界旅行社合作过，这不，听说他们社有一个导游被害了，影响不太好，所以公司决定今年换一家旅行社。华蕾心里咯噔一下，她知道，这个马总说的就是自己的同学向小强。

马总说着，给坐在沙发上的华蕾递上一杯水。他扫了一眼华蕾，心说，好一个水蛇腰的姑娘，好一张花骨朵的脸蛋。

华蕾把合同及一些相关资料从包里拿出来，走到马总的老板桌前，请他过目。

马总离开他专用的座椅，手搭在华蕾消瘦的、稚嫩的肩膀上。华蕾听着马总的呼吸变粗变重。

马总说，先别急着签合同，我们先聊聊条件。这世界是公平的，我从来都这么认为，付出多少，才能得到多少。我现在嘛，还没有下决心和你们白鹭旅行社合作。

华蕾的心提到了嗓子眼儿，她担心的事儿还是不可避免。

马总走了几步，又转回来，说道，至于合不合作，取决于你。这，要看你的决定性魅力有多大。我从来就喜欢关照你们年轻人。我这人呢，说话算数，办事儿也不爱拖泥带水，就是俩字，痛快。怎么样？我给你解释一下，所谓的决定性魅力，就是让男人下决心的魅力。马总的身体贴上了华蕾的后身，手划拉她的腰，鼻子和嘴凑到华蕾脸上嗅着。华蕾像被一只螃蟹给钳住了。

华蕾说，马总，您别这样，我可不习惯。华蕾的脸上还一片青涩。这个阵势，对没谈过恋爱的人来说，的确算场劫难。

马总很诗意地说，等我的情欲得到满足，等我的心灵得到你的气息和安慰后，我自会和你把合同签了。怎么样姑娘？

华蕾明白，眼前这个老头子的身体在无耻地变化，他在顶自己。现在，自己面临的是赤裸裸的交易，这比董晓冉常给她说的遇到那些游客或者司机骚扰更加显得赤裸。华蕾是西北人，她知道自己一根筋，她的心告诉自己，绝不会这样交易！

华蕾愤怒了。抓起合同回了马总一句，你也不照照镜子，看看你什么德行！真恶心！华蕾转身走了。马总说，哎，我什么德行？以前也这个样子啊，还真没见过你这样的旅行社！哼，我有钱，哪儿花不了？不怪人说，陕西人傻！二球！瓜皮！嘁。马总关上了门，还在叫骂。

华蕾往车站走，心里还在犯膈应。

一直坐办公室的华蕾知道了，为什么旅游职场中一些资深从业人员越来越流失。她知道了，社里的女导游为什么会哭着跑回来说，以后再也不要上团了。她知道了，为什么合作的外地旅行社或者游客，要求委派导游时都要讲，要个漂亮女导游。董晓冉上次见面还和她说过，有时带团就餐的时候，有些游客会命令她坐在领导的桌上，并且就算没有领导，也要抓着她跟他们吃喝到很晚。看来，这些都不是讹传！女导游们反映的事儿不是不存在，自己刚才来签合同不就遇到了这样一个老男人吗！华蕾觉得晦气，呸了一口。可她心里还是憋闷，就给同学董晓冉打电话。

接通后，董晓冉问，华蕾，什么事？我正准备比赛讲解词呢，你准备得咋样？我们可要赛场上见了啊。董晓冉和华蕾说笑话。华蕾知道董晓冉最近过得很好，正在热恋中。华蕾说，大早晨我就感到了晦气！膈应！董晓冉忙问她，为什么？

华蕾电话里骂道，什么狗屁马总，整个就是一个种马！华蕾就把发生的事儿和董晓冉说了。

两个人正说着，华蕾的手机铃声响起，是何小宁打给她的。何小宁说，华蕾，快点回来呀，米虎不见了！这家伙，我们怎么没看出来啊？他手脚不老实。游客投诉，说他偷了女游客价值数十万元的金手链。你赶紧吧，派个导游去接替米虎带旅游团。米虎身上竟会发生这等事儿？！不可能吧！乱了乱了！这事儿比刚才的事儿还让华蕾震惊。

在北京繁华的大街上，华蕾一边打着电话，一边匆忙往旅行社跑。

宋华又把木草带回家里。

搂着床上的木草，宋华说，真舍不得你去东北。草儿，要不，你和旅行社把这个团推了吧，我带你去灵山玩几天，怎么样？那儿我有画室，灵山是北京最高的山，也是空气最棒的地方，这季节去一点儿不觉得热，舒适极了。宋华笑眯眯地看着木草。木草说，不行，我和旅行社早就定好了，明天就出发，派别人是不可能的。宋华哥，你等我一周，就七天，然后和你去灵山。木草摸着宋华嘴唇上的胡子说。宋华抱着木草，享受着属于他的独特艺术品……

第二天，木草拿起行李，回头看着杨四姐，杨四姐的肚子越来越大了，上下楼都有些不方便，这是木草去外地带团最放心不下的。她说，四姨，我想好了，这个团带完就暂时不去外地了，在北京好好照顾你。杨四姐说，放心去吧，你不在，刘万军怎么也会过来照顾我。傻玩意儿，只是你得小心，别让咱东北导游黑你钱，钱最重要，别傻了吧唧的。木草说，嗯，知道了，四姨，听八百遍了。木草嘻嘻笑着。她去接这批北京某区派出所的人到东北旅游。

这团有些特殊，是乘火车去，飞机回，一共二十四人。木草和这些人告别了北京站，她觉得自己是一只快乐的流浪狗，终于可以自由自在地踏上北方那辽阔而又苍茫的大地。

虽说没有第一次上南方带长线团的兴奋，但木草依然有一种特殊的使命感。团队由李政委带队，团员大多是派出所的所长。安全科的小肖、小赵，刑侦科女科长王丹，这几个人让木草不像先前那样紧张了，她预感这次出全陪要比去南方麻烦少，也会更加愉快。卧铺待了一夜后，他们迷迷糊糊、晃晃悠悠地来到了另一个陌生的城市。

早上七点多，团队到了延吉市。

人到中年的李政委看了一遍行程单，上面写着：一团人乘车先赴祖国的东大门——图们市。在图们江上饱览中、朝两国风光。这里不仅能看到两岸异国不同风格的建筑，还可逛朝鲜商品一条街，观图们大桥（上桥自愿20元／人）。乘车（约1小时）返回延吉……

迎接木草他们的是吉林丹顶鹤旅行社的吉导。

吉导身高一米七五，女孩，长相美丽，就是气质差一些，说话满嘴东北味。吉导带团三年，也算是阅人无数，随机应变的能力远远强于木草。两个导游见了面，沟通了一番。

吉导刚接团，游客对她的印象不错，可后来发生的一件事，让她自己砸了自己的招牌。

大巴车开往图们，吉导拿起话筒开始讲解。

“大家好！我是你们的导游，大家了解我们导游吧？对，有段话说得好，说我们导游是：为了团队几乎陪睡，点头哈腰就差下跪；日不能息夜不能寐，客户一叫立马到位；屁大点事不敢得罪，一年到头不离岗位；逢年过节家人难会，追讨欠款让人崩溃；开发客户经常喝醉，不伤感情只是伤胃；抛家舍业愧对长辈，身在其中方知其味；不敢奢望社会地位，全靠傻了吧唧自我陶醉………”

此刻，满车被笑声弥漫。

吉导又讲，北京客人见多识广，你们一定听过“东北虎，西北狼”这句民间谚语吧？这话直截了当地说就是不同地方人的性格特点也不一样。俺们东北人生长在长白山下、松辽平原之上，独特的自然和社会环境，使东北人养成了威猛豪爽的性格。

团里人一半在听，一半在看车外的风景。

“今天，大家来到俺们这嘎达，俺一定会尽到地主之谊。俺们这嘎达美女多，卖身（参）的到处都是，大家掏钱就能买。这叫啥呢，买卖自由嘛。在俺们地盘儿，没有我吉导办不到的！还透露一个秘密，到这儿来的就没有不失（湿）身的，我会让大家的旅游生活顺风顺水，就是一个高兴。”

女刑侦科长瞟了吉导一眼。瞟得她有些不自在。

“我给北京朋友介绍俺们吉林省的概况。吉林省简称‘吉’，俺们这嘎达是中国东北的中间儿，处在北半球中纬度地带，欧亚大陆的东边，属于温带大陆性季风气候，春天干燥刮大风，夏天闷热多雨，秋天晴冷温差贼大，冬天寒冷漫长。

“全省总面积18.74万平方公里，约占全国陆地面积的2%，居全国第14位，是东三省中面积最小的一个省份……说到吉林的历史，可谓久远。早在4万年前，吉林境内就有人类活动的遗迹；两汉、南北朝时期主要有夫余人、高句丽人、肃慎人；隋唐时期有肃慎人后裔建立的北方少数民族政权渤海国；辽金元明时期有契丹族、女真族、蒙古族人在此生活；清朝主要生活着满族、蒙古族和汉族人。吉林省是1907年开始设省；民国成立后设行政辖区；1931年“九一八”事变后沦为伪满洲国的属地；1948年末全境解放，省会设在吉林市，1954年迁至长春。

“大家可能知道，吉林省的省鸟是丹顶鹤。如果各位留心的话，吉林卫视左上角的台标，就是一只鹤的小型图标，吉林省电视台的台标，以及吉林省外办、台办甚至吉林大学的校徽上，都可以看见这个美丽的图案。我们吉林人稀罕‘仙鹤’。吉林省河流纵横，老多啦！仅30公里以上的河流就有200余条，主要有松花江、图们江、鸭绿江、辽河及绥芬河等五大水系。湖泊类型也多。长白山天池是咱国家最高的火山口湖，松原查干湖是十大淡水湖之一，吉林松花湖是吉林最大的人工湖，属于国家级风景名胜区。吉林省土地肥沃，生物资源多种多样，森林资源尤为丰富。植被类型多种多样，草地肥沃，是全国八大牧区之一。有野生植物2700多种，可利用的药用滋补植物70多种，食用菌类80多种。有人参、灵芝、不老草、黑木耳、雪蛤、鹿茸等土特产品。其中人参产量居全国首位。陆生动物437种，珍贵的毛皮动物有梅花鹿、紫貂、东北虎、金钱豹等。名贵药源动物有马鹿、熊、田鸡、林蛙等。

“吉林省总人口为2700多万，有汉、朝鲜、蒙古、满、回等46个民族。其中以满族、蒙古族和朝鲜族最具特色。早先满族人的居室多为四合院，现在长春生活着的传统的满族人并不多，大多数已经汉化，所以在长春是看不见四合院的。满族代表性的服饰为旗袍，满语称‘衣介’。满族人喜欢吃炖菜和面食，像我们在超市常见的沙琪玛就是满族一种小吃。因相传努尔哈赤曾被狗所救，所以满族人忌讳打狗、杀狗、吃狗肉。你们熟悉东北三大怪不？那是满族人的一种生活写照。对，窗户纸糊在外，养活孩子吊起来，大姑娘叼个大烟袋。

“知道吗？在俺们吉林省优良的自然生态环境中，盛产松茸蘑、猴头蘑等名贵食用菌和山野菜以及特产人参、鹿茸、田鸡油、灵芝、不老草等珍贵药膳原料和调味品。在享有‘天然牧场之誉’的长白山区，人工饲（驯）养繁殖着梅花鹿、飞龙、山鸡、哈士蟆等山珍野味。”

吉导把她的家乡夸得天花乱坠。木草习惯性地拿小本子记录。

“吉菜主要有民族菜、民俗菜、宫廷菜、山珍菜四大系列。有‘天然、绿色、营养、健康’的特点，同时又包含‘吉祥、吉庆、吉利’等喜庆的意思。长春的吉菜多以长白山的人参、鹿茸、熊掌、飞龙、雪蛤、松茸蘑等珍稀产品做原料，经过科学配膳，精工烹调而成，药膳结合，颇负盛名。口味以香为主。其中长白山珍宴、红花熊掌、梅花鹿宴、翡翠人参茅台鸡、松茸飞龙、砂锅鹿宝、人参砂锅鸡、清蒸松花江白鱼、白肉血肠、雪衣豆沙、猪肉炖粉条和小鸡炖蘑菇等最有名，北京人都爱吃呢。你们来了别外道（客气），可劲儿造（吃）！”

木草听到东北乡音感觉到了亲切。目视了一下吉导，继续听。吉林导游除了讲吃，就是讲玩。

“吉林省有个长白山，最有名。一部分在吉林东南边，一部分在朝鲜境内。山的最高峰海拔2749米。长白山山高地寒，山上终年积雪，看着白茫茫的，所以叫它长白山。每年六七月间，这一带盛开着各种颜色的鲜花，可好看了呢，哎呀妈呀，老漂亮了！长白山最著名的景点是天池。

“长白山是座火山，天池就是这座火山的喷发口。从清代乾隆以后，长白山就停止喷发，原来的喷发口成了高山湖泊。因为它所处的位置高，水面海拔达2150米，所以被称为天池。天池呈椭圆形，周围长约13公里多，平均水深约200米，据说中间最深处达373米。在天池周围环绕着16个山峰。天池犹如是镶在群峰之中的一块碧玉。在晴天，哎呀妈呀，那是碧水中飘着白云，天水相连，云山相映，云中有山，水中有云。景色老美了！”

不知谁问了一句，导游，听说天池里有水怪？真的假的？

“哈哈，天池除了水之外，就是巨大的岩石，没有一草一木。经常听到有人说，看到有怪兽在池中游。其实，真没有。科研人员在这嘎达进行了长时间的观察，除了看到过一只黑熊在池边洗澡外，没有发现任何动物。他们对天池的水进行过多次化验，证明天池水中没有任何生物。啥也没有哇！”

有人问，大瀑布好看不好看，现在有水吗？全国都干旱呢。

“就俺们这嘎达不缺水。知道不？天池里边的水从一个小缺口上溢出来，流出1000多米，从悬崖上往下泻，就成了著名的长白山大瀑布。大瀑布高60多米，贼壮观！哎呀妈呀，离瀑布200米远就能听到它的轰鸣声。大瀑布流下的水到哪嘎达去了？都汇入松花江了，对，是松花江的一个源头。你们知不知道，长白山除了天池和长白山大瀑布以外，还有不少湖泊和瀑布呢。天池旁边有一个小天池，又叫长白湖，那儿的水也是瓦蓝瓦蓝的。电视剧《雪山飞狐》知道吗？就在这嘎达拍的。妈呀，老好看了。你们也别着急哈，我都会带着大家参观。好啦，北京的朋友们，图们到了！我们先参观景点，看看图们大桥。”

吉导的大段讲解总算结束，她带头下了车。

吉林导游很厉害，她用几句贴心话就把晚上的团餐给取消了。

一团人听吉导劝说，好朋友们啊，到了俺们延边朝鲜族自治州，不吃狗肉可不行。这里团餐太差，我知道有一家特色餐厅，可以吃到狗肉火锅。这里流行吃火锅，夏天吃最好，治感冒！另外这家店还赠送狗肉汤。北京的好朋友可能还不知道，所有的狗肉汤都是当天的新鲜肉炖的，一天一炖，没有老汤，这样做出来的狗肉汤叫清汤。

游客听得直吧嗒嘴。

吉导接着说，像什么狗肉炖豆腐、狗肉干白菜、狗肉火锅，贼好吃。可不管你吃什么样的狗肉，一碗狗肉汤可少不了。这一碗汤入口，哎呀妈呀，回味一下，觉得鼻腔里都有香气，这狗肉才会越吃越香呢……

就这样，几个所长早就禁不起吉导的忽悠加诱惑，撺掇着去吃一顿狗肉火锅。

团长尊重了团员们的意见。吉导有钱赚很高兴，她在途中给大家讲了一个笑话。她脸不红不白地说，吃了狗肉火锅，女人财大命大胸大……男人吃了狗肉火锅，腰粗腿粗那儿粗……这属于荤段子，连男人听了都不好意思。突然，刑侦科女科长王丹站起来严厉地质问，你是导游吗？讲的那是什么内容？除了人参、鹿茸等土特产品，就是色情故事。这能增长见闻、陶冶情操吗？我警告你，再这样，我投诉你！几个所长忍不住笑。开车的师傅说了吉导一句难听的话。吉导也觉得这个笑话过火了，赶紧向全车人赔礼道歉。吉导自己弄得很没趣。

木草很生气，准备向滕飞反映情况。

旅游车在火锅店前停下来时，吉导招呼大家下车。

这家店专门做旅游团队“大”餐。这是一个在这条旅游线路上赫赫有名——以宰客干净、利落、漂亮闻名的火锅店。这是一个小院落，具有农家乐的风格。院子里打扫得一尘不染，停放着十几辆豪华大巴。大厅里坐满了食客。一股诱人的香味，远远就扑过来，直入鼻息。

木草看看这家店的门面，心里不由得一紧。但是，事到如今，她也没有办法了，只有硬着头皮随着游客进去。

一个二十多岁的男生，手里拿着对讲机和一个小本子、一支笔，看见吉导带游客走过来，立即满脸堆笑迎上来，说，来了姐，请问今天几位？吉导回答，二十四位。他们要吃狗肉，还可以上些山珍野兽啥的。男生说，明白！姐。吉导转身看看游客，又说，请你把味道做好点儿，量大一些，谢谢！旁边的店老板走过来说，没问题，放心吧，老妹儿。吉导将游客往里带。经过吧台，一个化着浓妆的女人，马上笑着高声吩咐道，老妹儿，把这些游客带到金达莱厅就座。木草猜到，这一定是老板娘。

一个身着民族服装的小姑娘带着笑容迎接过来，说，请跟我来吧。老板娘就对吉导说道，你让服务员带游客过去吧。你和全陪、司机去休息一会儿，马上给你们上饭哈。老板娘显得无限亲热。木草随吉导来到后边的小厅，这里条件显得简陋了些。有几个陌生的导游和司机在吃饭。

服务员给倒了茶，问道，你们几位？吉导回答，三位，一司两导。服务员摆上三副碗筷。随后，几种炒菜和三碗冷面也上桌了。这时候，司机过来说，嗨，服务员，给我们也上一盘狗肉吧。服务员显然跟司机和吉导很熟悉，立即答应了。吉导端起碗招呼木草吃饭。

刚坐下，司机说，你二百五是咋地？不知道这一车人是干什么的？怎么往枪口上撞呢？！你不能团团讲那些东西，弄不好他们不配合就不好赚钱了。吉导说，计调就没告诉我这帮人是干啥的，早知道是警察、教师、银行的，我才不会带呢！木导，你带来的那个女的真能装，别人什么也没说，她倒叽歪上了。哼，一定是老公有外遇了！木草看了看她，说，吉导，你明天注意一些吧，旅游车上导游不能什么都讲，你是老导游，比我干的时间长，比我更清楚。吉导说，我不是想活跃气氛嘛，这帮人就是装。吉导接着骂了一句更脏的东北话，然后，默默地吃起饭来。

木草惦记游客，吃了几口就去大厅等了。

过了一会儿，吉导也吃完出来了，见店老板正和几个师傅聊天。老板看吉导在花坛边剔牙，当即就丢下那几个师傅，快步走过来，满脸笑容地问候道，老妹儿，吃好没？来了想吃啥，你跟哥说一声，来到这嘎达，就别客气。吉导说，吃好了。心里骂，呸，都能装，饭都吃完了，才说这样的话！真是又虚伪又热情到家了！老板继续热情地说，那好，我去看看他们消费了多少钱。说完，老板就大步进了大厅吧台，跟老板娘说了几句话。

当老板再转身出来时，满脸喜色，给吉导看看账单。他压低声音说，老妹儿，一共消费了8600元。不错啊。说完，老板把吉导带进一个房间，把回扣提前给了她。

整个过程气氛和谐、愉快，动作一气呵成。吉导面有喜色，同时向老板致谢。老板无限热情地嘱咐道，以后，有团就带来，保证不会亏待老妹儿。两人同时说着，好，好，好。吉导故意躲开木草，回到旅游大巴车上。

木草随后追过来。木草问，吉导，怎么游客吃一顿饭花了那么多？吉导说，客人想吃好的、喝好的就贵呗，我哪里知道。显然，吉导很讨厌木草的样子，和司机点着了火，抽烟。木草刚回身想去店里看看游客，就听见一阵人声鼎沸。木草回头一看，好嘛，是公安局的游客出来了。

远远就看见女刑侦科长一脸愤怒，大声叫嚷着，老板呢？老板在哪儿？把老板给我叫出来！导游呢？导游都哪儿去了？！几个所长也是满脸不平之色，口口声声要找老板算账。李政委脸色铁青，一言不发地站立一旁，等待下属出面去解决。吉导心里惨叫一声，我的妈呀！是福不是祸，是祸躲不过！该来的还是来了——游客造反啦！吉导开始紧张起来。

老板赔着笑脸走过去，说道，我就是老板。朋友，咋地了？游客都是怒火万丈，一触即发，恨不得把枪掏出来的样子。吉导也不敢跟挑头的人问情况，更不敢靠近女刑侦科长，只有先弄清情况再说。司机见状，心想，吃出了事儿，就让导游去解决吧，我只管分回扣。司机赶紧溜了。

也许是喝了酒，也许是愤怒，南派出所所长的脸上涨得一片通红，指着老板叫道，你们开的是什么店？吃顿狗肉，几盘子山野菜，就收11000元？你们这不是活抢钱吗？吉导一听这话，狠狠地瞪了老板一眼。吉导心里开骂，你个混蛋！你不是说我的游客消费了8600元吗？凭空瞒报，明摆着吃独食！你今后还想我给你带游客来？哼，你做梦去吧！但是，事关回扣，属于不能见光的事情，吉导自然不能声张，表面上也只有忍气吞声了。

不假，老板既然敢在江湖上开黑店，还在乎小导游？还在乎你外来的游客？当然不会。

老板仰望着南派出所所长，一副好脾气，解释道，大哥呀，你们吃的是长白山天池的野生鱼，你们吃的狗也是野生的狗。吃野生动物嘛，就是贵。我也没办法，一分钱一分货。老板虽然笑着，但是掷地有声，一口咬定，说得理直气壮。

你这明明就是开黑店宰客！还敢狡辩？北派出所所长上前一步，一把抓住老板，啪叽一声扔出老远，狠狠砸到地上。东派出所所长制止激动的人们，拉起老板说，我们是派出所的，不想找麻烦。吃饭给钱天经地义，但是不要太黑了，差不多就得了。一群人围着，有的劝，有的嚷。

这老板已经开店多年，什么样的食客都遇到过。虽然他不知道眼前这些食客的真实身份，但是，只凭他们高大的身材，得体的衣着，健康的肤色，不俗的举止，以及犀利的眼神，就明白他们不是寻常客。但是话说回来，要开黑店，要赚狠心钱，哪能轻易就范？本地地痞流氓都被他吓得屁滚尿流，他是在大风大浪里历练出来的商人啊！

拍了拍屁股上的土，然后，老板皮笑肉不笑地解释道，各位大哥呀，派出所的也不能不给钱啊？你们吃的这些狗啊，不容易的，现在防疫部门查得严，动物协会的也在抵抗我们。整一条来真的不容易啊！被它们咬了，伤的伤，病的病啊。你们要体谅我们这些小生意人呐。南派出所所长说，那你也不能这么黑呀！岂料，老板更让人哭笑不得的话还在后头。

火锅店老板寻思了一下，然后振振有词地说，这年头哇，你们也知道，要找个美女靓妹啥的，那是随手一抓一大把呀。但是，要逮住一条野狗，抓住一只野兽，打捞一条天池里的野生鱼，那简直比找个处女还难哪！所以，你们派出所的要体谅体谅我们这些小老百姓的难处。老板在那儿哭穷抱屈儿。

不知是谁喊道，吉导！你带我们来的，我们得冲你说！这钱太不合理，不可能花那么多钱！我们绝对不付钱！其他几个游客都纷纷附和。帅气的穿着黑T恤衫的小伙子小肖，用手指着老板说道，你最好做个明白人，大家都好说话，否则别怪我不客气！要不要我往市局挂个电话呀？那样解决，你可就麻烦了！老板想了想，说，行了，哥们儿，我们都退一步，也算交个朋友，酒水都算上一共结6500元，不能再少了……

团长让小赵结了账，然后，一团人气呼呼地上了车。

上车之前，司机和吉导把木草拉到一边，做贼一样。

吉导诡秘地说，这顿火锅没吃好，看着没？这些男人气不顺，以我们的经验，要想摆平，晚上必须给他们安排“节目”。木草说，啥节目？看节目不是明天晚上吗？今天能看什么？吉导笑着说，老妹儿，你第一次出全陪啊？咋这都不明白呢？行了，你别管了，我安排。司机说，我们这儿姑娘老漂亮了，老外都稀罕。

木草明白了他俩的意思，睁着黑乎乎的大眼睛看着司机和吉导。然后瞪眼睛制止说，搞没搞错？！这是游客！他们是派出所的！你们怎么能搞这一套？

司机说，很正常啊，好多外地来的都需要这项服务。我跟你说，我拉的韩国团、欧美团，一车一车的都找姑娘。嘿，女游客也要，老太太还来我们这儿求我帮着找小伙享受呢。我一点也不扒瞎（瞎说），真的。

吉导看着执拗的木草，用手挡着半拉嘴说，这里有你的分成！我不亏待你。那几个色眯眯的家伙，我早看出他们的花花肠子了，挣个人头钱就行。

司机说，我私下和他们聊聊，男人们出来玩开心就怕不安全，你一会儿上车煽呼煽呼，打消他们的顾虑。嘿，木导，你不吱声就行。你得配合我俩工作，不能干坐车玩啊。木草生气地转身上车。

吉导上车就摸话筒，笑眯眯地说，大家有什么要求就找我，在这嘎达没有我办不到的，只有你想不到的，绝对安全，服务也好。突然有一个人蹦出一句暧昧的话题，然后邻近的几个男的都互相传递着眼神，笑得很神秘。团长最后说，明天还要参观景点，大家都早点休息！车里安静了下来，司机只好放起音乐。

回到宾馆，木草果断决定换导游和司机。她作为全陪有这个权利，何况团长说这俩人让他心里别扭。女刑侦科长也说吉导讲荤段子，带游客进黑店，这一荤一黑就足可以换掉她。

木草处理完带团的事儿，一个人躺在宾馆等宋华的电话。她看着电视，调到最小声音，可电话始终不响。总算响了两次，却是滕飞和杨四姐打来的。木草太想宋华了，实在沉不住气，给宋华打过去，可宋华的电话显示用户已关机。

木草睡不着，辗转反侧……

第二天早上，吉林丹顶鹤旅行社就换了辆新车，同时又派来一个女导游。

新换的女导游也很活泼，比木草还小一岁，比吉导要内敛些。上车后，她首先代表旅行社给大家道歉，自我介绍说她姓白，长白山的“白”。白导说，旅行社为了表示诚意，每人送一袋野生木耳。白导夸奖北京的游客有素质，见过世面，个个有气质有风度，还透露说，团长（李政委）像她初恋男友，并且要团长的QQ号。车里的气氛逐渐被这个有点小可爱的白导挑了起来。

看白导如此可爱有趣，又对团长如此“钟情”，大家绷不住笑了。这时候，北派出所所长带头制造气氛说，对，对，加我们老大QQ。团长严肃地说，留什么QQ，我平时不玩那玩意，我把电话留给你吧。大家谁也没想到，李政委会这么爽快地答应给别人留联系方式。车厢里一片欢腾，气氛渐渐热烈起来。

白导喜出望外地拿出手机，说道，团长，你说吧！我给你打过来。团长就故意压低声音神神秘秘地说了自己电话号码。白导认真记录，为了炒热旅游车内的气氛，白导故意对大家说，各位帅哥，你们回去别跟嫂子说我留了团长的电话哈。大家脸上意味深长地笑着，一连声表示不会，叫她放心。

白导记完团长的电话，就打了过来。忽然，南派出所所长的电话直响。车厢内哄堂大笑，都知道团长在骗白导玩游戏。木草也笑了。她心想，虽然都是旅游车内的玩笑而已，但是白导开的玩笑和吉导开的玩笑从本质上是有区别的。

堂堂一个公安局的领导，怎么会轻易把自己的电话号码给一个年轻漂亮的女导游？那样的话，就算没有绯闻，绯闻自己也会找上门来。李政委心里最清楚。于是，他为了逗大伙开心，故意把南派出所所长的电话留给了白导。

北派出所所长拍拍坐在他身旁的南派出所所长，惊叹道，哇，你赚了，政委给你提供了一次机会呀！大家借着他的话茬，又是哄堂大笑。昨天的不愉快，早已被游客抛到九霄云外……

第三天的行程是去长白山看天池，晚上，就只能住在世界稀有树种——美人松的故乡，一个被称为二道白河的地方。白导大力宣传，安排了自费项目，包括长白山漂流和《长白风情》表演。

白导给大家介绍说，这台《长白风情》演出的节目，主要是反映我们长白山关东文化，反映我们地域的一些原生态文化。这应该说是长白山旅游里非常重要的一环，大家不去会遗憾终生哦。我们当地的开发建设者说，对旅游产业来说，旅游资源和产品是发展旅游产业的基础，但文化产业是旅游产业的灵魂。没有文化的旅游产业是没有前途的。大家来到长白山不看这场演出，就等于去北京没听京剧，没到前门转转。请团长和大家相信我哦，保你们看这次表演会有意外的收获……

团长（李政委）被白导讲动心了，看了看木草的表情。木草觉得可以去看，尽管演出水平不一定有多高。后来，经过团长同意，白导把自费钱收了上来，脸上露出无比惬意的笑。

晚上，一团人去看节目演出。

剧场门口有好多东北小商贩向游客推销自己的东西。小贩们吆喝，有时还叫骂，骂劝游客不要随便买东西的导游。

小贩是旅游活动的组成部分，旅游团走到哪儿，他们就跟到哪儿。南北方都有这种现象。当然，他们穷追不舍，还真的为旅游者营造出了一种很受重视的感觉。试着想想，一下车，就有一帮人蜂拥而至，前呼后拥着把你当明星一样围在中间。那是什么劲头啊？

木草也被小贩给围上了。她不好意思拒绝一个上了年纪的爷爷，就掏出二十块钱买了两根“人参”。她想了，买下来既可以不让眼前的老人失望，也可以带回北京，给宋华泡酒喝。自从踏上长白山的土地，木草越发思念宋华。仿佛，长白山上的枝枝叶叶上都写满了木草对他的思念。

一团人坐在剧场里，个个伸着脖子观赏，他们被台上演员优美的舞姿所吸引。

也许应了那句话，旅游事业的发展离不开文化支撑。这是一场融合了萨满文化、渔猎文化、采参文化等长白山独特文化的《长白风情》演出。原生态的萨满祭祀，充满民族风情的满族腰铃舞、朝鲜族长鼓舞，以及诙谐幽默的东北二人转，全面展现了长白山古往今来的各种传统民族文化。多媒体的舞台技术和原始自然的木凳、木桌，将现代艺术与原始文化自然结合，共同演绎了长白山独特的文化底蕴。无论是舞台设计，还是它所展现的这段长白山的历史、人文景观，都让木草感觉很熟悉。尤其是伐木和采山参的歌舞剧表演，体现出过去长白山放山人那种古朴、悠远、豪爽、粗犷的性格，也能展现出长白山历史悠久、文化积淀比较深厚。

木草挨着白导坐在导游座位上，正拿本子写感受。

白导问，木导，你在记什么？我一直怀疑你不是导游，你是兼职吧？看你好像是记者，哎！你该不会给我曝光吧？今晚的演出可是游客自己愿意来的，这里可不是黑店。看在咱是老乡的分儿上，你可千万别把我曝光啊！

木草看白导瞪大眼睛紧张的样子，忍不住笑，说，你看，这是我的导游证，怎么会是记者呢？我在写一些旅游随笔。

白导说，妈呀，吓死我了，就怕被抓着曝光。白导说完，这才放松地把计算器拿出来，核算了一下收入。

剧场里不断传出阵阵掌声……

早餐后，白导带游客来到长白山国家自然保护景区，换乘环保车进内部，再乘倒站车俯瞰因火山强烈喷发而形成的高山湖泊——长白山天池。

天池边上，木草帮李政委拍照留念。面对天池，木草兴奋异常。

这里是一个莹莹洁洁的世界，绝对是无尘无垢的仙山瑶池。木草深切体会到天之精、地之华、山之魂、水之灵的真意。呈现在木草眼前的天池，美如仙女，扯开她那白纱，婀娜曼妙，楚楚动人。木草不敢与天池姑娘合影，因为觉得自己简直就是一只丑小鸭。

一团人顺山而下，来到了远眺就像白绢的长白山瀑布。

瀑布在风和日丽之中，正流淌着长白山的博大情怀。天池里的水激流而下，钻进白如棉、厚如被的温暖世界，最后又落入玉瓶银湖里。简直是从天而降，从地而开，如甘甜乳汁流经关东大地！

木草又疯狂了。她想坐在瀑布旁写她的小说，不再当导游。只可惜，李政委喊她，木导，快跟上啊！还有绿渊潭要去！木草只好一路小跑，在后面追赶自己的游客。到了风光旖旎的小天池——《雪山飞狐》的外景拍摄地，她才上气不接下气地跟上游客大部队。

游览完小天池，一团人说说笑笑下山，但大伙都有一种意犹未尽的感觉。有人感叹景点安排不合理，有人嫌洗温泉浴时间太短，根本没有起到缓解疲劳的作用。白导笑着说，各位知足吧，有多少人来长白山就是想看一眼天池，可山上天气变幻莫测，有时候也不得不遗憾而归呢。今天，我们团队都清清楚楚地欣赏了天池的真面目，是多么幸运啊！你们都是有福之人呐！被白导一阵忽悠，车上的人心里又舒畅起来。

南派出所所长突然问，白导啊，景点我们也看了，下一步，是不是该带我们购物了呀？昨晚上我们看演出，你挣到钱没？白导说，大哥，你太敞亮了，你长得老帅了，比我初恋长得还帅。几句话逗得全车人大笑不止。

李政委说，白导啊，昨天演出，你给我们讲，说是真正的深山老林里的伐木工，对吧？白导说，是啊，你们没看到吗？就是抬着木头喊着号子的那几个人。北派出所所长说，你们东北人真能忽悠我们，白导更能忽悠。那几个抬木头的不是伐木工，我看见一个走下前台去后台演奏乐器去了，还有一个去音响室放起了舞蹈伴奏音乐，是音响师啊！

白导听了非但没有尴尬，反而自如地说，大哥呀，你们不愧是火眼金睛！可是，你得让我们长白山人吃饭不是？靠伐木头孩子上学都供不起，他们不演出能行吗？白导极力自圆其说。

另一个所长还追着白导不放，继续问。他说，哎，白导，昨晚看演出你挣多少钱啊？白导干笑，不答。

李政委说，别难为她了，全世界旅游都一样。我们前年去俄罗斯的圣彼得堡，芭蕾舞600卢布的表演，导游收我2000卢布。如果2000卢布，相当于一场表演导游就赚我们每人500元人民币。

南派出所所长说，嗨，我们去海南，那儿的导游更黑，比白导还黑，潜水380元，其实底价50元。人妖表演收你150元，底价也不过50元。

很少发言的西派出所所长说，去年我带家人去新疆巴音布鲁克草原，著名的景点天鹅湖、九曲十八弯，嘿，导游和司机借口没有大路，让游客们乘私人吉普车穿越草地，避开景区正门，省下了门票，害得我们去不到最佳观景点。没处说理去，就这样，一个人还要被收200元，实际上那些能容纳四五个人的吉普车才

100元一辆呢。

北派出所所长说，是啊，无论是陕西的唐宫歌舞、饺子宴，河南的少林功夫、水席，山东的黄河游、海鲜餐，上海东方明珠塔、黄浦江边，还是福建武夷山的漂流、云南玉龙雪山的缆车、新疆天山的烤全羊，总之，旅行社和导游向你推荐的自费项目，基本上都是暴利的。白导啊，我们堂堂公安干警出来旅游也要挨你们宰呀！

大家无奈地笑。

白导说，大环境是这样，我们小导游也没办法呀。我们没有工资，还没处说理呢。哈，不想不高兴的事儿了哈，好吗？这样，我给大家制造点快乐，给你们唱几段东北小调，咋样？游客说，好！好！白导给车上的人唱起二人转《小拜年》，有模有样。

木草坐在后面，一个人静静地回忆着天池和长白山瀑布，还有山上的枝枝叶叶。那些大自然的优美景色，已经化为木草一生的投影，继续影响她的灵魂和人格……

说来也奇怪，木草越回忆如画的美景，就越想她的宋华哥。不知为什么，宋华的短信和电话迟迟等不到。木草又主动给宋华发短信，可是，每次都是发送失败。

游客被白导的活泼开朗和幽默给弄得更加活跃。

南派出所所长问白导，那个吉导你熟悉吧？你们旅行社应该管一管，导游瞎说可以，但是不可以当众讲那些段子。白导说，是的呢，社里在管。白导显得多少有点尴尬。

这下，车里又开锅了。

爱讲话的女刑侦科长说，你们听说没有，新闻上报道，南方一个省宣传部部长讲话说，一些红色旅游景点讲解不到位，有的导游甚至歪曲事实，把庸俗、迷信等不健康的内容掺杂进去，将道听途说的政治笑话说给游客听，以此博得游客一笑。那个部长说，如果导游在红色旅游景点讲庸俗、低级趣味的段子，要发现一例就严处一例。唉，真得管，不管哪成啊。

女刑侦科长严肃地说，我看，旅游市场禁止荤段子理所应当，一些人为制造的迷信故事也该禁止传播。

北派出所所长接茬说，凡是外出旅游过的人都知道，一些导游就喜欢向游客讲荤段子。游客没辙啊。这是主管部门的事儿，他们应该好好整治一下风气。

白导看了一下时间说，大哥大姐，我是一个小导游，我还有我的活儿干，你们歇会儿，下面听我讲讲吧，绝不是荤段子。大家问，那是什么段子？白导说，是人身（参）段子！哈哈……

白导继续说，我们现在前往牡丹江的镜泊湖，途中要参观东北三宝店、长白山鹿场，观赏鹿产品。每个购物店停留约40分钟。大家知道俺们东北有三宝，知道哪三宝吗？对，人参、貂皮、鹿茸。但是，关于三宝还有另外一种说法，那就是人参、貂皮、靰鞡草。

我先讲讲靰鞡草。这种草只分布在中国东北，生长在森林地区沼泽或三江平原草甸沼泽中。根状茎紧密丛生，秆三棱形，叶细条形，它的叶细长柔软，纤维坚韧，不易折断，是制作草鞋、草褥、人造棉、纤维板等的良好材料。把原植物茎叶锤打后放在毡靴里边，能御寒，昔称“关东三宝”之一。旧社会吧，东北人用皮革缝制鞋子，内絮这种草以防寒。

木草听她这么一讲，插嘴说，白导，你能不能给我弄点靰鞡草，我带走编制鞋垫。白导立马说，哎呀妈呀，我可没地方给你整去，我家住市里，那是农村的玩意儿。再说啦，现在科技这么发达，谁还整那个做鞋垫啊！木草听白导这么一说，当着全车人的面也就不好意思再说什么。

白导说，我给你们讲讲人参、鹿茸，那可是保你健康一百岁的真东西。刚讲到这儿，团里人说，又拉我们进店啊？

白导笑着说，不是带你们买，我是在讲解东北特产，那你们知道貂皮素有“裘中之王”之称吧。貂皮属于细皮毛裘皮，用它制成的皮草服装，那是相当雍容华贵，而在貂皮中，又以紫貂皮更为名贵。由于紫貂皮产量极少，致使其价格昂贵，所以才有“裘中之王”的美称。因此它又成为人们富贵的象征。在国外，被称为“软黄金”。貂皮具有“风吹皮毛毛更暖，雪落皮毛雪自消，雨落皮毛毛不湿”三大特点，绝对是宝。我们这次不参观，这次主要带大伙走进长白山鹿场和人参店。

白导咳了一下，嗓子有点嘶哑。

南派出所所长和北派出所所长坐在一排，起哄说，白导带我们去的地方卖的可是真货？我们拒绝假货啊。大伙千奇百怪地笑。

白导说，领导们尽管放心，保证是真货。真人参，真鹿茸。鹿茸吧，是产于长白山的梅花鹿鹿茸，取自梅花鹿新生的没有长成硬骨时的嫩角啊，因为啥呢？就是因为嫩角营养才丰富，药效显著，历史上都是给皇家进贡的贡品呐。鹿茸的药用价值高，可生精补髓，养血益阳，强筋健骨。尤其对男人，吃了鹿鞭更是不得了。

男游客笑。木草低下头。

白导还说，除此之外，鹿角、鹿肾、鹿胎、鹿尾、鹿筋、鹿骨、鹿血、鹿皮及鹿肉都是珍贵的药材。鹿胎膏可是女人的专用品。大哥都给自己买点那啥，再给北京的傻子们（嫂子们）买点鹿胎膏。用你们北京话说，就齐了。

车上人抗议白导普通话没说利落，把嫂子说成傻子。

白导不管不顾，继续当导购。

“俺们这嘎达著名的土特名产还有红景天、林蛙、不老草、人参、灵芝、蕨菜、薇菜、黑木耳等。重点我讲讲人参。男人都爱人参，从皇帝到现在的老百姓，真的，我不蒙你们。为啥呢，就是因为人参属名贵中药材，被誉为‘百草之王’。人参究竟长啥样呢？别着急，一会我们即将看到长在地里的活人参。人参俗称‘棒槌’，由于人参根形状像纺锤，纺锤俗称棒槌。整棵人参很像人的头和四肢，因此叫它人身（参）。各位大哥大姐要听好啊，不要上当受骗，人参有野生山参、移山参、园参之分……”

车上人问，怎样才能不上当受骗啊？告诉我们外地人一些方法吧。

白导说，好呀，听我慢慢讲哈。知道吧？在文学名著中，就有关于人参的描写。比如《西游记》里面猪八戒吃人参果，《红楼梦》中王夫人翻柜找人参。这说明它是好东西啊。到了人参之乡东北，我就多讲一讲，我想，大哥大姐也不会反对吧？你们昨天看演出，听到一个词叫“放山”对不对？在长白山地区，人们把有组织地上山采挖野山参称为“放山”。野生人参一般都生长在深山密林中，放山的过程危险重重，为了找到这些神奇的宝贝，长期以来在放山过程中形成了不少独特的风俗呢。

有个所长问，现在还有放山一说？

白导回答，当然。放山有什么讲究呢？讲究大了去了。一般由把头、边棍这一伙人上山。带着米，带着锅碗瓢盆啥的，在那儿一住一个月甚至两个月。上山不许乱说话，就只许说些吉利话。比如发财了，顺利了，这样的话。见到蛇就叫钱串子，不准叫蛇。看到参之后，叫棒槌。这个参有时候采一天到两天才能采出来。小参采得快，越大的参采得越慢。采参可不是项简单的工作，它需要足够细致与耐心，每一根参须子都是很珍贵的，一旦损坏，参的价值可就要大打折扣了。所以呢，大家看在珍贵的分儿上，都多少带点回北京，我呢，也拿点回扣。哈哈，我就嘚吧（说）到这儿吧，下车参观鹿场和三宝店！

白导终于讲解完毕，车子也刚好开到鹿场。

下车后，和其他旅游的地方一样，鹿场工作人员给每人发一张卡片。木草也领了一张，好奇地看了看上面的字。

一个东北帅小伙接上这一团人，边走边专业地讲解。

“欢迎北京的客人来我们东北旅游观光！更欢迎大家来到我们鹿场！也许你们不知道，梅花鹿才是我们长白山的骄子，它是自然中的精灵啊，平常人们难得一见，而吉林人却早就有幸一睹它的芳容。

“清朝年间，吉林地方官为了祭祀满族祖先，在长白山下建了‘白山鹿囿’，成为吉林一景。而今天，大家在吉林长白鹿场，除了长白山特有的梅花鹿之外，还可以观赏到另一种鹿。这种叫马鹿，别看它个头高大，性格却十分温顺。世界上有50多种不同的鹿，但为大家所公认药用价值最高的，还是梅花鹿。

“鹿全身都是宝，鹿心、鹿肝、鹿筋、鹿尾等都可以入药。但最有价值的，还是鹿茸。鹿茸中含有激素类物质、蛋白质、雄茸胶酯等多种成分，具有生精补髓、强筋健骨的功效。一般雄鹿从出生第二年开始生茸，鹿茸生长得很快，锯掉之后，第二年又会长出新的。而锯完茸留下的鹿角盘，在钙化之后会自动脱落，也是一味很好的药材，可以消炎镇痛。对，鹿的神奇实在令人惊叹。梅花鹿全身都是宝，所以古时候，人们把鹿称作神兽。但说到底，鹿身上最珍贵的东西还是鹿茸。

“朋友们，那鹿鞭也是好东西呀，用一句广告语就是，谁用谁知道哇！你们别信电视广告中那些外国的壮阳药，其实中国什么都缺，就不缺壮阳药。这个鞭那个鞭，这个肾那个肾，各种各样的药酒，北海渔村的煲了一整天的壮阳汤，药匣子的蚂蚁大力丸，不过，最有疗效的就是鹿鞭！”

讲解员讲得很潇洒，可听的人多少有些不自然。

“清代宫廷流传‘皇帝喝鹿血，皇后吃鹿胎’一说。据说，雍正皇帝出去狩猎时，宰了头鹿，口渴之下，喝了鹿血，当场饥渴难耐，就找了一位汉族宫女，后来生下了乾隆。今天，大家来得正好，我们鹿场搞活动，鹿鞭促销打折，而且可以当场为您采割下您需要的‘鲜鹿茸’！”

听到这儿，跟在队伍后面的木草浑身一激灵。团里有五六个人要买鲜鹿茸，其中就有几个派出所所长。小肖和小赵也想带回去送礼。白导露着小白牙，干笑，等待挣些回扣。

李政委和一部分人走进店里去看人参。

木草听见一帮人在一起正研究要买多少鹿茸。工作人员领着七八个人向鹿场门口走去，看来，他们是找好了屠夫，准备动刀了。

木草看着圈里的小梅花鹿，那一双双比她还透明清澈的眼睛，正向人群张望。几个壮年跳了进去，要抓梅花鹿。木草拔腿就跑，跑到三宝店里，拉起李政委说，不好了，您一定要管管，他们去宰杀梅花鹿了！救救小鹿吧！政委。木草说着，眼泪汪汪。李政委放下手里的人参，说，那梅花鹿是国家保护动物，怎么能宰杀？他们不会的。可能是马鹿。木草说，马鹿也不能死啊，难道旅游就是要长白山娇子的性命吗？难道我们旅游就可以任意践踏生命，破坏生态环境吗？两句话把李政委说愣了。李政委仔细看了一眼木草，突然有种说不出来的感觉。他撂下一棵野山参，说，走，我看看去。几个人随政委奔向鹿场。

四只梅花鹿已经被固定在地上。一个人正准备“注射麻药”。这个人冲着游客说，以后，大家回北京，也别愁着找医生开处方买伟哥了。我们今天把这头鹿杀了，你们把鹿血捎带回去就得了。当然，不要在飞机上偷着喝，否则你浑身燥热，人又在半空，上不上下不下，老婆又没带着，哈哈哈哈！这个男人和大家说着荤话。

木草冲着自己的游客说，你们想当雍正啊？人啊，不能要得太多！吃了整只鹿，就能成仙吗？我们出来是旅游的，不是破坏长白山环境资源的！你们还是公务员呢，这样做对得起地球吗？

李政委说，吃饱了撑的呀？别买了，谁也别买了！你们去买点别的，这是我的命令！几个所长说，政委，我们也没干别的啊，买一些自己用或者送人不行吗？不违法呀。再说，我们是想孝敬您的。李政委说，你们把我当成什么人了？怎么，今天这么有组织没纪律的？你们要买，后果自负！别说我没制止你们！李政委转身走了，把手下人撂在那儿。场面很尴尬。

大伙互对了眼神，心想，李政委刚开始没表态，还以为是默许呢。看来是全陪小丫头木草告发的。这个木草真有两下子，刚几天的工夫就把政委给拿下了。几个人心里嘀咕，也只能硬着头皮去看别的东西了。

气得卖鹿茸的人一边放鹿，一边小声用东北土话咒骂。

一旁的白导很不满意，看人们都走了，拉着木草到旅游车上。白导一反之前的态度说，你让他们把梅花鹿放了，你这不等于是要我命吗？几千块钱提成没了，你让我喝西北风啊？我们这儿可只有东北风。木草说，他们可以买人参、木耳啥的，你非得指着伤害梅花鹿挣钱啊？

木草犯倔了。

白导说，他们不买，别人就不买了吗？你管得过来吗？木草说，管不了，我只管我们这个团也行；血淋淋的场景，我看不下去。司机拿出亡羊补牢的态度说，算了，你俩别吵吵了。我们没这个财命。白导，你去忽悠他们买别的去，跟她计较有啥用？司机又瓮声瓮气地冲木草说，我也就看你是个小姑娘，要是小伙子，这么挡着我们挣钱，我非揍他不可！削不扁算他能耐！得了，木导人也不错，你让你游客多买点人参和“死鹿茸”吧。你们都去盯着点游客，不能让我白开车不挣钱呐？木草和白导被轰下车。

白导在前边走，她叨咕说，木导啊，我干导游时间也不长，但也没像你傻成这样。就你这样当全陪，到哪儿也不行啊？哪有像你这样怕挣钱的呀？木草说，白导，你别生我气，我本意不是不想让你挣钱。可是，我真的希望游客被导游领着去寻找美、欣赏美、享受美。不想……

白导看几个人拎着大包小包出来了，不再和木草理论。赶紧上前搭讪。她知道，游客没少买野山参、灵芝、红景天还有雪蛤。她从外包装瞅见政委给太太买了雪蛤和鹿胎膏之类的美容保健品。几个所长买了多个鹿鞭藏着掖着装在袋子里。女刑侦科长和其他几个女游客买了人参和一大堆蘑菇、木耳。

大家坐在车上，等白导签单拿提成。女刑侦科长听木草找政委拦下了他们买鲜鹿茸，提议给木草鼓掌。

女刑侦科长瞥着几个派出所同事说，你们真可以，多大岁数了？吃完怎么的，想变回十八岁呀？什么都可以违背，自然规律谁也违背不了。天天给你喝鹿血也不成啊。喊，平时工作起来讲原则，你们今儿都犯迷糊了？

李政委笑说，多亏木导及时报告，否则后果不堪设想，不堪设想。晚上到镜泊湖吃饭，你们得好好给木导敬酒。他们几个说，必须的！嗨，刚才不都是让地陪白导他们给洗脑了吗？是不是白导？大家笑着看登上车美滋滋的白导。白导拿了三宝店两千多块的提成，回到了旅游车上。

司机看大伙没少往车上扛东西，也就不再计较，踏踏实实地开车，载着一团人向镜泊湖方向驶去。

到镜泊湖景区宾馆，已经是晚上八点多。事先订的饭菜，宾馆已经备好。

团餐很简单，老板拿来菜谱给政委他们介绍，镜泊湖红尾鱼最好吃。白导也在旁边提建议说，湖鲫也很好吃，是镜泊湖中特有的鲫鱼。你们北京吃不着的，因为啥呢？镜泊湖特有的水质和环境，才长成肉质鲜嫩的鲫鱼。这鱼的个头普遍比较大，炖出来的鱼汤味道可鲜美诱人呢。他们加了六道菜，老板还在介绍说，镜泊湖周围的林子里有蕨菜，你们不尝尝？我们这儿还有元菇、猴头菇、黄芪，可都是鲜货。老板不依不饶地介绍。

李政委看着大家逗笑说，老板看着上吧，只要别上梅花鹿就行。几个所长说，对对，我们爱护动物，做守法好公民，除了鱼啥也不吃……

一帮人招呼上酒，木草和白导还有司机也被安排在一起坐下。

几个所长轮番给木草和白导倒酒。杯酒下肚，大家都放松了，忘记了旅途疲劳，忘记了吉导给大家残留的不愉快。

几个年轻所长喝热了，只穿个背心，比比画画让木草把杯中酒干掉。政委说，别灌两个小姑娘酒，你们喝你们的！拿来，你俩的酒我替你们喝。李政委看了看骑虎难下的木草和白导说。有人说，看，我们政委多好！你们遇到我们这样的游客是幸运啊。木草说，是啊，我们真幸运！我给你们敬酒吧。木草不会喝酒，笨手笨脚地端着被倒了一点点酒的酒杯。南派出所所长和北派出所所长看着举杯的木草，诙谐地说，来，你随意，我们干了……

酒足饭饱后，游客们纷纷往房间走。几个所长喝得东倒西歪，一边走一边看着离得很近、在聊天的李政委和木草。他们在后面指指点点，嘁嘁喳喳。

东派出所所长说，哎，咱们政委和那个全陪导游好像有情况！你看，他处处护着木草导游。这叫啥？这就叫怜香惜玉！南派出所所长说，那个木草呆头呆脑，她好像不知道李政委看上她了。北派出所所长说，我和李政委住一个屋，我是不是得给他腾地方？西派出所所长说，对，要有眼力见儿。北派出所所长问，那我住哪儿啊？西派出所所长说，什么住哪儿啊？我们不是说好打牌玩一宿吗？都上我这屋。你就和政委说，你和我住一屋就完了。东派出所所长说，对！对！

一团游客住在镜泊湖边。这里环境很美，只要打开阳台门，就能面对哗哗的湖水声。

白导碰上个熟识的长白山导游，去跟那个导游聊天住一起了。房间里只剩下木草一个人。她洗完澡在阳台上给宋华打电话。这一回，宋华手机接通了。

宋华说，木草，你还顺利吧？怪我太忙，一直谈画展的事儿，就没打扰你。

木草面对着镜泊湖问他，宋华哥，你想我吗？我想你就编制靰鞡草工艺品，这次给你编一个“家”，我们将来的“家”。宋华说，是啊，对，没错，你早点休息。我这还有点事儿，回来再说好吗？宋华匆匆忙忙挂了电话。木草看着手机，仔细地回想着宋华的声音。她觉得，相隔很远却很近。木草想宋华，这种想又痛苦又甜蜜。

木草手机又来了一条短信，她以为是宋华的，一看，却是前几次那个陌生号码。

她打开信息，看到只有一个问号，别的就没了。木草想回拨电话，问他究竟是谁？干吗总是打电话给她？又不说是谁。手机那头又是用户已关机的声音。木草不知道这个人是谁，但她知道，这个人知道她是谁，而且是故意关机的。

木草正为这个怪事儿烦恼，就听隔壁房间开阳台门的动静和说话声，木导，你也没休息啊？他们灌你半杯啤酒没事儿吧？木草说，没事，我只喝了一点，剩下的都是您帮我喝的。李政委，谢谢您啊！李政委抽着烟，趴在阳台栏杆上看着远方说，你也第一次带团过来吧？这里空气真好，北京很难找到这么一块地儿。李政委弹了一下烟。

木草好像很熟悉这里的景点，说，是啊，镜泊湖被誉为“北方西湖”，它是中国第一大高山湖泊，属于火山熔岩堰塞湖，仅次于瑞士的日内瓦湖，名列世界第二位。湖面南北长约45公里，湖区面积90多平方公里呢，是几千年经过五次山火喷发，熔岩阻塞牡丹江河道形成的。这里长年波平如镜，所以叫镜泊湖。

李政委说，哦，原来是这样啊，我还以为你第一次来呢。我们明天是什么行程？

木草说，明天早餐后坐轮船游览镜泊湖，在船上观看湖心岛、鳄鱼岛、彩虹桥、元首楼、包月楼，远观地下发电厂，远观国内第一座东方药师七佛的道场——药师古刹，然后乘电瓶车去看八大胜景之中的吊水楼瀑布、黑石潭、黑石壁、观瀑亭，游览红罗女文化园、碑文、毛公山、抱月湾、湖心岛、飞虹桥、白石砬子、刘少奇木屋。然后下午去长春，后天上午参观完末代皇帝溥仪的伪皇宫，然后去机场返回北京。

李政委说，哦，安排不错。这次旅游出来很高兴有你这样的导游带队。木草不好意思地说，我有照顾不到的，请领导多批评多担待。李政委说，挺好的，团里人都满意，我们单位几个女同志对你印象最好。她们去过好多地方旅游，什么导游都见过。木导啊，你是一个有信仰的导游，我看出来了，在你心里，爱就是信仰，良知就是宗教。唉，不像有些人，金钱就是信仰，权力就是宗教。

木草的眼泪唰的一下涌了出来。

此刻，木草忘记了白导的白眼和司机的挖苦，还有鹿场人的谩骂。

木草看隔着围栏的李政委，说，谢谢您给我这句话，这也是我带团以来得到的最好评价。原谅我很激动。其实，我真的感谢你在鹿场的时候……

李政委说，嗨，要感谢的是你，是你这个小导游给了我一个境界。干我们这行的，接触的真善美少一些，所以我们应该多出来面对美好的风景，比如镜泊湖的夜晚，这样，对我们的身心有好处。木草说，还真是，你们工作很辛苦，值得我敬佩，也愿意带着你们玩儿，尤其像您这样的领导。李政委说，以后遇到什么事给我打电话，你这小孩本质好。李政委说完，抽了一口烟。

木草又发疯了，对李政委说，我喜欢写东西，大佳网上有我作品，您有空就看看。那里面都是好小说、散文啥的。李政委说，是吗？还是小作家？都说好书是伟大心灵的富贵血脉。那好，我以后经常读一读你的好书。年轻的时候，我也爱写点东西。唉，现在老了，工作又忙，什么也写不成了。你告诉我，在哪买你的书？网上怎么找到你作品？木草羞愧于自己一本书也没出过，告诉了李政委自己的文学社网址。李政委慢慢记着。

心里有事儿，在阳台聊了一会儿，木草就回房间了。木草很想写一篇散文，可思绪散得比散文还散，散得有点拾不起来。

木草原本奔走在文学大道上，然而，不幸的情网摧毁了她的安宁，动摇了她的定力。木草无奈地放下笔，躺在床上，轻轻地闭上双眼，她继续试着用一种明媚，来幻觉她的小世界……

李政委回屋躺在床上看电视新闻频道。李政委拍了一下脑门问自己，为什么脑子里想着这个木草？难道自己老了变邪恶了？很快，他就否定了，自言自语地说，不，因为木草太美了，因为木草太善良了。木草那双眼含泪求他去救救梅花鹿的情景，不停地在李政委眼前浮现。

没有人否认，这是真美。凡是美，都能打动人心。但是，恰恰自己懂得，美是给人欣赏的，就像长白山的天池和瀑布。然而，现实中，有多少美被淫了，这才是美的悲哀。李政委想到这些，掐灭了烟……

导游大赛如期举行。经过初赛和复赛，华蕾与董晓冉双双闯入决赛。

明天即将进行决赛，白鹭旅行社的华蕾还要去陶然亭大厦附近一家公司签旅游合同。董晓冉陪华蕾一起前往。

走到陶然大厦立交桥桥洞的时候，董晓冉看见一堆人中有一张似曾相识的面孔。啊？！董晓冉看清了，那是向小强的母亲——张淑英。

几个月未见，张淑英更加苍老，眼睛失去了神采，她已经精神恍惚。董晓冉惊叫，阿姨！你怎么在这儿？你没回老家？不认识我了？张淑英听有人和她搭话，仔细看了看，说，我要上访，我要上告，我儿子向小强可是大学生啊，带旅游团被人给害了呀。旅行社不管，法院现在也没审判凶手。老天爷啊，谁能还我儿子？张淑英一阵哭。

哭声小了，她接着又埋怨说，小强啊，你当初咋不听妈话呀？在家种地就不会这样，不供你上大学跑到外面来，也不会这样。你让我怎么活？张淑英拍着向小强的骨灰盒，叫着，叫着叫着又大声哭。显然，她的精神处于一种崩溃状态。

华蕾说，阿姨，您跟我们走。董晓冉抱着张淑英说，阿姨，有我们呢，咱一起为小强讨说法，会有解决的地方。走，先和我们回家。

旁边一个上访的人说，这女的来了有半个多月了，这几天精神好像不大好。唉，一个老太太真不容易，挺可怜的。

董晓冉和华蕾看到张淑英这样，想起向小强的结局，不免心酸、心寒。

回到董晓冉和华蕾新租的地方，董晓冉给张淑英做了点吃的，帮她洗澡换洗衣裳。张淑英累了好多天，夜里睡得很沉。董晓冉和华蕾商量，等比赛一结束，先带张淑英去医院检查一下。俩人估计她得了抑郁症。明天即将决赛了，董晓冉就给刚从东北带团回来的木草打电话，要她先帮忙照顾一下张淑英。木草答应了。

第二天，大赛决赛在“深水湾剧场”大礼堂开幕。评委席已经坐满。

许多旅行社的领导都来了，他们坐在观众席上。白鹭旅行社刚病愈的老总带着何小宁等六人，给华蕾助阵。小世界旅行社那得海带了财务部的裘鱼还有几个新招聘没上岗的导游，给董晓冉加油。

旅游局和相关单位的领导、大赛评委、参赛选手、各大媒体纷纷前来参加比赛仪式。大赛决赛很庄重，首先是来自旅行社的参赛选手代表、评委代表宣誓。接着，导游大赛组委会办公室主任、决赛组委会副主任、旅游局监督管理司司长宣布大赛开幕。

宣誓的时候，一个男导游代表，一上台就慷慨激昂。男导游代表说，我们导游一定会遵守大赛纪律和比赛规则，尊重评委；必将用良好的精神状态、过硬的思想作风、精湛的导游艺术来展示我们的风采！来收获友谊！

掌声过后，一个中年评委代表又上台了。

此人充满正气地说，我要认真履行评委职责，严格遵守评委纪律，全面贯彻公开、公平、公正的基本原则。尊重参赛选手，严肃认真，文明评判，不徇私情，坚决以良好的道德风尚和高度的专业水平，圆满完成评委工作！

观众们鼓掌，期待着这场高水平的比赛。

走完几道程序后，终于，38位选手开始正式进行比赛。

董晓冉一副很沉重的表情，整个人好像不在比赛状态。华蕾倒是很专注，就是有点紧张。华蕾的出场顺序排在前面。

第一名选手走上台，人们注视着大屏幕上时长一分钟的选手形象风采播放，接着，选手自我介绍，导游讲解，然后，现场知识问答，最后，第一名选手进行了才艺展示。面对评委席上的各路“大神”，第一名参赛选手显得有些紧张，她讲解的语调太快，导致中间忘词。而后，现场忙碌地打分。

华蕾的心提到了嗓子眼儿，第二个上场的就是她。华蕾一直坐办公室，没有导游经验。最终，她讲解的颐和园长廊不够精彩，像朗诵一样，有些死板，并且还答错了两道选择题。

第三个上场的，就是小世界旅行社的董晓冉。董晓冉有实战经验，准备得也充分。本社的人都看好她，那得海更是指望董晓冉能夺冠，为小世界旅行社增光添彩。

董晓冉走到台上鞠躬，她从容自信地讲演。

“尊敬的评委、亲爱的贵宾们，大家上午好！我是小世界旅行社的董晓冉，我是一个用双脚走天下的行者，用肩扛起整个团队责任的战士。我手中的那面旗帜象征着整个城市的形象，我腰间的腰麦诉说着数不尽的知识与故事，我是平凡无奇的人，是导游队伍中普通的一员。可我愿意一次次地给游客带去欢乐与温暖，愿意一次次地给游客带去精神的食粮与美好的感受！”

鼓掌声在赛场回荡。

“今天，我讲解的是位于北京南部的一处景点，参赛题目是《第一夫人墓》，希望我今天的讲解给您带来一段美好的回忆！

“北京古都已有3000多年的历史，北京大兴区也已有2400多年的历史。这里是大展宏图、建功立业的一块风水宝地。这儿，人杰地灵，名人辈出。在众多的名人中，我今儿，就讲解一位充满着传奇色彩的人物。

“在大兴区与河北省固安县的交界处——榆垡镇，有个黄各庄村。在村东头，有座恭勤夫人墓，村里人叫奶妈坟。恭勤夫人堪称大兴第一夫人，为什么这样讲呢？这里有一个传奇的故事，说来话长。

“在清朝，每当有皇子、皇女、皇孙出生，有一件重要的事儿，就是要为新生的龙子龙孙挑选奶妈。

“当然，奶妈的选择是有严格规定的。一般要到北京的大兴、宛平和内务府各衙门来找。要求呢，人模样长得好，必须看起来端庄。出身要清白，年龄在15～20岁之间，而且要有生育经验。最后一条就更重要了，必须是旗人。也就是说，只有满族女人才能做皇子皇孙的奶妈。

“可我现在讲的这位，却是地地道道的汉族人。那她怎么就成了奶妈了呢？她喂大的孩子究竟是谁？为何被风风光光地葬在了榆垡？您啊听我慢慢给您讲。

“话说，清朝康熙皇帝的四子胤禛降生下来后，一直啼哭，是个出了名的夜哭郎。事先选入宫的奶妈轮流为他喂奶，非但不管用，反而越哭越厉害。奶妈们胆战心惊，不知如何是好。太医们的灵丹妙药也派不上用场。都过了百天了，四阿哥仍不见好。康熙皇帝便大怒，要治太医们死罪。吓得满朝文武百官连大气都不敢喘。

“这时，有一个胆肥的大臣，不懂装懂地讨好康熙皇帝说：‘启禀万岁，臣我有一个办法可使四阿哥不再哭闹。’康熙说：‘有什么好办法，你快说啊！’那大臣说：‘要找一位“手托玉印，脚踏青龙”的奶妈，方可镇住四阿哥的长哭不止。’康熙听了心想，这能管用吗？如果说找手捧玉兔的嫦娥还好办些，说不定去天坛祭天就能显灵。找这么一个女人？恐怕比登天还难。但也没有别的办法，于是下诏书寻找。

“这下，可把宛平、大兴的地方官给折磨苦喽，内务府各衙门也急得像热锅上的蚂蚁。

“哎，好事儿啊，就落在大兴了！这天早上，大兴县令正好从榆垡路过，他掀开轿帘，此时外面烟雾缭绕。带着露珠儿的一垄垄庄稼刚刚破土，青绿青绿的。忽然，他发现一位身穿粗布衣裳、容颜姣好、体态丰盈的美少妇。见她右手用瓷盘托着又白又嫩的豆腐，左手提着柳篮儿，正款款地行走在田埂垄沟之上。

“大兴县令定睛这么一看，哎呀，这不就是自己千辛万苦为皇宫寻找的女人吗？立马下轿上前询问。少妇说，自己名谢氏，去给在地里干活的丈夫送饭。家中还有一个不满百天的孩子。县令看傻了，乐蒙了，也不管她是不是满族人，就带她去交差。

“深明大义的谢氏抛下不满百天的孩子，连夜进宫。刚进宫，一喂奶，这个四阿哥就不哭了。您说这孩子怎么不哭了呢？嗨，要我说啊，也许孩子哭累了，饿坏了。反正，这些因缘巧合被大臣们说得天花乱坠。愣说谢氏手托的豆腐不是豆腐，是玉印，脚踩的地垄沟就是青龙。这样一来，大兴县令得到了提拔，谢氏留在宫里专门伺候四阿哥了。

“这个女人一生的成就就是喂养了一位大清皇帝，四阿哥即是后来的雍正皇帝。古语有云‘鸦有反哺之义，羊有跪乳之恩’。在谢氏去世之后，雍正一登基，就把谢氏及其家人敕封为旗人，还是旗人中最高等级的正黄旗人。并册封自己的奶妈为‘恭勤夫人’。在谢氏的家乡黄各庄修建了一座坟墓。那时，为了表示爱民和孝道，雍正还经常派大臣前往祭奠。

“现如今，这里仍遗留着华表、墓碑、石牌坊。而石牌坊上面的浮雕，乃是我国古代石刻建筑之精品。这里已是大兴区重点文物保护单位了。

“如果您对此感兴趣，如果您想更多地了解北京深厚的文化底蕴和美丽的风景，可以参加我们的团队。我代表小世界旅行社在此恭候！期待与您一路同行，一起畅游我们美丽的北京！谢谢！”

观众席报以最热烈的掌声……

那得海看董晓冉近似完美的发挥，心里十分高兴。几个同来的新导游双手拍得生疼。裘鱼坐在观众席上，心不在焉地摁着静音的手机。

裘鱼刚刚在婚恋网站认识的那个叫袁幕的男友，每天都给她发来无数条缠缠绵绵的短信。这会儿，袁幕又给她发来一条：

你本是瑶池岸边的仙子

却因动了情思

落入红尘凡世

化作了一株莲花

虽身处泥池竟不沾染

梦中我走过江南细雨绵绵的交织

本已倦容愁饬

突然你秀美的样子

刻入了我的眸子

一潭清水衬托了你的婀娜多姿

那一时

你的魂融化了我的身子

苦等竟痴痴

那一世那一年那一辈子

只为再一次

回眸你的样子

却惹泪眼愁思

却只剩下你妩媚的影子

裘鱼看完，欣喜不已。裘鱼感到自己重新复活了，或者正在复活……

经过激烈角逐，来自北京各大旅行社的38名选手分获一、二、三等奖，大赛评出了包括最佳故事奖、最佳风采奖、最佳讲解奖、最佳素质奖在内的五个单项奖及优秀组织奖。

华蕾没能得奖。董晓冉荣获了大赛三等奖。大赛组委会通知董晓冉，准备让她代表参赛选手发表获奖感言。

旅游局副局长在台上宣布大赛闭幕，并且为获奖选手颁奖。大赛组委会办公室副主任做了总结性讲话。

“此次大赛围绕‘比技能、赛服务、展风采’的主题，旨在促进导游人员加强学习，提高理论知识和服务技能水平，宣传展示导游形象风采。比赛中，选手们的表现征服着评委，感谢各大旅行社培养出这么优秀的导游。

“这次导游大赛决赛不仅是导游员们展示风采的舞台，更是导游员们相互交流、学习的课堂。一、二、三等奖选手将参加全国导游大赛，北京团委对部分35岁以下选手授予‘北京青年岗位能手’称号，北京妇联授予女选手‘北京市巾帼标兵’称号。今天，也要特别感谢决赛举办地的旅游局、芒果饮料公司以及各家电视台！谢谢大家！”

场下的镜头都对准台上。

掌声过后，董晓冉走上主席台。董晓冉没有了讲解时的激情，她的步子很沉重，眼角还残留着泪痕。坐在底下的那得海倒是挺激动，号召他的属下们给董晓冉鼓掌，还派一个新导游跑过去准备给董晓冉献花。

正当所有镜头对准董晓冉、那得海期待她宣传小世界旅行社的时候，意外发生了。

董晓冉行了鞠躬礼，说，感谢大家给我三等奖。我讲解的是恭勤夫人，也就是雍正的奶妈，我获奖了，但是，我心里一直在想着一个失去独生子的母亲。外界可能现在还不知道，导游向小强死了，他是我大学同学，也是小世界旅行社的导游，他的母亲至今仍未获得经济赔偿。

董晓冉接着讲，向小强的母亲得了抑郁症，为追讨说法她流落街头。而我们小世界旅行社推得一干二净！请原谅我这个不合时宜的发言，可是，我真的不知道导游在哪里能说话？在旅游行业混乱的市场竞争下，旅行社单方主导的市场，一切内因外因，已经使我们导游基本没有选择权和话语权！我们该在哪里倾诉？谁为我们做主？谁来帮助向小强的母亲伸张正义？

董晓冉一度哽咽。

华蕾在下面暗暗擦着眼泪。华蕾的哭泣、擦眼泪等一系列反应，被实习记者周洪亮发现。他过来采访华蕾，你好，听说向小强是你同学？他母亲现在什么情况？你是否……

记者们为突发事件而狂拍乱摄。

那得海坐在台下，恨不得蹿上去揪下董晓冉，拔掉她乱叫的舌头。那得海站起来喊道，别听她胡说八道！你们组委会还不赶下这个疯子！快下去！下去！

几个场内工作人员开始制止董晓冉的言行。组委会的主任拿起话筒，大声说，把她放开！我倒要听听这个导游代表想说什么。几个保安放开董晓冉。

董晓冉睁着泪眼，理了理一头短发。她不用稿直接讲。

“多谢主任给我这次说心里话、讲真事儿的机会！大赛中，我得了奖，但是，我无法在这个欢庆的时刻想太美好的事情。其实，我们导游白天带团，晚上还要赤心流血奔走在赎罪者与流浪者之间的大路上。这，完全是一种精神上的磨难！有几个主要问题，我必须代表导游反映。

“第一，北京现在拥有16000多名导游，大部分导游处于一种流动状态，没有稳定的社会保障。旅行社为节省成本，不能长期养导游，北京的导游都是今天给东家干，明天给西家干，来回窜着走。我们导游中，没人有底薪，保险待遇全都没有。

“虽然北京旅游主管部门多次提出要旅行社给我们导游上保险，可是，据我所知，没有一家旅行社执行。尤其是我们小世界旅行社，有着诸多的潜规则。旅行社有一个潜规则就是，你要上(保险)，行，但是旅行社可以不要你。

“难道到目前为止，我国就没有一条相关的法律法规保证导游的权利吗？我们比农民工还惨吗？

“第二，行业内团费被挤压，购物拿提成，造成了导游和游客之间，甚至是导游与导游之间的矛盾。我的同行向小强因此丧命。

“团费遭挤压，甚至低于旅游成本价，导游接团前要先自掏腰包垫付团款。这是导游行当内不成文的规定。导游除了辛苦以外，钱也难挣，所以出现许多不规范的操作，如‘扎店’(到有回扣的旅游定点商店购物)等等。导游要赚钱，只能带客购物赚提成。导游因此经常遭到游客谩骂甚至殴打，当然也有因发生矛盾导致导游谩骂殴打游客的现象。导游没挣钱要先垫付游客的团费，一般根据游客人数的多少决定垫付团款的多少。北京标准的16人团需要七八千元钱，其中包括门票、部分餐费和车票等。最后，旅行社也未必及时报账，许多新导游被骗，老导游被押账，简直是一种人身绑架！

“导游作为旅游经营体系中的最底层，往往要接受旅行社的盘剥。在北京，几乎每个导游都压不少的钱在旅行社，这叫什么法则？公平何在？

旅游局领导不住地点头。

“第三，请问，旅游主管部门只负责颁发导游资格证、考核审验导游证等工作吗？另外，那些没有旅行社聘用的导游，将个人关系放在旅游翻译公司，或者导游服务公司，他们同样，什么基本的社会保障也没有，但每年还需要自付一定管理费。交的管理费干吗使的？

“比如带团途中，导游座位靠前，安全系数是最低的。导游讲解无固定位置，导游座设在旅游大巴副驾驶座，还是一个靠门的折叠坐椅。太危险了！这些都没有规定。希望旅游主管部门真的能负起责任。我们导游知道旅游主管部门也三令五申，但我们注重的是结果，谁保护我们的生命安全？

“国外的旅游法很好，正常上下班。人家导游可以不带购物，也可以不赚提成。每天给导游固定导服费。中国呢？旅游有黑车，有黑导，有潜规则。旅游主管部门甘心由于这些现象而使那些有技能、有经验的老导游离开，让更多的黑导、黑社进来，更加抹黑这个已经摇摇欲坠的行业吗？”

旅游局领导带头鼓掌。

“我希望有一天，我们导游能和任何工人一样，每月有固定的工资，我将因此更加努力工作。以后我仍然会继续从事旅游工作，誓死不变！我希望我能带出优秀的新导游，我也更加希望，我带出来的学生，不要被恶劣的歪风带坏，不要被变质的客人欺辱，不要被犀利的炒作抹杀，更不要再让‘向小强之死’的故事出现复制！不愿意再看到伤心的人，像一个失去儿子的母亲一样，在半夜里痛哭！”

董晓冉异常激动，说完，蹲在台上哭出了眼泪。

记者们都围上来采访。场内已经混乱。这种意外导致大赛颁奖草草结束。那得海愤然离场。记者围着组委会主任采访。主任不知道如何应对记者们尖锐的提问才算恰当。更多的记者堵截走下台的董晓冉追问，哪个是小世界旅行社经理？你是否准备参加全国导游大赛？你怕不怕被炒鱿鱼？……

董晓冉不再说一个字，被华蕾拉着跑。实习记者周洪亮在后面追……

事发第二天，董晓冉就接到被解雇的通知。小世界旅行社那得海做了及时了断。

董晓冉顾不得这些，和华蕾带着向小强的母亲去医院做检查。经过检查，果然确诊张淑英患了抑郁症，大夫给开了一堆药。事到如今，董晓冉感到了来自各方面的压力。回到家里，她拿起电话向身处异地的恋人沈良诉说……

木草在网上看到有关董晓冉比赛的报道。跟帖的人有赞扬的，有叫骂的。

杨四姐拿着一篇纸走过来，说，木草，看看，我这几个字写得咋样？木草接过一看，上面写满了“杨四姐”三字。木草说，写得苍劲有力，像男人写的字儿。四姨，你写这几个字干吗？杨四姐神秘一笑说，不瞒你说，我写的小说读者反响挺大，说不定哪天能出书呢，我呀，得提前练练签名。木草明白了，原来四姨没等出书，就练上签名了。杨四姐对木草说，你还不相信啊？网络时代，一切皆有可能。嘁，看咱俩谁先成作家。我写得不好有人看。咋地？你水平高，写那玩意还不是躺在那儿睡大觉？告诉你，你得写读者愿意看的东西，写轻松逗乐的，谁还看沉重的东西啊！传统的玩意没人稀罕。识时务者为俊杰，别干费力不讨好的事儿。知不知道？

木草不言语。

杨四姐又问，咋地？董晓冉拿了奖也被旅行社开除了吧？你今后少和她联系，别把你拐带坏喽。你还是老老实实带团，别参与他们的事儿。杨四姐说完话，摸着自己的肚子，沉浸在要做母亲的幸福之中。

木草替四姨高兴，可高兴的同时还是有些担忧。

宋华和木草约好，今天下午五点来接她一起吃晚饭。木草自从打东北带团回来，还没见宋华人影。宋华说他在忙个人画展的事情。

杨四姐看木草换了衣裳，要出去的样，就问，你干啥去？约会？那个画家？木草说，嗯，我们在交男女朋友。木草脸上泛着微笑，依然甜蜜。杨四姐说，你自己可不能私定终身啊！这几天，你必须把他领来，我给你看看，别以为咱家没人。木草说，好，我今天见到他就和他说，我四姨要见他。杨四姐说，傻样，我见他还不是替你审核一下？告诉他，给我一份见面礼，我替你妈要点彩礼。杨四姐始终不放过任何一份额外收入。木草笑说，嗯，让他好好给四姨准备一份厚礼……

在门口，木草等来宋华。

木草一上车就闻到了一股浓烈的香水味儿混杂着烟味。木草主动去亲吻宋华。两分钟都没过，木草就坦白交代说，宋华哥，想你快想死了。宋华说，一样的，宝贝。最近我实在忙，所以这些天没见你。今天想吃什么？对，画展离不开我，吃完饭我就要回去。木草说，带我去看看你的画展布置吧。宋华想了想说，那我现在就带你去看看，然后一起吃饭。木草坐在车里，脑子里就装下“幸福”俩字。

宋华把木草带到北京二十二院街艺术区。

停好车，锁上车门，宋华走在前面，走得不慢。木草跟上来，温柔地伸出手说，宋华哥，你慢点走，攥着我呀，只有你攥着我的手，我心才不慌。宋华说，这里认识的人多，我不好意思。好好走路，听我给你介绍一下，我现在给你当导游。木草不听话，还是拉着宋华的手。

宋华给木草介绍说，你一定没来过这儿，北京二十二院街艺术区是2008年底建成的，位于北京 CBD。这块儿可以说是财富、信息和精英的聚集地。每天在这附近生活、工作的人超过60万。

木草瞪大眼睛聆听着。

宋华继续说道，这儿的总建筑面积达30万平方米呢。丫头，看见了吗？多大一片啊。那是21层的超五星级酒店式公寓，叫苹果艺术公寓酒店。那是33层的蒙太奇公寓。那个是12层的 LOFT 工作室。往里走还有6万平方米的商业经营面积呢。这块地界专为艺术家提供居住、创作、办公的，有好多的精英人群在这儿生活、工作、消费。这儿定期举办各类艺术展览、戏剧演出、时尚派对，还有海内外文化交流活动。这里有20多家艺术家工作室、画室，来这儿的人能零距离接触艺术家，了解他们的艺术构想，分享他们的创作历程。快看那边，艺术区还有多家咖啡厅、餐吧、酒吧可以供来宾用餐、休息和小聚。丫头，这儿好不好？

木草点头。

宋华说，这里经常举行国际画廊博览会、国际艺术品贸易、拍卖会。知道吗？我的个人画展就在这儿举办。如果有可能，我还要把办公室搬这儿来。已经有一位投资商看好我，准备和我联手呢。宋华一脸灿烂。

拉着宋华的手，木草东张西望，心想，敢情北京还有这么个地方，算是又开了眼界。一时间，木草对宋华的能力和才华更是佩服得五体投地。

木草兴奋地说，你搬来吧，这里真是太好了。把自然、人文、艺术和时尚都融为一体了，几乎就是“天人合一”理念的直观表现。真是不同凡响的地方。

宋华说，草儿的语言天赋就是好，别人累死也说不出来这种话呢。木草突然想起来问，这里为什么叫二十二院街呢？怎么不是别的数字？哦，一定是取“二”的谐音“爱”。

宋华说，不是这样，据说1986年邮电部发行了一套民居邮票，21张《民居》邮票展示了21个省市的民间建筑。其中有秦砖汉瓦江南水乡式的江苏民居，有四合院式的北京民居，有石库门式的上海民居，有竹楼式的云南民居，有窑洞式的陕北民居……建筑设计师受到启发来了灵感，就思考着是否有第22种风格，能完美地融合21种建筑语言。这就是北京二十二院街艺术区中的数字“二十二”的起源。

木草调皮地抬脚，在街灯下吻了宋华一下，说，宋华哥，你知道的真多，你是我的一本书。宋华说，是吗？人家都说女人是本书，男人怎么会是一本书？宋华说着，领木草推门进了一家画廊。

画廊里面有一个女孩和宋华打招呼，宋哥好！宋华说，你王姐回去没来吧？那女孩说，没有，和你走后没再来过。

木草看着墙面上的画儿，仔细欣赏起来。木草一心一意欣赏着宋华的杰作。她像崇拜凡·高一样，崇拜男朋友的作品。

宋华进里面和那个女孩说了什么，然后出来带着木草走了。

木草随宋华进入附近一家饭店。

木草正兴奋，在津津有味地品评宋华的画儿，哪一张是她最喜欢的作品。突然间，一个漂亮时尚的四十多岁女人走过来。随之，飘来一股浓烈的香水味，那香水味儿和木草上车时闻到的一模一样。

女人说道，宋华，你不是说有事儿吗？怎么和美女吃饭来了？这是谁呀？我怎么没见过？她边说边拉把椅子，理所当然地坐在宋华身边，充满敌意地看着对面的木草。宋华立刻紧张起来，支支吾吾地说，我……一个……模特。

木草看着宋华，她简直不敢相信，宋华向那个女的介绍她是模特！

女的说，以后没有我的允许，不能和其他女孩子一起吃饭。男人真是个孩子，怎么？前两回的事你忘了？别忘了是谁出钱给你办画展的！服务员，给我来个葵花鲍鱼，再上一个清蒸大龙虾。女的说完，故意撣了撣宋华的短袖上衣。

宋华没有了刚才的张扬，也没有了过去的洒脱，尴尬地看看木草，又看看那个女的。

那女的说，宋华，你怎么不把我介绍一下？好，那我自己来。我叫王晶，是宋华的老婆，合法的。

木草的脑袋轰的一下，立刻一片空白。木草弱弱地说，你好。然后，木草仰起头。

木草仰起头，并没有看夜空有多深邃，或者，看房顶的灯有多朦胧。她只是将自己的头，抬到一个足够的高度，好让已经盈眶的泪水不至于掉下来。此时此刻，一种酸楚的回忆正敲打着木草疼痛的心。

饭菜陆续被服务员端上来。宋华灰溜溜地说，木草，快吃吧，吃完我送你回去。宋华像个贼一样，在两个女人面前躲躲闪闪。

木草看了一眼宋华那一动一动的嘴唇。的确，他用青丝胡须编成了秘密的网，把自己围在了中央。而自己，却守着他编织的梦，空等着他那句“一辈子爱你”的誓言。

木草不知道宋华究竟做过多少次这样的贼？迷倒过多少红颜知己？但木草能断定，这样一个男人，到了晚年，会有多少红颜知己在恨他，注定了，他不会安度。

面对着自己眼前一吃一喝的一夫一妻，木草只能把自己的牙打碎，然后往肚子里咽。她只能用那一桌丰盛的饭菜死死地堵住嘴。木草知道，因为有些藏在心底的话，并不是故意要去隐瞒，只是，并不是所有疼痛都可以呐喊。

葵花鲍鱼上来了，木草挪了挪，对王晶说，真香，你爱吃的葵花鲍鱼，你趁热吃吧。然后，木草自己夹了两筷子狠狠地嚼。木草咽了下去，接着说，嗯，真好吃，真鲜美。木草说得轻松，其实心里早已悲痛至极。

宋华黯然了。

王晶一句话也说不出来。

木草吃完了，站起来说，你再重新找个模特吧。谢谢你们请我，不用送了，我自己走。木草拎包走出饭店，没有回头。

直至走到距离北京二十二院街艺术区五百步远，木草才发现，自己身处一片灯火通明的繁华地界，却茫然失措。

宋华一个人追来，非要用车送木草，并向她解释说，其实我和王晶已经离婚了，她比我大，只是前妻在事业上依旧支持我……我……丫头，真的，我爱你，但是，我这辈子不能给你幸福，你去找一个比我好的人给你幸福吧，丫头，答应我，我们还继续做好朋友，因为我们都是热爱艺术的人。宋华装得像模像样。木草甩开他，打了一辆出租车，啪的一声关闭车门。

木草的心告诉自己，这辈子再也不想见到这个比吃了苍蝇还恶心的人。

出租车在雨中行驶，木草坐在后面。车里车外一片湿漉、模糊……

被杨四姐视为“杰作”的《旅游锅：杨贵妃捞钱记》，居然在网上火了。客厅里，杨四姐正在网上和她的读者互动回帖。

杨四姐戏谑地称《旅游锅：杨贵妃捞钱记》这个作品是她“生”的一个孩子。“小娘”，是杨四姐的笔名、昵称。她的这个昵称多次引来质疑。

现在，又有网友问她，为什么昵称和笔名为小娘呢？杨四姐回复说，这是自己的隐私，不能说。另一个网友又在和她讨论，女人是不是比男人傻？杨四姐从别处看到一句话挺好，就用上，回复那个网友说，没办法，都是生理上决定的，否则，如果女人有点脑子，那就没人生孩子了。

这时，杨四姐小说的读者又有留言的。

一个网名“心之潇洒”的写道，人物刻画非常鲜明，杨贵妃这个人，太令人印象深刻了。小说越往下读，越有味，期待更新！

一个叫“独眼蚂蚁”的说，我为作品打赏了88原创币！这本书写得太精彩了，我要打赏该作品的作者，太“油菜花”（有才华）了！

一个网名“猴哥1”的读者留言，我为作品投了1张月票！非常不错，请继续加油！

一个网名“丽姐”的读者说，哈哈！写出了咱们导游的心里话！杨贵妃你最美！

一个网名“拉哈默”的留言，我为作品打赏了1000原创币！这本书写得太精彩了，我要打赏该作品的作者，太“油菜花”（有才华）了！

网名“猴哥1”的再一次留言，在旅游界摸爬滚打的特殊群体，其实导游可恨也可怜呢。不管怎么样，希望导游们、旅行社、游客之间不存在欺骗为好……期待更新！

有一个网名为“探月”的评论说，作者素质太低！错字多，故事有些低俗！俗！

一个叫“死不了”的网友评论说，什么东西！想用色情粗俗勾引读者！你还有脸写骗游客呀？人渣！

杨四姐生气地回复一条说，去你的！不看就滚犊子！

网友粉丝之间正讨论得热火朝天，木草进门了。

杨四姐回头一看，木草不太正常，跟走的时候相差悬殊。女人的直觉告诉她，外甥女木草出了什么事儿。木草钻进屋里，躺在床上不动弹。

杨四姐追进来问，跟霜打的茄子似的，怎么啦？你不是约会去了吗？看你这样不会被那个画家欺负了吧？木草说，没有，我就是累了。杨四姐说，你撒谎！你跟机器人似的，从来不说累。究竟咋回事？你瞒我干啥？杨四姐推推木草，等她回答。

木草不敢回身看杨四姐盯她的眼神，她埋着脸趴在那儿，说，我自己待一会儿，你也早点睡吧，你老用电脑对宝宝不好。杨四姐的眼睛冒着火苗，她说，我睡个屁！你给我起来！出啥事儿了？那个画家是不是骗你了？啊？咋地了？木草腾地一下坐了起来，说，四姨，以后不要再提他了，就当我没认识过！木草的眼泪忍不住簌簌掉下。

杨四姐的舌头蹿出火苗，用最恶毒的词汇骂了一通，又问木草，究竟出了什么事？

他怎么骗的你？在哪儿？我找他算账去！我饶不了他！告诉我呀，你哭有啥用？！

木草说，他有老婆，他说离婚了，可是还没离家。今天我俩吃饭被她老婆发现了。

杨四姐又骂，一对儿臭不要脸！他还是画家，会画个蛋！骗你钱没？

木草哭着说，没骗我钱，可是，可是……

木草泣不成声。她再也控制不住自己的情绪。

杨四姐急了，用手扒拉木草，问道，你是不是和他睡在一起啦？啊？！你虎啊？你看你，被一个流氓画家给骗了，我真想抽你！你个二百五的货！他说啥了你就听他的？！不行，我找他算账去！杨四姐欲换鞋往外走。

木草抽噎着说，宋华说爱我一辈子，他说，我不答应他，就是折磨一个男人的精神和身体，说我在害他。他还说，老姑娘和没生过孩子的女人是不完整的女人……

杨四姐一跺脚，骂道，放屁！女孩让他们白整完了就完整了吗！完整了吗？！混蛋！他就是高级的流氓！什么狗屁艺术家，都是装艺术玩邪性！不行，我找他算账去，我要把他骂得身败名裂！我到他家找他算账，对，你不是说他正搞画展吗？告诉我，他的画展在哪儿？我把他的画儿都撕了！扯喽！还开什么画展，我让他长长记性，他不给赔偿不好使！

杨四姐瞪着眼珠子，不重样地叫骂。杨四姐的口气，如同有人动了她的金银财宝，她要杀人一样，很凶狠。

突然，杨四姐穿上鞋，开始逼问木草，逼问宋华的电话和住址。

木草拽着杨四姐，哭着说，放过他吧！求你了！四姨。都过去吧，四姨！如果，如果他们美满，那我就自寻出路。木草含着泪，用忧郁的目光向墙上那幅她昨天刚挂的宋华给她的《独饮一江春》凝视，显出一种无可疗治的哀伤。

听木草说这话，杨四姐更生气，凿了木草一下肩膀骂，你看看你，正经八百的作家还没当上呢，就被一个画家给糟蹋了，你还不让我找他算账。你虎咋地？

木草不吱声，也不敢看杨四姐愤怒的眼睛。

杨四姐继续跺脚骂，该！傻犊子！谁让你整天满脑子艺术啊，小说啊，凡·高啊，一根赚钱的弦儿都没有。你就一根筋吧！你说你啊，写那些破玩意儿谁给你钱？谁给你出版？连我这狗屁不是的，还能在网上发帖子挣点击率的钱呢，就你，早晚给饿死！

木草干挺着，让四姨骂。她知道，只有四姨这时候是真爱她。骂，也许就是四姨爱的表现。

看木草烟不出火不进的样儿，杨四姐还不解气，转了一圈，又骂开了。

“哼，这回，连人贩子都不愿要你了，知不知道？你最值钱的让画家给骗了！偷了！天底下就你是傻犊子！出版社又骗你了吧？你这傻了吧唧的玩意儿。也是，别人不骗你骗谁去？哼，我算看透了，什么狗屁画家，就是‘花花家’！小要命鬼儿，你就跟北京这嘎达继续追求艺术理想，你就一条道跑到黑吧！告诉你啊，赶快让他从你心里滚蛋！赶紧带团挣钱去！”

杨四姐越骂越来气，骂累了，然后，摔门回屋躺着养精气神。她躺在那儿，又一次感觉肚子里的小人儿在踢她的肚皮。

木草的爱情之灯幻灭了。她趴在小床上，控制不住地回忆和宋华的一幕幕……

一时间，木草的心遭受着绝望的蹂躏。她怎么也不会想到，自己投入地爱一次，却伤了自己。亲手种下红豆，并没有长出相思。木草翻个身，仰面躺着，开始自我反省。她自言自语，怨谁呢？只能怨自己把红豆种错了地方！

尽管告诫自己，一切都不存在了，忘了吧，可木草心里还是很哀伤。她使劲哭了一通儿。哭完，她轻松多了，心跟洗了似的。

恰在此时，木草的手机亮了，飞来了一条短信。

木草打开手机一看，还是那个陌生号码，奇怪的是这次上面有字：沉香是木。木草愣了一下，琢磨来琢磨去，想到了，该不是他吧？对，一定是他。那些个陌生电话都是他打的？！木草拍了拍脑袋，回了一条：浮世若水。

很快，电话打过来。那边迟疑了一会儿，开口道，木草，我没打扰你吧？你在北京，还……还好吗？也小两年了，我总想问问你，过得好不好，在干什么，可就没勇气听你说话。每次，你一接听，我就关机。今天不知怎么，就想……给你打个电话……

一切都发生得太突然了，木草已不知道怎么招架。

真的是他，江河！一直到江河说完，木草才缓了缓神儿，说，我在做导游，也在写小说。你也好吗？你还在北京？江河说，是。前些天，我和客户去长白山玩儿，看见你了，刚想和你打招呼，你就没影了。你比以前黑了，胖了点儿。

木草一下子想起来了。那天在天池，好像有人叫她，当时还以为是幻觉，后来就和李政委上车了。那天在镜泊湖，夜里接到的陌生号码发来只有一个问号的信息，看来，也是江河所为。

江河说，你有什么困难需要我帮助没？千万别客气，算是给我一个重新赎罪的机会。木草，别笑话我，以前，我活得太无聊了。现在，我找回了我自己。这，要感谢你。没有你，我都不知道我会怎么样，无法想象。

木草说，我哪里有那么大价值，你要感谢就感谢你自己。江河说，你对我的价值无可替代，你就像一副中草药，治病救人呢。木草被江河说乐了，她不相信自己有那么重要。

口很干，木草下床喝了半杯水。江河还没有撂电话的意思。他继续和木草说话。

江河说，我们公司运转得不错，现在，我比较喜欢做公益事业，也正在做。木草，在北京，有困难一定告诉我，我好帮你。我以前伤害到你，请你恕罪。木草说，言重了，你没有。真的，你没有伤害我，伤害我的人不会是你。你不要内疚。

木草叹了一口气。沉默。

江河也停顿了一会儿，说，我到死都不会忘记你那双眼睛，无助地叫我“爸爸”。唉！你亲爸要是听了该多心疼。你的呼唤“爸爸”，唤醒了我。不瞒你，我到现在还没有孩子，没人叫过我爸爸。木草，你在听我说话吗？你有灵丹妙药，这药救了你，也救了别人。

木草眼泪簌簌地掉。

救别人？救自己？真的能救自己？木草不知道。

你是不是哭了？木草？一定是遇到困难了，你告诉我，缺钱吗？我给你打卡里，绝对是无偿的！我不再是以前那个混蛋了。真的，相信我。江河仿佛嗅到了什么。木草忙说，不不，不缺钱。我只是，只是想回到从前。可，可是，我，我回，回不去了！木草哭得全身颤抖。

江河没明白木草的话，他也不可能明白。

江河说，知道吗？你送我的靰鞡草鞋垫，我还留着，一直没舍得用，有时候拿出来闻闻草的香味。谢天谢地，你还留着这个手机号，否则，就联系不到你了。木草说，我会保留这个号码，无论将来走到哪儿，因为在我心里，你不是一个恶人。其实，其实你很善良。江河叹了一口气，说，善良？我？唉，这辈子有你一句鼓励就够了。难得你还这么宽容。你知道世界上什么人最可爱吗？木草说，太宽泛了，我不好说。江河说，就是给一个迷茫的人一种宽容，而不是一棒子把他打死。这就是最可爱的人，最纯洁的人。比如像你就是。

木草听完，仿佛自己又成了以前的木草，心里轻松了不少。

这时，杨四姐推门进来了。

杨四姐问，你干吗呢？大半夜的，在跟谁说话？江河听到了，说，是你四姨在和你说话吧？木草，我怕她骂我，我改天再和你通电话……

杨四姐以为是宋华呢，一把抢过电话骂道，你就是那个狗屁王八蛋画家啊？你还有脸打电话？还继续行骗是吧？让你欺负我外甥女，我找人弄死你！信不信？混蛋！

木草忙说，四姨，不是他，是那个，江河。木草很尴尬。

江河电话里说道，四姐，我不是画家呀，你弄错了，我是江河。我可没欺负木草，我还告诉她，有困难就找我。你误会了。真的，我不是以前的我了。杨四姐惊叹，哦，是你呀？骂错人了。咋地，又发大财了吧？我和木草的手机可该淘汰了啊，你没忘吧？江河大笑，说，没问题，没忘，我负责换新的，我负责。

一听江河承诺换新款手机，占了便宜就高兴的杨四姐乐了，乐得捂着肚子笑个不停。

突然，杨四姐的表情把木草吓得半死。上一秒钟还咧着大嘴笑的杨四姐竟然叫起来，嘴里喊着，哎呀妈呀！不行了！肚子疼！哎呀，疼死了！电话那头江河在问，怎么了？喂？喂喂？杨四姐把手机掉在地上，龇牙咧嘴地捂肚子，一个劲儿喊疼。

木草吓出一身冷汗，小腿大腿一起开始哆嗦。她口齿都不清楚了，磕磕巴巴地说，四姨，四姨呀……你你……怎么了？别吓……唬我呀，没事……儿吧？

杨四姐支撑着勉强对木草说，赶紧打电话！给刘万军！我可能要生了。木草说，啊？啊？不是没到日子吗？怎么提前了，这可咋办啊？杨四姐说，你傻啊？我让你打电话。你痛快打呀！

木草手忙脚乱，脑子也不够使了。

木草捡起地上杨四姐的手机，给刘万军挂电话。刘万军几个手机都打不通。杨四姐已经疼得汗珠子往下掉。

木草哭了，说道，四姨呀，这可咋办啊？打不通刘万军电话。快，我们还是先上医院吧！江河又把电话打了过来问，木草，家里发生了什么事儿？四姐怎么了？木草哭着说，这回，你真的来帮我吧，我不知道怎么办。我四姨，我四姨要生了！江河说，什么什么？啊？她，她？生？！好好，我马上到！对了，你？你们住哪儿呀？电话里，木草把具体地址告诉了江河。

半个小时后，江河就开车来了。

江河终于又见到了木草，心里说不出啥滋味。木草依然是麻衣长辫，清淡如水的装束。江河的视线转向里屋，安慰几句赶紧张罗上医院。江河说，真巧了，幸亏今儿我离南站近，住在我家那边就没有这么快赶过来。木草说，谢谢你来帮我。江河说，现在不是说谢的时候，赶紧走，上医院！江河搀杨四姐下楼。木草噔噔地跟在后边，攥着四姨的手。杨四姐疼得鬼哭狼嚎，闭着眼睛一直叫，叫得木草心里没底。

总算到了医院，江河帮忙办好了手续。医生给做了检查，告知宝宝今明两天就要降生。木草抽空立即拨打刘万军的电话，打不通，然后，木草就急火火地给他发短信，要他速到医院。

杨四姐躺进产房待产。平时，杨四姐视木草为要命鬼，而如今，她感觉木草像她的保护神。她不让木草离开她半步，一疼起来，她就紧紧攥着木草的手，然后，疼痛就会减轻，就会过去。

等到夜里十一点半，刘万军才打电话过来，他说手机刚充完电，他跑了一趟承德，刚回来，正往医院这边儿赶呢，走到复兴门了。木草悬着的心总算落下一半。

杨四姐躺在床上忍着疼痛，担着心。她焦躁地等待孩子的父亲快点来，与她共渡这道鬼门关。躺在那儿，杨四姐很害怕，她怕遇到像姐姐一样的厄运。

刘万军满头大汗地跑进医院。

走廊里，见到江河在门外座椅上，刘万军心存感激。看得出来，刘万军还是显得紧张，不知道他是怕生产不顺利，还是担心万一生个女孩。

刘万军右手握着江河的手，左手拍了一下他的肩膀说，哥们儿，谢谢了。江河说，刘哥，不要客气，我正好赶上。你回来，我就踏实了。四姐在里面好像还没生。木草探头摆手，招呼刘万军可以进去。

护士给刘万军换上了衣服。刘万军走进去，一下攥住杨四姐的手说，四姐，我来了，没事儿的。忽然间，杨四姐叫得更厉害了。木草心疼四姨，不知道怎么帮她，急得直抹汗。随后，刘万军和木草都被请出产房。看样子，杨四姐快生了。

产房外面，焦虑的刘万军紧挨在门口探头探脑，但一无所获。江河坐着直舔发干的嘴唇。木草站着紧张得直咬自己的拳头。

折腾了三个多小时，孩子才出生，果然是个白胖的大儿子。刘万军乐哭了，哭得鼻涕泡都出来了。杨四姐脸上有泪有汗，她尝到了做母亲的幸福滋味。

产房里，刘万军给杨四姐沏着红糖水。木草给四姨扒着鸡蛋皮。杨四姐像饿狼一样，接过木草递给她的鸡蛋。这时的杨四姐感觉自己仿佛刚刚从战场上下来，死里逃生，又饿又渴又累。

江河探身瞧着婴儿床里的小孩儿，就那么笑呵呵的，他凝视着那张婴儿脸。

一会儿，木草也悄悄过来了，和江河一起看这个仿佛从天上掉下来的小孩儿。木草抚摸小孩儿的小手，她不敢相信，这么快，这个世界就又来了一条生命。经历了这件事儿，木草亲眼看到了四姨死里逃生，她本想抱抱四姨，可是，有刘万军鞍前马后的，她根本无法上前。也是啊，杨四姐这个时候最需要的是刘万军，而不是木草。

真也奇怪，木草在亲眼看杨四姐疼痛产子，再到抚摸这个新的生命后，对四姨以前和昨天对自己的挖苦和叫骂，瞬间，都化成了烟，散了。

木草心想，也许，是应了那句话，“所有的孩子会为母亲洗去一切污点”。不是吗？四姨只是一个被穷困损伤了道德和肉体的普通妇女。木草的眼睛又迅速湿润起来，她抹了眼角一下。

护士进来了，从婴儿床上把孩儿抱给杨四姐，让她练习给孩儿喂奶。护士说，瞧，多好的孩子，杨四姐，听我说，母亲的初乳是最好的，你要喂养她，现在就喂，我教你。

当着众人的面，杨四姐一点也没害羞，当然，她也很少害羞。她让孩子叼着她那膨胀得像大馒头的乳房。护士把三个红包从白大褂里掏出来说，这是你们家属给医生、护士的红包，我们不收，孩子也生完了，这时候还给你们最合适。好好给宝宝喂奶吧，注意休息。护士说完转身迈着轻盈的步子走了。

刘万军和杨四姐由衷地说着“辛苦啊，谢谢啊”之类的话。木草调皮地问杨四姐，四姨，你不是常说医生拿红包，律师都是吃完被告吃原告吗？杨四姐知道木草故意挤对自己，明明是在批评自己只看阴暗面，就说，傻犊子，滚一边去。这里没有，那全国就没有啊？我和孩子遇到好医院了，我们命好。杨四姐摸摸孩子的小手，继续骂木草，只是骂得不再像原来那样凶巴巴了。

江河看木草受了抢白，主动岔开话题，问，四姐，你家孩子叫什么名？刘万军说，我俩想了好几个名呢，没事就想。呵呵，四姐说叫啥就叫啥。刘万军笑得眼睛粘连在一起。刘万军看着儿子只是乐，不关心名字这种小事儿。

杨四姐躺在那儿，揽着孩子说，孩子是凌晨一点生的，就叫他刘一点。木草说，好！这个名字好啊，挺文艺的。杨四姐说，滚犊子吧，还没脸？你呀，啥都往那上扯！木草说，本来嘛，这名字起得有水平。江河说，对，我也觉得刘一点这个名儿好，好听，也好记。

刘万军一声声叫道，嘿，你是我儿子？嘿，儿子！刘一点！杨四姐躺在床上，看着那爷俩笑。

刘万军正沉浸在老年得子的狂喜之中，而一场惨烈的车祸，正悄悄逼近。

坏事就坏在万师傅身上，他竟然斗胆把刘万军跟杨四姐的事儿捅了出去，直接挑起潘新艳和杨四姐那场恶战。搞得车队队长刘万军前院后院都着了火，弄得乌烟瘴气，还害得潘新艳闹了一身病。介于这些不可饶恕的“罪行”，刘万军最近和他解约。之后，又找来一个新司机，叫亮子。

这天，小世界旅行社有一个50人的大团去内蒙古旅游，是滕飞操作的。滕飞给木草打电话让她带这个团。木草说四姨生了小孩儿，离不开她的照料。滕飞只好临时找了做兼职的在校大学生——梅梅。刘万军就派了新司机亮子开车。

新考过导游证的梅梅，一个团也没带过，周末就想实习一下，她自己也很向往大草原。

车上，梅梅只做了简单的介绍，强调了一些注意事项，就坐在车前方的导游专座上，熟悉旅游行程单。梅梅坐在前面，以为看美丽的大草原就像她手里的行程单，已经十拿九稳了，以为一切都会一步步履行，却怎么也不会想到，行程单上一个字都还没来得及履行，自己的生命已经走到尽头……

车子开了一个多小时，游客不耐烦了。

有好热闹的人说，导游，你给我们唱唱歌呗，你领头，我们大家出来玩需要导游活跃气氛啊。你担心我们不给小费啊？车里人逗笑说。梅梅站起来呵呵笑着说，我才不担心呢，我知道大家出来玩不差钱。

一个男的衣着气质像搞推销的头头，他大声嚷嚷说，小导！陪着游客聊聊天成吧？让我们高兴，也是导游的服务工作之一啊。怎么着，你也不能在前边一个人干坐，这么远的路呢，我们怎么过啊？对不对？你先来一段！

梅梅说，好，那我们就比赛唱歌。我们左边一队，右边一队，我先唱一首，然后，大家接着比赛好不好？车里人说，好！梅梅说，那我唱一首青蛙乐队的《因为有你》。那个像推销头头的男人说，好，你先唱个新歌，我跟你合唱一首《夫妻双双把家还》怎么样？

大家哄的一声又笑，笑得一发而不可收……

下午三点左右，大巴车行驶在开往内蒙古的207国道上。这里是双向单行道，宽约9米，两边有1米左右的路基护坡。偏赶上内蒙古地区突然下雨，可能是车辆前方突降暴雨，有一个小车不知怎么停在路边。司机亮子本能地来了个急刹车，当时路面上有散落的沙子，导致大巴车瞬间发生侧滑，车头扎向路边的护坡。瞬间，车辆侧翻，车顶被撕裂，车内游客被甩出大巴车。

司机亮子的脑袋被车头挤变了形，当场死亡。导游梅梅被甩出撞在一棵树的树干上，奄奄一息。

随后，当地警方和救援人员赶到现场。当医护人员抢救梅梅时，梅梅只存一丝微弱的气息，微笑着说，快去救他们，别管我，救……客人……先救那个老人……说完就闭上了眼睛。医护人员放下她，立即抢救其他游客。最后，有三名游客在送医院途中不幸身亡，另一名游客在医院里没抢救过来。很快，获救的其他伤者被送往锡林郭勒盟医院抢救。

这场车祸一共造成了6人死亡，30多人受伤，其中10人伤势严重，被转入ICU病房。

病房里，那个像推销头头的男人伤得最重，他老婆在边上守护。邻床的一个老人对家里人叨咕说，啊呀，发生车祸时，我正在闭目养神。突然就听到砰的一声巨响，然后，自己就被巨大的冲击撞到前座上，车窗的玻璃全都碎了，车头都被撞烂了，我的嘴唇爆裂，血哗哗淌。唉，可怜了那孩子梅梅啊，导游一个钟头前还给我们唱歌，组织大伙比赛。没想到，一眨眼工夫，就没有了，说没就没了……

老人说到这里，有点哽咽，说完，就轻轻地闭上了眼睛，依旧心有余悸。

尽管事发后，当地政府和卫生部门负责人赶到医院，表示将尽力救治伤者，但是由于当地医疗条件有限，到第二天晚上，北京999救护中心的急救车来内蒙古，转运这批危重受伤游客回北京医治。

死的死，伤的伤，引来了一群记者堵着小世界旅行社的大门。可那得海不见了踪影。刘万军接到这个消息，急得去找保险公司。

梅梅的父母赶到北京，找小世界旅行社理论。那得海以没有和梅梅签订劳动合同为由，拒不负责。这样一来，所有责任都推到肇事司机和车主身上。遭此大祸，刘万军吓蒙了。

记者和死者家人多次致电小世界旅行社，客服人员称领导不在，不好说。那得海对外没有任何说法，旅行社只留下滕飞在安慰找上门的死者家属。这下弄得旅行社上下乱糟糟的。

这场风波还没结束，另一场车祸接踵而来。

刘万军车队的朱师傅，就是长得像汤姆猫的那个大嘴司机，刚刚驾驶的旅游大巴在京藏高速南口下山处，与一辆大货车发生追尾。旅游车追撞在一辆山西拉煤的大货车上。车上共有51人，游客49名，导游是夏小凡。最后确认，朱师傅受重伤，下肢有截肢的危险。导游夏小凡当场遇难。游客中有8个受了伤，送进了医院。

夏小凡刚刚过完22岁生日，是家中的独生女，刚谈男朋友。痛失爱女，父母自然悲伤过度……

滕飞给那得海打电话商量，意思是先赔偿导游夏小凡和梅梅，给她们一些抚慰金。可那得海坚持说，按合同办事，只同意赔偿夏小凡，对于梅梅他不负责任，要她家人找肇事司机和刘万军。滕飞气得拍桌子。

听说小世界旅行社连续发生导游带团遇难事件，北京的一些导游自发组织，在出事第二天晚上八点半，来到中央电视塔下的湖边，集体为夏小凡和梅梅哀悼。大家呼吁导游业建立安全规范，保障导游从业人员的人身安全。

董晓冉望着河灯默默在那儿哭。这是继向小强后，她又一次无语而泣。

夏小凡是一个不爱说话的导游，自从她的室友——小世界旅行社的陈静依出家后，小夏便和董晓冉走得很近，还帮董晓冉照顾过患抑郁症的张淑英。导游里没人和夏小凡过不去，就连冷雪君和胡连成也不讨厌她，她是旅行社出了名的“温良恭俭让”的导游。所以，小世界旅行社的“破团”“烂团”总会分给她带。好不容易有个好团，在去八达岭的路上还丧了命……

这一次自发悼念，除了看守所里没宣判的米虎和生孩子的杨四姐之外，其他导游都到场了。冷雪君也过来了。记者周洪亮也跟来了。周洪亮对华蕾有种特殊的感情，从导游大赛那天认识就开始了。只是华蕾还没心思在意这个人。

滕飞是最后一个赶来的。导游们看旅行社经理滕飞来了，都一窝蜂似的围攻他，叫他给个说法。滕飞说，大家放心，关于两起车祸伤亡这事儿，一定会有个解决。我个人站在正义一边，我已经和我姐夫还有吴瑕闹翻了。我的股份撤出来，我拿出一部分抚慰逝者家属。我知道，钱买不回来一条鲜活的生命，但是可以告慰那些在天之灵，我要做我该做的。大家看看眼里全是血丝的滕飞，也就不说什么了。

滕飞站在那儿，心里充满无限愧疚。毕竟，是他组的团去内蒙古，他认为梅梅这个兼职大学生之死与自己有关。想起阳光漂亮的梅梅拿起行程单时那高兴的表情，滕飞心里如刀绞一般难受。

木草过来伸出手拍拍滕飞重叠下垂的手，滕飞的眼泪在眼眶里转。木草知道，这个时候，滕飞需要一只手的力量，他快支撑不住了。

木草说，你和旅行社其他领导不一样，你也别太自责。我理解你。滕飞的喉咙像被碾压一样难受，他沉重地说，如果你四姨没生孩子，也许出车祸的就是你了。太可怕了！人生处处面临意外。木草低头，不知道是该为自己幸免于难而高兴，还是该为逝去的生命而哭泣。

平时带团也打扮艳丽的冷雪君，今天一身素，卸了妆的她让人看了判若两人。用杨四姐的话说，卸了妆看她，长得真磕碜。

冷雪君蹲在河边，用手拿着一个树枝在写一个“离”字。此刻，冷雪君已经决定彻底离开旅游界。她害怕以后自己也会走上夏小凡的不归路，她更厌倦了那些男游客越来越对她小心眼儿，越来越抠门儿，这常常令她头疼。冷雪君觉得老外有素质，她想出国了，换一块土地去生活。

很晚很晚，一群赶来悼念的人才一个个沉重地从中央电视塔湖边离开。

京藏高速是地接团必经路线，导游们每次带团去八达岭景区，至少有四个小时都会随车行驶在这段高速路上。而此事正暴露了处于旅游链条中最底端的导游的安全问题。这个问题，董晓冉在导游大赛发言时还提到过。不承想，这么快就出事儿了，而且是在北京发生的第一例导游因安全事故死亡的事件。

夏小凡的死，在北京导游队伍中引起不小震动。北京警方迅速调查了京藏高速车祸的起因。各大报纸电台就此事件纷纷报道。至此，人们知道了北京导游、司机的一些现状。

事后，北京多名导游呼吁旅游管理单位调整导游座位，继而全国一片呼声。这下，问题更复杂了。不单单是旅游司机的问题，问题是中国旅游大巴车在设计的时候，仅在上下车过道有临时座位给导游坐。另外，在行程中，导游都是站在车前介绍景点，非常危险。一旦出了事故，导游会最先被甩出车外，全国已经发生多起这样的人间惨剧。

网上，许多人纷纷呼吁：在国外，每辆旅游大巴车都设有专门的导游座位，一般在司机身后的第一排，上面贴着明显的标志，而且有防护网。外国导游在行车过程中，不允许站着介绍景点。而北京乃至全国导游被要求站着讲解，导游们基本的人身安全得不到应有的保障……

一场场旅游事故弄得人心惶惶。导游的心也都寒了。一时间，北京一些导游暂时休假了。这场车祸同时也遭到了媒体的曝光。其中，周洪亮在《北京家家报》头条报道如下：

司机疲劳驾驶存隐患，车头压垮司机

据介绍，旅游司机疲劳驾驶，导致追尾的事故发生。而多位导游称，因高强度的工作，旅游巴士司机在驾驶途中疲劳驾驶很普遍。有关人士透露，很多旅行社找旅游车时，直接找旅游车公司的“车头儿”。

所谓“车头儿”，就是几辆或十几辆大巴车集中在一起，被一个人承包，集中出去揽活。旅行社与“车头儿”签协议，并且先挤压旅游车的用车费用。所以旅游车司机往往先出车，后拿钱。因此，为多完成任务，尽早拿到欠款，司机就会不顾疲惫，连续出车。

据记者了解，虽然北京旅游主管部门多次提出，旅行社要给导游上保险等待遇，但是旅行社执行得很差。到目前为止，我国没有相关的法律法规保证导游的权利。据相关人士透露，大部分导游处于一种流动状态，没有稳定的社会保障。

旅游诚可贵，生命价更高！不知旅游业内多年的病症何时能治愈……

小世界旅行社也面临各方的压力，那得海死扛着。他剜门子捣洞托关系，也去找曾经喝过酒的武领导、梁领导、叶领导。

保险公司有更坏的消息传来：亮子是外地人，他的驾驶证是伪造的。他只有开小车的资格。并且，亮子光棍一人，没有任何赔偿能力。保险公司对于无证驾驶造成的事故，没有任何担保责任。

刘万军的车队遭到了重创，他所有的家业卖掉，也不够赔偿死难家属的损失。

只几天光景，刘万军头发全白了，牙齿也连续掉了好几颗。杨四姐还在坐月子，她一着急一上火，没了奶水。刘一点吃不着母乳不停地啼哭。木草手忙脚乱地给孩子沏奶粉喝。

刘万军躺在床上唉声叹气。杨四姐接过木草手里的奶瓶，让木草去买点菜。木草出去了。

杨四姐看着刘万军的样子，就说，你瞅你那熊样，叹气有啥用？大不了，你以后替人开车，我继续干黑导游。活人还能让尿憋死咋地？刘万军说，法院快上门儿了，我不赔偿可能会坐牢。杨四姐一听坐牢俩字，看一眼刘万军，又看了看孩子，说道，想尽一切办法，也要把赔偿款给死难者家属。毕竟，人家命没了，谁家孩子谁不疼啊。唉，你也是，你说找新司机，怎么不考察好了再用？还有，那个小朱连续上团，开了一宿夜车从云台山赶回来，你怎么还叫他拉人去长城呢？刘万军嚷道，说这些还有用吗！半辈子心血经营的车队，这下全完了！小朱的医药费都够我受的，弄不好俩腿都得截肢。潘新艳这些日子也老跑医院。你说，这倒霉事咋都摊在我身上了？！

刘万军精神状态极差，和杨四姐也免不了发一阵牢骚。

把孩子安顿好，杨四姐下床，从包里拿出一张工行卡和农行卡递给刘万军，说，给你，别唉声叹气，差不离得了，你就再急也没有用。你拿着，这些年我攒的钱，一共是11万元，欠人家的给人家。杨四姐强作镇定，可手还是有点抖。

刘万军一脸惊诧，他意想不到杨四姐这个钱黑子会这样做！他愣住了。然后，呜呜哭。刘万军哭着说，四姐，我对不起你……我让你跟我遭罪上火了……

杨四姐说，咱俩干吗说这样的话，不用说这个。来北京我两眼一抹黑，是你一直照顾我，难道现在我眼看着你去坐牢？再说，我们都有儿子了，还有日子要过。你先拿回去，把事儿都处理完了再来吧。这段时间不用管我，有木草照顾我呢。我每个月在网上写的东西也能有点收入，眼下，够我和孩子吃饭就得了。

杨四姐说着说着，不禁抱着消瘦的刘万军骂了几句，敲打他两下，忍不住哭了一大阵儿。

刘万军说，四姐，你这么重情重义，对我的好，我下辈子也还不清。杨四姐说，净扯淡，还啥呀？在北京没有你，能有我今天吗？不说这些了。刘万军说，我得处理这堆事，现在就得走，你好好吃饭，照顾好孩子。杨四姐说，嗯哪。你回去吧，安排自己的事儿。你坚强点儿，我们一起渡过这个难关，以后就好了。杨四姐又嘱咐说，密码是你生日。

刘万军抱了抱儿子，亲亲杨四姐，出门走了。

木草买菜回来，故意放慢脚步，她想给刘万军和杨四姐留出时间。木草的身心都有点累了，她坐在小区外边的一大片空地上。那片空地还没开发，里面长满花花草草。这些天，木草一直在想，难道大自然要的就是杂草丛生、万木葱茏的气象吗？这世上真能有谁不为他人乱了步伐，瞎了节奏？木草看着远方，想起杨四姐、潘新艳、董晓冉、向小强、夏小凡、江河、滕飞、米虎、陈静依、冷雪君……他们多像眼前的玫瑰花和狗尾巴草啊！在她看来，玫瑰花和狗尾巴草，都是唯一的，它们来到世间，只为了成为它们自己。

木草看了看表，站起身，即刻，她感到了天地的辽阔与苍茫。

小世界旅行社出了这么多的事儿，不免人心惶惶。然而，财务主管袭鱼心情却格外好，是那种从没有过的好心情。袭鱼恋爱了。

袭鱼想用温馨的甜蜜，来取代亲情的冰冷。袭鱼急切地渴望爱情，渴望女儿暖暖和自己有个固定的家，不再像城市的两只流浪狗一样。袭鱼正期待着第三次婚姻。

在租来的公寓里，暖暖已经睡熟。袭鱼一边往脸上拍晚霜，一边坐在电脑前等待男友出现。袭鱼刚一上线，就看见袁幕给她的 QQ 留了言，上面写着：

夜已经很深了

窗外雨依然在下着

我习惯性地打开了电脑

心里总有一种期盼

希望能看见你的头像闪动起来

而后一个人静静地看着你的留言

伴着雨声默默地想你

我坐在电脑前静静地守候
默默地等待
我知道我在想你了
每次没见你来
心里常常会有一种说不出的失落和孤寂
若能看见你的留言
心中就有了一种快乐
我好明白这快乐就是能够等到你
可是无数次的等待却是无数次的失落
我依然习惯地去等你去想你
你知道吗
能见到你的时候
每次敲打着键盘
都想把想你的心情深深地融入我的字里行间
想给你最温馨的笑容
帮你卸去身心的疲惫
让键盘的跳动带给你欢乐和幸福
好想让时间停止
静静地拥有你
陶醉在你缠绵柔情的言语中
无法迈出网络变成现实
只想把最好的感觉留给你
我想让文字记下对你的那份感动和真实
把这最美的梦留住
当想你已是一种习惯时
虽然我们没有真实生活中的风花雪月、万种风情
可是想你和拥有你时的感觉

将会浪漫恒久

我们共同拥有着这份美丽

人的一生有很多很多值得留念的故事

会留下许多的牵挂和回忆

而我的牵挂就是你

虽然这很不真实

但认识你的感觉却是那么的牵动着我

每天静静地想你

默默地感受你的气息

虚拟的空间

真实的童话

虽然只是一时的感动和放纵

她也会是一个美丽的神话

不在乎天长地久

只珍惜曾经拥有她留下来的回忆

值得我一生去珍藏

想你已是一种习惯

开心时想你

累了倦了时也很想你

现在，我正在想你……

裘鱼根本不懂诗歌，她一直做财务工作，很少上网，更很少接触这文绉绉的东西。猛然间在QQ留言上看到，裘鱼为袁幕能给自己写爱情诗而惊喜，露出了幸福的笑。

袁幕上线了，给裘鱼发来一个拥抱的图标，紧跟着，又发了几段甜言蜜语：

牵挂是一种说不出的痛，但痛中有乐；牵挂是一种改不了的痴，但痴中有甜。

真正的牵挂是一种苦苦的忍耐，真正的牵挂是一种酸酸的无奈，无奈中更有一份切切的期盼……

有一个人牵挂着是幸福的，在心中牵挂着一个人是幸运的，牵挂你也许是我漫漫长久的一生，也许只是四季轮回中短暂的一季。

无论时间的长短，无论结果怎样，但此时这份挂念，却是真真切切地牵系着两颗心，挂念的滋味就是这般凄美，这么纯真。

人生如梦，梦中，我与你相遇、相知。从此，我便走进了相思的风雨中，走进了挂念的心房。

你的一言一行，已镌刻在我心中。初识时朋友般的叮咛，让我感到你的真诚，忙碌时的一句“你还好吗”让我倍感亲切。

世上最美的情是爱情，但除了爱情外，还有一份真挚的情——就是友情。

有时一句短短的问候，就是一份深深的怀念，有时一点小小的心意，就是一片浓浓的情意，有时一个轻轻的关注，就是一次甜甜的回忆。

夜幕下，星星的寂寞月知道，梦里的缠绵心知道，我的挂念你知道吗？我的祝福你听到了吗？ 牵挂的滋味，就是这样苦苦甜甜。挂念你的感觉，就是这样缠缠绵绵。牵挂你，直到永远永远……

裘鱼在QQ上给了袁幕一个笑脸图标，然后问他，你学什么专业？诗歌写得这么好？每一句都叫我喜欢。

袁幕说，上次都告诉你了，怎么还问？我是新闻专业毕业的，我没有干这行，毕业后进了一家搞地产的公司，做项目经理。

裘鱼说，我不懂诗歌啊，我是做财务工作的。

袁幕说，正好，我最不喜欢那些文绉绉的女人。你的工作很好，你一定踏实本分。

裘鱼说，我以前也没瞒你，我有一个女儿，你要想好，咱们再谈。

这时，暖暖起来上厕所，裘鱼起身离开电脑去给孩子开灯。

一刻钟以后，裘鱼又坐到桌前。

袁幕说，我早想好了，有女儿怕什么？我们还可以再要一个孩子啊，我这人很喜欢小孩的，我前妻不能生孩子，所以我们后来就分手了。

裘鱼说，我在北京没有住处，现在租房子，你会不会嫌弃我？

袁幕很快回复说，我有房子，女人需要自己有房子吗？这都是男人的事，男人要给女人安全感，那才是男人。

裘鱼说，我结了两次婚还没有得到过一丝安全感呢。

袁幕说，我可以给你。亲爱的，我们认识一个多月了，我们都在北京，难道你不想见面吗？我们见面后，如果可能的话，我们早点儿在一起吧，免得你我都单着。你还付房租干吗？住我这里，我们结婚吧。你说呢？明天你下班我们见一面好吗？我是认真的，我可不是外面那些不负责任随便找女人的人。

裘鱼在思考，要不要见面？她的心里既爱又怕。

刚说完这些紧扣心弦的话，袁幕接着又发来一大段话，摆在了裘鱼的眼前：

好想拨通你的电话，我不给你打电话，是因为我想你，

我给你打电话是因为我忍不住不想你。

爱一个人就是拨通电话时，

忽然不知道说什么好，

原来想听听你那熟悉的声音，不知道你是不是在忙着，

真正想拨通的只是自己心底的一根弦。

有一个能够思念的人，其实也是一种幸福。

爱，原来很容易，

就是轻轻把你放在心里，

爱，原来不容易，

就是无法走到你心里，你不觉得吗？

以后会怎么样我不知道，

但是我知道，今天，我爱你！

爱上你，只用了一秒，

忘记你，却用去了我一生的时间。

最高兴的事，

就是一个人的时候静静地想你！

这辈子最大的幸运就是认识你，

而最大的不幸却是不能拥有你，

可是你却不会遇到第二个像我这么爱你的人。

在错的时间遇上对的人是一场伤，
在对的时间遇上错的人是一声叹息，
在对的时间遇上对的人是一生的幸福，
你是幸福的吗?
如果爱你是错，我情愿一错再错。
选择你所爱的，然后爱你所选择的。
爱你，却不能与你长相厮守，这是一种痛苦，
等你却不知道结局，这是一种无奈，
但求此刻能拥有你，但求此生能与你在一起！
不再相见并不一定等于分离，
不再通信也不一定等于忘记，
因为你的幸福和快乐，会是我一直的期盼。
别把我忘了，请让我占据你心中唯一的地盘，好吗?
爱你，却要无欲无求，好难！
爱你却要偷偷摸摸，好累！
爱你却让自己心碎，好惨！
但竟然心甘情愿，好傻！
想起你，我的心就有说不出的痛，你是否知道?
很爱你，
才会怕明天一切都更改。
在乎你，
才会经不起任何小小的伤害。
如果有一天，当你想起有谁爱过你，
那其中一定有我一个，
如果有一天，没有人爱你了，
那一定是我死了。
有一些人，有些感情，

错过了一次，

也许就会错过这整整一生。

裘鱼已经不得不相信这个男人的真诚了。她被这些字字句句砸晕。想想前两个老公，裘鱼就痛苦不堪。更让她痛苦到极点的是，被弟弟和弟妹“请”出家门。在裘鱼身心憔悴不堪的时期，袁幕出现了。这是她熬到头了？是老天爷关照她了吗？裘鱼有些激动，眼睛里默默地流出泪水。然后，她趴在电脑前泣不成声。

袁幕看裘鱼好半天没反应，就说，如果你觉得时机不成熟，那我们以后再见面。

裘鱼擦完脸上的眼泪，迅速在键盘上敲出一行字：那我们明天见面吧，可以一起吃晚饭，但我八点之前必须回来接孩子，她那会儿上完英语班了。

聊到这个份儿上了，裘鱼也就同意了和袁幕在网上视频，但不说话，怕吵醒孩子。QQ 视频中，袁幕长得不帅，小眼睛，一笑的时候眼睛一条缝，但他打动了她。

袁幕有才华，有能力，有房子，这就是当下流行的说法，属于经济适用男。如此好的条件，竟然让她给碰上了！她暗自欢喜，自言自语。

一时间，裘鱼感叹互联网的伟大，做梦也想不到网络给自己带来个万千少女都追捧的优质男。裘鱼仿佛想要亲自证明，网恋，并不是电脑一关，显示器一黑，就死在主机里。

第二天，裘鱼和袁幕在一家饭店见面。

裘鱼发现，袁幕没有想象中那么高大英俊，但一眼看过去，就是一副成功人士的样子。他开了辆红色马自达轿车。

吃饭时，袁幕说，我常来这种饭店，进了这样的饭店，享受着饭店的优质服务，才能真正体会到成功的喜悦。袁幕边说边从包里拿出两枚印章，一枚是公司法人章，一枚是公章。法人章上面刻着他的名字。他说，很多人看到这枚公章，都会对他十分尊敬。接着，袁幕拿出身份证、学历证、离婚证……

裘鱼对袁幕所说的深信不疑。他不抽烟、不赌博，对女人很细心、很体贴，也很会照顾别人。裘鱼感觉坐在自己眼前的男人无可挑剔，就是一个三好男人。

饭桌上，袁幕细心地把新上的菜推到裘鱼那儿，劝她吃，裘鱼特有胃口。裘鱼很久没有这么开心了，也很久没有异性这么爱慕她了，她的心活蹦乱跳起来。

吃过饭，袁幕按时把裘鱼送回公寓，还特意给孩子带了一堆好吃的回去。回到家，裘鱼哄暖暖睡着后，赶紧习惯性地上网。她开始惦记他开车是否安全到家。

果然，袁幕在等她，袁幕在 QQ 上给了裘鱼一个拥抱和一个热吻。裘鱼也一样回复他。接着，袁幕又发爱情诗给裘鱼，再一次对裘鱼展开攻势：

我和你背对背开始往前走

我们说好

当我们走到第一百步的时候再回头

如果还能看到对方

我们就忘掉以前所有的不快乐

重新开始！

如果看不到彼此

就一直走下去

永远不要回头！

当我走出第一步

有一种叫悲哀的东西漫过心底

我们的爱情路只剩下九十九步

我们怎么走到了今天这一步？

曾几何时

我们一起在雨中漫步

衣服湿了也不觉得冷

曾几何时

我们在雪天里呼着热气吃冰激凌

当人们投来惊异的目光中

我们竟哈哈大笑

我已走过二十步

你呢?

我好想回头看看你

看看你是不是一样和我步履维艰!

你还记得吗?

你教我学电脑的时候跟我说过

编程时会遇上一种情况叫“死循环”

进去了就出不来

你说你对我的爱就是死循环

当时我很感动!

我走完五十步时

有个卖烤红薯的老头问我要不要红薯

我摇了摇头

他就推着车子走了!

为何他不再多和我讲几句话?

那样我便可以停留一会儿

不要再走下去

八十步已然在我身后

你是否也在想我们前段不愉快的日子?

我们为一点点小事天天争吵

不知为什么

我总是对着你哭

你便心乱如麻

烦躁不安!

然后

我们都无端地说出一些互相伤害的话

终于有一天你对我说

我们不能再这样下去了

长痛不如短痛
分手吧！
九十九步了
我艰难地抬起沉重的脚
迟迟不愿放下
我怕放下脚时
回头再也看不见你
我怕放下脚时
回头将永远失去你
我怕放下脚时
我从此再没有幸福可言
我怕
脚终于落下了
泪也顺颊而下
我不想回头也不愿回头
我控制不住自己
蹲下身痛哭起来！
突然，一双宽大的手抱住了我的双肩
我回过头看到了你
看到了你充满了深深自责和浓浓爱意的双眼！
我扑进你的怀里
哭着说：我不要再往下走了！
你把我紧紧抱住
轻轻抚摸我的长发，说
永远不会再让你一个人走，
其实我一直走在你身后，
一直在等你回头

裘鱼看完袁幕专门为自己写下的肺腑之言，不禁感动得双手捂脸痛哭。

一个被两个前夫抛弃，一个带着孩子被亲人赶出家门的女人，真的再也禁不住一个男人爱的诱惑！裘鱼自言自语地说，即使你在伪装，而我也只能听任你的哄骗了……

几天后，两人从网络恋爱走向现实恋爱，确立了关系。接下来的日子，袁幕对裘鱼体贴入微，袁幕常给裘鱼和她女儿买礼物，并承诺，要把裘鱼带给自己的父母看，还要娶她；并会把他在东城的一套房子拿来做婚房，而且把另一卧室给暖暖装修成儿童房。裘鱼感动得不得了。很快，袁幕让裘鱼退了原来租住的公寓，俩人像所有恋人一样，住在了一起。

这天，木草和杨四姐推着刘一点，在超市门口意外看见了裘鱼。

裘鱼给她们介绍说那人是自己老公。说了几句话，裘鱼着急，就提东西坐着车走了。杨四姐看见袁幕开一辆红色马自达，就对木草说，一个大男人开这颜色的车？可真有意思。看裘鱼美的，都成一朵花了，开个破车，有啥可嘚瑟的！杨四姐撇了撇嘴。

木草注意到车上布满洋娃娃的挂饰，就对杨四姐说，一个男人怎么会在车上弄这些洋娃娃？哦，我知道了，一定是给暖暖弄的。杨四姐说，那男的好像比裘鱼小。裘鱼显老。真是她男朋友？木草说，应该是。因为前几天暖暖告诉我说，她妈妈和一个叔叔好了，还搬到了新家里。暖暖还请我去和她一起玩呢。杨四姐说，那男的能看上裘鱼？真够邪的。

电话这时候响了，木草一接听，是董晓冉打来的。

董晓冉问木草，去不去看看已经以盗窃罪定罪的米虎，问她能不能找江河托托人，为向小强尽早讨个说法。一听去探视米虎，杨四姐去不方便，她就同意木草去看看。杨四姐说，米虎一定是被冤枉的，他不会做出那样的事儿。可这家伙怎么就承认了呢？杨四姐骂了一句，也不知道骂的是谁。

木草只好给江河发了短信，约他一起想办法，帮帮还在治病中的张淑英。

江河答应了。

裘鱼和袁幕甜蜜的日子刚过上一个月，袁幕就计划去外地出差。

这天晚上，暖暖睡着了。裘鱼和袁幕亲热了一番。过后，裘鱼就问袁幕，什么时候见你父母？咱俩什么时候结婚？袁幕躺在那儿，说道，快了，等我出差回来。回来马上有钱了，我们装修房子，我要给你一个风风光光的婚礼。裘鱼高兴地坐起来瞪着眼睛问，真的啊？袁幕说，当然，只有你才有这种让我娶的魅力。你的魅力是决定性的，让你男人我下决心娶你。说着，他捏住裘鱼长得最好的五官——鼻子。裘鱼乐晕了，说道，老公你太好了！裘鱼吻了袁幕一下，是最深情的吻。

袁幕看裘鱼正在兴头上，用手拍了一下自己脑门说，唉，最近公司遇到点麻烦。裘鱼忙问，什么麻烦？袁幕故意沉默，然后说，没事儿，睡吧。裘鱼说，不行，你必须告诉我什么麻烦，不然我睡不着觉。袁幕说，我不是负责项目吗，看好了一个挣钱的机会。不过，公司的资金周转不灵，缺点资金，怕让别人抢了先。唉，我本打算挣钱给你也买一辆车，你不是早就拿下驾驶证了吗，唉！缺60万元。

裘鱼立刻想到，小世界旅行社的滕曼，刚刚让她背着那得海准备出80万元。滕曼告诉她说，下个月要去国外看看留学的儿子……

马上，袁幕就对裘鱼说，老婆，你能利用在旅行社管财务的方便条件，为我办出一笔钱来，给周转一下，行不行？袁幕搂着裘鱼很着急的样子。

袁幕突然坐起来，说，宝贝，就几天，一周，肯定就能还上。真的，我不想失去这次机会。老婆，你知道吗，挣这份钱不能让公司其他人知道，一块肥肉谁不想得到。老婆，我以后就为咱们的小家赚钱。袁幕百般央求裘鱼。

起初，裘鱼对男友张口向自己公司借钱周转的行为还心存顾虑，觉得奇怪。怎么一个公司老板还要向女朋友的公司借钱？裘鱼虽然有些犹豫，但还是不愿意她爱的人着急。想想袁幕对她不错，而且两人都已经谈婚论嫁了，他遇到困难不就是自己遇到困难吗？何况，袁幕为她着想，而且说，就挪用一周。正好，滕曼要她准备出来的钱在她手里。滕曼说下个月用，这也不会耽误滕曼。就这样，裘鱼答应把60万元交给袁幕，为他排忧解难。

拿到那些钱的当天晚上，袁幕告诉裘鱼说，老婆，我买好了明天去甘肃的机票，当地要建一座商城，我去做这个建筑项目，一周后回来就操办结婚的事。你就好好在家等我。裘鱼恋恋不舍地说，那你注意安全，我等你回来……

第二天睡醒，袁幕就带着钱走了。

周日，裘鱼休息，她送孩子去英语班回来的路上，正好经过一家婚纱店，裘鱼想进里面转转。

无意中，裘鱼看见门口停着一辆红色马自达，开车的是个女的。不对啊！自己男友的车，怎么在这个女人手里？裘鱼敲窗质问，拦住她不让走。那女人从车里走出来说，这车是我妹妹的，怎么会是你男朋友的？笑话！裘鱼急了，问道，你妹妹和袁幕什么关系？怎么开我老公的车？那女的瞅瞅裘鱼，觉得这人不像精神有问题，她感觉很蹊跷，就赶快拨通了妹妹的电话，然后递给裘鱼。

裘鱼说，请问你是谁啊？和袁幕什么关系？那人理直气壮地回答，我是他女朋友。你是谁啊？你干吗拦住我姐不让走？那是我的车。裘鱼还以为对方开玩笑呢，又追问了一句，你是不是袁幕的妹妹？对方不高兴了，电话里异常激动，责问裘鱼，你搞什么搞？我们都要结婚了！神经病吧！裘鱼傻了，也向对方表明了身份，说自己也是袁幕的女朋友。

过了一会儿，车主来了。两个人见面后一对证，才知道，这车，本来就是这个张姓女孩的，并不属于袁幕。裘鱼这才知道，原来，袁幕同时和她俩交往。

一时慌了的小张告诉裘鱼，袁幕前天把车还给她的时候，从她那儿又借去8万块钱，还把小张的笔记本电脑给拿走了。俩女人同时拨打袁幕的电话，结果提示，这个号码不存在。小张打电话向警方报案。裘鱼瘫坐在地上。

三天后，袁幕在另一个女网友家中落网。

警方调查发现，袁幕今年36岁，真名叫方幕，怀柔人，曾经因为诈骗和盗窃坐牢，去年才刑满释放。他没什么经济来源，根本没有在开公司，连住房也是临时租住的。

袁幕交代，他服刑回来后，也找不到工作，苦思冥想后，想到的还是重操旧业——诈骗。袁幕在好几个知名征婚网站上都注册了寻找终身伴侣的信息，他想试试可不可以通过征婚找几个女人，弄点钱花。半年不到的时间，袁幕先后以这种方法骗了6个女人，共计200多万元。

民警说，袁幕之所以屡屡得手，受害者的轻信和纵容是最大原因。还有些受害者即便发觉被骗后，碍于面子，也不愿报警。这在一定程度上纵容了袁幕继续犯罪。

据袁幕自己交代，起先，是抱着玩一玩的心理和女人们“谈恋爱”，后来发现这些女人非常好骗，才一步步实施起诈骗的。袁幕骗来的巨款被自己用在购买高档奢侈品、吃喝玩乐和赌博上，已经挥霍一空。

记者周洪亮获得了在拘留所采访袁幕的机会。

周洪亮发现戴着手铐坐在自己面前的这个男人太平常了。在他以往的印象中，这类通过谈恋爱实施诈骗的犯罪分子，往往外形和口才“俱佳”，而相貌平平的袁幕跟“高富帅”相差甚远，怎能在短期内从多处骗得巨款？真是耐人寻味。

周洪亮问袁幕，你当时是怎样想到用这个方法骗女人的？袁幕低着头说，其实，一开始，我只是抱着试一试的想法，通过网络寻找另一半。可有的知道我犯过罪，就挤对我，鄙视我，甚至骂我，骂我没文化。后来，我就撒谎，抄来好多诗歌，就把网上那些被别人转发了无数次的诗歌转发给合适的目标。之后，连续有几个女孩子和我联系，我就想，看能不能搞点钱，不再相信有真爱。周洪亮又问袁幕，那你是怎样让那些女人相信你的？袁幕突然情绪激动想站起来，被民警按下。

接着，袁幕变态地叫喊道，活该！谁叫她们渴望找个归宿？谁叫她们净想好事？世上哪来那么多感动和关心？哪里有什么惊喜！记者，停，停，把你的机器关了，我不想再回答你的问话……

袁幕一副怒态，他倒像是一个被许多女人给诈骗了似的，充满仇恨。周洪亮深深地呼出一口气，起身结束了采访。

出租房里，裘鱼已经没有半点精力给暖暖做晚饭。暖暖自己泡了一碗方便面，然后端着慢慢地走，可方便面里的汤水还是洒在她那双小手上。暖暖咧咧嘴，忍着烫，不叫不喊，笑着给妈妈端过来。裘鱼只是个哭。

暖暖知道袁幕叔叔走了，一直没回来。但她不知道妈妈为什么突然变得不堪一击。看妈妈不吃不喝，暖暖就把电视打开，让妈妈看电视，想哄妈妈开心。电视上《北京新闻》恰在此时重播，正在报道袁幕被抓的消息，周洪亮采访的镜头一晃而过。

主持人播报说：警方提醒广大市民，网络征婚要谨慎，通过此事例，意在提醒广大网友们，网络交友征婚时一定要多个心眼，以防上当受骗，具体注意以下几点……

暖暖眨巴着眼睛，歪着脑袋问，妈妈，怎么办？袁幕叔叔是个骗子，以后，他不能当我爸爸了吗？暖暖刚放进嘴里的方便面给吐了出来。她吭哧了几声，咧着小嘴儿，憋不住哭了。

袭鱼放声大哭，顾不得孩子的感受。看妈妈见自己哭了，反倒哭得更伤心了，她就跑去把电视关了。暖暖过来给袭鱼擦着眼泪，哄妈妈。她说，妈，今天我们李老师讲了一个故事，妈，咱俩不看电视了，我给你讲故事好不好？你别哭了，妈妈……

袭鱼的心肌一阵绞痛，她不知道以后还能不能听女儿讲故事，女儿将来怎么办……

暖暖说，妈妈，你听着，我讲了。李老师说，在通往寺院的山路，特别特别不好走。一个气喘吁吁的朝圣者，看到一个小女孩背着一个小男孩从旁走过，就同情地说，孩子啊，你一定很疲惫吧，背那么重一个小孩。小女孩听完后不高兴了，就瞪了他一眼，说，你背的是重量，但我背的不是重量，他是我弟弟！背着弟弟不是负担，是爱。爱是一种喜悦的关怀和无求的付出。

讲完，暖暖又补充说，最后一句是老师告诉我们的。妈，我讲得好不？故事里的字儿我不会写，我就会背着说。妈妈，"喜悦的关怀"和"无求的付出"这词究竟是啥意思？袭鱼一句话也说不出来。袭鱼想起自己的弟弟，曾经也被她背过的小男孩。

天真的暖暖只知道袁幕叔叔被抓起来了，她还不知道妈妈挪用了公款，也将要坐牢。暖暖倚靠着袭鱼。袭鱼抓着暖暖的小手揉搓着，哽咽起来。袭鱼一字一句地说，女儿很棒，讲得也好，你长大不要像妈妈这样，这样……袭鱼不往下说了，她知道，不能和暖暖讲这些，暖暖还太小。孤独无助的袭鱼突然紧紧抱住女儿。她的泪水再一次倾泻而出，接着，泪水把她的心淹死了。

天刚蒙蒙亮，袭鱼就给暖暖做好了一顿像样的饭菜。

一夜没睡的袭鱼在房间里乱转，她想买些安眠药吃下去，可看看床上睡得香甜的女儿，她又退怯了，她实在舍不得留下一个没人疼爱的孩子。袭鱼的心头像被开水烫伤一样焦灼。她扯了扯头发，按了几下太阳穴。多年的孤寂，已经让她养成了自言自语的习惯。一个人站在阳台上，裘鱼自言自语地说，一闪而过的念头并不都是美好啊，唉，有些甚至有毒，可恨的是，我的弱点让我明知如此，却宁愿……

木草和董晓冉看到《北京新闻》报道，相约一起来看裘鱼。进门之前，她俩还不知道裘鱼被骗了那么多钱，还挪用了公款。

暖暖给木草开门，一下子她就扑到木草怀里。然后，蔫不唧儿地看着木草。

裘鱼让暖暖去另一个屋玩一会儿，告诉暖暖自己有话和木草她们说。暖暖答应着，却走出去悄悄在门口偷听。

裘鱼说，我没法活下去了，小世界旅行社的60万元让我给了袁幕，现在，滕曼还不知道我挪用公款的事儿。这些钱，我下辈子也还不起啊！我，我都不想活了，只是暖暖没人照顾，我家里人不喜欢这个孩子，我如果死了，没办法，还是得把孩子送到他们身边去……

暖暖听到这儿，大哭，跌跌撞撞地跑进来，死死搂着裘鱼不撒手。暖暖哭着说，我不让妈妈死！不让妈妈死！我不去姥姥舅舅家！妈妈，我不要去……

木草靠近裘鱼，搂着她的肩膀说，大姐，这不是办法，你要去自首。哪怕坐牢10年、20年，你出来，暖暖还有你在。她从小没有父爱，难道你还想让她失去母爱吗？董晓冉也说，是啊，大姐，我和木草一个观点，你明天就去自首吧；裘鱼姐，你放心，我来照顾暖暖，保证让她好好的。木草说，那不行，你还要照顾向小强的母亲，你已经够累了，暖暖就交给我吧，我能照顾暖暖；裘鱼姐，我们会一直等你回来接她。

董晓冉和木草的及时安慰，让裘鱼渐渐冷静下来。木草看看裘鱼，瞅瞅拉着她不放的暖暖，想到四姨，她心里就七上八下的。

第二天中午，裘鱼把暖暖托付给她最信任的木草，投案自首了。进去的第一个晚上，裘鱼坐着、站着、躺着，怎么都是想女儿暖暖。然后，她想起她三十年走过的路。裘鱼已经深刻地觉察到，她实在是一个孤寂的旅客，无家可归的苦闷一直让她痛苦着。这种痛苦几乎从没间断，即使她睡着的时候，她的痛苦也都醒着。

木草把暖暖带回来，还带回暖暖的衣物。

虽然同情裘鱼，但杨四姐还是把木草叫到另一个房间，杨四姐用脚踢上门。

她伸着食指点点木草，说道，你呀，你呀，破车好揽载！你连金刚钻儿都没有，你揽什么瓷器活？！领个半大孩子？这？这叫怎么回事儿？你能耐大了咋地？咱自己家里还一摊子事儿没解决呢！我都够闹心了，刘一点他爸好几天抓不着影，那个老鬼也不知道处理完他的事没。哎呀妈呀，你又领回这么一个来。唉，傻犊子呀，你净给我添堵！你说，你领个孩子还带团不？还咋挣钱？没心没肺啊？木草搓着手指，显得很无奈。

想了一会儿，木草说，四姨，我，我看暖暖没父爱，她妈又那啥了，所以，我就带来了，没来得及和你商量。杨四姐说，商量个屁！你啥事和我商量过？你哪一次不是先斩后奏？你说，你想过以后吗？这孩子以后上学怎么办？马上上一年级了，你能给她找学校交学费咋地？她妈不定判多少年呢，你咋带她？木草说，我看看能不能换其他工作，更适合我的，这样就可以照顾她了。杨四姐生气地说，啥？你想起一出是一出！那咋地，这回又不写小说，不当作家啦？要当慈善家了是吧？木草闷头说，写，我还是要继续写，只要我活着。

杨四姐看木草那憨厚呆傻的样儿，她不禁又想起木草刚下火车，到北京站的情景，她气乐了。

乐完，杨四姐又说，哎，你写那堆破玩意，杂志社也不给你发表，发网上也不挣钱，你说图啥吧？哎呀妈呀，我真弄不懂你整天想啥。木草说，我整天在想把小说写好，写出好作品，对读者有价值就行了，管它发表不发表。杨四姐说，你有种，行了吧？你呀不该姓“木”，你应该姓“花”，你满肚子是“花”，可就是开不了。木草被这个在别人眼里是泼妇，在自己眼里是巧妇的四姨说得憋不住笑了，笑到透不过气。

杨四姐说，你还有脸笑？你说你好好跟滕飞多踏实，也稳定。木草不表态，也不说话。杨四姐说，又哑巴了？烦死了，没工夫理你这号傻瓜，我上网和我粉丝聊一会儿去，真烦！去，你给我瞅着点孩子，看他睡醒了没。木草答应着，叫暖暖一起看看小弟弟。暖暖摇晃着小辫子跑在木草前头。

时间过得很快，转眼又过去了两周。

杨四姐等不到刘万军来，也没电话，她等得有些着急了。杨四姐绷不住，又给刘万军打电话，不料，这次却是潘新艳接的。

潘新艳没好气地说，你找他干吗？你弄得我们家破人亡，还不善罢甘休？杨四姐说，谁破坏谁还不一定呢，我问你，你是不是把他关起来不让他找我？告诉你吧，你别想阻拦他跟我和儿子的感情。潘新艳说，放屁！现在他动弹不了，是我天天伺候他呢。杨四姐说，你啥意思？他怎么动不了了？潘新艳说，不信你就来家看看，我们被你给彻底毁了，你这小妖精！潘新艳骂完，挂了电话。

一番对骂，让生产不久的杨四姐手脚冰凉，她让木草给她照看孩子，慌里慌张地截了一辆出租车，穿着那身有奶渍的破裙子，就奔了昌平刘万军家。

潘新艳给杨四姐开大门的那一刻，杨四姐看见了她的对手潘新艳。杨四姐见面前站立的这个人，十分消瘦，由原来的黄脸婆变成了黄脸皮，没有了一点女人的生色。与此同时，杨四姐嗅到了一种不祥的味道。

杨四姐和潘新艳交过手，时至今日，俩女人也都累了，再加上潘新艳身体很差，杨四姐来时想回骂她一句“老妖精”的念头打消了。潘新艳虽然给杨四姐脸子看，但还是让杨四姐进来了。

杨四姐急着问，刘万军怎么了？潘新艳说，车队出事以后天天喝酒，这不，前几天住院了，得了中风，嘴歪眼斜。说着，听着，走着，杨四姐已经迈进刘万军卧室的门。

刘万军坐在那儿，整个人变了模样。杨四姐不敢相信坐着的人是刘万军。杨四姐叫他，刘万军，你，你怎么了？你不管我和儿子了吗？杨四姐咧着嘴哭。刘万军的头不停地晃动着，手也在哆嗦，示意杨四姐坐在他身边。杨四姐攥着刘万军的手问，你究竟怎么了？刘万军说话很费劲，潘新艳站一边给翻译。

潘新艳说，家产、车都卖掉还账了，他一着急上火再喝点酒，自己一个人在房间开着电风扇和空调，睡一觉醒了就成这样了。我跟他净操心受累了，临死了还得伺候他，真是欠他的。你这个没良心的！心里却想着别人！我到头来还得给你当保姆……

潘新艳叨咕叨咕也哭叫一通。

刘万军比画问，儿子刘一点好不好。希望杨四姐好好养大他。杨四姐拉着刘万军对潘新艳说，你别嫌弃他了，让他跟我走。我们已经有了儿子，我伺候他。

潘新艳拦着说，你带他走算怎么回事？他上有老下有小的。你看到他这样也该死心了吧？你这回该干吗干吗吧。杨四姐说，我死什么心？他啥样我都爱他要他！我警告你，你别总是拿那种眼光看我们外地人！潘新艳好像和刘万军都商量好了一样，说，你走吧，他不会再跟你。不信，你自己问问他。我给你们腾地方，让他自个说怎么办。潘新艳摔上门，出去了。

杨四姐用手抬起刘万军的脸，说，跟我过吧，我带团能养活你和孩子。我爱你。刘万军摇摇头，含糊不清地说，我都这样了，已经没有心情再爱你。你走你自己的路吧。杨四姐简直不敢相信这辈子能听到刘万军说出这样的话！她像往常一样去拉刘万军的手。刘万军却把手抽了回去。

杨四姐蒙了，无法接受眼前的一切。难道一场变故，一场病痛，就彻底改变了一个人吗？！杨四姐哭着摇晃刘万军说，我爱你，宝贝，你别说这种话，我心里多难过啊……

此刻，在这座宅院里，对视的两个人，正在面对他们的现实。当他们有幸遇到了真爱，是选择“死亡”还是“逃亡”？摆在刘万军和杨四姐这两个人面前的，实在是个两难的课题。选择“死亡”让爱永生？选择“逃亡”避免伤人？但杨四姐怎能甘心？杨四姐盯着刘万军等他的答案。

刘万军的头摆动着说，我们还是分开吧，我父母现在身体也不是太好，都八十多了。杨四姐说，我知道啊。刘万军说，以后你就别来了，我现在身体这样，就是越安稳越好，我的身体条件不允许我再爱你了。杨四姐问，为什么？为什么？杨四姐摇晃眼前的男人。

刘万军继续说，这段时间有两个问题一直困扰我，一个是我自己的问题，身体状况越来越差，我不能毫不负责地放任自己了。另一个就是，我们全家不想再提到你和孩子。尤其是我老母亲，一提到你，她就反应强烈，血压就高。这段时间，我感到很孤独，而你把心思放在孩子身上。你做得也没错，只是每个人的精力都有限，我们之间这段儿几乎成了空白。

不想再听刘万军说这些，杨四姐骂道，成了空白？你？你混蛋！我是让你回来安排赔偿问题的，我没有不想你，你？你活一世，终归不是男人！刘万军抖着说，什么是男人？说假话是男人？抛弃父亲、母亲是男人？无条件妥协是男人？不负责任糊弄一天是一天，快乐一时是一时，这是男人？

杨四姐听傻了。这还是原来的刘万军吗？他怎么会说这种话指责别人？她一直爱的是这样一个人？杨四姐彻底被搞蒙了。

没别的招儿，最后杨四姐抹着眼泪问刘万军，你原来的豪言壮语呢？你不是说爱的是我吗？让我等你不嫁给别人吗？刘万军突然睁大眼睛说，我现在离不开我的家了呀，我分文没有，这才是我养老的地方。我自己都这样了，顾不了孩子。你还年轻，把他带大吧。我不能再管你，不可能了……

要是以前，杨四姐会举手抬脚踢打刘万军，但是今天，她的手再也举不起来。

潘新艳进来了，杨四姐悲凉地跑回出租车，让司机开车走。出租车呜呜地行驶在京藏高速上。杨四姐的乳房胀大，滋滋地流出奶水来。她这才意识到，她儿子刘一点在家等她。

司机的车里响起那首歌《离不开你》，歌中唱道：我俩太不公平，爱和恨全由你操纵，可今天我已离不开你，不管你爱不爱我……

这一刻，杨四姐的眼泪飞溅。

小世界旅行社终于走到内忧外患的一步，曾经的人们也各有各的归宿。

滕曼和儿子出国定居。滕飞也离开了那得海。那得海身边只剩下吴瑕还忠心耿耿地跟着他。财务主管裘鱼坐牢。老导游冷雪君厌倦了中国男人，在机场认识了一个老外，不久便随他出国了。胡连成像乌龟一样，缩着头，离开了小世界旅行社，不知去向。董晓冉被那得海炒了鱿鱼以后，去了同学华蕾所在的白鹭旅行社带团。滕飞和朋友新注册了一家旅行社。米虎不愿意说出真相，往死了瞒着，他宁愿在监狱里反省，也不出来……

旅游局执法大队等各个部门紧锣密鼓地追查旅行社以及一些业内人士的违法违规行为，许多事情还在调查之中。

在此期间，没办法，那得海四处活动，去找曾经收过他礼、喝过他酒的旅游局的人，不料，那些人躲他像躲瘟疫一样，一些相关人员甚至已经被双规。那得海继续死扛，仍然在做着垂死挣扎……

一个月之后，在北京，就在导游队伍中，成立了一个专门的组织——首都导游协会。

今天，是个不同寻常的日子。在团结湖公园里，聚集了三百多名导游。木草和董晓冉都在，大家是来开会的。会上，导游们正在进行激烈的、平等的、自由的、友好的、和谐的大讨论。

其中，一个叫车行的导游说，做导游太受气，我们拿提成全国人都看到了，可我们的保障谁又关注过？所有的企业，国家都强制性地要求给员工交保险，五险一金。买房有住房公积金，怀孕有生育险，病了有一部分医疗费用可以报销。而我们，却是一个“三不管地带”。政府不管，社会不理，旅行社更不花这个钱，叫导游怎么办？

另一个新导游说，我天天坐在最危险的副驾驶座位上，生命都有危险，完了还被人指指点点，要我说，社会欠导游一个说法。

一个叫李媛的导游说，旅游旺季一来，宾馆就爆满，一天的行程下来，晚上导游和司机就要住宾馆里，宾馆和旅行社是有协议的，预定游客房间时，能免费提供一间客房给导游和司机住。问题就来了，司机往往是男的，而导游很多时候是女的，可宾馆只提供一间房怎么办？那就只好男司机和女导游住在一起喽，唉，你说影响能好得了吗？可是导游们没办法，为了生存，有的也就啥事都干。

一个叫王殿的导游说，是啊，大家都是出来赚钱的，谁不想多赚点呢？所以有的女导游就趁晚上和司机一起住的时候，勾引司机，而司机经常在外开车，也会寂寞，所以就乱睡。

一个年长的老导游说，唉，有些导游生活很糜烂，空闲的时候就去酒吧，甚至吃摇头丸，习以为常。而且，到了淡季就是很多导游去医院打胎最集中的时候，女导游甚至都不知道这个孩子是哪个司机、哪个游客种下的。

导游车行又说，在旅游景点碰一起，经常会有这样的现象，两个女导游打个招呼，翘着二郎腿互相点上烟一起抽，有的导游和司机当着游客面，就说脏话，打情骂俏。这都啥风气了？

坐在木草旁边的一个导游说，你们说的，我坚决反对！胡搞胡闹的导游毕竟是少数！不许你们以偏概全！

还有人说，我们导游啊，恐怕你累死、晒死、气死、饿死都没人心疼你、理解你。我们得不到尊重，恐怕连小小的怜悯都没有，我就被男游客骂过，想想就寒心！

董晓冉听大家说完，拍了一下手，讲道，大家说的这些，我也亲眼见过和亲身经历过，可是，正所谓干一行爱一行，我们要始终坚守岗位，热爱旅游行业。正是因为我们热爱这个行业，才不想它继续错下去，对不对？那我们怎么办？我们今天就成立一个首都导游协会！

大家激动地鼓掌，表示愿意参加这个组织。

董晓冉宣布，请协会发起人之一滕飞讲话！

滕飞走到中间说：

“目前，据我了解，全国已经有多个省、自治区有导游行业组织，如华东6省都有，东北、华中、西南、西北也有，浙江和福建是既有省级又有市级导游协会组织的两个省级行政区。但包括北京在内的4个直辖市和华北地区好像还没有。”

有人应和说，对，咱北京没有！

“首都导游这么多，我们要成立自己的导游协会。为什么要建立这个协会呢？就是为了维护导游的合法利益，妥善处理导游与旅游企业，与旅游行政主管部门之间的关系。”

大家注视着滕飞。

“成立协会以后，在北京就有了这么一个组织，肩负着引领导游队伍，树立良好形象的重任。负责人没有薪酬，但不会有怨言。我们将勇敢地面对误解和压力，带领导游们一起努力，艰辛前行，更好地为游客服务！当然，我们还有一个共同的目标，那就是希望‘首都导游协会’能给所有北京导游带来归属感！”

导游们鼓掌，一片叫好声。

滕飞接着讲：

“目前在全国各地区的导游协会中，会员规模和会费标准差异挺大的。导游协会组织的会员数，从20人到6000人不等，人均年交纳会费，从20元到300元不等。一般经费来源大致是会员会费，也有不收会费的，极少数地区有企业赞助拨款。组织管理上，一般为导游自主管理、主管机构指导。听说，慢慢都是政府建设并管理。

“大家听清楚，我们首都导游协会不收会费，暂时是导游自己管理。我们团结起来，为了更好地把自己的工作做到位，我们一起努力。我非常感谢大家的信任，我会带好头，做好各项工作。

“虽然我是一个旅行社经理，但我也是有导游证的，是导游队伍中的一员，我知道自己真正的位置。我郑重承诺，我的旅行社只做品质团，并且会坚持到底。旅行社虽说刚刚起步，很艰难，但是我相信旅游业会越来越好！

“真的，有一天，游客觉悟了，他们都会参加品质团。到了那个时候，各种矛盾会逐渐消失，大家的收入也会更有保障！”

底下的人鼓掌，嚷嚷着，没错！没错！

滕飞接着补充道：“好，下面，就请大家选出的副会长——董晓冉，来说说我们首都导游协会的功能和作用，掌声欢迎！”

董晓冉在掌声中向大家宣读：

“首都导游协会主要是服务会员，组织开展培训、研讨和交流，包括组织会员开展室内和户外的集体联谊活动。通过建立导游个人档案，为导游、旅行社，提供就业信息和中介服务。建立导游网络平台，开通导游年审网上培训平台，方便导游年审，包括传达、学习并协助贯彻执行国家政策、法规，协助旅游主管部门开展旅游形象宣传。

“我们要起到自律规范作用。我们订立导游行规公约，并配合旅游主管部门规范导游服务，打造行业自律，树立导游风向标。同时，也要为导游积极争取合法权益。我们协会将要发起‘全球诚信旅游，首都导游诚信自律’的倡议行动。号召全市导游不断提高自己的知识水平和带团技能。严格遵守《导游人员管理条例》和《导游服务质量标准》，规范导游服务行为。更好地提升首都旅游形象。今后，凡协会成员都要起带头作用，必须从自身做起！”

大家掌声雷动。

“协会每月都将举办一次主题沙龙，来提升业务知识和职业道德素养，给会员提供一个互相交流学习的机会。导游协会每年还会自发开展许多爱心公益活动，倡议大家保护环境，爱护北京，努力做到爱国、创新、包容、厚德。最后，请大家相信，我们这个组织会做得更好！谢谢各位导游！”

董晓冉代表协会发起的倡议，赢得现场导游的拥护。

会上，滕飞接着补充道：

“虽然导游在现阶段是一个弱势群体，但是这个社会需要我们帮助的人还有很多。在自己能力范围内，帮助别人是每个人都应该做的事情。我们要互相帮助，主动帮助需要我们帮助的人，当然，我们也将接受别人的帮助。

“今后，将会有更多的律师朋友义务做导游的法律咨询，有更多的医生义务做我们的心理咨询师，定期免费为导游开展舒缓压力的讲座。”

底下人连叫，好！好！太好了！

“请大家一定要相信，你对这个社会付出什么，这个社会就会给你回馈什么！刚才，大家也听说了导游小夏和梅梅，还有向小强的死亡事故，我们首都导游协会一定会帮助死者家属讨个说法！”

导游们听完，情绪高涨起来。

接下来，发言的是华蕾。她提出一个实质性的问题：

“首都导游协会属于社会组织，公益性非常明显。既然不是面对企业的协会，导游们又不是资金充裕的人，协会经费有可能是最大的困难。希望导游们自己做自己协会的主人，需要有责任感、使命感。”

随后，华蕾号召道：“导游协会绝不能成为营利性机构，所以，成立导游协会，还需要政府相关部门与旅游企业的共同帮助。下一步，协会也许会走得异常艰难。但是，希望大家团结起来，共同努力，为了钟爱的旅游业！”

掌声过后，轮到木草发言。

木草有备而来，此时的她多了几分从容和成熟。终于，她又有了走上讲台的感觉。

木草说，我们大家可以发挥自身的作用，比如滕飞的旅行社，还有华蕾所在的白鹭旅行社，应该首先做品质团，哪怕最初不盈利，但也要开一个北京先河，让所有游客能看到希望。不管以后我做不做导游，我都永远支持导游协会。我爱这个组织。我只想说一点，咱们首都导游协会要成为一个组织，一个讲诚信的组织，应该有服务意识，有传播真善美的使命感和责任感。导游协会是一个团队，不能是一个团伙！将来，不管协会发展壮大到什么程度，也不要改变我们成立导游协会的初衷。总之一句话，我们成立导游协会，不能基于一时一地乃至一个派别或一个团伙的价值和意义！

滕飞带头鼓掌，大家赞同木草的说法。

华蕾又补充说，告诉大家一个好消息，我们老总的儿子周小军马上就要回国接管白鹭旅行社，希望他能带来崭新的管理理念。我们社欢迎更多的导游加入！

董晓冉说，我最后强调一下，首都导游协会所有会员，必须遵守会员守则，像胡连成这样的导游，我们坚决不允许他入会！还有一些有损导游形象的，我们也拒绝他们入会。这，绝不是我们不包容。以后，我还想带团之余，从事导游管理的教学。我希望，我带出来的新导游，不要被恶劣的歪风带坏！不要被变质的客人欺辱！不要被恶意的炒作抹杀！我不希望再出现向小强这样的故事，再不想有伤心的人，像我一样，在半夜里痛哭！

说完，董晓冉依旧激动不已。

会议接近尾声。导游们踊跃发言后，滕飞建议入会导游有个划分，也便于管理。

华蕾首先提出自己的想法。她说，首都导游是北京旅游行业的窗口，也是门面，那么就在老北京城城门上做文章。

滕飞建议说，北京城的城门自古就有“里九外七”之说，里城有9座城门，分别为：西直门、阜成门、宣武门、正阳门、崇文门、朝阳门、东直门、安定门、德胜门。外城有7座门，俗称：西便门、广安门、右安门、永定门、广渠门、左安门、东便门。那么，不如这样，就按照导游们的住处划分，分为16门好不好？大家举手，最后导游们全票通过这个决议。

在分完16门之后，有的导游问，会长啊，我家是住郊区的，归哪个门？

董晓冉想到了米虎的意愿，他曾经建议以金庸小说中的大侠命名。董晓冉说，如果住在这些门之外的导游，也按照方位划分，再分四派，南部郊区的为一派，叫南帝，北部郊区的叫北丐，东部郊区的叫东邪，西部郊区的叫西毒。

这时，有一个普通话说得不太好的导游问，那我们家在西藏、山西、山东等外地来北京当导游的叫什么呢？

滕飞说，按地区分别叫：藏边五丑、西山一窟鬼 、全真七子、江南七怪、黄河四鬼……

大家七嘴八舌地议论开了，这些有趣味的划分，逗得在场的导游开怀大笑。

大会最后，所有与会人员一起宣誓，一同发出一个声音：我们只是平民阶层中辛苦的导游，我们为自己奔走在城市景区里给人们传播旅游知识的职责感到崇高！

散会后，走在回去的路上，董晓冉的意志变得更加坚定有力。她内心只有一个信念：把导游协会建设好。董晓冉在想，这也应是一个找回灵魂的过程。滕飞已经做好了心理准备，即使在充满希望的时候，也要接受可能的悲惨现实……

江河一直在等木草散会。他约木草就近在团结湖外面一家饭店吃晚饭。

木草邀董晓冉他们一起去，可董晓冉要去机场接男朋友沈良，沈良将要调到北京工作了。其他人也都各自有事，没有和木草一起到饭店吃饭。

自从那年那事到现在，江河与木草还是第一次一起坐下来吃饭。今天的他们，俨然是一对平昔之交的老朋友。

桌旁的江河手里把弄着木草送他的《温暖田园》。木草惊喜地问，这？你还留着？江河托起它，点点头，继续欣赏当年木草用靰鞡草编制的《温暖田园》，说道，当然。手造之物中，有最深的关怀和感动。这个，能表现出编制者内在精神气质和独具匠心。你的手工艺品敬天、惜物、爱人，上面不仅有青春岁月留下的纯洁，还有温厚。能把人从无限贪婪的欲望中解脱出来，真正回归到平和自然。

江河讲得木草眼泪汪汪了。木草能看出来，江河眼里不再是过去的那种眼神，这让她很自在。

也是奇怪，江河自己都纳闷，他常常心里充满焦灼和惶恐，可一看见木草就有了一种暂时的安宁。江河眼里泛着慈爱的光芒，这种光芒恰恰是木草从小缺失的。

江河说，木草，你感觉到了吗？我从心里真的把你当女儿了。以后，我每隔一周问你一次，问你有没有需要我为你做点什么的。木草奇怪地问，为什么？我怎么会有那么多难处呢？我相信自己有能力解决。江河说，不是这个意思。求你一定要找我帮助你，算是你在帮我。木草听愣怔了，问，为什么？江河说，因为这样，我才能知道我是谁，我才能心里踏实。知道吗？我感觉自己以前做了许多坏事，可能没人揭发我，政府也没有查出我的问题，可问题是，我自己越来越不安。对于自己，我要赎罪，可我找不着赎罪的对象，以前……

江河停了，没有再往下说。因为木草示意他就此打住。

木草低头说，没事了，你不就那个时候对我……后来也没什么呀，我也没……干吗说得这么严重？木草不想再提过去，就给自己和江河倒满了玉米汁，建议俩人喝一口。江河说，你呀，就是善良。真的，这世界上，只有你是我可以坦诚面对的人。我什么都可以向你交代，我心甘情愿得到你的惩罚；否则，我会良心不安。真的，即使坐牢，都不能比得到你的惩罚，更让我卸下心里的罪孽。

木草眨巴着葡萄一般的眼睛，微微一笑，说，你别这样说，言重了。其实，我只是觉得，人可能会犯错，就像我四姨，但是，只要能真心忏悔，别再去伤害别人，多关心身边的人，帮助需要帮助的人，这就行。我一直渴望人活着的地方能成为天堂。江河连续地问，天堂？人活着的地方？木草说，嗯。你知道天堂和地狱有啥区别吗？

江河看她一眼说，我想听你的答案。

木草拿起汤勺看了看，然后，她微笑着又说，我给你讲一个好听的故事。江河点点头，抱着自己的胳膊，坐在那儿专心地听，像个认真听讲的学生。江河喜欢木草给她上课，不知不觉就喜欢，或许是从第一次就开始了的。

木草认真地讲起来：

“这是一个天堂和地狱的故事。在地狱里面，屋子有些阴暗，中间放了一口大锅，周围坐着好多人，每人手里都拿着勺子。可是，这些人都很瘦，很饿，饿得嗷嗷直叫。

他们谁也吃不到锅里的肉，因为他们手里的勺子太长，根本没办法把勺子里的东西放到自己嘴里。

“那天堂呢，屋子和地狱是一样的，只不过光明了许多。同样的房子，中间同样放了一口大锅，周围坐着好多人。可是这里人们脸色都很红润，都吃得很饱。为什么？原因是他们懂得用自己的勺子去喂其他人，自己自然也就得到别人的回报。这就是地狱和天堂的区别。”

木草眼里充满善良、包容的温柔。

江河听罢，很意外，不免有些激动。他说，我很走运碰到你。真的，世上不是所有人都能做到像你这样。你不是故意伪装着救我吧？木草说，我不会装，这是我从心里愿意，而且一直这么想的，从没改变过。不管别人怎么看我，怎么说我，我就是愿意做我自己这样的人。江河小声说，那，那你就真的不是人了。这话被木草听到了，她笑着说，我不是神，不是鬼，我真的是人，是有七情六欲的活着的人。江河说，我一直怀疑你没有七情六欲，只有道德。木草反驳道，你错了，人都有七情六欲，没有七情六欲要道德干吗呢？我希望别人真的把自己当人，把我当人。江河第一次听有人这样对他说话，他对木草更是刮目相看。

饭菜都上桌了，江河说，快吃吧，这筷子和勺子还没那么长，我们自己都可以吃到。木草说，对，这就是一种幸运。面对饭菜，我也常常这样想。江河又忍不住问，木草，给我机会吧？给吗？木草吓了一跳，嚼着菜的嘴停住了，怯怯地问，啥，啥机会？江河说，当然是帮助你的机会啊，帮你想帮的人也行。木草说，哦，那巧了，的确有人需要帮助。眼下向小强的案子还没结果，你交际广，帮忙请个好律师，帮帮一个失去唯一儿子的母亲，让她早日拿到经济赔偿，让害人者早日伏法。

江河当即掏出手机，给北京著名的陈律师打电话，沟通此事。木草看到了希望，眼里充满无限感激，起身给江河杯子里倒满玉米汁。江河喝了一口说，现在安排好了，还有什么需要我做的？能帮你就好。木草开心地笑了。

江河说，还有什么“作业”？哈哈，木草老师，你就布置吧，我保证完成！木草说，那我要是离开北京，或许我们不能见面，你还帮不帮？江河说，这和见不见面有关系吗？你电话给我讲就行，只要我能做到。木草说，那你以后做公益事业，多关注一下首都导游协会，支持一把导游这个行业，行吗？现在首都导游协会刚成立。滕飞和董晓冉在负责，我想他们以后会遇到好多困难。其实，协会需要社会各界人士帮助，我也是协会一分子呢。江河说，没问题。你希望我做的，我会毫不犹豫去做。

这时，有新顾客从木草身边走过。一个男孩被爸爸领着，坐在他们对面吃饭。小男孩不停嘴地说话，叫喊“爸爸”……

木草一听到人家叫“爸爸”两个字，她就受不了。木草想起暖暖，想起刘一点，想起自己，脆弱得眼窝又湿了。

江河坐在那儿不知所措，他真的不敢再碰木草，他怕把她碰碎。

木草自己擦了眼泪说，可能我们有缘，对你有种说不出来的感觉。真的很奇怪。本来，我是不轻易当着别人面哭的。你看，眼泪在你面前掉两次了。江河低着头说，是，我也有这种感觉。江河好像突然沉重起来。

木草说，你还是尽量别约女孩一起吃饭，要多考虑家里人的感受。一个中心是“忠”，两个中心就是“患”，千万别像刘万军一样，到头来，伤害的是两个女人，而那个画家……不说这些了，反正你更明白。江河说，其实，我一直瞒你，有些话从没说起过。我过去冷漠了我爱人，只给她钱，她后来迷上赌博并开始吸毒，最后吸食过量……

木草很惊讶，木木地呆在原地。接着，木草听江河为此懊悔自责。饭吃到这里，便使人沉闷起来。

木草寻思了一会儿，看了看江河说，不是有人说过吗，戏剧可以彩排，可谁的人生都是直播。这段时间，我想明白了，不再等着实现我曾经的作家梦。说实话，当年来北京，我就奔着当作家来的，现在，我对当作家有了新的认识。过不了多久，我可能要去外地支教了。

江河突然从他的世界里走出来，疑惑地问，支教？去外地？你？决定了？木草点点头说，是的，我去教文化课，还可以带上靰鞡草去教孩子们手工课呢。我是师范毕业的，我不能对这些人漠不关心，不能对我们家乡手工艺的没落和消亡漠不关心，不能对一些贫困和痛苦漠不关心。江河说，那暖暖怎么办？木草说，也是为暖暖着想，我才决定去支教。你可能不知道，像暖暖这样的外地孩子，在北京入学，赞助费有多高。我去西部教学，能带暖暖，她可以在我支教的学校上学，不花钱。听木草这么一说，江河还是忍不住问，那你不写小说了？那你去哪儿？木草说，我已经和共青团联系过，在网上报名了，可能去贵州或者四川。不管去哪儿，我跟学校只提一个条件——带着暖暖。当然，我也不会放弃写小说。江河问，那你四姨同意吗？木草说，现在我担心的就是我四姨，最放心不下的，也是我四姨。我还没和她商量。唉，四姨也挺不容易，刘万军这回是彻底和她断了。不过，我看也是好事。江河说，你放心，毕竟有我在北京，我会替你关照你四姨。木草抬头看看江河，笑了，笑得很美。

江河停了一会儿，问，你那个小说，杂志社和出版社那边有消息没？木草说，没有，可能是我水平有限，真的达不到发表和出版的要求。不过，我会继续努力，不会放弃写作，我打算重新写。江河点头，表示认可、支持，同时也有敬重的情愫。

一提到小说，木草又兴奋了，随后，脸上绽放出她积极、自信的笑容。

木草对江河说，我的新小说已经酝酿好了，准备深秋以后动笔。江河说，好呀，我已经成了你忠实的读者了。说心里话，我不得不佩服你。确实，像有人说的那样，你们作家代表社会良心，成为社会的骨架、人们的精神支柱。真的，你的创作和你的为人，能够给社会增添正能量。木草，往前冲！我支持你。木草说，谢谢，那你就等待我写出像样的小说吧……

俩人面对面坐着时，木草接到一条短信：记得绿罗裙，处处怜芳草。接着又一条微信：“木草”是木，不朽，可雕；是草，不倒，可怜。木草看完笑了，说，就在对面，还用发信息？江河说，因为这两句话已经被我储存了，希望你也储存起来……

江河又在手机里打了一段话：最卑贱的草，却给了这个世界最需要的温暖，有些伟大深藏不露，却常常被我们忽略。讲述一把草的历史，无非是告诉那些衣食无虞的后人，曾经有一段难熬的岁月，是在草的陪护下度过的，百姓管它叫“宝”，并心存感念。细想一下，它配得上这样的敬重。然后，江河秘密地把这段话储存在空间里。

杨四姐瘦了两圈有余，她对这样的变故一时半会儿还不适应。幸亏，杨四姐的那篇小说《旅游锅：杨贵妃捞钱记》，给她带来了经济效益和精神上的支持，否则她真的不知道怎么扛过去。

小说还没结尾，杨四姐不想那么快结尾。她本计划写一百万字，故意拖着，让读者点击，为了拿到更多的稿酬。

网上，一些读者已经开始留言，催杨四姐更新；还有的留言骂她。有一条骂得杨四姐都称绝：什么作者！满纸废话，不把结尾写出来，只为骗钱！哼，你想写到我八十岁才结尾吗？！

杨四姐看完，没心理会，她也懒得打字回复骂人家。她已经停了一段时间，她真的什么也写不下去了。

这几天，杨四姐打开电脑没心思弄小说，只是和网友聊天，尤其爱和关心她的男网友聊天，以此来忘掉刘万军给她带来的刺激，从而获得一点精神上的安慰。

QQ 图标又在不停地闪烁，有一个人正请求加她为好友，杨四姐点开一看，着实吓了她一跳。

是一个叫“耗子哥”的网友，三次请求杨四姐加他为好友。申请里还留言问她，你真的是小娘？是杨四姐吗？我是耗子哥。杨四姐心里咯噔一下。她立马加了他。那边问，你是小娘杨四姐吗？杨四姐谨慎地问，你是谁？怎么知道我的？

对方再一次重申，我是耗子哥。你一定奇怪我是怎么找到你的吧？我是在网上看了你的小说，才知道你在北京做了导游，在网站还看到作者头像，是你的照片，我一眼就认出来了！你没变，还那么漂亮。谢天谢地，你在你小说旁边留了 QQ 交流群号，我就这样找到你了。

杨四姐骂他道，刘号！该死的！你当年怎么不声不响地跑了？我早已经把你当一个鬼了！骂完，杨四姐给自己倒了一杯水，她的心惶惶的，她要喝点水。这一切来得都如此突然，她有种没回过神来的感觉。

这时候，孩子刘一点哭了，杨四姐抱起孩子喂奶。杨四姐的泪水随着奶水汩汩地流，杨四姐的眼泪掉在儿子刘一点不老实的小手指上。

QQ 留言还在继续，小娘，你怎么不说话？说啊，我是你“耗子哥”呀！咋地？

你忘了吗？这是我照片，你看看。你还是一个人吗？我到北京接你回家，还来得及吗？你还想我爱我吗？如果你已经成家，我就不打扰你，跟我要说实话，好吗？我现在一个人，你呢？回话啊！

喂完孩子，杨四姐又坐到电脑前。她在QQ上给刘号发一个哭脸。刘号回复一个拥抱。然后，又回复，小娘，你别怪我，当年我妈骗我，把我弄沈阳我二姑家囚禁我，逼我和你分开。等我回出租屋找你，你已经走了。我去你家找过，你家里人说你在北京，联系不到你。没办法，老天爷就是可怜我，这不，在网上看到昵称小娘，我抱着试试看的念头，哎呀妈呀，还真联系上了！刘号兴奋过度，留言颠三倒四。

照着刘号在QQ上面留的电话，杨四姐打过去，三次，她都拨错了号，打到别人的手机上。最后，还是刘号打给她。

两个屋子里，两个相隔千里的人，拿着手机，用家乡话对着说，骂，哭，笑……

江河开车送木草至家门口，让木草拎上从饭店给杨四姐和暖暖带回的饭菜。木草上楼进门的时候，看见杨四姐在打电话，暖暖在卧室里面专注地看动画片《大耳朵图图》。

木草把好吃的放在桌上，招呼四姨、暖暖。

暖暖看电视入迷，她说吃饱了，留着明天再吃，然后继续看动画片。

杨四姐一边关电脑，一边对木草说，你不用惦记她，给她煮的速冻饺子，她早不饿了。我可还没吃，你带来了好菜？我这儿剩瓶酒！杨四姐从柜子里拿出一瓶白酒来。把俩杯子洗洗，杨四姐坐在桌子前，然后脸上挂满笑，笑得满眼角都是鱼尾纹。看她好像已经喝过了一样，木草有点发毛。

杨四姐说，你老看我干啥？我就不能高兴咋地？来，你陪我好好喝点，我有一年多没摸酒瓶了，酒可是好东西，是粮食里整出来的精华呐。木草说，你这时候喝酒不好吧？孩子……

木草担心四姨喝多了不管孩子，况且，这段时间，四姨情绪一直不太好，她真是有点害怕。

杨四姐敲了一下碗筷说，让你坐这儿！咋地？你也嫌弃你四姨？木草最怕杨四姐的歪理邪说，赶紧坐那儿。杨四姐说，今天跟你说一个事儿。木草说，我也有一个事想跟你说。杨四姐说，那你听我先说，把酒给我倒上。木草给她倒了半杯，看杨四姐不乐意，就倒了满杯。杨四姐激动，一口菜没吃，就干了一杯酒，喝完就想哭了。

木草伸出手按着杨四姐哆嗦的肩膀。

自打怀孕到生产至今，杨四姐就没抽过烟，她站起来点了一根烟回到座位。接着，杨四姐鼻涕一把泪一把地说，刘万军，他是老和尚收摊——吹灯拔蜡了。唉，孩子生下来了，他却顾不上管我们娘俩了。木草说，四姨，我看是塞翁失马。我一直看不上他，长得多难看，哪配得上我这么好的四姨。那么单薄瘦成一只鸡的一个人，他最后只能保护自己，你看，是这样吧？你总说我咬文嚼字，这里面有道理，那一个中心是忠，两个中心就是患。杨四姐和读者交流多了，也能文绉绉几句。她举起杯，看里面的白酒，然后说，你知不知道？有句话说，真爱罕有又伤人，它是甜蜜的毒酒，让你含笑饮尽，普通人你敢吗？这言外之意就是说，普通人不敢，对吧？我倒是敢，可我敢喝又能怎样？关键是那个男人不敢！杨四姐又喝了一大口。

木草心疼地给杨四姐送了一口菜。

杨四姐嚼着，停顿了一下，接着说，木草，你是没看见啊，最后见他一面，他歪歪着嘴还说呢，我刘万军绝不是没爱过你，可过去和现在不一样了，考虑到你的幸福，我觉得我们现在还是分手的好。啊？你听听，这是他对我说的最文绉绉的一句话。他这是自私，只考虑他自己！木草对她说，四姨，你不是接受顺其自然了吗？我知道，一段感情结束的确痛苦，就像我和宋华，我也痛苦过，而且很痛苦。

在杨四姐命令之下，木草端起杯子陪四姨喝了一口酒，然后咳嗽一声，辣得赶紧喝一口水，在一边咝咝哈哈的，示意喝不了酒。

木草又说，但是，四姨，我自个能想明白，女人生活的意义是啥？难道一个女人的生活世界，就是维系在和男人的关系上？青春永驻？性爱的满足上？那这样只能把自己逼进死胡同。真的，还是我说的那句话，四姨，如果他们美满，那我们就自寻出路。

杨四姐嘎嘎笑，说，不是我们找出路，是出路到时候会来找我们！木草听四姨说这话，心里痛快，没用劝，自己就喝了一大口酒，然后她疯傻般嘻嘻笑。

杨四姐说，对，木草，你这句话说得好，我爱听。来，再喝一口。哎，傻犊子，我今个儿有事告诉你，好几个事儿呢。说着，杨四姐从床头柜里掏出两沓子钱。

木草说，这是？你不都给刘万军还账了吗？这钱是？杨四姐说，你真是个名副其实的傻犊子！说你傻你还不信。我能都给他吗？喊，给他十一万也算我杨四姐仗义，我自己怎么也得留一点儿啊！

木草心里说，四姨啊四姨，这时候还知道留一点？真不可想象。留一点儿？刘一点？木草现在才彻底了解她四姨。

眼下，木草的内心还是挺复杂的。木草心想，四姨心眼灵活，即使自己走到天涯海角去也放心，因为四姨知道留一点。也许，人生中为自己留一点是对的。有些时候，对有些人，可能应该留一点。或许，四姨的“留一点”，这个她独有的原则，才让她避免了像裘鱼那样的结局。

木草直直地看着又有点咋呼的四姨，不知道该说什么，她看着四姨就嘻嘻傻笑，也喝多了似的。

杨四姐说，木草啊，这钱给你一部分，我留一点，你呢，自己买一个笔记本用，这台破电脑是刘万军给的，还是他女儿用过的，散热也不行，噪音还挺大。我呀，这回要离开北京了，我回老家，离你姥姥近点，过个年节啥的，也好按时给她上坟，送点钱花。听到四姨这番话，木草明白了，看来，四姨的想念之痛不比她轻。

木草问道，你离开北京？真的要回东北老家吗？杨四姐说，我回家，回东北。东北的阳光多充足啊，我叫它可劲儿晒，能晒干我在北京的记忆！木草惊叹，问，这话是你自己想的？杨四姐说，屁话，就你们会说啊？我好孬也是一个网络作家吧？喊，你以为我没文化呀，我就是不轻易外露。木草伸着大拇指说，四姨，你这句话老有深度了。

杨四姐起了变化，突然有点神神秘秘的，扒拉开木草的手指说，哎，哎，傻犊子，你别打岔儿，我还没告诉你我的好事呢。就，就我的初恋，那个叫刘号的，明天来北京接我。

木草一听真傻了，瞪大眼睛问，啥？这都啥时候的事儿啊？杨四姐说，跟你说吧，现在，刘号已经开车在来的道上了，走京沈高速。木草惊喜万分地叫道，四姨，你，你怎么不早告诉我？杨四姐说，刚定下来，我们今天联系上的，通过我 QQ 昵称。哎呀妈呀，这就是命，你信不信？木草说，你还爱他？真的爱？杨四姐诡秘一笑，说，钱我留一点，情呢，我也留了一点，就一点。不瞒你说，我笔名昵称不是叫小娘吗？嗨，就是当年他给我起的，只有他这样叫过我。我当年叫他耗子哥。

木草前仰后合地笑，然后说，你俩这是啥辈分啊？怎么这样昵称呢？杨四姐说，你们外人哪懂？只有我俩知道，谁问也不告诉。杨四姐从没有过地羞涩一笑。

这下，木草就把悬着的心放了下来。

木草说，四姨，我也和你说件事儿。杨四姐说，我先猜一下，是不是同意和滕飞谈朋友？木草说不是。杨四姐说，是不是江河还对你真有意思？这回真行，我知道他现在是单身贵族。木草说，不是，我有属于我自己的事，跟他们无关。杨四姐瞪大眼珠子使劲猜，问道，那，一定是你写的破玩意儿有出版社或者哪家杂志社给你来信了？可以换钱花了？木草说，没信儿。杨四姐摇摇头放弃猜测，并催着说，你痛快地，啥事，说！木草说，我已经报名，很快就要到西部支教去了。我更适合教学，也许那里才真正需要我。我走就把姥姥给我留下的那尊观音带上，再背点靰鞡草上路，没事就编鞋垫送给西部的孩子们。在姥姥心里，观音是她的神，在我心里，姥姥就是我的神。在姥姥眼里，靰鞡草是她的心肝宝贝……

木草有泪在眼眶里打转了，转了一会儿，掉了下来。

杨四姐突然哇的一声，哭了。她叫骂道，就你心最狠，西边离家有好几千里，你不想我和刘一点吗？你这个狼崽子！还是羊肉贴不到狗肉身上。

木草心里难受了，眼泪像涨起来的潮水，一下子涌出来。她哭得颤抖，时断时续地说，四姨，我怎么不想你和刘一点呢，这世界上，除了姑姑，只有你……和刘一点……是我……亲……人。我生来就有……杨家一部分，我妈是你姐姐，这不是假的吧？你看，“木”字……是“杨”字的……一半呢。

杨四姐骂道，哼，你就会咬文嚼字，教育你这么长时间，白搭功夫，还没改。木草接着说，你多骂几句吧，以后离远了，还听不着了。杨四姐问，真去啊？木草说，嗯，带暖暖一起去，我是成年人了，要有自己的事情。我答应裘鱼姐姐，就要把暖暖带好，等她出来交给她。杨四姐问，那你就不管我了？离开我？木草看了四姨半晌，抱着四姨脖子说，等我的任务完成了，然后我就找你去，天天和你在一起，行不？木草又撒了一个谎言，像画儿一样的谎言。杨四姐说，傻狍子，你呀，不用天天跟我在一起，你能经常来看看我，我就知足了。杨四姐也搂着木草，抹了一下眼泪。

事到如今，杨四姐真的舍不得木草这个外甥女了。

刘一点睡醒了哭，木草把刘一点抱过来给杨四姐。杨四姐把孩子搂在怀里喂奶。杨四姐边摸着孩子的小脸边问木草，你还写小说吗？木草说，四姨，我知道你反对我写小说，但我真的是爱好文学，就像你喜欢买衣服，喜欢喝点酒一样。你不也写了吗？你的网络小说，你要不写，能找回你的初恋吗？你放心吧，我知道好好教学，我也会继续写小说。除了在网上连载，我还要找机会出版。杨四姐说，写吧，四姨以后不说你了，你呀……

一涉及小说，喝了酒的木草越发兴奋，眼里立刻就闪着光芒。木草像个酒疯子一样，绕桌子走一圈，然后像个诗人似的说，四姨，我嫁给文学了，嫁给文学了。你懂我不？有人说，真正的文学，在民间，在那些艺术营养丰富的人群里，在那些不拒绝劳苦生活的人群里，在那些毫无自我优越感且卑微地抚摸着文字的赤子手里。有一天，我要把它捧在手心，把它种植在人性深处，长出最美的小说……

杨四姐知道木草又疯魔上了。这一次，她没有叫骂，而是倾听。

等木草说完，杨四姐说，你呀，就是老天爷给我的疯魔外甥女，不疯魔不成活。木草笑了一下，说，酒壮怂人胆，今儿个，我决定，以后不是你外甥女，不叫你四姨，就叫四娘。不，干脆叫娘！娘——

啊？！唉！杨四姐抹完嘴角抹眼角，又哭又笑地应声。

正值秋高气爽、艳阳高照的日子。

杨四姐收拾完该带上的东西。最后，杨四姐打量了一下空了的屋子，发现那台电脑还在。她最后一次用了刘万军给她的电脑，上网在她的小说《旅游锅：杨贵妃捞钱记》后面，写了一段话：

感谢所有读者，我的小说没有结尾，你们不要等了，我也不会写下去。因为我真的不会写小说，也不是真爱写这玩意儿，我就是骗点钱花。里面写的旅游界内幕完全为了吸引眼球，同时完全是自己在发泄情绪而已。小娘诚挚道歉，说一声，对不起大家！

我给你们推荐一个人，我常常骂的人，其实她写的才是小说，她叫木草。不管你以前认不认识木草，请在你心里，给她留一点位置，因为她给你生和活的力量……

杨四姐在上面打完了最后一个省略号，就关闭了这台电脑，然后，把房门钥匙还给了房东。

对于杨四姐来说，追随初恋男友才是她回家的最便捷之径。

杨四姐抱着儿子刘一点上了刘号的车，这是一辆破吉普，但还安全，能正常行驶。三口人走在回东北的101国道上。

驾驶座位上的刘号，由原来狂放不羁的青少年变成幽默成熟的男人，他穿着红衬衣，外套黑马甲，显得精神健壮。杨四姐看着他，然后问，你还爱我吗？刘号说，不爱能接你回家？杨四姐说，你家里没有别的女人吧？我可怕呢。刘号说，我原来的媳妇前年得病走了，哪还有女人。杨四姐抱孩子的手，又换了一个姿势，她的指甲从昨晚上又染得鲜红鲜红了。

刘号稀罕地摸了摸杨四姐的手，冲着前方的路面笑。杨四姐又说，刘号，你妈当年拆散咱俩，你别指望我对她好，我还想骂她呢。刘号张大嘴笑，开着破车说，不带这么记仇地，嘿，你骂吧，骂也没用。要不，我把你拉到她坟头，你去骂她？杨四姐愣了一下，叹口气，说道，熊样吧，还骂啥呢，骂都骂累了。

杨四姐坐在车上，感觉恍如隔世。

刘号说，我现在开了一家废品收购站，等以后我们就开始过“农妇山泉有点田”的日子，咱自己的日子。四姐，你说多有意思啊？你说咱俩吧，从终点又回到起点，只是多了“一点儿”，哈哈哈哈哈……

刘号伸手放了一首他最爱听的《家在东北》，顿时车里歌声飞扬。

哎……哎……

嘿……嘿哟

我的家在东北

松花江上啊

那里有满山遍野大豆高粱

在那青山绿水旁

门前两棵大白杨

齐整整的篱笆院

一间小草房啊

哎……

我爸爸有事没事

总想喝点酒

就算是没有菜那也得喝二两

大碗茶大碗的酒

左邻右舍在两旁

五魁首六六六

笑声满堂啊

哎……哟……

刘号看着坐在自己身边抱着刘一点喂奶的杨四姐直笑。然后，刘号换了一个腔调说，小娘，这些年我可想你了，忘了我没？我第一次和你在一起，你的大奶头就像我妈蒸的大碱面馒头，可好吃了。我当时就叫你小娘。杨四姐瞟了他一眼，笑骂说，滚犊子！孩子听着呢。刘号说，他小，听不懂呢。没事，等孩子大了，我就偷着叫你小娘。多有意思，你当时叫我“耗子”，因为我总是背着我妈，从家里偷东西给你吃。我还怕你揪我耳朵，我总是被你“欺负”，你说我胆小，你就叫我耗子哥。快，今天，再叫我一遍！叫啊！杨四姐说，着啥急呢……

在开往贵州的列车上。

暖暖用小手摸摸木草的头发，歪着小脑袋，说，木草阿姨，我想听故事，您讲一个好不好？木草抬起头，笑了笑，亲吻了一下暖暖的小额头，想了想说，好。那就讲我小时候听我姥姥给我讲的故事吧。很久以前，传说有一座山，山上有山神，山神有个女儿叫靰鞡，北方冬天特别寒冷，部落里的人大多数都冻死了，靰鞡姑娘下山，遇到了一个冻僵的猎人，她拽下一绺头发在猎人身上揉搓，又把一绺头发塞进猎人鞋里，猎人浑身发热，慢慢地苏醒过来。后来，靰鞡姑娘每到一处，就拽下一绺头发扔在地下。从此，在东北大地上，到处可见少女头发一样的草，人称靰鞡草……

两年之后。

公元2013年，《中华人民共和国旅游法》颁布实施。新法出台后，有人欢喜有人忧。就在游客普遍欢呼自身权益得到保护时，许多旅行社和导游，却在发愁。小世界旅行社就是其中之一。

办公室里，那得海气得直叫骂，唉，没法干了！真新鲜，要旅行社跟导游订立劳动合同？支付劳动报酬？缴纳社会保险费？“不买团”和“不卖团”，这还怎么做买卖？吴瑕说，这回，彻底消除“零负团费”，还有数目繁多的罚款措施，还有数量庞大的罚款金额，这无异于要旅行社的命啊！新法的出台，这不就是一把刀子一样架在我们脖子上吗？！俩人坐在冷冷清清的办公室里，叫骂着，并合计着怎么办……

小世界旅行社的苦日子早在一年前就开始了，为了招揽客源，保护既往利益，唯有团费涨价一条路可救。但是，疯狂的团费上涨，再加上那得海口碑不好，必然会将游客拒之门外，这对小世界旅行社来说，肯定是在慢性自杀。果不其然，半年没过，那得海还是宣布小世界旅行社倒闭。那得海和吴瑕不得不转行混日子。

《旅游法》这把刀子不仅架在了小世界旅行社的脖子上，也架在某些导游的脖子上。新法规定，导游和领队“不得向旅游者索取小费，不得诱导、欺骗、强迫或变相强迫旅游者购物或者参加另行付费旅游项目”，这直接铲断旅行社、导游与地方商家之间的利益链儿，更是将旅游市场的黑手切断。

很多向来无工资、无收入，全靠购物提成过活的导游，还不能适应这种变化。尤其对诸如胡连成一类的导游来说，无异于灭顶之灾。胡连成离开小世界旅行社之后，去了另一家名为黑乌鸦的旅行社带团。旅游法出台后，要求旅行社给导游交保险，胡连成所在旅行社却让导游自己拿钱垫付，说是以社里的名义交，其实还是导游自己的钱，并且交五千元质保金，还得先交半年的社保费，否则裁员下岗。

胡连成也没别的本事，只好交了一切费用，这才在黑乌鸦旅行社立住脚。可恰恰胡连成已经习惯于过往的带团套路，他对旅行社每天上团给固定的三百元导服费根本不满，所以仍然偷偷摸摸地拉游客购物，诱导、欺骗 、变相强迫游客参加自费项目，拿回扣。

一日，前方传来最新消息，在国家旅游局整治“北京旅游乱象”活动中，北京黑乌鸦旅行社被处以十万元罚款，停业整顿一个月，而涉事导游胡连成则被吊销导游证。从此，胡连成就疯了。

后来，有人看见过，在前三门大街，经常有一个蓬头垢面的人，举个千疮百孔的导游旗，一圈一圈地正步走，嘴里还不停地念叨着……

白鹭旅行社换了经理，周小军回国后从父亲手里接过重任，他的崭新管理理念使白鹭旅行社出现转机。华蕾得到周总提拔，成为白鹭旅行社计调部经理。她和记者周洪亮感情日益加深。

滕飞和董晓冉管理的鸿雁旅行社也做出了品牌。北京太多的优秀导游来应聘，忙得董晓冉中午饭都顾不得吃。此刻，她刚处理完导游协会的事务，又在给新导游讲带团培训课。沈良和董晓冉定好的婚期，由于太忙而一拖再拖。沈良已经认张淑英做母亲，与董晓冉一起帮着治好了张淑英的抑郁症。害死向小强的凶手已经伏法。现在，张淑英每天给董晓冉开的导游培训班学员做饭，做些后勤工作。张淑英脸上终于有了笑容。

滕飞的鸿雁旅行社靠诚信做品质团，渐渐得到游客认可，社里效益越来越好。不久，江河投资100万元，和滕飞一起做了首都第一个公益旅游项目，即成本价接待残疾人旅游团。他们对有些困难的，且为社会做出奉献的残疾游客提供免费旅游服务。

在木草的倡议下，江河积极地为旅游公益事业奔忙着。滕飞心里一直装着木草，再加之旅行社事务繁多，至今没有恋爱……

杨四姐又怀了孩子。刘号开着车，哼着小调儿。他陪杨四姐刚从妇幼医院检查完，一切良好。肚子又鼓起来的杨四姐坐在车上，坐着坐着，看窗外下起了大雪，她哭了。刘号惊慌地问她，哎，哎，小娘，你咋地了？杨四姐说，一看下大雪，我就想起外甥女木草，那年最冷，我俩一块儿回家过年，她担心我累，怕我摔着，自己拎着好几个包儿。刘号用手给杨四姐擦了擦眼泪，说，你可别哭，看你哭我心里更难受，说不定啊，木草就回来了，回来一起过年呢。杨四姐擤完鼻涕，嗔怪地骂，这个小傻狍子！学生都放寒假了，她也不说回来看看我。没良心，她良心都让小说给吃了！正骂呢，手机响了，是木草打来了。

木草第一句就问刘一点和四姨过得好不好。她很激动。

杨四姐高兴得一个劲骂她，这小要命鬼儿！这小傻狍子！小犊子！这样一骂，木草反倒觉得更亲切，这些称呼才是让她感动得落泪的称呼。

木草说，四姨！娘！我已经带着暖暖在火车上了，先回北京参加董晓冉和沈良的婚礼，然后带她去探视裘鱼姐。另外，我的小说出版了，还要参加北京图书大厦举办的签名售书活动。你为我高兴不？娘？杨四姐惊喜道，真的呀！哎呀妈呀，这傻狍子一条道跑到黑，还真跑出来了！那，你注意安全。哎，谁接你和暖暖啊？木草说，江河接我们。娘，放心吧。杨四姐又急着问，还要几天回东北？木草说，售书签名当天，可能我带过的游客来北京，我和你说起过的江西中年领导（听木草讲凡·高的一团游客之一）、樊丽红、夜莺儿、李政委他们，还有一些读者也要跟我聚一聚，那样的话，我在北京办完所有的事儿，要一周以后了。没事，反正年三十肯定能和你们一起过！杨四姐说，快点啊，赶紧滚回来！木草说，火车上信号不太好，娘，差点忘了，你赶紧把家里的靰鞡草给我快递到北京，写江河的地址，我还欠读者鞋垫呢，上次邮寄的已经……

杨四姐撂下手机，习惯性地骂道，这小要命鬼儿，咋还那德行！就知道要那没用的东西……

刘号说，你看，想木草，还骂木草。真邪性了，你一骂，她就赶紧坐火车回来了，我媳妇就是厉害。杨四姐说，滚犊子，我那是骂吗？那是爱。刘号说，嗯，是爱。小娘呀，明年你生孩子，咱收购站就我一个人，那也忙不过来呀，干脆找个帮手。木草是指望不上了，人家支教，完了也许回北京，你看怎么办？杨四姐想了想，拍了一下大腿说，哎呀，我想起一个人合适，最合适！他行！刘号问，谁啊？杨四姐说，米虎！这两天他就刑满释放。刘号说，啊？！他可靠吗？你不是说他南方人吗？能来东北？杨四姐说，他不可靠，这世界上就没有可靠的人了。他将来工作也不好找呢，这辈子，他和我是没有资格返回导游队伍了。没准儿，他和我们还真能混出好日子。刘号说，小娘，听你的，这主意不错。

在一边摆弄玩具的刘一点听到大人说话，不高兴了。长得虎羔子似的刘一点正拿着玩具车摆弄呢，忽地一下拍着杨四姐，对刘号说，这是我妈妈，是我小娘，不是爸爸小娘！娘，是不是啊？杨四姐暧昧地瞪了刘号一眼。刘号说，好，刚才，爸爸叫错了，是你的，不是我的……刘号开着一辆黑色轿车，平稳地驶向家的方向。

大地被一层辽阔的白雪覆盖了。山峦、峡谷、河流、树木、房屋……都变了模样。每一处的脊梁上都驮着雪，就像披着白花花、暖融融的被子。这被子无边无际，向着四面八方延伸开去，一直蜿蜒到米虎服刑的寝室。

隆冬时节，有一个人置身事外，但大家并没有遗忘他。他是这场变革中的又一个侧面。

被子里暖烘烘的，米虎躺在那儿，悄悄地从枕边摸出一个泥塑小尼姑，放在自己胸膛上。米虎想着明天即将重获自由，又想着出去后的种种情景。想到这里，意识渐渐离开疲倦了的米虎，困乏使他的神志变得虚幻模糊。

似是而非的睡梦中，米虎觉得自己睡在了暖洋洋的草垛上，身边有一架青黄瓜，还有满院的黑豆、白豆。这场景像光影一般，动荡了一会儿，接着，米虎感觉全身被一阵暖风吹拂，痒痒的，他还有了一种异样的快感。突然间，米虎发现自己已经不是人了，变成了一株植物，浑身布满绿叶。呀，扒开绿叶，他发现，自己身上竟然结了个金灿灿的“瓜”！里面的瓜子还透亮，一颗一颗，晶晶莹莹的。米虎万分惊奇，伸手去摸那个金灿灿的瓜，他一激灵，醒了。醒后，他就乐哭了。米虎掐了一下大腿，证明了这事儿千真万确：被鱼咬坏的那里，又重新恢复功能了！

次日，雪停了，监狱门关了。米虎的大脚在白雪上踏出一道洁白的路，这条路通向长春百国兴隆寺，也通向了另一个爱开始的世界。